龍宇純著

韻鏡校注

藝文印書館印行

本著作初由藝文印書館出版，
今承同意納入全集，謹此致謝。

韻鏡校注序

楊守敬氏把中國久已遺失的韻鏡從東土帶回來，是音韻學上一件頗有影響的事。

音韻學研究的基本資料是切韻系的韻書。要瞭解韻書，源流沿革的攷訂和反切的系聯之外，更需要等韻圖作參驗。我們本來有完全依據切韻韻書而作的等韻圖。雖然失去了不少，通志七音畧所載的七音韻鑑卻始終是存在的。然而不知道為什麼，自來講音韻的人卻置之不顧而轉奉偽司馬光作的切韻指掌圖為「等韻權輿」。指掌圖晚出，韻書的系統大受破壞，實在不是最好的參攷材料。高本漢氏作中國音韻學研究，奠定近代音韻學研究的基礎。他那本大著中不能令人滿意的地方，有不少是

由於等韻資料不足而來的。

韻鏡重回中土，通志七音略的七音韻鑑也就因他的提攜而出了頭。這兩種韻圖的原本都出於北宋以前，忠實的保存切韻系統韻書的規模，羅常培先生在元至治本通志七音略序（國立中央研究院歷史語言研究所集刊第五本第四分）中已有攷證，這裡無須複述。近年來音韻學的研究，在清儒的攷據和高本漢氏的審音的基礎上更有所發展，精益求精，這兩種韻圖的利用無疑的要佔很大的分量。他們的體例內容大致相若，很難說誰比誰好。不過是韻鏡有單本行世，流傳廣一些。

書籍流傳不能無誤，久遊異域的韻鏡尤其難免。於是用韻

鏡的時候，音韻學有修養的人都不時要翻檢別的書來校核，初學又不免有所迷惑，甚至上了錯字或誤置的當。龍宇純君七年前在臺灣大學中國文學系讀書時就發奮作校注，目的一方面是為自己用功，一方面也是為人服務。胡適之先生曾經就做學問為己和為人發表不少宏論。龍君在兩方面竟兼而有之了。

校注如何做，龍君在本書凡例中有詳細的說明。校注的結果好不好，那是要讀者評斷的。本人幸運，曾把龍君的初稿和修正稿都讀過，願意在此說：龍君確已盡了一個年輕學人做學問可以盡的工夫。我還願意報告讀者：本書初稿曾經獲得中央研究院民國四十二年的紀念傅斯年先生人文科學獎金。

四十八年十月董同龢記於南港

自序

七年前、余求學臺灣大學中國文學系、嘗就所見韻鏡各本比勘異同、並參稽有關韻圖韻書作為校注、是為本書初稿、四十二年秋、臺大中文系以此稿油印、供系中同學參攷之用、外間亦畧有流傳、今夏、系主任臺伯簡師復議以此稿交由藝文印行、余以昔時年輕之作、不獨文字多應更易、即內容結論亦不乏可議之處、因就原稿復取諸書校覈、斟酌損益而成斯篇、

韻鏡一書、中土久佚、其成於何代何人、傳布如何、幾皆不可攷、以余愚見、今傳韻鏡除因展轉傳鈔字形及排列多譌誤外、尚經後人增改、其確得而指者可得數端、

有據集韻增入者、 論者或以韻鏡七音畧中字多見於集

韻而不見於廣韻者、尤以第一轉雄字列匣母與集韻胡弓切相合、遂謂韻鏡歸字從宋音非從唐音（見羅常培氏元至治本通志七音略序引述）、余謂韻鏡或七音略字合於集韻而不合於廣韻及廣韻以前韻書者、非僅一雄字、如韻鏡第一轉屋韻禪母有塾字與廣韻塾音殊六切合、廣韻以前韻書與廣韻同、七音略禪母無字、床母三等有孰字則與集韻孰音神六切合、廣韻集韻孰塾二字並同音、又如韻鏡二十四轉列揰於禪母與廣韻及廣韻以前韻書音時釧切或豎釧反合、十八轉列順於禪母、與廣韻及廣韻以前韻書音食閏切或脣閏反合、七音略則二字並見床母、與集韻揰切船釧順切殊閏相同、並其例、然此當是韻鏡或七音略所據韻書此等字系統與集韻同、非所謂二書歸字從宋音之證也、至見於集韻而不見於廣韻或廣韻以前之字、則顯為後

人據集韻所增、如者韻鏡七音略書成於同時、凡廣韻以前韻書所有之字、率皆二書並見、極少此有而彼無者、若但見於集韻者則二書出現頗不一致、如韻鏡四十二轉但與集韻相合者四字上聲並一倗、精一噌、來一倰、及去聲清四鬅、七音略不見其一、又如韻鏡十三轉但見於集韻者六字、海韻佁（案實怡之譌誤）、駭韻䍐及獺（案實攋之譌誤）、蟹韻灑、代韻怖及隑、七音略則僅見一攋字、此當是二書並經後人據集韻增益而用功之勤否、遂成此差異、至若韻鏡三十三轉入聲知三薾字、其為後人據集韻所增、則尤決然無疑（詳校注24條）、

有據廣韻增入者、　凡韻鏡中字不見於廣韻以前韻書、最早合於廣韻者、其字例在廣韻韻末、此頗似後人據廣韻所增、然此等字自其是否同見於七音略視之、顯與前云據集韻所增者

大異其趣、亦以前引二轉字為例、韻鏡四十二轉拯韻庱殑殑嶝韻澄、德韻墄等五字、最早見於廣韻、而七音略與韻鏡悉同、又韻鏡第十三轉咍韻㚢犕、皆韻搋崽、海韻嚺佁釔疓、代韻儗、夬韻𪖐寨等十二字、最早亦止見於廣韻、七音略則衆字而外、其餘亦同韻鏡、是此等字出現於二書者與廣韻以前韻書所有之字同、故其是否果即據廣韻所增、又不能無所疑、然而韻鏡中字有與廣韻誤奪或誤收相合者、前者若二十三轉去聲喻三羨字（詳校注30條）、同轉入聲明一萬字（詳校注39條）、及三十九轉合韻𨖼字（詳校注41條）、後者如十四轉祭韻錈字（詳十四轉校注12條及十轉。條）、及二十一轉線韻徧字（詳校注13條）、又有與廣韻重紐尤其重紐類隔上字相合者、如三十八轉上聲見四顩字（詳校注6條）、三十六轉入聲透四歠字（詳

校注5）、十七轉入聲端四蛭字（詳校注27）、則斷然後人據廣韻所增也

有經後人改之者、　韻鏡各本列字有非一致而顯非偶然、致誤者、若二十五轉篠韻曉母黎本作曉、日刊本景印本作鐃、廣韻以前韻書皆以曉為呼鳥反首字、甚或有僅收一曉字者、廣韻則以鐃為馨皛切首字、韻圖列字例取各切首字、此稍涉等韻之學者皆能體會、然則日刊本景印本作鐃是後人所改矣、又若同轉號韻泥母黎本作臑、日刊本景印本作腝、臑俗誤作腝、廣韻以前韻書作臑、廣韻作腝、是日刊本景印本為後人改之、二十二轉願韻群母黎本作圈、日刊本景印本作圏、圏圈同字、然廣韻以前韻書作圏、廣韻作圈、是黎本又後人改之、又若十二轉姥韻泥母黎本作努、日刊本景印本作怒、努怒二字同切、各書並以怒為此

切首字與日刊本景印本合然恕字道常讀去聲則黎本蓋人以其易滋肴惑而改之耳、（案所引諸例、詳見各轉本字校注、）

此書初稿、承同龢師指導、修正之先、又蒙賜閱多所批示、並寵賜序文、以光篇幅、復蒙伯簡師題簽、於本書生色不少、謹此一併致謝、

四十八年十月龍宇純序於南港

韻鏡校注凡例

一、所據韻鏡有黎氏古逸叢書本（簡稱黎本）、臺灣大學所藏日本刊本一種（簡稱日刊本）北京大學景印本（簡稱景印本）、三者同出享祿戊子覆宋本而互有異同黎本較善、今以為主他二本輔之

二、七音略與韻鏡體例內容大體相若、所據韻書皆源出陸氏切韻、今取以參攷所據為崇仁謝氏刻本及北京大學景印元至治本、

三、韻鏡所據韻書與今存隋唐韻書及宋修廣韻大抵相同、今存韻書切語足以校覈韻鏡歸字及字形之錯誤、廣韻習見、覽者易於覆案、凡隋唐韻書與廣韻合者、但引廣韻、若但云某字廣韻某某切、或廣韻無某字等等、猶云廣韻及其以前

韻書皆如此也、然若疑韻鏡誤奪某字以證據多少、干係結語之肯定、則所有悉録（此詳下）、凡隋唐韻書與廣韻歧異、悉為徵引、不厭其詳、

四、凡廣韻以前韻書皆有某字而韻鏡無者、疑韻鏡此字誤脫、云當補某字、儻其字廣韻以前韻書非各書皆有、則不能必其誤脫、而云或可補、或或當補、

五、凡韻鏡中字與廣韻合而不見或不合於廣韻以前韻書者、儻確知韻鏡為誤增（如字與廣韻重紐合、尤其廣韻重紐上字為類隔、而韻鏡所列直與此上字合者）或廣韻有誤、則斷此字後人據廣韻誤增、否則不能必其為後人所增、則云其字與廣韻合、意謂或則韻鏡所本與廣韻同、或即後人據廣韻所增也、雖廣韻反切於其以前韻書反切可資徵驗、

案語亦同、則以韻圖列字例取正切首字也（案初稿於後者皆未指出凡韻鏡與廣韻合、即不疑有他、此初稿修正稿大不同者一事、）

六　凡廣韻有某字、廣韻以前韻書無、韻鏡亦無者、斷云韻鏡所本蓋本無字（案初稿於此云可補、為初稿修正稿大不同者二事、）

七、凡韻鏡中字、案之廣韻以前韻書及廣韻無有或不合而與集韻合者、前者云後人據集韻所增、後者云韻鏡所據蓋如集韻、

八、韻鏡一書、字體多俗書、又多譌誤、凡一字譌為他字或不易識別、或形聲字義符聲符譌為他字等、皆為校正、其餘從略、

九、所據廣韻以前韻書為、

唐寫本切韻殘卷四種、計王國維氏手寫法國巴黎國民圖書館藏敦煌發現者三種，从王氏簡称切一切二切三、十韻彙編抄德國普魯士學士院藏吐魯蕃發見者一種、从十韻彙編簡称德、

王仁昫刊謬補缺切韻三種、(一)劉復氏敦煌掇瑣鈔刻法國巴黎圖書館藏敦煌唐寫殘本、从十韻彙編簡称王一、(二)延光室景印唐蘭手寫清故宮藏唐寫殘本、从十韻彙編簡称王二、(三)故宮博物院景印宋濂跋本、全簡称全王、

唐寫本唐韻、據十韻彙編轉録國粹學報館景印吴縣蔣斧藏本、从十韻彙編簡称唐韻、並取王國維氏唐韻校勘記參攷、

五代刊本切韻據十韻彙編抄法國巴黎國民圖書館藏敦

十、煌遺物、从十韻彙編簡称刊、

廣韻傳本甚多、所據為黎氏古逸叢書覆宋本及涵芬樓覆印宋巾箱本、前者簡称黎本、後者簡称巾箱本、他本有足取者、就周祖謨氏廣韻校勘記采之、

十一、所據集韻為姚氏咫進齋刻本、並參以方成珪氏集韻攷正、

十二、校注依附黎本而作、凡有校語、於字或圍右上方以數字識之、校注分附序跋或韻圖各轉之後、覽者得案數字以檢校注、

十三、原書序跋及各轉韻圖並就黎本景印、校注序文凡例及校注由作者手書、凡校注賸字脫文、以更動不易、前者於其右中央以"、"識之、後者以小字添之右側、事非得已、請覽者原諒、

讀書難字過不知音切之病也誠能依切以求音即音而知字故無載酒問人之勞學者何以是爲緩而不急歟余嘗有志斯學獨恨無師承既而得友人授指微韻鏡一編（微字避聖祖名上一字）且教以大略曰反切之要莫妙於此不出四十三轉而天下無遺音其製以韻書自一東以下各集四聲列爲定位實以廣韻玉篇之字配以五音清濁之屬其端又在於橫呼雖未能立談以竟若按字求音如鏡映物隨在現形久久精熟自然有得於是蚤夜留心未嘗去手忽一夕頓悟喜而曰信如是哉遂知每翻一字用切母及助紐

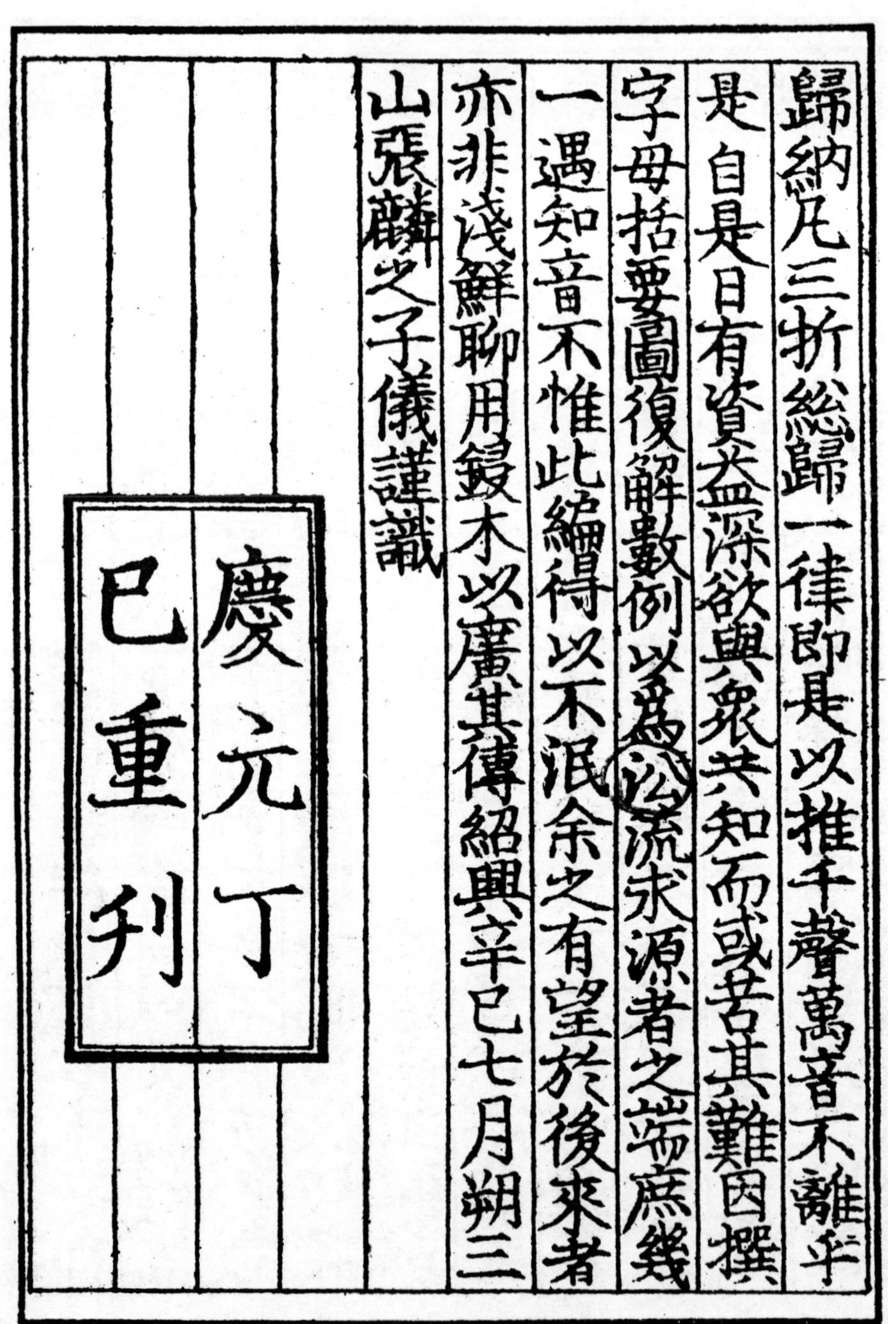
歸納凡三折總歸一律即是以推千聲萬音不離乎
是自是日有資益深欲與衆共知而或苦其難因撰
字母括要圖復解數例以爲沿流求源者之端庶幾
一遇知音不惟此編得以不泯余之有望於後來者
亦非淺鮮聊用鋟木以廣其傳紹興辛巳七月朔三
山張麟之子儀謹識

慶元丁巳重刊

韻鏡序作（舊以翼祖諱敬故爲韻鑑今遷祧廟復從本名）

韻鏡之作其妙矣夫余年二十始得此學字音往昔相傳類曰洪韻釋子之所撰也有沙門神珙（恭拱二音）號知音韻甞著切韻圖載玉篇卷末竊意是書作於此僧世俗訛呼珙爲洪爾然又無所據自是研究今五十載竟莫知原於誰近得故樞密楊侯倓淳熙間所撰韻譜其自序云朅來當塗得歷陽所刋切韻心鑑因以舊書手加校定刋之郡齋[五]徐而諦之即所謂洪韵特小有不同舊體以一紙列二十三字母爲行以緯行於上其下間附一十三字母盡於三十六一目

無遺楊變三十六分二紙肩行而繩引至橫調則淆
亂不協不知因之則是變之非也既而又得　莆陽夫
子鄭公樵進卷　先朝中有七音序略其要語曰七音
之作起自西域流入諸夏梵僧欲以此教傳天下故
為此書雖重百譯之遠一字不通之處而音義可傳
華僧從而定三十六為之母輕重清濁不失其倫天
地萬物之情備於此矣雖鶴唳風聲雞鳴狗吠雷霆
經耳蚉虻過目皆可譯也況於人言乎又云臣初得
七音韻鑑一唱三嘆胡僧有此妙義而儒者未之聞
是知此書其用也博其來也遠不可得指名其人故

鄭先生但言梵僧傳之華僧續之而已學者惟即夫非天籟通乎造化者不能造其閫而觀之庶有會於心（自天籟以下十三字又鄭先生之語）嘉泰三年二月朔東浦張麟之序

調韻指微

不知象類不足與言六書八體之文不知經緯不足與論四聲七音之義經緯者聲音之脉絡也聲音者經緯之機杼也縱爲經橫爲緯經疏四聲緯貫七音知四聲則能明昇降於闔闢之際知七音則能辯清濁於毫氂之閒欲通音韻必自此始 莆陽鄭先生云

天籟之本自成經緯皇頡史籀已發此旨凡儒不得

其傳故江左之儒知縱有平上去入之四聲不知橫有宮商角徵羽半徵半商之七音經緯不明所以失立韻之源於是作七音編而爲略欲使學者盡得其傳然後能用宣尼之書以及人面之俗又作諧聲圖以明古人制字通七音之妙作內外十六轉圖以明胡僧立韻得經緯之全嗚呼其用心大矣今世之士慢不講究聲牙舛訛謬謟皆是此無他由不習而忽之過爾豈知前輩於此一事最深切致意者是焉或曰字惟五音而曰七何耶曰音非七則不能盡聲中之韻亦猶琴始五絃非加文武二絃則不能盡音中之

聲故曰琴者樂之宗也韻者聲之本也文武二絃爲變宮變徵舌齒二音爲半徵半商此其義歟或又曰舌齒一音而曰二何耶曰五音定於脣齒喉牙舌惟舌與齒遞有往來不可主夫一故舌中有帶齒聲齒中而帶舌聲者古人立來日二母各具半徵半商乃能全其秘若來字則先舌後齒謂之舌齒日字則先齒後舌謂之齒舌所以分爲二而通五音曰七（今韻鏡中分章昌張倀在舌齒音兩處之類蓋如此）故曰七音一呼而聚四聲不召自來學者能由此以揣摩四十三轉之精微則無窮之聲無窮之韻有不可勝用者矣又何以爲難哉

〇三十六字母

脣音	舌音	牙音
清：幫 非	清：端 知	清：見
次清：滂 敷	次清：透 徹	次清：溪
濁：並 奉	濁：定 澄	濁：群
清濁：明 微	清濁：泥 娘[十]	清濁：疑
幫滂並明：脣音重[九]；非敷奉微：脣音輕	端透定泥：舌頭音；知徹澄娘：舌上音	

〇歸納助紐字

脣音	舌音	牙音
賓邊	丁顛	經堅
繽篇	汀天	輕牽
頻蠙	廷田	勤虔
民眠[十]	寍年	銀言
分蕃	珍邅	
芬翻	撫辿[十二]	
汾煩	陳廛	
文搆	紉[illegible][十三]	

此圖每韻呼吸四聲字並屬之

齒音					喉音				舌音齒	
清	次清	濁	清	濁	清	清	濁	清濁	清濁	清濁
精	清	從	心	邪	影	曉	匣	喻	來	日
照	穿	牀	審	禪						
齒頭音	正齒音	細齒頭音	細正齒音		喉音二獨立	喉音雙飛			半徵半商	
精煎	親千	秦前	新仙	餳涎	殷焉	馨祆	礥賢	匀緣	隣連	人然
真氊	瞋燀	蓁潺	身羶	辰禪						

六 歸字例

歸釋音字一 如撿禮部韻且如得芳弓反先就十陽韻求芳字知屬脣音次清第三位却歸一東韻尋下弓字便就脣音次清第三位取之乃知為豐字盖芳字是同音之定位弓字是同韻之對映歸字之訣大[十五]槩若是[十六] ○[十七]又如息中反嵩息字係側聲在職字韻齒音第二清第四位亦隨中字歸一東齒音第二清第四位取之餘並準之[十八] 祖紅反歸成駿字雖韻鑑中有洪而無紅撿反切之例上下二字或取同音不必正體 慈陵反繒慈字屬齒音第一濁第四位就蒸字韻歸成繒

字而陵字又不相映盖逐韻屬單行字母者上下聯續二位只同一音此第四圖亦陵字音也餘準此○先侯反先字屬第四歸成涑字又在第一盖逐韻齒音中間二位屬照穿牀審禪字母上下二位屬精清從心邪字母侯字韻列在第一行故隨本韻定音也餘準之○諸氏反莫蟹反奴罪反弭盡反之類聲雖去音字歸上韻並當從禮部韻就上聲歸字○凡歸難字撰音即就所屬音四聲內任意取一易字横轉便得之矣今如千竹反鼀字也若取嵩字横呼則知平聲次清是爲樅字又以樅字呼下入聲則知鼀爲促音但

以二冬韻同音處觀之可見也

橫呼韻

人皆知一字紐四聲而不知有十六聲存焉蓋十六聲是將平上去入各橫轉故也且如東字韻風豐馮曹是一平聲便有四聲四而四之遂成十六故古人切韻詩曰一字紐縱橫分數十六聲今韻鑑所集各已詳備但將一二韻只隨平聲五音相續橫呼至於調熟或遇他韻或側聲韻竟能選音讀之無不的中今略舉二韻爲式

○二冬韻・封峯逢(蒙)(中)傭重醲恭(銎)(蛩)顒

鍾衝(傭)春鱅邕匈(雄)容龍茸

○一先韻　邊(篇)蹁眠顛天田年堅牽(虔)研

箋千前先(涎)煙祆賢(延)蓮(然)

上聲去音字

凡以平側呼字至上聲多相犯（如東同甘繼以董聲刀陶𠀤繼以禱聲之類）古人制韻間取去聲字參入上聲者正欲使清濁有所辨耳（如一董韻有動字三十二晧韻有道字之類矣）或者不知徒泥韻策分為四聲至上聲多例作第二側讀之此殊不知變也若果為然則以士為史以上為賞以道為禱以父母之父為甫可乎今逐韻上聲濁位並當呼為去

聲觀者孰思乃知古人制韻端有深旨

五音清濁

逐韻五音各有自然清濁若遇尋字可取之記行位也脣音舌音牙音各四聲不同故第一行屬清第二行屬次清第三行屬濁第四行屬清濁齒音有正齒有細齒故五行聲內清濁聲各二將居前者爲第一清第一濁居後者爲第二清第二濁喉音二清舌齒音二清濁並以例準之

四聲定位附三聲

每韻直行平上去入聲有字與圍相間各四並分爲

定位如一東韻蒙字之類位在第一下二側聲亦在第一崇字行位在第二下二側聲字亦在第二風字在第三下三側聲亦在第三嵩字融字在第四下三側聲亦在第四如遇尋字定音看在其位便隨所屬而呼之　○韻中或只列三聲者是元無入聲如欲呼吸當借音可也支微魚模韻之類是三聲韻支止至質模姥暮目之類是借音

六　列圍

列圍之法本以備足有聲無形與無聲無形也有形有聲時或用焉

三　有聲無形謂如一東韻舌音第一位橫轉東通同

字之後是也若以音協之則當繼以農字爲一東韻無農字故以圍足之　○無聲無形但欲編應行數如東字韻中唇音牙音第二第四位與江字韻第一第三第四位之類是也

八○韻鑑序例終

一、夊夊當作久久、

二、乎是、日刊本景印本並誤是乎、

三、㳂當作沿、

四、舊當作舊、下同、

五、齋、日刊本景印本誤齊、

六、傳、日刊本景印本作得、案七音序作傳、黎本是、

七、尤、日刊本景印本作尤、案當作左、

八、遙疑當是遞字、

九、昏、日刊本景印本作昬、案昬昏正俗字、蓋本作昬（案說文昏昬二字音義別）、下同、

十、眠、日刊本景印本誤眠、

十一、娘、日刊本景印本作孃、案孃或與娘同唯字母通作娘、

十二、辿、日刊本景印本作延、案辿為延誤字、

十三、繼、日刊本景印本作獼、案各字書韻書無繼字、廣韻獼字三見、眞韻丑人切、山韻直閑切、仙韻力延切、又山韻直閑切下又丑連切、無泥母一讀、且元仙二韻並無泥母字、集韻同、此未知所據、或者張氏方音中泥來不分、遂以力延切獼字置此乎、

十四、錫當作鍚、日刊本景印本作錫、尤誤、

十五、大槩、景印本誤太概、日刊本槩亦誤概、

十六、是、日刊本景印本作此、

十七、「○」與間隔日刊本景印本並無、後之「○」或間隔同此、

十八、之、日刊本景印本作此、

十九、此、日刊本景印本作之、

二十、攅音、日刊本景印本作不知正音四字、案攅不成字、蓋攅字譌誤、然攅音二字不辭、當从日刊本景印本作不知正音、

二一、日刊本景印本此不另提行、

二三、前云舊以翼祖諱敬、故為韻鑑、今遷祧廟、復從本名、則此鑑字當作鏡、

內轉第一開

脣音 清	脣音 次清	脣音 濁	脣音 清濁	舌音 清	舌音 次清	舌音 濁	舌音 清濁	牙音 清	牙音 次清	牙音 濁	牙音 清濁
○	○	蓬	蒙	東	通	同	○	公	空	○	[山兒]
○	○	○	○	○	○	○	○	○	○	○	○
風	豐	馮	瞢	中	忡	蟲	○	弓	穹	窮	[豸牛][1]
○	○	○	○	○	○	○	○	○	○	○	○
琫	○	菶	蠓	董	桶	動	[多農]	○	孔	○	○
○	○	○	○	○	○	○	○	○	○	○	○
○	○	○	○	○	○	○	○	○	○	○	○
○	○	○	○	○	○	○	○	○	○	○	○
○	○	[彳逢][9]	夢[10]	凍	痛	洞	齈	貢	控	○	○
○	○	○	○	○	○	○	○	○	○	○	○
諷	賵[8]	鳳	[忄冡][10]	中	○	仲	○	○	焪	○	○
○	○	○	○	○	○	○	○	○	○	○	○
卜	扑	暴[14]	木	㲉	禿	獨	○	穀	哭	○	○
○	○	○	○	○	○	○	○	○	○	○	○
福	蝮	伏	目	竹	蓄	逐[15]	朒	菊	麴	驧	砡
○	○	○	○	○	○	○	○	○	○	○	○

	舌音齒		喉音				齒音				
	清濁	清濁	清濁	濁	清	清	濁	清	濁	次清	清
東	○	籠	○	洪	烘	翁	○	揔	叢	怱	嵏[2]
	○	○	○	○	○	○	○	○	崇	○	○
	戎	隆	肜[5]	雄[4]	○	○	○[3]	○	○	充	終
	○	○	融	○	○	○	○	嵩	○	○	○
董	○	曨[7]	○	[illegible][6]	嗊	蓊	○	敵	○	○	總
	○	○	○	○	○	○	○	○	○	○	○
	○	○	○	○	○	○	○	○	○	○	○
	○	○	○	○	○	○	○	○	○	○	○
送	○	弄	○	閧[13]	烘[12]	甕	○	送	[illegible][11]	謥	糉
	○	○	○	○	○	○	○	○	[illegible]	○	○
	○	○	○	○	[illegible]	○	○	○	○	銃	衆
	○	○	○	○	○	○	○	○	○	趥	○
屋	○	祿	○	縠	熇	屋	○	速	族	瘯	鏃
	○	○	○	○	○	○	○	縮	○	珿	縬
	肉	六	圍	○	畜	郁	塾	叔	○	俶	粥
	○	○	育	○	○	○	○	肅	[illegible][16]	鼀	蹙

內轉第一開

1. 廣韻東韻無疑母三等字、集韻同、⿰豸牛字見玉篇、魚容切、此誤增、七音略此無字、

2. ⿱艹㚇當作葼、本轉从㚇之字並當改从夋、不復贅、

3. 日刊本景印本此有𢥞字、案廣韻東韻無禪母字、集韻同、日刊本景印本誤增、七音略此亦無字、

4. 三等例無匣母字、廣韻東韻雄音羽弓切、切三王二全王並羽隆反、字當在喻母三等、集韻音胡弓切、本書所據蓋如此、七音略同本書、

5. 彤字廣韻東韻與喻母四等融同以戎切、不當在此、七音略此無字、

6. ⿰忄贛字廣韻董韻與曉母一等嗊同呼孔切、不當在此、切三王

一王二全王廣韻董韻並有澒字，胡孔切，則當在此。七音略此正作澒。

7\. 廣韻董韻力董切下無矓字，有曨字，注云曈曨，此矓字蓋即曨之譌誤。七音略此正作曨。

8\. 䝅當从廣韻作賵。

9\. 廣韻送韻無摓字。字見用韻，扶用切，並引說文父容切，不載送韻又切，蓋無送韻一讀。集韻槰字蒲貢切，此作摓蓋即集韻槰字譌誤。七音略正作槰。

10\. 廣韻送韻夢莫鳳切，幪莫弄切，鳳為三等字，弄為一等字，當以夢列三等，幪列一等。七音略正三等作夢，一等作懞，懞與幪同字。

11 廣韻以前韻書送韻無此字。廣韻[illegible]徂送切，與此合。七音略

此亦有斅字、

12. 廣韻以前韻書送韻無此字、廣韻送韻韻末烘呼貢切、與此
合、七音略此亦有烘字、

13. 閧、廣韻同、字當作閧、七音略此作哄、廣韻二字同胡貢切、

14. 暴當作㬥、

15. 朒、日刊本景印本並誤作肭、

16. 廣韻以前韻書屋韻無此字、廣韻屋韻韻末[illegible]才六切、與此
合、七音略此亦有[illegible]字、

內轉第二開合

脣音 清	脣音 次清	脣音 濁	脣音 清濁	舌音 清	舌音 次清	舌音 濁	舌音 清濁	牙音 清	牙音 次清	牙音 濁	牙音 清濁
○	○	○	○	冬	炵[1]	彤[2]	農	攻	○	○	○
○	○	○	○	○	○	○	○	○	○	○	○
封	峯	逢	○	○	傭	重	醲	恭[4]	銎	蛩	顒
○	○	○	○	○	○	○	○	○	○	○	○
○	○	○	○[8]	○[9]	○	○	○	○	○	○	○
○	○	○	○	○	○	○	○	○	○	○	○
覂[7]	捧[7]	奉	○	冢[10]	寵	重	○	拱	恐	蛬[11]	○
○	○	○	○	○	○	○	○	○	○	○	○
○	○	○	霿	湩[17]	統	○	○	○	○	○	○
○	○	○	○	○	○	○	○	○	○	○	○
葑	○	俸	○	○[17]	踵[18]	重	拭[19]	供	恐	共	○
○	○	○	○	○	○	○	○	○	○	○	○
襮	尃[21]	僕	瑁	篤	○	毒	傉	梏	酷	○	擢
○	○	○	○	○	○	○	○	○	○	○	○
轐	○	幞	媢[22]	瘃[23]	悚[24]	躅	○	輂	曲	局	玉
○	○	○	○	○	○	○	○	○	○	○	○

	舌音齒 清濁	舌音齒 清濁	喉音 清濁	喉音 濁	喉音 清	喉音 清	齒音 濁	齒音 清	齒音 濁	齒音 次清	齒音 清
冬	○	䃧	○	碚	○	○	○	鬆[5]	賨	驄[3]	宗
	○	○	○	○	○	○	○	○	○	○	○
鍾	茸	龍	容[6]	○	匈	邕	鱅	舂	○	衝	鍾
	○	○	庸	○	○	○	松	淞	從	樅	縱
	○	○	○	○	○	○	○	○	○	○	○
	○	○	○	○	○	○	○	○	○	○	○
腫	宂[16]	隴	○	○	○[14]	擁	尰	○	○	𨤻	腫
	○	○	甬[15]	○	○	○	○	悚	○	忪[13]	縱[12]
宋	○	○	○	碚	○	○	○	宋	○	○	綜
	○	○	○	○	○	○	○	○	○	○	○
用	䩸	贚	○	○	○	○[20]	○	○	○	○	種
	○	○	用	○	○	○	頌	○	從	○	縱
沃	○	濼[29]	○	鵠	熇	沃	○	洬	○	○	傶
	○	○	○	○	○	○	○	○	𡻕[26]	倲[25]	○
燭	辱	錄	欲[28]	○	旭	郁[27]	蜀	束	贖	觸	燭
	○	○	○	○	○	○	續	粟	○	促	足

內轉第二開合

1. 廣韻以前韻書冬韻無此字、廣韻韻末炵他冬切、與此合、七音畧此無字（案七音畧端定泥三母亦皆無字、透母無字、未審是否本無）

2. 彤、日刊本景印本並作彤、案並彤字譌誤、

3. 廣韻冬韻無清母字、騘屬東韻清母、集韻冬韻亦無清母字、韻鏡此作騘、未詳所本、七音畧此作騘、亦不詳、

4. 恭字廣韻以前韻書並見冬韻、廣韻入鍾韻、並注云、陸以恭蜙縱等入冬韻非也、本書恭字列此、與廣韻合、七音畧恭亦在此、

5. 刊王二冬韻鬆音先恭反、廣韻入鍾韻、廣韻冬韻韻末鬆私宗切、則與本書此作鬆合、七音畧此亦有鬆字

6\. 容字廣韻鍾韻與四等庸同餘封切，不當另立於此。七音略喻三無字，喻四作容，可以據正。

7\. 日刊本景印本幫母無字，滂母作覂，案廣韻腫韻覂方勇切，捧敷奉切，當如黎本以覂列幫母，捧列滂母。七音略與黎本同。又案覂當從廣韻作覂，三本並譌。

8\. 王一王二全王廣韻腫韻並有䳟字，全王音莫湩反，廣韻同（王一切殘，王二莫奉反，則借三等奉為下，與湩下借寵為下字同）。集韻亦有此字，音母湩切。王二全王廣韻湩下並云湩是冬之上聲，䳟字當補於此。七音略此正有䳟字。

9\. 王二全王廣韻腫韻有湩字，全王都寵反，王二冬恭反（恭疑當是拲字之誤）並注云此冬字上聲。廣韻都䳟切，當補於此。七音略此正有湩字。

10. 冡當从廣韻作冢、

11. 拲字廣韻腫韻與見母拱同居悚切、不當在此、又全王廣韻有桊字、渠隴切、當補於此、七音略此正是桊字、

12. 廣韻腫韻子冢切下有䙕無䙕、䙕下云襌衣、韻鏡䙕當是䙕之譌誤、七音略作樅、亦誤、

13. 廣韻腫韻愡忪二字且勇切、無忪字、忪見玉篇、尺隴切、不當在此、本書此字蓋即忪之譌誤、七音略作㗰、亦誤、

14. 切三王二全王廣韻腫韻有洶字、切三全王許拱反、王二許勇反、廣韻許拱切、當補於此、七音略正有洶字、

15. 甬、日刊本景印本作勇、案廣韻二字同余隴切、唯各韻書並以勇為此切首字、疑此本作勇、

16. 宂、日刊本景印本作究、案當作宂、

17. 廣韻宋韻無湩字，字見用韻竹用切，當在知母三等。又集韻宋韻湩冬宋切，此或係後人據集韻所增，而知母三等脫湩字。七音略端一作䵯，知三作湩，䵯字未詳所據，或即集韻湩之譌誤。

18. 廣韻以前韻書用韻徹母止一惷字，廣韻蹱（同蹱）惷二字丑用切，與此合。七音略此無字，蓋誤脫。

19. 廣韻以前韻書用韻無此字，廣韻韻末拭穠用切，與此合，七音略亦有此字，字誤作栻。

20. 王二全王廣韻用韻並有雍字，於用切，當補於此。七音略正有雍字。

21. 廣韻沃韻無滂母字，此蓋據集韻蓴匹沃切所增。七音略此無字。

22 媢、日刊本景印本並作媢、案通攝不當有冒聲之字、當以作媢為是、惟此字廣韻燭韻無、此蓋據集韻媢某玉切所增、七音畧亦有此字、

23. 瘃當从廣韻作瘃、

24. 悚、日刊本景印本作梀案廣韻燭韻丑玉切有梀無悚、黎本誤、七音畧亦作梀、

25. 廣韻燭韻無穿母二等字、倲音書玉切、又屋韻音桑谷切、並不當在此、集韻燭韻娕字叉足切、本書此字蓋即集韻娕之譌誤、七音畧作嫝、集韻嫝娕同字、是本書倲為娕譌誤之證、

26. 廣韻燭韻無嶌字、集韻鷟字仕足切、鷟廣韻覺韻作嶌、韻鏡此字蓋即本於集韻、七音畧此作鷟、

27. 廣韻燭韻無影母字、郁在屋韻、於六切、集韻同、本書字見第

一轉。此誤增。七音畧此無字。

28. 廣韻燭韻欲余蜀切。字當下移四等。七音畧字正見喻四。

29. 廣韻以前韻書沃韻無此字。廣韻韻末濼盧毒切。與此合。七音畧亦有此字。

外轉第三開合

脣音 清	脣音 次清	脣音 濁	脣音 清濁	舌音 清	舌音 次清	舌音 濁	舌音 清濁	牙音 清	牙音 次清	牙音 濁	牙音 清濁
○	○	○	○	○	○	○	○	○	○	○	○
邦	胮	龐	厖	㨋[1]	惷	憧	[illegible]	江	腔	○	岘[2]
○	○	○	○	○	○	○	○	○	○	○	○
○	○	○	○	○	○	○	○	○	○	○	○
○	○	○	○	○	○	○	○	○	○	○	○
[illegible][4]	○	㭋	[illegible]	○	○	○	○	講	○	○	○
○	○	○	○	○	○	○	○	○	○	○	○
○	○	○	○	○	○	○	○	○	○	○	○
○	○	○	○	○	○	○	○	○	○	○	○
○	胖	○	[illegible][6]	戇	憃	幢	○	絳	○	○	○
○	○	○	○	○	○	○	○	○	○	○	○
○	○	○	○	○	○	○	○	○	○	○	○
○	○	○	○	○	○	○	○	○	○	○	○
剥	璞	雹	邈	斵	逴	濁	搦	覺	㱿	○	岳[9]
○	○	○	○	○	○	○	○	○	○	○	○
○	○	○	○	○	○	○	○	○	○	○	○

	舌音齒		喉音				齒音				
	清濁	清濁	清濁	濁	清	清	濁	清	濁	次清	清
江	○	○	○	○	○	○	○	○	○	○	○
	○	瀧	○	降	舡	胦	○	雙	淙[3]	牕	○
	○	○	○	○	○	○	○	○	○	○	○
	○	○	○	○	○	○	○	○	○	○	○
講	○	○	○	○	○	○	○	○	○	○	○
	○	○	○	項	傋[5]	慃	○	○	○	○	○
	○	○	○	○	○	○	○	○	○	○	○
	○	○	○	○	○	○	○	○	○	○	○
絳	○	○	○	○	○	○	○	○	○	○	○
	○	○	○	巷	○	○	○	淙[8]	誴	糉[7]	○
	○	○	○	○	○	○	○	○	○	○	○
	○	○	○	○	○	○	○	○	○	○	○
覺	○	○	○	○	○	○	○	○	○	○	○
	○	犖	○	學	○[10]	渥	○	朔	浞	娖	捉
	○	○	○	○	○	○	○	○	○	○	○
	○	○	○	○	○	○	○	○	○	○	○

外轉第三開合

1\. 摏、日刊本景印本並作樁、案廣韵江韻樁字都江切、各本並誤、七音略作樁、

2\. 廣韻以前韵書江韵無㟋字、廣韵韵末㟋五江切、與此合、七音略亦有此字、

3\. 廣韻以前韻書江韵無此字、廣韻韵末淙士江切、與此合、七音略亦有此字、

4 廣韻以前韵書講韻無此字、廣韻韻末梆巴講切、與此合、七音略亦有此字、字作綁、

5\. 廣韵以前韵書講韻無此字、廣韵韵末傋虛慃切、與此合、七音略亦有此字、

6\. 廣韵絳韵無明母字、䏵見腫韵、莫湩切、集韵絳韵㤶字尨巷

切、韻鏡此字疑卽集韻慥之譌誤、七音略此無字、

7. 䎛當作䎌、

8. 廣韻以前韻書絳韻無淙字、廣韻韻末淙色絳切、與此合、七音略亦有此字、

9. 岳、日刊本景印本作嶽、案岳嶽同字、

10. 切三王一王二全王唐韻廣韻覺韻並有吒字、音許角切、當補於此、七音略此有吒字、

內轉第四開合

脣音 清	脣音 次清	脣音 濁	脣音 清濁	舌音 清	舌音 次清	舌音 濁	舌音 清濁	牙音 清	牙音 次清	牙音 濁	牙音 清濁
○	○	○	○	○	○	○	○	○	○	○	○
○	○	○	○	○	○	○	○	○	○	○	○
陂	鈹	皮	縻	知	摛	馳	○	羈	攲[2]	奇	宜
卑	披[1]	陴	彌	○	○	○	○	○	○	祇[3]	○
○	○	○	○	○	○	○	○	○	○	○	○
○	○	○	○	○	○	○	○	○	○	○	○
彼	破	被	靡	撴	褫	豸	抳	掎	綺	技	螘
俾	諀	婢	弭	○	○	○	○	踦[10]	企[11]	○	○
○	○	○	○	○	○	○	○	○	○	○	○
○	○	○	○	○	○	○	○	○	○	○	○
賁	帔	髲	○[15]	智	○	○	○	寄	椅	芰	義
○[13]	○[14]	○[15]	○	○	○	○	○	馶	企	○	○
○	○	○	○	○	○	○	○	○	○	○	○
○	○	○	○	○	○	○	○	○	○	○	○
○	○	○	○	○	○	○	○	○	○	○	○
○	○	○	○	○	○	○	○	○	○	○	○

	舌音齒		喉音				齒音				
	清濁	清濁	清濁	濁	清	清	濁	清	濁	次清	清
支	〇	〇	〇	〇	〇	〇	〇	〇	〇	〇	〇
	〇	〇	〇	〇	〇	〇	〇	釃	齹[5]	差	齜[4]
	兒	離	〇	〇	犧	猗[8]	匙	施[7]	疵[6]	眵	支
	〇	〇	移	〇	〇[9]	〇	〇	斯	〇	雌	貲
紙	〇	〇	〇	〇	〇	〇	〇	〇	〇	〇	〇
	〇	〇	〇	〇	〇	〇	〇	躧	〇	〇	批
	爾	邐	〇	〇	〇[12]	倚	氏	弛	舐	侈	紙
	〇	〇	酏	〇	〇	〇	〇	徙	〇	此	紫
寘	〇	〇	〇	〇	〇	〇	〇	〇	〇	〇	〇
	〇	〇	〇	〇	〇	〇	〇	屣	〇	〇	柴[16]
	〇	詈	〇	〇	戲	倚	豉	翅	〇	[illegible]	寘
	〇	〇	易	〇	〇	〇[18]	〇	賜	漬	刺[17]	積
	〇	〇	〇	〇	〇	〇	〇	〇	〇	〇	〇
	〇	〇	〇	〇	〇	〇	〇	〇	〇	〇	〇
	〇	〇	〇	〇	〇	〇	〇	〇	〇	〇	〇
	〇	〇	〇	〇	〇	〇	〇	〇	〇	〇	〇

內轉第四開合

1. 披字廣韻支韻與滂母三等鈹同敷羈切、七音略作㱟、廣韻支韻韻末㱟匹支切、與七音略合、韻鏡此或是作㱟而譌、

2. 廣韻去奇切下作攱、注云不正、蓋從危支聲、此從攴作攱、誤、又本轉去聲群母芰字亦譌支爲攴、

3. 祇、日刊本景印本作秖、案廣韻作祇、與黎本合、日刊本景印本誤、

4. 廣韻以前韻書支韻無齜字、廣韻韻末齜側宜切、與此合、七音略亦有此字、

5. 廣韻以前韻書支韻無此字、廣韻韻末齹士宜切、與此合、七音略亦有此字、

6. 疵廣韻支韻疾移切、當在從母四等、七音略正從四作疵、

7. [illegible]當從廣韻作施

8. 徛當從廣韻作猗、

9. 切三有訑字、香支反、王二全王作訑、廣韻作詑、當補於此、七音略正有訑字

10. 踦廣韻紙韻與三等掎同居綺切不當在此、七音略作枳枳字不見於廣韻以前韻書、廣韻紙韻韻末枳、居帋切、與七音略合、

11. 廣韻以前韻書紙韻無此字、廣韻韻末企丘弭切、與此合、七音略亦有此字、

12. 王一王二全王廣韻紙韻有鵸字王一切殘、王二全王興倚反、廣韻興綺切、當補於此七音略此正有鵸字、

13. 王二全王廣韻寘韻有臂字、卑義切、當補於此、七音略此正

有臂字

14. 王一王二全王廣韻寘韻譬澼二字、王一王二全王匹義反廣韻匹賜切、當補於此、七音略正有譬字、

15. 日刊本景印本此並有避字、案廣韻寘韻避毗義切、當在並母四等、黎本此無字是然亦不見於並四則非、七音略正並四作避而此無字、可據改、

16. 廣韻寘韻爭義切下作䘣、注云衣不展、無紫字、此紫字蓋即䘣之譌誤、七音略此正作䘣、

17. 剌、日刊本景印本同、案當作刺、剌刺音義別、

18. 日刊本景印本此並有縊字、案廣韻寘韻縊於賜切、此當有、黎本誤脱、七音略此亦有縊字、

內轉第五合

脣音 清	脣音 次清	脣音 濁	脣音 清濁	舌音 清	舌音 次清	舌音 濁	舌音 清濁	牙音 清	牙音 次清	牙音 濁	牙音 清濁
○	○	○	○	○	○	○	○	○	○	○	○
○	○	○	○	○	○	○	○	○	○	○	○
○	○	○	○	腄	○	鬌	○	嬀	虧	䞈[3]	危
○	○	○	○	追音[1] ○	○	鎚[2]	○	規	闚	○	○
○	○	○	○	○	○	○	○	○	○	○	○
○	○	○	○	○	○	○	○	○	○	○	○
○	○	○	○	○	○	○	○	詭	○[5]	跪	硊
○	○	○	○	○	○	○	○	○	跬	○	○
○	○	○	○	○	○	○	○	○	○	○	○
○	○	○	○	○	○	○	○	○	○	○	○
○	○	○	○	娷	○	縋	諉	䝚	○	○	僞
○	○	○	○	○	○	○	○	瞡[9]	觖	○	○
○	○	○	○	○	○	○	○	○	○	○	○
○	○	○	○	○	○	○	○	○	○	○	○
○	○	○	○	○	○	○	○	○	○	○	○
○	○	○	○	○	○	○	○	○	○	○	○

	齒音 清	齒音 次清	齒音 濁	齒音 清	齒音 濁	喉音 清	喉音 清	喉音 濁	喉音 清濁	舌音 清濁	齒音 清濁
支	○	○	○	○	○	○	○	○	○	○	○
	○	○[4]	○	○[4]	○	○	○	○	○	○	○
	䮔	吹	○	○	垂	逶	麾	○	爲	羸	痿
	劑	○	○	眭	隨	○	隳	○	蠵	○	○
紙	○	○	○	○	○	○	○	○	○	○	○
	○	○	○	○	○	○	○	○	○	○	○
	捶	揣[6]	○	○	菙[7]	委	毀	○	蔿	累	蘂
	觜	○	惢	髓	猜[8]	○	○	○	薳	○	○
寘	○	○	○	○	○	○	○	○	○	○	○
	○	○	○	○	○	○	○	○	○	○	○
	惴	吹	○	○	睡	餧	毀[10]	○	爲	累	枘[11]
	○	○	○	𥝩	○	恚	孈	○	瓗	○	○
	○	○	○	○	○	○	○	○	○	○	○
	○	○	○	○	○	○	○	○	○	○	○
	○	○	○	○	○	○	○	○	○	○	○
	○	○	○	○	○	○	○	○	○	○	○

内轉第五合

1. 腄下𨗨字，日刊本景印本無，案𨗨不成字，廣韻支韻無，蓋音追二字，為後人所記腄字讀音，當刪。

2. 錘字廣韻支韻與澄母髻字同直垂切，不當在此，七音略此無字。

3. 廣韻支韻無群母合口字，此蓋據集韻趍巨為切增，七音略此無字。

4. 切二切三王一王二全王廣韻支韻並有衰字，楚危切，當補於穿母二等，又切二切三王二全王廣韻支韻並有韉字，山垂切，當補於審母二等，七音略正有衰韉二字，唯衰字誤在審母二等，韉字誤在審母三等。

5. 切三王二全王廣韻紙韻並有跪字，去委切（切三注云去

拜委反、去拜二字誤倒）當補於此、七音略此正有跪字、

6. 廣韻紙韻揣初委切、當在穿母二等、七音略字正見穿二、

7. 廣韻以前韻書紙韻無此字、廣韻韻末華時髓切、與此合、七音略亦有此字、

8. 清、日刊本景印本並作猜、案廣韻紙韻作𤢂、各本並譌誤、

9. 䫜不成字、蓋䫜之譌誤、廣韻以前韻書寘韻無此字、廣韻寘韻䫜規恚切、與此合、七音略亦有此字、惟誤在溪母下、

10. 廣韻以前韻書寘韻無此字、廣韻毀況偽切、與此合、七音略亦有此字、

11. 㶱、日刊本景印本並壞作㶱、

内轉第六開

脣音 清	脣音 次清	脣音 濁	脣音 清濁	舌音 清	舌音 次清	舌音 濁	舌音 清濁	牙音 清	牙音 次清	牙音 濁	牙音 清濁
○	○	○	○	○	○	○	○	○	○	○	○
○	○	○	○	○	○	○	○	○	○	○	○
悲	丕	邳	眉	胝	絺	墀	尼	飢	○	耆	狋
○	紕	毗	○	○	○	○	○	○	○	○	○
○	○	○	○	○	○	○	○	○	○	○	○
○	○	○	○	○	○	○	○	○	○	○	○
鄙	嚭	否	美	黹	𨽍[2]	雉	秜	几	○	跽	○
匕	○	牝	○	○	○	○	○	○	○	○	○
○	○	○	○	○	○	○	○	○	○	○	○
○	○	○	○	○	○	○	○	○	○	○	○
祕	濞	備	郿	致	○[4]	緻	膩[5]	冀[6]	器	臮	劓
痹	屁	鼻	寐	○	○	地	○	○	弃	○	○
○	○	○	○	○	○	○	○	○	○	○	○
○	○	○	○	○	○	○	○	○	○	○	○
○	○	○	○	○	○	○	○	○	○	○	○
○	○	○	○	○	○	○	○	○	○	○	○

	齒音 清	次清	濁	清	濁	喉音 清	清	濁	清濁	舌音 清濁	齒 清濁
脂	○	○	○	○	○	○	○	○	○	○	○
	○	○	○	師	○	○	○	○	○	○	○
	脂	鴟	○	尸	○	○	○	○	○	棃	○
	咨	郪	茨	私	○	伊	夷[1]	○	姨	○	○
旨	○	○	○	○	○	○	○	○	○	○	○
	○	○	○	○	○	○	○	○	○	○	○
	旨	○	○	矢	視	歖	○	○	○	履	○
	姊	○	○	死	兕	○	○	○	○	○	○
至	○	○	○	○	○	○	○	○	○	○	○
	○	○	○	○	○	○	○	○	○	○	○
	至	痓	示	屍	嗜	懿	齂	○	○	利	二
	恣	次	自	四	○	○	呬[7]	系[8]	肄	○	○
	○	○	○	○	○	○	○	○	○	○	○
	○	○	○	○	○	○	○	○	○	○	○
	○	○	○	○	○	○	○	○	○	○	○
	○	○	○	○	○	○	○	○	○	○	○

內轉第六開

1. 夷字廣韻脂韻與喻母四等姨同以脂切，不當在此。廣韻脂韻咦忔䀀屎四字喜夷切，王二屎字虛伊反，屎即屎字之譌，韻鏡此作夷，葢即咦之壞字，七音畧此作咦。

2. 䬳，廣韻作䬳，切三作䬳，七音畧集韻並作䬳，案當以作䬳為正。

3. 柅日刊本景印本並作柅，案廣韻旨韻女履切字作柅，黎本譌誤，七音畧亦作柅。

4. 日刊本景印本此並有杘字，案廣韻至韻有杘字，丑利切，此當有，黎本誤脫，七音畧亦有杘字。

5. 膭當作膩。
箕當作冀。

7. 呬字廣、韻至韻與、曉母三等隸同虛器切、不當在此、蓋據集韻呬許四切所增、七音畧亦有此字、

8 廣、韻至韻無匣母字、系屬霽韻匣母、此蓋據集韻至韻系兮肄切所增七音畧此無字、

內轉第七合

脣音 清	脣音 次清	脣音 濁	脣音 清濁	舌音 清	舌音 次清	舌音 濁	舌音 清濁	牙音 清	牙音 次清	牙音 濁	牙音 清濁
○	○	○	○	○	○	○	○	○	○	○	○
○	○	○	○	○	○	○	○	○	○	○	○
○	○	○	○	追	○	鎚	○	龜	巋	逵	○
○	○	○	○	○	○	○	○	○	○	葵	○
○	○	○	○	○	○	○	○	○	○	○	○
○	○	○	○	○	○	○	○	○	○	○	○
○	○	○	○	○	○	○	○	軌	巋	郈	○
○	○	○	○	○	○	○	○	癸	○	揆	○
○	○	○	○	○	○	○	○	○	○	○	○
○	○	○	○	○	○	○	○	○	○	○	○
○	○	○	○	對	○	墜	○	[5]媿	喟	匱	○
○	○	○	○	○	○	○	○	季	○	悸	○
○	○	○	○	○	○	○	○	○	○	○	○
○	○	○	○	○	○	○	○	○	○	○	○
○	○	○	○	○	○	○	○	○	○	○	○
○	○	○	○	○	○	○	○	○	○	○	○

	舌音齒		喉音				齒音				
	清濁	清濁	清濁	濁	清	清	濁	清	濁	次清	清
脂	○	○	○	○	○	○	○	○	○	○	○
	○	○	○	○	○	○	○	衰	○	○	○
	蕤	[illegible]	○[2]	○	○	○	誰	○	○	推	錐
	○	○	惟	○	○[1]	○	○	綏	○	○	嗺
旨	○	○	○	○	○	○	○	○	○	○	○
	○	○	○	○	○	○	○	○	○	○	○
	惢	壘	洧	○	[illegible][4]	○	○	水	○	○	[illegible][3]
	○	○	唯	○	○	○	○	○	[illegible]	趡	濢
至	○	○	○	○	○	○	○	○	○	○	○
	○	○	○	○	○	○	○	○[7]	○	○[6]	○
	○	類	位	○	○[8]	○	○	[illegible]	○	出	○
	○	○	遺	○	侐	○	遂	邃	萃	翠	醉
	○	○	○	○	○	○	○	○	○	○	○
	○	○	○	○	○	○	○	○	○	○	○
	○	○	○	○	○	○	○	○	○	○	○
	○	○	○	○	○	○	○	○	○	○	○

內轉第七合

1. 切二切三王二全王廣韻脂韻並有倠字，許維切，當補於此。七音畧此正有倠字。

2. 切二切三王二全王廣韻脂韻並有帷字，洧悲切，當補於此。七音畧此正有帷字。

3. 廣韻旨韻無沝字，字屬紙韻照母，此蓋據集韻沝之誄切所增。七音畧此無字。

4. 瞲，日刊本景印本並作瞲，案廣韻旨韻火癸切下作瞲，注云恚視，當是從目，日刊本景印本並譌誤。

5. 喟，日刊本景印本並壞為嘒。

6. 王一全王廣韻至韻有麬字，王一楚類反，全王楚利反，廣韻楚愧切，七音畧字在本轉穿母二等，此當補麬字。

7. 王一王二全王廣韻至韻帥率二字所類切，當補於此，七音畧此正有帥字。

8. 王一王二全王廣韻至韻豷燹二字許位切，（王一全王許偽反，偽字誤）當補於此，七音畧此有豷字，集韻豷或从犬，

內轉第八開

脣音 清	脣音 次清	脣音 濁	脣音 清濁	舌音 清	舌音 次清	舌音 濁	舌音 清濁	牙音 清	牙音 次清	牙音 濁	牙音 清濁
○	○	○	○	○	○	○	○	○	○	○	○
○	○	○	○	○	○	○	○	○	○	○	○
○	○	○	○	○	癡	治	○	姬	欺	其	疑
○	○	○	○	○	○	○	○	○	抾[1]	○	○
○	○	○	○	○	○	○	○	○	○	○	○
○	○	○	○	○	○	○	○	○	○	○	○
○	○	○	○	徵	恥	峙[5]	伱[6]	紀	起	○	擬
○	○	○	○	○	○	○	○	○	○	○	○
○	○	○	○	○	○	○	○	○	○	○	○
○	○	○	○	○	○	○	○	○	○	○	○
○	○	○	○	置	眙	值	○	記	亟	忌	魕
○	○	○	○	○	○	○	○	○	○	○	○
○	○	○	○	○	○	○	○	○	○	○	○
○	○	○	○	○	○	○	○	○	○	○	○
○	○	○	○	○	○	○	○	○	○	○	○
○	○	○	○	○	○	○	○	○	○	○	○

	齒音					喉音				舌音齒	
	清	次清	濁	清	濁	清	清	濁	清濁	清濁	清濁
之	○	○	○	○	○	○	○	○	○	○	○
	菑[2]	○[3]	茬	○	○[4]	○	○	○	○	○	○
	之	蚩	○	詩	時	醫	僖	○	○	釐	而
	兹	○	慈	思	詞	○	○	○	飴	○	○
止	○	○	○	○	○	○	○	○	○	○	○
	滓	剗[7]	士	史	俟	○	○	○	○	○	○
	止	齒	○	始	市	譩	喜	○	以[8]	里	耳
	子	○	○	枲	似	○	○	○	○	○	○
志	○	○	○	○	○	○	○	○	○	○	○
	胾	廁	事	駛	○	○	○	○	○	○	○
	志	熾	○	試	侍	意	憙	○	○	吏	餌
	恣	載	字	笥[9]	寺	○	○	○	異	○	○
	○	○	○	○	○	○	○	○	○	○	○
	○	○	○	○	○	○	○	○	○	○	○
	○	○	○	○	○	○	○	○	○	○	○
	○	○	○	○	○	○	○	○	○	○	○

內轉第八開

1. 廣韻以前韻書之韻無此字、廣韻抾字兩見一見去其切下、一音丘之切、去其切下抾字注云又丘之切、去其丘之二切似不同音、然集韻但見去其切下、七音略此亦無字、是又未見其二切果有不同、韻鏡此作抾、蓋卽後人據廣韻丘之切所增、

2. 菑當從廣韻作菑、

3. 日刊本景印本此並有輜、案廣韻之韻有輜字、楚持切、此當有、日刊本景印本是惟字當從廣韻作輜、

4. 切二切三全王廣韻之韻有漦字、切二全王俟淄反、切三俟之反、廣韻俟甾切、當補於此、七音略此正有漦字、

5. 峙、日刊本景印本並作 時、案廣韻止韻峙時二字同切、時為

首字，然切三王一王二全王並無時字，字作跱，且並以峙為首字，日刊本景印本峙蓋為峙之譌誤，不則當係後人據廣、韵所改，七音略此亦作峙。

6. 廣韵以前韵書止韵無此字，廣韵韵末你乃里切，與此合，七音略亦有此字。

7. 剝當从廣韵作剝。

8. 以為喻母四等字，當下移四等。切三王一王二全王廣韵止韵有矣字于紀切（切三王二于字誤作子）當補於此，七音略正此作矣字，唯四等以字誤脫。

9. 笥，日刊本同，景印本誤作筍。

內轉第九開

脣音 清	脣音 次清	脣音 濁	脣音 清濁	舌音 清	舌音 次清	舌音 濁	舌音 清濁	牙音 清	牙音 次清	牙音 濁	牙音 清濁
○	○	○	○	○	○	○	○	○	○	○	○
○	○	○	○	○	○	○	○	○	○	○	○
○	○	○	○	○	○	○	○	機	○	祈	沂
○	○	○	○	○	○	○	○	○	○	○	○
○	○	○	○	○	○	○	○	○	○	○	○
○	○	○	○	○	○	○	○	○	○	○	○
○	○	○	○	○	○	○	○	蟣	豈	○	顗
○	○	○	○	○	○	○	○	○	○	○	○
○	○	○	○	○	○	○	○	○	○	○	○
○	○	○	○	○	○	○	○	○	○	○	○
○	○	○	○	○	○	○	○	既	氣	䤈[1]	毅
○	○	○	○	○	○	○	○	○	○	○	○
○	○	○	○	○	○	○	○	○	○	○	○
○	○	○	○	○	○	○	○	○	○	○	○
癈[3]	○	○	○	○	○	○	○	計[4]	○	○	刈
○	○	○	○	○	○	○	○	○	○	○	○

去聲寄此

	舌音齒 清濁	清濁	喉音 清濁	濁	清	清	齒音 濁	清	濁	次清	清
微	○	○	○	○	○	○	○	○	○	○	○
	○	○	○	○	○	○	○	○	○	○	○
	○	○	○	○	希	依	○	○	○	○	○
	○	○	○	○	○	○	○	○	○	○	○
尾	○	○	○	○	○	○	○	○	○	○	○
	○	○	○	○	○	○	○	○	○	○	○
	○	○	○	○	豨	扆	○	○	○	○	○
	○	○	○	○	○	○	○	○	○	○	○
未	○	○	○	○	○	○	○	○	○	○	○
	○	○	○	○	○	○	○	○	○	○	○
	○	○	○	○	欷	○[2]	○	○	○	○	○
	○	○	○	○	○	○	○	○	○	○	○
廢	○	○	○	○	○	○	○	○	○	○	○
	○	○	○	○	○	○	○	○	○	○	○
	○	○	○	○	○	○	○	○	○	○	○
	○	○	○	○	○	○	○	○	○	○	○

內轉第九開

1. 廣韻以前韻書未韻無此字、廣韻韻末⿰酉幾其旣切、與此合、七音畧亦有此字、

2. 日刊本景印本此並有衣字、案廣韻未韻有衣字、於旣切、此當有、黎本誤奪、七音畧亦有衣字、

3. 癈、景印本同、日刊本作廢、案廣韻二字同切、唯此與下轉重出、徵廢脣音皆在彼、此當删、七音畧此無字、

4. 廣韻廢韻無見母字、計在霽韻、見十三轉、集韻廢韻有訐字、九刈切、此計字蓋卽集韻訐之譌誤、七音畧此無字、可據删、

內轉第十合

脣音 清	脣音 次清	脣音 濁	脣音 清濁	舌音 清	舌音 次清	舌音 濁	舌音 清濁	牙音 清	牙音 次清	牙音 濁	牙音 清濁
○	○	○	○	○	○	○	○	○	○	○	○
○	○	○	○	○	○	○	○	○	○	○	○
非	菲	肥	微	○	○	○	○	歸	巋[1]	頎[2]	巍
○	○	○	○	○	○	○	○	○	○	○	○
○	○	○	○	○	○	○	○	○	○	○	○
○	○	○	○	○	○	○	○	○	○	○	○
匪	斐	膹	尾	○	○	○	○	鬼	○	○	○
○	○	○	○	○	○	○	○	○	○	○	○
○	○	○	○	○	○	○	○	○	○	○	○
○	○	○	○	○	○	○	○	○	○	○	○
沸	費	痱	未	○	○	○	○	貴	槼	[illegible][3]	魏
○	○	○	○	○	○	○	○	○	○	○	○
○	○	○	○	○	○	○	○	○	○	○	○
○	○	○	○	○	○	○	○	○	○	○	○
廢	○[4]	吠[5]	○	○	○	○	○	○	[illegible][6]	衛	[illegible][7]
○	○	○	○	○	○	○	○	○	○	○	○

去聲寄此

	齒 清濁	舌音 清濁	喉 清濁	濁	清	音 清	齒 濁	清	濁	次清	音 清
微	○	○	○	○	○	○	○	○	○	○	○
	○	○	○	○	○	○	○	○	○	○	○
	○	○	韋	○	暉	威	○	○	○	○	○
	○	○	○	○	○	○	○	○	○	○	○
尾	○	○	○	○	○	○	○	○	○	○	○
	○	○	○	○	○	○	○	○	○	○	○
	○	○	韙	○	虺	磈	○	○	○	○	○
	○	○	○	○	○	○	○	○	○	○	○
未	○	○	○	○	○	○	○	○	○	○	○
	○	○	○	○	○	○	○	○	○	○	○
	○	○	胃	○	諱	尉	○	○	○	○	○
	○	○	○	○	○	○	○	○	○	○	○
廢	○	○	○	○	○	○	○	○	○	○	○
	○	○	○	○	○	○	○	○	○	○	○
	○	○	○	○	喙	穢	○	○	○	○	○
	○	○	○	○	○	○	○	○	○	○	○

內轉第十合

1. 廣韻微韻丘韋切下有巋無蘬，廣韻以前韻書同，七音略此作蘬，本書蘬蓋巋之譌誤，集韻區韋切下增蘬字，本書所本疑不如是。

2. 頎字廣韻微韻與第九轉祈字同渠希切，不當在此，集韻微韻頎字琴威切，韻鏡此頎字疑即集韻頎之譌誤，七音略此無字可據以刪此。

3. 廣韻未韻無䵝字，蓋據集韻䵝巨畏切所增，七音略此無字。

4. 王二全王廣韻廢韻有肺字芳廢切，當補於此，七音略正有肺字。

5. 吠，日刊本同，景印本作吹，案並吠之譌誤。

6. 全王廢韻錈丘畎（當是吠字）反，廣韻字誤入祭韻，丘吠

7.

切、韻鏡此作錈、不誤、惟字又見十四轉祭韻下則淺人據廣、韻誤增、七音略字見十四轉祭韻、不見十六轉廢韻、誤、廣韻廢韻無疑母合口字、㹠見祭韻、呼吠切、實與曉母三等許穢切喙字同音、不當在此、此蓋據集韻廢韻㹠牛吠切所增、七音略此無字、

四

内轉第十一開

脣音 清	脣音 次清	脣音 濁	脣音 清濁	舌音 清	舌音 次清	舌音 濁	舌音 清濁	牙音 清	牙音 次清	牙音 濁	牙音 清濁
○	○	○	○	○	○	○	○	○	○	○	○
○	○	○	○	○	○	○	○	○	○	○	○
○	○	○	○	豬	攄	除	袽	居	墟	渠	魚
○	○	○	○	○	○	○	○	○	○	○	○
○	○	○	○	○	○	○	○	○	○	○	○
○	○	○	○	○	○	○	○	○	○	○	○
○	○	○	○	貯	楮[3]	佇	女	舉	去	巨	語
○	○	○	○	○	○	○	○	○	○	○	○
○	○	○	○	○	○	○	○	○	○	○	○
○	○	○	○	○	○	○	○	○	○	○	○
○	○	○	○	著	絮	著	女	據	去	遽	御
○	○	○	○	○	○	○	○	○	○	○	○
○	○	○	○	○	○	○	○	○	○	○	○
○	○	○	○	○	○	○	○	○	○	○	○
○	○	○	○	○	○	○	○	○	○	○	○
○	○	○	○	○	○	○	○	○	○	○	○

	舌音齒		喉音				齒音				
	清濁	清濁	清濁	濁	清	清	濁	清	濁	次清	清
魚	○	○	○	○	○	○	○	○	○	○	○
	○	○	○	○	○	○	○	踈	鉏	初	菹[1]
	如	臚	余[2]	○	虛	於	蜍	書	○	○	諸
	○	○	○	○	○	○	徐	胥	○	疽	苴
語	○	○	○	○	○	○	○	○	○	○	○
	○	○	○	○	○	○	○	所	齟	楚	阻
	汝	呂	○	○	許	扵	野	暑	紓	杵[5]	鬻[4]
	○	○	與	○	○	○	敘	諝	咀	䏧[6]	苴
御	○	○	○	○	○	○	○	○	○	○	○
	○	○	○	○	○	○	○	疏	助	㑪	詛
	洳	慮	○	○	嘘	飫	署	恕	○	處	翥
	○	○	豫	○	○	○	屐[8]	絮	○[7]	覰	怚
	○	○	○	○	○	○	○	○	○	○	○
	○	○	○	○	○	○	○	○	○	○	○
	○	○	○	○	○	○	○	○	○	○	○
	○	○	○	○	○	○	○	○	○	○	○

內轉第十一開

1. 菹、日刊本景印本並作葅、案廣韻葅菹同字、

2. 余、廣韻魚韻以諸切、當下移喻母四等、七音略字在四等、

3. 楮、日刊本景印本作楮、案廣韻語韻楮褚二字丑呂切、楮為首字、廣韻以前韻書同、黎本褚當是楮之壞誤、七音略作褚、

4. 廣韻語韻章與切下有鬻無鬻、鬻當是鬻之譌誤、七音略作鬻、

5. 杵、日刊本景印本並作杵、案杵是杵壞字、廣韻與日刊本景印本合、

6. 𦕈、日刊本景印本作䀛、案黎本𦕈是䀛之譌誤、七音略譌作𦕈、

7. 日刊本景印本此並有嫿字、案廣韻御韻無從母字、集韻姐

8.

字祥豫切、將豫切下爐姐同字、日刊本叢印本此或即本於集韻所增與、七音略亦無此字、廣韻以前韻書御韻無此字、集韻祥豫切下亦無、廣韻韻末屐徐預切、與此合、七音略亦有此字、唯譌作屐、

內轉第十二開合

脣音 清	脣音 次清	脣音 濁	脣音 清濁	舌音 清	舌音 次清	舌音 濁	舌音 清濁	牙音 清	牙音 次清	牙音 濁	牙音 清濁
逋	鋪	蒲	模	都	駼	徒	奴	孤	枯	○	吾
○	○	○	○	○	○	○	○	○	○	○	○
膚	敷	符	無	株	貙	廚	○	拘	區	劬	虞
○	○	○	○	○	○	○	○	○	○	○	○
補	普	簿	姥	覩	土	杜	努[2]	古	苦	○	五
○	○	○	○	○	○	○	○	○	○	○	○
甫	撫	父	武	拄	○	柱	○	矩	齲	窶	麌
○	○	○	○	○	○	○	○	○	○	○	○
布	怖	捕	暮	妬	兎	渡	笯[6]	顧	袴	○	誤
○	○	○	○	○	○	○	○	○	○	○	○
付	赴	附	務	駐	閗[5]	住	○	○	驅	懼	遇
○	○	○	○	○	○	○	○	○	○	○	○
○	○	○	○	○	○	○	○	○	○	○	○
○	○	○	○	○	○	○	○	○	○	○	○
○	○	○	○	○	○	○	○	○	○	○	○
○	○	○	○	○	○	○	○	○	○	○	○

	舌音齒		喉音				齒音				
	清濁	清濁	清濁	濁	清	清	濁	清	濁	次清	清
模	○	盧	○	胡	呼	烏	○	蘇	徂	麤	租
	○	○	○	○	○	○	○	毹	雛	芻	⿰亻芻
虞	儒	慺	于	○	訏	紆	殊	輸	○	樞	朱
	○	○	逾	○	○	○	○	須	○	趨	諏
姥	○	魯	○	戶	虎	隖	○	○	粗	蔖[3]	祖
	○	○	○	○	○	○	○	數	⿰犭聚	○	○
麌	乳	縷	羽	○	詡	傴	豎	○	⿸厂聚[4]	○	主
	○	○	庾	○	○	○	○	⿰糹須	聚	取	○
暮	○	路	○	護	謼	汙	○	訴	祚	厝[9]	做[8]
	○	○	○	○	○	○	○	捒	○	菆	○
遇	孺	屢	芋	○	昫	嫗	樹	戍	○	○	注
	○	○	裕[10]	○	○	○	○	尠	聚	娶	緅
	○	○	○	○	○	○	○	○	○	○	○
	○	○	○	○	○	○	○	○	○	○	○
	○	○	○	○	○	○	○	○	○	○	○
	○	○	○	○	○	○	○	○	○	○	○

内轉第十二開合

1. 補當作補、廣韻姥韻補下引說文完衣也、

2. 努、日刊本景印本並作怒、案廣韻姥韻努怒同切、然怒為首字、廣韻以前韻書並同、蓋本如日刊本景印本作怒、後人以怒字通讀去聲、遂改黎本作努、七音略此作弩、弩字廣韻與怒字同切、

3. 蔖、日刊本景印本作蘆、案廣韻姥韻采古切首字作蔖、無蘆字、日刊本景印本誤、七音略此亦作蔖、

4. [illegible]、日刊本景印本無、案[illegible]不成字、廣韻麌韻無、七音略作[illegible]、為牀二[illegible]字誤入、黎本此字豈又淺人據七音略所增與、

5. 閏當从廣韻作𨳒、从門主聲、七音略亦誤作閏、唯此字廣韻以前韻書遺韻兼無、此作閏未審是否原有、

6. 旇、不成字、當从日刊本景印本作敓、

7. 王二全王廣韻遇韻有屨字、王韻俱遇反、廣韻九遇切、當補於此、七音略此正有屨字、

8. 廣韻以前韻書暮韻無此字、廣韻韻末作作臧祚切、集韻云作俗作做、與此合、七音略此作作、

9. 曆當从廣韻作曆、

10. 裕、日刊本同、景印本作裕、案當作裕、

外轉第十三開

脣音 清	脣音 次清	脣音 濁	脣音 清濁	舌音 清	舌音 次清	舌音 濁	舌音 清濁	牙音 清	牙音 次清	牙音 濁	牙音 清濁
○	婝[1]	㾦	○	[illegible]	胎	臺	能	該	開	○	皚
○	○	排	埋	[illegible]	搋[2]	○	搱	皆	揩	○	[illegible][3]
○	○	○	○	○	○	○	○	○	○	○	○
箆	批	鼙	迷	氐	梯	題	泥	雞	谿	○	倪
俖[11]	啡	倍	穤	等	𡅜[13]	駘	乃	改	愷	○	○
○	○	罷[12]	○	○	○	○	○	鍇[14]	楷	○	騃
○	○	○	○	○	○	○	○	○	○	○	○
[illegible]	顊	陛	米	邸	體	弟	禰	○	啓	○	掜
○[23]	怖	○	穤	戴	貸	代	耐	溉	慨	隑[28]	礙
拜[22]	○	○	○	○	○	○	褹	誡	烗	○	[illegible]
○	○	○	○	㿃	跇[24]	滯[25]	○	猘	憩[26]	偈	劓
閉	媲	薜	謎	帝	替	第	泥	計[27]	契	○	詣
○	○	○	○	○	○	○	○	○	○	○	○
○	○	○	○	○	蠆[33]	[illegible][34]	○	犗	○	○	○
○	○	○	○	○	○	○	○	○	○	○	○
○	○	○	○	○	○	○	○	○	○	○	○

去聲寄此

韻	齒音 清	齒音 次清	齒音 濁	齒音 清	齒音 濁	喉音 清	喉音 清	喉音 濁	喉音 清濁	舌音齒 清濁	舌音齒 清濁
咍	哉	猜	裁	鰓	○	哀	咍	孩[9]	○	來	○
皆	齋	差	豺	崽[6]	○	挨	稀[8]	諧	○	唻	○
	○	犄[5]	○	○	○[7]	○	○	○	○	○	○
齊	齎[4]	妻	齊	西	○	鷖	醯	兮	○	黎	臡[10]
海	宰	采	在	○	○	欸	海	亥	佁[18]	釓[19]	疓[21]
駭	○	○	○	○	○	○	○	駭	○	攋[20]	○
	○	茝	○	○	灑[16]	○	○	○	○	○	○
薺	濟	泚[15]	薺	洗	○	吁	○	徯[17]	○	禮	○
代	載	菜	在	賽	○	愛	餀[37]	瀣	○	賚	○
怪	瘵	瘥[29]	○	○[30]	○	噫	譮	械	○	○	○
祭	制	掣	○	世	逝	○	緆[31]	○	○	例	○
霽	霽	砌	嚌	細	○	翳	○[32]	蒵	○	麗	○
夬	○	○	○	○	○	○	○	○	○	○	○
	○	啐	寨[35]	[illegible]	○	喝	譪	[illegible][36]	○	○	○
	○	○	○	○	○	○	○	○	○	○	○
	○	○	○	○	○	○	○	○	○	○	○

外轉第十三開

1. 婝當从廣韻作㚢，惟廣韻以前韻書咍韻無此字，此作婝，未審是否原有。七音略此亦有㚢字。

2. 廣韻以前韻書皆韻無此字，廣韻韻末搋丑皆切，與此合。七音略亦有此字。

3. 廣韻以前韻書皆韻無此字，廣韻韻末䨵擬皆切，與此合。七音略此無字。

4. 齋當从廣韻作齋。

5. 廣韻以前韻書咍韻無此字，廣韻咍韻韻末、𤛓昌來切，此蓋祭韻撆之平聲。七音略亦有此字。

6. 廣韻以前韻書皆韻無此字，廣韻韻末崽山皆切，與此合。七音略亦有此字。

7. 切三全王廣韻齊韻有移字，切三成栖反，全王成西反，廣韻成臡切，為祭韻逝之平聲，當補於此。七音略邪母四等有移字，蓋即移之譌誤，擾字在齊韻，遂列於邪四，恐不當如此。

8. 俙，廣韻同，廣韻校勘記云，段改俙，案全王字正作俙，七音略無字，當是誤脫。

9. 廣韻咍韻戶來切下有孩字，注云始生小兒，無㱚字，此作㱚，即孩之譌誤，七音略亦譌作㱚。

10. 日母例無四等字，廣韻齊韻臡人兮切，疑為祭韻平聲，應上移日母三等，七音略字亦在此。

11. 俖字廣韻海韻音普乃切，與匹愷切啡字實同一音，不當另立於此，集韻怌布亥切，韻鏡此俖字或即集韻怌之譌誤，七音略此無字。

12. ⿰金罷日刊本景印本作罷、案廣韻駭韻無脣音字二字並屬蟹韻並母、蓋據集韻駭韻⿰金罷蒲楷切所增、日刊本景印本文奪具偏旁耳、七音畧此無字、

13. ⿰口臺、王二全王與定母駘同徒亥切、廣韻不見徒亥切下音他亥切、與此合七音畧亦有此字、

14. 鍇字廣韻駭韻與溪母二等楷同切、王二全王又別音古駭切、集韻同、韻鏡作鍇不誤、七音畧此無字、

15. 泚、日刊本景印本並誤作泚、

16. 廣韻薺韻無禪母字、灑見蟹韻、此蓋據集韻灑時禮切所增、七音畧此正無字、

17. 徯日刊本景印本作傒、案黎本是七音畧此字誤在曉母、

18. 廣韻以前韻書海韻無佁字、廣韻佁字音夷在切、一等例無

喻母字、佁蓋紧韻曳之上聲字、當下移喻母四等、七音略字亦見此、

19. 廣韻以前韻書海韻無此字、廣韻韻末紪來改切、與此合、七音略亦有此字、

20. 攋、日刊本景印本並無、案廣韻駭韻無來母字、當無、集韻攋字洛駭切、黎本此作攋、蓋即集韻攋之譌誤、七音略正作攋、然疑亦後人所增、

21. 王韻海韻疓如亥切、與此合、惟日母例無一等字、王二全王字與泥母乃字同奴亥反、（廣韻奴亥切下無疓字）七音略亦有此字、

22. 此與十四轉重見、當刪、七音略此無字、

23. 廣韻代韻無滂母字、怖屬廣韻滂母、此蓋據集韻怖匹代切

所增七音略此無字、

24. 廣韻霽韻有遰字丑戾切、王二同、集韻亦同、丑字倚非類隔、則遰字亦當在此、

25. 滯、日刊本景印本作𨂂、案廣韻祭韻二字同直例切、然廣韻及其、以前韻書並以滯為此切第一字、疑此本作滯、七音略無字、疑誤脫、

26. 憇、當從日刊本景印本作憩、

27. 契當作契、

28. 群母例無一等字、廣韻代韻無隑字、此蓋據集韻隑巨代切所增、七音略此無字

29. 廣韻怪韻無瘥字、字見卦韻、與差字同、王一全王則怪韻有此字、楚介反、與此作瘥正合、七音略亦有此字、

30. 王一、王二、全王、唐韵、廣韵祭韵並有憏鎩蔱三字，所例切，當補於此。又諸書怪韵有鎩[礻殺]等字，王一切殘，王二所界及全王、唐韵、廣韵所拜切，亦當補於此。七音略此正有鎩字，此字二韵並見。

31. 緆，廣韵祭韵音於罽切，當在影母下。（案第十五轉影母下有緆字，誤。）七音略字正在本轉影母，可據正。惟此有慧字，則亦誤增。

32. 王一、全王、廣韵霽韵有欰奮[犭帝]三字，呼計切，當補於此。七音略此正有奮字。

33. 廣韵夬韵丑犗切下無[萬/心]字，有蠆字，[萬/心]蓋蠆之譌誤。七音略正作蠆。

34. 廣韵以前韵書無此字。廣韵夬韵[馬祭]除邁切，與此合。七音略

亦有此字、

35. 廣韻以前韻書夬韻無此字、廣韻韻末寨犲夬切、與此合、七音略亦有此字、

36. 𣪠當从廣韻夬韻作𣪠、

37. 廣韻以前韻書代韻[illegible]字與疑母礙字同切、全王五愛反下注又呼愛反、廣韻代韻韻末增[illegible]字、音海愛切、與此合、七音略亦有此字、

外轉第十四合 腄[1]仕懷反

	脣音 清	脣音 次清	脣音 濁	脣音 清濁	舌音 清	舌音 次清	舌音 濁	舌音 清濁	牙音 清	牙音 次清	牙音 濁	牙音 清濁
1	桮	肧	裴	枚	磓	[車+隹]	頹	捼	傀	恢	○	鮠
2	○	○	○	○	○	○	隤[2]	○	乖	匯	○	○
3	○	○	○	○	○	○	○	○	○	○	○	○
4	○	○	○	○	○	○	○	○	圭	睽	○	○
5	○	○	琲	浼	腿	骽	鐓	餧	○	顝	○	頠
6	○	○	○	○	䯌[8]	○	○	○	○	○	○	○
7	○	○	○	○	○	○	○	○	○	○	○	○
8	○	○	○	○	○	○	○	○	○	○	○	○
9	背	配	佩	妹	對	退	隊	內	憒	塊	[車+貴][13]	磑
10	拜	湃	憊	眛	○[10]	○[10]	○	○	怪	蒯	○	聵
11	○	○	○	○	綴	○	○[11]	○	劌	[足+卷][12]	○	○
12	○	○	○	○	○	○	○	○	桂	○	○	○
13	○	○	○	○	○	○	○	○	○	○	○	○
14	敗	○	敗	邁	○	○	○	○	夬	快	○	○
15	○	○	○	○	○	○	○	○	○	○	○	○
16	○	○	○	○	○	○	○	○	○	○	○	○

去聲寄此

	齒	舌音	喉音				齒音				
	清濁	清濁	清濁	濁	清	清	濁	清	濁	次清	清
灰	○	雷	○	回	灰	隈	○	膗	摧	崔	嗺[3]
皆	○	腂	○	懷	虺	○[5]	○	○	膗[4]	○	○
	○	○	○	○	○	○	○	○	○	○	○
齊	○	○	○	攜	眭[6]	烓	○	○	○	○	○
賄	○	礧	倄[9]	瘣	賄	猥	○	○	罪	皠	[illegible]
駭	○	○	○	○	○	○	○	○	○	○	○
	○	○	○	○	○	○	○	○	○	○	○
	○	○	○	○	○	○	○	○	○	○	○
隊	○	類	○	潰	誨	[illegible]	○	碎	○	倅	晬
怪	○	○	○	壞	豁	○[18]	○	○[16]	○	○[14]	○
祭	芮	○	衛	○	𢑱	○[19]	○[17]	稅	○	毳[15]	贅
霽	○	○	○	慧	嘒	○	○	○	○	○	○
	○	○	○	○	○	○	○	○	○	○	○
夬	○	○	○	話	咶	[illegible]	○	○	○	嘬	○
	○	○	○	○	○	○	○	○	○	○	○
	○	○	○	○	○	○	○	○	○	○	○

外轉第十四合

1. 外轉第十四合下朧仕懷反四字，後人所記，當刪，日刊本景印本並無、

2. 廣韻以前韻書皆韻無此字、廣韻⿵几責柱懷切、與此合、七音略亦有此字、

3. 王一全王子回反下無嗺字、廣韻臧回切下首字作嗺、與此合、七音略亦作嗺、

4. 廣韻以前韻書皆韻無此字、廣韻韻末朧仕懷切、與此合、七音略亦有此字、

5. 切三刊王一全王廣韻皆韻並有崴字、乙乖切當補於此、七音略正有崴字、

6. 廣韻齊韻眭字音戶圭切、不當在此、有睳字音呼攜切、此眭

字蓋郎睦之壞誤、七音略字正作睦、

7. 廣韻以前韻書皆韻無此字、廣韻韻末腂力懷切、與此合、七音略亦有此字、

8、廣韻以前韻書賄駭兩韻無此字、字見廣韻賄韻、陟賄切、集韻賄韻同、案賄韻不當有知母字、蓋祭韻上聲、當移知母三等、唯此字廣韻以前韻書既無、七音略亦無此字、此恐是後人所增、

9 廣韻賄韻倄于罪切、案一等例無喻母字、倄蓋祭韻衛之上聲字、當下移喻母三等、七音略字亦在此、

10. 王一全王怪韻有顡字、知怪反、集韻音迍怪切、與王一全王同、當補於此、七音略此正有顡字、廣韻怪韻則字讀徹母（譯存中箱二本迍怪切、黎本他怪切、他在二等為徹母類隔）、

與諸書異、

11. 廣韻祭韻有鏑字、除芮切、七音略此作鏑、然廣韻以前韻書祭韻無此字、本書亦無字、蓋所本如此、

12. 此字淺人據廣韻祭韻錈丘吠切所增、當刪、詳見第十轉6條、

13. 一等例無群母字、廣韻隊韻無此字、此不當有、七音略此正無字、集韻隊韻穨字兩見、一胡對切、一曰對切、一等不當有喻母字、疑曰字本作臼、類篇穨音巨對切、正讀群母、韻鏡此字蓋後人據集韻所增（集韻考正云宋本集韻曰作巨）、

14. 王一王二全王唐韻廣韻祭韻並有毳字、王韻唐韻音楚歲反、廣韻音楚稅切、當補於此、七音略此有竁字、王一全王廣韻竁與毳字同切、

15. 毳、王一王二全王並此芮反、廣韻此芮切、又楚稅切、並與此
不合、唐韻嚹下譓上有字、注云□□□□出□□□□昌芮
反（案此本王氏唐韻校勘記）、以王韻各本及廣韻次第校
之、當是毳字注文、則與本書此作毳字相合、唯疑唐韻昌上
一字為又、出下四格原作此芮反又四字、昌芮反則實此芮
反下又切、仍非本書此字究極之證、集韻字音此芮切而外、

16. 不見初芮切下、而別音充芮切、蓋本書所本、七音畧此無字、
王一王二全王唐韻廣韻祭韻有嚹字、音山芮切（唐韻切
殘、字亦誤作嚹、全王注文殘芮反二字）、當補於此、七音畧

17. 十六轉審母二等正有此字、唯誤作嚹耳、
王一王二全王唐韻廣韻祭韻有啜字、王韻市芮反、唐韻廣
韻嘗芮切、當補於此、七音畧此正有啜字、

18. 廣韻以前韻書怪韻無此字、廣韻話火怪切、與此合、七音略亦有此字、

19. 廣韻以前韻書祭韻無此字、廣韻韻末緣呼吠切、吠爲廢韻字、廣韻緣入祭韻已誤、韻鏡此作緣、則又淺人據廣韻所增、七音略此正無字、

外轉第十五開

	脣音 清	脣音 次清	脣音 濁	脣音 清濁	舌音 清	舌音 次清	舌音 濁	舌音 清濁	牙音 清	牙音 次清	牙音 濁	牙音 清濁
平一	○	○	○	○	○	○	○	○	○	○	○	○
平二	○	○	牌	䁡	○	扠	○	猊	佳	㧋[1]	○	崖
平三	○	○	○	○	○	○	○	○	○	○	○	○
平四	○	○	○	○	○	○	○	○	○	○	○	○
上一	○	○	○	○	○	○	○	○	○	○	○	○
上二	擺	○	罷	買	○[8]	○	廌	嬭[4]	解	芐	蟹[5]	○[6]
上三	○	○	○	○	○	○	○	○	○	○	○	○
上四	○	○	○	○	○	○	○	○	○	○	○	○
去一	貝	霈	旆[11]	昧	帶	太	大	柰	蓋	磕	○	艾
去二	嶭[9]	○	○	○	○	○	○	○	懈	𣪠	○	睚[13]
去三	○	○	○	○	○	○	○	○	○	○	○	○
去四	蔽	潎[10]	弊	袂[12]	○	○	○	○	○	○	○	藝[14]
入一	○	○	○	○	○	○	○	○	○	○	○	○
入二	○	○	○	○	○	○	○	○	○	○	○	○
入三	○	○	○	○	○	○	○	○	○	○	○	○
入四	○	○	○	○	○	○	○	○	○	○	○	○

	舌音齒		喉音				齒音				
	清濁	清濁	清濁	濁	清	清	濁	清	濁	次清	清
佳	○	○	○	○	○	○	○	○	○	○	○
	○	○	○	膎	咯[2]	娃	○	崽	柴	釵	○
	○	○	○	○	○	○	○	○	○	○	○
	○	○	○	○	○	○	○	○	○	○	○
蟹	○	○	○	○	○	○	○	○	○	○	○
	○	○	○	蟹	○	矮	○	○[8]	○	○	○[7]
	○	○	○	○	○	○	○	○	○	○	○
	○	○	○	○	○	○	○	○	○	○	○
泰卦祭	○	賴	○	害	餀	藹	○	○	○	蔡	○
	○	○	○	邂	譮	隘	○	曬	瘵	𦍒[16]	債
	○	○	○	○	○	○	○	○	○	○	○
	○	○	曳	○	○	餲[17]	○	○	○	○	○[15]
	○	○	○	○	○	○	○	○	○	○	○
	○	○	○	○	○	○	○	○	○	○	○
	○	○	○	○	○	○	○	○	○	○	○
	○	○	○	○	○	○	○	○	○	○	○

外轉第十五開

1 廣韻佳韻無開口溪母字、集韻佁與十六轉喎同空媧切、亦不當在此、此誤增、七音略正無此字、

2. 啓、日刊本景印本並作啟、案並當从廣韻作啓、

3. 切三蟹韻有儰字、都買切、集韻同、可補於此、七音略此亦無字、

4. 嬭、日刊本景印本並作𡢃、案廣韻蟹韻嬭字奴蟹切、或作妳、無𡢃字、集韻云嬭古作𡦹、亦無𡢃字、日刊本景印本誤、七音略此作妳、

5. 廣韻以前韻書蟹韻無此字、廣韻韻末箸求蟹切、與此合、七音略亦有此字、

6. 全王蟹韻有覭字、牛買反、集韻音五買切、或可補於此、七音

畧此有騃字，乃由駭韻騃字誤衍（駭韻楷騃二字七音畧駭蟹二韻並見，知騃由駭韻誤衍），與此無涉。

7. 切三、德全王蟹韻並有掜字，側解反，集韻亦有，仄蟹切，當補於此。七音畧此亦無字。

8. 廣韻蟹韻有灑字，所蟹切，七音畧此正作灑，唯此字廣韻以前韻書蟹韻無，本書此無字，蓋所本如此。

9. 廣韻卦韻嶭方賣切，與方卦切庍字為重紐（案庍為底誤字，說見王氏唐韻校勘記），庍字見十六轉，本韻脣音字並在合口，此有嶭字當是後人所增。七音畧嶭字見十五轉，十六轉作派，集韻卜卦切下有派字，蓋其所據韻書如此，嶭字亦當是後人所增。

10. 廣韻以前韻書祭韻無此字，廣韻韻末瀫匹蔽切，與此合。七

音畧亦有此字、

11、狾當從廣韻作猘、

12. 袂當作袂、廣韻祭韻袂、袖也、彌獘切、

13. [illegible]為睚之譌誤、廣韻睚、目際、又睚眦怨也、五懈切、

14. 藝、日刊本景印本並無、案廣韻祭韻藝魚祭切、切韻考以為與十三轉牛例切之劓字同音、然藝劓二字自切韻以至集韻皆分為二切、且兩者所用反切下字、與支脂等韻脣牙喉兩類下字同法、二字讀音蓋本不相同、藝字當從黎本列此、日刊本景印本無藝字、蓋誤脫、七音畧此亦無字、

15. 廣韻祭韻祭際等字子例切、韻鏡本韻韻目既用祭字、此尊祭字明甚、

16. 差、日刊本景印本作篭、案並差之壞誤、

17.

緆廣韻祭韻於罽切、當在十三轄祭韻影母三等、詳參第十三轄31條、

外轉第十六合

	脣音 清	脣音 次清	脣音 濁	脣音 清濁	舌音 清	舌音 次清	舌音 濁	舌音 清濁	牙音 清	牙音 次清	牙音 濁	牙音 清濁
1	○	○	○	○	○	○	○	○	○	○	○	○
2	○	○	○	○	○	○	○	○	媧	咼	○	○
3	○	○	○	○	○	○	○	○	○	○	○	○
4	○	○	○	○	○	○	○	○	○	○	○	○
5	○	○	○	○	○	○	○	○	○	○	○	○
6	○	○	○	○	○	○	○[1]	○	丫[2]	○	○	○
7	○	○	○	○	○	○	○	○	○	○	○	○
8	○	○	○	○	○	○	○	○	○	○	○	○
9	○	○	○	○	祋	娧	兊	○	儈	○[8]	○	外
10	庍[6]	派	粺	賣	膪	○	○	○	卦	○	○	○
11	○	○	○	○	○	○	○	○	○	○	○	○
12	○	○	○	○	○	○	○	○	瀱[7]	○	○	○
13	○	○	○	○	○	○	○	○	○	○	○	○
14	○	○	○	○	○	○	○	○	○	○	○	○
15	○	○	○	○	○	○	○	○	○	○	○	○
16	○	○	○	○	○	○	○	○	○	○	○	○

	齒音 清	次清	濁	清	濁	喉音 清	清	濁	清濁	舌音齒 清濁	清濁
佳	○	○	○	○	○	○	○	○	○	○	○
	○	○	○	○	○	蛙	竵	畫	○	○	○
	○	○	○	○	○	○	○	○	○	○	○
	○	○	○	○	○	○	○	○	○	○	○
蟹	○	○	○	○	○	○	○	○	○	○	○
	○	○	○	○	○	𢊁[3]	扮[4]	夥[5]	○	○	○
	○	○	○	○	○	○	○	○	○	○	○
	○	○	○	○	○	○	○	○	○	○	○
泰卦祭	最	襊[9]	蕞	𥗼[10]	○	懀	譮	會	𢡊[13]	酹	○
	○	○	○	○	○	○	○[11]	○[12]	○	○	○
	○	○	○	○	○	○	○	○	○	○	○
	蕝	膬	○	歲	彗	○	○	○	銳	○	○
	○	○	○	○	○	○	○	○	○	○	○
	○	○	○	○	○	○	○	○	○	○	○
	○	○	○	○	○	○	○	○	○	○	○
	○	○	○	○	○	○	○	○	○	○	○

外轉第十六合、

1. 七音略此有⿱拎手字、案廣韻蟹韻⿱拎手文夥切、唯廣韻以前韻書蟹韻無此字、本書此無字、蓋所本如是、

2. ⿱艹丫當作丫、此字廣韻以前韻書蟹韻無、廣韻丫乖買切、與此合、七音略亦有此字、

3. 廣韻蟹韻⿸广奇與十五轉矮同烏蟹切、此誤增、七音略正無字、

4. 扮日刊本景印本作枌、案廣韻作扮、與黎本合、日刊本景印本並誤、七音略亦作扮、

5. 廣韻以前韻書蟹韻無此字、廣韻韻末夥懷丫切、與此合、七音略亦有此字、

6. ⿸广斤、廣韻同、唐韻校勘記以為即集韻⿸广辰之誤字、

7. 廣韻祭韻瀱與十三轉猘同居例切、此誤增、七音略正無字、

8 王二全王唐韻廣韻泰韻有䅣字，苦會切，當補於此。七音略此正有䅣字。

9. 襊當作襊，廣韻泰韻襊，衣游縫也，麤最切。

10 廣韻以前韻書泰韻無此字，廣韻襊先外切，與此合。七音略亦有此字。

11. 王一全王廣韻卦韻有諣字，呼卦，切，當補於此。七音略正有此字，惟誤在影母下。

12. 日刊本景印本此並有畫字案廣韻卦韻有畫註等字胡卦切，此當有，黎本誤脫。七音略此亦有畫字。

13. 一等例無喻母字，廣韻泰韻無衞字，此蓋據集韻泰韻衞于（于今譌為千，此從考正據宋本及類篇訂正）外切所增。七音略此無字。

外轉第十七開

脣音 清	脣音 次清	脣音 濁	脣音 清濁	舌音 清	舌音 次清	舌音 濁	舌音 清濁	牙音 清	牙音 次清	牙音 濁	牙音 清濁
○	○	○	○	○	吞	○	○	根	○	○	垠
○	○	○	○	○	○、	○	○	○	○	○	○
彬	○[1]	貧	珉	珍	撛	陳	紉	巾	○	⿰禾堇	銀
賓	繽	頻	民	○	○	○	○	○	○	○[2]	○
○	○	○	○	○	○	○	○	頣	懇	⿰食頁[11]	○[12]
○	○	○	○	○	○	○	○	○	○	○	○
○	○	○	愍	屒[8]	辴	紖	○	巹[9]	螼[10]	○	釿
○	○	牝	泯	○	○	○	○	緊	○	○	○
○	○	○	○	○	○	○	○	艮	○	○	○[24]
○	○	○	○	○	○	○	○	○	○	○	○
○	○	○	○	鎮	疢	陣	○	⿰扌巾[21]	菣	僅	憖[25]
儐	朿[20]	○	○	○	○	○	○	呁[22]	螼[23]	○	○
○	○	○	○	○	○	○	○	⿰禾乞[30]	⿰禾豈[31]	○	○
○	○	○	○	○	○	○	○	○	○	○	○
筆	○	弼	密	窒	抶	秩	暱	暨	○	姞	耴
必	匹	邲	蜜	蛭[27]	○[28]	姪[29]	昵	吉	詰	佶[32]	○

	齒音					喉音				舌音	齒
	清	次清	濁	清	濁	清	清	濁	清濁	清濁	清濁
痕	○	○	○	○	○	恩	○	痕	○	○	○
臻	臻	○	蓁	莘	○	○	○	○	○	○	○
眞	眞	瞋	神	申	辰	諲[5]	○	○	囙[6]	鄰	人
	津	親[3]	秦[4]	辛	○	因	○	礥	寅[7]	○	○
很	○	○	○	○	○	穩[16]	○	很	○	○	○
	○[13]	齓[14]	濜[15]	○	○	○	蟪[17]	○	○	○	○
軫	軫	○	○	矧	腎	○	胗[18]	○	隕[19]	嶙	忍
	㨳	笉	盡	○	○	○	○	○	引	○	○
恨	○	○	○	○	○	饐	○	恨	○	○	○
	○	櫬	○	○	○	○	○	○	○	○	○
震	震	○	○	胂	愼	○	○	○	○	遴	刃
	晉	親	○	信	賮	印	衅	○	酳[26]	○	○
沒	○	○	○	○	○	○	○	麧	○	○	○
櫛	櫛	○[33]	齜[35]	瑟	○	○	○	○	○	○	○
質	質	叱[34]	實	失	○	乙	肸	○	𩗗	栗	月[36]
	堲	七	疾	悉	○	一	欯	○	逸	○	○

外轉第十七開

1. 廣韻諄韻砏彬二字普巾切七音略此有砏字、唯廣韻以前韻書無此二字、本書此無字、蓋所本如是、

2. 廣韻諄韻韻末有趣字渠人切、廣韻以前韻書真韻則並無、本書此無字、蓋所本如是、七音略作趍、未詳、或即趣之譌誤、

3. 親、日刊本景印本並壞作親、

4. 秦當作秦、

5. 藚日刊本景印本並誤作藚、

6. 囷字廣韻與十八轉笉均同為贇切不當在此、七音略此亦有囷字、誤同、

7. 夤當作夤、

8. 辰當作辰此字廣韻以前韻書軫韻無、廣韻韻末辰珍忍切、

與此合、七音略此作駗、未知所據、集韻展昣二字同展引切、
七音略駗或即昣之誤與、

9. 巹不成字、蓋巹之譌誤、惟巹字廣韻屬隱韻、軫準兩韻並無、
集韻又見準韻音姜愍切、韻鏡此蓋據集韻所增、七音略亦
有此字、譌作巹、

10. 廣韻準韻螼弃忍切、依其下字、當入四等、七音略字正見溪
四、（字又見震韻、韻鏡列溪母四等）、

11. 群母例無一等字、領字廣韻很韻無、七音略此亦無字、當刪、
又案集韻很韻領字其懇切、此蓋即據集韻領字所增、乞與
行書領字形近、又譌領為領、

12. 日刊本景印本此並有眼字、案廣韻很韻無疑母字、集韻混
韻限眼峎三字魚懇切、眼下云、出大皃、周禮、望其轂欲其眼

也，鄭康成讀，日刊本景印本眼字蓋據集韻所增，七音略無。

13. 廣韻隱韻有⿰齒秦字，仄謹切，七音略字列於此，蓋臻之上聲，唯此字廣韻以前韻書並無，本書此無字，蓋所據如是。

14. 廣韻軫韻無此字，隱韻齔初謹切，切三王一全王同，七音略本轉有⿰齒秦齔二字（參前條），且注明為隱韻，蓋實臻韻上聲字，故韻鏡字亦列此，而十九轉隱韻下反無，惟本書韻目下無隱字，又疑此字係後人據集韻準韻楚引切允二切（二切當同早期韻書不分軫準，故或以允為下字，集韻遂誤以為二音）所增，與七音略異趣，然此當有齔字。

15. 廣韻以前韻書軫韻無此字，廣韻準韻韻末濜鉏紖切，與此合，七音略此無字。

16. 廣韻很韻無影母字，此蓋據集韻穩安很切增，七音略 無字。

17. 廣韻軫韻無𧏾字，字屬隱韻，此蓋誤增，七音略無字，

18. 脗字廣韻軫韻兩見，一章忍切，一居忍切，並不當在此，又全王廣韻準韻有腪字，興腎切，當補於此，此作脗或即腪之譌誤，七音略此正作腪，唯就反切下字言，字當下移四等，

19. 廣韻軫韻殞溳磒隕霣愪筠等七字于敏切，合口，當入十八轉喻母三等，七音略十八轉有隕字是也，唯其十七轉愪字亦當刪去，

20. 朱，日刊本景印本作术，案當從廣韻作朮，

21. 廣韻震韻無抻字，字屬欣韻見母，不當在此，集韻震韻抻居覲切，此蓋據集韻所增，七音略此正無字，

22. 昀又見第十八轉去声見母四等，廣韻震韻音九峻切，則字當在彼，此亦出昀字，蓋淺人以廣韻字在震韻而誤增，七音

23. 畧此無字（參第十八轉18條）

廣韻以前韻書震韻無此字、廣韻韻末螼羌印切、與此合七音畧此無字、

24. 日刊本景印本此並有鎧字、案廣韻恨韻鎧五恨切（案王一字作饐、王二作𩟉全王作饐、並誤）此當有、黎本誤脘、七音畧此亦有鎧字、

25. 慹日刊本景印本並誤作𢡆、

26. 䤈當作𨡎、

27. 廣韻以前韻書質（術）韻無端母字、廣韻質韻韻末蛭丁悉切、與此合、惟此字集韻與窒字同陟栗切（案集韻別出窒挃二字得悉切）、廣韻丁字當是類隔、韻鏡此字蓋即淺人據廣韻所增、七音畧亦誤增此字、

28. 姪字廣韻質韻與澄母三等秩同直一切、不當在此、集韻有秩字大一切、豈此姪字即據集韻所增譌秩為妷、又改妷為姪（案妷姪同字）乎、七音略此無字、可據以刪此、

29. 昵字廣韻質韻與三等暱同尼質切、不當在此、此蓋據集韻昵乃吉切所增、七音略亦有此字、

30. 廣韻沒韻無開口見母字、集韻扢古紇切、摩也、韻鏡此作杚、蓋即集韻扢之譌、誤當刪、七音略此正無字、

31. 廣韻沒韻無開口溪母字、集韻獃五紇切、齕相齧也、韻鏡獃字蓋即集韻獃之譌誤、又誤在溪母、七音略溪母疑母並無字、可據以刪此、

32. 佶字廣韻質韻與三等姞同巨乙切、集韻又音其吉切、此蓋據集韻其吉切所增、七音略此無字、

33. 切三王一王二全王唐韵廣韵質韵並有剌字、初栗切、當補於此、七音略正有剌字、

34. 吡當作叱、

35. 廣韵以前韵書櫛韵無此字、廣韵韵末齔崱瑟切、與此合、又案廣韵質韵亦有此字、仕叱切、王一全王音仕乙反、亦與此合

36. 月日刊本景印本作月、案並日之譌誤、

內 外轉第十八合

脣音 清	脣音 次清	脣音 濁	脣音 清濁	舌音 清	舌音 次清	舌音 濁	舌音 清濁	牙音 清	牙音 次清	牙音 濁	牙音 清濁
奔	歕[1]	盆	門	敦	暾[3]	屯	黁	昆	坤	○	僤
○	○	○	○	○	○	○	○	○	○	○	○
○	礩[2]	○	○	迍	椿	阤	○	麏	囷	○	○
○	○	○	○	○	○	○	○	均	○	憌[4]	○
本	翉	獖	懣	○	畽	囤	炳[9]	鯀	閫[10]	○	○
○	○	○	○	○	○	○	○	○	○	○	○
○	○	○	○	○	僢[8]	○	○	○	䐃[11]	窘	○[12]
○	○	○	○	○	○	○	○	○	○	○	○
奔	噴	坌	悶	頓	踳[17]	鈍	嫩	睔	困	○	顐
○	○	○	○	○	○	○	○	○	○	○	○
○	○	○	○	○	○	○	○	○	○	○	○
○	○	○	○	○	○	○	○	呁[18]	○	○	○
○	誖	勃	没	咄	实[22]	突	訥	骨	窟	○	兀
○	○	○	○	○	○	○	○	○	○	○	○
○	○	○	○	怵	黜	术[23]	○	○	○	屈[25]	○
○	○	○	○	○	○	○	○	撟[24]	○	趯[26]	○

	齒音 清	齒音 次清	齒音 濁	齒音 清	齒音 濁	喉音 清	喉音 清	喉音 濁	喉音 清濁	舌音齒 清濁	舌音齒 清濁
魂	尊	村	存	孫	○	温	昏	䰟	○	論	○
	○	○	○	○	○	○	○	○	○	○	○
諄	諄	春	脣	娕[5]	純	贇	○	○	筠	倫	犉
	遵	逡	鶉	荀	旬	奫[6]	○	○	勻	○	○
混	剸	忖	鱒	損	○	穩	總[14]	混	○	㥿[15]	○
	○	○	○	○	○	○	○	○	○	○	○
準	準	蠢	盾	賰	○	○	○	○	○	輪	[illegible]
	○	○	○	筍	㨖[13]	○	○	○	尹	○	蝡[16]
慁	焌	寸	鐏	巽	○	搵	惛	慁	○	論	○
	○	○	○	○	○	○	○	○	○	○	○
稕	稕	○	○	舜	順[20]	○	○	○	○[21]	○	閏
	儁[19]	○	○	峻	殉	○	○	○	○	○	○
沒	卒	猝	捽	窣	○	頞	忽	搰	○	[illegible][32]	○
	[illegible][27]	○	○	率	○	○	○	○	○	○	○
術	[illegible][28]	出	術	○[29]	○	○	○[30]	○	○	律	○
	卒	[illegible]	崒	恤	○	○	獝[31]	○	聿	○	○

外轉第十八合

1. 廣韻以前韻書䰟韻無此字、廣韻韻末歎普魂切、與此合、七音略亦有此字、

2. 磧字各字書韻書並無、集韻文韻韻末磧旁君切石落聲、春秋傳聞其磧然、公羊僖公十六年傳釋文云、磧之人反、又大年反聲響也一音芳君反、本或作砰、入耕反、案磧字从真聲、故音之真反、又音大年反、真聲之字例不讀脣音、而此字又音芳君反者、當是演、砰之聲母廣韻砰普耕切、王韻同、集韻披耕切、亦同、類篇磧音滂君切、與釋文芳君反同、疑集韻即本釋文、旁為滂字之誤、本書磧字則據集韻所增、字作磧者、蓋後人以字从真聲不當讀脣音、遂就字形之相近、改作磧、耳、七音略此無字、可據以刪此、

3. 曔當是暾之譌誤。廣韻魂韻暾，日出皃，他昆切。七音畧作曔。

4. 鏓日刊本景印本作鈎。案廣韻諄韻無群母字。集韻鏓旨旬切。考正云，亘譌旨，據宋本及類篇正。廣韻清韻鏓渠營切，亦讀群母。黎本此鏓字蓋據集韻所增。日刊景印二本又壞作釣耳。七音畧此無字。

5. 廣韻諄韻無婚字。此蓋據集韻婚式匀切所增。七音畧亦有此字。

6. 奫字廣韻真韻與三等贇同於倫切，不當在此。集韻𣶒淵鼘三字一均切，淵下云深皃。案淵字古雖訓深，然唐人元結樂歌云，聖德至深兮，奫奫如淵，是奫淵二字一為狀詞，一為名詞，非無分別。集韻淵下云深皃，疑淵字本作奫，為本書奫字所本。七音畧此無字。

7. ⿰羽本日刊本景印本作⿰耒羽案廣韻集韻字並作⿰耒羽與ㄴ刊本景印本同、又案廣韻以前韻書無此字、廣韻混韻⿰耒羽普本切、與此合、七音略此亦有⿰耒羽字、

8. 廣韻以前韻書軫韻無此字、廣韻偆癡準切、與此合、七音略亦有此字、

9. 廣韻以前韻書混韻無此字、廣韻韻末⿰火内乃本切、與此合、七音略亦有此字、

10. 闇當從廣韻作闇、

11. 王一王二全王軫韻麇丘隕反、廣韻丘尹切下字作麇（案並麇之譌誤）並無稛字、集韻苦殞切下云稛麇同字、韻鏡所本蓋如此、七音略同、

2. 王一王二全王軫韻有輑字、牛殞反、集韻亦有此字牛尹切、

可補於此、七音略亦無此字、

13. 楯字廣韻準韻與床母三等盾同食尹切、不當在此、集韻字又音辭允切、此蓋據集韻所增、七音略此無字、

14. 總當从廣韻混韻作[糸鄉心]、唯此字不見於廣韻以前韻書、本書此字未審是否原有、七音略亦有此字、第誤作總、

15. 怨當从廣韻作[皀心]、

16. 日母例不見於四等、廣韻以前韻書軫韻無蝡字、廣韻準韻蝡而尹切、亦當與三等而允切[金韭]字同音、集韻蝡[金韭]二字同乳尹切、是其證、韻鏡此字蓋即淺人據廣韻所增、七音略此正無字、唯其三等亦無字、則當是誤脫、

17. [里享]日刊本景印本作[黑享]、案廣韻慁韻無透母字、集韻恨韻[黑享]暾頓切、此蓋據集韻所增、黎本字形又略有壞誤耳、七音略

此正無字、
日刊本景印本此並無字、案廣韻震韻有昀字、九峻切、合口、
當在此、黎本作昫當是昀之譌誤、日刊本景印本並誤奪、七
音畧此正作昀、

19. 廣韻稕韻無雋字、字屬獮韻從母、稕韻俊字子峻切、此作雋
蓋即儁之壞誤、七音畧正作俊、俊儁廣韻同字、

20. 順、王二脣閏反、全王食閏反、廣韻食閏切、當在床母三等、集
韻字音殊閏切、不讀床母、本書所據蓋亦如此、七音畧同本
書、

21. 王一王二全王震韻有韻字、王一全王為掍反（案掍字王
韻震問二韻兼收、廣韻但入問韻）、王二永燼反（案王韻
不分震稕、故以燼為韻下字）、據此則此有韻字、廣韻韻字

字不見於震韻、本書此無字、蓋所本與廣韻同、七音畧此亦無字。

22. 突、切三王一王二廣韻作突、全王作突、集韻謂突突同字、則本書此字奪點、七音畧此無字、誤脫、

23. 术、日刊本同、景印本誤作木、七音畧此作述、廣韻述音食聿切、直律切下無述字、七音畧誤、

24. 橘當作橘。

25. 廣韻術韻無此字、字屬物韻、不當在此、此蓋據集韻質韻屈其述切所增、七音畧此無字、

26. 廣韻質術二韻無合口群母字、趫與見母橘字同居聿切、趫又作趫、切三王一王二全、王唐韻乃至於集韻則並橘蕎等字居蜜切、趫儁等字其聿切、王一全王其聿及下且有趫字、

唯𨗨字居首、𨘂字殿末、不以為一字、王二唐韻亦有𨘂字、字
在居蠻反下、又與王一全王適反、是𨘂是否𨗨字、其讀究屬
何母、自来似有二系、韻鏡此作𨘂、豈所據韻書其聿切下首
字作𨘂、或者同廣韻以𨘂𨗨同字乎、然本書此當有字、廣韻
而外、諸書並為此證也、七音畧此無字、疑誤脱、

27. 廣韻以前韻書質(術)韻無此字、廣韻術韻韻末⿰叕出側律切、與
此合、七音畧亦有此字、

28. 欻字廣韻術韻與徹母黜同丑律切、不當在此、集韻術韻⿰虫頁
之出切、頭皃、頁字行書欠、與欠極似、韻鏡此欻蓋據集韻⿰虫頁
字所增、又誤為欻耳、七音畧此無字、

29. 全王質韻有絀字、式出反、集韻音式聿切、或可補於此、七音
畧此亦無字、

30 切三王一王二全王唐韻廣韻質(術)韻並有滅字、許聿切(案切三王一王二唐韻誤作滅、廣韻誤作滅)、當補於此、七音略正有此字但亦誤作滅、

31. 廣韻以前韻書質(術)韻無此字、廣韻質韻末猶、況必切、與此合、七音略亦有此字、

32. 䴬、王一作䴬、王二作柭、全王作麸、唐韻作麸、廣韻同、集韻作袚、七音略作䴬、未審孰為正體、

外轉第十九開

脣音 清	脣音 次清	脣音 濁	脣音 清濁	舌音 清	舌音 次清	舌音 濁	舌音 清濁	牙音 清	牙音 次清	牙音 濁	牙音 清濁
○	○	○	○	○	○	○	○	○	○	○	○
○	○	○	○	○	○	○	○	○	○	○	○
○	○	○	○	○	○	○	○	斤	○	勤	[illegible]
○	○	○	○	○	○	○	○	○	○	○	○
○	○	○	○	○	○	○	○	○	○	○	○
○	○	○	○	○	○	○	○	○	○	○	○
○	○	○	○	○	○	○	○	謹	赾	近	听
○	○	○	○	○	○	○	○	○	○	○	○
○	○	○	○	○	○	○	○	○	○	○	○
○	○	○	○	○	○	○	○	○	○	○	○
○	○	○	○	○	○	○	○	靳[4]	○	近	垽
○	○	○	○	○	○	○	○	○	○	○	○
○	○	○	○	○	○	○	○	○	○	○	○
○	○	○	○	○	○	○	○	○	○	○	○
○	○	○	○	○	○	○	○	訖	乞	趷	疙
○	○	○	○	○	○	○	○	○	○	○	○

	齒音 清	齒音 次清	齒音 濁	齒音 清	齒音 濁	喉音 清	喉音 清	喉音 濁	喉音 清濁	舌音齒 清濁	舌音齒 清濁
欣	○	○	○	○	○	○	○	○	○	○	○
	○	○	○	○	○	○	○	○	○	○	○
	○	○	○	○	○	殷	俽	○	○	○	○
	○	○	○	○	○	○	○	○	○	○	○
隱	○	○	○	○	○	○	○	○	○	○	○
	○[1]	○[2]	○	○	○	○	○	○	○	○	○
	○	○	○	○	○	隱	螠[3]	○	○	○	○
	○	○	○	○	○	○	○	○	○	○	○
焮	○	○	○	○	○	○	○	○	○	○	○
	○	○	○	○	○	○	○	○	○	○	○
	○	○	○	○	○	傀[5]	焮	○	○	○	○
	○	○	○	○	○	○	○	○	○	○	○
迄	○	○	○	○	○	○	○	○	○	○	○
	○	○	○	○	○	○	○	○	○	○	○
	○	○	○	○	○	○	迄	○	○	○	○
	○	○	○	○	○	○	○	○	○	○	○

外轉第十九開

1. 廣韻隱韻螓仄謹切、此實臻之上聲、詳見第十七轉13條、

2. 廣韻隱韻齔初謹切、案此實臻韻上聲字、當列十七轉上聲穿母二等、詳見第十七轉第14條、

3. 廣韻以前韻書隱韻無此字、王一全王脪炘二字興近反、廣韻⿰虫憲字休謹切後者與此合、七音略此亦作⿰虫憲、

4. 靳當从廣韻焮韻作靳、七音略作靳、

5. 廣韻以前韻書字作傿、廣韻作⿰亻㥯與此合、七音略亦作⿰亻㥯、

外轉第二十合

脣音 清	脣音 次清	脣音 濁	脣音 清濁	舌音 清	舌音 次清	舌音 濁	舌音 清濁	牙音 清	牙音 次清	牙音 濁	牙音 清濁
○	○	○	○	○	○	○	○	○	○	○	○
○	○	○	○	○	○	○	○	○	○	○	○
分	芬	汾	文	○	○	○	○	君	○	群	○
○	○	○	○	○	○	○	○	○	○	○	○
○	○	○	○	○	○	○	○	○	○	○	○
○	○	○	○	○	○	○	○	○	○	○	○
粉	忿	憤	吻	○	○	○	○	攟[2]	[illegible][3]	○	齳[4]
○	○	○	○	○	○	○	○	○	○	○	○
○	○	○	○	○	○	○	○	○	○	○	○
○	○	○	○	○	○	○	○	○	○	○	○
糞	○[6]	分	問	○	○	○	○	攈	○	郡	○
○	○	○	○	○	○	○	○	○	○	○	○
○	○	○	○	○	○	○	○	○	○	○	○
○	○	○	○	○	○	○	○	○	○	○	○
弗	拂	佛	物	○	○	○	○	亥	屈	倔	崛[7]
○	○	○	○	○	○	○	○	○	○	○	○

	齒音清	齒音次清	齒音濁	齒音清	齒音濁	喉音清	喉音清	喉音濁	喉音清濁	舌音齒清濁	舌音齒清濁
文	○	○	○	○	○	○	○	○	○	○	○
	○	○	○	○	○	○	○	○	○	○	○
	○	○	○	○	○	熅	熏[1]	○	雲	○	○
	○	○	○	○	○	○	○	○	○	○	○
吻	○	○	○	○	○	○	○	○	○	○	○
	○	○	○	○	○	○	○	○	○	○	○
	○	○	○	○	○	惲	○	○	抎[5]	○	○
	○	○	○	○	○	○	○	○	○	○	○
問	○	○	○	○	○	○	○	○	○	○	○
	○	○	○	○	○	○	○	○	○	○	○
	○	○	○	○	○	醞	訓	○	運	○	○
	○	○	○	○	○	○	○	○	○	○	○
物	○	○	○	○	○	○	○	○	○	○	○
	○	○	○	○	○	○	○	○	○	○	○
	○	○	○	○	○	鬱	颮[8]	○	𩗴	○	○
	○	○	○	○	○	○	○	○	○	○	○

外轉第二十合

1. 熏日刊本景印本作薰、案二字同切、唯諸書並以薰為首字、疑此本作薰、黎本後改作熏、

2. 廣韻吻韻無見母字、此蓋據集韻隱韻攟舉縕切所增、七音畧亦有此字、

3. 廣韻以前韻書吻韻䞣字不讀溪母、廣韻韻末䞣丘粉切、與此合、七音畧亦有此字、

4. 齳、日刊本景印本並誤作[illegible]、

5. 抾當從廣韻作抎、

6. 日刊本景印本此並有湓字、案廣韻問韻有湓字、音匹問切、此當有、黎本誤脫、七音畧亦有此字、

7. 廣韻以前韻書物韻無此字、廣韻韻末崛魚勿切、與此合、七

8.

音略亦有此字。

⿺風勿，日刊本景印本作⿺風悤。案切三全王唐韻並作颰，王二廣韻作⿺風悤，與日刊本景印本同。王二⿺風悤下云亦作颰，唐韻颰下云說文作⿺風勿，今本說文則作⿺風悤，从風忽聲。疑颰為⿺風勿形誤。

外轉第二十一開

脣音 清	脣音 次清	脣音 濁	脣音 清濁	舌音 清	舌音 次清	舌音 濁	舌音 清濁	牙音 清	牙音 次清	牙音 濁	牙音 清濁
○	○	○	○	○	○	○	○	○	○	○	○
編	○	○	○	邅[1]	○	撚[2]	嘫	閒	慳	○	訮
○	○	○	○	○	○	○	○	犍[3]	攑	騝	言
鞭	篇	楩	綿	○	○	○	○	甄	○	○[4]	○
○	○	○	○	○	○	○	○	○	○	○	○
版[5]	眅[7]	阪[8]	𩲡	○	○	○	○	簡	齦	○	眼
○	○	○	○	○	○	○	○	揵	[illegible][10]	巻	言[11]
褊[6]	○	楩	緬	○	○	○	○	蹇[9]	遣	○	○
○	○	○	○	○	○	○	○	○	○	○	○
扮	盼	辦	蔄	○	○	袒[14]	○	襇[15]	○	○	○
○	○	○	○	○	○	○	○	建	○	健[16]	○
徧[13]	騙	便	面	○	○	○	○	○	譴	○	𪢐[17]
○	○	○	○	○	○	○	○	○	○	○	○
捌	○	○	礣	哳[21]	獺	○	瘵[22]	鶡	楬[23]	○	聐
○	○	○	○	○	○	○	○	訐	[illegible][23]	揭	○[24]
鷩	瞥[19]	嫳[20]	滅	○	○	○	○	孑	○	○	○

	齒音 清	齒音 次清	齒音 濁	齒音 清	齒音 濁	喉音 清	喉音 清	喉音 濁	喉音 清濁	舌音齒 清濁	舌音齒 清濁
山	○	○	○	○	○	○	○	○	○	○	○
元	○	貚	虥	山	○	黰	羴	閑	○	斕	○
仙	○	○	○	○	○	蔫	軒	○	○	○	○
	煎	遷	錢	仙	涎	○	○	○	延	○	○
産	○	○	○	○	○	○	○	○	○	○	○
阮	醆	剗	棧	産[12]	○	○	○	限	○	○	○
獮	○	○	○	○	○	堰	幰	○	○	○	○
	翦	淺	踐	獮	䌫	○	○	○	演	○	○
襉[18]	○	○	○	○	○	○	○	○	○	○	○
願	○	○	○	○	○	○	○	莧	○	○	○
線	○	○	○	○	○	堰	憲	○	○	○	○
	箭	○	賤	線	羨	○	○	○	衍	○	○
鎋	○	○	○	○	○	○	○	○	○	○	○
月	鏩[25]	刹	○	殺[27]	○	鷃	瞎	鎋	○	○	髾[31]
薛	○	○	○	○	○	○[28]	歇	○	○	○	○
	鑯	竊[26]	○	薛	○	焆[29]	○	○	抴	列[30]	熱[32]

外轉第二十一開

1. 譠，日刊本景印本作嬗，案廣韻山韻譠嬗二字陟山切，嬗屬仙韻審母，日刊本景印本並誤，七音略作嬗。

2. 廣韻以前韻書山韻無此字，廣韻韻末㵄直閑切，與此合，七音略此有㵄字，蓋即㵄之譌誤。

3. 犍，日刊本景印本作揵，案廣韻元韻有犍無揵，日刊本景印本並誤，七音略作㹆，廣韻㹆犍二字同居言切。

4. 日刊本景印本此並有虔字，案廣韻仙韻虔與二十三轉群母三等乾同渠焉切，此不當有，日刊本景印本誤增，七音略此亦無字。

5. 庯，廣韻產韻無幫母字，版見潸韻，音布綰切，廣韻以前韻書同，集韻亦惟蒲限切一讀，不當在此，七音略亦有此字，未詳所

據。惟七音略並母無字。疑其版字即據集韻蒲限切所增而誤入於此。本書版字亦如是（參見第8條）。

6. 褊當作褊。廣韻獮韻褊衣急，方緬切。

7. 廣韻產韻無滂母字。眅見潸韻布綰切，又音扶板切，不當在此。集韻產韻有盼字，匹限反。本書眅字豈即據集韻所增，左旁譌目為日，右旁又涉左右文阪版二字而誤从反與。七音略此作眅，左从目與盼字同。

8. 廣韻產韻無並母字。阪見潸韻，扶板切，不當在此。集韻產韻版阪二字蒲限切，版字居首。七音略幫母有版字。疑即據此所增而誤在幫母下。本書版字誤入幫母，又據集韻於此添阪字（參見第5條）。

9. 此與二十三轉見母三等重出。廣韻獮韻蹇九輦切，開口，當

在彼、七音畧此正無字、

10. 言、廣韻阮韻作言注云言言、脣急皃、蓋取言字缺首口上戈口下一筆以見意此稍譌、七音畧作言誤、

11. 言當从廣韻作言、參見前條、

12. 產、日刊本同、景印本譌為⿰糸產、

13. 王一王二全王唐韻線韻無偏字、字見霰韻王一王二全王博見反、唐韻博燕反、廣韻則霰韻無此字、字在線韻、然音方見切、仍當是霰韻字、查偏字王韻唐韻在韻中、廣韻字在韻末、蓋廣韻霰韻脫偏字、及發現而補之又誤入線韻耳、本書此偏字當是淺人據廣韻所增、（參第二十三轉23條）、七音畧此亦有偏字、同誤、

14. 祖當作袒、廣韻襉韻袒衣縫解、丈莧切、

15. 襉當作襇、廣韻襇韻襇襇裙、古莧切、七音略此作澗、誤、

16. 王一全王廣韻願韻有甗鬳二字（全王甗誤作[illegible]）、語堰切、當補於此、七音略此正有甗字、

17. 廣韻線韻無巘字、字見獮韻、魚蹇切、集韻願韻牛堰切下有巚字、巚與巘同、韻鏡此字疑後人據集韻願韻所增而誤入於此、七音略此無字、

18. 襉、當作襇、參15條、

19. [illegible]當作瞥、日刊本景印本不誤、七音略亦作瞥、

20. 廣韻薛韻無蹩字、字屬屑韻並母、不當在此、切三王二全王唐韻並有嫳字、音扶列反、集韻亦有嫳字、便滅切、（廣韻薛韻無此字、當是誤脫）、並當在此、七音略此正作嫳、

21. 廣韻以前韻書鎋韻無此字、廣韻韻末哳陟鎋切、與此合七

音畧此無字、

22. 廣韻鎋韻無此字、切三王一王二全王唐韻並有瘵字、音女鎋切、集韻亦有此字、女瞎切、並與此合、廣韻當是誤脫、七音畧此無字、觀其徹母下獺字亦無、蓋誤脫、

23. 溪母二等褐、日刊夲景印夲作稿、溪母三等稿、日刊夲景印夲作揭、案廣韻鎋韻稿字枯鎋切、集韻月韻揭丘謁切、（案廣韻月韻無溪母字）、日刊夲景印夲二等作稿與廣韻合、三等作揭蓋後人據集韻所增、黎夲二等褐不成字、當是揭之譌誤（案廣韻鎋韻稿下有楬字、云與稿同、以廣韻以前韻書鎋韻但有稿字、故不疑褐為楬之譌誤）、又二三等誤倒、七音畧亦二等作稿、三等無字、可為此證、

24. 王一全王月韻有钀字、全王語謁反（王一切殘）、廣韻月

25. 韻鑯字、語許切、此當有字七音略作鑯與廣韻合、鏩當是鏩之譌誤、唯廣韻以前韻書鍇韻無此字、廣韻鏩査鍇切亦當在床母下、七音略此無字、床母二等作鍓、鍓即鍓之譌誤鏩鍓字同

26. 廣韻薛韻無開口清母字竊屬屑韻、不當在此、七音略此作詧廣韻詧亦在屑韻、與竊字同千結切、集韻薛韻則詧蕝二字還薛切七音略詧字蓋據集韻所增、本書作竊未知所據、豈亦據集韻所增又以詧竊二字音同（如廣韻）而誤詧為竊與、

27. 廣韻鎋韻無審母開口字、殺屬黠韻審母、見第二十三轉、廣韻薛韻有樧字、山列切、此殺字當是樧之譌誤、以二十三轉、黠韻有殺字而置此、七音略此亦作殺、誤同、

28 日刊本景印本此並有謁字、案廣韻月韻有謁字、於歇切、與日刊本景印本合、黎本誤朊、七音略亦奪此字

29. 此與二十三轉重出、七音略此無字、焆字僅見其二十三轉、可據以刪此、

30. 此與二十三轉烈字重出、廣韻薛韻列烈二字同良薛切、此字當刪、七音略此正無字、

31. 王二廣韻集韻鎋韻並有髾字、音而鎋切、與本書此作髾合唯日母例無二等字、疑此字當屬泥母、玉篇正音女鎋切、七音略此無字、

32. 四等例無日母字、此與二十三轉三等重出、當刪、七音略此正無字、

外轉第二十二合

脣音 清	脣音 次清	脣音 濁	脣音 清濁	舌音 清	舌音 次清	舌音 濁	舌音 清濁	牙音 清	牙音 次清	牙音 濁	牙音 清濁
○	○	○	○	○	○	○	○	○	○	○	○
○	○	○	○	○	○	窀	○	鱞	○	權[3]	頑[4]
蕃	翻	煩	樠	○	○	○	○	○	○	○	元
○	○	○	○	[illegible][2]	○	○	○	○	○	○	○
○	○	○	○	[illegible]	○	○	○	○	○	○	○
○	○	○	○	○	○	○	○	○	○	○	○
反	○	飯	晚	○	○	○	○	卷	綣	[illegible]	阮
○	○	○	○	○	○	○	○	○	○	媍[10]	○
○	○	○	○	○	○	○	○	○	○	○	○
○	○	○	○	○	○	○	○	鱞	○	○	○
販	嬔	飰	万[12]	○	○	○	○	韋[13]	劵[14]	圈[15]	願
○	○	○	○	○	○	○	○	絹	○	○	○
○	○	○	○	○	○	○	○	○	○	○	○
○	○	○	○	𩓣[18]	頢	○	妠	刮	○	○	刖
髮	怖	伐	韈	○	㒼[19]	○	○	厥	闕	[illegible][20]	月
○	○	○	○	○	○	○	○	○	鈌	○	○

	齒 清濁	舌 清濁	喉音 清濁	喉音 濁	喉音 清	喉音 清	齒音 濁	齒音 清	齒音 濁	齒音 次清	齒音 清
山元仙	○	○	○	○	○	○	○	○	○	○	○
	○	欒[8]	○	湲[7]	○	嬛	○	拴	○	悛[5]	○
	○	○	袁	○	○[6]	鴛	○	○	○	○	○
	○	○	㳂	○	翾	娟	旋	宣	全	詮	鐫
產阮獮	○	○	○	○	○	○	○	○	○	○	○
	○	○	○	○	○	○	○	○	○	○	○
	○	○	遠	○	晅	婉	○	○	○	○	○
	輭[11]	○	兖	○	蠉	○	○	選	雋	○	臇
襇願線	○	○	○	○	○	○	○	○	○	○	○
	○	○	○	幻	○	○	○	○	○	○[16]	○
	○	○	遠	○	楦	怨	○	○	○	○	○
	○	○	掾	○	○	○	旋	選	○	○[17]	○
鎋月薛	○	○	○	○	○	○	○	○	○	○	○
	○	○	○[25]	頢	○	○	○	刷[23]	○	簒	茁[21]
	○	○	越	○	颰	嬮	○	○	○	○	○
	○	劣[26]	悅	○	旻[24]	妜	踅	雪	絕[22]	膬	蕝

外轉第二十二合

1 廣韻以前韻書元韻無此字、廣韻韻末構武元切、與此合、七音畧亦有此字、

2 邅、廣韻作邅、丁全切王一字作邅、丁全反、並云字出說文、案此字左旁所從並說文尣之譌誤唯說文尣部無邅若邅字、集韻字作邅、注云邅邅行不正皃、則是說文邅字、然邅字大小徐並音都兮及、兮全字形畧近、未審有無譌誤、集韻字音珍全切、則王一廣韻丁字爲類隔、此字當在二十四轉知母三等、切韻指掌圖正見知母三等、七音畧同本書、

3 廣韻以前韻書山韻無此字廣韻韻末權跪頑切、與此合、七音畧亦有此字、

4 頑日刊本景印本並誤作頑、切三全王集韻頑字並在山韻、

並與此合、廣韻頑在刪韻、然由其山刪兩韻切語下字亦可
證頑在刪韻為誤收、七音略此亦作頑、

5. 恮字廣韻仙韻音莊緣切、當在照母二等、七音略正見照二、

6. 日刊本景印本此並有暄字、案廣韻元韻有暄字、況袁切、此
當有、黎本誤脫、七音略亦有暄字、

7. 廣韻以前韻書山韻無此字、廣韻韻末㵎獲頑切、與此合、七
音略亦有此字、

8. 廣韻以前韻書山韻無此字、廣韻韻末[illegible]力頑切、與此合、七
音略亦有此字、

9. 丁全反三字為後人所記[illegible]字音讀、全為全誤、當刪、日刊本
景印本無此三字、

10. 廣韻獮韻蜎、蜎蠉、井中小蛣蟩赤蟲、狂兖切、下無此字、本書

娟當是蜎之誤字、七音畧正作蜎、

11. 此與二十四轉日母三等重出、當刪、七音畧此無字、

12. 万當从廣韻作万、

13. 攣當作攣、日刊本景印本不誤、七音畧亦誤攣、

14. 劵廣韻同、然注云契約、則當是券之譌誤、劵與倦同、廣韻在線韻、

15. 圞日刊本景印本作圞、棠圞圞同字、唯廣韻以前韻書作圞、廣韻作圞、疑此本作圞、黎本作圞、為後人所改、

16. 王二願韻韻末䉬湰𣪘（棠當作𣪘）三字又万反、廣韻𣪘字又方切（巾箱本如此、黎本澤存堂本作芳万切、棠王一全王廣韻嬔疲等字音芳万切、其下有𣪘字、則黎本澤存堂本此芳万切當是又切、其上當脫又万切又四字）又方為

17. 又万之誤、此可補覈字、七音畧正有覈字、

王二全王唐韵廣韵線韵有縓字、王二全王七選反、唐韵七絹反、廣韵七絹切、當補於此、

18. 廣韵鎋韵鵽䵵鵽三字丁刮切、無顟字、顟與鵽形近、蓋即鵽之誤字、七音畧正作鵽、

19. 廣韵月韵無舌音字、集韵𤏸丑伐切、此蓋據集韵所增、七音畧此無字、

20. 廣韵月韵鱖鷢等字其月切、無鱖字、鱖與鱖形近、當即鱖之譌誤、七音畧正作鱖、

21. 此薛韵字、廣韵薛韵茁側劣切、

22. 絶不成字、當从廣韵作絕、

23. 廣韵以前韵書鎋韵無此字、廣韵鎋韵刷數刮切、與此合、七

音畧亦有此字

24 旻與二十四轉重出、廣韻旻許劣切、當在彼、七音畧此無字、

25. 日刊本景印本此並有曰字、案二等例無喻母字、曰與三等越字同讀、日刊本景印本誤增、七音畧亦無此字、

26. 此與二十四轉重出、當刪、七音畧此無字、

外轉第二十三開

脣音清	脣音次清	脣音濁	脣音清濁	舌音清	舌音次清	舌音濁	舌音清濁	牙音清	牙音次清	牙音濁	牙音清濁
○	○	○	○	單	灘	壇	難	干	看	○	豻
○	○	○	○	○	○	○	○	姦	馯[2]	○	顏
○	○	○	○	邅	脠	纏	○	甄[1]	愆	乾	妍[3]
邊	○	蹁	眠	顛	天	田	年	堅	牽	○	研
○	○	○	○	亶	坦[13]	但	攤	笴	侃	○	○
○	○	○	○	○	○	○	赧[15]	○	○	○	齗
辡	鴘[9]	辨[10]	免	展	搌	邅[14]	趁	蹇	○	件	齴
編	○	辯[11]	沔[12]	典	腆	殄	撚	繭	[illegible]	○	齞[16]
○	○	○	○	旦	炭	憚	難	肝[28]	侃	○	岸
○	○	○	○	○	㬦	○	○	諫	○	○	鴈
○	○	○	○	○[25]	○	邅[26]	輾	○	○	○	彥
徧[23]	片	辨[24]	麪	殿	瑱	電	晛[27]	見	俔	○	硯
○	○[36]	○	[illegible][39]	怛	闥	達	捺[45]	葛	渴	○	嶭[49]
八[33]	○	拔[38]	傛[40]	哳[41]	○	[illegible][43]	痆	戛	訐[47]	○	○
鼈[34]	○	別	○	哲	徹[42]	轍[44]	○	揭[46]	朅	傑	孽
鷩[35]	瞥[37]	蹩	蔑	窒	鐵	姪	涅	結	楔[48]	○	齧

	齒音 清	齒音 次清	齒音 濁	齒音 清	齒音 濁	喉音 清	喉音 清	喉音 濁	喉音 清濁	舌音 清濁	齒 清濁
寒刪仙先	○	餐	殘	珊	○	安	頇[6]	寒	○	蘭	○
	○	○	潺[5]	删	○	○	○	○	○	○[8]	○
	饘	燀	○	羶	鋋	焉	嘕	○	漹	連	然
	箋	千[4]	前	先	○	煙	祆[7]	賢	○	蓮	○
旱潸獮銑	鬢[17]	○	瓚	繖	○	○	罕	旱[22]	○	嬾	○
	醆	㹽	𪘨[20]	潸	○	○	○	○	○	○	○
	膳[18]	闡	○	燃	善[21]	㫃	○	○	○	輦	蹨
	戩[19]	○	○	銑	○	蝘	顯	峴	○	○	○
翰諫線霰	贊[29]	粲	㜺	散	○	按	漢	翰	○	爛	○
	○	鏟	輚	訕	○	晏	○	骭	○	○	○
	戰	硟	○	扇	繕	躽	○	○	羨[30]	[illegible][31]	綖[32]
	薦	蒨	荐	霰	○	宴	韅	見	○	練	○
曷黠薛屑	○[50]	攃	巀	躠	○	遏	[illegible]	曷	○	剌	○
	札	察	○[52]	殺	○	軋	傄[53]	黠	○	○	○
	折[51]	掣	舌	設	折	焆	娎	○	○	烈	熱
	節	切	截	屑	○	噎	[illegible]	纈	○	戾[54]	○

外轉第二十三開

1. 此與二十一轉見母四等重出、廣韻仙韻甄居延切、當在彼七音略此無字、

2. 廣韻以前韻書删韻無此字、廣韻韻末馯丘姦切、與此合七音略亦有此字、

3. 廣韻仙韻無疑母字、妍屬先韻、與四等研字同切、此字當删、七音略此無字、四等作妍、

4. 千當作千、

5. 潺當作潺、

6. 須當从廣韻作頇、

7. 廣韻以前韻書先韻無此字、廣韻韻末祅呼煙切、與此合、七音略亦有此字、

8\. 切三刪韻有襴字、力蠻反（全王山韻力闌反下亦云又力蠻反）、可補於此、七音略亦無此字。

9\. 廣韻以前韻書獮韻無此字、廣韻鴘披免切、與此合、七音略亦有此字。

10\. 辨、日刊本景印本並作辯、案廣韻獮韻辯辨二字同符蹇切、唯廣韻及其以前韻書並以辯為此切首字、甚或有辯無辨（如切三）、此當以作辯為是、黎本四等作辯、與此誤倒（參見下條）、七音略此亦作辨、然其四等作辯、則辨是獮韻字、與黎本作辨異。

11\. 辯、日刊本景印本並作辨、案廣韻銑韻辮編等字薄泫切、無辯字、此當作辨、黎本辯與三等辨誤倒、辨又辯之譌誤、七音略此亦作辨（參見前條）。

12. 廣韵銑韵丏眄二字彌殄切、無沔字、七音畧此作丏、沔不成字、未審何字之誤、

13. 坥當从廣韵旱韵作坦、又本轉从且之字並當改从旦、不贅、

14. 廣韵以前韵書無此字、廣韵獮韵韵末還除善切、與此合、七音畧亦有此字、

15. 赧當作赧、七音畧誤作赧、

16. 廣韵以前韵書銑韵無此字、廣韵韵末齞研峴切、與此合、七音畧亦有此字、

17. 廣韵以前韵書旱韵無此字、廣韵韵末䰉作旱切、與此合、七音畧亦有此字、

18. 膳、日刊本景印本作膳、案廣韵獮韵膳膳同旨善切、唯廣韵及其以前韵書並以膳為此切首字、甚或並無膳字（一如切

三）本書荟本作膳黎本譌為膳字七音略誤作膳、

19. 廣韻銑韻無精母字、戩見獮韻即淺切下、集韻同此字未知所據七音略此無字、可據以刪之、

20. 廣韻獮韻末有棧字、士免切、依廣韻、亦當在此、切一切三王一全王產韻棧下云又士免反、與廣韻合、七音略此亦作戩、

21. 善、日刊本景印本無、案廣韻獮韻有善字、常演切、此當有、日刊本景印本誤脫、七音略亦有善字、

22. 切一切三刊王一全王廣韻潸韻並有僩字、切一下板反、切三下赧（赧之譌誤）反、刊同、王一切殘、全王胡板反、廣韻下赧切、當補於此、七音略正有僩字、

23. 王一王二全王唐韻霰韻並有偏字、王韻博見反、唐韻博燕反、並與此合、七音略此無字、誤、參第二十一轉13条、

24. 廣韻霰韻無並母字、集韵有辩字、云玭晒切、急流也、玭字廣韻音部田符真二切、皆讀並母、辩與辩形近、此辩字蓋即集韻辩之譌誤、七音略亦作辩、誤同、

25. 王二全王唐韵廣韻線韻有驙襢二字、王韻陟彥反、唐韻廣韻陟扇反、當補於此、七音略此正有驙字、

26. 廣韻以前韻書線韻無此字、廣韻邅持碾切、與此合、七音略亦有此字、

27. 晛日刊本景印本並作晛、案廣韻霰韵晛日光、奴甸切、日刊本景印本誤、七音略亦作晛、

28. 廣韻翰韻旰、日晚也、晏也、古案切、此作肝、當是旰之譌誤、七音略作旰、廣韻旰旰同切、然各書並以旰為此切首字、甚或有無旰字者（如王二）、則七音略旰蓋亦旰之譌誤、

29. 賛當作贊，又本轉及下轉从賛之字並當改从贊，不賛。

30. 羨字廣韻、唐韻並與二十一轉喻母四等行字同予綫反，不當在此。（案所引唐韻據王氏校勘記，十韻彙編予作空圍。）又廣韻今本予作于，以全王録字校之，于當是予之譌誤，詳參廣韻校勘記）。此作羨蓋後人據廣韻于綫切所增，七音略此無字。

31. 廣韻以前韻書綫韻無此字，廣韻[illegible]連彥切，與此合，七音略亦有此字。

32. 廣韻綫韻無開口日母字，綖从延聲而字在日母，亦甚可怪。集韻有繎字，如戰切，行書繎字與綖字形近，此蓋本作繎，據集韻所增，七音略無字，可據以刪此。

33. 此與二十四轉重出，七音略此無字，可據以刪之。

34. 鼈字廣韻薛韻與二十一轉幫母四等鷩同并列切、不當在此、切三王一王二全王廣韻薛韻有𥳑字、切三方列反、王一切殘、王二變別反、全王兵列反、廣韻方別切、當補於此、七音略此正作𥳑

35. 廣韻屑韻無鷩字、字屬薛韻幫母、見二十一轉入聲幫四、不當在此、切三王一王二全王唐韻廣韻屑韻有⿰犭㒼字（切三誤作⿰犭滿王二唐韻誤作⿰犭㒼、全王誤作⿰犭尚）、音方結切、當在此、七音略此正作⿰犭㒼、集韻謂⿰犭㒼或作彆、彆與鷩形近、本書鷩字或即彆之譌誤、

36. 日刊本景印本此並有癹字、案廣韻屑韻無滂母字、此不當有、黎本是、七音略此亦無字、

37. 瞥、日刊本景印本作瞥、案廣韻屑韻普蔑切下有瞥字、與黎

38\. 本合⿱敝月不成字、當是瞥之譌誤、七音略作嫳、廣韻嫳瞥同切、

39\. 此與二十四轉重出、七音略此無字、可據以刪此、廣韻以前韻書曷（末）韻無此字、廣韻曷韻韻末䅬予割切、（黎本中箱本澤存堂本如此）、與此合、廣韻校勘記云、元泰定本作予割切、玉篇餘括切、案曷聲之字例不讀脣音、廣韻予為予之誤字、無可疑者、惟一等韻不得有喻母字、予餘二字亦不能決然無疑、然此當是後人據廣韻誤本所增、七音略無此字、又集韻字讀阿葛切、疑此字當讀如此、

40\. 此與二十四轉重出、當刪、七音略作磯、則為二十一轉鎋韻字誤入其二十一轉無磯字、

41\. 廣韻黠韻無呾字、集韻呾睞軋切、睞為徹母、此蓋據集韻所增而又誤其聲紐、七音略呾字正見徹母二等、知母二等作

哳、集韻⿰口晢知戛切、哳與⿰口晢同、蓋亦據集韻所增、唯其二十一轉鎋韻應有哳字而無有、（案廣韻鎋韻哳莫鎋切、本書二十一轉有哳字）、則或由鎋韻誤列於此、與明母礣字同、

42. 徹、日刊本景印本作徹、案並徹字譌誤

43. 廣韻黠韻無澄母字、蓬見曷韻唐割切、集韻黠韻有墶字、宅乱（案此字讀乙黠切、非乱聲字）切、此豈據集韻所增譌墶為蓬與、七音略此作墶、與集韻合、

44. 轍、日刊本景印本作澈、案轍澈二字為轍澈之譌、廣韻二字同直列切、唯廣韻及其以前韻書並以轍為此切首字、此蓋本如黎本作轍、日刊本景印本作澈為後改、七音略此亦作轍、

45. 捺當从廣韻七音略作捺、

46. 揭字廣韻薛韻與孑許等字同居列切，本書二十一轉入聲見母四等列孑字是也，此不當復有揭字，唯集韻則孑秄紆釨揲夅等六字吉列切，揭紇扢許等四字蹇列切，與廣韻異，廣韻以前韻書薛韻並孑釨趌三字居列反，廣韻集韻揭字讀音之異，無從取信，本書此作揭，未審其所據韻書同於集韻，抑即後人據集韻所增，七音略此亦有揭字。

47. ⿰言瓜日刊本景印本作⿰言瓜，案切三作⿰言爪，王一王二作⿰言瓜，全王唐韻廣韻同，黎本作⿰言爪，其義為勁，字蓋从爪吉聲，日刊本景印本誤，黎本小譌。

48. 廣韻屑韻苦結切下有猰無揳，二者形近，揳當是猰之譌誤，七音略正作猰。

49. ⿱山辟當作嶭，从山辥聲。

50. 切三王一全王唐韻廣韻末韻有[illegible]字姊末切（案姊字切三全王誤作姉，唐韻誤作妹，廣韻誤作姝），當補於此，惟字當作[illegible]，七音略此作囋，集韻子末切下有囋字，與集韻合，但字稍譌耳。

51. 折日刊本景印本並誤作析。

52. 王二薛韻韻末[illegible]助列反，廣韻韻末闑士列切，或可補於此，七音略此亦無字。

53. 傄，日刊本景印本作傄，案切三王二全王作傄，王一唐韻廣韻集韻並作傄，與黎本同，未審孰是，然日刊本景印本傄當是傄之壞缺，唯此與二十四轉重出，廣韻傄呼八切，合口，當在彼，七音略此正無字。

54. 奊，廣韻作奊，切三王二作奊，唐韻作奊，與說文作奊合，七音

畧此無字蓋誤脫、

外轉第二十四合

聲	脣音 清	脣音 次清	脣音 濁	脣音 清濁	舌音 清	舌音 次清	舌音 濁	舌音 清濁	牙音 清	牙音 次清	牙音 濁	牙音 清濁
平	[illegible]	潘	盤	瞞	端	湍	團	○[4]	官	寬	○	岏
	班	攀	○	蠻	○	○	○	奻	關	○	○	[illegible]
	○	○	○	○	○	○[2]	○[3]	○	勬	棬	權	○
	邉[1]	○	○	○	○	○	○	○	涓	○	○	○
上	[illegible]	坢[13]	伴	滿	短	畽	斷	煖	管	款	○	輐[15]
	版	販[14]	阪	矕	○	○	○	○	○	○	○	○
	○	○	○	○	轉	○	篆	○	卷	○	圈	○
	○	○	○	○	○	○	○	○	畎	犬	○	○
去	半	判	畔	縵	鍛	彖	段	偄	貫	鑦	○	玩
	○	襻[27]	○	慢	○	○	○	奻	慣	○	[illegible][30]	薍
	變	○	卞	○	囀	掾[28]	傳	○	眷	[illegible][29]	倦	○
	○	○	○	○	○	○	○	○	睊	○	○	○
入	撥	潑	跋	末	掇	侻	奪	○	括	闊	○	枂
	八	汃	拔	[illegible][35]	窡	○	○	豽	劀	[illegible]	○	[illegible]
	○	○	○	○	輟	裰	○	吶	蹶	○	○	○
	○	○	○	○	○	○	○	○	玦	闋	○	○

	齒音					喉音				舌音齒	
	清	次清	濁	清	濁	清	清	濁	清濁	清濁	清濁
桓	鑽	○	欑	酸	○	剜	歡	桓	○	鑾	○
刪	跧[5]	○	狗[6]	○[8]	○	彎	○[10]	還	○	○	○
仙	專	穿	船[7]	○	遄	○[9]	嬛[11]	○	員	孿	堧
先	○	○	○	○	○	淵	儇[12]	玄	○	○	○
緩	纂	○	鄹[17]	算	○[21]	捥	㬇[24]	緩	○	卵[25]	○
潸[26]	○	孱[16]	撰[18]	○	○	綰	○	睆	○	○	○
獮	剸	舛	○	膞[19]	○	宛[22]	○	○	○	臠	腝
銑	○	○	○	旋[20]	○	蜎[23]	○	泫	○	○	○
換	穳	竄	攢	筭	○	惋	喚	換	○	亂	○
諫	○[31]	篡	饌	孿	○	綰[33]	○	患	○	○	○
線	剸	釧	○	○	搷[32]	○	○	縣[34]	瑗	戀	䁈
霰	○	○	○	○	○	䬼	絢	○	○	○	○
末	繓	撮	拙	𠝹[38]	○	斡	豁	活	○	捋[43]	○
黠	茁[36]	○[37]	○	刷	○	○[40]	傄[41]	滑	○	○	○
薛	拙	歠	○	說	○[39]	噦	旻[42]	○	○	劣	爇
屑	○	○	○	○	○	抉	血	穴	○	○	○

外轉第二十四合

1. 此與二十二轉重出，先韻脣音字盡在彼，此當刪，七音畧此正無字，

2. 切三刋王一全王仙韻有鐉（王一誤作鐉）剶二字丑專反，廣韻仙韻猭剶二字丑緣切，此當有字，七音畧此亦有鐉字，又案廣韻鐉字讀此緣切，與其以前韻書異，疑本書此原有鐉字，後人以廣韻校之刪去，

3. 日刋本景印本此並有櫞字，案廣韻仙韻有此字，音直攣切，此當有，黎本誤脫，七音畧亦有櫞字

4. 廣韻寒韻有濡字，乃官切，廣韻以前韻書則並無此字，本書此無字，蓋所本如是，七音畧此作渜，集韻渜濡同字，且渜在濡前，七音畧蓋據集韻所增，

5. 廣韻以前韻書刪韻無此字，廣韻韻末跧阻頑切，與此合，七音略亦有此字。

6. 廣韻以前韻書先韻無此字，廣韻韻末狗崇玄切，與此合，七音略此作袀，蓋即狗之誤字。

7. 舩當作船。

8. 廣韻刪韻有𧝝字，音數還切，廣韻以前韻書刪韻則並無此字，本書此無字，蓋所本如此，七音略作𧝝。

9. 日刊本景印本此並有嬽字，案廣韻仙韻嬽於權切，此當有，黎本誤脫，日刊本景印本是，唯字當从廣韻作嬽，七音略正作嬽。

10. 全王刪韻有豩字，呼關切（集韻亦有，下字誤作開），或可補於此，七音略亦無。

11. 嬛、日刊本同、景印本無字、案廣韻仙韻嬛與二十二轉翾同許緣切、此不當有、黎本日刊本並誤增、景印本無字、然亦無圜以示無、字蓋亦本有嬛字而又奪去、七音略此無字、

12. 廣韻先韻銷䯄等五字火玄切、無儇字、此蓋誤、七音略作銷

13. 廣韻以前韻書㫒(緩)韻無此字、廣韻緩韻韻末坢普伴切、與此合、七音略亦有此字、

14. 眅、日刊本景印本誤作眅七音略與黎本同、

15. 廣韻緩韻無疑母字、此蓋據集韻輐五管切所增、七音略作軏、蓋輐之壞缺、

16. 廣韻潸獮兩韻並無孱字、字屬產韻初限切、集韻同、此作孱、未知所據、七音略作㦃、案廣韻㦃字亦在產韻、集韻同、唯廣韻字音初綰切、集韻亦音揣綰切綰字二書並在潸韻、七音

畧此作懽、實與二書合、

17. 酇（當作酇）字廣韻緩韻與精母一等纂同作管切、不當在此、七音畧作鄹、疑是本書作酇蓋即鄹之譌誤（參見21條）、

18. 廣韻獮韻撰士免切、切三全王同、與此合、又廣韻潸韻韻末撰雛鯇切、亦與此合、

19. 膞字廣韻獮韻音市兗切、當在禪母下、七音畧字正見禪母、

20. 廣韻銑韻無心母合口字、集韻銑韻旋信犬切、韻鏡此旋字蓋據集韻所增、七音畧亦有此字、

21. 廣韻緩韻有鄹字、辭纂切、集韻音緒纂切、邪母例不見於一等韻、七音畧字在從母、疑是本書從母酇字疑即此字之譌誤、

22. 廣韻獮韻無影母合口字，此蓋攈集韻宛烏勉切所增，七音略亦有此字。

23. 廣韻銑韻無影母合口字，此蓋攈集韻蜎於泫切所增，七音略亦有此字。

24. 廣韻緩韻無曉母字，此蓋攈集韻潑火管切所增，七音略此無字。

25. 卵字，日刊本景印本並無，案廣韻緩韻有卵字，盧管切，此當有，黎本是，惟字形小譌，七音略亦譌作卵。

26 潸日刊本景印本並誤作潸。

27. 襻當作襻，廣韻諫韻襻，衣襻，普患切。

28. 廣韻線韻猭鶨二字丑戀切，無掾字，掾與猭形近，蓋即猭之譌誤，七音略作猭，蓋亦猭字譌誤。

29. ⿰黑巴、廣韻線韻作⿰黹巴、七音略作⿱山⿰示巴、未詳所當作、群母倒無二等、廣韻諫韻無群母字、集韻⿺辶雚求患切（案求今譌作來、集韻考正云宋本及類篇作求）、此蓋據集韻所增、七音略亦有此字、

31. 廣韻線韻有孨字、莊眷切、廣韻以前韻書線韻並無、本書此無字、蓋所本如此、七音略此作牷、集韻恮⿰⿱山示攴二字莊眷切、蓋據集韻所增、

32. ⿰扌叀、日刊本景印本作摶、案王韻唐韻廣韻並與槧本同、義為縣繩望時、與訓圜讀度官切之摶字迥別、日刊本景印本誤、七音略此無字、⿰扌叀字見床母三等、與集韻⿰扌叀讀船釧切合、

33. 廣韻以前韻書諫韻無此字、廣韻綰烏患切、與此合、七音略亦有此字、

34. 匣母字例不見於三等韻，縣字廣韻屬霰韻，黃練切，當下移四等，七音略字正見匣四。

35. 僁日刊本景印本並作僁，案切三王一王二全王唐韻廣韻字並作僁，日刊本景印本誤，七音略亦作僁。

36. 廣韻以前韻書黠韻無此字，廣韻韻末茁鄒滑切，與此合，七音略亦有此字。

37. 切三王一王二全王唐韻廣韻薛韻並有⿰箭刂字（切三王二唐韻誤作⿰⿱⺮貝刂，王一誤作廁，全王誤作⿰箭刂），廁別切（唐韻廣韻誤廁列切，王一音廁滑切，亦誤），當補於此，七音略此正有⿰箭刂字。

38. 廣韻曷末兩韻無心母合口字，集韻末韻⿰⿱雨⿻且丌刂⿰氵算二字先活切，此蓋據集韻所增，七音略此作刷，係審母二等薛韻字誤入。

39. 此實無字

切三王一王二全王唐韵廣韻薛韻並有啜字、切三王一王二樹雪反、廣韻殊雪切（案巾箱本如此、澤存堂本黎本殊作株、廣韻昌悅切下有啜字、疑此作株者誤）、據此、此當補啜字、七音略此正有啜字、然全王字音處雪反、與其昌雪反歠字同音、集韻啜字但見株悅切下、與全王合、廣韻亦有音株雪之之本、韻鏡此無字、蓋所據韻書同於全王集韻乎、

40. 切三王一王二全王唐韻廣韻黠韻並有嗗婠等字、烏八切、當補於此、七音略正有婠字、

41. 儕當作儕、詳見二十三轉53條、

42. 戞當作戛、

43. 將當作將、日刊本景印本不誤、

外轉第二十五開

	脣音 清	脣音 次清	脣音 濁	脣音 清濁	舌音 清	舌音 次清	舌音 濁	舌音 清濁	牙音 清	牙音 次清	牙音 濁	牙音 清濁
	褒	橐[1]	袍	毛	刀	饕	陶	猱	高	尻	○	敖
	包	胞	庖	茅	嘲	䫸[3]	桃[4]	鐃	交	敲	○	聱
	鑣	藨[2]	○	苗	朝	超	晁	○	驕	蹻[5]	喬	堯[6]
	○	○	○	○	貂	挑	迢	○	驍	鄡	○	嶢
	寶	犥[11]	抱	蓩	倒	討	道	腦	暠	考	○	積[16]
	飽	○	鮑	卯	獠[13]	○	○	獿	絞	巧	○	齩
	表	麃[12]	藨	○	○	巐[14]	趙	○	矯	○	髜[15]	○
	○	○	○	○	鳥	朓	窕	嬲	皎	磽	○	○
	報	○	暴	帽[24]	到	○	導[25]	臑	誥	鎬	○	傲
	豹	奅	靤[23]	貌	罩	趠	棹	橈	教	敲	○	樂
	○	○	○	廟	○	朓	召	○	驕[26]	○	嶠	○
	○	○	○	○	弔	糶	藋	尿	叫	竅	○	顤
	○	○	○	○	○	○	○	○	○	○	○	○
	○	○	○	○	○	○	○	○	○	○	○	○
	○	○	○	○	○	○	○	○	○	○	○	○
	○	○	○	○	○	○	○	○	○	○	○	○

齒音					喉音				舌音	齒	
清	次清	濁	清	濁	清	清	濁	清濁	清濁	清濁	
糟	操	曹	騷	○	鏖	蒿	豪	○	勞	○	豪
[illegible]	[illegible]	巢	梢	○	[illegible]	虓	肴	○	顟[9]	○	爻
昭	弨	○	燒	韶	妖	囂[7]	○	鴞	僚[10]	饒	宵
○	○	○	蕭	○	幺	曉[8]	○	○	聊	○	蕭
早	草	皂	嫂	○	襖	好	晧	○	老	○	晧
爪	煼	皡[18]	[illegible][19]	○	拗	○	澩	○	○	○	巧
沼	麨[17]	○	少	紹	殀	○	○	○	繚	擾	小
湫	○	○	篠[20]	○	杳	皢[21]	皛	○	了	○	篠
竈	操	漕	喿	○	奧	秏	號	○	嫪	○	號
抓	抄	巢	稍	○	靿[27]	孝	效	○	○	○	效
照	○	○	少	邵	○	○	○	○	療	饒	笑
○	○	○	嘯	○	窔	歊	○	○	[illegible]	○	嘯
○	○	○	○	○	○	○	○	○	○	○	
○	○	○	○	○	○	○	○	○	○	○	
○	○	○	○	○	○	○	○	○	○	○	
○	○	○	○	○	○	○	○	○	○	○	

外轉第二十五開

1. 橐不成字、當是櫜之譌誤、七音略此正作櫜、唯櫜字廣韻與見母高字同古勞切、不當在此、廣韻橐普袍切、此實橐之誤字、

2. 藨字廣韻宵韻與幫母三等鑣同甫嬌切、不當在此、集韻又蒲嬌切、此蓋據集韻所增、而誤入於此、七音略作爂（蓋票誤字、當作㶾）、廣韻㶾與二十六轉漂同撫招切、集韻同、七音略蓋誤增、

3. 廣韻以前韻書肴韻無颩字、廣韻韻末颩敕交切、與此合、七音略亦有此字、

4. 𦓜日刊本景印本作䄻、案廣韻字作𦓜、與黎本同、日刊本景印本誤、唯此字廣韻以前韻書無、未審此是否原有、七音略

亦有此字、亦誤作祧、

5. 此與二十六轉重出、廣韻宵韻蹻去遙切、當在彼、又宵韻有趬字、起囂切、當在此、此蹻字蓋即趬之譌誤、七音略正作趬、

6. 廣韻宵韻無疑母字、堯屬蕭韻、與四等嶢字同五聊切、不當在此、七音略此無字、疑母四等作堯、可證本書之誤、

7. 嚻、日刊本景印本作嚻、票字當作囂、

8. 廣韻蕭韻膮豕羹也、許么切、曉屬篠韻、此曉字當是膮之譌誤、七音略正作膮、

9. 廣韻以前韻書肴韻無此字、廣韻韻末類力嘲切、與此合、七音略亦有此字、

10. 廣韻宵韻燎膠二字力昭切、無僚字、此蓋燎之譌誤、七音略作遼、遼與僚並蕭韻字、亦非、

11. 廣韻晧韻無滂母字，集韻皫麃犥數四字滂保切，此作犥蓋據集韻所增，七音略作臕，蓋集韻臕之譌誤。

12. 廣韻以前韻書小韻無此字，廣韻韻末麃滂表切，與此合，七音略亦有此字。

13. 廣韻以前韻書巧韻無此字，廣韻韻末䝤張絞切，與此合，七音略亦有此字。

14. 廣韻以前韻書小韻無此字，廣韻巐丑小切，與此合，七音略亦有此字。

15. 𩮳切三作𩮳，實與此同，王一全王廣韻七音略集韻並作𩮳。

16. 王一全王晧韻五老反下僅一頪字，廣韻頪作顤，另有顤字，與此合，七音略亦作顤。

17. 麵當从廣韻作麵，七音略作䴷，廣韻麵䴷同字。

18. 廣韻以前韻書巧韻無此字、廣韻䰘士絞切、與此合、七音畧亦有此字、

19. [illegible]當从廣韻作[illegible]

20. 蓧為篠字譌誤、廣韻篠韻無蓧字、

21. 曉、日刊本景印本作鐃、案切三篠韻但有曉字、王一全王曉鐃二字呼烏反、曉為首字、廣韻鐃曉等四字馨皛切、鐃為首字、疑黎本作曉為原作、日刊本景印本則後人從廣韻改之、又譌鐃為鐃、七音畧此亦作曉、

22. 王二全王廣韻笑韻有褾字、方廟切、當補於此、七音畧作俵、廣韻褾俵同切、惟七音畧二十六轉又有褾、則當刪去、

23. [illegible]不成字、當从廣韻作皰、七音畧作靤、廣韻二字同切、

24. 帽當作帽、

25. 臑、日刊本景印本作腝、案王一全王與黎本同、廣韻與日刊本景印本同、疑此原作臑、日刊本景印本作腝、為後人據廣韻所改、與21條同例、七音略亦作臑、

26. 廣韻笑韻無見母字、此蓋據集韻驕嬌廟切所增、七音略亦有此字、

27 鞪、日刊本景印本作靿、案鞪不成字、即靿之譌誤、各韻書作靿、七音略同、

內 外轉第二十六合[10]

脣音 清	脣音 次清	脣音 濁	脣音 清濁	舌音 清	舌音 次清	舌音 濁	舌音 清濁	牙音 清	牙音 次清	牙音 濁	牙音 清濁
○	○	○	○	○	○	○	○	○	○	○	○
○	○	○	○	○	○	○	○	○	○	○	○
○	○	○	○	○	○	○	○	○	○	○	○
飆[1]	漂	瓢	蜱	○	○	○	○	○	蹻	翹	○
○	○	○	○	○	○	○	○	○	○	○	○
○	○	○	○	○	○	○	○	○	○	○	○
○	○	○	○	○	○	○	○	○	○	○	○
褾[3]	縹	摽	眇	○	○	○	○	[illegible][4]	○	○	○
○	○	○	○	○	○	○	○	○	○	○	○
○	○	○	○	○	○	○	○	○	○	○	○
○	○	○	○	○	○	○	○	○	○	○	○
○	剽	驃	妙	○	○	○	○	○[6]	[illegible][7]	翹[8]	趬[9]
○	○	○	○	○	○	○	○	○	○	○	○
○	○	○	○	○	○	○	○	○	○	○	○
○	○	○	○	○	○	○	○	○	○	○	○
○	○	○	○	○	○	○	○	○	○	○	○

	舌音齒		喉音				齒音				
	清濁	清濁	清濁	濁	清	清	濁	清	濁	次清	清
宵	○	○	○	○	○	○	○	○	○	○	○
	○	○	○	○	○	○	○	○	○	○	○
	○	○	○	○	○	○	○	○	○	○	○
	○	○	遙	○	○	葽	○	宵[2]	樵	鍫	焦
小	○	○	○	○	○	○	○	○	○	○	○
	○	○	○	○	○	○	○	○	○	○	○
	○	○	○	○	○	○	○	○	○	○	○
	○	○	鷕	○	○	闄	○	小	灑[5]	悄	勦
笑	○	○	○	○	○	○	○	○	○	○	○
	○	○	○	○	○	○	○	○	○	○	○
	○	○	○	○	○	○	○	○	○	○	○
	○	○	燿	○	○	要	○	笑	噍	陗	醮
	○	○	○	○	○	○	○	○	○	○	○
	○	○	○	○	○	○	○	○	○	○	○
	○	○	○	○	○	○	○	○	○	○	○
	○	○	○	○	○	○	○	○	○	○	○

外轉第二十六合

1. 飆日刊本景印本作飆、廣韻與黎本同、切三全王作飈、案當作飆从風猋聲、七音略作猋、廣韻飆猋同切、

2. 霄不成字當作宵、韻目下宵字誤同、

3. 褾日刊本景印本作標、案廣韻小韻褾標二字方小切、唯廣韻以褾為此切首字、廣韻以前韻書方小反且無褾字、日刊本景印本褾當是褾之譌誤、七音略作褾、亦褾之譌字、

4. 刞字廣韻小韻與二十五轉矯同居夭切、集韻又音吉小切、此蓋據集韻所增、七音略此無字、

5. 廣韻小韻無從母字、潐與精母剿同切、集韻又音樵小切、此蓋據集韻所增、七音略此無字、

6-9. 日刊本景印本見母作趬、溪母作翹、群母作𩗗（案景印本

10.

誤[illegible])、案廣韻笑韻趬丘召切、當在溪母、翹巨要切、當在群母、[illegible]牛召切、當在疑母、黎本[illegible]趬誤倒、日刊本景印本三字並右錯一格、七音略溪母作[illegible]、廣韻[illegible]趬二字同切、可證本書趬字之失、自餘二字無、當是誤脫、

合當作開、七音略云重中重、可證、

內轉第二十七合[8]

脣音 清	脣音 次清	脣音 濁	脣音 清濁	舌音 清	舌音 次清	舌音 濁	舌音 清濁	牙音 清	牙音 次清	牙音 濁	牙音 清濁
○	○	○	○	多	他	駝	那	歌	珂	○	莪
○	○	○	○	○	○	○	○	○	○	○	○
○	○	○	○	○	○	○	○	○[1]	○[2]	○[3]	○
○	○	○	○	○	○	○	○	○	○	○	○
○	○	○	○	嚲	○[4]	爹	橠	哿	可	○	我
○	○	○	○	○	○	○	○	○	○	○	○
○	○	○	○	○	○	○	○	○	○	○	○
○	○	○	○	○	○	○	○	○	○	○	○
○	○	○	○	跢	拖	馱[6]	柰	箇	坷	○	餓
○	○	○	○	○	○	○	○	○	○	○	○
○	○	○	○	○	○	○	○	○	○	○	○
○	○	○	○	○	○	○	○	○	○	○	○
○	○	○	○	○	○	○	○	○	○	○	○
○	○	○	○	○	○	○	○	○	○	○	○
○	○	○	○	○	○	○	○	○	○	○	○
○	○	○	○	○	○	○	○	○	○	○	○

	舌音齒		喉音				齒音				
	清濁	清濁	清濁	濁	清	清	濁	清	濁	次清	清
歌	○	羅	○	何	訶	阿	○	娑	醝	蹉	○
	○	○	○	○	○	○	○	○	○	○	○
	○	○	○	○	○	○	○	○	○	○	○
	○	○	○	○	○	○	○	○	○	○	○
哿	○	砢	○	荷	吹	閜	○	縒	○	瑳	左[5]
	○	○	○	○	○	○	○	○	○	○	○
	○	○	○	○	○	○	○	○	○	○	○
	○	○	○	○	○	○	○	○	○	○	○
箇	○	邏	○	賀	呵	○[7]	○	些	○	磋	佐
	○	○	○	○	○	○	○	○	○	○	○
	○	○	○	○	○	○	○	○	○	○	○
	○	○	○	○	○	○	○	○	○	○	○
	○	○	○	○	○	○	○	○	○	○	○
	○	○	○	○	○	○	○	○	○	○	○
	○	○	○	○	○	○	○	○	○	○	○
	○	○	○	○	○	○	○	○	○	○	○

內轉第二十七合

1. 王一王二全王歌韵廣韵戈韵並有迦字，王一王二全王居呿反，廣韵居伽切，當補於此，七音畧亦無此字，

2. 王一王二全王歌韵呿（王二作佉，廣韵佉呿為二字）㰦二字墟迦反，廣韵戈韵佉呿㰦⿰亻亘四字丘伽切，此當有字，七音畧此亦無字，

3. 廣韵戈韵伽茄枷三字求迦切，切三全王歌韵伽字求迦反，切三伽下云無反語，噱之平聲，王一伽字去迦反，王二茄枷二字巨羅反案切三謂無反語噱之平聲者，其書三等只伽一字，無可作為下字者，故無反語，中古歌藥二韵主要元音並為a，噱屬藥韵群母，故借噱以譬伽之讀，王一音去迦反，去當是誤字，其前有呿㰦二字墟伽反，可為昭證，王二巨羅

反、巨當是巨字之誤、雖爲一等字、似與諸書不同、然群母例止見於三等、可知仍屬三等、是諸書所音相同、此當有伽字（案王二實亦有伽字、今誤在䖸下）七音略此亦無字、

4. 廣韻哿韻有袉字、吐可切、切三無、王一全王雖有、但讀徒可反（案廣韻字亦見徒可切下）、本書此無字、蓋所本如此、七音略此有柁字、集韻柁袉同他可切、然集韻首字作袉、柁字居末、疑七音略是袉誤字、

5. 尨當作左、

6. 馱、王一王二廣韻、七音略同、全王集韻並作駄（案唐韻亦有此字、十韻彙編作馱、王氏校勘記作駄、未審孰是）、案字義爲負物、古未聞以犬負物者、字當从馬大聲、唐韻集韻駄下有大字、是字从大聲之證、作馱者誤、

7. 王一全王箇韻廣韻過韻有侉字、王一全王烏佐反、廣韻安賀切當補於此、七音略正有侉字、

8. 合當作開、七音略云重中重可證、

內轉第二十八合 ⿰骨它[1]去靴反

脣音				舌音				牙音			
清	次清	濁	清濁	清	次清	濁	清濁	清	次清	濁	清濁
波	頗	婆	摩	陊	詑	陀[2]	捼	戈	科	○	訛
○	○	○	○	○	○	○	○	○	○	○	○
○	○	○	○	○	○	○	○	○	⿰骨它[3]	瘸[4]	○
○	○	○	○	○	○	○	○	○	○	○	○
跛	叵	爸	麼	朶	妥	墮	⿰女㐌[9]	果	顆	○	⿰女㐌[9]
○	○	○	○	○	○	○	○	○	○	○	○
○	○	○	○	○	○	○	○	○	○	○	○
○	○	○	○	○	○	○	○	○	○	○	○
播	破	縛[11]	磨	挆	唾	惰	愞	過	課	○	臥
○	○	○	○	○	○	○	○	○	○	○	○
○	○	○	○	○	○	○	○	○	○	○	○
○	○	○	○	○	○	○	○	○	○	○	○
○	○	○	○	○	○	○	○	○	○	○	○
○	○	○	○	○	○	○	○	○	○	○	○
○	○	○	○	○	○	○	○	○	○	○	○
○	○	○	○	○	○	○	○	○	○	○	○

	舌音齒 清濁	舌音齒 清濁	喉音 清濁	喉音 濁	喉音 清	喉音 清	齒音 濁	齒音 清	齒音 濁	齒音 次清	齒音 清
戈	○	臝	○	和	○	倭	○	莎	矬	遳[6]	侳[5]
	○	○	○	○	○	○	○	○	○	○	○
	○	○[8]	○	○	鞾	肥[7]	○	○	○	○	○
	○	○	○	○	○	○	○	○	○	○	○
果	○	躶	○	禍	火	婐	○	鎖	坐	脞	硰[10]
	○	○	○	○	○	○	○	○	○	○	○
	○	○	○	○	○	○	○	○	○	○	○
	○	○	○	○	○	○	○	○	○	○	○
過	○	[illegible]	○	和	貨	涴	○	膹	座	剉	挫
	○	○	○	○	○	○	○	○	○	○	○
	○	○	○	○	○	○	○	○	○	○	○
	○	○	○	○	○	○	○	○	○	○	○
	○	○	○	○	○	○	○	○	○	○	○
	○	○	○	○	○	○	○	○	○	○	○
	○	○	○	○	○	○	○	○	○	○	○
	○	○	○	○	○	○	○	○	○	○	○

內轉第二十八合

1. 䯿去靴及四字、後人所記、當刪、日刊本景印本、並無、

2. 廣韻徒和切下無陀、有牠字、陀蓋即牠之譌誤、七音略正作牠、又案廣韻以前韻書牠作[牛也]、

3. 䯿、廣韻戈韻去靴切字作䯿、云又作𩩍、疑此字本作𩩍、譌作䯿、又譌作䯿、集韻但有𩩍字、又案今所見廣韻以前韻書歌(戈)韻無此字、本轉內轉第二十八合下有䯿去靴及、廣韻以後韻書用切字、似廣韻以前韻書已有䯿字、本書此字或原本即有、非後人所增、七音略字作䯿、

4. 廣韻以前韻書歌韻無此字、廣韻戈韻𤸷巨靴切、與此合、七音略亦有此字、

5. 王一王二全王歌韻侳子過反、集韻音臧戈切、並與本書此

6. 作侳合、廣韻字獨音子骴切、恐是廣韻之失、

遳、日刊本景印本作䃎、案廣韻戈韻遳字七戈切、與黎本合、集韻麻韻䃎七邪切、七音略二十九轉平聲清母四等有䃎字、自刊本景印本此作䃎誤、七音略此亦作遳、唯遳字不見於廣韻以前韻書歌韻、王一王二全王脞⿰女坐二字倉和反（王二脞下云倉禾反一、⿰女坐下云訬疾、又子禾反一、證以王一全王廣韻、脞下一當作二、⿰女坐下一字衍）、廣韻戈韻脞⿰女坐二字誤音醋伽切（案脞侳二字並从合口坐為聲、不應讀開口、此其一、集韻遳⿱竹坐脞⿰女坐四字同村戈切、此其二、本書及七音略二十七轉清母四等無字、此其三）、本書及七音略此作遳、不作脞、或是淺人據廣韻所改、

7. ⿰月昆、日刊本景印本作⿰月昆、案廣韻與日刊本景印本同、集韻與

黎李同。未審孰是。又案此字廣韻以前韻書並無。此未知是否原有。七音畧此無字。

8. 廣韻戈韻末有臠字。縷𩨷切。廣韻以前韻書歌韻並無。本書此無字。蓋所本如此。七音畧有此字。

9. 妑與姽並㚿之譌。

10. 廣韻以前韻書哿韻無此字。廣韻果韻末㴕作可切。可為開口。又廣韻哿韻字讀千可切。麻韻字讀所加切。並為開口。集韻果韻有䂳果切一讀。恐與廣韻千可切同讀（案集韻哿韻此我切下有此字）。蓋早期韻書不謹嚴之反語（案早期韻書不分歌戈）。集韻誤以為二。與集韻準韻𪘔字音楚引創允二切同例。疑此字廣韻誤入果韻（案集韻無此讀）。韻鏡此作㴕。即後人據廣韻誤增。七音畧此亦作㴕。

11.

縛當作縛、廣韻以前韻書過韻無此字、廣韻縛符卧切、與此合、七音畧亦有此字、

內[1]轉第二十九開

脣音清	脣音次清	脣音濁	脣音清濁	舌音清	舌音次清	舌音濁	舌音清濁	牙音清	牙音次清	牙音濁	牙音清濁
○	○	○	○	○	○	○	○	○	○	○	○
巴	葩[2]	爬	麻	奓	侘	茶[4]	拏	嘉	⿰齒可	○[5]	牙
○	○	○	○	○	○	○	○	○	○	○	○
○	○	○	○	奓[3]	○	○	○	○	○	○	○
○	○	○	○	○	○	○	○	○	○	○	○
把	○	跁	馬	觰	姹[12]	○	絮	賈	跒	○	雅
○	○	○	○	○	○	○	○	○	○	○	○
○	○	○	○[11]	○	○	○	○	○	○	○	○
○	○	○	○	○	○	○	○	○	○	○	○
霸	怕	杷	禡	吒	詫	蛇	䏧	駕	髂	○	迓
○	○	○	○	○	○	○	○	○	○	○	○
○	○	○	○	○	○	○	○	○	㰤[16]	○	○
○	○	○	○	○	○	○	○	○	○	○	○
○	○	○	○	○	○	○	○	○	○	○	○
○	○	○	○	○	○	○	○	○	○	○	○
○	○	○	○	○	○	○	○	○	○	○	○

	齒音					喉音				舌音	齒
	清	次清	濁	清	濁	清	清	濁	清濁	清濁	清濁
麻	○	○	○	○	○	○	○	○	○	○	○
	髗[6]	叉	楂[7]	鯊	○	鴉	煆	遐	○	○	○
	遮	車	蛇	奢	闍	○	○	○	○	儸[9]	若[10]
	嗟	○	査	些[8]	邪	○	○	○	耶	○	○
馬	○	○	○	○	○	○	○	○	○	○	○
	鮓	○	槎	灑	○	啞	閜	下	○	藞[14]	○
藞盧下反[15]	者	奲	○	捨	社	○	○	○	○	○	若
	姐	且	担[13]	寫	灺	○	○	○	野	○	○
禡	○	○	○	○	○	○	○	○	○	○	○
	詐	○[17]	乍	嗄	○	亞	嚇	暇	○	○	○
	柘	趀	射	舍	○	○	○	○	○	○	偌[19]
	唶	笡	褯[18]	蝑	謝	○	○	○	夜	○	○
	○	○	○	○	○	○	○	○	○	○	○
	○	○	○	○	○	○	○	○	○	○	○
	○	○	○	○	○	○	○	○	○	○	○
	○	○	○	○	○	○	○	○	○	○	○

內轉第二十九開

1. 內當作外、下轉為本轉合口、称外轉、七音略本轉及下轉並稱外轉、並其證、

2. 葩、日刊本景印本壞葩、

3. 日刊本景印本此無字、案廣韻麻韻奓陟邪切、等韻門法麻韻不定門云、韻逢影喻精雙四、知二無時端二陳、黎本奓字到此不誤、唯廣韻以前韻書麻韻並無此字、黎本此字恐係後人所增、七音略亦無此字

4. 荼、日刊本景印本作茶、案廣韻荼茶二字同宅加切、惟廣韻以前韻書荼正字作搽、但於搽下注云俗作荼、且搽在荼下、疑此本作荼以其形近而誤作茶、七音略此亦作荼、

5. 日刊本景印本此並有伽字、案群母例無二等廣韻麻韻無

群母字、日刊本景印本蓋由二十七轉平聲群母三等誤入於此、七音略此亦無字、（參二十七轉3條）

6. 樝、日刊本景印本作樝、案作樝是、廣韻樝似梨而酸、側加切、

7. 楂、日刊本景印本誤樝、

8. 廣韻以前韻書麻韻無此字、廣韻韻末些寫邪切、與此合、七音略亦有此字、

9. 廣韻麻韻無此字、羅字在歌韻、此蓋據集韻羅利遮切所增、七音略亦有此字、

10. 廣韻以前韻書麻韻日母止一婼字、廣韻則若婼二字人賒切、且若為首字、與此合、七音略亦作若、

11. 廣韻馬韻有乜字、彌也切、四聲等子切韻指南切韻指掌圖並入假攝四等、唯此字廣韻以前韻書馬韻並無、本書無此

字、蓋所本如此、七音畧亦無此字、

12. 奼當作奼、廣韻以前韻書馬韻無此字、廣韻韻末奼丑下切、與此合、七音畧亦有此字、

13. 廣韻及廣韻以前韻書馬韻叵切無從母字、茲野切下祖字注云又才也反(切)、然此恐是後人據集韻慈野切所增、七音畧亦有此字、唯譌作担、

14. 廣韻以前韻書馬韻無此字、廣韻藞、玉篇藞槎泥不熟皃、盧下切、案廣韻字似據玉篇收錄、然玉篇字音力瓦切、為合口、與廣韻異、本書字在此、與廣韻同、唯字誤作𧄍耳、七音畧亦有此字、同誤作𧄍、

15. 𧄍盧下反四字、為後人所記若𧄍字音讀、當刪、日刊本景印本無此四字、

16. 廣韻禡韻欹與溪母二等髂同枯駕切不當在此、此蓋據集韻欹企夜切所增而誤入於此、七音畧無此字、

17. 王二禡韻有杈字、楚佳反、集韻禡韻音楚嫁切、疑王二佳是禡韻見母字之誤、此字或可補於此、七音畧此作杈、當即杈之譌誤、

18. 褅為褯之譌誤、廣韻禡韻褯小兒褯、慈夜切、

19. 廣韻禡韻無此字、蓋據集韻偖人夜切所增、七音畧此無字、

外轉第三十合

脣音 清	脣音 次清	脣音 濁	脣音 清濁	舌音 清	舌音 次清	舌音 濁	舌音 清濁	牙音 清	牙音 次清	牙音 濁	牙音 清濁
○	○	○	○	○	○	○	○	○	○	○	○
○	○	○	○	檛[1]	○	○	○	瓜	誇	○	𠇔[2]
○	○	○	○	○	○	○	○	○	○	○	○
○	○	○	○	○	○	○	○	○	○	○	○
○	○	○	○	○	○	○	○	○	○	○	○
○	○	○	○	觰[3]	䅉[4]	○	○	寡	髁	○	瓦
○	○	○	○	○	○	○	○	○	○	○	○
○	○	○	○	○	○	○	○	○	○	○	○
○	○	○	○	○	○	○	○	○	○	○	○
○	○	○	○	○	○	○	○	坬	跨	○	瓦
○	○	○	○	○	○	○	○	○	○	○	○
○	○	○	○	○	○	○	○	○	○	○	○
○	○	○	○	○	○	○	○	○	○	○	○
○	○	○	○	○	○	○	○	○	○	○	○
○	○	○	○	○	○	○	○	○	○	○	○
○	○	○	○	○	○	○	○	○	○	○	○

	舌音齒		喉音				齒音				
	清濁	清濁	清濁	濁	清	清	濁	清	濁	次清	清
	○	○	○	○	○	○	○	○	○	○	○
麻	○	○	○	華	花	窊	○	○	○	○	髽
	○	○	○	○	○	○	○	○	○	○	○
	○	○	○	○	○	○	○	○	○	○	○
	○	○	○	○	○	○	○	○	○	○	○
馬	○	○	○	踝	○	搲[7]	○	○[6]	葰[6]	硰	䶨[5]
	○	○	○	○	○	○	○	○	○	○	○
	○	○	○	○	○	○	○	○	○	○	○
	○	○	○	○	○	○	○	○	○	○	○
禡	○	○	○	吴	化	攨[8]	○	誜	○	○	○
	○	○	○	○	○	○	○	○	○	○	○
	○	○	○	○	○	○	○	○	○	○	○
	○	○	○	○	○	○	○	○	○	○	○
	○	○	○	○	○	○	○	○	○	○	○
	○	○	○	○	○	○	○	○	○	○	○
	○	○	○	○	○	○	○	○	○	○	○

外轉第三十合

1. 檛、王二廣韻與此同、七音畧亦同、切三全王作撾集韻則分檛撾為二字、

2. 廣韻以前韻書麻韻無此字、廣韻韻末佽五瓜切、與此合、七音畧亦有此字、

3. 此與二十九轉重出、廣韻馬韻觰都賈切、字讀開口、此當刪、七音畧無字、

4. 𥢶、廣韻馬韻作𥢶、集韻作𥢶、疑集韻字為正體、又廣韻以前韻書馬韻無此字、本書此字未審是否原有、七音畧此作稀、誤、

5. 廣韻以前韻書馬韻無此字、廣韻蛆鮏瓦切、鮏廣韻音子骫切、精母於二等韻為照母類隔、韻鏡此作蛆與廣韻合、七音

6. 畧此亦有粗字.

葰、日刊本景印本並見審母下、案廣韻馬韻葰音沙瓦切、當在審母、黎本誤、七音畧字亦在審母、

7. 廣韻馬韻無此字、此葢據集韻搲烏瓦切所增、七音畧亦有此字

8 廣韻以前韻書禡韻影母合口只窊一字、廣韻則攨窊⿰𧾷窊三字烏吳切、且攨為首字、與此合、七音畧作窊、窊與窳同、

内轉第三十一開

脣音 清	脣音 次清	脣音 濁	脣音 清濁	舌音 清	舌音 次清	舌音 濁	舌音 清濁	牙音 清	牙音 次清	牙音 濁	牙音 清濁
幫[1]	滂	傍	茫	當	湯	堂	囊	剛	穅	○	卬
○	○	○	○	○	○	○	○	○	○	○	○
方	芳	房	亡	張	倀	長	孃	薑	羌[2]	強	○
○	○	○	○	○	○	○	○	○	○	○	○
榜	髈	○	莽	黨	儻	蕩[6]	曩	骯	慷	○	䭐[8]
○	○	○	○	○	○	○	○	○	○	○	○
昉	髣	○	罔	長	昶	丈	○[7]	繈	○	勥	仰
○	○	○[5]	○	○	○	○	○	○	○	○	○
螃	○	傍	漭	譡	儻	宕	儾	鋼	抗	○	枊
○	○	○	○	○	○	○	○	○	○	○	○
放	訪	防	妄	帳	悵	仗	釀	彊	唴[13]	強[14]	[illegible]
○	○	○	○	○	○	○	○	○	○	○	○
博[16]	䪬	泊	莫	○	託[19]	鐸	諾	各	恪	○	愕
○	○	○	○	○	○	○	○	○	○	○	○
轉	[illegible][17]	縛	○	芍[18]	辵[20]	著	逽[21]	腳	卻[22]	噱	虐
○	○	○	○	○	○	○	○	○	○	○	○

	齒音 清	齒音 次清	齒音 濁	齒音 清	齒音 濁	喉音 清	喉音 清	喉音 濁	喉音 清濁	舌音齒 清濁	舌音齒 清濁
唐陽	臧莊章將	倉瘡昌鏘	藏牀○牆	桑霜商[3]相	○○常詳	鴦○央○	忼○香○	航○○○	○○羊[4]陽	郎○良○	○○穰○
蕩養	駔○掌獎	蒼[9]磢敞搶[10]	○[11]○○○	顙爽賞想	○○上像	泱○鞅○	汻[12]○響○	沆○○○	○○○養	朗○兩○	○○壤○
宕漾	葬壯障醬	䅮[15]刱唱蹡	藏狀○匠	喪○餉相	○○尚○	盎○怏○	○○向○	吭○○○	○○○漾	浪○亮○	○○讓○
鐸藥	作斮灼爵	錯○綽鵲	昨○○嚼	索○爍削	○○杓[24]○	惡○約○	臛[23]○謔○	涸○○○	○○○藥	落○略○	○○弱○

內轉第三十一開

1. 廣韻以前韻書唐韻無幫字廣韻唐韻末幫博旁切、與此合、七音畧此亦有幫字、

2. 羗當作羌、日刊本景印本不誤、

3. 商當作商、商同啻、與商異字

4. 羊字廣韻與四等陽同與章切、不當在此、七音畧此無字、

5. 廣韻養韻有驜字眦養切、等韻門法獨立音和門云、詳推本眼無斯字、獨立須歸四上諜、四聲等子切韻指南並列此字於明母四等、惟此字廣韻以前韻書養韻無、本書此無字蓋所本如此、七音畧有此字、或為後人所增、

6. 蕩當作蕩、本轉从易或从昜之字並當改从昜、不贅、

7. 日刊本景印本此並有壤字、案廣韻養韻無泥母字、此不當

有、七音略作穰、玉篇穰女兩切蓋其書所本、

8. 駠當作䭾、廣韻以前韻書蕩韻無此字、廣韻䭾五朗切、與此合、七音略亦有此字、

9. 廣韻以前韻書蕩韻無此字、廣韻韻末蒼麁朗切、與此合、七音略亦有此字、

10. 廣韻以前韻書槍字但與穿二磢字同測兩反、無清母讀、廣韻養韻槍字又音七兩切、與此合、七音略亦有此字、

11. 切三王二全王廣韻蕩韻有奘字（切三誤作⿱壯犬、王二誤作⿱壯女）、切三廣韻徂朗反（切）、王二全王在朗反、當補於此、七音略此正有奘字、

12. 廣韻以前韻書蕩韻無此字、廣韻韻末汻呼朗切、與此合、七音略亦有此字、

13. 憢、日刊本景印本作嘵、案作嘵是。

14 強、日刊本景印本作弶、案廣韻漾韻其亮切下止一弶字、黎本誤、七音略亦作弶。

15. 廣韻宕韻無[禾倉]字、此蓋據集韻宕韻[禾倉]七浪切所增、七音略字誤為槍。

16. 廣韻藥韻無幫母字、此蓋據集韻轉方縛切所增、七音略亦有此字。

17. 廣韻以前韻書藥韻無此字、廣韻韻末䨮孚縛切、與此合、七音略亦有此字。

18. 芍、日刊本景印本作芍、案芍不成字、當作芍

19. 託、日刊本景印本作託、案當作託。

20 辵、日刊本景印本作辶、案廣韻二字同丑略切、唯各韻書並

以色爲此切首字，疑此本作色，黎本作乏爲後人所改，七音略亦作乏。

21. 廣韻以前韻書藥韻無此字，廣韻藥韻末逽女略切，與此合，七音略亦有此字。

22. 郤，當作卻，郤與卻異字，郤字屬陌韻。

23. 臛，全王與此同，廣韻作臛，王二同，下云俗作臛。

內轉第三十二合

脣音				舌音				牙音			
清	次清	濁	清濁	清	次清	濁	清濁	清	次清	濁	清濁
○	○	○	○	○	○	○	○	光	觥	○	○
○	○	○	○	○	○	○	○	○	○	○	○
○	○	○	○	○	○	○	○	○	匡[1]	狂	○
○	○	○	○	○	○	○	○	○	○	○	○
○	○	○	○	○	○	○	○	廣	懬[3]	○	○
○	○	○	○	○	○	○	○	聚[2]	○	俇[4]	○
○	○	○	○	○	○	○	○	○	○	○	○
○	○	○	○	○	○	○	○	○	○	○	○
○	○	○	○	○	○	○	○	桄	矌	○	○
○	○	○	○	○	○	○	○	○	○	○	○
○	○	○	○	○	○	○	○	○	○	誑[5]	○
○	○	○	○	○	○	○	○	○	○	○	○
○	○	○	○	○	○	○	○	郭	廓	○	瓁[7]
○	○	○	○	○	○	○	○	○	○	○	○
○	○	○	○	○	○	○	○	玃	躩	戄	○
○	○	○	○	○	○	○	○	○	○	○	○

	齒音					喉音				舌音齒	
	清	次清	濁	清	濁	清	清	濁	清濁	清濁	清濁
唐	○[8]	○	○	○	○	汪	荒	黃	○	○	○
	○	○	○	○	○	○	○	○	○	○	○
陽	○	○	○	○	○	○	○	○	王	○	○
	○	○	○	○	○	○	○	○	○	○	○
蕩	○	○	○	○	○	汪	慌	晃	○	○	○
	○	○	○	○	○	○	○	○	○	○	○
養	○	○	○	○	○	枉	怳	○	徃	○	○
	○	○	○	○	○	○	○	○	○	○	○
宕	○	○	○	○	○	汪	荒[6]	潢	○	○	○
	○	○	○	○	○	○	○	○	○	○	○
漾	○	○	○	○	○	○	況	○	旺	○	○
	○	○	○	○	○	○	○	○	○	○	○
鐸	○[8]	○	○	○	○	臒	霍	檴	○	○[9]	○
	○	○	○	○	○	○	○	○	○	○	○
藥	○	○	○	○	○	嬳	矆	○	籰	○	○
	○	○	○	○	○	○	○	○	○	○	○

內轉第三十二合

1. 匡、日刊本景印本作恇、案匡即匡字、宋人避太祖諱改如此．廣韻陽韻去王切有匡無恇、日刊本景印本誤、

2. 臩當作臩、廣韻養韻臩俱往切、當下移三等、七音略正三等作臩

3. 懬當作懬、廣韻蕩韻懬丘晃切、廣韻以前韻書此字但見苦朗切下、注云又口廣反、無合口正切、本書此字或係後人所增、七音略此亦有懬字

4. 廣韻養韻𨾴求往切、當下移三等、唯廣韻以前韻書並無此字、本書此字未審是否原有、七音略亦有此字字在三等、

5. 廣韻漾韻誑居況切、字當在見母下、又漾韻有狂誑二字、渠放切、全王狂字渠放反、則當在此七音略正見母作誑、群母

作狂、

6 荒全王廣韻集韻並呼浪切、浪爲開口、字似當在三十一轉、然荒字讀平聲爲合口、本書蓋無誤、七音略字亦在此、

7. 廣韻以前韻書鐸韻無此字廣韻韻末瓁五郭切、與此合、七音略亦有此字

8. 廣韻鐸韻嚛祖郭切、廣韻以前韻書則並無此字、本書此無字、蓋所本如是、七音略有此字、誤在去聲精母下、

9. 廣韻鐸韻有碃字、音盧穫切、廣韻以前韻書鐸韻則並無此字、本書此無字、蓋所本如此、七音略此有碃字、

外轉第三十三開

脣音 清	脣音 次清	脣音 濁	脣音 清濁	舌音 清	舌音 次清	舌音 濁	舌音 清濁	牙音 清	牙音 次清	牙音 濁	牙音 清濁
○	○	○	○	○	○	○	○[3]	○	○	○	○
閍	磅	彭	盲[1]	趟	瞠	棖	儜	庚	阬	○	○
兵	○	平	明	○[2]	○[2]	○[2]	○	京	卿	擎	○
絣	○	○	名	○[2]	○[2]	○[2]	○	○	輕	頸	迎
○[6]	○	○	○	○[9]	○	○	○[10]	○	○	○	○
浜	○	鮩	猛	盯	○	瑒	擝	梗[11]	○	○	○
丙	○	○	皿	○	○	○	○	○	○	○[4]	○
餅	○	○	眳[8]	○	○	○	○	頸	○	○[12]	○
○	○[14]	○[15]	○	○	○	○	○	○	○	○	○[17]
榜	烹	膨	孟	倀	牚	鋥	○	更	○	○	硬
柄	○	病	命	○	○	○	○	敬	慶	競	迎
拼	聘	偋	詺	○	○	○	○	勁[16]	○	○	○
○	○	○	○	○	○[25]	○	○	○	○	○	○
伯	拍	白	陌	磔[24]	柝	宅	蹃	格	客	○	額
○	○	欂[23]	○	𥢶	○[26]	○	○	戟	隙	劇	逆
辟	僻	擗	○	○	剔	○	○	○	○	○	○

	舌音齒		喉音				齒音				
	清濁	清濁	清濁	濁	清	清	濁	清	濁	次清	清
庚	○	○	○	○	○	○	○	○	○	○	○
	○	○	○	行	亨	○	○	生	傖	鎗	○
清	○	○	○	○	○	英	○	○	○	○	○
	○	○	盈	○	○	嬰	餳[7]	騂[5]	情	清	精
梗	○	○	○	○	○	○	○	○	○	○	○
	○	冷	○	杏	○	謍	○	省	○	○	○
靜	○	○	○	○	○	影	○	○	○	○	○
	○	○	○[13]	○	○	癭	○	省	靜	請	井
勁	○	○	○	○	○	○	○	○	○	○	○
	○	○	○	行	○[21]	○[20]	○	○[19]	○	○[18]	○
勁	○	○	○	○	○	映	○	○	○	○	○
	○	○	○	○	○[22]	○	○	性	淨	倩	精
陌	○	○	○	○	○	○	○	○	○	○	○
	○	礐[29]	○	垎	赫	啞	○	索	齰	柵	迮
昔	○	○	○	○	○[28]	○	○	○	○	○	○
	○	○	繹	○	○	益	席	昔	籍	刺[27]	積

外轉第三十三開

1. 盲、景印本誤作音、

2. 廣韻清韻貞陟盈切、檉丑貞切、呈直貞切、當分居知徹澄三等、日刊本景印本貞檉呈（呈、景印本如此、日刊本作程、廣韻二字同切、然呈為首字、各韻書同、疑日刊本程字後人所改、本亦作呈）三字在端透定三母四等誤、黎本則三四等並無字、誤脫、七音畧三字正見知徹澄母三等（案七音畧本轉凡字上錯一等、一二等字誤在一等、三等字誤在二等、四等字誤在三等、本轉一等無字）、知母三等作楨、廣韻貞楨二字同切、

3. 廣韻庚韻女庚切下無儜字、字見耕韻、女耕切、切三全王集韻同、王二儜字除見耕韻女耕反下而外又見庚韻、女庚反、

與本書此作儜相合，然庚韻儜下注云弱悪，弱即弱字，悪為惡字俗書，弱惡二字義不相屬，他書儜字訓弱訓困而外，又無惡義，是弱悪二字連讀，分讀俱不得其證。廣韻女庚切下有獰字，注云悪也，王二女庚反下無獰字，或者儜即獰之譌誤，然則王二庚韻女庚切下儜字亦不能為本書究極之證。廣韻及其以前韻書庚韻女庚切首字作鬤，耕韻女耕切首字作儜，本書三十五轉耕韻泥母作儜，既與諸書相合，疑此作儜有誤。七音略庚韻作鬡，耕韻作獰，與集韻以鬤鬡為一字，及獰在耕韻相同，然與廣韻及廣韻以前韻書並異。

4. 日刊本景印本三等作迎，四等無字，與此異。案廣韻迎見庚韻，當如日刊本景印本所排。七音略與日刊本同。

5. 此與三十四轉重出。廣韻清韻騂息營切，王二全王集韻同。

四聲等子切韻指掌圖並列合口、又同切解字角子詩釋文音火全反、亦合口、此當是誤增七音畧開合轉並無字、亦誤、

6. 浜、廣韻以前韻書梗韻無、廣韻布梗切、與此合、七音畧同此、

7. 錫、王二廣韻並同、案當作鍚、

8. 廣韻以前韻書靜韻明母止一慏字、廣韻則眳慏二字亡井切、且眳為首、與本書此作眳合、七音畧亦作眳

9. 廣韻梗韻打德冷切、與張梗切盯字似為同音、切韻考以為增加字然切三全王便已二字分切、集韻亦同、且打以冷為下字、冷音魯打切、以打為下字、二者自成一系、而今音打之聲母亦與德字聲母相合、疑打字當補於此、七音畧盯見徹母、打見知母、或本是打見端母、盯見知母之誤、

10. 廣韻以前韻書梗韻無泥母字、廣韻韻末檸木皮入酒浸、治

亟拏梗切，此擰蓋即檸之譌誤，七音略作檸，疑並後人所增。

11. 切三全王廣韻梗韻有警景等字，切三全王几影反，廣韻居影切，當補於此，七音略正有警字。

12. 廣韻靜韻痙巨郢切，當在此，本書列字於三十五轉群母三等非是，七音略字見三十六轉疑母四等及三十七轉群母三等，七音略三十七轉爲合口，不得有痙字，以痙字入三十六轉四等是，第又誤在疑母耳。

13. 日刊本景印本此並有郢字，案廣韻靜韻郢以整切，此當有，黎本誤脫，七音略亦脫。

14. 廣韻映韻無滂母字，集韻亨享二字普孟切，亨烹古今字，韻鏡此烹字蓋即據集韻所增，七音略此無字。

15. 廣韻以前韻書敬韻無此字，廣韻映韻韻末膨蒲孟切，與此

合七音略亦有此字、

16. 廣韻勁韻輕字墟正切、唐韻同、王二勁韻𨍏字起政反、集韻二字同牽正切、或當補於此、七音略作輕、

17. 硬、日刊本同、景印本無字、案廣韻映韻無硬字、字見諍韻、王一王二全王唐韻則字並在敬韻、諍韻無、（案各書字並作鞕下云俗作硬）、王一王二唐韻五孟反（全王音五勁反、孟音莫鞕反則以三等勁切鞕字誤）、並與黎本日刊本此作鞕合、景印本無字、誤脫、本書三十五轉去聲疑母二等有硬字當是後人據廣韻所增、七音略三十八轉無硬字是、三十六轉亦無此字、蓋誤脫、

18. 王一王二全王敬韻廣韻映韻有𧢈字、王一切殘、王二全王廣韻並楚敬切、當補於此、七音略此正有𧢈字、

19. 全王廣韻映韻生鼪貹三字所敬切，當補於此。至治本七音略此作土，當是生之壞誤。謝本此無字，蓋誤脫。

20. 廣韻映韻有瀴字，於孟切。廣韻以前韻書敬韻並無此字，本書此無字，蓋所本如是。七音略此作瀴。

21. 王二全王唐韻敬韻廣韻映韻並有𧩼字（王二作𧩼，為誇之誤，廣韻誤作𧩼）。王二許孟反，全王唐韻切殘，廣韻許更切，當補於此。七音略此正有𧩼字。

22. 王二唐韻廣韻勁韻有欽字，許令切，當補於此七音略亦無此字。

23. 𢹪當从廣韻作欂。七音略作𢹪，亦誤。

24. 𥢢當作䅋，惟此與三十五轉重出。本轉三等屬陌韻，此不當有。集韻昔韻前有䅋潪𥢢三字竹益切，後又出䅋字，知亦切。

25. 本書此有⿰禾商字、蓋淺人據集韻所增、七音略此無字、拆、日刊本景印本作⿰土㡿、案㡿斥古今字、廣韻丑格切有⿰土㡿無拆、黎本蓋作坼而譌、七音略此正作坼、

26. 本轉無四等韻、透母四等不當有字、此蓋據集韻昔韻剔土益切所增、七音略此無字、

27. 剌當作刺、剌刺二字音義迥別、七音略作皵、廣韻昔韻刺皵二字同切、

28. 切三王二全王唐韻廣韻陌韻有虩字（切三王二唐韻譌作⿰革虎）、切三全王唐韻許郄反、王二許陌反、廣韻許郄切、當補於此、七音略此亦無字、蓋並誤脫、

29. 廣韻陌韻無來母字、此蓋據集韻礐離宅切所增、七音略亦有此字、

外轉第三十四合

脣音				舌音				牙音			
清	次清	濁	清濁	清	次清	濁	清濁	清	次清	濁	清濁
○	○	○	○	○	○	○	○	○	○	○	○
○	○	○	○	○	○	○	○	觥	○	○	○
○	○	○	○	○	○	○	○	○	○	○	○
○	○	○	○	○[1]	○	○	○	○	傾[2]	瓊	○
○	○	○	○	○	○	○	○	○[4]	○	○	○
○	○	○	○	○	○	○	○	礦	界[5]	○	○
○	○	○	○	○	○	○	○	璟	憬[6]	○	○
○	○	○	○	○	○	○	○	○	頃	○	○
○	○	○	○	○	○	○	○	○	○	○	○
○	○	○	○	○	○	○	○	○	○	○	○
○	○	○	○	○	○	○	○	○	○	○	○
○	○	○	○	○	○	○	○	○	○	○	○
○	○	○	○	○	○	○	○	○	○	○	○
○	○	○	○	○	○	○	○	虢	○[12]	○	○
○	○	○	○	○	○	○	○	○	○	○	○
○	○	○	○	○	○	○	○	鶪[11]	闃[13]	○	○

	齒音 清	齒音 次清	齒音 濁	齒音 清	齒音 濁	喉音 清	喉音 清	喉音 濁	喉音 清濁	舌音 清濁	齒 清濁
庚清	○	○	○	○	○	○	○	○	○	○	○
	○	○	○	○	○	○	諻	橫	○	○	○
	○	○	○	○	○	○	兄	○	營[8]	○	○
	○	○	○	騂	○	縈	眴	○	榮[8]	○	○
梗靜	○	○	○	○	○	○	○	○	○	○	○
	○	○	○	○	○	○	○	卝[7]	○	○	○
	○	○	○	○	○	○	𦬣	○	永[8]	○	○
	○	○	○	○	○	○	○	○	潁	○	○
敬勁	○	○	○	○	○	○[9]	○	○	○	○	○
	○	○	○	○	○	宖	○	蝗	○	○	○
	○	○	○	○	○	○	○	○	詠	○	○
	○	○	○	○	○	○	○[10]	夐[10]	○	○	○
陌昔	○	○	○	○	○	○	○	○	○	○	○
	○	○	○	○	○	擭	砉	嚄	○	○	○
	○	○	○	○	○	韄[16]	○	○	○	○	○
	𣝗[14]	旻[15]	○	○	○	○	瞁	○	役	○	○

外轉第三十四合

1. 日刊本景印本並有貞字、案貞即貞字、三十五轉去聲徹母遉字可證、當在三十三轉知母三等、黎本無字是也、七音畧此亦無字、(參見三十三轉2條)、

2. 傾當作傾、廣韻清韻傾去營切、傾字廣韻在董韻、音胡孔切、七音畧作傾、

3. 廣韻營屬清韻、音余傾切、縈屬庚韻、音永兵切、韻鏡營見三等、縈見四等誤倒、七音畧正營見四等、縈見三等、

4. 日刊本此有警字、案本轉無一等韻、此不當有字、日刊本警字誤增、(參三十三轉10條)、景印本亦無字、

5 廣韻以前韻書梗韻無此字、廣韻韻末[illegible]若礦切、與此合、七音畧亦有此字、

6\. 憬、日刊本同、景印本作憬、案廣韻梗韻無憬字、憬與見母璟同俱永切、並不當在此、集韻憬字又音孔永切、此蓋據集韻所增、景印本又譌憬為憬耳、七音略此無字、

7\. 廾當从廣韻作卝、惟此字廣韻以前韻書梗韻無之、本書此字未審是否原有、七音略亦有此字、並誤作廾、

8\. 永為永之譌誤、

9\. 日刊本景印本此並無字、案廣韻映韻有竤字、音烏橫切、與黎本合、惟廣韻以前敬韻無此字、疑黎本有字為後人所增、七音略亦有此字、

10\. 廣韻勁韻敻休正切、字當在曉母四等、黎本字在匣母、日刊本景印本字在曉母三等、並誤、七音略字正見曉母四等、

11\. 鵙當作鶪、廣韻昔韻無此字、蓋據集韻鶪工役切所增、七音

略亦有此字。

12. 廣韻陌韻𨜒劃二字丘擭切，廣韻以前韻書則無此二字。本書此無字，蓋所本如此。七音略此有𨜒字。

13. 廣韻昔韻無溪母字，此蓋據集韻𨁑弃彼切所增。七音略亦有此字。

14. 蒖字廣韻昔韻音之役切，當在第三十六轉照母三等。唯此字廣韻以前韻書及集韻並無，本書疑後人所增。七音略無。

15. 旻當作旻。廣韻以前韻書昔韻無此字，廣韻韻末旻七役切，與此合。七音略此無字。

16. 護，日刊本景印本作韄。案廣韻及其以前韻書並作護，集韻護韄同字。惟此字廣韻陌韻音乙白切，切三王二全王唐韻並同，實應與影母二等乙虢切擭字同音，集韻韄與擭同 搤

虓切、即其證、七音略三等無字、二等作虠並可證本書此字誤增

外轉第三十五開

脣音清	脣音次清	脣音濁	脣音清濁	舌音清	舌音次清	舌音濁	舌音清濁	牙音清	牙音次清	牙音濁	牙音清濁
○	○	○	○	○	○	○	○	○	○	○	○
絣	抨[1]	棚	甍	朾	撐[2]	橙	儜	耕	鏗	○	娙
○	○	○	○	○	○	○	○	○	○	○	○
○	竮	甁	冥	丁	汀	庭	寍	經	輕[3]	○	○
○	○	○	○	○	○	○	○	○	○	○	○
○	皏	併	[illegible][6]	○	○	○	○	耿	○	○	○
○	○	○	○	○	逞	○[8]	○	頸[9]	○	痙[11]	○
鞞	頩	竝	茗	頂	侹[7]	挺	[illegible]	剄	○[10]	○	脛
○	○	○	○	○	○	○	○	○	○	○	○
迸	○	倂	○	○	○	○	○	○	○	○	硬[15]
○	○	○	○	○	遉	鄭	○	○	○	○	○
跰[13]	○	○	鼆	矴	聽	定	寗	徑	罄[14]	○	○
○	○	○	○	○	○	○	○	○	○	○	○
檗[16]	擗	繴	麥	摘	○	○	○[23]	隔	礊	○	鷊[24]
碧[17]	○	欂[20]	○	[illegible]	○[21]	擲	○	○	○	○	○
壁[18]	劈[19]	甓	覓	的	逖	狄[22]	惄	激	燩	○	[illegible]

齒				音	喉			音	舌音	齒	
清	次清	濁	清	濁	清	清	濁	清濁	清濁	清濁	
○	○	○	○	○	○	○	○	○	○	○	耕清青
爭	琤	崢	○	○	甖	○	莖	○	○[5]	○	
征	○	○	聲	成	○	○	○	○	跉	○	
菁[4]	青	○	星	○	○	馨	刑	○	靈	○	
○	○	○	○	○	○	○	○	○	○	○	耿靜迥[12]
○	○	○	○	○	○	○	幸	○	○	○	
整	○	○	○	○	○	○	○	○	領	○	
○	○	汫	醒	○	巊	○	婞	○	笭	○	
○	○	○	○	○	○	○	○	○	○	○	諍勁徑
諍	○	○	○	○	纓	○	○	○	○	○	
政	○	○	聖	盛	○	○	○	○	令	○	
○	靘	○	醒	○	○	○	脛	○	零	○	
○	○	○	○	○	○	○	○	○	○	○	麥昔錫
責	策[25]	賾[26]	栜[27]	○	戹	○	覈	○	○[30]	○	
隻	尺	射	釋	石	○	○	○	○	[illegible][31]	○	
績	戚	寂	錫[28]	○	○	赥	檄[29]	○	靂[32]	○	

外轉第三十五開

1. 廣韻以前韻書耕韻普耕反下無此字、廣韻字見普耕切下、然各書此切並以怦為首字、廣韻同、怦與伻形近、疑此作伻為怦字之誤、七音略此作怦、

2. 撑、日刊本景印本作撑、案廣韻耕韻無徹母字、集韻同、本書此有字、未詳所據、七音略此無字、

3. 廣韻青韻無溪母字、集韻苦丁切下亦無此字、此誤增、七音略正無字、

4. 菁、日刊本同、景印本作菁、案菁不成字、當作菁、唯此字廣韻不見於青韻、此蓋據集韻菁子丁切所增、七音略亦有此字、

5. 日刊本景印本並有磷字、案廣韻耕韻無來母字、日刊本景印本磷字蓋據集韻力耕切所增、七音略亦有此字、

6　𦗖當从全王作䁝、切三廣韻並同、七音畧作黽、廣韻𦗖黽二字同切、

7.　侹、日刊本景印本作珽、案廣韻迥韻他鼎切首字作珽、黎本誤、七音畧作挺、挺字廣韻音徒鼎切、本書字見定母、七音畧定母無字、則此挺字當是由定母誤入、而此奪一字、

8.　全王廣韻靜韻有徎浧二字、文井切、或當補於此、七音畧此有裎字、集韻文井切下有裎字、

9.　頸字廣韻靜韻音居郢切、本書字見三十三轉見母四等、集韻又音九領切、此頸字蓋即據集韻所增、七音畧此亦有頸字

10.　切三王一全王廣韻迥韻並有謦字、音去挺切、當補於此、七音畧正有此字、第誤入群母三等耳、

11.　痙字當在三十三轉群母四等、七音畧此無字（詳參三十

三轉11條）

12 迥當作迴、

13. 廣韻徑韻無此字此蓋據集韻徑韻跰壁瞑切所增、七音畧亦有此字、

14. 罊當作罄、日刊本景印本不誤、

15 此字後人據廣韻所增、不當有、七音畧亦無字詳見第三十三轉16條、

16 檗、廣韻同、廣韻以前韻書並作蘗、七音畧同、廣韻一檗俗作蘗、

17. 廣韻昔韻碧彼役切、又辟璧等字必益切、切三唐韻亦分碧與辟為二切、集韻同、蓋二字音本不同、故本書列辟於三十三轉幫四、列碧於本轉幫三、七音畧同本書、又全王碧在麥

韵，王二字在陌韵，則與上引諸書及本書異。

18. 壁，日刊本景印本作壁，案廣韵壁字在昔韵，錫韵壁音北激切，黎本誤，七音略作壁，亦誤。

19. 礔，日刊本景印本誤作礔，七音略誤同。

20. 廣韵及廣韵以前韵書昔韵無此字，集韵昔韵欂平碧切，此蓋據集韵所增，而又譌欂為欂，七音略此正作欂（案全王欂字在麥韵，音平碧反，碧字全王亦在麥韵，欂與並毋二等繴字異切，此似可謂欂繴二字讀音不同而本書列欂於三等，蓋所本如此，然廣韵集韵麥韵欂繴二字合為一切，是本書欂字其解釋不得如是）。

21. 切三王一王二全王唐韵廣韵昔韵並有彳字，王二丑尺反切三，王一全王唐韵廣韵並丑亦反，當補於此，七音略亦無

此字

22. 狄、日刊本譌伙、景印本譌伙、

23. 廣韻麥韻有疒⿱臤食眲三字尼戹切、全王亦有⿱臤食字（案全王字作⿱臤食在欂字下、欂下注云皮碧反二校以廣韻集韻知⿱臤食為⿱臤食誤字、其反語誤脫、欂下注文二當作一）、或當補於此、七音略此亦無字

24. 王二⿰革扁猵二字五革反、無鷊字、廣韻鷊⿰礻鳥⿰革扁猵四字五革切、且鷊為首字、與此合、七音略此無字、

25. 筞當作策、

26. 瞔當作賾、

27. ⿰木朿、切三王二全王唐韻廣韻同、王一作⿰木束（所引切三王二唐韻王一並據十韻彙編）、十韻彙編廣韻麥韻校勘記二

六條謂瘷棟段改瘷棟，枼二字與棟同切，棟亦當作棟，王一未誤，七音畧亦誤作棟。

28. 鍚當作錫。

29. 撽當作檄，廣韻錫韻檄符檄，說文曰二尺書也，胡狄切。

30. 廣韻麥韻礐礭二字力摘切，廣韻以前韻書麥韻無此二字，本書此無字，蓋所本如是，七音畧此有礭字。

31. 廣韻昔韻無来母字，此蓋據集韻剫令益切所增，七音畧亦有此字。

32. 靂，日刊本景印本作歷，案廣韻錫韻二字同郎擊切，切三以歷為首字，王一王二全王唐韻廣韻則並以靂為首字，疑此本作靂，後或省作歷，七音畧作歷。

外轉第三十六合

脣音 清	脣音 次清	脣音 濁	脣音 清濁	舌音 清	舌音 次清	舌音 濁	舌音 清濁	牙音 清	牙音 次清	牙音 濁	牙音 清濁
○	○	○	○	○	○	○	○	○	○	○	○
繃[1]	○	○	○	○	○	○	○	○	○	○	○
○	○	○	○	○	○	○	○	○	○	○	○
○	○	○	○	○	○	○	○	扃	○	○	○
○	○	○	○	○	○	○	○	○	○	○	○
○	○	○	○	○	○	○	○	○	○	○	○
○	○	○	○	○	○	○	○	○	○	○	○
○	○	○	○	○	○	○	○	熲	褧	○	○
○	○	○	○	○	○	○	○	○	○	○	○
○	○	○	○	○	○	○	○	○	○	○	○
○	○	○	○	○	○	○	○	○	○	○	○
○	○	○	○	○	○	○	○	○	○	○	○
○	○	○	○	○	○	○	○	○	○	○	○
○	○	○	○	○	○	○	○	蟈	碅[6]	[illegible][8]	○
○	○	○	○	○	○	○	○	○	○	○	○
○	○	○	○	○	歜[5]	○	○	郹	闃[7]	○	○

	齒音清濁	舌音清濁	喉音清濁	喉音濁	喉音清	喉音清	齒音濁	齒音清	齒音濁	齒音次清	齒音清
耕青	○	○	○	○	○	○	○	○	○	○	○
	○	○	○	宏	轟	泓	○	○	○	○	○
	○	○	○	○	○	○	○	○	○	○	○
	○	○	○	熒	○	○	○	○	○	○	○
耿迥	○	○	○	○	○	○	○	○	○	○	○
	○	○	○	○	○	○	○	○	○	○	○
	○	○	○	○	○	○	○	○	○	○	○
	○	○	○	迥[3]	詗[2]	濙	○	○	○	○	○
諍徑	○	○	○	○	○	○	○	○	○	○	○
	○	○	○	○	轟	⿱穴弘	○	○	○	○	○
	○	○	○	○	○	○	○	○	○	○	○
	○	○	○	○	詗[4]	鎣	○	○	○	○	○
麥錫	○	○	○	○	○	○	○	○	○	○	○
	○	礰[12]	○	獲	劃	○	○	擿[13]	趚[11]	○	擂[9]
	○	○	○	○	○	○	○	○	○	○	○[10]
	○	○	○	○	殈	○	○	○	○	○	○

外轉第三十六合

1\. 繃字廣韻耕韻與三十五轉絣同北萌切、本轉各韻脣音字俱在彼轉、此不當有字、七音略前轉作浜、本轉亦作繃、案廣韻以前韻書耕韻無浜字、集韻同、廣韻則前有浜⿰扌兵（⿰扌兵之誤字）二字布耕切（案集韻浜⿰土兵二字並見庚韻晡橫切下、集韻疑是浜字廣韻集韻又並讀梗韻幫母是其證）、後又繃絣等字北萌切、蓋七音略所本與廣韻同、故前轉列浜字、本轉又有繃字（案此或係後人所加）、其實浜與繃音同、此仍不當有、本書此字蓋又淺人據七音略所增、

2\. 廣韻以前韻書迥韻無此字、廣韻韻末詗火迥切、與此合、七音略亦有此字、

3\. 逈當作迵、

4 廣韻經韻無曉母字集韻同、七音畧此亦無字、此作詗蓋郎涉迥韻曉母詗字誤衍、又誤其字形、

5. 廣韻以前韻書錫韻無此字、廣韻韻末歡䙵二字丑歷切、亦與他歷切逖字同音、集韻歡䙵二字與逖同他歷切、本書此作歡、蓋郎淺人據廣韻丑歷所增、七音畧無字、可據以刪此、

6. 廣韻麥韻無合口溪母字、此蓋據集韻碉口獲(獲當是獲之誤)切所增、七音畧此作蟈、蓋又集韻碉之譌誤、

7. 闃、日刊本景印本作闃、棗作闃是、

8. 趡、日刊本景印本作趡、棗廣韻以前韻書麥韻無群母字廣韻韻末趡求獲切、與日刊本景印本合、棃本趡是趡誤字、唯此字廣韻以前韻書既無本書此字未審是否原有七音畧亦有此字、誤作趡、

9. 撎、日刊作景印本作擿、案廣韻麥韻簀摑切字作撎、日刊本景印本稍譌、黎本誤、唯此字廣韻以前韻書無之、本書此字未審是否原有、七音略亦有撎字、

10. 廣韻昔韻有萛字、音之役切、本書字見三十四轉入聲精四、依廣韻字當在此、唯廣韻以前韻書昔韻無此字、未審本書原有此字否、七音略此亦無字（參三十四轉14條）

11. 廣韻以前韻書麥韻無此字、廣韻趞查獲切、與此合、七音略亦有此字、

12. 廣韻以前韻書麥韻無此字、廣韻韻末攄砂獲切、與此合、七音略亦有此字、

13. 廣韻麥韻無合口來母字、礰字廣韻屬錫韻、集韻同、此作礰未知所據、七音略此無字、

內轉第三十七開

脣音 清	脣音 次清	脣音 濁	脣音 清濁	舌音 清	舌音 次清	舌音 濁	舌音 清濁	牙音 清	牙音 次清	牙音 濁	牙音 清濁
○	○	裒[2]	呣[3]	兜[4]	偷	頭	羺	鉤	彄	○	齵
○	○	○	○	○	○	○	○	○	○	○	○
不	○	浮	謀	輈	抽	儔	○	鳩	丘	求	牛[7]
彪	[illegible][1]	滮	繆	○	○	○	○	樛	怵[5]	蚪[6]	[illegible]
掊	剖	部	母	斗	黈[13]	[illegible][14]	[illegible][15]	苟	口	○	藕
○	○	○	○	○	○	○	○	○	○	○	○
缶	紑	婦	○	肘	丑	紂	紐	久[16]	糗	臼[17]	○
○	○	○	○	○	○	○	○	糾	○	蟉	○
○	仆[23]	踣	茂	鬭	透	逗	耨	遘	寇	○	偶
○	○	○	○	○	○[25]	○	○	○	○	○	○
富	副	復[24]	莓	晝	○[25]	胄	糅	救[26]	[illegible][27]	舊[28]	[illegible]
○	○	○	謬	○	○	○	○	○	[illegible]	[illegible]	○
○	○	○	○	○	○	○	○	○	○	○	○
○	○	○	○	○	○	○	○	○	○	○	○
○	○	○	○	○	○	○	○	○	○	○	○
○	○	○	○	○	○	○	○	○	○	○	○

齒音					喉音				舌音	齒	
清	次清	濁	清	濁	清	清	濁	清濁	清濁	清濁	
鯫	誰[9]	鄹[10]	涑	○	謳	齁	侯	○	樓	○	侯
鄒	搊	愁[11]	搜	○	○	○	○	○	○	○	
周	犨	○	收	讎	優	休	○	尤[12]	劉	柔	尤幽
啾[8]	秋	遒	脩	囚	幽	飍	○	由	鏐	○	
走	趣[18]	鯫	叟	○	歐	吼	厚	○	塿	○	厚
掫	黀[19]	穊[20]	溲[22]	○	○	○	○	○	○	○	
帚	醜	壽[21]	首	受	[illegible]	朽	○	有	柳	蹂	有黝
酒	○	湫	滫	○	黝	○	○	酉	○	○	
奏[29]	輳	剝	瘶	○	漚	詬	候	○	陋	○	候
皺	簉	驟	瘦	○	○	○	○	○	○	○	
呪	臭	○	狩	授	○	齅	○	宥	溜	輮[31]	宥幼
僦	趥[30]	就	秀	岫	幼	○	○	狖	○	○	
○	○	○	○	○	○	○	○	○	○	○	
○	○	○	○	○	○	○	○	○	○	○	
○	○	○	○	○	○	○	○	○	○	○	
○	○	○	○	○	○	○	○	○	○	○	

內轉第三十七開

1. 飆字廣韻在尤韻、音匹尤切、當在滂母三等、七音略字正見三等、

2. 廣韻以前韵書侯韵無此字、廣韵韵末裒蒲侯切、與此合、七音略亦有此字、全王尤韵末有裒蒲溝反四字、字跡與全書不同、疑非王韻本有、特記於此、

3. 廣韵以前韵書侯韵無此字、廣韵韻末呣亡侯切、與此合、七音略亦有此字、

4. [illegible]不成字、當从廣韵作兜、七音略誤同、

5. [illegible]、廣韵尤韵同、字當作[illegible]、屬幽韻、廣韵誤入尤韵、韻鏡字列此不誤（詳見董同龢先生廣韻重紐試釋、國立中央研究院歷史語言研究所集刊第十三本）、七音略亦作[illegible]、

6. [illegible]、日刊本景印本作虯、案作虯是、七音略亦作虯、

7. 牛、景印本壞為吽

8. 啾、字廣韻屬尤韻、即尤切、又幽韻有稵字、子幽切、亦當在此、七音略此作稵、

9. 誰、廣韻侯韻千侯切、王二全王千侯反、唯字誤在幽韻、韻鏡字見此、不誤、七音略同、

10. 廣韻侯韻徂鉤切下有剽無鄹、此鄹蓋即剽之譌誤、七音略正作剽、

11. 愁、景印本譌作慗、

12. 尤、當作尤

13. 黈、日刊本景印本誤為黊、七音略作姓、當是妵之譌誤、廣韻厚韻黈妵二字同天口切、

14. 蕍、王一廣韻作蕍、七音略亦作蕍、

15. 段當作轂、

16. 夂當作久夊久二字音義迥別、

17. 曰當作臼曰臼二字音義迥別、

18. 廣韻以前韻書厚韻倉垢切下止取棷二字、廣韻趣取棷三字倉苟切、趣為首字、與此合、七音畧亦作趣、

19. 廣韻以前韻書有韻無此字、廣韻韻末鞴初九切、與此合、七音畧亦有此字、

20. 廣韻以前韻書有韻無此字廣韻韻末穊士九切、與此合、七音畧亦有此字、

21. 廣韻有韻無床毋字、壽與禪毋受字同切、集韻同、七音畧此無字、本書此列壽字、未知所據、

22. 廣韻有韻疎有切字作溲、此作溲當是溲之譌誤、七音畧正

作溲、

23. 仆、日刊本景印本壞作仆、

24. 廣韻以前韻書宥韻無此字、廣韻韻末莓乇救切、與此合、七
音畧亦有此字、

25. 日刊本景印本徹母二等有畜字、景廣韻宥韻畜丑救切、字
當在徹母三等、黎本誤脫、七音畧字正見徹母三等、

26. 救為救字譌誤、

27. 廣韻以前韻書宥韻無此字、廣韻韻末䶑丘救切、與此合、七
音畧亦有此字、

28. 舊當作舊、

29. 奏當作奏、

30. 廣韻以前韻書宥韻無此字、廣韻韻末趥七溜切、與此合、七

31.

音畧亦有此字、

輮日刊本景印本譌作輕、

內轉第三十八合[1]

脣音清	脣音次清	脣音濁	脣音清濁	舌音清	舌音次清	舌音濁	舌音清濁	牙音清	牙音次清	牙音濁	牙音清濁
○	○	○	○	○	○	○	○	○	○	○	○
○	○	○	○	○	○	○	○	○	○	○	○
○	○	○	○	碪	琛	沈	誑	金	欽	琴	吟
○	○	○	○	○	磣[2]	○	○	○	○	○	○
○	○	○	○	○	○	○	○	○	○	○	○
○	○	○	○	○	○	○	○	○	○	○	○
稟	品	○	○	戡[5]	踸	朕	拰	錦	坅	噤	僸
○	○	○	○	○	○	○	○	○	願[6]	○	○
○	○	○	○	○	○	○	○	○	○	○	○
○	○	○	○	○	○	○	○	○	○	○	○
○	○	○	○	揕	闖	鴆	賃	禁	○	紟	吟
○	○	○	○	○	○	○	○	○	○	○	○
○	○	○	○	○	○	○	○	○	○	○	○
○	○	○	○	○	○	○	○	○	○	○	○
鵖[14]	○	鴚[14]	○	縶[15]	湁[16]	蟄	孨	急	泣	及	岌
○	○	○	○	○	○	○	○	○	○	○	○

	齒音 清	齒音 次清	齒音 濁	齒音 清	齒音 濁	喉音 清	喉音 清	喉音 濁	喉音 清濁	舌音齒 清濁	舌音齒 清濁
侵	○	○	○	○	○	○	○	○	○	○	○
	簪	篸	岑	森	○	○	○	○	○	○	○
	斟	覘	忱[3]	深	諶	音	歆	○	○	林	任
	祲	侵	鬵	心	尋	愔	○	○	淫[4]	○	○
寑	○	○	○	○	○	○	○	○	○	○	○
	顉[7]	墋	𩕄[8]	痒[9]	○	○	○	○	○	○	○
	枕	瀋	葚	沈	甚	飲	廞	○	○	廩	荏
	醋	寑	蕈	罧	○	○	○	○	○[10]	○	○
沁	○	○	○	○	○	○	○	○	○	○	○
	譖	讖[11]	○	滲	○	○	○	○	○	○	○
	枕	○	○	深[12]	甚	蔭	○	○	顉[13]	臨	絍
	浸	沁	○	○	○	○	○	○	○	○	○
緝	○	○	○	○	○	○	○	○	○	○	○
	戢	㞙[17]	霵[18]	澀	○	○	○	○	○	○	○
	執	斟	褶[19]	濕	十	邑	吸	○	熤	立	入
	㗱	緝	集	[illegible]	習	揖	○	○	熠[20]	○	○

內轉第三十八合

1. 合當作開、七音略云重中重可證、

2. 廣韻侵韻無此字、此蓋據集韻繬天心切所增、七音略無字、

3. 忱字廣韻侵韻與禪母諶同氏任切、集韻同、此有忱字未知所據、七音略此無字、

4. 滛當作淫、

5. 廣韻以前韻書寢韻知母止一𣫍字、廣韻戡𣫍二字張甚切、且戡為首字、與此合、七音略作[illegible]、當是𣫍之譌誤、

6. 顧字王一全王音仕廖反、廣韻音欽錦切、依王韻、字當在床母（參8條）、依廣韻、字應與三等丘甚切坅字同音（集韻顧作顩、與坅同丘甚切）、並不當在此、蓋即淺人不知廣韻顩為增加字、以為與坅音別、遂增於此、七音略無此字、

7. 䫴字廣韻寑韻與照母三等枕同章荏切，不當在此。集韻韻末又音側踸切，此蓋據集韻所增。七音畧此無字。

8. 顉當作⿰㐱頁，从頁㐱聲（玉篇㐱古文吟）。廣韻顉士㾕切，與此合。七音畧此亦作顉。全王字音卿飲反，士㾕反字作顉。王一無顉字，士㾕反字亦作顉，並與此異。集韻則丘甚、士㾕二切下並有顉字，未審孰是。

9. 㾕七音畧誤作

10. 廣韻寑韻韻末有潭字，音以荏切。廣韻以前韻書寑韻則並無此字。本書此無字，蓋所本如是。七音畧此有潭字。

11. 識，日抄本景印本作識。案作識是。

12. 廣韻以前韻書沁韻無此字，廣韻韻末深式禁切與此合。七音畧亦有此字。

13. 廣韻以前韻書沁韻無此字，廣韻韻末𩑶于禁切，與此合，七音畧亦有此字，

14. 廣韻緝韻鵖彼及切，騙房及切，集韻同，五代刊本切韻葉韻鵖下注云 又北立反，亦與廣韻鵖字音同，並與本書二字所列合，全王緝韻鵖字音房及 反，無騙字，葉韻其輒反下騙字注云又比及反，居輒反下鵖字注云 又房及反，並與此異，（案鵖字又讀見母，騙字又讀群母，各書一致，聲母清濁與鵖音幫母騙音並母相同，疑當是全王誤），七音畧鵖見幫母，同本書，騙誤作䮙，又誤在明母下，

15. 䙝當作褺，澄母𡐓當作墊，二字並从執，非从埶，

16. 湁當从廣韻作湁，

17. 屚為屚譌誤，日刊本景印本譌作屚

18 廣韻以前韻書緝韻無此字廣韻戢仕戢切與此合、七音略亦有此字、

19 褶日刊本景印本作褶案作褶是、唯此字廣韻與禪毋十字同是執切、不當在此、七音略此無字、

20. 廣韻以前韻書緝字但見為主反下、唐韻為主反下注又羊入反、亦未出正切、廣韻則熠字二見一為主切、一羊入切本書此有熠字蓋所據與廣韻同、七音略亦有此字、

外轉第三十九開

脣音清	脣音次清	脣音濁	脣音清濁	舌音清	舌音次清	舌音濁	舌音清濁	牙音清	牙音次清	牙音濁	牙音清濁
○	○	○	○	耽	探	覃	南	弇	龕	○	[illegible][5]
○	○	○	○	詀	○	○	諵	緘	鵮	○	嵒
砭	○	○	○	霑	覘	[illegible][1]	黏	廉[2]	○[8]	○	[illegible]
○	○	○	○	[illegible]	添	甜	鮎	○	謙	鉗[4]	○
○	○	○	○	黕	襑[10]	禫	腩	感	坎	○	頜[12]
○	○	○	○	○	僴	湛	[illegible]	鹼	床	○	[illegible][13]
貶	○	○	○	○	諂	○	○	檢	預[11]	儉	顩
○	○	○	[illegible]	點	忝	簟	淰	孂	歉	○	○
○	○	○	○	馾	僋	醰	妠[21]	紺[22]	勘	○	儑
○	○	○	○	鮎	○	○[20]	諵	[illegible]	歉	○	顑[23]
窆	○	○	○	○	覘	○	○	○	○	○	驗
○	○	○	○	店	掭	磹	念	[illegible]	傔	○	○
○	○	○	○	荅	錔	沓	納	閤	溘	○	礘
○	○	○	○	劄	[illegible][31]	[illegible][33]	[illegible]	夾	恰	○[35]	[illegible]
○	○	○	○	輒	鍤[32]	牒	聶	[illegible][34]	㾊	笈	○
○	○	○	○	聑	怗	牒	捻	頰	愜	○	○

	齒音 清	齒音 次清	齒音 濁	齒音 清	齒音 濁	喉音 清	喉音 清	喉音 濁	喉音 清濁	舌音 清濁	齒音 清濁
覃	鐕	參	蠶	毿	○	諳	谽	含	○	婪	○
咸	○	○	讒	攕	○	猪	欦	咸	○	○	○
鹽	詹	襜[7]	○	苫	棎	淹	姭[9]	○	炎	廉	髯
添	尖[6]	○	○	鬖[8]	○	○	馦	嫌	○	鬑	○
感	寁	慘	歜	糂	○	晻	顑	頷	○	壈	○
豏	斬	臘	瀺	摻	○	黯[16]	喊[17]	豏	○	臉	○
琰	颭	○	○	陝[15]	剡	奄	險	[illegible][18]	○	斂	冄
忝	○	憯[14]	○	○	○	○	○	○	○	稴	苒[19]
勘	篸	謲	暫[25]	俕	○	暗	顑	憾	○	顲[30]	○
陷	蘸	○	○[26]	○	○	顩	闞[28]	陷[29]	○	○	○
豔	占	韂[24]	○	閃	贍	㤿	○	○	○	殮	染
㮇	僭	○	𣉮[27]	𥖍	○	酓	○	○	○	稴	○
合	帀	[illegible]	雜	趿	○	姶	欱	合	○[41]	拉	○
洽	貶[36]	揷	𨄞	霎[38]	○	[illegible]	[illegible]	洽	○	○	○
葉	讋	謵	○	攝	涉	𢽾	偞[40]	○	曄	獵	讘
帖	浹	妾[37]	[illegible]	燮[39]	○	○	㛍	協	○	[illegible][42]	○

外轉第三十九開

1. 廣韻以前韻書鹽韻無此字、廣韻鹽韻末[illegible]小熱也、直廉切、與此合、七音略無此字、

2. 廉為兼譌字、廣韻字在添韻、古甜切、當下移四等、七音略字正見四等、

3. 切三王二全王廣韻鹽韻有𢤱字、丘廉切、當補於此、七音略此有熾字、卽𢤱之譌誤、

4. 四等例無群母、廣韻鉗屬鹽韻、巨淹切、當上移三等、七音略正四等無字、三等作箝、廣韻箝或作鉗、又廣韻鹽韻末有鍼字、巨鹽切、依廣韻、字當在此、唯廣韻以前韻書並無、七音略此亦無字、蓋本不當有、

5 [illegible]、廣韻以前韻書作[illegible]、廣韻作[illegible]、與此合、

6. 廣韻添韻無精母字，尖屬鹽韻，與下轉𢦏字同子廉切，不當在此。集韻咸韻有尖字，壯咸切，蓋本書所本，又誤在此。

7. 譫當作讇。廣韻鹽韻處占切下譫、讇、譣、蘞、𧨞，無讇字。七音略作譫，廣韻譫為處占切首字。

8. 廣韻添韻無心母字，此蓋據集韻添韻𩬳斯兼切所增。七音略此無字。

9. 廣韻鹽韻無曉母字。𡚱與徹母覘同丑廉切，又與審母三等苫同失廉切，不當在此。集韻又音火占切，蓋本書所據。七音略此無字。

10. 襑當作禫。廣韻感韻禫衣大也，他感切。

11. 頬，日刊本景印本作頬，桌切三、王一、全王、廣韻琰韻字並作頩，桌字當作頩，蓋頩作頩，誤為頩若頩耳。集韻頩頩一字，是

具證、

12. 頷字廣韻感韻音胡感切、本書字見匣母、此不當有頷字、廣韻顉五感切、此蓋顉之譌誤、七音略正作顉、

13. 廣韻豏韻無疑母字、顩與谿母床同苦減切、不當在此、集韻又五減切、蓋本書所本、七音略亦有此字、

14. 廣韻以前韻書忝韻無此字、廣韻憯青忝切、與此合、七音略亦有此字、

15. 陝當作陜、字非从夾、

16 廣韻以前韻書豏韻無黯字、字在檻韻、廣韻則字在豏韻乙減切、與此合、七音略亦有黯字、

17. 廣韻豏韻喊呼豏切、又闞欿二字火斬切、切三闞字火斬反、無喊字、王一王二全王闞欿二字火斬反、喊字音子減反案

喊闞欿三字音同，集韻欿喊同火斬切，是其證。王韻喊音子減反，子字當是曉母某字之誤。本書此作喊不誤，七音略亦作喊，唯誤在一等。

28. 鼸字日刊本景印本並在匣母四等，案廣韻字在忝韻，胡忝切，當在四等，黎本誤。七音略與日刊本景印本同。

19. 四等例無日母，廣韻忝韻無日母字，集韻同，此誤增。七音略此無字。

20. 王一王二全王唐韻廣韻陷韻有賺字，佇陷切，當補於此。七音略此有賺字，集韻賺與賺同。

21. 妠，全王廣韻七音略並與此同。王二奴紺反，為喃字，獨異。

22. 紺，日刊本景印本作紺，案當作紺。

23. 廣韻以前韻書陷韻無此字，廣韻韻末顩玉陷切，與此合。七

音畧字作䫑、集韻顴與䫑同、

24. 䜪、唐韻廣韻集韻並作䜪、七音畧亦同、

25. 㨻日刊本景印本作暫案廣韻勘韻無從母字、集韻有㨻字、徂紺切、蓋此所本、日刊本景印本又譌作暫、七音畧此無字、

26. 全王讒儳譫三字仕陷反、王一同、廣韻儳譫讒三字仕陷切、此當有字、七音畧此有儳字、

27. 䁪、日刊本景印本作䁪、案廣韻㮇韻漸念切字作䁪、注云閉目思也日刊本景印本誤、七音畧亦作䁪、

28. 廣韻陷韻無曉母字、王一全王陷韻有闞字、全王火陷反、（王一闞下注云、公陷反、鹹、案此實上文䶢字注文闞字注文譌在譫字下、譫下注云、火陷反、大聲、與全王同）、與本書此作闞合、七音畧此無字蓋脫、

29. 陷當作陷、本轉及下轉从臽之字並當改从臽、

30. 廣韻以前韻書勘韻無此字、廣韻顲郎紺切、與此合、七音略亦有此字、唯誤作顲、

31. 廣韻以前韻書洽韻無此字、廣韻⿱虍盅丑囙切、與此合、七音略亦有此字、字作⿱虍盅、

32. 鍤當从廣韻作鍤、

33. 廣韻洽韻無澄母字、此蓋據集韻⿱罒毛徒洽切所增、七音略此無字、（字當作⿱罒毛、集韻及此並譌）、

34. ⿰糸刧當从廣韻作⿰糸劫、

35. ⿰目巠、刊作脛、唐韻作⿰目巠、廣韻集韻並與此同、七音略亦同、

36. 貶當作眨、廣韻洽韻眨、目動、側洽切、

37. 廣韻帖韻無清母字、妾屬葉韻、與下轉重出、當刪、七音略此

38. 無字

廣韻洽韻霎山洽切，切三王韻唐韻刊並同，又廣韻葉韻亦有此字，山輒切刊同，並與此合，七音略作歃字亦洽葉二韻兼收，

39. 變日刊本景印本作爕，案作爕是

40. 廣韻葉韻偞與葉字同切，不當在此，此蓋據集韻虛涉切所增，七音略此無字。

41. 日刊本景印本此並有邊字，案廣韻合韻有此字，顧翻明經厰本音于合切，與日刊本景印本合，唯廣韻以前韻書合韻無此字，廣韻巾箱本黎本並音士合切，切韻考云，玉篇千合切五音集韻七合切，于字卽千字之誤，士字卽七字之誤，案喻母例無一等字，廣韻士若于為七千二字之誤是也，日刊

42.

本景印本此字當是後人據廣韻誤本于合切所增七音略此。無字。

瓨日刊本景印本作甈，案瓨不成字。廣韻怗韻盧協切字作甈，與日刊本景印本合。七音略亦作甈。

外轉第四十合[1]

芝[2] 胄反

脣音 清	脣音 次清	脣音 濁	脣音 清濁	舌音 清	舌音 次清	舌音 濁	舌音 清濁	牙音 清	牙音 次清	牙音 濁	牙音 清濁
○	○	○	姌	擔	舑	談	○	甘	坩	○	○
○	○	芝[3]	○	○	○	○	○	監	嵌[4]	○	巖
○	○	○	○	○	○	○	○	○	钦	黔[5]	嚴
○	○	○	○	○	○	○	○	○	○	○	○
○	○	○	婼	膽[11]	菼	噉	○	敢	𠪚[12]	○	○
○	○	○	○	○	○	○	○	○	顩	○	○
○	○	○	○	○	○	○	○	○	○[13]	○	儼
○	○	○	○	○	○	○	○	○	○	○	○
○	○	○	○	擔	賧	擔[18]	○	𩐋	闞	○	○
○	○	逕	○	○	○	○	○	鑑	○	○	○
○	○	○	○	○	○	○	○	○	钦	○	釅[19]
○	○	○	○	○	○	○	○	○	○	○	驗[20]
○	○	○	○	[illegible][27]	榻	踏[28]	納	[illegible]	搕	○	儑
○	○	乏	○	○	○	渫[29]	○	甲	○	○	○
○	○	○	○	○	○	[illegible][30]	○	劫	怯	跲[31]	業[32]
○	○	○	○	○	○	○	○	○	○	○	○

齒音 清	次清	濁	清	濁	喉音 清	清	濁	清濁	舌音齒 清濁	清濁	
○[6]	○	慚	三	○	黯[9]	蚶	酣	○	藍	○	談
○	攙	巉	衫	○	○	○	銜[10]	○	○	○	銜
○	○	○	○	劖[8]	醃	[illegible]	○	○	○	○	嚴
笺[7]	籤	潛	銛	燖	懕	○	○	鹽	○	○	鹽
[illegible]	黪	槧	○	○	埯	喊	○	○	覽	○	敢
○	醶	○[15]	[illegible]	○	黤	[illegible]	檻	○	○	○	檻
○	○	○	[illegible][16]	○	埯	○[17]	○	○	○	○	儼
○[14]	憸	漸	○	○	黶	○	○	琰	○	○	琰
○	○	暫	三	○	○	[illegible]	憨	○	濫	○	闞
[illegible]	儳	鑱	釤	○	[illegible][21]	[illegible]	[illegible]	○	○	○	鑑
○	○	○	○	○	○[22]	脅[23]	○	○	殮[24]	○	釅
攕	壍	潛	○	○	厭	○	○	豔	殮[25]	涤[26]	豔
○	囃	臿	偛	○	鰪	欱	盍	○	臘	○	盍
○	○[34]	○	翜	○	鴨	呷	押	○	○	○	狎
○[33]	○	○	𨒱[35]	○	腌	脅	○	殜[39]	○	○	業
接	妾	捷	○[36]	○	魘[37]	○	挾[38]	葉	○	○	葉

外轉第四十合

1. 合當作開、七音略云重中輕是其證、

2. 𧯄白甘反、四字後人所記、當刪、日刊本景印本並無、

3. 王二銜韻湴蒲銜反、泥行、廣韻𧯄步渡水、白銜切、湴𧯄疑即一字（案集韻以為二字）而廣韻與此合、七音略亦作𧯄、

4. 廣韻銜韻嵌口銜切、與此合、七音略此亦作嵌、王二韻末湴蒲銜反、泥行、二、嵌、嵌巖山谷深邃皃、又口銜反、廣韻白銜切止一𧯄、王二湴當是一之誤、嵌下又字蓋後人所增、本與廣韻同、

5. 廣韻嚴韻無群母字、蓋據集韻黔其嚴切所增、七音略此無字、

6. 切三王二全王廣韻談韻有[illegible]字、切三王二作三反、全王廣

韻昨三切、如前者是、當補於此、後者是、則與咋甘切慙字同音、集韻字音作三切、又與慙字同財[三]切、七音畧此無字、

7. 笺、日刊本景印本作笺、崇作笺是、

8 廣韻嚴韻無禪母字、此蓋據集韻談韻劉市甘切所增、七音畧無此字、

9. 廣韻談韻無影母字、蓋據集韻黯烏甘切所增、七音畧此無字、

10. 銜當作銜、

11. 膽、日刊本景印本作膽、崇廣韻敢韻膽紞等六字都敢切、無此二字、黎本膽當即膽之誤字、日刊本景印本作膽、字右傍蓋涉明母媎字而誤、

12. 廣韻、以前韻書敢韻無此字、廣韻韻末㺂口敢切、與此合、七

音略亦有此字

13. 日刊本景印本此並有欽字、案廣韻儼韻有欽字、音丘广切此當有、黎本誤脫、

14. 王一全王琰韻有𩟪字子冉反、廣韻字作𩟪子冉切、當補於此、七音略正有𩟪字、

15. 王一王二全王檻韻巉嵁二字仕檻反、廣韻巉字仕檻切、當補於此、七音略此正有嵁字、

16. 廣韻儼韻無審母字、敢韻𩆍字賞敢切、集韻敢韻𩆍澗同字、是本書此有澗字之證、惟一等例無審母字、廣韻以前韻書敢韻並無此字、疑本書此字係後人所增、七音略此無字、

17. 王一王二全王广韻並有險字王一希淹（淹當是掩誤字）反、王二虛广反、全王希掩反、集韻儼韻亦有險字、希掩切、當

補於此七音略此亦無字、

18. 廣韻闞韻憺澹等八字徒濫切、無擔字、擔字都濫切、本書見端母此擔字當即憺之譌誤、七音略正作憺、

19. 廣韻以前韻書本韻疑母無釅字、王一嚴⿰齒兼二字魚淹反、王二嚴字魚欠反、全王韻目字亦作嚴、廣韻則本韻無嚴字、首字作釅、音魚欠切、與此合、七音略字亦作釅、

20. 此與三十九轉疑母三等重出、當刪、七音略此無字、

21. 廣韻以前韻書鑑韻無此字、廣韻鑑韻末⿰黑敢、注云音黯去聲、王一王二全王檻韻影母有黯字、與此合、七音略亦有此字、

22. 王一去聲嚴韻有淹字、於嚴反、全王嚴韻韻目、嚴下音魚淹反、是嚴韻亦有淹字、或當補於此（案廣韻集韻釅韻並無此字）七音略此亦無字、

23 賫當从廣韻作齎。七音略此無字蓋誤脫。

24. 廣韻儼韻無來母字，此蓋據集韻驗韻獫力劒切所增。七音略此無字。

25. 此與上轉來母二等重出，當刪。七音略此無字。

26. 此與上轉日母三等重出，當刪。七音略此無字

27. 𤿭日刊本景印本作𤿭，案廣韻與日刊本景印本同，字从皮奄聲，黎本誤。七音略作𤿭。

28. 踏字廣韻屬合韻，不當在此。盍韻徒盍切首字作蹋，此蓋蹋之誤字。七音略正作蹋。

29. 廣韻狎韻渫喋等六字丈甲切，無渫字。渫渫形近，此作渫蓋卽渫之譌誤（案集韻渫渫同切，本書所據疑不如此）。七音略作霅。廣韻丈甲切下有霅字。

30. 廣韻業韻無澄母字，此蓋據集韻⿰土㬎直業切所增。七音略無此字。

31. 廣韻以前韻書業韻多無此字，全王居怯反下有此字，注云又渠業反。廣韻字二見，一在居怯切下，一音巨業切，與此合。七音略此無字。

32. 業為業之譌誤。

33. 廣韻盍韻末有澹字，章盍切，廣韻以前韻書盍韻並無此字，本書此無字，蓋所本如是。七音略此有澹字，一等韻例無照母三等字，七音略蓋即後人據廣韻此例外反切所增。

34. 切三王一王二全王唐韻狎韻並有⿱夾音字初甲反（案五代刊本切韻亦有此字，惟字殘注文尚在）當補於此。七音略此有囃字，則涉清母囃字而衍。

35. 廣韻業韻無齒音字，業韻平上去聲亦無齒音字，廣韻怗韻前有燮屧等字蘇協切，韻末新增𨓍字先頰切，燮字本書見三十九轉，此作𨓍，疑即後人據廣韻先頰切增於本轉心母四等，後又誤入於此，七音略此無字，可據以刪之。

36. 景印本此有萐字，案廣韻葉韻萐與三十九轉審母二等霎字同山輒切，不當在此，集韻徢𩗶霎𩸞四字息葉切，亦無萐字，景印本誤增，七音略此亦無字。

37. 廣韻以前韻書魘字作厭，或作壓，廣韻作魘與此合，七音略亦作魘。

38. 葉韻不當有匣母字，廣韻葉韻正無，此作挾，誤增，七音略此正無字，（又案，廣韻挾在怗韻，胡頰切，集韻怗韻字又有尸牒切一讀，怗韻不應有審母字，疑尸本作戶，後人據以增之

於此）、

39.
廣韻以前韻書業韻無此字、廣韻韻末𧙗余業切、與此合、七音畧此無字、

外轉第四十一合

脣音 清	次清	濁	清濁	舌音 清	次清	濁	清濁	牙音 清	次清	濁	清濁
○	○	○	○	○	○	○	○	○	○	○	○
○	○	○	○	○	○	○	○	○	○	○	○
諺[1]	芝	凡	瑷[2]	○	○	○	○	○	○	○	○
○	○	○	○	○	○	○	○	○	○	○	○
○	○	○	○	○	○	○	○	○	○	○	○
○	○	○	○	○	○	○	○	○	○	○	○
⿰月乏[3]	釩[4]	范	錽[5]	○	僴[6]	○	○	拑[7]	凵	○	顩[8]
○	○	○	○	○	○	○	○	○	○	○	○
○	○	○	○	○	○	○	○	○	○	○	○
○	○	○	○	○	○	○	○	○	○	○	○
○	汎	梵	荾[9]	○	○	○	○	劒	欠	○	○
○	○	○	○	○	○	○	○	○	○	○	○
○	○	○	○	○	○	○	○	○	○	○	○
○	○	○	○	○	○	○	○	○	○	○	○
法	⿰犭去[12]	乏	○	猫[13]	○	○	⿰犭風[14]	○	猲	○	○
○	○	○	○	○	○	○	○	○	○	○	○

⿰犭風[11] 女法反 猲 起法反

	齒音					喉音				舌音齒	
	清	次清	濁	清	濁	清	清	濁	清濁	清濁	清濁
凡	○ ○ ○ ○	○ ○ ○ ○	○ ○ ○ ○	○ ○ ○ ○	○ ○ ○ ○	○ ○ ○ ○	○ ○ ○ ○	○ ○ ○ ○	○ ○ ○ ○	○ ○ ○ ○	○ ○ ○ ○
范	○ ○ ○ ○	○ ○ ○ ○	○ ○ ○ ○	○ ○ ○ ○	○ ○ ○ ○	○ ○ ○ ○	○ ○ ○ ○	○ ○ ○ ○	○ ○ ○ ○	○ ○ ○ ○	○ ○ ○ ○
梵	○ ○ ○ ○	○ ○ ○ ○	○ ○ ○ ○	○ ○ ○ ○	○ ○ ○ ○	○ ○ ○ ○	○ ○ ○ ○	○ ○ ○ ○	○ ○ ○ ○	○ ○ ○ ○	○ ○ ○ ○
乏	○ ○ ○ ○	○ ○ ○ ○	○ ○ ○ ○	○ ○ ○ ○	○ ○ ○ ○	○ ○ ○ ○	○ ○ ○ ○	○ ○ ○ ○	○ ○ ○ ○	○ ○ ○ ○	○ ○ ○ ○

10

外轉第四十一合

1. 廣韻凡韻無幫母字、此蓋據集韻訨甫凡切所增、七音略此無字、

2. 瑷不成字、蓋瑷之譌誤、廣韻凡韻無明母字、此蓋據集韻瑷亡凡切所增、七音略此無字、

3. 廣韻以前韻書范韻無此字、廣韻腇府犯切、與此合、七音略亦有此字、唯譌作膀、

4. 廣韻以前韻書范韻無此字、廣韻釩峯犯切、與此合、七音略亦有此字、

5. 廣韻以前韻書范韻明母止一変字、廣韻范韻錽変二字亡范切、錽為首字、與此合、七音略亦作錽、

6. 廣韻以前韻書范韻無此字、廣韻僴丑犯切、與此合、七音略

作[亻閤]蓋由作[亻閤]而譌、集韻字作[亻閤]、

7. 廣韻范韻無見母字此蓋據集韻拑扱范切所增、七音略作[扌丩]、又拑之壞誤、

8. 廣韻范韻無疑母字、集韻五犯切亦止一冂字、此作顉、未詳所據、集韻凡韻有顉字丘凡切、豈夲書所據而誤入於此與、七音略此無字、可據以刪此、

9. 菱、日刊夲景印夲作菱、槧作菱是、廣韻字在嚴韻亡劒切、王一王二全王字在梵韻、唯皆譌作蔓、七音略此作蔘、尤誤、

10. 日刊夲景印夲此並有俺字、槧廣韻梵韻有俺字、於劒切、王一全王唐韻同、王二字在去聲嚴韻、音於欠反、並與日刊夲景印夲此有俺字合、黎夲當是奪去、七音略此亦無字、

11. [氵㼌]女法反偈起法反、八字後人所記、當刪、日刊夲景印夲無

此八字、

12. 廣韻以前韻書乏韻無此字、廣韻𦈢孚法切、與此合、七音畧亦有此字、

13. 廣韻以前韻書乏韻無此字、廣韻乏韻末有⿰犭甾字音丑法切、依廣韻字當在徹母、七音畧⿰犭甾字在徹母、

14. 廣韻以前韻書乏韻無此字、廣韻韻末⿰犭氏女法切、與此合、七音畧亦有此字、

內轉第四十二開

唇音				舌音				牙音			
清	次清	濁	清濁	清	次清	濁	清濁	清	次清	濁	清濁
崩	漰	朋	瞢	登	鼟[2]	騰	能	緪[3]	○	○	○
○	○	○	○	○	○	○	○	○	○	○	○
冰	砯[1]	凭	○	徵	僜	澄	○	兢	硱	殑	凝
○	○	○	○	○	○	○	○	○	○	○	○
○	倗	⿰阝朋[7]	○	等	○	○	能	○	肯	○	○
○	○	○	○	○	○	○	○	○	○	○	○
○	○	○	○	○	庱[8]	○	○	○	殑[9]	○	○
○	○	○	○	○	○	○	○	○	○	○	○
⿱穴朋	○	倗	懵[13]	嶝	隥[14]	鄧	○	亙	○	○	○
○	○	○	○	○	○	○	○	○	○	○	○
○	○	凭	○	○	覴	瞪	○	○	○	殑	凝
○	○	○	○	○	○	○	○	○	○	○	○
北	○[19]	菔	墨	德	忒[22]	特	螚	裓	刻	○	○
○	○	○	○	○	○	○	○	○	○	○	○
逼	愊	愎	窨[20]	陟	敕	直	匿	殛	⿰革亟	⿰扌亟[23]	嶷
○	○	○	○	⿰害彡[21]	○	○	○	○	○	○	○

	舌音齒		喉			音	齒				音
	清濁	清濁	清濁	濁	清	清	濁	清	濁	次清	清
登	○	楞	○	恒	○	○	○	僧	層	○	增
	○	○	○	○	○	○	○	○[5]	○[4]	○	○
蒸	仍	陵	蠅[6]	○	興	膺	承	升	繩	稱	蒸
	○	○	○	○	○	○	○	○	繒	○	○
等	○	倰[12]	○	○	○	○	○	○	○	○	噌[10]
	○	○	○	○	○	○	○	○	○	○	○
拯	○	○	○	○	○	○	○	殑[11]	○	○	拯
	○	○	○	○	○	○	○	○	○	○	○
嶝	○	○[18]	○	○	○	○	○	[illegible]	贈	蹭	增
	○	○	○	○	○	○	○	○	○	○	○
證	認	餕	孕[17]	○	興	應	剩[16]	勝	乘	稱	證
	○	○	○	○	○	○	○	○	○	𢒉[15]	甑
德	○	勒	○	劾	黑	餩	○	塞	賊	墄[24]	則
	○	○	○	○	○	○	○	色	崱	測	稄
職	○	力	○	○	赩	憶	寔	識	食	瀷	職
	○	○	弋	○	○	○	○	息	堲	○	即

內轉第四十二開

1. 廣韻以前韻書蒸韻無此字、廣韻韻末砯披冰切、與此合、七音略亦有此字、

2. 鼜、日刊本景印本作鼜、案作鼜是、

3. 緪、日刊本景印本作絙、案廣韻緪絙同字、惟字當作緪經為正、

4. 廣韻蒸韻末有磳字、仕兢切、廣韻以前韻書蒸韻無此字、王一全王登韻磳下又仕冰反、與廣韻合、本書此無字、蓋所本韻書蒸韻無此字、七音略此有磳字、

5. 王一王二全王廣韻蒸韻有殅字、山矜反、當補於此、七音略正有殅字、

廣韻蒸韻蠅音余陵切、當居喻母四等、七音略同誤、

7. 廣韻等韻無並母字、此蓋據集韻䙭步等切所增、七音略此無字、

8. 廣韻以前韻書拯韻只拯一字、拯下云、無反語取蒸之上聲、廣韻拯字而外、有庱字音丑拯切、殑字音其拯切、殑字音色庱切、然拯下仍云、無韻切、音蒸上聲、疑庱殑殑三字為廣韻新增、本書此有庱字、蓋後人據廣韻丑拯切所增、七音略亦有此字、

9. 景印本無字、案廣韻拯韻殑其拯切、字應在群母、唯廣韻以前韻書拯韻無此字、景印本此字蓋後人據廣韻所增、（詳參8條）七音略亦有此字、在群母、

10. 廣韻等韻無精母字、此蓋據集韻噌子等切所增七音略此無字

11. 廣韻拯韻殑色庱切、字應在審母二等、唯此字恐係後人擬廣韻所增、七音略亦有此字、字在二等（參第8條）、

12. 景印本此無字、案廣韻等韻無來母字、黎本日刊本蓋據集韻倰郎等切所增、七音略亦無此字、

13. 懵、日刊本景印本壞作情、

14. 廣韻以前韻書蹬韻無此字、廣韻韻末蹬台鄧切、與此合、七音略亦有此字、

15. 景印本此無字、案廣韻證韻無清母字、黎本日刊本蓋據集韻彰七孕切所增、七音略亦無此字

16. 剩字廣韻證韻與床三乘字同實證切、不當在此、王一全王唐韻廣韻證韻有丞字、王一全王時證反、唐韻廣韻常證切、當在此、七音略此正是丞字、

17. 孕字廣韻證韻音以證切，當下移喻母四等，七音略正見四等。

18. 日刊本景印本此並有稜字，案廣韻嶝韻倰殘二字魯鄧切，日刊本景印本蓋譌倰為稜，黎本無字，誤脫，七音略此正作倰。

19. 日刊本景印本此並有䨱字，案廣韻以前韻書德韻無䨱字，廣韻韻末䨱𧕿𤞞三字匹北切，日刊本景印本蓋據廣韻所增，七音略亦有此字。

20. 廣韻以前韻書職韻無此字，廣韻韻末𡨼亡逼切，與此合，七音略亦有此字。

21. 廣韻職韻[illegible][illegible]得三字丁力切，五代刊本切韻同，集韻[illegible]得二字丁力切，雖無[illegible]字，亦足證職韻有端母一紐，並本書此

有割之證、七音畧此亦有割字、尤其證、

22. 忒當作忒、从心弋聲、

23. 極、各本如此、為極之譌壞、

24. 廣韻以前韻書𢘆韻無此字、廣韻韻末城七則切、與此合、七音畧亦有此字、

內 內轉第四十三合

脣音 清	脣音 次清	脣音 濁	脣音 清濁	舌音 清	舌音 次清	舌音 濁	舌音 清濁	牙音 清	牙音 次清	牙音 濁	牙音 清濁
○	○	○	○	○	○	○	○	肱[1]	○	○	○
○	○	○	○	○	○	○	○	○	○	○	○
○	○	○	○	○	○	○	○	○	○	○	○
○	○	○	○	○	○	○	○	○	○	○	○
○	○	○	○	○	○	○	○	○	○	○	○
○	○	○	○	○	○	○	○	○	○	○	○
○	○	○	○	○	○	○	○	○	○	○	○
○	○	○	○	○	○	○	○	○	○	○	○
○	○	○	○	○	○	○	○	○	○	○	○
○	○	○	○	○	○	○	○	○	○	○	○
○	○	○	○	○	○	○	○	○	○	○	○
○	○	○	○	○	○	○	○	○	○	○	○
○	○	○	○	○	○	○	○	國	○	○	○
○	○	○	○	○	○	○	○	○	○	○	○
○	○	○	○	○	○	○	○	○	○	○	○
○	○	○	○	○	○	○	○	○	○	○	○

	齒音 清	齒音 次清	齒音 濁	齒音 清	齒音 濁	喉音 清	喉音 清	喉音 濁	喉音 清濁	舌音齒 清濁	舌音齒 清濁
登	○	○	○	○	○	泓[2]	薨	弘	○	○	○
	○	○	○	○	○	○	○	○	○	○	○
	○	○	○	○	○	○	○	○	○	○	○
	○	○	○	○	○	○	○	○	○	○	○
合 指微韻鑑卷終	○	○	○	○	○	○	○	○	○	○	○
	○	○	○	○	○	○	○	○	○	○	○
	○	○	○	○	○	○	○	○	○	○	○
	○	○	○	○	○	○	○	○	○	○	○
	○	○	○	○	○	○	○	○	○	○	○
	○	○	○	○	○	○	○	○	○	○	○
	○	○	○	○	○	○	○	○	○	○	○
	○	○	○	○	○	○	○	○	○	○	○
德	○	○	○	○	○	○	○[3]	或	○	○	○
	○	○	○	○	○	○	○	○	○	○	○
職	○	○	○	○	○	○	洫	○	域	○	○
	○	○	○	○	○	○	○	○	○	○	○

內轉第四十三合

1. 日刊本景印本此並有鞃字、案鞃即⿰革厷字、廣韻⿰革厷與見母肱同古弘切、無溪母字、集韻又音苦弘切、日刊本景印本此字當是據集韻所增、七音略亦有此字、

2. 廣韻登韻無影母字、此蓋據集韻泓乙肱切所增、七音略此無字、

3. 日刊本景印本此並有⿱或帝字、案廣韻德韻有⿱或帝字、音呼或切、與日刊本景印本合、唯廣韻以前韻書德韻俱無此字、日刊本景印本或後人所增、七音略此亦作⿱或帝、

韻鏡之書行於本邦久而未有刋者故轉寫
之訛烏而焉焉而馬覽者多困彼此不一泉
南宗仲論師偶訂諸本善不善者且從且改
因命工鏤板期其歸一以便於覽者且曰非
敢擴之天下聊備家訓而已於戲今日家書
乃天下書也學者思旃
享祿戊子孟冬初一日
正三位行侍從臣清原朝臣宣賢

頃間求得宋慶元丁巳張氏所刊之的本而
重校正焉永祿第七歲舍甲子王春壬子

一、又當作久、

二、日刊本景印本無此三十三字、景印本此有二條通鶴屋町、寬永十八歲八月吉長、田原仁左（案此是左字）衛門梓行等二十三字、

經籍訪古志 注

韻鏡一卷 享祿戊子覆宋本

首有紹興辛巳三山張麟之子儀識語其略云反切之要莫妙於此不出四十三轉而天下無遺音因撰字母括要圖復解數例以為沿流求源者之端又有嘉泰三年麟之序云韻鏡之作其妙矣余年二十始得此字字音往昔相傳類曰洪韻釋子之所撰也有沙門神珙號知音韻嘗著切韻圖載玉篇卷末竊意是書著於僧世俗諱呼珙為洪爾次調韻指微次三十六字母歸納助紐字以歸字例次橫呼韻五音清濁四聲定位列圖末題韻鑑序例終次本

文自勾轉第一至第四十三識語後有慶元丁巳重刊木記卷末有享祿戊子清原朝臣宣賢跋謂泉南宗仲論鏤梓始末聞又有永祿刊本未見按享祿戊子明世宗嘉靖七年

注、日刊本景印本未錄此文、

廣韻校記

龍宇純　著

目次 | CONTENTS

刊前說明

一、本校記平上二聲作於民國六十三至六十四年間，去聲之部作於六十六至六十七年間，當年皆獲國科會研究獎助。入聲一卷亦於六十七年底完稿。

二、校記中凡云「周云」，周乃指《廣韻校勘記》作者周祖謨。

三、校記之得以刊行，全仗台大中文系主任李隆獻教授商諸博士班陳彥君同學，負責打字排版；而古奧罕見冷僻字，更有勞黃沛榮教授協同處理。三位之鼎力相助，功莫大焉，特於此深致謝忱。

龍宇純示意

杜其容代筆

民國一〇三年元月

作者簡歷

1928.10.26	出生於安徽省望江縣。
1953.7	臺灣大學中國文學系畢業（學士）。
1954	《韻鏡校注》榮獲中研院史語所傅斯年獎學金。
1957.6	臺灣大學中國文學研究所畢業（碩士）。
1957.8.1-1962.7.31	中研院史語所助理研究員。
1962.8.1-1966.7.31	香港崇基書院文學院中國語文學系副講師。
1966.8.1-1973.7.31	香港崇基書院文學院中國語文學系講師。
1968.8.1-1969.7.31	臺灣大學文學院中國文學系客座副教授。
1972.8.1-1973.7.31	臺灣大學文學院中國文學系客座教授。
1973.8.1	臺灣大學文學院中國文學系教授兼系主任。
1973.9.1	中研院史語所合聘研究員。
1979.8.1	辭卸臺灣大學中國文學系主任職務，專任中研院。史語所研究員，臺灣大學中國文學系合聘教授。
1980.8.1-1983.7.31	借調臺灣中山大學中國文學系教授兼主任。
1984.8.1	歸任中研院史語所研究員，仍與臺灣大學合聘。
1987	《論重紐等韻及其相關問題》榮獲臺灣科學委員會1976、1977兩年度傑出獎。
1989.8.1	自臺灣大學退休。
1990.8.1	任東海大學中國文學研究所講座教授。
1992	《也談〈詩經〉的興》榮獲臺灣國家科學委員會1981、1982兩年度傑出獎。
1993.10	中研院史語所研究員聘期屆齡期滿。
1994.5.2－迄今	中研院史語所兼任研究員
1999.2	東海大學聘期屆滿。
1999.8	北京大學中文系講授上古漢語音韻一學期。

著作目錄

一、期刊論文及文集論文

1995〈墨子閒詁補正〉，《學術季刊》4卷3期，頁25-40。

1956〈韓非子集解補正〉（上）（下），《大陸雜誌》13卷2、3期，頁6-11、25-31。

1957〈評〈釋《詩經》中的士〉，《民主評論》8卷2期，頁24-25。

1958〈「造字時有通借證」辨惑〉，《幼獅學報》1卷1期，頁1-5。

1959〈說帥〉，《史語所集刊》30周年專號，頁597-603。

1959〈說婚〉，《史語所集刊》30周年專號，頁605-614。

1959〈說䫉與嬴嬴〉，《大陸雜誌》19卷2期，頁34-39。

1960〈《說文》古文字子字考〉，《大陸雜誌》21卷1、2期合刊，頁91-95。

1960〈釋夷居夷處〉，《大陸雜誌》21卷10期，頁4-18。

1961〈英倫藏敦煌《切韻》殘卷〉校記，《史語所集刊》外編，頁803-825。

1962〈先秦散文中的韻文〉（上），《崇基學報》（香港中文大學）2卷2期，頁137-168。

1963〈先秦散文中的韻文〉（下），《崇基學報》（香港中文大學）3卷1期，頁55-67。

1963〈論反訓〉，《華國》（香港中文大學）4卷，頁22-42。

1963〈甲骨文金文𠦪字及其相關問題〉，《史語所集刊——故院長胡適先生紀念論文集》，頁405-433。

1965〈例外反切研究〉，《史語所集刊》36卷1期，頁331-373。

1965〈文字學論稿初輯〉，《崇基學報》（香港中文大學）5卷1期。

1965〈論周官六書〉，《清華學報——慶祝李濟先生七十歲論文集》頁203-209。

1968〈荀卿非思孟五行說楊注疏證〉，《華國》（香港中文大學）54卷，頁1-4。

1969〈〈荀子正名篇〉重要語言理論闡述——從學術背景說明「名無固定」說之由來及「名固有善」說之積極意義〉，《文史哲學報》18卷，頁443-455。1970〈《廣韻》重紐音值試論兼論幽韻及喻母音值〉，《崇基學報》（香港中文大學）9卷2期，頁164-181。

1970〈讀《嘉吉元年本韻鏡跋》及《韻鏡研究》〉，《大陸雜誌》40卷12期，頁18-23。
1970〈比較語義發凡〉，《許世瑛先生六秩誕辰論文集》，頁105-123，臺北淡江大學。
1970〈論聲訓〉，《清華學報》9卷1、2期合刊，頁86-95。
1972〈讀《荀子》札記〉，《華國》（香港中文大學）6卷，頁1-42。
1972〈荀卿後案〉，《史語所集刊》，頁657-671。
1974〈正名主義之語言與訓詁〉，《史語所集刊》54卷4期。
1974〈試說《詩經》的雙聲轉韻〉，《幼獅月刊》44卷6期，頁29-33。
1976〈釋甲骨文𡧊字兼釋犧尊〉，《沈剛伯先生八秩榮慶論文集》，頁1-16。
1978〈有關古韻分部內容的兩點意見〉，《中華文化復興月刊》11卷4期，頁5-10。
1978〈上古清脣鼻音聲母說檢討〉，《屈萬里先生七秩榮慶論文集》，頁61-78。
1979〈上古陰聲字具輔音韻尾說檢討〉，《史語所集刊》50卷4期，頁679-716。
1981〈論照穿床審四母兩類上字讀音〉，《中研院第一屆國際漢學會議論文集》，頁247-265。
1981〈李登聲類考〉，《臺靜農先生八十慶壽論文集》，頁51-66，臺北：聯經出版事業公司。
1982〈陳澧以來幾家反切系聯法商兌並論切韻書反切系聯法的學術價值〉，《清華學報》14卷1、2期合刊，頁193-205。
1983〈《荀子》真偽問題〉，《中山學術文化集刊》30期，頁107-125。
1983〈從臻節兩韻性質的認定到韻圖列二四等字的擬音〉，《史語所集刊》54卷4期，頁35-49。
1983〈閩南語與古漢語〉，《高雄文獻》17、18期合刊，頁1-19。
1984〈讀詩管窺〉，《史語所集刊》55卷2期，頁225-243。
1985〈析《詩經》止字用義〉，《書目集刊》18卷4期，頁10-31。
1985〈荀子思想研究〉，（台灣）《中山大學學報》2期，頁1-18。
1985〈再論上古音-b尾說〉，《台大中文學報》1期，頁151-185。
1985〈說「呢訾栗斯、喔咿儒兒」〉，《台大中文學報》2期，頁107-112。
1988〈試釋《詩經》式字用義〉，《書目季刊》22卷3期，頁5-19。
1988〈廣「同形異字」〉，《文史哲學報》36期，頁1-22。
1991〈也談《詩經》的興〉，《中國文哲研究集刊》1期，頁117-133。
1992〈《說文》讀記之一〉，《東海學報》33期，頁39-51。

1993〈《詩》「彼其之子」及「於焉嘉客」釋義〉，《中國文哲研究集刊》3期，頁153–171。

1993〈說簠匿𠤱甗及其相關問題〉，《史語所季刊》64卷，頁1025-1064。

1993〈說《論語》「史之闕文」與「有馬者借人乘之」讀後〉，《中國文哲研究通訊》3卷4期，頁83-97。

1995〈中古的聲類與韻類〉，《第四屆國際暨第十三屆訓詁學學術研討會論文集》，頁3-15。

1995〈支脂諸韻重紐餘論〉，《漢學研究》13卷1期，頁329-348。

1995〈說「匩鱖匩鴛」〉，《王靜芝先生八秩慶壽論文集》，頁73-84，臺北輔仁大學。

1997〈有關古書假借的幾點淺見〉，《第一屆國際暨第三屆訓詁學學術研討會論文集》，頁7-19。

1998〈上古音芻議〉，《史語所集刊》，69卷2期，頁331-397。

1998〈《詩經》于以說〉，《東海中文學報》12期，頁13-18。

1999〈荀卿子記餘〉，《中國文哲研究集刊》15期，頁199-259。

1999〈古漢語曉匣二母與送氣聲母的送氣成分——從語文現象論全濁音及塞擦音為送氣讀法〉，《紀念許世瑛先生九十冥誕學術研討會論文集》，頁217-264。

2000〈上古漢語四聲三調說證〉，《中上古漢語音韻論文集》，臺北：五四書店。

2001〈陳澧反切系聯法再論〉，《北京大學紀念王力教授百歲冥誕論文集》。

2001〈內外轉名義後案〉，《中上古漢語音韻論文集》，臺北：五四書店。

2002〈讀《詩》雜記〉，《中國文哲研究通訊》12卷1期，頁111-141。

2002〈試說《詩經》的虛詞侯〉，《絲竹軒詩說》，臺北：五四書店。

2002〈上古音中二三事〉，《音史新論——慶祝邵榮芬先生八十壽誕學術論文集》，北京：學苑出版社。

2002〈先秦古籍文句釋疑〉，《史語所集刊》第74本第一分。

二、會議論文

1999《從音韻的觀點讀〈詩〉》，中國與文學學術會議大會講演論文。

2000《從兩個層面談漢字的形構》，中研院第三屆國際漢學會議文字學組講演論文。

2001《中國學與國家》，韓國第二十一屆中國學國際學術會議基調講演論文。

三、學術專著

1963《韻鏡校注》，臺北：臺灣大學中文系。

1964《韻鏡校注》，臺北：藝文印書館。

1968《唐寫全本王仁昫刊謬補缺切韻校箋》，香港中文大學。

1968《中國文字學》，香港：著者發行。

1984《中國文字學》（修訂本），臺北：著者發行，臺灣學生書局經銷。

1987《荀子論集》，臺北：臺灣學生書局。

1994《中國文字學》（定本），臺北：著者發行，五四書店經銷。

2002《中上古漢語音韻論文集》，臺北：五四書店。

2002《絲竹軒詩說》，臺北：五四書店。

2009《絲竹軒小學論集》，せ北京：中華書局。

2011《說文讀記》，臺北：大安出版社。

卷一　上平聲

一東韻

九葉

渢弘大聲也	全王、王二渢為汎字或體，不載弘大聲之訓。五刊同本書，蓋即本書所本。集韻同。

十葉

颿颿梵聲也	全王颿為楓字或體，集韻同；集韻又與房戎切梵同字。五刊同本書，蓋即本書所本。

十一葉

艨又武用反	周云：「用韻無此音，五代刊本韻書云又去，送韻莫弄切下正有艨字。」案：全王亦云又武用反。王二云又武□反，所殘疑亦用字。本書此沿前書之誤。
檬似槐葉黃	周云：「葉字蓋華字之誤。山海經中山經：放皐之山有木焉，其葉如槐，黃華而不實，其名曰蒙木，服之不惑。是其證。」案：山海經箋疏云：「玉篇作似槐葉黃，葉蓋華字之譌也。」周蓋本郝說。韻書中P二〇一六亦云似槐葉黃，是此誤亦由於沿襲。
霿	全王、王二字並作霿，集韻同本書。
巃巃嵸山皃	P二〇一六同本書，切二、全王、王二、集韻並云山高皃，於義為完。

十二葉

槵尖頭擔也	全王、王二云檐，集韻云檐兩頭銳者。本書擔為檐字之誤。唯槵字不詳所出。說文「檐，梍也。」槵與梍形近，疑梍或誤為槵，遂誤收此韻；檐、梍二字互訓，全王、王二槵下云檐，似槵為梍譌誤之證。本書云「尖頭」、集韻云「兩頭銳」者，梍、檐本屋棟近桷端處之稱，或謂之梠，謂之楣，謂之聯櫋。本書語韻梠下云「桷端連櫋木」，疑或誤「桷端」為「角端」，遂誤以為「尖頭」，為「兩頭銳」。
鍯方鑿苸木器	說文云「大鑿苸木者」，段氏據文選馬融長笛賦李注改平木為中木。案：全王云「大鑿中木」，與文選注合。
廖屋中會	周云：「說文云廖，屋階中會，此注屋下脫階字，當補。」案：王二正云屋階中會。唯全王亦云屋中會，本書之誤，蓋亦由沿襲，不必有奪字。

二冬韻

十二葉

痋動病	周云：「病，故宮王韻、說文、玉篇同。五代刻本韻書、新撰字鏡作痛。」案：全王亦作病字。

十三葉

赨赤色融赤蟲	案：說文：「赨、赤色，从赤，蟲省聲。」全王云：赨亦作融，蛛亦融字。王二融下云赤色，無赨字。五刊赨下云赤盛，無融字。玉篇、集韻並以赨與融同。本書蓋誤以融為會意字，因附會為赤蟲而別出。
慒又似由切	全王、王二此下云又似冬反，尤韻似由反亦云又似冬反，切一尤韻同。案：冬韻屬一等韻，一等韻例無邪母字；從邪二母每通作，疑似冬反與藏宗切（全王、王二在宗反）為同音，故本書改又似冬反為又似由切。

㖫歌也	㖫字全王、集韻同，本書送、宋二韻同。五刊作嗙，注云嗙動歌。

三鍾韻

十三葉

䮾野馬	此字不知所出，本書以前韻書未見。史記楚世家「小臣之好射鶀雁羅鸗」，集解引徐廣云：「呂靜曰：鸗，野鳥也，音龍。」疑鸗或誤作䮾，遂改野鳥為野馬，而收於此。集韻同本書，所據蓋即本書。

十五葉

倯倯恭怯皃彸小行恐皃	集韻彸與倯同字，注云：「方言傛倯罵也。郭璞曰贏小可憎之名，一曰嬾也。」全王、王二、五刊並有倯無彸。全王云「轉語」，王二云「倯恭法也，見方言」。五刊云「庸轉語也」。案：方言卷三云：「庸謂之倯，轉語也。」郭注云：「倯猶傛案今誤作保，倯也。今隴右人名孏為倯」。又卷七云「傛倯，罵也。」郭注云：「贏小可憎之名。」本書倯下云「倯恭怯皃」，彸下云「小行恐皃」者，恭恐二字與傛形近，疑並傛字之誤；恐又與怯義同，遂成「彸、恐皃」或「倯、恭怯皃」；（王二法當為怯字之誤。）又以俗書倯字旁從彳，而於恐上增行字。

五支韻

十七葉

㰝㰝㿸	案：此即上文㰝字，依例不當別出。
歋笑歋	集韻無此字，全王歋為㑥字或體。案：歋不成字，當即上文㰝之俗誤；注文笑歋即㰝㿸之意案㰝㿸與揶揄同。

縻繫也又縻爵

集韻云「牛轡也，一曰繫也。」案：切二、王二云：「縻爵說文牛轡，」全王云：「縻爵或牛訾」，全王訾是轡字之誤，本書繫字蓋即據訾字而改之。集韻繫字又據本書。

二十葉

䫌䫌靦面柔䩄誘䩄

全王、王二䩄下云「誘亦面柔」，無䫌字。

顊顊顊頭不正也頳音精

周云：「頳顊，清韻頳下作顊頳，玉篇同。又本書麥韻有顊字，注云顊顊頭不正皃，頳顊、顊顊未詳孰是。」案：頳當是顊字之誤，顊誤為頳，遂依青聲而音精。案音精者，韻從青聲，而聲存顊讀。顊音側革切，側精為齒音類隔。本書以前韻書並麥韻有顊而青韻無顊，顊顊古為疊韻連語，並顊為頳譌誤之證。

蕲草生水中其花可食

周云：「故宮王韻草下有名字，此脫。」案：全王亦云草生水中，以見此無脫字。

彇玉名

案：彇字見說文，義為弛弓，從弓璽聲，音斯氏切。此字義為玉名。當從集韻作璽。全王、王一字作瓕，王二作璽，並從玉為形聲。

二十一葉

纚細繩

注文切三、切二、全王同，王二細字作紉。案：細作紉，蓋並綱字之誤，綱同網。

騹子垂切又之壘切

子垂切，切二、切三、王二同。案：此韻厜下音「姊宜」，宜當改規詳見周校，劑下音「遵為」，並此有三合口精母音。說文云：「騹，讀若箠。」箠音竹垂、之累二切，並與精母阻絕。全王、王二及本書紙韻騹與箠同之累反（切），說文繫傳亦音職累反，與說文合。集韻本韻騹字除見津垂切，又別出音專垂切，專垂即之累之平讀。韻鏡字亦列照母三等。專字草書與子字形近，疑子垂即專垂之誤；集韻亦見津垂切者，又從諸書子垂之誤音而增之耳全王、王二紙韻騹下云「又子垂反」，蓋亦據切韻以來之誤切收之。又之壘切，切二、切三、王二云又子累反，子仍當為專字之誤；周校謂本書壘蓋

累之誤。案說文騒字大徐音之壘切，疑本書此據大徐改切韻以來「又子累反」之誤音。

六脂韻

二十二葉

鮧鮐鮧　　鮐字巾箱本誤作鮐。

芘篝笭　　笭，黎本作笭。周云：「笭當是筌字之誤。廣雅釋器篝筌謂之笓。」案：全王云篝笭，疑此亦沿前書之誤。

二十三葉

螏　　此字全王、王二隸疾脂反。

霽湾霽久雨　　此字當收為濱字或體。全王濱或作霽。

二十四葉

誰就也又士隹切　　周云：「士字誤，當从玉篇作十。」案：全王正云又十隹反。

跻左脛曲也　　說文：「跻，脛之肉也。一曰曲脛。」本書居追切跻下云曲脛，全王此云脛曲，並無左字，疑此涉倭下注文「左右視也」而衍。

七之韻

二十六葉

琪玉也　　黎本玉誤作主。

而如之切二十一　　全王本紐有荋字，云「艸多葉」。集韻同。案：此字出說文。本書無此字，亦不見於他韻。當是失收。

胹煮熟　　䏧籀文。案：今本說文無籀文䏧字。

九魚韻

三十葉

檬檬枯藩籬名

周云：「枯字誤，廣雅釋宮字作栫，當據正。」案：全王作拵，即栫字小誤。

三十一葉

朊青䟽

周云：「朊，當依說文作䟽，元泰定本不誤。」案：全王字亦作朊，即䟽字俗書，非誤字也。俗書囪作匆，遂又作朋，江韻䆫字全王作𥦗，是其明證。元泰本作䟽者，當是後人據說文改之。

爈火燒山界

界字切三、切二同，全王作冢。案：山冢二字連用，始見十月之交詩，界字無義，疑因形近致譌。（案俗書界下為尒，故與冢近）集韻云山火曰爈。

三十二葉

鴐鴾也

周云：「鴾，切二作鶬，是也。」案：切二、全王亦並作鴾字，此誤蓋亦由沿襲。

柣板置驢上負物

案：說文「柣、极也。」全王此下云极。集韻引說文，本書板當是极字之誤。

十虞韻

三十三葉

盂盤盂

案：盂與盂異字。廣雅釋器盂謂之槃，字音干。方言卷五「盂，宋魏之間或謂之盌，盌謂之盂。」此云以盤釋盂，誤。王一云：「大盌」；集韻云「說文飯器也」，又引方言云「盌也」，並是。

衰　黎本誤作表。

三十四葉

鴉鳥羽　案：鴉為猴字或體，侯韻戶鉤切為此字正讀。此因全王鴉誤為鴉，本書失察，遂收之於此。下文猗下云「上同」，而鴉字注云「本作猗」，是此誤收之證。

㝅八觚杖也　各字書韻書無此字。㝅不成字，當作㲉，從臣，殳聲，為豎字初文，即甲骨文𢦏字。云八觚杖者，因豎與殳音同，而此字廢用已久，遂誤以殳字之義為此字之義。詳見拙著中國文字學第三章第八節。

蝓蠍蝓蝸牛　切三、全王云「又神朱反」。案：各韻書廣韻無床母字，上、去聲同，故本書不載此又音。

三十五葉

舀臼也　注文全王同。臼上當有抒字。說文「舀，抒臼也。」本書尤韻云「抒臼」，小韻引說文亦云「抒臼也」。

三十六葉

紨布也又細紬也　細字誤。切三、全王並云麁紬，與說文合。集韻引說文。

尪盤旋　王一尪下云股。說文「尪，股尪也。」集韻引說文，並云「李陽冰曰體屈曲」；別收㳥字，云「盤㳥旋流也」。本書模韻哀都切有㳥字，注云「盤㳥旋流也，又憂俱切。」周云（案見補遺）：「此云盤旋者，非本字注文。集韻㳥下云盤旋流，是盤旋二字為㳥之訓釋無疑。尪下既奪注文，又奪正文㳥字，故㳥下注釋誤屬於尪矣。依王韻，尪下當有股尪二字；依集韻，盤旋上當補㳥字，而盤旋又當作盤㳥旋流。盤汙為連語，見木葉海賦（案海賦云「盤㳥激而成窟」，李注云旋繞也。）。字亦作盤紆（案史記司馬相如傳「其山則盤紆茀鬱」，文選宋玉高唐賦「水澹澹而盤紆兮」。）。模韻㳥字云又憂俱切，是尪下本有㳥字可證。」案：盤桓盤旋字古只作般。般字漢隸作股若股，與股字或同或近。承培元

廣說文答問疏證以尪即周禮梓人紆行之紆，其說云「尪，股曲也。夊夏為曲意。鄭注紆行，蛇屬紆縈也。有旋繞之意。蛇能般旋，嗞非行皃。當以曲折為正義。如紆枉字亦以尪⿺尢豈為正。」疑說文尪下本云「般尪」，許君用本字，即史記之盤紆也。紆、尪又作⿰氵⿱乏皿者，蓋般字亦作盤，遂衍生從皿之⿰氵⿱乏皿字，（案猶展轉而為輾轉，央振而為柍桭。）本書尪下云盤旋者，盤旋亦古時習用複語，義同盤尪，非有脫字也。模韻⿰氵⿱乏皿下云「盤⿰氵⿱乏皿旋流又憂俱切」，為集韻本紐增⿰氵⿱乏皿字之張本，非本書此有脫文之證。周說似是而實非。

十一模韻

⿱敄酉⿱敄酉⿰酉俞榆子醬

周云：「段氏改榆子為榆人。案：榆子即榆莢之人，不必改也。齊民要術卷八有作榆子醬法。」案：全王云「⿱敄酉⿰酉俞榆子醬」，是子字不誤之證。

墲規墓地曰墲

周云：「規下敦煌王韻有度字，集韻同。」案：規度墓地，語見方言卷十三郭注。全王（案與敦煌王韻同底本）亦有度字。本書普胡切墲下云規墓地，則同此。

三十七葉

蒱摴蒱戲也

黎本蒱作蒲。

⿰舟占漢書越王巫⿰舟占祠在雲陽亦小兒病鬼也

⿰舟占字集韻同，切三、全王作⿰舟占，與漢志合。錢大昕曰：「从卯从卵並無義，當是⿺鬼占之譌。」

⿺處占⿺處占息禮記作姑

全王作⿺處占，集韻作⿺處古。廣雅釋詁二⿺處古，息也。即此所出。然作⿺處占作⿺處古皆不成字，說文通訓定聲以為⿰辛古字之譌。⿰辛古，古文辜字。

廜

周云：「北宋本、巾箱本、黎本均譌作⿸疒屠。」案：全王本亦作⿸疒屠，雌黃點改為廜。此本蓋出張氏校改。

三十九葉

徂昨胡切	全王本紐有䣜字，集韻同。本書歌韻昨何切䣜下云「又才都切」，此失收。
殂	字當作殂。
㳏盤㳏漩流也又憂俱切	周云：「廣韻憶俱切下無此字。」案：憶俱切汙即此字，說詳廣韻汙字條。
庯屋上平	他胡切庩下云「庯庩屋不平」，未詳孰是。參拙著全王校箋庯字條。
捬展舒也又布也	全王云「展舒又補路反」。案：布與展舒義不異，「又布也」疑是「又音布」或「又同布」之誤。布與補路切捬字音義同。
瑦玉名璷璷琈玉名	全王有璷無瑦，集韻璷瑦同字。偏旁中雩虖二字多通作，若嘑與嘑同，樗與樗同，並其例，此別收瑦璷為二，蓋失考。
庩庯庩屋不平也	博孤切庯下云屋上平，未詳孰是。
稌銳也捈臥引	全王有稌無捈，集韻有捈無稌。王一稌下云「銳又達胡反」，而全王度都反稌下云「引又他胡反」。集韻捈下云「博雅引也，抒也。」案：廣雅釋詁四「捈，銳也」，全王稌為捈字之譌。本書蓋未審王韻稌為捈字之誤字，遂據說文別收捈字云「臥引」。稌原讀同都切，與梌同字。集韻此不收稌字，是其不讀他胡切之證。
㪚𣪠㪚屋壞	𣪠㪚集韻同，壞上有欲字。本書未收𣪠字，集韻字見脂韻，與紕同篇夷切，亦云「𣪠㪚屋欲壞」；其紕下云「繒欲壞」，或體作𢼒。疑𣪠與𢼒同。

十二齊韻

四十葉

莉茈莉織荊	注文茈莉集韻同。切三、全王並云莉茈，本書脂韻茈下亦云㭧茈，此當係誤倒。

鯬鯬鯠　黎本鯬誤作黧。

箣竹名　集韻正、注文同本書。全王亦有箣字，注云「箣笓織荊」，箣為莉字之誤，注文箣笓亦莉芘之誤。全王又云「又力底反」，而薺韻盧啟反無箣字（案亦無莉字）。集韻里弟切收之，注云「箣笓織荊」，是其所據即王韻。本書此收箣字，蓋亦據王韻誤字附會為「竹名」，集韻此又沿本書之誤。

揥指也　指當從全王作捐。文選文賦「意徘徊而不能揥」，注「揥猶去也」，即捐棄之意。集韻此亦云「捐也」。P二〇一一云損，損亦捐之誤。

嗁杜奚切六十　案：全王本紐有胰、瓵二字，集韻同。

荑荑秀　切三云秀，全王云莠。案：孟子「五穀不熟，不如荑稗」，作莠是。又案：上文稊下云「爾雅曰稊苵也」，郭璞云「稊似稗布地生穢草也」，當以荑為稊字或體。

謕轉語又他兮切　方言卷十云：「囒哰、謰謱，拏也。南楚曰謰謱，或謂之支註，或謂之詀謕，轉語也。」本謂詀謕與支註為轉語，故戴震云本書誤讀方言。然全王亦云「謕，轉語又他奚反」，本書此亦沿襲前書之誤。

鶗鶗鴂鳥春三月鳴也鶙鶙肩鳥　全王鶗下云「鶗肩亦作鶙」，五刊亦鶗下云「鶗肩」，本書鶗鶙二字並當收為鷉字或體。參齊韻鶗字條。

睼遠視也又坐見　周云：「睼，景宋本、元泰定本、明本作睼，與敦煌王韻及五代刻本韻書合。」又云：「遠，五代刻本韻書、集韻作迎（純案：原誤寫為近），與說文合。」案：全王亦云迎視，P二〇一一同（王一作遠視，蓋失真）。本書霰韻他甸切下亦云迎視。

椑椑榹小樹又樹裁也　裁字切三、全王、五刊並作栽，集韻云「椑榹小木也，一曰木下枝」。

四十一薺

㾷瘦㾷疼痛亦作𤸎𤸎上同　本書通例：上一字注云「亦作某」，即不更出其字云「上同」；下一字注云「上同」，上一字注文則不云「亦作某」。亦間有複沓如此者，如真韻蘋下云「又作薲」，下出

蕡字云「上同」。發其凡於此，不復一一加案。

榩椑榩　椑當從切三、全王作榫。榫榩見廣雅釋木，本書榫下云榫榩。

謕轉相誘語　全王云轉語相誘，五刊同本書。案：五刊、本書並沿王韻之誤，而又誤語字於誘下。訨謕語出方言，義謂言語繁絮連牽不解。參上文謕字條。

騗一遍　周云：「注一遍二字乃匾字之誤。匾唐人俗書作遍，後人誤析為一遍二字。騗下五代刻本韻書作遍遞，廣韻此注又脫遞字，當據補。」案：「一遍為匾字之誤，周說是也」。唯騗字不詳所出，字彙以前凡韻書字書無此字。字彙云：「騗，駿馬名。」亦與此無涉。五刊匾下云「一遍匾偏薄」，騗下云「一遍匾又布曲反」；以切三匾下云「匾匾匾字方顯反」及全王匾下云「匾匾薄匾字方典反」比勘之，五刊騗下當是「匾匾匾字布典反」之誤，則是騗遞同字。然騗匾果為同字，不當別出，尤不得騗下云匾匾（案當云匾騗）；騗字從馬，與匾匾之義不合，又不得與匾同字甚明。切三、全王遞字在騗字下，疑韻書中有有匾字涉上文之騗字誤為騗者，五刊不察，遂收匾騗二字。本書騗字殿本紐之末，與五刊同，是本書採自五刊之證。

四十二葉

鑴大鐘　周云：「鐘，黎本作鍾，切三及五代刻本韻書作錐。案錐蓋鑊字之誤。玉篇云鑴大鑊也，說文云鑊，鑴也。」案：字林云：「鑴，大鐘。」，與本書同。全王云錐，同切三、五刊。廣雅釋器：「鑴，錐也。」王氏疏證云：「內則左佩小觿，右佩大觿。鄭注云觿皃如錐。釋文云本或作鑴。」是切三、全王、五刊云錐不誤。至本書云大鐘者，鐘疑當從黎本作鍾。說文「鑴，甍也。」廣雅釋器云「鑴，鼎也。」甍鼎鍾皆量器名，故此鑴下云：「鍾」；「大」則不詳所本。

驨似馬一角鸛子鸛鳥出蜀中巂上同　周云：「各本作驨似馬一角巂上同又子巂鳥出蜀中，張氏以為巂非驨之或體，改增正文鸛字，且移注文『子巂鳥出蜀中』六

字於鷉下，列鷵為鷉之重文。」案：全王鷵下云「似馬而一角，亦作驨。」可證張改之失。

䀹䀹能視也　周云：「能字說文、玉篇作直。」案：全王云「䀹然能視」。全王、五刊字又見苦嵇反，全王云「直視」，五刊云「䀹然直視」。本書此襲王韻，䀹下當補然字，能字不誤。

十三佳韻

四十三葉

菲菲雜斜絕萊萊斜　周云：「雜，段改作離。」又云：「萊字蓋為𠌶之譌體，火媧切有𠌶字。」案：菲亦𠌶之譌體，因篆文乖字作𠂆，故或又重艹頭。說文又於𠂆下云讀若𠂆，𠂆𠂆二字遂多通作，而萊𠌶並即乖字。

膎膎脵脯腊　脵當作腵，字之誤也。全王、王二注云「瑕」，尤誤。穀梁莊公廿四年傳「棗栗鍛脩」，釋文云「鍛，脯也。」公羊傳鍛字作腵。禮記內則亦云「腵脩蚔醢」，並可證此脵為腵字之誤。

十四皆韻

四十四葉

𢊁杜懷切　周云：「杜，北宋本、巾箱本、黎氏所據本、景宋本作柱，誤。案𢊁字又見灰韻音杜回切，可證杜字是也。」案：上文虺下云虺𢊁馬病，則𢊁即卷耳詩隤字。釋文虺下云「呼回反，徐呼懷反」，隤下云「徒回反，徐徒壞反」。徒壞與徒回音不異，壞當是懷字之誤；虺𢊁為疊韻連語，徐於虺字音「呼懷」，故於隤字音「徒壞」矣。唯徒當是澄母類隔。本書此收𢊁字，即釋文隤字徐音，故集韻此字音幢乖切。各本柱懷切正是音和切，周據灰韻杜回切以柱為杜字之誤，誤矣。

俙	周云：「段氏曰俙，說文作俙。」案：全王亦作俙字。

十五灰韻

鰃魚也	集韻云「鰃，魚名。」案：此字不詳所出。全王鰃下云「角曲中」，P二〇一一同，鰃為觼字之誤。疑本書由此誤字而生誤解，集韻所據即本書。
四十五葉	
䨓屋棟瓦也	周云：「敦煌王韻此字作䨓，本書宥韻力救切下同。」案：全王亦作䨓，P二〇一一同。然力救切之䨓字不得又讀魯回切，䨓為霤之孳乳字，故有力救切之音，又讀魯回切者，䨓俗誤作甊，遂從雷字讀音耳。
頧毋頧夏冠名禮記作追	「禮記」當云「儀禮」，儀禮士冠禮云「毋追，夏后氏之道也」。

十六咍韻

䏧欸䏧笑聲也	周云：「䏧當是改字之誤。原本玉篇殘卷云：改，呼來反，說文咲不壞顏也。廣雅改，咲也。此注欸䏧二字亦當從欠作欸改。切三及敦煌王韻亦誤。」案：全王亦云「䏧，欸䏧笑聲」。唯全王咍下云「笑，亦作改」，此不得改䏧為改甚明；且欸之義為逆，與改字義不相屬，亦不得改欸為欸。集韻𣪘下云「欸𣪘剛卯也」。說文欸改二篆下並云「欸改大剛卯」。改字俗書作𣪘，此文䏧當是𣪘字之誤。其不云「剛卯」而云「笑聲」者，直認𣪘為䏧，而易之耳。
四十六葉	
欸欸䏧	周云：「此正文及注均誤。詳見䏧下校記。」案：正文未誤，第注文誤改作䏧。說詳前條。

鵅鵅鳩鶱出埤蒼　　爾雅釋鳥「鷹，鵅鳩。」此文鶱為鷹字之誤。云「出埤蒼」，亦可商，參周校。

逨至也又力代切
徠還也又力代切　　逨徠同字。全王代韻云逨亦作徠，集韻亦收逨徠為一字。本書別出者，全王奪徠字注文及正文黳字，黳字注文誤於徠下，校者因於紐末增逨字云「至也又力代反」；本書逨字正注文蓋即據全王收錄。詳拙著全王徠逨二字校箋。

四十七葉

犤昌來切　　周云：「案昌來切各書均無此音。說文云讀若糗糧之糗。萬象名義音去有反，與說文合。今本玉篇徒刀充刀二切，惟敦煌王韻豪韻吐高反下云又昌來充牢二反，疑來字有誤。」案：全王豪韻亦云「又昌來充牢二反」。王韻即本書所據。集韻猶未刪此音，且又見於當來切下。元劉鑑經史正音切韻指南所載門法玉鑰匙，據此字音昌來切創為「寄韻憑切」門。來字與豪韻字無形似者，蓋不誤。又從缶聲之姤字，本書音普才切，可證從壽聲之犤，非不可有此讀。

十七真

真側鄰切　　周云：「側鄰切，切三作職鄰反，是也。玉篇音之仁切，集韻音之人切，之職聲同一類。」案：周說是，全王亦音職鄰反。唯大徐說文真音側鄰切，同紐稹字同；又大徐改定篆韻譜真下亦音側鄰反。是孫愐唐韻及李舟切韻並同本書，本書初並無誤字。

蒖�也　　周云：「元泰定本、明本作茿是也。集韻云蒖，艸名，䒗葵也。說文云茿，䒗葵也。」案：全王亦云「蒖，茬」，是本書原無誤字之證。元泰定本、明本當係校者據集韻改定，與魚韻䑛字元泰定本作䑛例同。唯蒖字不詳所出，疑萛字譌變為蒖，王韻未加深考，遂從真字讀之，注文茬又為茿之誤字。廣雅釋艸云：「茿，萛也。」說詳拙著全王校箋。

四十八葉

獜獜獜犬健出說文 驎健皃又力丁切	案：說文「獜，健也」，或體作驎。獜驎非有二字也。全王無獜字，驎下云「健皃又力丁反」。以見本書此合兩書而收錄。
魿蟲魚連行又力丁反	說文云「魿，蟲連行紆行。」全王云「蟲連行」。此云「蟲魚連行」，魚字未知所據；本書青韻亦云「魚連行」，蓋因其字从魚而云然。
寅又以之切	周云：「又以之切，切三同。寅字見脂韻以脂切下，之韻無寅字。」案：全王亦云「又以之反」。「以脂」之音與此字翼真切陰陽相轉。「之」字誤。
憤敬也	全王云「蔽皃」。集韻云「心伏也」，與「敬」義通；又別有幩字云「敝衣皃」。案：萬象名義，「幩、敝皃」，玉篇「幩、亂也。」幩當與繽同，全王「憤、蔽」當為「幩、敝」之誤。疑本書據憤字从心改注文蔽為敬，集韻又改云心伏。詳拙著全王校箋。

十八諄韻

五十葉

峮布貯	全王云「布䍗」，䍗與𥶍同。說文：「峮，載米𥶍也」；「𥶍，峮也」。本書貯字誤。

二十文韻

五十一葉

㪋摩也	巾箱、楝亭二本「也」字作「上」。全王亦云「摩上」，是本書原作「摩上」之證。唯摩上二字無義。集韻引字林云「縻上汁」。㪋字從高，摩當是縻字之誤，又奪一汁字。

集韻又云「一曰以手拭物」，則以敵字俗書作敵，附會為說耳。全王此字作敲，可為其證。

汾符分切三十七　本紐疑有奪字，說詳下條。

蕡草木多實萉古文　周云：「萉當作萉。說文云：萉，枲實也。周禮籩人注云：蕡，枲實也。可知萉蕡一字也。」案：萉不成字，周氏以為萉字之誤，是也。唯本書蕡下云草木多實，此義見於詩桃夭「有蕡其實」及爾雅釋木「蕡藹」，毛傳云「實皃」，郭注云「樹實繁茂菴藹」，為狀實之詞，非枲實之稱，不得以萉字為其古文。切三、全王本紐蕡下有黂，注云「麻實」，全王且云「亦作萉」，疑本書萉上奪黂字。黂、萉二字於說文為或體，此云萉為古文者，韻書作者習見黂字，少見萉字，遂目少見者為古文耳。古人所謂古文，如巛為古文坤，𣲖為古文流，並同此。

五十二葉

鐼飾也說文曰鐵類讀若熏又音訓　全王幩下云「飾」，義見詩碩人「朱幩鑣鑣」毛傳；無鐼字。集韻幩下云「說文馬纏鑣扇汗也」，引詩「朱幩鑣鑣」；鐼下云「鐵也」。案：「鐼義為飾不詳；本書云讀若熏又音訓，即說文大小徐鐼字讀若，是此音亦不詳。疑本書鐼字即幩字涉詩云「朱幩鑣鑣」而誤書金旁，後遂增說文以下諸字。集韻別出幩鐼二字，蓋幩字無鐵義之證；亦不知鐼字本無此音。

痻瘴也　周云：「瘴，玉篇作瘇，段改同。」案：全王亦作瘴字，此蓋亦沿前書之誤。

芬府文切　周云：「府文切與分字府文切音同，非也。府，切三作無，當是撫字之誤。若作無，則與文武分反音同。元泰定本作撫，極是。陳澧據改。」案：全王正作撫字。

二十一欣韻

邤邤鄰地名　周云：「案集韻云：邤，地名。一曰鄰也。鄰字別為一義。」案：全王邤下云鄰，本書疑是「鄰又地名」之誤。

犾犬相吠也　說文云：「犾，兩犬相齧也。」切三、全王云「犬相咋」，咋即齧義。本書云「犬相吠」，吠疑咋字之誤。

齗大篪　黎本篪誤箎。

二十二元韻

五十三葉

超易田名也　案：說文云：「超，超田，易居也。」漢書地理志「制轅田」，注引孟康曰：「三年爰土易居，古制也。」名與居形近，疑名為居字之誤。集韻引說文。

鬻生養也騷上同　周云：「騷，集韻作䉒，鬻之省；而鬻又為鬻字之誤。」案：周以鬻為鬻字之誤，是也，鬻為鬻字俗體（詳屋韻鬻字條）；云䉒為鬻之省，則集韻恐不足據。全王本紐有驎字，注云「止」。集韻亦有此字，注云「驎駐馬躊躇不行也」。說文：「樊，騺不行也。」本書至韻駐下云驎駐，而全書不收驎字。疑此騷即驎字，涉上下文諸從番之字誤書為騷，又改注文「止」字為「上同」二字，以為鬻之重文，集韻又據本書改騷為䉒耳。

五十四葉

帑幡帑襎襎襎　案：帑襎同字，幡襎字亦同。襎襎見方言卷四，廣雅釋器同。郭璞襎音冤，曹憲音於飜反。全王本紐有帑無襎。

二十三魂韻

䮝䮝騱野馬

周云：「此注有誤，䮝騱野馬，說文、玉篇作驒騱。驒音壇，䮝字見山海經北山經，乃獸名，非野馬也。此注因驒䮝形近，誤以驒騱野馬為䮝騱野馬。」案：周云䮝非驒騱野馬，本之山海經郝懿行箋疏。唯山海經䮝字郭璞音暉，故集韻微韻吁韋切收䮝字云「山海經獸名」，是䮝字不唯非驒騱野馬，疑本亦不讀戶昆切；蓋驒誤為䮝，後人據其字從軍聲，而有此讀。切三、全王正、注文並同本書，此誤當是陸氏之舊。

楎三爪犂曰楎犂上曲木也

周云：「注切三作『三爪犂一曰犂上曲木』，本注楎下蓋脫一曰二字。」案：全王注同切三。疑「一曰」之「一」誤為重文符「〻」，本書因易為「楎」字而倒於「曰」字下。

五十六葉

弴畫工也弫上同

周云：「弫，段氏改作弤，是也。吳夌雲廣韻說云：弴即孟子弤朕之弤，趙注弤彫弓也。弫即弤之誤。」案：全王此字誤弤。唐人民字避諱作氏，如怋字全王作怟，是其例；疑此誤以唐人韻書弤字為避民字諱所省而改作者。

窀火見穴中

火字切三同，全王集韻作犬。窀字又見山韻，本書亦作火，全王、集韻並作犬。

臀廣雅云臀謂之脽說文作尻髀也
𡱂脽臋並同上見說文

周云：「尻字段改作𡱂。」案：疑臀下注文𡱂譌作尻，故下文又生出𡱂字云「同上」。

二十五寒韻

五十七葉

擹擹蒱賭博攤開也

周云：「擹，北宋本、黎本作攤，誤。」又云：「攤，北宋本、黎本均作擹，張改作攤，與說文合。」案：切三、全

王、王一並攤下云「攤蒲」，無擹字。攤蒲之攤即攤開之意，故集韻云「擹，手布也。或從難做攤」。攤擹本是一字，張改攤字作擹，改擹字作攤，疑非本書原皃。

五十八葉

盂盤也又大盌名

案：盂字見廣雅釋器，云「盂謂之槃」。故王一此下云「盤」，盤即槃字。本書云「又大盌名」者，說文「盌，小盂也。」方言五「盂，宋魏之間或謂之盌，盌謂之盂」，疑誤認盂為盂字，遂有此訓。

尫尫服

周云：「注服字刻本韻書殘葉作股，是也。集韻於寒切尫注云股也。」案：尫字不詳所出。說文尪下云股尪，為般尪之誤，讀同盤紆。本書尫下云尫服，尫即尪字之誤，不得收於此。各韻書本紐無此字。集韻字見於寒切，注云股，仍保持尪之聲母，是尫為尪字譌誤之證。

二十六桓韻

峘爾雅云小山岌大山曰峘又戶登切

全王、王一此字無又切。此云又戶登切者，爾雅釋文「峘，胡官反，又音恆」，即此所本。亙亘二字俗多混，遂有二音。

⿺尢亘丸屬

屬疑孰之聲誤，說文云「丸之孰也」。

垸漆加骨灰上也

全王云「漆和骨」，王一同。集韻云「以桼和灰而髹也」，與說文合。

⿱竹端竹名出南嶺⿱艹端草名

⿱竹端字出廣雅，⿱艹端字不詳所出。全王⿱竹端下云竹，無⿱艹端字。艸頭竹頭形近每混，疑或書⿱竹端如⿱艹端，本書收之遂易「竹名」為「草名」。

五十九葉

禶禶補穳補也

周云：「北宋本三字皆從衣作，楝亭本同。」案：禶義為禶補，不詳。集韻換韻則肝切禶下云「祝神」、本書翰韻則肝切襸下云「衣好皃」。集韻襸字注云「鮮衣謂之襸」，並與

此不合。全王本紐穳下云稖，P二〇一一稖字誤補。疑或書正文穳誤作䊴，注文稖誤作補，本書遂以收入。

鵃鳥名人面鳥喙　周云：「鵃，北宋本作鴅，是也。」案：此字切三、全王、集韻並作鴅、注文切三、全王、集韻並同。山海經大荒南經云：「大荒之中有人，名曰驩頭，人面鳥喙，有翼，食海中魚，杖翼而行。」則鴅即山海經驩字，云鳥名實誤。

二十七刪韻

六十葉

羡賤事之皃　周云：「賤，段氏改作賦，本說文。」案：全王亦云「賤事。」此誤蓋亦出於沿襲，又依意增之皃二字。

六十一葉

虥士山切又昨閑切　案：昨閑為士山之類隔切，二音實同。切三、全王此云「昨閑反」，即本書此云「又昨閑切」所據。集韻有鉏山昨閑二切，誤與此同。

𡒉門聚又昨閑切　周云：「此注當作𡒉門聚名。」案：全王亦云「門聚」，蓋門上脫重文，本書沿其誤。又昨閑切，誤與虥下注同。

黰染色黑也　切三云「染黑」，全王云「深黑」，集韻云「黑也」。本書黰下云「黑色」，集韻黰為黰或體。疑切三、本書染為深字之誤。

虥昨閑切二𡒉門聚　案：二字已見前，不當別出。詳前二字條。

卷二　下平聲

一葉

一先韻

迁伺候也進也又迁葬又標記也	此字全王作千，注云進。集韻迁下云「墲謂之迁。一曰伺候也進也表也」。

二葉

磌艱險也又剛強也嚽難也	全王磌下云難。集韻嚽下云「難也聲也」，又別出磌字云「難也，太玄有磌首一曰地險也、或作嚽」。
滇滇汙大水皃	周云：「方成珪集韻考正云：汙當作㴐。滇㴐淼漫，見左思吳都賦，注：滇㴐水闊無涯之狀。玉篇亦作㴐，訓大水皃。」案：方說是，本書霰韻滇下㴐下並云滇㴐。此㴐字誤作污者，蓋滇㴐字或亦作滇沔詩沔彼流水，傳：水流滿也，丏字俗書作丂（說見拙著全王校箋），故誤耳。又案全王此亦誤汙字。

三葉

㼖醆也	全王云「𥂕」，集韻云「椀」。案：㼖字不詳所出。方言五云：「盌謂之盂。」又十三云：「盂，河濟之間謂之盎𥂕。」廣雅釋器云：「盎𥂕……椀，盂也。」疑㼖即盂之誤字。切三無此字，蓋始自王韻。
蹮足跕不正蹁行不正皃	全王蹁下云「足不正」，無蹮字。集韻收蹮蹁為一字，注云「行不正皃」。本書別收，失之。

二仙韻

四葉

墺門聚

注文有誤，詳山韻墺字條。

埏打瓦也老子注云和也挻柔也繫也和也取也長也或作煽

切三埏下云「打瓦」，挻下云「柔挻」，全王、王一挻下云「打瓦又柔挻。又案：各書不云挻或體作煽，本書別出煽字云「火盛」。

六葉

悁悁憂悒也

切三、全王、王一並云「悁悒憂」，疑當據改。詩澤陂「中心悁悁」，傳云「悁悁猶悒悒」，聲類云「悁，憂皃」。

鐉

此字讀此緣切，與切三、全王、五刊並異，詳後猭字條。

拴揀也俗

全王栓下云「丁」，五刊栓下云「木釘」，無拴字。本書有拴而無栓。集韻兩收，栓下云「博雅盂也一曰釘也」，栓下云「揀通作詮銓」。

猭獑猭兔走皃丑緣切二
剶去木枝也

切三、全王鐉剶二字丑專反，首字作鐉、五刊鐉剶猭三字丑緣反。本書鐉字入此緣切，與諸書異。集韻鐉猭剶三字椿全切，又收鐉剶二字入逡緣切。又案：全王子泉反剶下云「又且全反」，本書云「又丑全切」，且丑二字形近易誤，此鐉字疑即或入此緣切或入丑緣反之故。

三蕭韻

八葉

嫽相嫽戲也又力弔切

切三、全王嫽下云：「相戲又力弔反嫽戾性自是」，本書此略去力弔切一音之義訓；而相戲二字間有嫽字，疑即涉諸書「嫽戾性自是」句而衍。本書嘯韻力弔切嫽下云「嫽戾」。

廫崖嘘　　案：廫即說文廫字，說文云：「廫，空虛也。」此云崖嘘者，俗書廫字作廫，遂附會「空虛」為「崖嘘」耳。又案：上文寥下云空，寥亦即說文之廫。

四宵韻

九葉

鼂直遙切又陟遙切　　周云：「又陟遙切，案蕭韻陟遙切下無此字。」案：集韻陟遙切亦未收此字。說文云「鼂，杜林以為朝旦字」，似此云又陟遙切所本。然說文已云「非是」，恐仍非所據。全王朝字宵韻「知遙反一」，誤一為五，其下晁潮鼂朝四字正切誤奪，鼂字因隸屬知遙反，疑此「又陟遙切」，即據王韻誤本收之。

憍憐也恣也本亦作驕　　憍為憐義無所聞；云「本亦作驕」，驕亦無憐義。切三、全王此下云「矜」。矜是矜怚義，故憍與驕同，而廣雅釋詁三云「憍，傷也」。本書此云憐，蓋誤陸韻、王韻矜為矜憐義而改之。

鷦鷦鵬南方神鳥似鳳又鷦鷯小鳥𪂇上同　　「鷦鵬」，切三同，全王鵬字作𪃧，蓋亦鵬字之誤。案：鵬當作䳟。說文云：「東方發明，南方焦明，西方鷫鷞，北方幽昌，中央鳳皇。」明、鷞、昌、皇為韻。又案：爾雅釋鳥云「𪂇鷯剖葦」，又云「桃蟲焦」，桃蟲又呼鷦鷯，是𪂇鷦異字。本書云𪂇同鷦，乃沿王韻之誤。說見拙著全王校箋𪂇字條。

鰩文鰩魚鳥翼能飛白首赤喙常遊西海夜飛向北海　　全王云：「鳥翼能飛夜東海過南海。」案：山海經西山經泰器之山云：「文鰩魚……白首而赤喙，常行（或作从）西海遊于東海以夜飛。」是此文所本，而語有誤。

十葉

卲十問　　十當作卜，他本不誤。

皻皮上膍膜	膍當作膍，內則「去其皻」。鄭注云「皮肉上之膍莫也」，此設膜字偏旁而誤。集韻正作膍莫。
瘭瘭疽病名	疽字黎本同，切三全王作疽，是也。莊子則陽「漂疽疥癰」，釋文疽音七餘反，瘭疽謂病瘡膿出也。又案：下文膆下云「膆膞腫欲潰也」，亦即此字。
櫜槖也又公混切	周云：「此字日本、宋本、巾箱本、黎本均作櫜，張改作櫜，是也。注『槖也』當改从說文作囊張大皃。又公混切四字當刪。」案：全王正注文同本書，此沿王韻之誤。
苗武瀌切	周云：「瀌，日本、宋本、巾箱本、元泰定本、明本作儦，音同。」案切三、全王並云「武儦反」，是本書原作儦字之證。
趫善走又去遙切	又去遙切，切三同。切三正切無去遙反，蓋失收。本書去遙切下無此字，字別音起囂切。案：起囂與去遙韻母異類。本書於蹻下不取切三之去囂，而取王韻之去遙，蹻趫音異，此下應云「又去囂切」。參下條。

十一葉

蹻去遙切	蹻音去遙切，全王同。切三本紐音去囂反。去囂與去遙音異類，本書此從王韻。
橇踏樀行又禹所乘也	周云：「此以橇轎為一字，非是。橇從毳聲，不得音起囂切，橇宜入祭韻。」案：全王同本書，此亦沿王韻之誤。注文樀當作擿。「又禹所乘也」，似不解「蹋橇擿行」之義者之所增，王韻無此數字。詳拙著全王校箋。

五肴韻

轇轇轕戟形	全王、五刊並云「轇轕長遠」。此云戟形者，東京賦「鬭戟轇轕，注云「雜亂皃」，是此戟形之義。
磽磽捽也	周云：「捽，當作崒，見玉篇、集韻。」案：廣雅釋詁三：「抴磽搣揹，捽也。」與本書合。唯磽為捽義，所本未詳，王氏疏證無說。曹憲磽音堯，集韻牛交切磽下云「博雅崒

也」，與今本廣雅異。

猣犬多毛又力刀切　周云：「又力刀切，力字誤。日本、宋本、巾箱本作奴，是也。猣字又見豪韻奴刀切下。」案：全王云又乃刀切，乃力形近，本書力當是乃字之誤。

十二葉

嫂齊人呼姊　方言卷十二：「娋、孟、姊也。」郭注云：「娋音義未詳。」廣雅曹憲音所交反、戴云：「廣韻可取以補方言之略及郭注之闕。」案：五刊云「吳人云婦」，婦為姊之誤，齊吳二字未詳所當作。全王但云呼姊。

涍水名在南郡　周云：「郡字日本、宋本、巾箱本、黎氏所據本並無，張氏增，蓋本玉篇。段氏云：西征賦注：字林曰孝水在河南郡。此落河字耳。去聲效韻則又譌為南陽。」案：全王云水名在河南，是本書所據，段謂此落河字，是也，當據補。張氏增郡字，不可從。

六豪韻

十三葉

咩囒咩撦拏　方言卷十郭注撦字作譇，全王、王二並作㾬字，本書寒韻囒下亦作㾬字。本書馬韻無㾬字，蓋失收；撦下云裂開，義與此不合。

十四葉

搔爬刮　注文全王同，切三、王二爬字作爬。案諸書無爬字，爬蓋即爬字之誤。明梅膺祚字彙、爬刮，所據蓋即本書。

敖五勞反　全王、王二本紐有鏊字，注云釜。集韻亦收鏊字，云釜屬。

蔜蘩縷　注文切三同。全王、王二作蘩縷。爾雅釋草「蔜，蔜𦺇」，郭注云「蘩𦺇」。

鷩不祥鳥白首赤口也　切三、全王、王二並云白身赤口，集韻同，本書首當是身字之誤。山海經大荒西經「玄丹山黃鷩，其所集者其國亡」。此云白身赤口，不詳所自出。集韻又云「似鴈所集國亡」。

鼇海中大鼇　鼇字集韻同，切三、全王、王二、五刊並从龜作⿱敖龜。注文鼇當是鼈字之誤。切三、全王、集韻並云海中大鼈。

⿰喿殳平持　周云：「玉篇、集韻此字並作榖，為操之或體。敦煌王韻同。」案：全王亦同此作榖，誤。

十四葉

七歌韻

䴭穀麥淨也⿰臼差擣也　全王䴭下云「擣亦作⿰臼差」。王二⿰臼差下云「舂又作䴭」，䴭字見說文，⿰臼差字見廣雅釋詁四，其實無異。

齹齒跌⿱䒑齹齒本　全王、王二無⿱䒑齹字，集韻⿱䒑齹為齹或體，案：說文：「齹，齒差跌皃」，又「齹、齒參差」。左昭十六傳鄭子⿱䒑齹，說文引作齹。此⿱䒑齹下云「齒本」，本字未詳何字之誤。

莪草名似⿱艹斜　周云：「⿱艹斜，日本、宋本、巾箱本、黎本均作斜。張改作⿱艹斜，與切三及故宮王韻合。」案：全王作斜，王一同。爾雅正義引陸璣疏云「葉似邪蒿而細」，邪斜亦字通。此原當作斜。

十六葉

蚵蜉蠪　廣雅釋魚云「蚵蠪蜥蜴」，是注文蠪字所本，蜉字不詳。全王、王二蚵下並云蜉，王一同，此當出王韻。又案：廣雅釋蟲云「玄蚼、蚼蟓（下蚼字從疏證補）、蟼蜉，螘也。」蚵與蚼相似，王韻蚵下云蜉，疑誤蚼為蚵字。

碙碾碙　全王注云碾輪。（P二〇一一同），集韻同。

十七蕺

鬫觀縷委曲	周云：「說文此字作觀。」案切三、王二並作觀；全王作觀，與說文合。
鞾許肥切	周云：「切三注云：無反語。故宮王韻音希波反。敦煌王韻音火戈反，又布波反。布字當是希之譌字。」案：敦煌王韻云：「鞾鞋無反語。……火戈反，又布波反，陸無反語，何李誣於古今。」火戈、希波蓋何李二家反語。然鞾屬三等，戈波皆一等，反切不倫，故云「何李誣於古今」。陸韻三等合口只收一鞾字，無可用為下字者；故陸無反語（上去聲亦無字，故亦無直音）。王韻三等合口仍止一紐，故從陸氏之舊而譏何李二家之失（案：希波一切，以上字定韻母等第，實亦早期反切結構之法）。周氏以為故宮王韻音希波，敦煌王韻音火戈、希波，大誤。全王與敦煌王韻同而有奪文。
伽求迦切三茄茄子菜可食又音加枷刑具又音加	周云：「敦煌王韻作夫迦反夫字當是譌字，故宮王韻此字音夷柯反，而此紐茄枷二字音巨羅反。」案：姜寅清書P二〇一一音求迦反，與全王合，劉復氏書作夫迦反，當是誤讀。故宮王韻音夷柯反者，今檢故宮王韻作「虵夷柯反又吐何食遮二反蝮二伽反法」，伽下誤奪切語，遂誤虵下一字為二，而並音夷柯反矣。全王虵下云「夷柯反又吐何食遮反一」，伽下云「求伽反法一」，是故宮王韻譌誤之證。周氏雖未見全王，然王一伽下云法，故宮王韻法上有反字，集韻以蛇字入唐何切，而同紐無伽字，在在均足以定故宮王韻伽下誤奪反語；周乃云故宮王韻伽音夷柯反，亦殊欠考耳。又故宮王韻茄枷二字音巨羅反者，巨羅以上字定韻母等第，與求迦之音無殊，本書合伽茄枷三字為一小韻，不誤。集韻同本書。
故欠去	全王、王二、注文並云去，無欠字。王一與全王同。集韻此云气出。
脞脃也醋伽切二	周云：「切三無此字，故宮王韻作倉禾反，敦煌王韻作倉和反。」案：本書「莲，脃也，七戈切」，莲與脞義同，音又與王韻合，應是一字；本書別以脞字音醋伽切者，蓋裒集前

人韻書之字而未深考。醋伽之切，本以醋字定脞字韻母屬一等合口，與七戈、倉禾之音不殊。集韻蓬㽵脞婬四字音村戈切，又脞婬二字音醋伽切，前者是脞婬二字讀一等合口之證；後者正注文全同本書，則又據本書而收之。

侳子𦚯切　　周云：「故宮本、敦煌本王韻作子過反。」案：全王與敦煌本同，集韻音臧戈切，韻圖字亦在合口一等。本書以𦚯為下字，失之。

九麻韻

十八葉

𣚩木名皮可為索𦶜枲屬　　全王、王二並有𦶜無𣚩，𦶜下云「枲屬」。集韻𣚩為𦶜或體，注云「枲屬皮中索」。皮中索義即皮可為索。

諑絲諑語不解也　　諑字形無可說，當是詃之譌變，詃即上文諏字。下文㞑亦當由作㞑而譌。

髃額上骨也　　全王、王二云髂上骨。集韻云䯞髃髂上骨。本書五瓜切䯞下云髃䯞髂骨，是以此文額為髂誤之證。

十九葉

蟼爾雅云蟼蟆蛙類也又音荊　　案：爾雅釋蟲「蟼蟆」，郭注云「蛙類」。釋文云：「蟼，郭驚景二音，孫音京。」此云又音荊，與釋文驚京二音同。古牙切之音不詳所出，本書以前韻書無此音。打字音都冷、都瓦二音，或可為此音轉之證。此蟲又名蝦蟆，疑亦與蟼字轉讀古牙切有關。

鞁鞁韛弓箭室也　　鞁韛，集韻同，全王云韛鞁，當從之。漢人書作步叉。本書及集韻佳韻鞁下及暮韻韛下云未誤。廣雅釋器亦誤鞁韛，此或係後人依廣雅校改。

䐷腵䐷脯也　　腵當作腶，字之誤也。詳佳韻䐷字條。

二十葉

十陽韻

陽與章切

切三、全王、王二、集韻本紐並有禓字。本書式羊切禓下云又以章切，是失收此字之證。

二十二葉

彰明也暲日明

全王、王一、王二彰下云采，暲下云明。切三彰下云彰明，無暲字。

鯧鯧鯸魚名

注文集韻同。周云：「故宮王韻作鮍魚。」案：全王亦云鮍魚，集韻支韻鮍下云「一曰破魚」。鯧鮍蓋猶言裮披，本書鯸當作鮍。鯸為鯸鮐魚，與此異。

蠹蠶白

周云：「切三注作蠶白死，集韻同。」案：全王云「蠶自死」，自疑亦白之誤詳校箋。王二云蠶白生，生亦當作死。蠹之言僵也，本書奪死字。

二十四葉

王天下所法

法當作往，字之誤也。此蓋往上奪歸字，遂改往為法。全王、王一並云「往，天下所歸往。」語出說文，上文「一貫三為王」，亦用說文。

十一唐韻

二十六葉

簜水名在鄴今簜陰縣單作湯

周云：「簜，當從說文作蕩。簜乃竹名，與此義不合。」案：切三、全王、王一、王二並作簜，集韻亦收簜為或體，蓋當時有此俗書。

二十七葉

鞇履頭　　案：說文云：「鞇角、鞮屬。」廣雅釋器云：「鞇角，履也。」方言卷四郭注：「鞇角，今漆履有齒者。」全王、王二此並云履。本書云履頭，不詳。

十二庚韻

鐄大鐘　　切三云大鐮，全王、王一、王二云大鍾。集韻云：「大鍾也，大鐮也」。案：並不詳。馬融長笛賦「錚鐄營嗃」，注云「鐄與鍠同」。詩云鐘鼓鍠鍠，疑鐮、鍾並鐘字之誤，當云鐘大聲。誤蓋自法言始。

嗙喝聲　　喝字全王、王一、王二並作謁，疑謁是諙字之誤，諙與唱同。說文：「嗙，謌聲嗙喻也。」集韻此既引說文，又云一曰叱也。後者蓋即據喝字改作。

二十八葉

輣兵車又樓車也軿同上　　全王、王一、王二、軿下並云「車音」，集韻軿下云「車聲」，別出輣字云「說文兵車也」。案：軿即詩「出車彭彭」、「以車彭彭」之後起字，故集韻字又作軿，本書誤。

韺五韺高陽氏樂　　高陽氏當云高辛氏。漢書禮樂志云「帝嚳作五英」，故集韻改云「帝俈樂」。此沿切韻之誤。詳拙著全王校箋。

蠑蠑螈蜥蜴別名　　蜴字黎本同，當作蜴。

揘拔也　　注文全王、王二同，集韻云「擊也」。案：本書質韻于筆切抭下云「揘抭擊皃」。西京賦「竿殳之所揘畢」，李善畢音于筆切。拔與抭形近，當為抭字之誤。物韻抭下云「揘抭」，揘即此字之誤。

二十九葉

十三耕

篢竹筒	切三、全王、王二注文止一竹字。集韻云「一曰竹筍」。案周禮薙氏「春始生而萌之」，故書萌作甍。爾雅釋艸「筍竹萌。」篢之為言甍也，本書筒為筍字之誤。
紭網紭	周云：「紭，日本、宋本、黎氏所據本譌作網，張改紭，與巾箱本合。」案：紭字無由誤作網。全王云「冈網」，冈與網同。本書作網網者，當是網綱之誤。切三云田網，王二云網網，誤並同本書。張改網為紭，巾箱本紭字亦當由後人改之。

三十葉

梈木束	梈當作掙，此沿王韻之誤。詳全王校箋。注文木束當作一刺字。廣雅釋詁一：「掙，刺也。」王韻云刺，其注文未誤。集韻既收掙字云「博雅刺也」，又收梈字云「木束」，儼然二字矣。
抨彈也	周云：「彈字當依說文作撣。」案：小徐說文「抨，彈也」。大徐彈作撣為誤字（說見段注）。切三亦云彈，本書未誤。

十四清韻

䪴顲䪴頭也	周云：「宋玉篇顲字注云顲䪴頭不正也，此注頭下宜有不正二字」。案：䪴是䫆之誤字，䫆字讀側革切，此當刪。詳支韻顲字條。
盈魯大夫名	全王、王二、集韻此字作灐，集韻又別出盈字云肥。

十五青

三十三葉

熒淮南子云熒然能聽	各韻書本紐無此字。全王熒與營同，讀清韻余傾反及本韻胡丁反；集韻同。淮南子原道篇高誘讀疾營之營，此音不詳所據。
醽渌酒	注文王二同。全王云「醁醽，酒名」，集韻云「湘東美酒」。案：吳都賦云：「飛輕軒而酌綠醽。」醁醽為綠酃之孳乳字，本書渌當作綠，其下當補醽字。
鮗魚連行皃	案：說文云「蟲連行」。

三十八葉

畊織蒲為器	周云：「段改作缾是也。案說文作罌。」案：全王、王二並作缾，注云「亦作缾」，是畊不得改為缾字之證。畊當作缾。由與甾同字，故或作缾，或又作缾。參觀堂集林卷六釋由。
箳箳篂別駕車名	周云：「案此訓誤。箳篂乃車當也。漢時州別駕車前有屏星如刺史車，此注名字宜依清韻箳字及本韻篂字注改作轓。」案切三、全王、王二本紐無箳字，而篂下並云「箳篂別駕車」，名字蓋本書所增。

十七登韻

三十六葉

幐囊可帶者	者字王一同，切三作香。案：離騷「蘇糞壤以充幃兮」，王注「幃謂之幐。幐，香囊也。」本書者當為香字之誤。

十八尤韻

三十七葉

楢積也又音西	栖當作禉，字之誤也。說文：「槱，積火燎之也。」或體作禉。詩棫樸「薪之槱之」，傳云「槱，積也」。全王、王一、王二禉下云「禉又以帚反」，並此文栖為禉誤之證。

三十八葉

鮂烏化為魚頂上有細骨如禽毛	烏字集韻同。切三、全王、王一、王二並作鳥。頂當是項之誤。切三、全王、王一、王二並作項字，集韻云頸。
莤莤液周禮音糟	注文莤字當為酒字之誤。說文「糟，酒滓也。」集韻引博雅「酒液也」。
轈轈輳載喪車	集韻云：「轈輳，載麥三箱車。河南獲麥用之。或說載喪車，非是。」案：麥與喪形近。喪即麥之誤。屋韻輳下各書並云轓輳三箱車，轓即此字之誤。

三十九葉

搊手搊㮲板木不正	「㮲，板木不正」，不詳，各書無此字。搊當作㮲，手搊當作牛拘。廣雅釋器云：「㮲、桊，枸也。」疏證云：「枸楢拘也。今人言牛拘是也。說文桊，牛鼻中檈也。眾經音義卷四云今江北曰牛拘，江南曰桊。」曹憲音叉溝反。本書搊下云手搊，亦沿前人韻書之誤。詳全王校箋。
篘酒篘	注文二字誤倒。切三、全王、王一、王二並云篘酒。集韻云漉取酒也。

四十葉

緅又子侯切	切三、全王、王一、王二無又切。本書侯韻子侯切增緅字，遂於此增又子侯切四字。侯韻緅字疑誤增，說詳彼。

棷又叉苟切	周云：「注文叉苟切，案厚韻無叉苟切一音。」案：叉苟為廣雅釋木曹憲音，與厚韻之倉苟切為類隔。本書倉苟切正有棷字，集韻又見有韻楚九切，一音孳乳為二。詳拙著例外反切的研究。
棸又側鳩切	周云：「注云又側鳩切，案本韻側鳩切下無此字。」案：側鳩切棷字當與此同。

四十一葉

肒乾肉醬也	王二云「熟肉醬」。集韻引說文「孰肉醬也」。本書乾為孰之誤。
浮縛謀切	周云：「縛謀切，切三及敦煌本王韻作薄謀反。案薄縛聲不同類，故宮王韻作父謀反，與廣韻音同。」案薄謀為類隔切，非與縛謀異音，周氏誤解。
哹又拂謀切	周云：「又拂謀切，切三及故宮本敦煌本王韻同。案本韻無此音。」案：拂謀與匹尤切音同。周氏不知脣音及齒音類隔（參前浮棷二字條）故有此案。此當云「本韻匹尤切未收此字」，集韻披尤收之。
紑縛也	注文誤，當云縳也。廣雅釋器紑，鮮支，絹也。絹與縳同。參王氏疏證及段氏說文注。此字曹憲音苦疾苦茂二音。全王、王二字見侯韻恪侯反，集韻同；集韻又見候韻丘堠切，注並云絹。本書疑誤認紑為䋘字，遂讀明母而釋其義為縛。集韻字亦見於本紐，所據即本書，注文又誤縛為綽。

十九侯韻

䯧骨䯧	切三無此字。全王、王二、集韻並同本書。全王云「䯧骨」，王二云「骨」，集韻云「骨端謂之䯏䯧」。䯧字不詳所出。說文：「䯏，骨耑也。」䯏䯧形近，疑此即䯏字之誤。參全王校箋。

四十二葉

剅小穿又音兜　　周云：「此字與𠝤同音落侯切，非也。此蓋沿唐人韻書之誤。切三及故宮本、敦煌本王韻𠝤均譌作剅，別無𠝤字。剅字已見當侯切下，此處當刪。玉篇音丁侯切，無又音。」案：集韻𠝤下云「小穿」，正無剅字，可為周說之助。唯𠝤字不詳所出。切三王韻既並作剅，本書當侯切剅下又云音婁，不似偶然之誤。或者剅字確有此一讀，而𠝤即此讀之後起字。參全王校箋。

瞜目深驅瞜　　烏侯切驅與瞜同字，王二、集韻同，集韻此云「眗，埤倉目深皃，或作驅瞜」，亦以驅瞜字同。全王、王一、王二此注目深下云「又一投反」，無驅瞜二字。本書云目深驅瞜，似以驅瞜為連語，疑有誤。

緅　　切三、全王、王二此字但見尤韻側鳩反。案：全王本紐有緅字注云「色」，以其同底本之王一校之，知緅為鯫之誤，色即魚字之改作。徂鉤反鯫下云「又子溝反」，是其明證。本書此紐有緅無鯫，蓋據王韻之誤本收錄。參全王校箋。

掫說文云夜戒守有所繫也　　案：說文云：「掫，夜戒守有所擊。」繫字誤。

剾剾剾足節　　切三、全王、王一、王二並云「剾剾足筋」。案：廣雅釋詁四：「剾、剾、削、剜也。」切三、王韻筋是削字之誤。蓋削誤為剆，易作筋，又臆增足字。詳全王校箋。

四十三葉

鯫徂鉤切　　周云：「徂字元泰定本、明本作鉏，是也。切三作俎亦誤。此字同音之鯫字，故宮本、敦煌本。王韻子侯反下云又士溝反。士溝反即指此紐。士溝與鉏鉤音同，可證作鉏是也。」案：全王、王二此並音徂鉤反，切三俎亦當為徂字之誤，是本書原作徂字之證。王韻子侯反鯫下云「又士溝反」者，士為類隔，仍當取從母之音，不得據以證本書徂當作鉏。周說誤。

鯫又七苟切　全王、王一並云「又子溝士垢二反」，本書子侯切據誤本王韻未收鯫字，故此下刪王韻又子溝反一音。參見前緅字條。

裒薄侯切　周云：「按此紐切三及故宮本、敦煌本、王韻均入尤韻。故宮本、敦煌本、王韻音蒲溝反。」案：切三尤韻薄謀反裒下無注文，蓋殘缺或誤奪。王二尤韻云「蒲溝反」，蒲上實奪又字，故全王、王一並云「又蒲溝反」。本書此收裒字，所據蓋即王韻尤韻之又切；尤韻縛謀切無裒字，則失收。集韻尤侯二韻兼收。周說誤。

二十幽韻

烋又火交切　周云：「注云又火交切，案肴韻許交切下無此字。」案：此字全王作休，注云「加火失」。失與交形近，本書又火交切，疑即由「加火失」三字而誤。集韻則肴韻虛交切有烋字，云「烋烋自矜氣健皃，或體作咻」，或又據本書增之。

絫縛也　縛當從集韻作縛。參尤韻絫字條。

二十一侵

四十四葉

瘂腹內故病　全王、王二並云「復故病」。案：方言卷三「瘼、瘦，病也。秦謂之瘂」，郭注云「謂勞復也」。廣雅「瘦、瘂也」，疏證云「傷寒論有大病差後勞復治法」。玉篇云：「瘦，再病也。」本書瘦下亦云「病重發」。是瘂本舊病復發之名。此云「腹內故病」，蓋不知「復故病」之義而妄改。

茪熱也　S六一八七、全王、P二〇一一、王二此字並作炛（劉書P二〇一一作茪，蓋據本書誤寫）。案：此即說文炛字，本書談韻炛下云「小熱」，是也。此作茪，大誤。集韻炛下引方言「明也」，別出茪字云「草名」，後者即據本書誤字收之。

四十五葉

鴭鷄鳥亦作鳼雅鳥名　案：雅與錐鳼非有異。全王此字作鴭，王一、王二作雅，集韻收鳼鴭雅一字三體。

醅醉聲又於南切　周云：「覃韻烏含切下無此字。別有韽字，即此字。」案：周說是而未盡也。醅為韽字之誤。此字本從音侌聲，非從酉音聲；注文醉字乃本書妄加。王二云「聲又於南反」，可據訂。詳全王校箋覃韻韽字條。

四十六葉

二十二覃韻

聸聒也　各韻書無聸字。集韻本紐瞫下云視，為本書所無。案：本書聸即瞫之誤，聒為聐之誤。㔮韻瞫下云「括也又徒南切」。周云：「括蓋聐之誤。玉篇聐，視也。」是此文譌誤之證。（康熙字典據本書收聸字云聒）

韽聲小又於林切　周云：「侵韻於金切下無此字，別有醅字，殆即此字。」案：醅即此字之譌誤。見前醅字條。

涵小澤多皃　案：此即上文訓涵泳之涵字，本全王收之如此。切三、王二、集韻止一涵字。

圅銜也說文舌也
肣排囊柄也說文同上　案：唐人書瓦字多與月形混，此云「肣，排囊柄也說文同上」，此即混說文瓰與肣為一字。說文「瓰，治囊榦也」。肣為圅字或體。段注云「瓰或譌作肣，而廣韻以排囊柄釋之。」

四十七葉

二十三談韻

邯江湘人言也又音寒

周云：「故宮王韻邯作𨞙，注云或。案此邯字當作𨞙，注文江上當補或字。方言十云：𨞙，或也。沅澧之間凡言或如此者𨞙如是。」案：本書江當作沅。全王云「邯，阮湘人言」，阮即沅之誤。本書云「又音寒」者，郭璞𨞙音酣；全王𨞙字誤邯，本書從之，以為與邯鄲字同，故云然。

四十八葉

蹔昨三切

周云：「此字切三及故宮王韻音作三反，集韻同，當據正。」案：全王亦誤昨字。

二十四鹽

壛壛榻也

全王、王二注云塌，本書榻當作塌。

癵病走

全王、王一、王二病下無走字。廣雅釋詁一：「癵，創也。」走字不詳。

姴又丑兼切

周云：「兼，元泰定本、明本作廉，是也。姴字又見本韻丑廉切下。」案：全王、王二並云又丑兼反，是本書原作兼字之證，其或作廉者，當由後人校改之。

四十九葉

鋟以爪刻櫃版也

櫃字誤。公羊定公八年傳云：「孟氏與叔孫氏迭而食之，睋而鋟其板。」注云：「以爪刻其饋斂板。」王一、王二誤饋為鐀，鐀與櫃同，或即本書櫃字所由。

二十五添韻

詁轉語　　注文全王、王一、王二同。案：方言卷十揚雄以支註與詁謕為轉語，自王韻誤解其意，而本書沿之。詳全王校箋。

五十葉

熑熑軔說文曰火熑車網絕也　　周云：「日本、宋本、黎本、景宋本軔作靭。」案：熑軔無義。全王云「熑軸絕」，王二云「熑輞絕」，集韻云「燥輞」。集韻燥為熑之誤，全王軸為輞之誤，輞與輞同。疑唐人韻書有誤熑輞為熑軔者，本書因之，又補說文一訓。

縶又呼廉切　　又呼廉切，全王同。本書鹽韻無曉母，疑廉是兼字之誤，字又見下許兼切。集韻則又見鹽韻火占切。

稴又力兼切　　周云：「本韻勒兼切下無此字。」案：全王此云「又胡緘反」。

瘷瘷瘷病也　　瘷瘷，全王、王一作瘷瘦。本書鐸韻瘦下及模韻瘷下並云瘷瘦，瘷瘦為雙聲連語，瘷瘷為瘷瘦之誤。

二十六咸韻

稴不作稻也　　周云：「作字段改作黏，是也。添韵稴下云稻不黏者。」案：王二注文與此同。全王、王一云「稻不黏」。黏字或體作粘，作與粘字較近，作蓋粘字之誤。

黔出頭皃……黕黕黔出頭皃　　出頭皃，全王、王一、王二、集韻並云「小頭」。

鼸鼠名又埤蒼云鼠皃　　王二云「鼠白身黑腰」。廣雅「鼸鼢」，王氏疏證引說文「鼸鼲鼠黑身白要若帶，手有長白毛，似握版之狀。」韻書多言此鼠之白黑，此獨云「鼠皃」，皃字上端从白，疑此有奪誤。

鼭鳥鼭物也　　各韻書本紐無此字。苦咸切鵮下云「鳥鵮物」，或體作鼭。全王、王一、王二、集韻鵮字或體作鵮。鼭鵮並與飲字形近，疑此鼭當即鼭若鵮之誤，又誤收於本紐。

卷三 上聲

三葉

二腫韻

軵推車搣拒也亦作軵	搣字注文全王、王一同（王一拒作抯，當是拒之誤），王二云枏，集韻云相。案：搣訓拒枏不詳。集韻考證引爾雅釋言「戎，相也」為證，爾雅釋文亦云「戎，如字，或作搣，顧如勇反」，並與集韻合。然訓相之搣又作軵，未詳所據。說文「軵，反推車令有付所也」，淮南覽冥「軵車奉饟」。注「軵，推也」，廣雅釋詁三「搣推也」，疑拒若枏，並推字之誤。推既誤拒，本書遂增軵字云推車。集韻云相者，蓋即據拒字，傅會為相字。

四葉

㪯姓也	周云：「集韵此字作𨵦。」案：𨵦字見說文，故集韵又云「所以枝鬲者」。切三作舉，疑為㪯之誤，蓋當時有此俗體。集韵方勇切又云或體作䡬。
駷何休云馬搖銜走也	周云：「馬搖銜走，故宮王韻同。案公羊定公八年傳『陽越下取策臨南駷馬』，注作『捶馬銜走』。」案：全王注亦同，當從集韻云「搖馬銜走」。傳云臨南趁陽越下車取策之際，搖馬銜而騁。駷實與同紐慫悚㥠諸字同，為震驚之意，故左氏云「林南怒馬、集衢而騁」，而何氏云「搖馬銜走」也。全王搖馬二字誤倒，本書沿之；今公羊何注搖作捶，當據此訂正。

傯職勇切㧐上同又且勇切	周云：「又且勇切，本韵無此音。故宮王韻㧐音且勇反，不作職勇切。玉篇㧐，且勇職茸二切。」案：全王與王二同，集韻亦不與腫字同切。此字出廣雅釋器（廣雅字作𧝒，集韻以傯㧐為𧝒或體），曹憲音七勇。唯切二、全王、王一又見鍾韻職容反，本書同。此蓋正切作且勇，又切作職容；既正切又切上字互誤，遂改又切下字之容為勇字。

四紙韻

五葉

骳骳屈曲也	廣韻以前韵書無此字，集韻同本書。漢書枚乘傳「其文骫骳」，顏注「骳音被」，骫骳猶言屈曲也。」案：顏讀與皮聲相合，集韻寘韻平義切正收骳字云「骫骳脛曲」。疑或誤讀骫骳為骫靡，本書遂收之於此；猶之集韵本紐旇下云「旌旗皃」，旇本與披被同，亦誤從靡音。
攱枕也……庋爾雅云祭山曰庋縣	枕字玉篇同，當從王二作抗。切三作忼，全王作扤，並誤。爾雅釋天「祭山曰庋縣」，釋文本又作攱。方言七「佻、抗，縣也。」自山之東西曰抗。燕趙之郊縣物於臺之上謂之佻。」廣雅釋言：「縣，抗也。」故此攱下云抗。又案：庋本攱同字，切三有攱無庋；全王紐末收庋字，云「庋縣」，蓋自王韻而增之。集韻庋攱同字。

六葉

㾨痤也喪也又於蟹切	喪字不詳；喪書作𡃤，與痤書作痤若𤸰近似（如王一、王二叜作㕢），或即痤字之誤。又於蟹切，蟹韻字誤作㾨。
衪衣中袖也	周云：「切三及故宮本、敦煌本王韻作中衣袖。」案：全王亦云「中衣袖」，五刊同本書。漢書司馬相如傳「揚衪戌削」，張注云「衪，衣袖」；本書支韻弋支切同。中字未詳。論語鄉黨「加朝服拖紳」，拖之義為曳；說文引作袉。疑中或為曳之誤，此本云「曳衣袖」，曳與衣袖為二義。

杝加也又離也又弋支切或作扅　全王杝下云「架又離又弋支反」。王二字亦作杝，而架字作加，與本書同。案：廣雅釋詁「扅，加也」，與本書同。五經文字引字林「杝，架也」，則與全王同。

屣履不躡跟　躡字切三同，全王、王一作攝，王二作懾。王二懾亦當為攝之誤。通俗文云「履不著跟曰屣」，當以作攝為是。

七葉

蒍草木葉初出皃　周云：「葉，巾箱本同，北宋本作華，與切三故宮王韻合。」案：古逸叢書本亦作葉字，然當以作華者為是。蒍即下文荈字。爾雅釋草「蒍荈薹華榮」。郭云：「今俗呼草木華初生者為荈，音豬。」說文「蒍，藍蓼秀」，亦與荈義通。

𤼼瘡裂　瘡字王二同。全王、王一作創，與說文合。

五旨韻

八葉

鳲赤鶠鳲也　也字疑為鳲字重文之誤。狼跋詩「赤舄几几」，鳲與几同，蓋出三家。

硋石墮聲也　切三無此字。全王、王一、王二同本書。案：說文「硋，碎石殞聲。從石、炙聲。」陌韻有此字，與索同音。此讀不詳；蓋自王韻收之，本書遂沿其誤。集韵此紐亦無此字；而與矢字同音者有砊字，字又見止韻，作硋，與俟同音，注並與此同，亦未知所據。

九葉

壘力軌　切三、全王、王一、王二本紐並有礧字，次壘之下，注云磈礧。集韻收為㠑字或體。云磈礧山皃，本書㠑下云㠑崼山皃。

仳又芳比切　周云：「芳，巾箱本作方，誤。案仳又見脂韻房脂切下。」又注云：「切三及故宮本、敦煌本王韻又作芳匕反，匕乃比

字之譌。」案：芳與房不同聲，匕與比同卑履切，周以字又見房脂切，證巾箱本方為芳之誤；又謂切三、王韻匕為比之譌，並誤。唯各韻書本韻無芳比切之音，集韻字又見普鄙切，疑匕若比並鄙之聲誤。

膪　周云：「此字故宮王韻、玉篇新撰字鏡同，北宋本、巾箱本、黎本、元泰定本、明本均作膪，集韻作臟。」案：當從姜寅清書P二〇一一至韻作矞。矞聲與此音合（獝字音況必切，即此字入聲），商聲、啇聲並非。魏晉人書矛作孑（王誦碑柔作𠂔），故誤矞作商。集韻改巂聲，亦不可從。

六止韻

十葉

厎　厎入此韻，切三、全王、王一、王二同，此沿陸韻之舊。詩釋文音之履反。本書旨韻職雉切亦有此字。集韻字但入旨韻。

㠯說也　案說文：「台，說也。從口，㠯聲。」字不從己聲，不當有此讀。切三無此字，自王仁昫誤收而本書沿之，余昔為全王校箋未見及此。集韻仍有此字，注云「言也平也」平義未詳，言蓋與說同，然許書說為怡懌之意。

以羊已反　周云：「本紐有已字，此紐以已為切字，於廣韻全書體例不合。切三、敦煌本故宮本王韵均作羊止反，當據正。」（見補遺）案：本書反語不盡同切三、王韻，此當是羊已切。周氏誤以為已字。

𢼊大堅說文曰毅𢼊大剛卯　注文全王、王一、王二並同。說文云「毅𢼊大剛卯」。此疑因隋人避諱改堅為剛，後人誤以「大剛卯」為隋人諱堅字，而改為「大堅卯」，後復刪卯字。德切注文二字，左一字作剛，蓋即剛之殘文，右一字殘缺，疑即大字，可證「大堅」之所由誤。本書則不知大堅即大剛卯之誤，又增說文一訓。

十一葉

七尾韻

娓　　此字全王、王一、王二在許偉反。

十二葉

菶草也　　周云：「此字故宮本、敦煌本王韻訓猝，與廣雅釋詁二合。」案：全王、集韻並云猝。方言十「菶，猝也」，為廣雅所出。此獨云草者，猝或作卒，與草字形近，疑因卒字而妄改。

磈磈硊石山皃　　石山皃，王一、王二同。切三云「石出皃」，全王云「山石皃」，集韻云「石皃」。各韻書紙韻硊下注同集韻。疑石山二字誤倒，當依全王云「山石皃」。

八語韻

十四葉

綖繼入也又音疎　　切三無此字。全王、王一、王二同本書，集韻亦同。疋聲之字例不讀此紐。全王魚韻疏下云：「亦作綖，又所去反」，疑所去二字誤倒，遂收之於此。周云：「入字蓋衍文。」案：各韻書注並云「繼又所除反」，入或即又字之誤。

碿鋪碿場外名也　　周云：「楝亭本名作石，非也。此文本埤蒼，見原本玉篇鋪下引。」案：集韻此下及虞韻鋪下、昔韻碿下並云「鋪碿，磑也」。

九霰韻

䫆孔子頭也說文云頭妍也又讀若翩	周云：「頭下脫反䫆二字，當據切三及敦煌王韻補。」案：說文本云「頭妍讀若翩」。朱駿聲云：「誤讀為羽，故廣韻訓孔子頭也，傅會為圩頂之圩。」集韻但據說文云「頭妍」，刪「孔子頭」一訓。

十六葉

隮贏隮縣名	周云：「贏，北宋本、巾箱本、黎本均作羸。」案：切三、全王、王一、王二並作羸，與漢志合。孟康音蓮，故字又作羸。集韻先韻羸羸同字。張改羸作羸，誤。十韻彙編校勘記云「段改羸字」。

十姥韻

鏻鈷鏻	周云：「切三及故宮本、敦煌本王韻此下有燒器二字，當據補。」案：王一此字及注文殘，周氏失檢。又案全王云「鈷鏻」，亦無燒器二字。

十八葉

輴車頭中骨	周云：「骨，北宋本、巾箱本、黎本均作也。張改作骨，蓋本玉篇。」案：玉篇云「頭中骨」，無可考。全王云「頭中」。王二趨下云「走頭輕中」，明與全王同，而奪正文輴字。輴訓「頭中」，亦無可考。本書別有幞字云「頭巾」，集韻幞下云「首巾謂之幞，或謂𩠐」，疑王韻本紐末三字及注文原作「趨走輕輴車幞頭巾」，全王誤奪輴字注文及正文幞字，王二誤奪輴字正、注文及正文幞字。本書輴下云「車頭中也」者，疑其所據底本文奪正文幞字。張改也作骨，不可從。輴字見廣雅釋器，云「輴頭柳車」。集韻輴下引廣雅；又云「一曰車首」，蓋又本之本書。（余曩撰全王校箋，以

全王注文頭上奪重文，中為車之誤，並不然。）

十一薺韻

十九葉

題小瓮	瓮字北宋本、巾箱本、黎本作瓮，周氏引方言郭注及玉篇證作瓮是。案：切三、王一、王二作瓮，與周說合。
綮一曰戟衣	戟衣，切三、全王、王二同。案：當云「衣戟」，漢書韓延壽傳「建幢棨」，注云「有衣之戟也」，棨與綮同。
膍肥腸	周云：「肥，段改作腓，是也。霽韻膍下引字林云腨腸也。案腨腸即腓腸。」案：全王、王二並云「肥腸」，即此所本。集韻見、溪、匣三紐膍下亦並云「肥腸」。山海經海外北經「無膍之國，其為人無膍」，郭注云「膍，肥腸也。」易咸六二「咸其腓」，荀爽本腓作肥。齊策「徐子之狗攫公孫子之肥而噬之」。肥亦與腓同。並此肥字不誤之證。
䙆又音系	各韻書此字無又切，霽韻各韻書亦無此字。切三、全王此字誤作蕠。蕠與系同音，疑即此云「又音系」所本。
牲牲牲牛馬行	牲牲集韻作犗牲。案：正、注文並不詳所出。同紐梐字德切、全王、王二誤挫，其注文「梐枑行馬」全王誤「揩挫行皃」，王二誤「挫揑馬行」，疑本書因以附會為「牲、犗牲牛馬行」，而犗牲又誤為牲牲。

十二蟹韻

二十葉

㾨坐倚皃又作矮	正文全王同，注文全王云「座又於倚反」。案：㾨當作痔，注文坐當作痤。廣雅釋詁二云「矬、痔、短也。」本書紙韻虛彼切痔下云「痤也，又於蟹切」，是此譌誤之證。「倚皃」疑是「又於倚反」之誤。「又作矮」，與下文矮下云

「上同」複出，依例不當如是。

𥍫求蟹切　案：一、二、四等韻例無群母字。本書非三等韻而有群母者，山韻𡾳字跪頑切，麥韻趨字求獲切，並此共三見；集韻又有諫韻𧾷雚字求患切，代韻隑字巨代切；而並切韻及王韻所無，殆非真二等字矣。以碧欂二字例之，各韻書或為二等麥，或為三等昔，或屬陌之三等；其收麥韻者，亦應從其反切上字定為三等字（詳見拙著例外反切研究，史語所集刊三十六本），對此諸字並當依上字定其屬相關之三等韻。𥍫拐二字當屬祭韻上聲之旁寄者，與咍齊韻之犕移𩞁同。又案集韻𥍫字音杜買切，杜當為狂之誤；𥍫下音狂買，蓋同丫下音古買、扮下音虎買、崴下音烏買、寰下音戶買，並以買字切合口（案諸切語上字亦並屬合口）。本書此云求蟹切者，當以求字定合口，與敻字音「休正切」以休字表合口同（詳例外反切研究）。

拐手腳之物枝也　集韻此字作柺，注云「杖也」，即乖買切柺之群母一讀。本書從手疑誤。

十四賄韻

脂䐶脂大腫皃脂都罪切　正、注文切三、全王、王二同。集韻此字作䐶，都罪切字作脂，與諸書互異，而並與諧聲偏旁合。萬象名義脂音竹罪，䐶音化罪；玉篇脂音都罪，䐶音火罪，並與集韻同。本書都罪切䐶下亦云「亦作脂」，是脂在本書亦讀端母，此當是沿切三諸書之誤。又注文䐶脂二字集韻作脂䐶，玉篇同，當據乙。依今本廣韻，「䐶脂」之讀音，固與集韻、玉篇之「䐶脂」不異也。

腲腲脮肥皃　周云：「切三及故宮王韻、刻本韻書均作肥弱病。」案：全王亦云「腲膍肥弱病」（膍與脮同）。文選洞簫賦「阿那腲膍」，李注引埤倉云「肥皃」，同本書。

磥落猥切　全王、王一、王二本紐有儽字，注云「垂皃又力追反」，集韻同。本書脂韻力追切儽下云「又力罪切」，是此失收儽字。

㱪㱪痿不知人也	㱪字不詳所出。切三無此字，全王、王二正、注文同本書，集韻云「㱪痿弱也」。注文痿字吐猥切作㾳，與集韵合。
鄓鄓郲不平	切三、全王、王二無此字。案：鄓郲與磈磊音義同，鄓與上文磈同字。唯此字疑以胡罪切為正讀；誤鄓為鄓，而有此音。
䆀䆀䆀果實垂又力追切	周云：「䆀當從說文作㒍。」案：說文：「㒍，磊也。」段注於磊下增㒍字。磊㒍連語，音義同磊魄。㒍字本讀都罪切，後人誤從磊字讀此音。注文䆀即此字變體，誤自為白。又力追切者，周云「脂韻力追切無此字」。案：此亦磊字又讀，集韻倫追切收磥字，磥為磊異體，是其證。
䯱吐猥切	此紐切三、全王、王二、集韻並有㾨字。本書㾨字但見寘韻馳偽切。

二十一葉

䆀䆀䆀重皃	䆀字誤，見周校。重當作垂，字之誤也。前䆀下云「果實垂」。集韻此亦云「木實垂皃」。又案：䆀與上文魄字音義同，本與㒍同字，本書誤以㒍讀落猥切。參㒍字條。
璀玉名	名字切三、王二同，全王作色。集韻云「說文璀璨玉光」。名當是色字之誤。
摧山林崇積皃	摧字王二同，全王作㩗。案當從集韻作㩗。

十五海韻

疓病也如亥切	周云：「故宮王韻此字在乃紐，音奴亥反，玉篇同。」案：全王同，廣雅曹憲亦音「女駭、而亥」。
腆與改切	案：「與改」與佁字夷在切同音，集韻腆字在倚亥切與欸字同音。

二十二葉

十六軫韻

瞋舉眉視人	全王、王一、王二云「舉目視人」，與說文合，此眉為目字之誤。
撛扶也	此字蓋據王韻收錄。全王震韻：「撛，扶又力盡反」，扶義不詳，集韻軫震兩處並增「挺也」一訓，見文選西征賦「撛白刃以萬舞」李注。
礩大脣	切一、切三無此字。全王、王一、王二同本書，蓋出王氏所增。王韻字又見藥韻處灼反，注云「大脣屵礩皃」，本書同；當是從脣石聲，此誤讀。
笉笑皃七忍切	正文全王、王一、王二、集韻同。注文王一王二云笑，無皃字，全王、集韻云笅。案：此字形音義並誤，當云「菂，芨于忍切。」詳全王校箋。
胭腸中脂也	全王、王一、王二並云「腹中脂」，集韻同本書。
濥水門	注文全王、王一、王二同，不詳。集韻云「水名」，與說文一曰之義合。本書梗韻潧下注文誤水門為水名，疑此門為名之聲誤。

十七準韻

稐束也䅵上同	全王、王一、王二稐下訓䅵，集韻巨隕切䅵下云「稐䅵束也」，是䅵不當為稐字或體。唯集韻此下亦云「禾束曰稐，亦作稐作䅵」。說文：「䅵、絭束也。」廣雅釋詁三：「稛，束也。」以稐又作稐度之，疑䅵原與稛同字。集韻此云稐亦作䅵，蓋即沿本書之誤。
縻束縛丘尹切	縻字誤，周校引原本玉篇謂當作稛，集韻亦作稛字。丘尹切，全王、王一、王二尹作隕，集韻亦云苦磒切，當從之。韻鏡七音畧稛字並在溪三，集韻稛與稛同字。

螼弃忍切	周云：「忍在軫韵，此螼字當入軫韻。」案：切韻本不分真諄，自孫愐據開合分之而多出入，至集韵猶然；據其反切可知開合，不煩一一校改也。下脪、濜、脤諸條悉同此。

十八吻韻

二十四葉

䫋說文曰面色顛䫋皃顚上同	顛當作䫋，見說文。或體顚字不當有，此因王韻䫋誤作顚（全王、王一、王二並作顚）遂改作顚字。集韻無此或體。

十九隱韻

堇菜也說文作𡎸黏土也	周云：「說文堇從艸堇聲，𡎸从土从黃省，二字有別，此合為一字，非也。敦煌王韻分別釐然。」案：全王、王二堇誤作堇，切一、切三作堇，亦與堇形近，遂有本書之誤。
瀼清也	全王、王二攘下訓清，無从水之瀼。案：說文「攘，拭也」，爾雅釋詁「拭、清也」，故王韻攘下訓清。本書瀼字當是攘字涉注文清字誤从水旁。集韻遂分為二，攘下訓拭，瀼下訓清。
𧡕反謹切	反當作仄。

二十阮韻

䯈小皃	周云：「敦煌王韻同，集韻、類篇从宂作䯈。」案：䯈字見說文，云「从宂㔾聲，行不正也」。廣雅釋詁二云「䯈，腫」，與此音義不合。若从㔾元聲，義亦不得為小皃。切一、切三無此字，全王同本書，蓋亦王氏所誤增。
蝘蜩蟧	全王、王一云「蟧蜩」，與爾雅釋蟲及方言合。此蓋因蕩之詩云「如蜩如蟧」，連類而誤倒。

玏玏吃語也

方言十云：「謰㥄，吃也，楚語也。」言楚人謂吃曰謰㥄。玏與謰同。全王、王一注文止一吃字，本書「語」上當有「楚」字。

屵屵礴又大脣皃

又字誤衍。切一、切三、全王、王一並云「屵礴大脣皃」。

二十五葉

皫皮脫也

周云：「脫，北宋本、巾箱本、黎氏所據本、景宋本作悅，誤。張改作脫，與敦煌王韵及玉篇合。」案：全王亦誤作悅，此或亦襲前書之誤。參願韻皫字條。

菌蕈也又求敏切

周云：「菌字各書無求晚一音，疑菌為䕮之誤。爾雅䕮，鹿藿。求晚切與郭音巨阮反相符。」如此則注文蕈當改鹿藿。集韵本紐䕮字而外，亦收此字，云「艸名蕈也，巴蜀語」，似別有所據。

二十一混韻

顐頭面形顐也

周云：「形顐之顐各本作圓。集韻云顐，一曰面首俱圓謂之顐。」案：說文云「面色顐顐皃」。本書吻韻云粉切顐下引說文；集韻此云「顐顐面急」，亦即說文之訓，而誤色字為急。本書此云「頭面形顐」，集韻云「面首俱圓」，蓋又說文之誤解。

笔籧也說文篅也

籧字全王、王一作箎，集韻作篪，並不詳所出，虎與耑形近（篆、隸如此），或即篅字之誤。

二十六葉

閫苦本切

全王、王一本紐有䠅字，集韻同。切一、切三並無，當是王氏所增。此字見說文。本書未收者，全王䠅下云「〻礩」，本是誤奪䠅字注文及正文碅字。疑本書所據王韻即同今本全王。以䠅是碅字之誤，遂未收此字。

稇成熟䅯成就

切三、全王、王一稇下云「成就」，無䅯字（切三稇誤作梱）。方言卷三：「稇，就也。」注云：「稇，成就皃。」

本書稛當作稛，孰與就字形近，孰當是就字之誤。裍下云成就者，集韻裍稛字同；蓋稛下誤成就為成孰，遂又增收此字耳。

梱機弋門橛　全王、王一捆下云織，無梱字。集韻捆下云「孟子捆屨織席」（案呂氏春秋尊師篇云「捆蒲葦」、士節篇云「捆蒲葦織葩屨」，捆蒲葦與孟子織席義同。故或訓捆為織）。案訓機弋門橛之梱，與閫同字（集韵收為或體），不當別出。此當是誤捆為梱，遂改注文之織為機弋門橛。

二十三旱韻

饊饊飯　切一、切三、五刊並云餅，全王、王一餅誤為飦，本書遂云饊飯。飯與飦同。

二十七葉

二十四緩韻

躖行速　注文全王同，速疑迹字之誤。說文云：「躖，踐處。」集韻躖與疃同。全王疃下云「鹿迹」，見詩町疃毛傳。本書銑韻他典切蹥下云行迹，蹥與町同。並其證。

輨車具轂也錧車具　全王、王一輨下云車具，集韻錧下云田器。

鰥魚名　注文五刊同，集韻亦同。此字又讀去聲，全王、王一，本書並云「魚撞罾聲」，集韻云魚觸罔。切韻、王韻本紐無此字。

二十五潸韻

蝂蝂蝜蟲　注文王一同。案：爾雅釋蟲云：「傅，負蝂。」蝂蝜二字當據乙。

橍大木也　說文云：「橍，大木皃。」全王云「木大」。此也字或為皃字之誤；或誤木大為大木，而下加也字。

二十八葉

蕎　案：廣雅釋草「蕎子，菜」，曹憲蕎音橋。本書術韻居聿切有此字，此讀不詳。全王、王一、五刊同本書。

二十七銑韻

跣跣足　周云：「足下當有脫文，五代刻本韻書注云跣，足踏地（純案跣下不當逗）。說文云跣，足親地也。」案：切一、切三、全王注並云跣足，是此無奪文之證。跣足猶云赤足，即不躡履以足親地之意。

淟淟涊熱風　熱風之義不詳。切一、切三、全王並同。集韻云「淟涊垢濁」，義見廣雅釋詁三。漢書揚雄傳：「紛纍以其淟涊兮」，音義云「俗謂水漿不寒而溫為淟涊」，亦與熱風之義不協。

二十九葉

碥乘車石也　也當作皃，車字或不當有。集韻云「乘石皃」，見白華詩「有扁斯石」毛傳，此即詩扁字；故全王扁下云又作碥，集韻碥下云通作扁。

虥一曰對爭也到一虎者非也　周云：「對爭也，切三作對爭皃。」案：全王同切三。云「到一虎者非也」者，全王云「或作虥」，當時有此俗體，故云然。集韻亦無或體。

毨毨毶毛領　領字全王同，當作毿。全王青韻毿下云「毛毶」，本書云「毛結不理」。毿即禮記內則「羊泠毛而毳羶」泠之轉注字。

玨又視戰切　十韵彙編校勘記云：「視，巾箱本作祝。」案：祝當為視之誤。下字用戰可證。切三、全王並云又視戰反。

三十一葉

雋徂兗切　周云：「徂兗切，敦煌王韻同。切三此紐作吮，音徐兗反，又徂兗反。案本書此韻有徂兗切而無徐兗切，切三此紐作徐

	究反，又別無徂究反。」案：此從邪二母諸家讀音互歧之例，徂究、徐究二而一，一而二也。詳參拙著例外反切研究丙節之「從與邪」。
吮又徐究切	周云：「本韵無徐究一音。」案：此據如切三之韵書收之，詳見前條。
莵耎也	各韻書本紐無此字。全王而兖反愞下云「亦作莵」，與此下訓耎合。然彼莵字為𡚬字之誤（案𡚬俗作㝹，因誤為莵），此又誤植於群紐耳。

三十二葉

𧽺走也	此字全王作𧼮。集韻同本書，注云「走意」，並與說文合。然鼻聲之字無讀影母之理。以全王作𧼮度之，似當作𧾈，而不詳所出。疑俗書𨝵字作𨚕（見北魏王誦碑「懷威𨚕服」。）遂誤𧼮為𧽺為𧾈，而有此讀。

二十九篠韻

䜍	全王同。集韻作䜍，與說文合。

三十小韻

三十三葉

摽苻少切	黎本苻作符，與切三、全王合。符為習見上字，苻則本書一見於此，當是符之俗書，非苻秦字。又少字切三、全王作小。
敿盾也	周云：「段於盾上加繫字，是也。書費誓敿乃干，鄭注云敿猶繫也。」案：切三無此字。全王敿下云盾，與此合，是本書之誤，蓋出於沿襲。
褾方小切	切三、全王、王一方小反首字作表，注文又方矯切，集韻本紐亦有表字。本書表字但收陂矯切一讀。

三十四葉

麃倉頡篇云鳥變色本作皫滂表切又經典釋文云徐房表切劉普保切	案：云「劉普保切」者，見禮記內則麃字釋文。然釋文云：「劉昌宗音普保反，徐芳表反，又普表反。」徐音芳表、普表，並與此房表之音不合。周禮內饔皫字釋文云：「芳表反，又符表反，又芳老反，徐又孚趙反。」符表與房表音同，云「徐又孚趙反」，蓋承上文「符表反」言之，則是徐音皫字房表切之證。所用上字不同者，或是轉寫之譌。

三十五葉

三十二晧韻

㲋綢綴	綢綴，集韻云「網飾」，全王、王一云「細」。案：網或作網，與細形近，網當是細之誤。說文云：「㲋，㲋䵒而止也。」繫傳云：「按書細綴也（校錄云：當云案字書細綴也）。」是網為細誤之證。唯細疑本亦誤字，詳全王校箋。
顛廣大皃	案：此沿王韻之誤。字當作顛，讀匣見二音。詳全王校箋並參周校補遺。

三十六葉

蕣毒草又亡毒切	周云：「又亡毒切，切三及敦煌王韻同。案沃韻莫沃切下無此字。」案：各韻書沃韻明母無此字，字又見屋韻莫卜反。毒字疑涉上「毒草」而誤。

三十七葉

三十四果韻

筞竹名篟上同	全王、王一、集韻並筞、篟異字。全王、王一筞下云「竹名」，篟下云「竹」。集韻筞下云「𥰡筞，竹名，生南陽，

漢時獻為馬策」，篃下云「篃篃，竹名，實中」。

三十八葉

梔把𢲷	全王、王一梔下云摘，與廣雅釋言合。集韻云「趙魏之間謂摘為㨆把」。玉篇亦云「把摘，趙魏云也」。摘𢲷本是二字，此當從作摘為是。
禍害也𥛚上同	或體集韻作𥜃，謂古作此形。案：此即禍字俗書，譌𠙵為「乃」，其餘部分又變作「古」。
炌玉篇云地名	案：此字已見說文。
𪐴研理	理字全王、王一同，說文云「研治」。此唐人避高宗諱改治為理，本書沿襲未改。

三十五馬韻

蛆蛆蛆好皃鉎瓦切	蛆字不詳，各韻書無此字此紐。
麫麱名	周云：「敦煌王韻此字訓麴。本注麱名，當作麴名，玉篇、集韻並云麫，麴也。」案：周說是。此字見方言十三，麱字誤。
厏厏厊不合……痄痄瘡不合	王韻無厏字。痄下云「痄瘏又士馬反」（全王、王一並同），切三此紐二字俱無，而士下反厏下云「厏厊」，是王韻此紐痄即厏字之誤。本書既收厏字，又據王韻收痄字。集韻同本書，痄下注云「痄瘏創不合」，則亦不能諟正耳。

四十一葉

三十七蕩韻

䶜	字當作䶜。廣雅釋器「鼓𪔵謂之柧」，疏證以為䶜者，中空之名。其中空如壺，故字从壺。集韻亦作䶜字。
攩攩搅𢹜打	切三、全王此字見胡廣反，不入本紐。切三云「又黃浪反」，全王又云「又都朗反」，又音亦不及此。方言十郭音晃，廣

雅釋詁三曹音幌，亦無此讀。注文、切三云「搥打」，全王、王二同，無攩挄二字。集韻則云攩挄擊也。案：各字書韻書無挄字，疑攩挄之語非古，因攩字本讀胡廣黃浪二音，後人易其偏旁作挄，遂成連語，而諸書終未收挄字。

四十二葉

攩搥打　周云：「故宮王韻此字別為一紐，音真朗反，真字疑誤。」案：切三、全王攩並音胡廣反，字次滉下。胡廣反各字次第注文並與王二同，攩下注云「搥打又黃浪反」，則王二真朗反當是又黃浪反之誤。蕩韻屬一等，固不得有照三字也。

䴚鹽澤也酼上同　切三此字作酼，云「或作旷」。全王、王二正文作䴚，王二云「或作旷」，全王無或體。疑切三酼即䴚字之誤，本書據之收為或體。集韻同本書。

酐苦酒盰鹵盰　酐盰疑當同汻字从午聲作酔旿。集韻同本書，蓋即據本書收入。

三十八梗韻

渻水名亦丘名　全王云「水門」，本書靜韻云「水門，又水出丘前謂之渻丘」。集韻彼云「說文：少減也，一曰水出丘前謂之渻丘，一曰水名。」案：今說文大小徐「水名」並作「水門」，全王及本書靜韻既與比合，此云水名當為水門之誤。（案清人有據本書「水名」改說文「水門」者，殆不可從。）

芃小風許永切　集韻云艸名。全王、王一字在養韻，音許昉反，為怳字或體（參拙著全王校箋）。

四十三葉

獷犬也又居往切獷平縣在漁陽　說文：「獷，犬獷獷不可附也。」獷非犬名，而此云「犬也」者，此沿陸韻之誤，切三、全王並云「犬也」。

鮩鮊魚別名　鮩字全王同；集韻作鮃，與廣雅釋蟲合。（廣雅：「白魚，鮃魚也。」本書以鮃同鱉，見耿韻蒲幸切，切三、全王

同。）注文全王云「白魚虫」，本為蠹魚之稱。本書云「鮊魚別名」，直以為鱎魚矣。廣雅釋魚：「鮊，鱎也。」

三十九耿韻

皏皏皠薄皃	周云：「薄，北宋本、巾箱本、黎氏所據景宋本均譌作蒲，張改是也。玉篇云皏皠白也，又淺色也。」案：皃當是白字之誤。廣雅釋器：「皏、皠，白也。」素問風論：「肺風之狀，色皏然白。」注云：「謂薄白色。」然全王亦云「皏皠薄皃」，此沿王韻之誤耳。

四十靜韻

頃田百畝也顊古文	十韻彙編校記云：「顊，澤存本同誤。」巾箱、楝亭、符山堂三本均作頔。」案：當從集韻作頴，即頃字加从田，為頃之轉注字。
浧	此字全王同。集韻作埕，或體作涅。浧當作浧，此當是浧若浧之譌誤。

四十四葉

四十一迥韻

罜罜罯小網	注文集韻同，全王云「罜罯小空」，與廣雅釋詁三「罜罯，空也」合。玉篇亦云「小空皃」。廣雅疏證謂網、空義相近。
巊巊溟山水	吳都賦「巊冥鬱岪」。注云「巊冥鬱巊，山氣暗昧之狀」，海賦「經途瀴溟」注云「瀴溟猶絕遠」。此云「山水」，疑為「山皃」之誤，集韻云「山高皃」，即據本書而臆增高字。（案切三、全王無此紐）
鮩白魚名也	全王、王一並云「白魚」，為蠹魚蟲之稱。全王耿韻鮩下云「白魚虫」。本書名當改蟲字。（參耿韻鮩字條）

矨	周云：「玉篇作矨，集韻作矨」。案：疑當作矸，从矢幵聲。幵聲之字多入耕清青諸韻且或讀疑母，（如集韻倂字音魚莖切）。幵俗作开，从廾之字多書作大，故矸誤作矨，又誤作矨。又案此上瞪字云「直視皃」，與說文「盺，一曰直視也」義合，疑瞪與盺同字，猶之集韻侸又作倂，並此文矨原當作矸之例。

四十二拯韻

拯無韻切音蒸上聲	云「無韻切」者，此沿陸氏切韻以來之舊。切三、全王、王一本韻但有此字，故並云「無反語」。集韵亦同本書。

四十五葉

四十三等韻

能夷人語奴等切	語下當補多字，集韻云「夷人語多也」，王一云「奴等反多」。

四十四有韻

疛說文曰小腹痛	周云：「痛，說文作病。」案：呂氏春秋情欲篇高注云「腹疾」；詩小弁「惄焉如擣」，韓詩擣作疛，毛傳亦云「心疾也」，並與病字義合。唯切三、全王、王二並云「腹痛」（腹今並誤為腸），除柳切膌下本書及全王、王一、王二亦並云「小腹痛」，或所本如此。
䪿人初產子	方言卷十三云：「嘼之初生謂之鼻，人之初生謂之首。」切三、全王、王一、王二並云「人初產」。此云「人初產子」，子字疑衍。集韻云：「產而不䎸謂之䪿，或曰人初產子。」前一義蓋由詩「先生如達，不坼不副」而來，後一義即本之本書。

愀變色也又鍬小切	周云：「切三及故宮本、敦煌本王韻此字均入黝韻，切三音茲糾反，故宮本、敦煌本王韻音慈糾反。」案：全王有韻在久反及黝韻茲糾反並有此字；切三、王一有殘缺，以行款視之，本紐亦應有此字；王二無，或係誤奪。
阜盛也亦作隯	周云：「隯，集韻作騲，當據正。」案：周說是，騲即詩「駟驖孔阜」之轉注字，故其或體作隯。

四十六葉

菜菜蘸菜不切	全王、王一、王二並云「蘸菜菜不切」。案：蘸菜見方言卷三，本書二字互倒。
鮦	周云：「案鮦从同聲，不得音紂，攷漢志孟康曰鮦音紂紅反。唐人纂韻者倉卒不見紅反二字，故收入有韻。古人本無此音也。」案：同聲之字可讀紂，王念孫讀書雜志謂孟康原音紂，後人妄增「紅反」二字，列七證以為說明，周說誤。
疛小腹痛	注文痛字全王、王一、王二同。說文「疛，小腹病」，疛與疛同字。參前疛字條。

四十七葉

四十五厚韻

駷馬搖銜走	全王、王一、王二云「搖銜走」。案：此當從集韻云「搖馬銜走」。詳見腫韻駷字條。
操	黎本作橾，當從之，見說文。

四十八葉

楸又側溝切	周云：「又側溝切，故宮本、敦煌本王韻同。案侯韻無側溝一音。」案：尤韻側鳩切及侯韻子侯切並有此字，側溝與側鳩、子侯並相當。說參拙著例外反切研究孳乳反切一節。

四十七寑韻

鋟爪刻鏤板	案：全王、王一云「爪刻饋板」，語出公羊定公八年傳何注。參見塩韻鋟字條。
鱵魚名似鰕赤文出廣雅	魚名似鰕，集韻云「魚名似鱖」。又：廣雅釋魚、釋蟲並無此字，疑廣雅為廣志之誤。寘韻豉下廣志誤廣雅。
燅火舒	火舒連文，義不詳。全王云「火又舒甚反」，王一誤舒字於火下，疑本書延其誤而刪其又音。全王、王一字又見式稔反，與說文云「讀若桑葚之葚」音近。說文燅下云「侵火」，段注謂「侵火者，有畏意」。
癝粟體	集韻云「寒病」，此云粟體者，蓋謂寒而皮起如粟狀。
羊稍甚	案「稍甚」非其義，此沿王韻之誤，全王、王一並同本書。說文：「羊，撖也。从干，入一為干，入二為羊，讀若飪，言稍甚也。」

四十九葉

鈐大魚	此注亦沿王韻之誤，全王、王一並云「大魚」。說文：「鈐，鮺也。一曰大魚為鮺，小魚為鈐。」鮺下又云「南方謂之鈐，北方謂之鮺。」故廣雅字見釋器，不見釋魚。
嬋志下	全王、王一云「下志」，說文云「下志貪頑」，集韻云「貪頑一曰志下」。
眣瞚也	周云：「段云眣不應入此。案敦煌王韻有此字。」案：稕韻舒閏切眣與瞚同，是眣字固不應入此韻，亦不得釋其義為瞚。全王作眹，蓋眹字小譌。周禮春官序官瞽矇注「無目眹謂之瞽」，眹即朕字，原讀直稔切。此疑誤眣眹為一字，而有此音（案：眣眹二字之合音）義。
潭大水至	全王、王一集韻並云「水大至」，與說文合。此大水二字誤倒。本書感韻誤同。
顩顩頗醜皃	案：頗顩非異字，亦無此複語，凡韻書中頷顩頷顩頷頗頷頤頣頿諸字並同，詳見拙著全王校箋。

顉曲頤之皃	案：顉即顄字。漢書揚雄傳解嘲「顉頤折頞」顏師古曰：「顉，曲頤也。」文選字作顄。後漢書周燮傳「生而欽頤折頞」，或本作顩。顄又為顩之後起寫法，詳拙著全王校箋顄字條。

四十八感韻

灝豆汁	灝，豆汁也，見說文。然說文字从顥聲，不應入此韻。此因俗書灨水字作灝，與灝字形近，遂誤讀灝為灨。詳見全王校箋。
贑水名在南康贛水名在豫章……灨水名	案：切三贑下云「水名在南康」，全王、王一、王二字作灝。贑為贛省，作灨為贛水專字。此當從集韻收三字為或體。
匴方言云箱屬	周云：「段云方言無。」案：說文「匴，小桮也。」方言卷五云：「盃、械、盞、温、問、盪、㢘，桮也。」廣雅釋器云：「盪、匴、㢘、械、盃、問、盞、温，杯也。」即據方言收之。今方言蓋誤奪匴字。箱屬疑即棓屬之誤。
糟糝糟滓也	周云：「糝，切三及故宮本王韻作糣，是也。本書桑感切下出糣字注云糣糟，滓也。是其證。」案：集韻糂糝糣同字，糝字未必誤。
濶大水至	全王、集韻並云「水大至。」此據寑韻於錦切濶下又切收之，彼文誤，故此同誤。

五十葉

魿大魚	注云「大魚」，此承王韻之誤，全王、王一、王二並同，詳參寑韻魿字條。
㓸剙㓸	周云：「剙字巾箱本、元泰定本、明本作剗，是也。」案：俗書差字作羗，遂有此誤。
傪顉傪頷顉頷搖頭皃	五感切顉下云「顉頷」，切三、全王、王一、王二頷並作傪，此當收二字為或體。
媕媕害惡姓也	媕當作媣，見說文。此沿切三、全王、王一、王二作媕之誤。

𠪥	說文通訓定聲ㄢ下云：「廣韻有𠪥字，引莊子𠪥㗱乳汁狀，疑即此字之誤體。」案：全王ㄢ字作戶，是𠪥即ㄢ誤體之證，朱說是也。

四十九敢韻

五十一葉

媣亦作𨛍	各韻書此字無或體。云亦作𨛍者，疑是𨛍之譌誤，本於媣字加邑旁。

五十琰韻

𦅗懸蠶簿也	周云：「簿，故宮本、敦煌本王韻作薄。」案：方言卷五：「槌，宋魏陳楚江淮之間謂之㮇，所以縣㮇，關西謂之𦅗。」郭注槌字云：「縣蠶薄柱。」蠶薄即苖，簿字誤。
䪼䪼顩不平……顩䪼顩	周云：「䪼，段云當作䫡。以䪼字从平，於諧聲不合，故改从羊聲。案：䪼字切三、全王、王一同，集韻又作㯓顩，疑䪼即領字之誤。蓋字作㯓，又涉注文云不平而誤，本與顩同字。參寑韻顩字條。
鰜鰜鰅魚名出樂浪……噞噞喁魚口上下皃	王一、王二噞下云「魚喁上下皃」；全王云「魚口喁上下皃，亦作鰜」。集韻亦別出（見儼韻），噞下引說文云「噞喁魚口上見」，鰜下云「魚名」。

五十二葉

㫃掩也……掩光又於葉切	周云：「㫃旕同字，當依集韻作㫃，从㫃㚃聲。」案：从㚃聲，聲母不合。廣雅釋器：罨、罕、㚃、㫃、率也。㫃㚃義同，㫃字从㚃，當取其義。从㫃者，或取以會意，或以雙聲為聲。周又云：「掩光，當依㫃下注作掩也。故宮本、敦煌本王韻無光字，是其證。」案：光與也字形不近，無由致誤。儼韻於广切㫃（案即此字）下云「㫃翳」，疑誤解掩字

翳字之義而有掩光之訓。玉篇亦云「旝，掩光」，是光字非由誤書之證。旝下云掩云翳，義並為掩捕，故禮記月令云「罝罘羅網畢翳」，呂覽翳字作弋。

蘄埤蒼曰麥秀皃　案七發詩「麥秀蘄兮雉朝飛」，文選李注引埤蒼云「蘄，麥芒也」。全王、王一、王二並云麥芒。依義當以本書為是。

五十二儼韻

旇旇當作旝　此沿王韻之誤。詳琰韻旑字條及拙著全王校箋。

五十三葉

五十四檻韻

獵惡犬吠不止也　王二云「惡又犬吠不止」，切三、全王、王一此字作獑，注云「惡」，本書惡下奪又字。

巉峻巉皃　案：峻巉二字連文無義，王一云「峻」，王二云「峻也」，巉字疑衍。

卷四　去聲

一送韻

二葉

䡵小杯名樌格木說文同上	全王、王一、王二䡵下云：「小杯」，樌下云「格」。集韻樌為䡵或體，不載格或格木義。案：格與格木義並不詳所出。杯或作桮，與格字形近，疑王韻格即桮字之誤，本書又臆增木字，是故集韻不載此義。
㤜㤜贛愚也	周云：「敦煌王韻贛作戇，集韻同，當據正。本韻呼貢切戇下云㤜戇愚人。」案：全王、王二並云：「㤜贛愚皃」；集韻呼貢切戇下云或省作贛，用韻丑用切及絳韻陟降切並收贛為戇或體，是此贛不必為誤字之證。
㧬斂足	周云：「斂足下故宮王韻有而飛二字，當據補。」案：全王云「鳥斂足」，集韻同，說文亦云「斂足也」，周說誤。

三用韻

三葉

揨灼龜視兆也	全王云「灼龜觀兆」。案：史記龜策列傳云：「摓策定數，灼龜觀兆，變化無窮。」摓與揨同，為揲蓍而分之之稱，此云灼龜視兆，誤；集韻云「分而數之」，是也。唯集韻又別出䩼字云：「灼龜坼」，則居然因誤釋而生字矣。

四葉

僮儱僮不遇皃	全王、王二儱下云「行不正」，儱音他用反。本書儱下云「儱僮」，踵下云「蹝踵行不正也」，則此僮即丑用切之蹱字。以集韻收僮為蹱字或體，僮與僮同；全王云「行不正者」，集韻云「不能行皃」，蓋摧敗披靡之皃。參見全王校箋儱字條。本書云「不遇皃」，不詳。
葸蘭蕩	周云：「蘭蕩，北宋本、巾箱本、黎本、景宋本均作蘭蕩，張改作蘭蕩，與廣雅合。」案：全王云「蕑蕩」，蕑蓋蘭字之誤，則本書之誤，或亦因沿襲。

五寘韻

敁瘦極	王二云「疾極」；集韻云「疲極也，或作攰。」案：顏氏家訓以魏書蔣濟傳「弊攰之民」即敁倦之敁，官本攰作敁。集韻紙韻古委切攱下云：「疲極也」，攱亦敁之誤。又廣雅釋言云「攱，券也」，亦即此字。本書云「瘦極」，瘦當是疲之形誤。王二云「疾極」，疾字亦誤。
攱攱戴物	全王云「戴」。案：廣雅釋詁二云：「攱，載也」；釋詁三云：「載，攱也」。本書及全王戴字並當作載。

五葉

伎哀也	周云：「哀，段氏云當作衺。」案：王一、王二並云哀，本書此誤，或亦由沿襲。
髮髮褦	此字全王、王一作裝；王二同本書，又與裝字別音爭義反，本書同。案：髮裝从此聲，與爭義切之音不合。廣雅釋詁四：「柴，韏也。」曹憲音醉欒反，醉爭類隔，與爭義反音同。韏本義謂皮之縐起蹙蹙者，疑裝若髮即柴之後起字，誤入本紐。詳全王裝字校箋。
猤蜀漢人呼水洲曰猤	人字黎本誤作又。全王云「蜀漢呼水洲」，見方言十二。

蚑蟲行　吱行喘息皃　王一吱下云「行喘息」，全王字作蚑。案：淮南俶真篇云「蚑行噲息」，洞簫賦云「蚑行喘息」，吱實與蚑同字。集韻亦同本書別收。

翅施智切　周氏以本紐有施字，謂此上字用施為誤（說見補遺止韻以字條）。案：全王、王一、王二此並云「施智反」，自以施字讀平聲。切韻系韻書不避調異之字為反切，如全王敬韻生字音生更反，用韻從字音從用反，姥韻粗字音徂古反，而同紐有徂字。此例在集韻猶然，若本韻以知為智或體，而智下音知義切；又徑韻扃字音扃空切。周說未達。

六葉

屣履不躡跟　躡字全王、王一作攝，當从之，說詳紙韻屣字條。

纗紘中絕也　紘中絕，卦韻纗下之「弦中絕」，弦與紘同。段氏改彼注作「紘中繩」，周氏云：「寘韻亦當作紘中繩。」案：全王、王一、此並云「紘中繩」，此蓋沿王韻之誤。

譮譮恨也　賢賢婝也　全王、王一賢為譮字或體，入至韻以醉切。全王、王一譮下注云婝，即廣雅之賰字。廣雅釋詁一：「賢、賰，益也。」說文婝下之謳挐，即紛挐益多之意。本書譮下云恨，不詳。

孈過也　過義不詳。集韻亦云「一曰過也」，所據或即本書。說文：「孈，愚戇多態也。」集韻紙韻羽委切孈下云「愚也」，過愚形近，過疑即愚字之誤。

六至韻

襚贈襚　姜書P二〇一一云賵襚，全王云賵。案：春秋公羊隱公元年傳「車馬曰賵，貨財曰賻，衣被曰襚」，杜注云：「知生賵賻，知死者賵襚。」本書贈當是賵字之誤。

篴籧篨　王一正文作蓫，注云「蘧蓫」。全王正文誤奪，注同王一。案：正文作蓫，是也；注當云蘧蔬。爾雅釋草云：「出隧，蘧蔬。」即此字所從出。此蓋注文先誤為籧篨，遂改正文之蓫作篴。集韻蓫下云「艸名似菌」，即本爾雅郭注；又出蓫

字，或體作篠及篠，注云「籧篨」，則沿諸書之誤而不能諟正也。

韂囊組名或作韂 全王、P二〇一一並云「囊組」。案：組並紐字之誤。說文：「韂，橐紐也。」

七葉

牑牑模 全王云「輻摸」，集韻云「牖也，模也，一曰牀橫桄」。案：輻不成字，牑為牀版，與集韻牀橫桄義近，輻蓋即牑之誤字；作牖者亦誤。模或摸義亦不詳，疑即橫字之誤。集韻唐韻「横，牀下橫木也」，横即此橫之孳乳字。

八葉

髮髮也 髮字誤，當從全王作髲。

髮 即周禮追師「徧次」之次，鄭注云「次，次弟髮長短為之，所謂髲髢。」

九葉

梟具冀切 周云：「具，北宋本、巾箱本、黎本、景宋本作其，聲母一類。」案：作其與全王合，當是原作。

䫏首也 周云：「首也當作首子。故宮王韻云蒼頡篇云首子曰䫏。集韻云䫏，犬初生子，一曰首子，是其證。」案：全王、王一䫏下云首，與此同。方言十三：「鼻，始也。嘼之初生謂之鼻，人之初生謂之首。」首字後孳乳作䪿，見有韻；此是「嘼初生謂之鼻」鼻之後起字。有韻䪿下云「人初產」，此當云「嘼初產」。然本書云「首也」，與王韻合，蓋自王韻以來所釋如此，未必有誤字，周說誤。

瞲 周云：「此字故宮本、敦煌本王韻作矞，集韻作矚。」案：字當作矞，瞲矚並誤，說參旨韻瞲字條。

蠽蚌蠽蟲名 十韻彙編校記云：「蚌，段云廣雅作蚲。」周云：「廣雅釋蟲作蚲，玉篇同。」案：廣雅云：「蚲蠽、蝭蟧，蚌也。」全王、王一蠽下並云蚌，集韻同，疑本書沿前書之舊，於蚌

下加蟹字，以為蛘乃蚌之誤，或未得其實。

衈火季切　此字與前香季切膸字同音，為增加字。自王韻以至集韻，皆未合併。參全王校箋。

七志韻

十葉

毦鷩毦羽毛飾也　鷩字全王、王二同。姜書P二〇一一作鷩，集韻云「博雅氀毦罽也」。案：各字書韻書無鷩字，字當作鷩，鷩與氀同。隋書煬帝紀：「禽獸有堪鷩毦之用者，殆無遺類。」鷩毦即氀毦。

䶖山阜突也　此字不詳所出。玉篇云「阜突也」，與說文䶖字訓同。桂馥說文義證謂，廣雅、玉篇䶖即說文䶖字之譌。案桂說是也，下文䆿亦說文突之譌字。全王、王一此下云「阜䆿」，䆿即突之譌誤，本書又誤作突。

䆿穴也　此字不詳所出。說文：「突，穿也。」疑此䆿即突之譌誤，與上文䶖即說文䶖之譌可互參。

弫青州呼彈弓　注文全王、王一並云「青州謂彈弓」，義與此同。案：弓字不當有。萬象名義、集韻並云「彈」，玉篇云「青州謂彈為弫」，集韻寘韻是義切同，本書彼亦云「青州人云彈弫」，廣雅釋器亦云「弫謂之彈」。弫彈蓋語之轉，彈轉為弫，猶磾䃅以單聲或音都奚或音支義也。

餕玉篇云嗜食　全王、王一云「妝」：集韻云「粧飾」，別出饎字云「嗜食」。案：嗜食之義不詳，據全王、王一、集韻注文，此字疑即飾之俗字。詳參全王校箋。

䖋貪也　周云：「䖋當作䖋，䖋又見至韻質韻。」案：方言十：「䖋，貪也。」郭音懿。字又見廣雅，曹音於既。至未音近，字多互見；之韻音遠，此疑王韻誤收，本書沿其誤。全王、王一字並見此，而至韻無，是其證。

鱀鱀居獸名似蝟而赤尾　　集韻云：「居鱀，獸名，似蝟而赤。」案：山海經北山經：「梁渠之山，其獸多居鱀，其狀如彙而赤毛。」本書居鱀二字誤倒，尾當作毛。參未韻條。

八未韻

十二葉

毅果敢也　　注文唐韻同，全王云致果，王一云敢果。案：左氏宣公二年傳：「殺敵為果，致果為毅。」王一敢當即致字之誤，蓋自唐韻易致果為果敢，而本書從之。

鱀鱀居獸似蝟赤尾也　　周云：「尾，多本作毛，集韻同，張改作尾，與志韻鱀下云赤尾合。」案：張改誤，又鱀尾當作居鱀，詳志韻條。

九御韻

䖩畚也　　案：䖩即上文之𪉊，不應別出。廣雅釋器：「𪉊，畚也。」王二、唐韻、集韻本紐有𪉊無䖩。全王、王一同本書，為本書所據。

棜無足樽也　　案：禮記禮器云：「天子諸侯之尊廢禁，大夫士棜、禁。」棜禁並是承樽之器，有足者禁，無足者棜，棜不得云「無足樽也」。全王、王一、王二、唐韻並同本書，此承諸書之誤。集韻云：「承樽器，如案無足。」是矣。

十三葉

楚楚利　　周云：「敦煌王韻云心利。」案：全王亦云「心利」，疑利是剌字之誤。方言二：「剌，痛也。」集韻此字作憷，云通作楚，語韻憷下云「痛」，是其證。

十遇韻

坿白坿說文益也

周云：「故宮王韻、唐韻有峬坿二字，峬訓白峬，坿訓益，本書合峬坿為一，非。」案：全王無峬字，坿下云白坿，王一同。司馬相如子虛賦「雌黃白坿」，蘇林曰：「白坿，白石英也。」本書虞韻坿下亦云「白石英」，是本書坿下云白坿不誤之證。且白坿字作峬，不詳所出。以諸書本紐諸字次第觀之，全王、王一之坿字及王二、唐韻之峬字並屬本紐第二字，王二、唐韻之峬即全王、王一之坿；而唐韻坿下注云：「說文云益也加」，蓋坿既譌作峬，遂增坿字耳。本書於坿下云「白坿說文益也」，當不誤。

疰疰病

注文疰字黎本誤疰。

十四葉

擩擩莝手進物也

注文唐韻同，集韻亦云「手進物」，全王、王一、王二但云「擩莝」。案：進字誤，當作摧。集韻仙韻擩與撋、捼同字，本書仙韻撋下云「摧物也」，脂韻捼下云「摧」；詩鴛鴦「摧之秣之」，鄭箋云「摧即今莝字」；並此文進當作摧字之證，王韻但云「擩莝」，則誤蓋自唐韻始。

犣牛莖

此字不詳所出，集韻注云「牛名」。案：擩下注文莝字王二譌作「茎」，牛旁手旁亦形近，疑此字即由擩字譌誤而生，集韻又臆改牛莖為牛名耳。

蝑蠡名

注文蠡字王一作蚤，字同；不詳所本。全王名蚤，與蚃字形近。廣雅釋蟲：「蛷螋，蝑蛷也。」蝑即蝑字；蛷亦作蠤，或省作蚃。疑全王蚤即蚃字之誤，王一改蚤為蚤，本書又易蚤為蠡。集韻云「蟲名」，蓋不知蝑為「蠡名」義之所出，遂泛言之耳。

帑髮巾

注文髮字王一、王二、唐韻同；全王作髮，當為髼字之誤。說文：「帑，髼布也。」髼俗或作帑。諸書云髮巾者，誤甚。

驅區遇切　唐韻云「匡遇反」，全王、王二同。區匡聲同，唯唐韻、王二云「又匡愚反」，「匡愚反」不得易匡為區，疑此區本是匡字之誤。上字與被切字同聲同韻者廣韻以前韻書多於廣韻，廣韻往往易此等上字為普通上字，此則適反，似亦區當作匡字之證。

膢膳也　膳當从全王、集韻作膢。集韻又宜切膢下云膢；玉篇「膢，脯也」，本書宥韻側救切膢下云「字書云膢，脯也」；並其證。

十二霽韻

十七葉

儢俊也　集韻儢為㑷字或體。本書㑷下云「㑷儶」，此云俊者，俊儁同字，儁又與儶形近，遂誤儶為俊耳。儶音胡桂切，㑷儶為疊韻連語，義為困劣，俊非其義也。全王㑷下注文誤儶為儁，是此文誤譌之證。

笶車節也　周云：「節，段改篢，與玉篇合。」案：廣雅釋器：篢謂之笶。全王笶下亦云「車篢」。

鶗鶗鴂　注云鶗鴂，則鶗與鸊同字，不當別出。（集韻鸊鶗同字，注云鸊鴂。）全王、王一鶗下云「鶗肩」，與本書異。

甈破罌　王二、唐韻本紐無此字，集韻亦無。此據王韻收錄，全王同本書（王一字殘）。王二、集韻字見祭韻去例反（切），與方言郭音、廣雅曹音及爾雅陸音合。參全王校箋。

㲉係也盡也　㲉字王一同，全王作㓶，注並云「係」。王二、唐韻無㓶若㲉字，集韻並無。案：㲉字不詳所出，㓶又不得訓係，疑並㲋字之誤。萬象名義：「㲋，公梯反，係。」集韻他計切有梯字，而本紐收㲋為繫字或體。是此㓶㲉二字為㲋字譌誤之證。盡之義不詳，疑又因或誤作㓶而誤增之。

十八葉

殃殃殃殗殀也死皃也

殗殀，周云：「北宋本、巾箱本、黎氏所據本、景宋本作極妖，張改妖作殀，是也。」案：張氏於此字義有未達，周氏則妄為然否。廣雅釋詁一：「殃、殀，極也。」義為疲極，本書他計切殀下云「殀殃」，即本之廣雅。此云「殃殃殗殀也死皃也」者，殃殃當作殃殀；殗字當從周氏所引諸本作極，極譌作殗，遂增殀字，又增死皃也三字。舛誤殊甚。

桂又姓後漢太尉陳球碑有城陽炅橫漢末被誅有四子一守墳墓姓炅一子避難居徐州姓香一子居幽州姓桂一子居華陽姓炔此四字皆九畫

炅香桂炔「四字皆九畫」，集韻同。唐韻「姓炔」下有「四子」二字，蓋亦「四字皆九畫」之誤，為本書所本。古人書炔作烓，正是九畫。其餘則炅香並八畫，桂十畫；豈古人計日字五畫，故是炅香為九畫，又或書圭字中畫自上貫下，故桂字亦九畫與？

盭綠色又綬名

周云「盭當从說文作盭」，是也。注文全王、王一、王二、唐韻並云「綬色」。案漢書百官表「諸侯王金璽盭綬」，如湻云：「盭，綠色。」諸書綬色與本書綠色義同，本書云「又綬名」，誤。

丽本也又鹿皮

「本也」二字不知所出。全王云「鹿皮或作麗」，王一云「鹿皮本作麗」，疑此注即「鹿皮本作麗」之誤。

十九葉

十三祭韻

㯕重擣

周云：「擣，北宋本、巾箱本、黎本、景宋本作檮，誤。」案：㯕字不詳所出。全王、王一㯕下云重禱。集韻無㯕字，（橇下云泥行所乘，通作毳，與此無關。）而𥜃下云「博雅謝也一曰數祭」。廣雅釋詁四，𥜃與禱同訓謝；說文「𥜃，數祭也」，數祭與重禱義亦相通；則是王韻㯕即𥜃字之譌，本書云重檮者，檮又是禱字小誤。澤存本檮作擣，蓋張氏據說文𥜃下云「讀若舂麥為𥜃」及廣雅釋詁四「𥜃、舂也」之

文，以意改之；不可從。

祱又他活切　周云：「又他活切，故宮本、敦煌本王韻同。案末韻他括切下無此字。」案：各韻書他括切無祱字，而並有捝字，即與此同。知者，此字注云：「禮注云日月已過乃聞喪而服曰祱。」今檀弓「小功不稅」下鄭注云「日月已過乃聞喪而服曰稅」，而集韻他括切收稅為捝字或體。

槖重擣　正注文並誤，當作「橐，重擣」，見前條。

鼒小鼎　案：此字據唐韻增，唐韻云「小鼎出碑倉加」。上文鏏下云大鼎，大鼎實當云小鼎，蓋自王韻以來誤釋如此，詳全王校箋。鼒與鏏字同。

二十葉

劚剖劚斷割也　注文全王、王一、唐韻同。剖劚義不相屬，剖當是剞字之誤。剞劚義為曲刀，下不得云斷割，蓋剞字誤為剖，遂生斷割之義。王二剞劚二字獨不誤，然其下亦云斷割，疑本亦誤作剖劚斷割，後人又易改剖劚為剞劚耳。

瘌郭璞云癩病　注文唐韻同，全王、王一、王二並云毒病。案：山海經北山經：單張之山有鳥，名曰白鵺，食之可以已瘌。」郭云：「瘌，癡病。」與諸書並異。

躄　周云：「霽韻都計切下字作躄，當據正。」案：全王、王一並作躄

㑜合板㑜縫　筴長也　全王、王一無㑜字，筴下云「合板際」（合誤作名），下次衼字，注云「長」。集韻㑜下云「刻」；本書丑例切㑜下亦云「㑜侅」，周校侅為刻字之誤。案方言十三：「㑜，刻也。」萬象名義、玉篇筴下並云「合板際」。本書此誤以筴字注文入㑜下，又以衼字注文入筴下，當據王韻改。衼與袣同，當收袣字或體。

綌急也一曰不成也　正、注文全文、王一、王二、唐韻並同。案：此字見說文，本从弦省，故集韻字作竭；云「不成遂急戾也」，此以急與不成為二義，亦誤。集韻引說文。

㲪	全王、王一、唐韻同，依說文當作㲪，此魏晉以還之俗體。王二作㲪。

十四泰

二十二葉

廥芻槀藏也	槀字黎本同，當作稾，見說文。集韻引說文，亦誤稾為槀。
毲馬色班也	全王、王一云「馬色」；唐韻云「鳥色」；集韻亦云「鳥羽斑色」，別出駾字云「馬毛斑白」。
瞺眉目之間	集韻、萬象名義、玉篇並云「眉目間」，與本書同；全王、類篇、一切經音義引字書並云「眉目開」，以聲類求之，疑似作「間」者為是。
黵淺黑色	淺黑，全王、王一、玉篇同。說文云「沃黑」，段注云作淺為長。集韻引說文，亦作沃黑。

二十二葉

䫴墮壞	䫴字全王、王二、唐韻並同，萬象名義、玉篇亦同。集韻作𡑞，注云「博雅墮也」。案：字見廣雅釋言，今作攋。方言十三亦云：「攋、隓，壞也。」

十五卦韻

㜸愚戇又多態也	王一云「愚贛多能」，贛與戇通，能為態誤；語見說文。本書旨韻云「愚戇多態」，與說文合。此誤增「又」字。
稗稻也又稗草似穀	注文全王、王一、王二、唐韻並云「稻稗」，全王、王二、唐韻稗字並作重文，遂增「又稗草似穀」一語。

十六怪韻

抜訬也

正、注文全王、王一同本書。集韻正文同，注云「擾也」；說文訬字訓擾，是亦與本書同。王二、唐韻則無此字。案：抜字不詳所出，疑是狘字之誤。禮記禮運云：「麟以為畜，故獸不狘。」朱駿聲以狘為獪或體。獪在夬韻，音古邁切。怪夬音近，故本書本韻芥字全王、王一、唐韻並在夬韻。說文：「訬，一曰獪也。」廣雅釋詁四：「獪，擾也。」

二十四葉

噧高聲皃又多言

全王、王一、集韻並云「高氣多言」，與說文合。

愫忦愫慳悋人也

此字全王、王一作忦，注云「怨恨」。案：方言十二：「忦，恨也。」廣雅釋詁四：「忦、吝，恨也。」曹憲音忦為五介反，與王韻悉合。本書字作愫者，唐人書介或作尒，與豖形近，遂因上下文豪、蠔二字誤忛為愫耳。其注文亦與諸書不同者，蓋正文既以作忛者為愫，注文作「忦吝」者，遂附會「忦愫」為連語，而於忦下增愫字；後又誤解吝之義為慳吝，因改吝字作悋，上增慳字，而下衍人字。集韻正、注文作「愫，忦愫吝也」，蓋可以見本書譌誤之迹。（又案：集韻本紐又別收忦字，云「說文憂也，一曰懂也。」可見忦愫必不得為連語也。）

二十五葉

十八隊韻

昢向曙色也

此字王二、唐韻作昢。王氏唐韻校勘記云：「廣韻作昢，誤。此訓向曙色，自从日出會意。」周云：「故宮王韻、唐韻均從日作昢，與玉篇合。王韻云又音普沒反，本書普沒切下正作昢字，注云明旦日出也。」案：全王、王一並同本書

作朏。淮南子天文云：「日登于扶桑；爰始將行，是謂朏明。」楚辭九思疾世云：「時朏朏兮且旦。」書召誥：「丙午朏」釋文云「朏，徐音芳憒」，亦與此音合。是作朏者，非誤字，啩乃反為朏之轉注。本書沒韻啩字即召誥朏字釋文普沒反之音，亦不是證此誤。

二十六葉

堁又於臥反　　周云：「故宮王韻作又苦臥反，本書此字見過韻苦臥切下。」案：全王、王一此並云「又於臥反」，而箇韻烏臥反下收此字。

十九代韻

𡨋寬也實也　　全王云「寬」，集韻云「實也」。王二、唐韻無此字。案：𡨋字見說文，即塞之轉注，如詩云「秉心塞淵」者，即此字。寬非此字之義，疑全王寬即實字之誤，本書據之，又增「實也」一訓。集韻刪寬也一訓，是也。

㚊椎㚊　　椎㚊，當从唐韻作推㚊，推為籀究之義；唐有推官，宋有推事。

菜草也　　周云：「北宋本、巾箱本、黎氏所據本、景宋本草譌作查。」案：查與草形音俱遠，無由改誤。且全王、王二並云查，是諸本查字為原作，澤存本作草為由張氏所改。又案：黎本亦作草，當亦後人改之。

睞傍視　　周云：「傍，故宮王韻作旁，是也。文選洛神賦明眸善睞，注旁視也。」案：全王亦作傍字；傍旁字通，不以為誤。

二十七葉

二十一震韻

鷐鷐鷺	全王、王二云「鷐鷺鳥」，集韻云「鷺羣飛也」。案：左思蜀都賦云「鷐鷺鵜鶘」，故全王、王一云「鷐鷺鳥」；本書云「鷐鷺」，亦同。唯蜀都賦鷐鷺一詞實出詩周、魯二頌。鷐原作振，後加從鳥，毛傳之「振振，羣飛也」，初不為鳥名；故集韻云「鷺羣飛也」。
頣	周云：「故宮王韻此字作頤。」案：全王亦作頤。S六一七六作頣，同本書。
眽眩瀎	王二無此字，全王正、注文同本書（眽今譌作脤）。案：方言卷七：「漢漫、眽眩，瀎也。」即此所本。唯郭注眽音瞋，此讀未詳。又案眽眩疊韻連語，注文眩上當補眽字。集韻真韻收眽為瞋或體，與郭音合；本紐亦有眽字，為眒字或體，眒字不詳所出。
釰鐵釰	全王、王一云錫，與說文合；集韻引說文。本書軫韻亦云「爾雅錫謂之釰」。鐵或書作銕，與錫字略近，疑此注鐵即錫字之誤。
籣損也	周云：「損，段政作植，是也。廣雅釋器之籣謂之植。」案：全王亦云損，是此亦沿唐人韻書之誤。
蕣草名	全王真韻：「蕣，鬼火又力震切（震今誤辰）。」與本書音合。然蕣粦同字，義為鬼火，非草名；此依字从艸而妄生傅會。詳全王真韻蕣字校箋。
撛扶也	王二無此字，全王同本書，集韻云「挺也扶也」。案：全王蓋本書所本。「扶也」之義不詳。文選潘岳西征賦「撛白刃以萬舞」，注云「撛，挺也。」

三十八葉

二十二稕韻

弢弓彇	周云：「彇，北宋本、巾箱本、黎氏所據本、景宋本作蕭。」十韻彙編校記云：「彇，澤存本同，巾箱本誤作蕭。」案：蕭當是簫字之誤。考工「弓人為弓，方其峻」，注：「峻，簫也。」弢即峻轉注。集韻此正曰「弓簫」。張改蕭為彇，似是而非。

二十九葉

二十三問韻

殯殯也	黎本殯誤作殯。

三十葉

二十五願韻

絭束腰繩	注文全王、王一、王二、S六一七六、S五九八〇並同，不詳所據。集韻云「攘臂繩」。案：說文：「絭，纕臂繩也。」又：「纕，援臂也。」淮南子原道篇云：「短袂攘卷，以便刺舟。」攘卷與纕絭同。史記滑稽列傳云：「帣韝鞠𦜕。」集解云：「帣，收衣袖也。」帣亦同絭。諸書云「束腰繩」者並誤。
購贈貨	注文全王、王一同；集韻泰、祭二韻並云「貨也」，與說文合。贈字疑購字之誤。本書祭韻贎下云「贎貨」，贎與購同，是其證。
皻皮帨	周云：「帨，當作脫，阮韻無遠切皻注作脫不誤。」案：全

王、王一此並云「皮悅」，本書之誤，蓋亦由沿襲。又案：阮韻周校云：「脫，北宋本、巾箱本、黎氏所據本、景宋本並作悅，張改作脫。」此云「阮韻作脫不誤」，非其實矣。

脕肌澤　肌字王一同，全王作肥。本書阮韻云「色肥澤」，王一同；全王作「色肌澤」。是肌當為肥字之誤。

篹小舂　正、注文全王、王一同，蓋即據王韻收此字。王二本紐無此字，韻末𪎭滻篹三字音又万反，本書亦別出篹字音叉万切說文云篹从算聲，疑不當有此讀。

三十一葉

二十八翰韻

矸磓也　注文全王、王一、玉篇同；集韻此云石，居案切云砡石。案：磓當作砡，字之誤也。說文：「衦，摩展也。」急就篇：「砡，以石輾繒光澤也。」輾衣之石謂之砡，砡之為言延也，展也；謂之矸，矸之為言衦也。

三十二葉

㟼脣也　脣字全王、柏刊同；不詳。一切經音義四引通俗文「緩脣謂之㟼磆」，本書阮韻屵下云：「屵磆，又大脣皃（又字衍文）」，㟼當與屵同字，疑脣即脣之誤，脣又為磆之壞。集韻云「廣厚也」，厚疑脣字之誤。集韻又云「一曰不恭」，則㟼又與喭同，王二㟼下云「不恭」。

喭弔失容　周云：「容，段改國。案：線韻云：唁，弔失國，唁或作喭。」案：「唁，弔失國」，見詩載馳毛傳。然本書換韻博慢切叛下云「叛喭失容」，集韻普半切叛下云「叛喭失容也，一曰剛彊皃」，博漫、薄半二切叛下亦云「叛喭剛彊也」。論語云「由也喭」，義為剛強；書無逸「乃逸乃喭」，傳云「叛諺，不恭」；詩皇矣云「無然畔援」。箋云「畔援猶跋扈」，韓詩注云「武強」；漢書司馬相如傳云

「放散畔岸」，注云「自縱之皃」。叛喭、畔援、畔岸並同⿰口反喭。計喭字用義凡三：一同唁字，義為弔失國；一與⿰口反為連語，義為失容、為不恭、為剛強；一與磆為連語，義為大脣皃。疑本書此本云「弔失國又失容」，後奪「國又失」三字；或云「弔又失容」，而弔下奪又字。

⿰禾莫冬耕地

注文柏刊同，全王、王一、萬象名義、玉篇（耒部）云「冬耕」，集韻云「耕暴地」，並不詳。玉篇田部⿰禾莫⿰田莫同字，注引埤倉云「耕麥地」，集韻亦⿰禾莫為⿰田莫或體（本書⿰田莫⿰禾莫分收，⿰田莫下云耕地）。齊民要術云：「種大小麥，皆須五六月⿰田莫地。」冬與麥形近，疑冬是麥字之誤，當从玉篇田部云「耕麥地」。

⿱罒難緼也

此字不詳所出。全王、王一本紐五字，依次為攤、灘、難、㬮、⿰巾婁，㬮下注云「溫」；王二本紐四字，序次同全王，無⿰巾婁字（今本誤奪紐首攤字）；唐韻但有攤、灘、難三字；㬮、⿰巾婁二字當出王韻所增。柏刊則本紐六字，㬮上有⿱罒難字，注云「緼也」。案：㬮字見說文，云「安㬮，溫也」。依諸書本紐諸字次第觀之，疑柏刊⿱罒難即㬮誤，㬮誤作⿱罒難，遂臆改注文之溫為緼；蓋自柏刊據如王二者之誤本收⿱罒難字，而本書沿之。

⿰巾婁巾捫

此字各韻書並誤，當作⿰巾憂；詳見全王校箋。周云：「捫，敦煌王韻、刻本切韻作撊，當據正。」案：全王亦作撊，今說文作撋，云「以巾撋之」。

攢訟也

注文全王、王一同，集韻云聚也。

二十九換韻

三十三葉

瑖石之似玉

周云：「此字北宋本、巾箱本、黎氏所據本、景宋本均作瑕，與敦煌王韻合，當據正。萬象名義作瑿，音都灌反，與瑕正同。今本玉篇作瑿，音烏灌切，非。」案：說文瑕从叚

聲，䁐聲之字並讀影母，固其字大徐音烏貫切，玉篇音烏灌切，集韻見烏貫切下；而王二、唐韻本紐無瑕字，即集韻亦無也。唯全王、王一本紐收瑕字，小徐本說文亦音瑕字都灌反，與萬象名義同。集韻則字作瑕，與本書澤存本合。疑瑕字本音烏灌反，或誤烏為鳥，遂易為同等之上字而成都灌反；自王韻收之，而本書沿之。張氏知䁐聲之瑕不得讀本紐，因據集韻改之，固不知集韻亦強作調人也。

鍁燒鐵炙也　周云：「炙，敦煌王韻作久，集韻同。」案：全王亦作久。集韻云：「埤倉燒鐵久也，一日灼鐵以識簡次。」考正云：「久，疑當作灸。」

三十諫韻

鐗車閒鐵也　閒字全王、王一、王二、唐韻作鐗，或為重文，此誤。說文云「車軸鐵也」。

三十四葉

㶕丑晏切三𢒆　周云：「三，各本作二，是也。本切下凡二字。」十韻彙編校記：「二，澤存、巾箱兩本均作三。案㶕下只有二字。」蓋亦以作三者為誤。巾箱本既同澤存本作三，周云「各本作二」，誣也。今案：全王、王一、唐韻並無此紐。王二㶕下云「丑晏反」，別無𢒆字；上有㬎字（今誤作㬎），云「溫溼一曰赤色皃又為晏反一」。集韻㶕下云「丑諫切㶕㬎溼一曰小赤文一」，下次㬎字，云「乃諫切㶕㬎溫溼一曰小赤文二」，同紐一字作𢒆。以集韻校王二，王二㬎下「又為晏反」當是正切「乃晏反」之誤。㶕㬎為疊韻連語，故凡收㶕字者，並收㬎字，本書無獨不收㬎字之理。疑𢒆上原有㬎字，云「赤色乃晏切一」，蓋其先誤奪「乃晏切一」四字，遂改㶕字丑晏切下之一為三，後又因㶕㬎二字形近義同，而刪㬎字；諸本之作「丑晏切二」者，則又據本紐僅有㶕𢒆二字而改之，以故有諸本間之差異。𢒆字原不讀丑晏切，周說誤。

三十二霰韻

譲	周云：「原本玉篇殘卷譲，呼戰反，集韻音翾縣切。本書此字音倉甸切，與原本玉篇、集韻均不合。」案：此字从彖声，不得讀清母，亦不得為開口。原本玉篇音呼戰反者，合口成分由上字定之，本與集韻音同。本書下一紐即許縣切，此字蓋誤入於清紐下。
帑幨也又幧頭	方言卷四云：「帑，幨，幧頭也：自河北趙魏之間曰幧頭，或謂之帑，或謂之幨。」幨與幧頭非二義，依例不當云「幨又幧頭」。
篟青竹	此字不詳所出；集韻云「竹茂皃」，疑即蒨字之誤。蓋蒨誤為篟，遂附會為青竹；集韻則因蒨為草茂而釋篟為竹茂。
縣黃練切	周云：「縣練韻不同類，故宮王韻作玄絢反，是也。」案：此以上字表合口，黃練音與玄絢無殊，故全王、王一、唐韻並音黃練反。周氏不解此等反切結構，譲字原本玉篇音呼戰反，周氏不知與集韻翾縣切之音同，即其一例。

三十五葉

甂盆底孔	盆字唐韻同，集韻云「盎下竅」。方言卷五：「盆謂之盎。」是集韻亦同本書。全王、王一、王二則並云「瓮底孔」，玉篇云「瓮底孔下取酒也」。案：通俗文云：「甕甖下孔曰甂。」甕與瓮同字。此當從王韻之瓮底孔。蓋盆與瓫字同，瓫與瓮形近，誤瓮為瓫，遂易為盆；集韻又改盆為盎。
䤻說文曰釃酒也	玉篇云：「䤻，以孔下酒。」是䤻即上文甂字。王二、唐韻有甂無䤻。全王、王一、集韻並兼收別出同本書。
畋平皃	平皃，全王、王一、王二、唐韻並同；集韻云「平田」，與說文合。
練白練	唐韻云「帛練」，王二云「練帛」，全王云「帛」。

䁸䁸炫汗血	正、注文集韻同本書，蓋即據本書收錄。全王䁸下云「汙血」，見說文。集韻亦同全王。疑䁸即䁸字，譌血為面，又涉上下文從冥之字誤蔑為冥；注文汗當為汙，炫字不詳。

三十六葉

三十三線韻

憸思憸	各韻書本紐無此字，集韻收㦗字云「憐」。本書怗韻奴協切憸下云「相憶」，集韻云「思」，切三云「憘声」（切三憘疑憶字之誤）
絹吉掾切	周云：「吉掾切，故宮王韻作古掾反，唐韻作古緣反。」案：全王亦作吉掾反，王二、唐韻古並吉字之誤。凡支、脂、真、諄、祭、仙、宵諸韻脣、牙、喉音互用為上字者，重紐兩類劃然不紊（詳拙著廣韻重紐音值試論）。吉與絹韻並見四等，以知吉是原作。且古字屬一等韻，，切韻中作為見母上字者恆見，但絕不為三等韻上字，尤明此古字為吉字之誤。
飬	飬當從全王、集韻作餋。
蜷蜷蠾蜘蛛別名	注文全王祇蜷蠾二字。集韻云：「蟲名，蠐螬也。方言自關而東謂之蜷蠾。」案：方言卷十一云：「蠐螬，自關而東或謂之卷蠾。」又別條云：「鼅鼄，自關而東趙魏之郊或謂之蠾蝓。」是蜷蠾、蠾蝓二物，本書誤增蜘蛛別名四字。

三十七葉

昪日光皃⋯⋯　忭喜皃	全王、王二昪下云「喜樂皃」，無忭字。集韻忭為昪或体，昪下引說文喜樂皃。本書昪下云日光皃，不詳所出；或以字从日而義為喜樂為異，臆改如此。
縼長繩繫牛馬放	放下全王、唐韻有之字，王二同本書。

三十四嘯

三十八葉

嘹病呼　　全王云「宿呼」，王一同本書，集韻此云「嗚」，而蕭韻云「嗷夜」。疑病、宿並㾓字之誤。說文：「㾓，臥驚病。」「㾓呼」蓋呼謂臥驚而呼，與嗷夜並言小兒之夜號。

歊火弔切　　此字音火弔切，蓋據唐韻收之；王二同。王氏唐韻校勘記云：「大徐說文音火力切。」

㛸　　全王、王一此字音呼叫反，與本書音同；王二、S六一七六、唐韻俱不見此讀，切三、王二、唐韻並見薛韻，音許列反，本書及全王亦見薛韻許列切。案：此字从折為聲，無讀此韻之理。疑「許列」之音列字漫漶作劣，王氏以為「許叫反」而誤收，本書沿之。

三十五笑韻

趭走也　　十韻彙編校記云：「趭，澤存本同，巾箱本誤作趡。」案：趡字不誤，唯不當入本韻，趭則趡字俗誤；此據王韻收錄，全王、王一並趡下云走。王二、S六一七六、唐韻無此字。司馬相如大人賦云：「跮踱輵螛容以委麗兮，綢繆偃蹇怵㚔以梁倚。糾蓼叫奡踏以艐路兮，蔑蒙踊躍騰而狂趡。」以倚趡為韻，是此字不讀此韻之證。故說文云字从隹聲。本書旨韻趡音千水切，又踓字以水切，踓與趡同；與說文合，為字之正讀。後世誤隹為焦，遂收入此韻。詳見全王校箋。此下才笑切趭下云走也，子肖切趭下云走皃，並此字之誤讀。

三十九葉

饒人要切　　此紐全王有驃覞二字，驃下云「馬名」，覞下云「竝也」。王一亦有此二字，驃下云「卑妙反馬名一」，覞下云「昌召

反普視又弋召反一」。集韻同王一。是全王誤奪二字正切，覭下「竝也」即「竝視」或「普視」之誤。本書毗召切驃下云「又卑笑切」，而此紐無驃字，疑所據如全王，因其不當讀「人要反」而刪之。

三十六效韻

瘬縮也小也

縮下也字當為衍文，全王、王一、唐韻並云「縮小」，本書笑韻子省切亦云「物縮小」（正字作穛）。

觘角匕也

周云：「注文北宋本、巾箱本、黎本、景宋本均作角上浪也。案敦煌五韻云觘，角上皃，是角上二字不誤，張改作角匕，非是。」案：全王亦云「角上皃」。S六一七六、五二、柏刊之四、唐韻俱無此字，而柏刊之四有舥字，注云「船不安」，為五韻所無。疑觘即舥字之誤，「角上浪」為「舟上浪」之誤，舟上浪謂浪掠舟而上，故或云舟不安；舥之為言抄也，是以與抄字同初教切。集韻又與抄字同初交切。

四十葉

三十七号韻

耆年九十或作譥

周云：「耆，敦煌五韻作謷，故宮王韻作敾。譥蓋敾字之誤，張依玉篇改作譥，非也。」案：作耆者與廣雅合（見釋詁一），又集韻或體亦作譥。唯耆、敾、敾、譥並不成字，疑當作䡳，从老省、敫聲。又案：九十曰耆，不詳所出。集韻引廣雅「老也」，一曰「七十曰耆」。七十曰耆，亦不詳。曲禮云：「七十曰老，八十九十曰耄。七年曰悼。悼與耄雖有罪，不加刑焉。」釋文云：「或本作八十曰耋，九十曰旄。」無九十曰耆之文，且耆與悼同音，夭壽同名，疑有誤。

毣菜食　　食上全王、王一、王二、唐韻並有香字，當據補。唯香當作薌，本書漾韻許亮切薌下云「薌毣食」，是其証。

毺鳥輕也……毸鳥毛盛也　　集韻毸與毺同。王二、唐韻二字俱無，全王、王一無毺字，毸下云「鳥毛盛」。案：二字並不詳所出。說文：「毳，毛盛也。」毳與毸義同形近；書「鳥獸毸毛」，馬注云：「毸，溫柔皃。」亦與毺下云鳥輕毛義通；疑毸即毳字之誤，毳誤作毸，遂从毛字讀之而有此音。集韻豪韻收毸為毛或體，是以毸字从毛讀之之證。俗既以毸字从隹毛聲，異隹為鳥，遂又有毺字。

四十二葉

四十禡韻

𢱧舉閣　　正、注文全王、王一同。王二、S六一七六、唐韻正文作椵，注同。集韻正字亦作椵，注云「博雅杙也，所以舉物」。案：此字見廣雅釋室，曹憲音都館反。王氏疏証云：「方言橛、燕之東北朝鮮洌水之間謂之椵，椵各本譌作椵。」集韻考正云：「王氏廣雅椵作椵，與曹憲都館音合，此仍舊本之誤。」

謼詚謼　　此字王一、王二、唐韻、S六一七六並同。集韻為謼字或體，全王作謼，亦當是謼字之誤。注文諸書並只一詚字，本書詚下謼字蓋衍文。案：此字不詳所出，以宰為聲，亦與此音不合。集韻以為謼字，說文「謼，號也。」與詚義亦不牟。漢書司馬相如子虛賦云：「子虛過詫烏有先生」，顏注「詫，誇詚也」。莊子達生篇云：「有孫休者，踵門而詫子扁慶子。」釋文詫音呼駕反，音與此合，而義與子虛賦同。疑謼即詫之俗誤。集韻本紐又收詫字云「告也」，蓋不知謼詫字同而增之。

暇俗作暇　　周云：「注俗作暇，北宋本、巾箱本、景宋本俗作暇。案暇蓋假字之誤。文選登樓賦注：暇或作假。列子黃帝篇釋文暇

一作假。」案：如周說，當作假，不得以為俗字。全王、S六一七六、唐韻正文作睱，是此云「俗作睱」不誤之證。黎本與澤存本同，作暇諸本並誤。十韻彙編校記云：「集韻另出睱字，注云緩視也。符山堂作假，云俗亦作假。」案：集韻別取睱字，不礙此下之俗作睱；符山堂刻元略注本，自亦依意改之。

四十三葉

四十一漾韻

諹謹也讙也　全王、王一諹下云謹，集韻云「字林讙也」。本書此字又見陽韻與章切，但有「讙也」一訓。謹讙形近，王韻謹當是讙之誤字；本書不能諟正，誃入而增「讙也」之訓。方言卷十：「愓，遊也。江沅之間或謂之愓，或謂之嬉。」諹與愓同。

晾目病眼上同　本書以前韻書本紐無此字。全王晾音丘向反。參後眖字條。

四十四葉

汫汫米入甑　周云：「入甑二字各本無。」案：全王、S六一七六、王二、唐韻並無此二字。此張氏依意增。

訣智也又早知也　說文云早知，全王云知，本書智疑為知字之誤。

悉誤入　案：說文「悉，誤也。」全王悉下云「誤〻」蓋誤衍重文，本書又誤作入字。

四十五葉

眖晾眖目病　全王此字作晾，注云目病。疑眖本與晾為或體，故集韻眖晾眼同字。本書別以晾眼讀力讓切，而此下解為晾眼目病。集韻彼亦收晾字，則又據本書。

四十二宕韻

傍蒲浪切　周云：「浪，北宋本、巾箱本譌作光。」十韻彙編校記云：「四十二宕中字多用浪切，無一用光切者。」案：全王、王一、王二、唐韻並言蒲浪反，是當以浪字為原作。唯彙編校記以「四十二宕中字無一用光切者」為證，此則不足憑信，全王汪字即為烏光反。

甞大甕一曰井甃說文云大盆　注文唐韻同，而甕字作瓮（案：甕瓮同字）。全王、王二亦云大瓮，無說文下諸訓。案：廣雅釋器：「甞，甖也。」說文：「甖，大盆也。」盆與瓮同字，王韻、唐韻大瓮當是大瓮之誤。蓋自唐韻不知瓮文瓮之譌，增說文大盆之訓，本書又易瓮為甕。

犺猰犺不順　全王、王二、唐韻本紐並有此字，全王、王二之「猰犺所為不時」，唐韻云：「猰犺所為不順」，屑韻猰下切三、王二、唐韻及本書並云「猰犺不仁」，全王云「猰貐」。集韻此下云「說文健犬也」，猰下云「猰貐」同全王。案：犺為猰犺，不詳。爾雅釋獸：「猰貐，類貙虎爪，食人迅走。」釋文云：「猰亦作猰，或作窫；貐或作窳。」山海經海內西經云：「貳負之臣曰危，危與貳負殺窫窳。」文選吳都賦注作猰貐，七命注引作猰貐。集韻宥韻余救切狖字或體作貁，貁即七命注引山海經貐字；玉篇貐音羊就切，本作狖，是其證。集韻狖字又或作犹；唐人書冘作允，書亢亦作允，疑犹字書作犹（案：全王此字即如此作），與犺字相混，而有猰犺之誤釋。此字當以集韻云「說文健犬也」。餘參屑韻猰字條。

汪烏浪切　周云：「烏浪切與盎字烏浪切同音，非也。汪乃合口字，集韻作烏曠切，是也。」案：王二、唐韻並無此字，全王音烏光反，亦以合口字為下字，可見此字本為合口音。然烏浪之音不必誤，本以上字定合口也。荒下音呼浪切，全王亦音呼浪反，例與此同，是其不誤之證。全王杭曠二字並音苦浪

反，而一開一合；他若切三、全王青韻形音戶丁、熒音胡丁，全王、王一徑韻脛音戶定，熒音胡定，切三、全王迥韻剄音古挺、泂音古鼎，亦並一開一合，與全王杭曠二字同音苦浪實同，周氏以此浪字為非，說有未達。

四十七葉

四十五勁韻

偵偵問詸覗也 周云：「詸，玉篇作詸，在先部，段據改。」案：全王偵下云「廉視亦作詸」，與玉篇合。

摒畀政切 陳澧切韻考疑畀為卑字之誤，全王、王一、唐韻正作卑政反，當據改。

四十七證韻

四十八葉

稱愜意又是也 是疑足字之誤。

四十九葉

蓤又草根 蓤下全王、王一並云草根，即此所本，不詳。說文云「草貎」根與貇形似，貇為貌字俗書，疑草根即草貇之誤。集韻正引說文。

五十葉

蜼 此字讀余救切，全王、王一、唐韻並同；王二獨不收此言。案：此字說文云从隹聲。山海經西山經：「崦嵫之山友鳥鳥，人面蜼身。」郭璞蜼音贈遺之遺，一音誄。爾雅釋獸：「蜼，卬鼻而長尾。」釋文蜼音餘水反，並與隹聲之說合。且廣雅釋獸云：「狖，蜼也。」（曹憲亦音誄）狖蜼同物異

名，狖既存此紐，尤蜼字不讀此紐之明證。諸書蓋因蜼與狖同實而混其音。

䶑 全王、王一、王二、唐韻俱無此字，集韻䶑為䶑字或體。上引諸書但有䶑字，本書䶑䶑別出，非是。

綬緌衣皃 集韻訓韍維，義見說文。

趪進也 進當作趡。集韻云「博雅趡、趪，犇也。」，見釋室。

五十候韻

趏蹇行又蒲北切 王二、唐韻無此字。全王、王一正注文同本書（全王正文字作趏，當是趏字之誤），此書蓋據王韻收錄；集韻亦收此字，注云「蹇也」。案：左氏襄公十四年傳「與晉踣之」，釋文踣音蒲北反，又音敷豆反。蒲北反與此云「又蒲北切」音合，而本書及集韻德韻蒲北切正作趏字，趏與踣同，是此趏字當作趏。唯趏從音聲，音聲之字不當讀匣母，釋文無此音，王二、唐韻亦無此字，疑趏俗誤作趏，遂有此誤讀。周云「德韻蒲北切無此字」，則不知趏為趏之譌誤而已。

五十二葉

五十三勘韻

憛憛悇懷憂 周云：「悇，北宋本、巾箱本、黎本作悇，與敦煌王韻及玉篇合。案御韻抽據切悇下云憛悇憂也，當據正。」案：廣雅釋訓「悇憛，懷憂也」，是此所本；疏證引楚辭七諫「心悇憛而煩冤兮」及馮衍顯志賦「終悇憛而洞疑」為證，本書憛悇當作悇憛。

悇憛悇失志 周云：「此字集韻作怺。」案：悇字怺字並不詳所出，全王、王一、王二無此字，集韻收悇為憛字或體。本書憛下云「憛悇懷憂」，憛悇為悇憛之誤，出廣雅，詳見前條。疑此悇即悇之誤字，失志與懷憂義通；集韻作怺者，蓋又依賴保

諸字改之。其注云「憛悇憂慼也」，正是本書憛下訓義。

瞫括也又徒南切　周云：「注括也蓋聒也之誤，玉篇聒，視也。」又云：「又徒南切，覃韻徒含下無此字。」案：周云括聒誤是也，集韻云「下視」，出說文，可見其證。其云覃韻無此字，則未達一間；徒含切「瞫，聒也」，即「瞫，聒也」之誤。說在覃韻。

駄冠幘一曰馬步前行　周云：「注北宋本、巾箱本、黎本、景宋本均作冠幘近前，無一曰馬步近前四字，故宮本、敦煌本王韻、唐韻同，案集韻有駄忱二字，駄訓馬睡皃；忱訓冠俯前也，王韻、唐韻蓋脫駄注及正文忱字，忱字注文遂誤入駄下。廣韻因之，亦未能訂正。張氏改冠幘近前為冠幘一曰馬步近前，非是。」案：駄字不詳所出，集韻忱字亦不詳，駄字集韻又見感韻都感切，注云「馬名」；是其此云「馬睡皃」亦不足據。今案萬象名義、新撰字鏡、玉篇馬部並無此字。韻書中頗有譌長旁為馬旁者，若全王巧韻騑騊二字即镻镺之譌，即其例。疑此駄為镹之誤，镹為髧之省體。髧字本書見感韻徒感切，即此音之濁上；集韻又音都感切，即此音之上聲。詩鄘風柏舟「髧彼兩髦」，傳云「髧，兩髦之皃」，髦者，翦髮至眉，子事父母之飾，箋文又引禮記文王世子「世子昧爽而朝，亦櫛纚笄總拂髦冠緌纓」以說之。新撰字鏡云：「髧，髮至扇垂皃。」扇為眉字之誤，亦與前字形近。諸書此云「冠幘近前」者，疑即「冠幘近眉」之誤。冠幘近眉為髦上冠幘近於眉，即鄭氏引「拂髦冠緌纓」之義。集韻駄訓「馬睡皃」者，諸書感韻髧訓「髮垂皃」，蓋即據髮垂皃而附會為說；其又收忱字，則又因駄字从馬與冠幘之義無涉而改之。

儋儋伸皃又儋倸不淨　注文王一云「儋倸非清潔」，集韻云「儋倸癡皃」；字又見他紺切，全王、王二及本書並云「儋倸癡皃」，集韻云「儋倸老無宜適也一曰癡皃」。伸與倸形近，疑伸即倸之誤，皃上脫倸癡字。

五十四闞韻

嚂呵也又工覽切　周云：「呵，北宋本、巾箱本、黎本譌作可。」又云：「敢韻古覽切下無此字，嚂見呼覽切下。」彙編校記亦云：「可，巾箱本同，澤存本作呵，是。」案：全王、王一注並云「可」，與廣雅釋詁三合，周校、彙編校記以作可者為非，非是。又案：云又工覽切，此據王韻為說。全王此字作喊，注云「可又工覽反亦作嚂」；敢韻末增㦥字，注云「工覽反可」，王二同。

剼刀利　全王、王一、S六一七六刀並作刃，本書原亦當作刃字。

五十三葉

睒候視　王一無睒字，覘下云「候視」，全王同，紐首睒為覘誤，案：說文睒訓暫視，與覘之訓窺視者異字。經傳若左氏成公十七年傳「公使覘之」、禮記檀弓「晉人之覘宋者」。國語晉語「各使人覘之」，並作覘字，方言十云：「凡相窃視，南楚或謂之覘。」覘與覘同。本書此字作睒，不作覘，疑涉上下文從炎之字而誤。集韻收睒覘同字，蓋即合本書及王韻。

賕乞戲物或作斂　乞戲物，王一同；本書談韻呼談切云「戲乞人物」。或作斂者，本書談韻或體作歛，全王、王一、王二談韻正文作歛，集韻本紐亦作歛字，斂當是歛之誤。

憨害也　全王、王一、S六一七六、王二、唐韻並同本書訓害，不詳。集韻云「愚也」，不載此訓。案：爾雅釋鳥「鶨鳩」注「為鳥憨急群飛」，釋文云：「憨，愚也。」本書談韻呼談切憨下云癡，切三、全王、王二同，與釋文合。此疑愚誤作患，又易為害。

五十五豔韻

窆下棺又方亙切	周云：「又方亙切，唐韻同。案嶝韻方隥切下無此字。」案：嶝韻方隥切崩下云「束棺下之」，集韻崩窆同字。
覢市先入直也	周云：「直，敦煌王韻作值，當據正。」案：全王云「市先入」；無值字；姜氏書敦煌王韻同全王，周氏引掇瑣有值字，不足據也。集韻此字見驗韻，注亦云「市先入直謂之覢」，是本書直字不誤之證。

五十四葉

五十七釅韻

荽草木無蔓也	周云：「注無蔓，段改作蕪蔓，與敦煌王韻合。」案：P二〇一一云「草木蕪葽（據姜氏書）」，葽即荽字之誤、全王云「草木無無」。廣雅釋詁二：「蕪荽薄荒瑕，薉也。」故王韻以蕪荽連言，蔓與荽字形近，疑本書蔓亦荽字之誤。

五十八陷韻

歉又口咸切	周云：「咸韻苦咸切下無此字。」案：苦咸切鵮下云「鳥鵮物」，即此字，全王、王一、王二、集韻並云鵮亦作鵅，而此下王二云鵅亦作歉。
賺重買	買字全王、王一、S六一七六、王二、唐韻並作賣，當從之。廣雅釋詁三：「賺，賣也。」說文新附云「重賣」。
鵜鶒之短者	鶒當作鸛，从薦聲，字見先韻則前切。
顑玉陷切	周云：「集韻作五陷切。」案：據反切上字一二四等為類，三等別為類，玉當是五字之誤。

五十九鑑韻

埿深泥也	泥字王二同，王一、唐韻作埿。
儳又食陷切	周云：「食，敦煌王韻、唐韻均作倉。案：儳見陷韻，音仕陷切，故宮王韻作又士陷反，是也。」案：集韻本韻未有二儳字，一音才鑒切，一音蒼鑒切。又各韻書陷韻床二字集韻並在本韻；疑儳字實有陷韻穿二一讀，集韻蒼鑒切與王一、唐韻此字又音倉陷反者相當，本書第誤倉為食字耳。王二云又仕陷反者，與集韻才鑒切相當；此不必從王二改為「又仕陷切」也。

卷五　入聲

一屋韻

二葉

𧷤媟𧷤	周云：「注日本、宋本、巾箱本、黎本、景宋本作遺也，張改作媟𧷤，與說文合。」案：全王𧷤下云遺，諸本作遺與全王合，張改絕不可從。玉篇亦云「𧷤，遺也」。說文云「遺，習也」，狎習即媟嬻之意，故左氏昭公廿六年傳云「摜瀆鬼神」，摜瀆與遺𧷤同。案余為全王校箋，以𧷤遺為賣賈之譌，非是。
皾滑也	全王皾下云滑，此字據王韻收錄，不詳。集韻以為韇字或體，注云「說文弓矢韇也，今謂之胡鹿。」
𤜶獸名如鼠	周云：「玉篇此字為獨字古文，集韻注云獸狢獸名，如虎而豕鬣，本注云獸名如鼠，疑誤。」案：此錄王韻，全王正注文並同本書。集韻所稱山海經北山經北囂之山，今字作獨；說文亦於獨字引之。鼠與鬣字形近，疑王韻「如鼠」二字之間奪「虎而豕」三字，鼠即鬣之誤。
㱩㱩殜多也	案：各韻書無此字，此即「殗，殗殜歺也」之誤。集韻殗下云「博雅殗殜，歺也，俗作㱩，非是」，是其證。本書已收殗字云「殗殜死皃，出廣雅」，不當又別引收其俗體，而「多」之訓尤誤。
殜㱩殜多也	案：此正注文為「殜，殗殜，歺也」之誤，詳前條。全王本紐殜下云「殗殜多也」，本書殜下云「殗殜」。

三葉

蝷蝷聽似蜥蜴居樹上輒下齧人上樹垂頭聽聞哭聲乃去出字林	周云：「蝷，日本、宋本、巾箱本、黎本、景宋本均作聣，唐韻同。」案：全王、王一聣下云「私聽」，無蝷字，日本、宋本諸本作聣與王韻、唐韻合，澤存本當是張氏據集韻改之。集韻聣字正注文同王韻，下接蝷字云「字林蝷聽蟲名似蜥蜴出魏興居樹聞輒下齧人人必死復上樹垂聽，聞人哭乃去」。私聽與聣聽不詳所當作，疑聣蝷本是二字，自唐韻而有奪文。林大椿字林考逸則云：「私聽與上樹垂頭之義合。」
䶑吳王孫休三子名	案：此即蕩韻模朗切䶑字，兩讀懸遠，不詳其何者為是。集韻亦兩收，本書之前諸韻書則屋蕩兩韻均不見此字。
鏕鉅鏕郡名案漢書只作鹿	切三、王二、唐韻無此字，全王鏕下云釜，集韻云「釜名一曰鉅鏕縣名」。案：廣雅釋器：「鏖，鬴也。」鬴與釜同、鏖本从麀聲，讀於刀切；俗書作鏖，遂誤从鹿字讀音。則王韻讀本紐此字原是誤收；本書蓋知釜鏕字音無所出，因據俗書鉅鹿字而易其訓。
輂車轅名也	集韻輂與輂同，全王云「輂亦作椓」。說文：「輂，車軸束也。」詩小戎「五椓梁輈」，釋文云：「椓，歷錄也，曲轅上束也。」是此當云車轅上束或車轅束。全王云「曲轅」，亦誤。又案：本書輂、椓二字別出；又帑下「轅上絲也」，亦此字。

四葉

蚞螇蚞蟲	周云：「注螇蚞當作螇螰，爾雅釋蟲云蜓蚞，螇螰。」案：全王正云「螇螰」。
輂轓輂車箱	全王云「轓三箱」，集韻云「轓輂三箱車」。案：轓當作轙，字之誤也。轙輂為三箱車，載麥用之。本書尤韻息流切轙下云「轙輂為載喪車」，可證此轓當作轙。第誤麥字為喪。參見尤韻校記及全王輂字校箋。

五葉

諊法用　全王云「用法」，當從之。禮記文王世子：「公族，……其刑罪則纖剸，亦告于甸人。」鄭注云：「告讀為鞠，讀書用法曰鞠。」諊即彼鞠字，用法二字出鄭注。

趜困人又巨竹切　全王云「困又渠竹反」，無人字。案：說文：趜，窮也。人字不詳，疑即涉又字而衍。

畜生田　本書以前韻書無此字，集韻同本書，注云「生也，一曰粥粥謙卑皃。」案：禮記儒行「粥粥若無能也」，釋文云：「粥，徐本作鬻，章六反，卑謙皃。一音羊六反。」粥為鬻字省作，則鬻即鬻字俗書。集韻訓生者，禮記樂記「毛者孕鬻」，注云「生也」，仍是鬻字之義。本書之生田，則從其字下誤鬲為田而生傅會，大誤。

鵴鵠鵴鳲鳩　周云：「鵠鵴，日本、宋本、巾箱本、黎本、景宋本均作鵴鳩。」案：全王、王一、王二此下並云「鵴鳩」，是此作鵴鳩諸本，乃沿前書之舊，鳲鳩二字為本書所增。

七葉

二沃韻

磚碌磚田器　注文集韻同，全王、唐韻碌字作碡。唐韻云出碑倉本書屋韻盧谷、力竹二切並碡下云碡磚，切三、全王、王一、王二、唐韻凡有碡字者莫不同。集韻盧谷切載碡字或體作磟，亦不收碌字；韻末又出碡字云「盧督切碡磚田具」。疑本書以音同誤書碡字作碌，集韻則沿本書之誤。

褥小兒衣也　周云：「注巾箱本作小兒衣一曰小兒也，多一曰小兒四字，蓋後增者。」案：此下全王云小兒衣，王一、王二、唐韻並小兒愛。疑本書原作「小兒衣也一曰小兒愛也」，巾箱本奪兒下愛字。他本蓋因不解小兒愛之義而刊落一曰以下五字。

斀穿也	周云：「集韻此字作斀，是也。斀又見鐸韻在各切下。」彙編校記云：「斀，巾箱本誤作斀。」案：全王、王一此字並作斀，集韻斀下云「或省作斀」，則王韻及本書斀當是斀字之誤，兩說並非。

八葉

三燭韻

蠾蚤也方言云鼅鼄自關而東趙魏之郊或謂之蠾蝓	全王、王一注云「蚤蚤」，蚤下為蠾字重文。集韻云「方言蠀螬謂之蚤蠾」。 本書此云「蚤也」者，蚤即蚤字之誤，又改重文為也字。 又案：蚤蠾與蠾蝓異物。「方言」上宜有「又」字以為分別。本書線韻蚤下誤蚤蠾為蠾蝓。
桊纕臂繩也又居願切	桊字讀此切，切三、全王、王一、王二、S六一五六、唐韻、集韻並同。案：說文桊从𢍏聲，不得在此韻，疑與絭字混同而有此音。絭字見本紐。
戣矛戟枝也	注文全王云矛，王一云戟子。案：矛與子字並孑字之誤。廣雅釋器云：「戟，其孑謂之戣。」本書云矛戟者，矛字蓋沿王韻之誤。

九葉

趗	此字全王、王一作趗，集韻作趗。

四覺韻

捔抨捔	抨字全王、集韻同。案：抨當作捽。廣雅釋詁三：「捔，捽也。」卒字俗書作卆，與平字近似，遂誤。

十葉

髉骱髉	注文全王云「骭髉」，集韻云「骨耑」。案：此當云骭髉。

說文：「髺，骨耑也。」故集韻云骨耑。骭與髺一語之轉，故全王翰韻骭下云髺，而此云骭髺。參候韻䯔字條。

膘皮破　注文切三、全王、王一、王二、唐韻同，集韻云：「墳起也」。案：山海經西山經：「松果之山有鳥焉，其名曰螐渠，可以已膘。」郭注云：「膘，皮皴起。」疑此破當為皱，蓋自陸韻誤之如此。全王、王一及本書本紐又有皺字，全王、王一云「皱」，本書云「皺皱皮起」，即此字。疑切韻誤膘注皮皱為皮破，王韻因增皺字，而本書沿之。集韻皺正與膘同；唯集韻又以皱與膘同字，則誤。皱本書蒲角切，全王、王一蒲角反皱下云「皺皱皮起」，是皱與皺不同字之證，參下條。

皺肉肤起　全王此字作皱，注云「皺皱皮起」（參全王校箋）。本書北角切皺下云「皺皱皮起」，皺膘同字（見前條），是此字當同王韻作皱之證。集韻正文亦作膘字，注云「肉肤起，一曰皮破，或作皱」。其以膘同皱者，正沿本書之誤，故其云肉肤起，義同本書；其云一曰皮破者，亦據本書北角切膘字注文增之；非膘皱同字之證也。

㲉盛脂器也　注文全王、王一同，切三、唐韻云「成鮨器」，王二云「盛錢器一曰盛䲪䲡」，集韻云「盛䊻器」。案：說文：「㲉，盛䊻卮也。」卮與䲡同，王二盛䲪䲡當是盛䊻䲡之誤。切三、唐韻之鮨及王韻、本書之脂，亦當為䊻字之誤；王二錢字則不詳。

𡇤鞕聲　王一確下云「鞕亦作𡇤」，是此即確字或體，其形則不知所當作；或即从石固者會意。注文聲字亦不詳。同紐有硞字，說文云「石聲」，本書云「固也」，疑與此有關。

䶜龍䶜　各韻書無此字。龍龕手鑑有此字，注同，當即本之本書。疑䶜為䶫字之誤，䶫與㸑同；注文龍䶜則為龏䶫之誤。參下龏字條。

十一葉

葯白芷也	切三、王一、王二並云白芷；全王芷下有重文，蓋誤衍者。案：廣雅釋草：「白芷，其葉謂之葯。」是葯非白芷，此蓋自陸韻而誤之。集韻云：「白芷，其葉謂之葯」，獨未蹈陸韻之誤。
菞英蒻	此字正注文王一同，全王正文作葹，集韻作菞，當以集韻為是，从杦為聲。本書菞是俗書，全王作葹則誤。廣雅釋草云：「英葯、蒻也。」則與白芷葉字相同，疑注文英下應有菞字，蓋自陸韻誤奪重文，而本書仍之。
䪭燭蔽	注文全王、王一云「燭敞」，集韻云「㲉也」。案：䪭義為燭蔽或燭敞，並不詳。集韻義見說文，此音則不合；蓋以燭蔽、燭敞之義見疑，據說文改之。萬象名義、新撰字鑑卄韻有此字，名義作䪭，云「乙角反獨敖」；字鑑作䪭，云「乙角反燭毀根」。依燭毀根之義，疑本書燭蔽是燭敞之誤，王韻及名義之燭敞、獨敖並燭敞之譌。然此字終不詳所出。方言卷七：「敖、聚、煎、㷗、鞏，火乾也。」䪭本與鞏同音；燭與㷗形近，㷗與方言聚同字；蔽字萬象名義作敖，亦與熬字相似；疑此䪭即方言之鞏，燭敞、燭蔽、獨敖並㷗熬之誤。名義菞下云「乙卓反取，取即方言聚字，而菞與此䪭字同音，蓋可為此注譌誤之證。唯方言郭注鞏字音拱手之拱，與此字及名義之菞音異；然二者具雙聲對轉關係。
觷屋角一曰調弓也	屋角之義不詳，切三、王二同。疑觷與觻及㩸同字；屋為握誤，角字涉旁从而衍。
豿豕聲	周云：「豿，段改作豿，是也。豿又見厚韻。」案：周當云狗又見候韻，候韻呼漏切豿下云豕聲，而厚韻古厚切豿下云熊虎之子也。又案：切三、全王、王一、王二、唐韻此並作豿，蓋自陸書而有此誤。
葹草聲	全王、王一此字作茒，注文只一聲字（全王聲下誤衍重文）。集韻無此字，江韻莫江切蘉下云「草名」。案：此字當作蘉，注當云「豕聲」，即上文之豿（今誤作豿）字。吳

都賦「封豨⿱艹尨」注云「⿱艹尨，豨聲，呼學切」，是其證。此从艸，以狵若娏為聲（案狵娏並音莫江切），本義當為艸名，本音當是莫江切；吳都賦以音近假借為用。王韵云聲，當謂豕之聲，本書因字从艸，遂於聲上增草字。

⿰石剝⿰石剝礫　　此字切三、全王、王一、王二並同。集韵亦同，收或體作⿰石刹，⿰石剝字則又見北角切。玉篇⿰石剝音剝，⿰石刹音測角，別為二字。案：此字不詳所出。作⿰石剝音測角切，與聲不合，作⿰石刹，與韵不合。集韻、玉篇音北角切，疑從剝聲讀之，未足為據。

五質韻

十二葉

庢偛庢愛觸忤人　　此字集韻同，疑當作⿺尢至，與下文跌同字，說文「跌，觸也。」又案：注文洽韻竹洽切偛下云「偛庢忽觸人也」，集韻洽韻同。

跌手拔物也　　集韻云「拔也，觸也」。案：本書拔疑抵字之誤，「手抵物」即說文云「觸」之意。全王、王一但云觸，不載拔之義。集韻蓋既據本書之「拔也」，又據說文、王韻增「觸也」一訓。

嗸嗸咄吐呵也　　吐呵二字義不相屬。廣雅釋言「嗸，咄也」疏證引本書吐字作叱，不知所據何本。全王注云「吐」，當是咄字之誤；王一正作咄字。

十三葉

鮩魚名　　正、注文切三、全王、王一、唐韻、集韻並同；王二云魚，蓋亦魚名之意。案：鮩字入此韻，不詳何所據。梗、迥二韻有此字，即廣雅釋蟲「白魚，蛃魚」之蛃。白魚，蠹蟲也，本書誤彼鮩為廣雅釋魚鱎魚之鮊；此下諸書云魚名，不詳何意。

䘑說文曰將衞也　　衞字黎本同，當作䘑。

昒不見皃	周云：「段云昒說文作昒，在日部。」案：全王、姜書P二〇一一並作昒。
圪高皃	切三、全王、王二、唐韻無此字。唐韻迄韻于乞反圪下云又魚乙反。與此音合。然唐韻魚乙為魚乞之誤，此或據唐韻誤收。

十四葉

六術韻

鮮鯈鮪別名	鯈字全王、王一、集韻同，與廣雅釋魚「鮮，鯈也」合。王氏疏證因曹憲音鯈為條，訂鯈為鯈字之誤。鮪別名三字，全王、王一無；集韻云「一曰鮪別名」，所據蓋即本書，而不詳所本。爾雅釋魚「鮥鮛鮪」，鮛與鯈同式竹切，疑因此誤鮮為鮪魚別稱。
寽持取	持字切三、全王、王二、唐韻並作捋，當從之。說文寽，五指捋也（今亦誤捋為持，此據集韻所引；段改持為寽）。
狘飛去皃	周云：「按此字當从戉為狘，狘又見月韻許月切下。」案：周說誤。月韻狘从戉聲，此與月韻之狘異字，當從切三、王一、王二、唐韻作狘，從戌為聲。戉聲之字入月韻，戌聲之字入質術韻。禮記禮運：「鳳以為畜，故鳥不獝；麟以為畜，故獸不狘。」釋文：獝，亦作獝，況必反；狘，況越反。狘、狘分別即禮記之獝若狘字。文選江賦：「濯翮疏風，鼓翅翻㧎。」李善翻音許聿，㧎音許月，翻、㧎分別與狘、狘同。二字或連用，或對稱，是其非一字之明證。集韻此字作狘、收獝、獝、䬒諸或體，其䬒字當作翻，狘即狘字小誤。又注文「飛去皃」，切三、全王、王一、王二、唐韻並云「飛皃」，本書去字或係衍文，或當是走字之誤。禮運鄭注云「獝、狘，飛走之皃」，月韻䟲下狘下並云「走皃」。

忧颰　二字當从切三、王一、王二作怴若颰，以戉為聲，參前狘字條。

十五葉

八物韻

詘辞塞　注文王二、唐韻同，切三塞字作謇。案：廣雅釋訓：「蹇產，詰詘也。」方言卷十：「謇，吃也。」通俗文：「言不通利謂之謇吃。」蹇、謇、謇並同，此文塞當從切三作謇為是。吃下云「語難」，此下云「辞謇」，並與通俗文「言不通利」之意合。

抗揘抗　周云：「揘，日本、宋本、巾箱本作揘，是也。質韻于筆切下抗注云揘抗擊皃，是其證。」案：周說是。西京賦「竿殳之所揘畢」，揘畢與揘抗同，文選李注畢音于筆切。本書庚韻永兵切揘下云拔，拔即抗字之誤。又戶盲切颹下云颹颮暴風，西京賦揘字李注音橫，質韻颮抗同音，颹颮、揘抗本同一語。並可證揘為揘字之誤。

髻額前飾也　此字集韻見分物切，注云首飾，或體作髴。案：易既濟「婦喪其茀」，釋文云：「茀，方拂反，首飾也，馬同，子夏作髴。」髴即茀之轉注，作髻當是俗誤；全王同本書。

十六葉

九迄韻

魟魚游　王一云「遊魚」，全王云「逝魚」，集韻云「魚游，一曰魚名」。案：此字不詳所出。萬象名義云斨魚，玉篇云斷魚，斨不成字，與斷之俗省作断形近，蓋亦斷字之誤。全王逝字與断遊並近；疑逝魚、遊魚並断魚之譌，本書、集韻又改遊字作游耳。魟為断魚者，說文「魝，楚人謂治魚也」，廣雅

釋詁二「劁，割也」，山海經薄首之山「刉一牡羊獻血」郭注「刉猶刲也」，又洞庭之山「其祠，毛用一雄雞，一牝豚刉」郭注「刉亦割刺之名」，說文「刉，劃傷也，一曰断也」，劁、刉並與此字音近，疑魤、劁、刉三字一語之轉（案三字並同見母，韻亦近），玉篇断魚即割治魚之意。

乞　此上唐韻有圪字，注云「高皃于乞反又魚乞反一」，切三、全王、王二並同，本書當係誤奪。集韻字見於乞切。案：此即詩皇矣「崇墉仡仡」之仡，說文引作圪，釋文但有魚乞反一音。

十月韻

竩竚立也　切三、全王、王二、唐韻並有此字。切三、唐韻注云「紵布」，全王、王二云「竚布」。本書此字而外，本紐絾下云「紵布」。集韻同本書。唐韻校勘記謂唐韻奪竩字注文及絾字正文。案：竩字不詳所出。行書立旁糸旁易混，以全王、王二竩下「竚布」切三、唐韻作「紵布」，疑竚、竩即紵、絾之誤；本書又依竩、竚二字从立，遂改竚布為竚立耳。王說蓋不可從。

劈強力　注文切三、王二、廣韻同，全王云「ㄈ強」。案：強力二字當是一勢字之誤。說文：劈，勢也。廣雅釋詁一：劈，強也。強與勢通，集韻正云勢也。

趘行越　周云：「段云：玉篇趘，行越趘也。此脫二字。」案：集韻亦云「行越趘」，越下當補趘字。

十七葉

狘獸名又走皃　王二亦云「獸名又走」，切三、全王、王一並但有「獸走」二字，唐韻云「獸走皃」。案：獸名不詳。禮記禮運「麟以為畜，故獸不狘」，注以「走皃」釋狘字，是諸書之「獸走」或「獸走皃」之所本。疑此獸下衍名字，又增一又字。

十八葉

十一沒韻

胦胦臍	周云：「胦，日本、宋本、巾箱本、黎氏所據本、景宋本譌作肤，集韻云脖胦臍也，此注胦上亦當有脖字。」案：全王、王一並云肤齊，齊與臍通，本書此沿王韻之誤。
[疒朮]狂病	全王、王一、集韻云狂馬，與說文合。
寣睡一覺	注文切三、全王、王一、王二、唐韻並同。廣雅釋詁四：「寣，覺也。」一字疑衍。
[豙心]寢熟	注文玉篇同；集韻云熟寐，亦同。全王、王一云寢覺，與廣雅釋四寣、[豙心]、意同條訓覺合。本書寣下云「睡一覺」。參前條。
[貝圣]說文曰囚突出也本胡八切	胡八切，與大徐說文音合；小徐音痕札反，亦同。全王、王一此並云又胡八反，字又見鎋韻胡瞎反，黠韻胡八反無此字；本書同，集韻亦同。
[麥肖]麥屑	此字當作[麥骨]，俗書骨同化於肖。切三、全王、王一、王二、唐韻並同此。
紉索也	周云：「索，日本、宋本、巾箱本、景宋本作素，與敦煌本王韻合，當據正。案原本玉篇紉下引字書云紉，素也。張改素作索，蓋本廣雅、集韻。」案：此字所見字書以廣雅為最早，廣雅既云「紉，索也」，素索二字形近易譌，自當以索為是。所謂字書作素，仍當是索字之譌。張改固與原作不合，要不得以作素為然也。彙編校記取索字，良是。
麧麧糏	糏下切三、王一、王二、唐韻並有頭字，當據補。
尳膝病[厂骨][厂骨]露出見字林	本書前後韻書均無[厂骨]字。尳字全王、王一、王二誤作[厂骨]；玉篇引聲類尳云骨差，與本書[厂骨]露出義通，疑[厂骨]即尳字之誤。

十二曷韻

褐一曰短衣　說文云「一曰粗衣」，段云「廣韻云短衣誤」。案：王二引字林云麁衣，與粗衣同。全王云袓衣，袓亦粗字之誤。

十九葉

歐大呼用力　正注文全王、王一、集韻同。其字从匚，與大呼用力義無涉，疑當作𣣏，從欠遏聲。唐人書匚作辶，故誤辶為匚。

骳肩髆　此字王一作骳，全王作䯋，集韻作骹。萬象名義、新撰字鏡、玉篇字同王一，音蒲撥反（切），與此大異。本書及集韻蒲䯋切亦有⿰骨犮字，義與此同。案：說文骹，脛也，從交聲，音口交切，與此音義不合；當以作⿰骨犮為正。唯字从犮聲，不當入此紐，疑其正讀為蒲撥反，與髆音補各反為一語之轉；今入此紐者，蓋字誤為骹，骹字本音口交反，遂從骹字聲母讀為溪紐耳。本書字作骳，形在⿰骨犮骹之間，似可見此誤音之所從來。

囋或作啐　周云：「啐，日本、宋本、巾箱本、黎氏所據本均作啈，敦煌王韻作⿰口卆。案啈⿰口卆並誤，當從廣雅玉篇作⿰口卉，⿰口卉亦作囐，與⿰木卉亦作⿰木獻例正同。張改啈作啐，尤誤。」案：說文古文⿰木獻字作⿰米𠦃，此或体當作⿰口𠦃，集韻或体有作⿰口𠦃者，是其明證；故各本誤啈，澤存本作啐，而敦煌韻作⿰口卆也。廣雅⿰口卉亦⿰口卆之俗省。⿰木卉下云「伐木餘⿰木卉」，⿰木卉即說文⿰木𠦃字。周說誤。

⿰口卉毀讀曰⿰口卉　周云：「此注疑有誤。」案：全王、王一囐下云鼓聲，　下云嘈⿰口卆，囐與⿰口卆實同字。毀讀二字當是鼓聲之誤。東京賦云「奏嚴鼓之嘈囐」。

薩　周云：「日本、宋本作薩，與切三、故宮本敦煌本王韻、唐韻合。案薩即薛之或体。」唐韻校勘記云：「案此字从薛下一，薛即薛之別作也。」案：周云薩即薛之或体，誤；王云薩从薛下一，亦無義，薛字固不作薛也。此字當从土薛聲，為菩薩字。菩薩為菩提薩埵之簡稱，故埵字亦从土。

縩縠屬出淮南子　案：此注本唐韻。唐韻云「槃屬出淮南子加」，槃即縠之誤。唯淮南子要畧云：「所以箴縷縩繺之間。」注云：「縩，綃殺也。」綃殺者，綃之餘殺也。綃為殺之孳乳字，縩即說文之幓。說文幓，殘帛也。廣雅釋詁三云：「縩，餘也。」是縩非縠屬，此注誤。集韻云綃屬，誤同。唯全王、王一云綃殺，當從之。

藒矛割切　周云：「矛割切，元泰定本、明本作予割切，是也。玉篇音餘割切，予餘聲同一類。」案：萬象名義音餘割反，玉篇音餘括切，周氏誤引。集韻字見何葛、阿葛二切，以雄字自切韻以來之羽隆（弓）反（切），與集韻改音胡弓切例之，此字疑本音于割反，其後于誤為予，或改予為餘，或誤予為矛；其字从揭聲，不當讀喻四也。

三十葉

十三末韻

䊧米和細屑　和字全王作禾，姜書P二〇一一作末。疑本作末。說文䊧，麩也；麩下訓小麥屑皮。

䳜　切三、全王、王二、唐韻並有此字，字見江賦。山海經作䮜，桂馥以為作䮜是。詳下䳜字條。

鬠姊末切　黎本姊誤作婖。

痆馬脛傷也　注文全王、王一同。說文云「馬脛瘍，一曰將傷小徐將作持，段注疑當作捋。」。

䆆大開目也　切三、全王、王一、王二、唐韻同。集韻引說文云「空大」，別有闊字云「大開門」。

鏺兩刃刈也　切三、王一、王二云「兩刃刈草木」，唐韻云「兩刃刈草」，說文亦云「兩刃木柄可以刈草」，本書也字疑當作草。

二十一葉

拔迴拔

注文王二、唐韻同。案迴當作迥，字之誤也。迥拔為唐人習用語，杜確岑參序：「迥拔孤秀，出於常情。」元稹酬翰林白學士詩：「八人稱迥拔，再郡濫相知。」即其例。集韻云「回」，蓋不知迴拔為迥拔之誤而以意改之。

鴃

桂氏札樸卷七云：「江賦鵵鶩鷗鵔，李善本作鴃，引山海經鴃，其狀如梟，郭璞音鉗鈦之鈦，五臣本作鵔，音步木切，或以鴃與下文月聒翽沫豁碣為韻，五臣音近是。玉篇鵔，大鳥；廣韻鴃，鳥名似梟。此二字宋人重修之誤。案羍汏並从大聲，音他達切，鴃從大，亦與下文合韻也。郭音不謬，字當作鴃。」案：全王、王一本紐亦有鵔字。自切三以下北末反（切）亦收鴃字。

十四黠韻

二十二葉

扴揩扴物也

周云：「揩，切三、敦煌王韻、唐韻作指。龍龕手鑑扴下云手指搔扴物也。」案：唐韻校勘記引本書，亦不作斷語。今案：易豫卦「介於石」，釋文云：「介古文作砎，鄭古八反，云謂磨砎也。馬作扴，云觸小石聲。」說文：「扴，刮也。」禮記明堂位「刮楹達鄉」注：「刮，摩也。」文選兩京賦「揩枳落李」注引字林「揩，摩也」。廣雅釋詁三：「摩，揩也。」是扴揩摩三字義同，此當依本書云揩扴物。龍龕手鑑蓋亦不知扴字義而附會為說。

磍髖磍搖目吐舌又感怨皃

周云：「磍，段云今漢書大人賦作螛。」案：史記作轄。揚雄長楊賦云「建碣磍之虡」，是磍字亦有所本。又感怨皃，長楊賦注引孟康曰：「刻猛獸為之，故其形碣磍而盛怒也。」玉篇磍下云「搖目吐舌也，盛怒也。」本書感怨二字當是盛怒之誤。

䮥氣息 此字全王、王一在呼八反。字又見至怪二韻，並讀曉母。說文云讀若虺，亦屬曉母。疑此原在呼八切䀏字下，因此上䁅字與䀏字正注文易混，而誤書䮥字於此。集韻除見於曉母外，又見明母，後者蓋即本本書。

䁈䀏䁈 各韻書此紐無此字，疑即呼八切䀏之正體䀏字誤收於此。

十五鎋韻

闔門扇聲 扇字王二、唐韻同，切三、全王作扉。說文但云門聲。

尣𠃾尣屈強也 周云：「屈強也三字，日本、宋本、巾箱本、黎本、景宋本並無。又𠃾尣當作尥尣。」案：全王、王一正作尥尣，亦無屈強之訓。澤存本屈強也三字當係張氏據董韻尥下注文增入。

䂳剎也 剎字切三、全王、王一、王二、唐韻並同，不詳。集韻乙轄切䂳下云「䂳磤石地不平」，磤疑與䃰同，集韻䃰䃰同字，疑此剎係䃰字之誤。

𠜾利也 注文王一同，全王利字作刊。疑利為刊或刮字之誤，說文「𠜾，刮去惡瘡肉也」。

二十三葉

十六屑韻

茝草皃坹穴也 兩字注文皃也二字疑誤倒。茝下全王、王一云草，集韻引說文云草也；坹下全王、王一云空皃，本書胡決切云空深皃。

湀又揆圭二音 周云：「圭當是奎之誤，湀字又見齊韻苦圭切下。」案：周說是，全王此云又苦攜反。

二十四葉

硃砲硃 各韻書無此字，注亦不詳。

痶說文為也 周云：「為，說文作瘍，當據正。」案：全王、王一正作瘍字。

腟腫也	此字集韻同；全王作肤，與廣雅釋詁：「肤，腫也」合。唯曹憲音大結反，聲母不同。
挈又口殄切	周云：「又口殄切，案銑韻牽繭切下無此字。」案：全王、王一云又丘殄反，本書口為丘字之誤；原以丘字定等第，即獮韻去演切之音，字又見去演切。詳見拙著例外反切研究〈憑上字定韻母等第洪細〉節。

二十五葉

覕不相見皃	周云：「說文云蔽不相見也。此注不上宜有蔽字。」案：全王、王一並云「不相見」，震韻各韻書及本書注亦同。
瞈瞈頡	各韻書無此字，注亦不詳。
秣又亡達切	周云：「又亡達切，敦煌王韻同。案本書曷韻無亡達一音，秣字見末韻莫撥切下。」案：亡達即莫撥，曷末原不分，自唐韻始以開合分為二韻，而唇音屬開屬合兩可，故或以達為下字，本書沿襲不改。
猰猰犺不仁	犺當作犹，詳宕韻犹字條。不仁，切三、全王、王二、唐韻同，與爾雅釋獸食人之訓義合。全王、王二宕韻犹下云「所為不時」，蓋即物類相感志引孫炎爾雅注「以人為食，遇有道君隱藏，無道君出食人矣」之意。本書宕韻云「不順」，非其義。
奊肥狀	周云：「奊當作奊，从大旨，又肥狀，切三及故宮王韻、唐韻並作肥壯。」案：奊即奊字俗書，魏晉以下書旨多作㫖。又全王亦云肥狀，然當是肥壯之誤，霽韻云「肥大」，是其證。

十七薛韻

二十六葉

脪脟皮也	注文全王曰胼。案：廣雅釋器：「胼、脪，脂也。」本書庚韻符兵切胼下云「牛羊脂也」，此脟字當是胼字之誤，皮字

不當有。

浙江名在東陽一曰浙米也　一曰浙米也，五字不當有，此誤浙為淅。錫韻先擊切淅下云淅米，是其證。浙字出孟子。

鵂鵂鷗　全王注云「鵂ﾆ」，ﾆ為鵂字重文。案：山海經南山經：「基山有鳥焉，其狀如鷄，而三首六目六足三翼，其名曰鵂鵂。」鵂今誤鵂，經箋疏正，鵂鵂之言憋忶，義取急性。參郭注及箋疏。廣雅釋地字作鷩鵂。全王云鵂ﾆ，鵂為鵂字之誤，又與重文誤倒。本書易鵂字重文為鷗字，誤甚矣。

二十七葉

腏骨間髓也　全王注云「骨閒肉」，案：說文云：「腏，挑取骨間肉也。」腏之為言剟也，全王直以骨間肉釋之，是一重誤，本書誤骨間為骨中，易肉字為髓，是二重誤。集韻既引說文，又云「一曰髓謂之腏」，又據本書為燕人之說。

妜　此上全王、唐韻、王二有嫳字，音扶列反，切三亦有此字。案：嫳妜疊韻連語，疑本書誤奪。

鸛小鷄　周云：「小鷄，故宮王韻同，切三、唐韻作小鴾。」全王亦云小鴾。說文云「鸛，鳥也。」此云小鷄者，孟子「力不能勝一𡭴雛」，𡭴鸛同音，疑由此而生小鷄之訓，則作小鴾者，鴾又為鷄字之誤。

焆於列切　於列切，切三、全王、王一、王二、唐韻並同，與上文妜字音於悅反（切）開合對立。然集韻本紐焆啁二字除音於列切外，又與妜字同娟悅切，與从肙聲之字讀合口音合。疑於列切本以於字定合口，與敻字音虛政反或休正反以虛字休字定合口者同，為增加字。

啜姝雪切　周云：「姝雪切，與歠字昌悅切音同。案姝，唐韻作殊，是也。啜字切三、故宮本敦煌本王韻均音樹雪反，殊樹聲同一類。」案：黎本作姝，與澤存本同；巾箱本作殊，與唐韻合。

𢬵枯也寺絕切二　𢬵字唐韻同，全王、王一作𢪎，王二作掇，集韻作㧪，並收𢬵𢪎兩或体。案：此字从手㕙聲，㕙字見說文，故集韻以為正體，亦小有譌誤。枯當从全王、王一、王二、唐韻、集韻

作拈。集韻又出㨎字云「撮取皮」，撮蓋摭之誤，說文摭拈二字為互訓；皮字則因俗體作㨎而臆增。又寺絕切下「二」字黎本誤作「云」。

二十八葉

十八藥韻

爍灼爍 注文爍字黎本譌作樂。

二十九葉

䐑䐑䐑大笑也 此字全王、集韻同，全王誤月旁為目。集韻注云牛舌。案：廣雅釋詁一：「谷，笑也」。說文谷字或體作臄，此當是臄之俗書。行葦詩「嘉殽脾臄」傳云「臄，函也」，正與集韻訓合。說文本於噱下訓大笑，漢書敘傳「談咲大噱」，顏注「噱噱，大笑也」，臄與噱通。

十九鐸韻

三十葉

袥開衣領也 周云：「唐韻云：袥，開衣令大。徐鍇說文繫傳云，字書袥，張衣令大也。」案：王二云「開衣領大」，領當為令之誤，則本書領字亦誤。

三十一葉

葃茹草又士革切 集韻注云：「葃菇草名」。案：葃菇草見廣雅釋草，本書茹為菇字之誤，其上當補葃字，王一昔韻葃下云「茹草又財各反」，訓義誤同本書，是此即據王一又切增收之證。本書以前各韻書本紐無葃字。

三十二葉

二十陌韻

袹袹複　注文切三、全王、王二、唐韻同。案：複當作腹，蓋自陸氏書誤之如此。廣雅釋器云：「裲襠謂之袹腹。」釋名釋衣服云：「帞腹，橫陌其腹也。」帞與袹同。

三十三葉

㒶西方小皃　周云：「此注有誤，故宮王韻作際見之白，與說文合。」案：全王云「西方小白」，本書蓋本同全王，皃為白字之誤。

宅場伯切　周云：「場，日本、宋本、巾箱本、景宋本作瑒，切三、故宮王韻、唐韻同。」案：瑒本書音與章切，又徒杏切，與宅字不同聲類，張改作場，是也。」案：瑒音徒杏切，徒即澄母類隔，實與宅同聲母；且瑒為宅之上聲，早期反切上字多與被切字同聲同韻，此其例之一，張改瑒為場，不可從。謂瑒與宅聲類不同，尤誤。

三十四葉

二十一麥韻

葃茹菜　茹菜當作菇草。鐸韻在各切及昔韻秦昔切注文草字尚不誤，菇亦誤茹，參鐸韻葃字條。全王、王一此並云如草，本書蓋亦沿前書之誤，又誤草字為菜。

䪳䪳頗頭不正　周云：「注文頗當是顲字之誤，支韻息移切下顲注云䪳顲頭不正也䪳音精，䪳顲䪳顲未詳孰是。」案：頗為顲之誤，䪳顲疊韻連語，詳支韻顲字條。

礊鞕皃楷革切　彙編校記云：「鞕皃，澤存本同，巾箱本誤作鞭皃。案說文云堅也。」案：切三、王一、王二、唐韻並云鞕聲，全王云

鞕，蓋下奪聲字。巾箱本作鞕與諸書合，當是原皃，作鞕者乃反後人校改之。又案：此云鞕皃，與諸書云鞕聲異，本書呼麥切及集韻忽麥切亦云鞕聲、楷革切，切三、全王、王一、王二、唐韻並音口革反，所用上字不同，且諸書繫礊字於呼麥反之後，與此繫呼麥切前者次第亦異，疑此顯然別有所本。參下條。

礊鞕聲又口革切　　切三、全王、王一、王二、唐韻此字但音口革反，而繫於呼麥反紐下，呼麥反為合口音，與此字从毄聲不合，疑或書混礊字於呼麥反，而為本書所據，故以切三、唐韻礊下云「鞕聲口革反」較之，本書但多一又字；本書溪母礊音楷革切，不同切三以下諸書之音口革反，而此云又口革切，正與切三、唐韻等書所用上字同，蓋其證也。又彙編校記云：「鞕聲，澤存本同，巾箱本誤作鞕聲。」案：集韻忽麥切亦云鞕聲，所據即本書，則是鞕字為原作，鞕字乃出後人校改。

三十五葉

靪雨也　　此字說文云「雨濡革也，从雨从革，讀若膊」，霸字从以為聲，亦讀脣音，此當是後世誤讀，而注文亦少「濡革」二字。全王、王一同本書，蓋即所本。切三、王二、唐韻無此字。集韻匹各、各核兩收，前者云「雨濡革也」，後者云「雨也」。

讁又丈戹反　　周云：「又丈戹切，切三、故宮本敦煌本王韻、唐韻同，本韻無丈戹一音。」案：諸書本韻並無此音。全王、王一昔韻直炙反䙝（今誤作賀）下云「又直讁反」，與此又音合，是證本韻實有此音，第未收字耳。

二十二昔韻

鳺水鳥　　各韻書無此字，疑瀉字誤書作鴂，遂生水鳥之義。

碏碏硞　　王一、集韻云硞碏。本書虁韻硞字注文同此。集韻亦云「硞碏磑也」。

三十六葉

㿽餅堅柔相著	周云：「餅，段改作餠。」案：全王正作餠字，又案：姜書P二〇一一、全王著下有「亦適」二字，亦為不字之誤。說文：「㿽，飯剛柔不調相著。」即此「餅堅柔相著不適」之所本。本書蓋不達「不適」之義而刪削之。切三、王二、唐韻本韻並無㿽字，此即據王韻收入。
刺又七四切	周云：「又七四切，切三及敦煌王韻同。至韻七四切下無刺字，刺見寘韻七賜切，此注故宮王韻作又七賜反，正合。」案：全王云又七詈反，疑作七四切者，四本為詈之誤；敦煌王韻與全王同底本，蓋其證。

三十七葉

莋茹草	此注襲王韻之誤。全王、王一並云茹草。茹當為菇，詳鐸韻莋字條。
膌膌腹	周云：「腹字當是瘦字之誤。」案：當是膄字之誤，膄與瘦同。

二十三錫韻

蛺蛺蜆	正注文蛺字巾箱本、黎本並作蛺，與全王、王一同。此本當是張氏據集韻改，蜆下注文仍作蛺字。
敫敬也	周云：「段改敫作敫，敬作歌。此注敬字涉愁下注文而誤。」案：集韻亦敫下云「敬也」，即本本書，其誤由來久矣。
窢揚皃	周云：「窢，各書未見，日本、宋本、黎本、景宋本均從穴作竅；敦煌王韻同，注作迫阬。案集韻此字作竅，注云回阸。」案：全王亦作竅字，注云迫泥。方言十三：「憤、竅，阸也。」郭注云：「謂迫阸也。」即此所本。竅、泥、阬、回四字並誤。本書云揚皃者，謂水流迫於阸而激揚之皃。朱駿聲以方言竅為激之借，是也。說文：「激，水礙衺

疾波也。」一切經音義引說文水流礙衺急激也，與迫阨之意同。

三十八葉

醨醨醟酪滓　醨醟，集韻同；全王、王一作醟醨。全王、王一莫狄反醟下亦云醟醨酪滓。集韻齊薺二韻醨下並云醟醨。此誤倒。漢書揚雄傳：「燒熚爑。」注云乾酪也。熚爑與醟醨同。集韻本韻醟下云熚爑乾酪。

覡巫覡男曰巫女曰覡　唐韻亦云「男曰巫，女曰覡」，當从全王、王二云「女曰巫，男曰覡」，見國語楚語。

焬望見火皃　周云：「焬字宋本說文同，段改作焻。」案：全王正作焻。王一作焻，誤日為目。

愁勞也　集韻云「說文敬也」。

愨敕也　周云：「愨，敦煌王韻同，集韻詰歷切下作慤。又注文敕字當作敕，本韻苦擊切下愨注云敕也。」案：全王亦有此字，注云軟。姜書P二〇一一同。集韻無此字。殺聲之字例不入本韻，疑此即慤之俗誤。本同集韻讀溪紐，自王韻誤收而本書沿之。說文慤，憪也。憪與軟義通。本書注文敕字與軟形近（嫩字今作嫩，可為比照），周云敕當作敕，不知何所據而云然。

三十九葉

矜　此字釋名作矜，廣雅作矜；集韻同廣雅，或体作殺若矜。本書許激切作矜殺二體。

愨敕也　愨為慤俗誤，敕當作軟，詳前愨字條。

覓莫狄切　本紐全王、王一有醟字，注云「醟醨酪滓」。案：醟醨疊韻連語，自王韻於閭激反增醨字，於莫歷反增醟字。本書既收醨字於郎激切，本紐無醟字，當是失收。集韻二字分見於明來兩紐。

覭小皃　皃字誤，當从全王、王一作見。本書青韻覭下云小見不誤，各書同。集韻此云微見。

廦室屋	王一云「室屛」，當從之。說文「廦，牆也」，廣雅「廦，垣也」。
瀾瀾沭遽也……𢡆惶恐	周云：「瀾當作瀾，注沐當作沭。」案：𢡆亦當作𢡆。又案：方言十云：「瀾沭，遑遽也。」全王、王一此並瀾下云惶恐，是瀾𢡆非有二字二義，𢡆為瀾之轉注耳，本書別收未當。集韻𢡆下云慙，蓋又據本書惶恐之義妄生附會。詳參拙著全王校箋齊韻㥠字條。

二十四職

屴屴崱山皃	周云：「崱下云崱屴山皃，當據正。文選魯靈光殿賦云崱屴嵫釐。」案：周說是。魯靈光殿云「崱屴嵫釐，岑崟嶒嶷。」崱屴與嵫釐、岑崟與嶒嶷並聲母相應，以知其作崱屴者為誤。唯全王、王二、唐韻、S六〇一二此並云屴崱，則其誤不由本書始，蓋自陸韻以來如此。
尥脛交	此字集韻同，全王作尥，云「又平交反」。案：此是尥之誤字，故全王云又平交反，不當在此。集韻注云「行脛相交」，與說文尥字義同。

四十葉

㑥意慎㑥	周云：「此注㑥字當重㑥字，唐韻云意慎㑥ㄷ。」案：王二、S六〇一二並云「意慎㑥ㄷ」。說文「㑥，惕也。」引春秋國語云「於其心㑥然」（今吳語作戚然），故諸書重㑥字。
䀹斜視𢢝瞋怒貌	說文䀹下云盛，䀹下云目衺，䀹字讀舉朱切，不入此韻。本書𢢝下云瞋怒貌，即說文䀹字；漢書竇嬰傳「有如兩宮䀹將軍」，顏注「䀹，怒皃。」䀹下云斜視，則以䀹䀹形近俗書不別，遂誤以䀹字之訓釋䀹字。全王此紐奭下云怒皃，奭即䀹字俗體。
轖車馬絡帶	全王、王二、S六〇一二、唐韻並云「馬車下絡革」，當據正。

四十一葉

甙瓻瓫骨也	周云：「甙，集韻作瓮，是也。注瓻字當是瓶字之譌。」案：集韻瓮下云瓦坏，並不詳所出。「瓮，瓻瓫骨」疑本是「𤭛，缺瓫骨」之誤，瓫與盆同。唐人書瓦作凡，故誤𤭛為甙，集韻從弋猶不誤。全王本紐僅一𤭛字。𤭛見廣雅釋親，云「髑骬、缺盆，𤭛也。」
堲風堲	風字不詳。禮記檀弓「夏后氏堲周」，注云「火熟曰堲，燒土冶以周棺。」集韻云「燒土周棺」，風疑即周字之誤。全王此字作熘，注云「凡棺」，凡疑亦周字之誤，又與風字畧近，故誤為本書之風。
揤捽也	周云：「案此字即揤裴縣之揤字，當合并，見集韻。」案：周當云「見說文」。說文：「揤，捽也。魏郡有揤裴侯國。

四十二葉

二十五德韻

冒干也又莫報切	「冒，干也」，S六〇一三、王二、唐韻並同，全王云「單于名」，五刊注文剩一名字，當同全王。案：冒字訓干讀莫報切，唯單于冒頓之冒讀此音。諸書此下云「干也」者，當為「單于名」之誤。
匐上同	匐為匐字或體，（參拙著唐寫全本王仁昫刊謬補缺切韻校箋七二四頁）然匐从專聲，專从甫聲，當為匍字繁文。集韻鐸韻匹各切髆為髆字或體，可以為證。

四十三葉

二十六緝韻

蕀草生多皃

案：說文「蕀，草木不生。」全王云「草木生」，玉篇云「草木生皃」，集韻引說文。

四十四葉

熠熠燿螢火又羊入切

案：熠燿雙聲連語，熠字不得有此讀。本書收入為立切者，全王熠下奪羊入反三字，校者因改「為立反二」為「為立反三」，唐韻熠下云羊入反，其上「為立反二」亦譌二字作三，本書蓋因此誤收本紐。詳見全王校箋。

二十七合韻

踏跛行皃

切三、全王、王二並云「踏跛行惡皃」，唐韻云「跛行惡皃」。案：跛當作趿，諸書並誤。說文：「踏，趿也。」王二蘇合反趿下云「踏趿」，不誤。唐韻跛上當是奪重文，本書跛上亦當有踏字。諸書行下有惡字者，不詳所本。全王趿下云急，與小徐說文踏下云馺合；方言十三「馺，馬馳也」，各韻書馺下並云「馬行疾」。惡與急形近，疑惡是急之誤。

四十五葉

騞馺騞馬行

注文集韻同，切三、王二馺騞作騞馺。案：作騞馺者是，騞馺實同踏趿。說文「踏，趿也」，小徐趿作馺。集韻踏字亦讀此紐。

眔目相見

全王云「目相及」，與說文合，當據正。

二十八盍韻

四十六葉

擸摺擸相和　　和字不詳，疑是拉若折字之誤。說文「拹，摺也，一曰拉也」，廣雅釋詁一「擸，折也」。

二十九葉韻

揲度揲　　注切三、全王、王一、王二、唐韻、五刊並云「揲度」。

四十七葉

矙目暗矙日暗　　切三、全王、王二無矙字，曮下云「日暗」。王一、唐韻無曮字，矙下云「目暗」。五刊亦無矙字，曮下云「日欲入」。案：王一與全王同底本，是王一、唐韻「矙、目暗」即「曮、日暗」之誤，本書誤蓄。集韻亦未審照，別出矙字云「病視也」，不知所本何書。

欇栖端木也　　「栖端木」當从全王云「栖大端」，語見儀禮士冠禮「加栖覆之面葉」鄭注。王一、五刊云栖首。

牒細切肉　　注文全王同。案：細當云薄，見說文。薄切肉者，所謂藿葉切是也。禮記內則：「肉腥細者為膾，大者為軒。」注云：「膾者，必先軒之。所謂聶而切之也。」釋文云：「聶，本又作牒，皆之涉反。」是其證。

夌織夌　　切三、王一、王二並云「織ㄋ」，與此同。說文：「夌，機下足所履者。」疑織為機之誤字。

极驢上負版　　切三、全王、王二、唐韻云「驢上負极」，五刊作「驢上負ㄋ」，此注版當是极字之誤。

旝掩光名　　周云：「旝當作旝，注掩光名當作掩也。」案：周說不盡可從，詳前琰韻旝旝二字條。

四十八葉

三十怗韻

蝶蝶蜡　　案：此字不當有，因全王誤「䗫，小蹭」為「蝶小蜡」，五刊又誤為「蝶，ㄍ蜡」而誤增。詳全王校箋。

䩞　　周云：「此字當從怗作惵，字又見鹽韻。」案：全王正作惵。

三十一洽韻

敌盡也　　此字王一作鼓，五刊作鼔，並同；全王作毆」。案：此是殲之誤字。廣雅釋訓：「殲殲，盡也。」曹憲音徒鼎。疑字書有音殲為大冷反者，誤大冷為火洽，遂收之此下。萬象名義、新撰字鏡、玉篇並殹下云「殹殹盡也，火洽反」。殹與殲字猶差近，俗書医字作匧，故全王此字作歐。

偺偺㢶忽觸人也　　㢶疑當作庢，詳質韻㢶字條。

蜠斑身小蟲　　蟲字全王作虫，王一作蝱，五刊云「斑身小蚊」。案：蚊虻同義，全王虫當是蝱字壞誤。本書蓋易虫為蟲。

窨人神脉刺穴　　注文切三、全王、王一、王二、唐韻、五刊並同。案：人當作入，神字不當有，蓋自陸書誤之如此。唐韻校刊記云：「說文云入脉刺穴謂之窨。」集韻引說文。

押押籬壁也　　周云：押，唐韻、五代刻本韻書作柙。」王氏唐韻校勘記云：「廣韻作押，非。」案：五刊作押，疑同本書。全王、王二並作押，與本書同。集韻云：「押，輔也。」與廣雅釋詁合，是作押不誤之證。

翣　　此上切三、全王、王一、王二、唐韻、五刊並有臿字，注云「初甲反，舂去麥皮。」此或係誤奪。

龍宇純全集：四

作　　者 / 龍宇純
責任編輯 / 廖妘甄
圖文排版 / 彭君浩
封面設計 / 蔡瑋筠

出版策劃 / 秀威經典
發 行 人 / 宋政坤
法律顧問 / 毛國樑　律師
印製發行 / 秀威資訊科技股份有限公司
114台北市內湖區瑞光路76巷65號1樓
電話：+886-2-2796-3638　傳真：+886-2-2796-1377
http://www.showwe.com.tw
劃撥帳號 / 19563868　戶名：秀威資訊科技股份有限公司
讀者服務信箱：service@showwe.com.tw
展售門市 / 國家書店（松江門市）
104台北市中山區松江路209號1樓
電話：+886-2-2518-0207　傳真：+886-2-2518-0778
網路訂購 / 秀威網路書店：http://www.bodbooks.com.tw
國家網路書店：http://www.govbooks.com.tw

2015年4月　BOD一版
定價：15000元

國家圖書館出版品預行編目

龍宇純全集 / 龍宇純著. -- 一版. -- 臺北市 : 秀威資訊科技, 2015.04

冊； 公分. -- (語言文學類 ; AG0183)

BOD版

ISBN 978-986-326-312-8(全套 : 精裝)

1. 中國文字 2. 訓詁學 3. 文集

802.207 103027564

絲竹軒小學論集

龍宇純　著

中華書局

本著作初由北京中華書局出版，
今承同意納入全集，謹此致謝。

目　　錄

文　字

聲　韻

訓　詁

外　編

序　一

裘锡圭

龍宇純先生是海峽兩岸語文學界都很推重的著名學者。龍先生主要研究古漢語,在文字、音韻、訓詁諸方面都有很深的造詣和重要的建樹,這在現代語文學者中是很罕見的。

在上個世紀,海峽兩岸學者曾經經歷了一個時間不算很短的、彼此不相往來的時期。直到 90 年代初,我纔有機會跟龍先生相識。1999 年下半年,北京大學中文系請龍先生給研究生講了一個學期上古漢語音韻。我趁機旁聽,除了偶爾因事缺課,每堂必聽,獲益匪淺,所以我還是龍先生的一個老齡學生。知道中華書局要出版龍先生的《絲竹軒小學論集》,我非常高興。

龍先生以前出版過好幾部學術著作,其中最重要的是《中國文字學》和《中上古漢語音韻論文集》。

《中國文字學》初版於 1968 年,曾多次重版,在臺灣語文學界極受推崇。此書創見迭出,勝義紛呈,大至漢字結構法則,小至對某個字的具體分析,都有很多很好的意見。這裏僅就前者舉一個例子。書中指出,漢字中有字形本身既不表形表意也不表音,而是"純粹約定"的一類文字(如"五、六、七、八"等),並將"約定"列爲漢字六種基本結構法則之一,使在舊六書説中無所歸屬的一些字有了著落。我在拙著《文字學概要》中强調漢字中有"記號字",用意跟龍先生相似,而我的書比《中國文字學》晚出版了二十年。可惜我没有及時讀龍先生的書,未能在拙著中加以引用。

龍先生在音韻學上,從深入研究古代反切結構和韻圖入手,對中古漢語的聲、韻提出了與時賢大不相同的見解,如認爲由反切上字系聯而得的喻母

和照系字母的兩類（如喻$_{三}$、喻$_{四}$、照$_{二}$、照$_{三}$等），並不反映其所代表的聲母語音有異，認爲韻圖中並不存在將本屬三等之字寄放在二等、四等的情況。“在上古音方面，亦由於所瞭解之中古音不同，以及觀念、方法、取材之相異，而與主流顯學大相逕庭”（《中上古漢語音韻論文集》前言6頁）。龍先生的見解在音韻學界獨樹一幟，非常值得重視。這方面的論文，結集爲篇幅逾五十萬字的《中上古漢語音韻論文集》，於2002年由臺北的五四書局出版。

要瞭解龍先生的學術成就，上面所舉的兩部著作是必須閱讀的。不過這樣説並不意味著這次出版的《小學論集》就不重要。

這本《論集》所收的文章，分爲文字學、音韻學、訓詁學三部分。

文字學部分收入了龍先生在這方面的全部比較重要的論文。這些論文所討論的問題，有些不見於《中國文字學》；有些雖見於《中國文字學》，但討論得比較詳細、深入。如果想全面瞭解龍先生在文字學上的成就，應該將這些論文與《中國文字學》同讀。

《論集》所收的音韻學方面的論文，有《中上古漢語音韻論文集》没有收入的三篇舊文，還有《論文集》未及收入的晚近發表的兩篇講上古音的論文，對《論文集》是重要的補充。

龍先生訓詁學方面的論文也有不少創見。這些論文，數量雖不算很多，卻散見在多種刊物和論文集中，很難找全。這次把它們彙集在一起，收入《論集》，給需要閲讀、參考這些文章的讀者提供了方便。

總之，對關心龍先生學術成就的讀者來説，這本《論集》也是不可不讀的。我相信海峽兩岸語文學界都會歡迎它的出版。

關於龍先生的齋名“絲竹軒”，也想在這裏説幾句。龍先生是京劇名票，工余派老生，造詣極深，在海峽兩岸都曾登臺演出，還得過電視京劇票友大賽的大獎。龍先生以“絲竹軒”作齋名，反映了他對祖國傳統藝術的熱愛。

裘錫圭謹序
2007年10月22日
於復旦大學書馨公寓

序 二

楊承祖

龍宇純教授小學造詣精深,受到並世學者的欽重。雖從中研院史語所、臺大和東海大學再度退休,仍然“皓首窮經”,撰述不輟,並受北京大學禮聘赴京講學,至首都師範大學與韓國二十一屆中國學國際學術會議作專題講演,可說既壽且康,樂於傳道解惑。2002 年,整理積年發表的學術論文,出版了《中上古漢語音韻論文集》和《絲竹軒詩説》兩部巨著。尚有已經發表而未及編入和新寫的論文,包括文字、聲韻、訓詁和外編,共 26 篇,則準備以後輯理出書。

不幸,第二年聖誕節剛過,宇純教授於寒天清晨運動後中風。最初十分嚴重,經夫人杜其容教授徧求名醫,悉心調治,右肢偏廢復健極爲成功,但語言與書寫障礙恢復尚緩。凡有心意,多仗夫人猜詳,纔能充分溝通。

宇純教授知道自己一時不易復原,遂盼能結集尚未成書的論文出版。但其容教授日夜護理病者,對編校出書實在無法兼顧,所幸得到北京中華書局的首肯,同意出版《絲竹軒小學論集》,龍教授夫婦對中華書局編輯部的先生們,真是由衷感謝。

書將印成,宇純、其容要我在前面寫幾句話。我對小學所知極淺,實在不宜,而合適的好友,或去國在遠,或老病侵尋,都不能相煩。宇純病後,我見他的機會較多,學長有命,推辭不了,只好略説宇純教授近幾年的狀況,讓讀者多點瞭解。

我和宇純教授的朋友學生,都衷心祝福他早日完全康復,能把研究聲韻、

訓詁的一家之學，寫成像他的《中國文字學》一樣體系完密的專著，爲小學增加更多更大的貢獻。

楊承祖

丁亥端午節前，臺北。

《造字時有通借證》辨惑

總　　論

楊氏樹達著《造字時有通借證》(載 1944 年 10 月《復旦學報》第一期文史哲號),其言曰:

> 六書有假借許君舉令長二字爲例,此治小學者盡人所知也,然此類實是義訓之引申,非真正之通假,且以號令年長之義爲縣令縣長,乃欲避造字之勞,以假借爲造字條例之一,又名實相舛矣。余研尋文字,加之剖析,知文字造作之始,實有假借之條,橅略區分,當爲音與義通借,形與義通借兩端。名曰通借者,欲以别於六書之假借,及經傳用字之通假,使無相混爾。

案:此其言也,蓋自謂發數千載之奥秘矣。然其所舉六十餘事,率皆謬誤,究其本根,蓋所犯錯誤凡三,其誤爲何? 一曰迷信小篆卽原始之形,而許君之説卽本初之義。二曰不達語言與文字之爲二事;又固執其形聲字聲必兼義之謬見。三曰不解文字有原始造字之義、有語言實際應用之義。

小篆之爲形,自甲金文字之出,已昭其形體多誤,此稍具常識者知之。而許君之世其去古雖視今爲近,然許君實未見幾許古文字也。其所憑以説解文字者,除部分古之遺説外,卽爲小篆,則許君之説不盡爲本初之義,自在意料之中。楊氏欲言造字之始有通借,不取信於甲金文字與夫今人之説,乃惟小篆許説是信是從,宜其不免於謬誤矣。

漢人言聲訓，宋人倡右文，皆所以闡述語言之本源也。其所不同：言聲訓者但依音聲以爲説，不拘形體之異同；倡右文者，則但就同從一聲之字以爲發明。前者方法進步，後者態度嚴謹，二者利弊互見。楊氏之求語源，亦不滯於文字之形體，如犗字謂"牡牛割勢使不能生殖"，割從害聲，此就形體之同者求之，羯字謂"牡羊割去睾丸使不能生殖"，曷割形不相涉，則但於音聲求之。法之漢人聲訓，其説往往有可信者。然其必謂犗字以害借割，羯字以曷借割，則是不明語言與文字之爲二事也。蓋"犗""羯"（案：凡著以引號者明其所指爲語言，不則所指爲文字）二語音與"割"同，謂其以"割"勢而曰"犗"曰"羯"，此事之或然者。然文字之制作也，其語之所以形成固非文字之所當明示者，而制字時，其語之所以形成是否猶爲人所知亦是問題，故謂造字者以害若曷借爲割，則決不可也。

所謂形聲字者，形以明其義之類，聲以曉其事之名，如此而已，固無待於聲中兼義而後乃爲形聲字也。其有形聲兼會意者，蓋或以數語同出一源，遂同取一字以爲聲符，若莢、頰、陜之並從夾聲也；或本以一字言事之類似者數事，後世加形以别爲專字，若本以止言"阯"，後加阜而有阯，本以支言"肢"，後加肉而有肢，宋人所謂右文，正以此也。《説文》中形聲字聲中無義者殆十有六七，其不可以强解甚明，而楊氏必謂犗羯借害若曷爲割，其或受宋人由右文推其語源之影響。然右文説者固皆就事論事，見形聲字之聲中兼義者謂其聲中兼義，不聞見形聲字之或聲中兼義因謂凡形聲字聲中兼義也。猶之見犬之白者謂其犬白，而不謂凡犬必白也。此理本極淺顯，而楊氏餘論曰：

> 或曰：子往言形聲字聲中必有義，自前人所已及者外，子所發見亦已多矣，然其不可推求者固仍至夥也，然則聲中有義之説果信乎？余曰：此不必疑也，今字聲旁無義，得其借字而義明，如旐之借兆爲召，慈之借兹爲子，及以上所明是也。然古人制存通借之條不一，其最切近者，借聲類相同之字，如若字借右爲又，獄字借言爲辛，詩字借寺爲志，聽字借悳爲囟是也。其次則借同音之字，如遁字借盾爲豚，膞（原誤作膊）字借專爲斷。……再次則以雙聲爲借，如麛鰤之借弭與而爲貌，暱字借匿爲尼是也。大抵愈切近則範疇較狹，尋其所借之字較難，及其既得之，則確鑿而

> 不可易。若以雙聲爲借，則範圍廣漠無涘，尋文雖易，徵信則難，如余言麛字之借弭爲兒，一以經傳麛多作麑，而《説文》弭字有從兒作㺧之或體，故斷知其必當然也。假定暱字不載重文之昵，匿尼通借別無文證，而説者推定匿借爲尼，聞者果信爲必然乎？抑亦否乎？他日文治大進，不使一字無源，或終當持此術爲推論之方，而余今日則姑欲先求其剴切不可易者，猶未暇及之，然終不得據此而疑聲中有義之説也。

以"形聲字聲中必兼義"之鐵律爲推論"造字時有通借"之依據，見形聲字多非聲中兼義，則曰"他日文治大進，不使一字無源，或終當持此術爲推論之方"，是又以"造字時有通借"保障此鐵律之確立，此所謂循環論證也，增之字即足以破之(案：詳後六篇貝部賜下)，而楊氏以售其説，余不知其果欲誰欺也。

且文字有原始造字之義、有語言中實際應用之義。原始造字之義，本義也；實際應用之義，假借也。然所謂假借者，乃後人以其本義衡之所得之觀念，古人用字時非有此觀念也。《論語》曰："學而時習之。"以字之本義衡之，"而習之"三字爲假借，然孔子心目中必不謂三字爲假借也。猶之今人言"東西南北謂之四方"，嘗亦有人謂其已用六假借字乎？古今人言語如此，安知古人制字必不如此！《説文》曰："若，擇菜也。從艸右，右，手也。"楊氏曰："按右爲手口相助，不得訓手，而許云右手者，借右爲又也。"右固非又手本字，然經傳又手字悉作右，無作又者，是實際語言皆以右言又也。制字者何即不能從其習慣以右言又手乎？明乎此，則所謂右字借又云云，何與於制字之實際哉？

以上所言，皆楊氏根本錯誤之所在。自其文發表以來，十餘稔矣，近聞又收入其《積微居小學述林》中，蓋其間終無一人屑於爲之辨正者，而楊氏終亦自信其是也。以楊氏之負盛名，余恐信其説者必有人焉，效其法以"研治"文字者亦必有人焉，則其爲害也大矣，故不敢諱非議前輩之譏而亟爲之辨。

案：楊氏此文所舉凡六十九事，分音與義通借，形與義通借兩端，今逐條辨之如次：

一、音與義通借者

(一)音同或音近借其義

1. 見於會意字者

> 一篇下艸部云:若,擇菜也。從艸右,右,手也。按右爲手口相助,不得訓手。而許云右手者,借右爲又也。三篇下又部云:又,手也,象形。右與又音同,故借右爲又也。

案:實際語言中以右言又,凡"右"手字不用又,古人造字蓋即取右字實際應用之義,不得云借右爲又,已説在總論。然此字問題甚大。金文"王若曰"若或作□(毛公鼎)或作□(舀鼎)字,或從口,或不從口,而其餘亦非又非艸。卜辞字作□,羅氏叔言云:"卜辭諸若字象人舉手而跽足,乃象諾時巽順之狀,古諾與若爲一字,故若字訓爲順。古金文若字與此略同,擇菜之誼,非其朔矣。"案:若字古不僅訓順,《荀子·非相篇》"鄉則不若,偝則謾之",直以若言諾;而金文或從口或不從口,字之分析當爲口與□二體,從口猶從言,羅氏若諾一字之説至爲可信也。又散氏盤有艾字,諸家以爲若字,唐氏蘭别艾若與□爲二,謂此"殆即《詩·芣苢》"薄言有之"之有,後世誤若爲□,而若之音義俱晦"。以有字之音,參以《詩經》有字之必當從《廣雅》訓取乃與其上下文采掇捋諸字義合,謂古時有一音近有而義爲擇菜之字爲《詩經》有字之所借,亦合情合理之説,而艾若二字足以當之。然則今日一若字,古時乃爲艾(讀近有)若(讀同諾)二字(案:《説文》中若叒亦爲二字,若訓擇菜即唐氏云當讀有之字。叒訓日初出東方湯谷所登榑桑叒木,即□字之譌,其籀文桑即□之譌,特誤若讀同叒,又誤叒之始義耳),是許書此説不足爲憑也。楊氏其信此乎?不信則當有以辨之,不之辨而驟立説,充其量謂許君以右爲又之借,非造字時有通借之證也。

> 二篇上口部云:咸,皆也。悉也,從口,從戌(原作戍誤),戌,悉也。按咸爲會意字,然從口從戌,會意之旨不明,故許君又云戌悉以明之。此非訓戌爲悉,謂假戌爲悉也。段氏云:戌爲悉者,同音假借之理,按段氏謂假借得之,云同音則偶誤,古音戌在月部,悉在屑部,二字雙聲,非同音也。

案：《殷虛書契考釋》戌下云："卜辭中戌字象戉形，與戉殆是一字，古金文戌字亦多作戉，仍未失戉形，《説文解字》作戌，云從戊含一，於是與戉乃離爲二矣。"而戉下云："《説文解字》戉，斧也。從戈，戉聲。案戉字象形，非形聲。"案：羅氏就形言，以爲戌戉殆卽一字，今以聲言：戌戉古韻同祭部，形聲字中心曉二母常互諧，而還字之讀邪匣二母與此爲平行現象，謂戌戉一字亦無不可。藉令不然，謂戌爲類似戉之兵器，此必無可易者。且卽以《説文》言：《説文》曰："戌，滅也。九月陽氣微，萬物畢成，陽下入地也，五行土生於戊，盛於戌，從戊含一。"自九月以下無與於字形，乃春秋以後五行家思想之浸染，當置勿信，而戌滅之訓，則亦實與字之爲兵器有關，戌之本義旣如此，咸字從口從戌不能會出皆悉之義，疑之可也。戌悉之訓旣書不二見，咸之本義又無以知其必如許説。何能卽憑許説而謂戌爲悉之假借乎？朱氏豐芑謂咸之訓皆訓悉乃僉之假借義。反之，《書・君奭》云咸劉厥敵，《周書・世俘》亦云咸劉商王紂，咸爲殺滅義（案：或以君奭咸訓皆，觀《周書》之言，知其不然），咸字從戌從口，古以口言人，如《孟子・梁惠王》言"八口之家"，《史記・秦本紀》言"盡献其邑三十六城，口三萬"，周公彝曰"錫臣三品"，品字從三口會衆之意，臨字從品會監臨衆庶之義，以伐之從戈從人例之，咸訓殺滅或卽字之本義也。余爲此言，非欲爲咸字之本借義作一定案，然就楊氏言，此等問題不先爲之決，終不得據許書便言此造字時有通借之證也。

附案：楊氏云："段氏……云（戌悉）同音則偶誤，古音戌在月部，悉在屑部，二字雙聲，非同音也。"段氏分古韻爲十七部，戌悉皆在其第十二部，楊氏倘欲據後人分部之是以詆段氏之非則無不可，無以謂其偶誤也。

> 八篇上壬（案：此字讀他鼎切，非壬癸字）部云：壬，善也，從人士，士，事也。按人士義無可會，故許君復云士事以明之，謂壬字從士，實假士爲事也。士事二字古韻皆在咍部，故相通借也。

案：《説文》"士事也"下尚載"一曰象物出地挺生也"一義。從前説，字從人士會意，從後説，字象物出土形，二者截然不同，許君於字之本義本形固疑不能定也。楊氏則徑取其前義，棄其後義，豈楊氏别有所據，知前者爲是而後者爲非，抑卽見前者可供其傅會而遂偏愛之乎？楊氏謂人士義無可會，然則人事

卽可會出善義哉？且《説文通訓定聲》壬下曰："此字從人立士上會意，挺立也，與立同誼(案：立從大立一上，大爲人形，一以象地，故云然)望廷皆從此爲義。"傳世銅器銘文無獨見壬字者，許君所謂從壬之廷字望字固屢見不鮮，字象人立地上固甚顯明，楊氏不就許君之所疑以求其真是，而斷取前説曰此造字時有通借之證，此又豈許氏之心哉！取捨從違，但憑一己之好惡，初非余所敢逆料者也。

十四篇下宁部云：㽪(案：原作㽪，下文甾字並作甾，於原作者不利，今改)，甶也，所以盛米也。從宁，從甾，甾，缶也，宁亦聲，按甾爲菑之或體，甾訓不耕田，無缶之義，而許云甾缶者，明甾假爲甶(案：原作由，爲古塊字，今改如此，下同)也。十二篇下甶部云：東楚名缶曰甶，是也。甾甶古音並在咍部，故得相通借。段氏不明造字時有通借，改從甾爲從甶，誤矣。

案：清儒之治《説文》者，並以甾爲甶之誤，然一無版本之證，雖二字形僅一畫之差(案：甶通俗作甾)，終無以服楊氏也。乃王静安先生謂甶甾二字止於形似，甶字初不與甾字同讀，甶由古爲一字也，其言曰："《説文》從由之字二十有餘，而獨無由字，自李少温以後説之者近十家，顧皆不足厭人意；甚或有可閔笑者。余讀敦煌所出漢人書急就殘簡，而知《説文》甶字卽由字也。《急就》第二章'由廣國'，漢簡由作甶，其三直皆上出，與《説文》甶字正同，今案《説文》甶字注曰：'東土名缶曰甾，象形，凡甾之屬皆從甾。'原本《玉篇》引《説文舊音》音側字反，大徐音側詞切，皆甾之音，則以甾甾爲一字自六朝以來然矣。然甾甾決非一字，甾爲艸部菑字重文，從田。巛聲，故讀側字反或側詞反，若甾之與甾，於今隸形雖相似，其音義又有何涉乎？考此字古本作甶，篆文亦或如之，其變而爲隸書也，乃屈曲其三直遂成甾字，後人不知其爲古甶文字之變，以其形似甾，遂以甾之音讀之，實則此音毫無根據也。"(見《觀堂集林》卷六釋由上)此下先生先後舉證九事，以證甾由一字，説皆堅不可拔，以原文過長，而先生遺書易得，故不備引。由字古韻在幽部，與甾相隔，聲母相差尤爲絶遠，則楊氏謂甾借爲甾誣矣。段氏固不知甶由一字，然豈敢卽聞造字時有通借之説哉。

三篇下攴部云：徹，通也。從彳，從攴，從育，或作徹。今按字從彳攴育，意無可會，與通義亦不相比附。今謂徹義當如《論語》三家者以雍徹

之徹,謂食已徹除也。《説文》從攴之字甲文多從又,育字從肉聲,肉育古音同,故借育爲肉也。彳謂行,以手持肉而行,故爲徹也。或字作徹從鬲者,肉以肴言,鬲以器言也。

案:余前謂楊氏惟小篆許説是信是從,此就大體言之,實則亦有取於甲金文與今人之説者。大抵何者可供其傅會爲其取從標準,若此云徹本義爲徹食,是羅氏叔言之説也,《殷虚文字類編》敵下云:"《説文解字》徹,通也,古文作徹,此從鬲從又,象手象(下象字疑當作持)鬲之形,蓋食畢而徹去之,許書之徹從攴殆從又之譌矣。卒食之徹乃本誼,訓通者借誼也。"特楊氏變易其文據爲己有耳。然羅氏謂本義謂徹食則是,楊氏謂育借作肉則非。蓋徹者徹其食連其器,不聞徹其食而留其器,故字從鬲則可,從肉則不可。且《殷虚文字類編》育下云:"祚案:王徵君説此字變體甚多,從女從𠫓(倒子形,卽《説文》之㐬字),或從母從𠫓,象産子之形,其從……者,則象産子時之有水液也……以字形言,此字卽《説文》育字之或體毓字,毓從每(卽母字)從㐬(卽倒子),與此正同,其作[illegible]者,從肉從子,卽育之初字,而[illegible]字所從之[illegible],卽《説文》訓女陰之也字,其意當亦爲育字也……"以[illegible]之從也,知[illegible]之從[illegible]亦象女陰形,是育之從肉者,本象女陰形,後乃變其初義而爲肉耳,《説文》以爲育從肉聲,乃不得其説而妄爲之解;楊氏據以言徹字借育爲肉,是妄之尤也。徹之本義既爲羅氏發之矣,而從彳育從攴義無可會,育鬲形近,甲文又但有從鬲之敵,而無從育之敵,則謂育殆鬲之形誤,不亦通達可信與?

七篇上片部云:牖,穿壁以木爲交窗,從片户甫。譚長以甫上日也,非户也,牖所以見日,按此字許君已不得其會意之旨,故又引譚長從日之説,今按古人在牆曰牖,從片卽爿之反文,古文反正之形無别,此以爿爲牆也。從甫者,甫假爲旁,古宫室之制牖户旁也,水旁曰浦,面旁曰酺,皆其證也。

案:甫之借旁,書無取證,《白虎通·封禪》曰:"梁甫者,泰山旁山名。"甫旁音近,以《白虎通》貫用聲訓,故《説文通訓定聲》言此甫字借作輔,意謂班氏以旁訓甫也。然朱氏之言實出於誤解,蓋班氏下文有曰:"三王禪于梁甫之山者,梁,信也,甫,輔也,信輔天下之道而行之也。"則其言"泰山旁山"者,猶服

虔曰“泰山下小山”耳（案:見《史記·秦本紀》集解），何嘗以旁訓甫乎？且《史記》甫作父，父亦未有借爲旁字者，由以知甫與旁絲毫無涉也。楊氏云甫假爲旁其有據而所據即此乎？其或所據爲酺浦二字與？然酺浦之以甫言旁亦皆出於楊氏之牽傅，《説文》曰:“酺，頰也。”《釋名·釋形體》曰:“頰，夾也。”此漢人所云酺頰之義，楊氏所云面旁者，乃楊氏之意，夫面夾之與面旁相去亦遠矣。《左傳》曰:“以夾輔周室。”夾輔同義，《説文》曰:“輔，人頰車也。”而班氏曰:“甫，輔也。”若必欲爲之傅會，當云酺之爲言輔，以甫借作輔也。楊氏倘云所引皆漢人之説，未必古初之義，然楊氏面旁之説固尤不見其爲古初之義也。至若浦字，若亦必欲爲之傅會，則云浦者所以夾水，亦曰浦之爲言輔，以甫借輔，豈其有所不可也？且藉令浦酺二字果如楊氏所云，何二字之音近於旁而轉不近於旁？此亦楊氏之説之不可解者。浦酺之借甫爲旁説既不可恃，楊氏果何據而言牖以甫借旁哉？凡有所不知，蓋闕可也，若必欲爲之説明，則余以爲其可能有二:一、甫古文字或作[illegible]（孟卣），頗類窗牖之形，牖之從甫，或實乃牖形之譌。二、前引班氏曰“甫，輔也”（案:梁甫之甫果當訓輔否是一事，漢時甫又可否訓輔又是一事，不必因班氏之解梁父而疑其訓之根本虛妄），而《説文》甫聲之字有夾輔之義者四:酺爲其一。“浦，輔也”爲其二。“輔，人頰車也”爲其三。“傅，相也”爲其四。又有“誧，一曰人相助也”之訓。謂甫字語言中實際應用爲輔義，蓋未嘗有不可者，《蒼頡解詁》:“牖，旁窗也，所以助明者也。”助，輔也，倘所謂助明爲原始之説，則牖之從甫或即取甫爲輔義乎。

> 十篇上㹜部云:獄，确也。從㹜，從言。二犬，所以守也。按二犬守言，義不可通，言實辛之借字也。辛字訓辠，辠古罪字，言字從辛得聲，音近故得借爲辛也。

案:楊氏所引《説文》，乃相沿之大徐本，小徐“從言”下有聲字，從小徐則形聲字也。言字古韻在元部，獄字在侯部，二部音不近。故清時治許學諸大家皆從大徐，而以小徐有聲字爲衍文。然言獄並疑紐，《説文》云形聲而今日止見其爲雙聲者:如今在侵部，從今之矜字在真部；貌在佳部，之部弭之或體從之作猊，固屢見非一，則小徐聲字不必其爲衍也。且《説文》二犬守獄之説別無取信，多家非之，段氏解從㹜取相争之意，朱氏《説文通訓定聲》同，惟段氏又

欲從許君二犬守之之説,疑不能定。今案:從犬之字本以言犬後移以言人者,若獨犯狧獎等,比比皆是。獄之字或本言兩犬之狋狋相争,後移以言人之相訟,字或從㹜言會意,《説文》云:"㹜,兩犬相齧也。"余此説未必然,然獄之本訓爲訟爲㘚圄固未有定也。而諸家多主言訟,鮮有從許君之説者。倘不幸而諸家之説是,則謂獄之從言言猶云訟,二犬守訟非不可通。反之獄訟者,方其未決理之曲直時,不得謂之有罪,尤不得謂兩造皆是罪人,則楊氏以言借辛之説乃反不可通矣。凡立一説,必當於其決然無疑者言之,若楊氏所取材,焉能立其説哉。

十篇下大部云:奆,瞋大也。從大,此聲。按字音讀火戒切,此聲之説不合,蓋從大從此,非從此聲也,字從此者,假此爲眥。《説文》:眥,目匡也。從目,此聲。奆訓瞋大瞋爲張目,目張則眥大,故奆從大此,實謂大眥也。門下泰興高松兆云:今泰興語謂人張目怒視爲奆,音如偕,與火戒切之音正相合……"(案:下文取今之方言以證《説文》之字,以無與於此文,兹删節)

案:楊氏所由以言奆之借此爲眥者,以字之讀火戒切爲可疑也。然圭聲之字多入皆韻,精系字亦或與曉匣二紐通諧,奆從此聲而讀火戒切,視之爲不謹嚴之諧聲可也。且所謂火戒切者,大徐本反切也,小徐作七里切,韻母固尤爲可疑,聲母則與此聲同紐,而《玉篇》曰:"猜紫切,直大也,《説文》火介(案:介戒同切)切,瞋大聲也。"猜紫切正與此字同讀。《廣韻》紙韻字讀雌氏切,實與《玉篇》同。尤可注意者,王仁昫《刊謬補缺切韻》字但入紙韻雌氏反,不入怪韻。然則縱不必執《切韻》以疑大徐,終不得據大徐以疑字之當借此爲眥也,凡此等皆足見楊氏之惟圖逞一時之快,而不肯細思細考。至引泰興方音一節,余不知泰興方音,不敢有所議,然就其所云,偕《廣韻》止古諧一切,聲母聲調皆與火戒切不同,卽《集韻》之又讀同諧,亦與火戒切異,而楊氏云"音正相合",余則不解其何以相合也。

十二篇下我部云:義,己之威儀也,從我羊。按字從我,故訓己,羊與威儀不相涉,而字從羊者,羊爲像之借字也。八篇上人部云:像,象也,讀若養。按今字作樣,像讀若養。養從羊聲,故義字借羊爲像也。

案：羊借爲像，别無取信。段注云："從羊者與善美同意（案：謂與善美之從羊取義相同也）。"古書義或訓善，段氏之説較然可信。至從羊之所以有善美之義者：《説文》云羔爲羊子，字從羊在火上（案：《説文》云從照省聲，然從火無以知其必爲照省，許君殆傅會爲説）。《管子》云："山高而不崩，則祈羊至矣。"注云："烹羊以祭，故曰祈羊。"祥字從羊，而古書或即以羊言祥，《論語》有"告朔之餼羊"，《周禮・羊人》曰："凡祭祀飾羔。"更參以《論語》"犂牛之子騂且角，雖欲勿用，山川其舍諸"，蓋古以羊子爲祭牲，故羊子字從火烹羊會意，羊字引申有美善之義，而美善義羑諸字從羊以見意也。

十四篇上𠂤部云：官，吏事君也，從宀𠂤，𠂤猶衆也。此與師同意。按𠂤訓小阜，無衆意，而師字滕文云𠂤四帀衆意，通訓亦釋師爲衆。官字從𠂤，即假𠂤爲師也。𠂤師古音皆在微部。

案：傳世銅器銘文有以𠂤言師者，克鐘"東至于京𠂤"，京𠂤即京師，盂鼎"故喪𠂤"，喪𠂤即喪師，爲失衆之意。大𠂤吏良父𣪘，大𠂤即大師，並其例，楊氏將持此以爲官字假借𠂤爲師之證矣。然近人正以師字從𠂤會意，而金文又或以𠂤言師，謂師爲𠂤字之孳乳。余以京師二字連稱，知𠂤之言衆誠非文字假借，乃爲義之沿革。《説文》曰："京，人所爲絶高丘也。"《詩・皇矣》傳："京，大阜也。"《定之方中》傳："京，高丘也。"《説文》："𠂤，小阜也。"京師二字本義皆言高地，或有大小之不同而已。而二字連稱以言天子都邑，其義則大異於此。《公羊・桓公九年》傳曰："京師者何？天子之居也。京者何？大也。師者何？衆也。天子之居必以衆大之辞言之。"《白虎通》、《獨斷》説同，倘謂天子都邑之言京師本即言大衆，與京師二字之本義爲言高地者無涉，然事之巧合有如此者，誠不能令人無疑，且《説文》云京爲人所爲絶高丘，人爲絶高丘或與居住有關；而金文有地名㪤𠂤（或作師）、葊京者，皆爲通都大邑，此尤不能令人無疑。余意以爲古者洪水氾濫，蛇虫鳥獸爲患，民皆就高地爲穴以居，高地遂爲人集居之處，故言高地爲京爲𠂤，言人衆處亦爲京爲𠂤，《説文》云京爲人所爲絶高丘，正可以此爲解，天子所居自尤爲絶高之地，此有《書・盤庚》"適於山"爲證；其人亦必尤衆，故謂天子所居亦爲京爲𠂤，又爲其别於通常之言京言𠂤，遂以京𠂤二字重疊爲言，初其義固與言京言𠂤者同，久之遂生

大衆之説，此“京”“自”之所以本言高地而又有“京自”言大衆之説也。《孟子·滕文公下》篇云：“當堯之時，水逆行，氾濫於中國，蛇龍居之，民無定所，下者爲巢，上者爲營窟。”《説文》曰：“營，帀居也。”民於自上爲營窟以居，此自字又從帀作師之義，後人不知自師本爲一字（如《説文》），又以自從追聲之字讀都回切，其源幾至不可爲考，楊氏爲官字假自爲師之説，固亦不足多怪矣（案：金文亦或以帀言師，然此乃文字之省作，猶毛公鼎緘之作咸，比敦婦之作帚，叔氏鐘福之作畐，與以自言師者不同，余别有《説師》一文可參）。

2. 見於形聲字者

（1）形旁

五篇下（原作上誤）韋部云：韓，井垣也，從韋，取帀也，倝聲。按韋無帀義，而許云從韋取其帀者，段氏云，説韋同囗，是也。六篇下囗部云：囗，回也。象回帀之形，是囗爲帀也。韋字從囗聲，二音相同，故借韋爲囗耳。

案：《説文》云：“韋，相背也，從舛，囗聲。”然《殷虚文字類編》有異議，謂字從囗從舛，象衆足守衛囗内之形。今案：金文韋或作韋，或作韋（甲文同），從帀從方，不從囗，囗帀方義同，其音則迥異，許君囗聲之説絶誤，字當是會意字，然羅氏之説亦有可議者，韋字古韻在脂部，衛字在祭部，先秦韻語可證，諧聲讀若亦可爲證，二字音讀不同而謂其一字，實難置信，余謂韋與圍爲一字，爲囗字之孳乳，蓋囗象凡囘帀之形，韋從囗從二止象包圍之義。《説文》中從韋聲之字多有回繞義。可見韋爲囗之孳乳。衛字金文皆從行從韋（韋或作韋），小篆衛字從行從韋，韋金文作韍，從帀從韋，猶圍之從囗從韋也。蓋從囗則置韋其中，從帀其置韋其側，皆就字之美觀爲定。小篆置帀韋下，亦爲字之美觀故，是韋韍圍一字之證，然圍韍當是韋之後起字。觀早期金文無圍字，圍字一見而其形已是小篆（見庚壺），韍字亦僅一見（遣小子設）。本身時代雖無可考，於小篆衛字亦可見其晚出，推韋之所以又加帀若囗者，蓋以韋字通常用爲皮韋字（案：於《説文》韋部卽可昭見），其本義轉諱，故又制爲從帀從囗之形聲字矣。韋本演囗義言包圍，故韓字從之，豈曰假韋爲囗哉（又案：《説文》以圍訓守，以爲其本義，實許君之誤，余别有《説韋》一文）。

（2）聲旁

①由《説文》重文推知者

案：楊氏此下云“《説文》所記重文，有形同而聲類異者，故一字有二體，或以甲爲聲類，或以乙爲聲類。甲乙二字皆無義可求則已，苟二字之中有一字有義可求，甲字有義，則乙爲借字也，反此而乙字有義，則甲爲借字也。”案：甲字有義，固不妨乙字之但爲形聲，反之亦然，況《説文》中有重文之形聲字，其甲乙二字之皆無義可見者，固比比皆是，楊氏何據而可推之如此乎？此下三類，皆以楊氏謬執形聲字聲必兼義之見，而其著手，則下之二類由此以推，實則此固已謬誤矣。

三篇上言部云：䛡，今作話（此楊氏語），會合善言也。從言，𠯑聲，或作譮，云：籀文話從會。按話字義爲會合善言，故籀文從會，字受義於會也。而字又作話從𠯑者，𠯑會音近，古音同在月部，借𠯑爲會也。八篇上人部云：佸，會也，似𠯑字有會義，然許訓實本《詩・王風・君子于役》毛傳，毛意乃謂佸爲會之假字，許據以爲本訓，失之。

案：話爲會合善言，非言會言，然會但有合義，如楊氏所云話受義於會，則善之義何自生乎？豈楊氏知會云會合善言，乃主言會合非主言善乎？然古言話言爲善言，《小爾雅・廣言》云：“話，善也。”是話字受義於會之説已云不可，謂𠯑借爲會，豈其然哉。至以《説文》佸會之訓爲失，則不知其本義究當何訓也。

四篇下肉（原作内誤）部云：胑，體四胑也。從肉，只聲，或作肢。按肢從支者，人之手足如樹木之有枝，故以從支表其義，從支猶從枝也。若胑之從只，第以只與枝音同，借其字書之耳。

案：古以枝言肢（見《孟子》、《周書》），或以支言肢（見《易・坤文言》、《續説苑》），而肢猶枝支之説，自《釋名》以下諸家言之，蓋肢者，支枝字之孳乳，胑則從肉只聲之形聲字耳。

六篇上木部云：柄，柯也（二字據《説文》補），從本，丙聲。或作棅。按棅字從秉，三篇下又部云，秉，禾束也，從又持禾。秉有把持之義，柯柄可把持，故字從秉，受秉字之義。柄之從丙，則以與秉同音借其義（原作音，

當如此)耳,丙秉同古音唐部。

案:古以秉言棅(見《左傳》、《周禮》、《史記》、《管子》),謂秉受義於棅,其事或然,然不妨柄之但爲形聲字也。

七篇上日部云:暱,日近也,從日,匿聲,或從尼作昵,按八篇上尸部云:尼,從後近之也。日近之字昵從尼,取尼爲義也,暱字從匿,則第以匿與尼音近通借耳,尼古音在微部,匿在鐸部,尼匿之通借,以雙聲爲之。

案:昵之又作暱者,或是方音之别,取匿爲聲耳,所謂以雙聲假借,恐不如此隨意也。

九篇上首部云:𩠐,截首也,從斷首(原作者誤),或作剸,按𩠐字從斷,意兼聲,或從刀專聲,專與截首之義全不相會,但取其與斷同音耳。

案:余亦不解剸字何以不可爲形聲字。

十篇上鹿部云:麠,大麃也,牛尾,一角,從鹿,畺聲,或作麖。按麖字從京,京訓人所爲絶高丘,高大義近,故京有大義,麖爲大鹿(鹿亦當云麃)實受義於京。若麠之從畺,畺爲田界,不含大義,第以與京同音借書耳,畺與京同爲見母唐字。

十一篇下魚部云:鱷,海大魚也,從魚,畺聲,或作鯨。按鯨爲大魚,實受義於京,畺但爲京之音(音上當有同字)借字,與麠麖同。

案:《羽獵賦》"騎京魚",京或爲鯨,楊氏云鯨取義於京,其事或然,推之麖之從京亦或如此,然不妨麠鱷之聲不兼義也。

②許不云重文而實當爲重文者

一篇下艸部云:葷,臭菜也,從艸,軍聲,許云切。又云:薰,香艸也,從艸,熏聲,許云切。按臭菜謂有氣味之菜,非謂惡臭也,香艸之薰,亦謂有臭味之艸,二字蓋本一文,《儀禮·士相見禮》云:"夜侍坐,問夜膳葷,請退可也。"注云:古文作薰,是二字本爲一字(原作宇誤)之證也。薰從熏聲,卽受義於熏,一篇下中部云:"熏,火煙上出也。香艸臭氣上升,與火煙之上出者事類相同,故薰字從熏,若葷從軍聲,則第以軍熏音近,假軍爲熏耳。"

案:葷爲臭菜,蔥薤薑蒜之類爲葷;薰爲香艸,爲蘭茝之屬。前者可食,後者不

可以食;前者之氣辛辣刺鼻,後者芳芬可人,其不爲一字,固至顯然,故許君不以爲重文也。《儀禮》古文葷作薰者,正同音假借之例,楊氏遂執以爲一字之證,豈不謬哉!

> 二篇下辵部云:遁,遷也,一曰逃也,從辵,盾聲。徒困切。又云:遯,逃也,從辵,從豚,徒困切。按遁遯同訓爲逃而音同,實一字也。遯從豚者,豚性喜放逸,《孟子》云:如追放豚,通言狼奔豕突,是也。有逃亡乃有追逐,故逐字從辵豕,此知遯字受義於豚,遁字從盾,乃豚之借字也,四篇下肉部云,腯,牛羊曰肥,豚曰腯,腯從盾者,亦豚之借,腯字借盾爲豚而義屬於豕者,豕豚細言有别,統言不分也。

案:《説文》曰:"遁,遷也。一曰逃也。"段氏"一曰逃也"下曰:"此别一義,以遁同遯,蓋淺人所增。"遁之訓逃,倘不必如段氏之疑,則當謂許君於此字之本義疑不能定。朱氏豐芑以訓遷爲本義,訓逃爲借遯之義,蓋以訓遷爲借義則無本字可求,以訓逃爲借義,則遁遯同音,吾人不言本義假借則已,言本義假借,則宜從其説,楊氏言本義假借,而剌取"一曰逃也"之訓謂遁遯一字,豈其所當爲者哉。

③從字義推尋得之者

> 一篇上士部云:壻,夫也,從士,胥聲,按壻從胥聲者,當受義於諝。三篇上言部之諝,十篇下心部之惰,二皆訓知,擇壻者必以才知,今通俗言郎才女貌是也。諝惰皆從胥聲,故得借胥爲諝惰矣。

案:《説文》:"胥,蟹醢也。"而經傳中多以胥爲有才知者之稱(如《周禮・大行人》、《漢書・司馬相如傳》)倘壻之從胥果取才知之義,胥字實際應用即有才知之義,不必謂之假借也,猶之《周禮》之以胥言諝,作者固以爲其用假借字乎!且楊氏此云借胥爲諝,下文諝字則曰借胥爲疋疏等字,倘楊氏不言本義假借,則不得言造字時有通借,言本義假借,則不得謂此胥字借爲諝,如此矛盾牴牾,豈以爲謂此假胥爲疋其迂緩不足以服人乎?

> 二篇上牛部云:犗,騬牛也。從牛,害聲。按此謂牡牛割勢使不能生殖者,字從害聲,害蓋假爲割,謂於體中有所割去也。割從害聲,害割古音同,故假害爲割矣。

案:語之來源,或如楊氏所説,文字制作則不可强解。

二篇上口部云:哨,不容也。從口、肖聲(案:以上原作"二篇上辵部云,遂,亡也,從辵、㒸聲、按亡與",涉下文而誤)。按《禮記·投壺》云:枉矢哨(原作㒸誤)壺,謙言矢不直,壺不大也。不大故許言不容,字從肖聲者,肖字從(原作容誤)小聲,借肖爲小也。

案:《方言》十二:"肖,小也。"是肖字實際應用爲小義,倘哨之從肖取小義,此即制字者之所取,必不謂此借肖爲小也。

二篇上辵部云:遂,亡也,從辵,㒸聲,按亡與逃義同,辵部云,逃,亡也,遂字從㒸者,八部云:㒸從八,豕聲。㒸與逐古音同,借㒸爲豕也。説具前遁遯條。

案:楊氏謂㒸借爲豕,又云説具前遁遯條者,蓋實以豕爲豚之義,不則遂即逐字,其義爲追而不爲逃矣。然而此其説也,不謂遂逐一字,即當云遂遯一字,楊氏蓋亦不欲以此結論示人,故隱約其言,以避人之視聽與?則其用心亦良苦矣。

又云:追,逐也,從辵,𠂤聲,按𠂤與豕古音近,同古音微部字,𠂤蓋豕之假也。遯遁同義,豚盾同音,推知盾之假爲豚,然則追逐同義,豕𠂤音近,亦可推知𠂤假爲豕也。

案:謂追字假𠂤爲豕,則追逐一字矣,楊氏何故不以入第二類"許不云重文而實當爲重文者"下?聞楊氏有説,謂卜辭中逐言逐獸,追言追人,劃然不紊,然則追之以𠂤借豕否,余不欲言之矣。

二篇下齒部云:齗,齒本肉也。從齒,斤聲。按斤訓斫木斧,無本字義,齗字從斤聲而訓本者,借斤爲根也。尋斤艮二文古音同隸痕部,二音相同,故可通作。十三篇下土部云:垠,地垠也,從土,艮聲。或從斤作圻。二篇上走部云:赾,行難也,從走,斤聲。二篇下彳部云:很,行難也,從彳,艮聲。赾很二字音義相同,或從斤,或從艮,此皆二聲可通作之證也。本根同義,故《説文》訓齒本肉,《倉頡篇》訓齒根,則明著其語源於義訓中矣。

案:凡所舉例,皆艮斤二字音近之證,非齗字必假斤爲根之説,且此云斤借爲

根,根之字從艮又何所假借乎,凡此皆足以知語言與文字爲二事,斷之語其或由根語而孳乳,斷之字則不必從根爲會意也。

三篇上言部云:詩,志也。從古言,寺聲。古文從古文言,從之聲。按許以志訓詩,而志字不見於《説文》,蓋偶脱耳,大徐及段氏並補之,是也。志字從心之聲,詩字從寺,寺亦從之得聲,古文詩字則徑從之,寺之皆志之假也。《書·舜典》(案:原作舞典誤,然當云《堯典》)曰:詩言志,故造詩字者即以言爲其形,以志之同音字寺之爲聲,意謂志寺之音同,本易曉也,不謂偶一狡獪,遂令人迷罔二千年矣。

案:楊氏以《堯典》"詩言志"爲詩字制造之所本,然《堯典》之成書,當在戰國初年,而《詩經》、《論語》中多有詩字,即令"詩言志"一語早有流傳,亦何證知其在詩字制成之前而爲制字者之所取!且既取以制字矣,又何故而易志爲之爲寺乎?楊氏自謂已發二千年來之覆,實則楊氏於數千年後自覆自發,何有於人哉?

又云:諝,知也。從言,胥聲。按胥訓蟹醢,與知義絶不相會,胥乃䟽疏諸字之假也。二篇下疋部云:䟽,門户窗也。從疋,疋亦聲,囱(原作窗誤)象䟽形,讀若疏。門户䟽窗有通孔,故䟽疏二字皆訓通,凡物通者智而塞者愚,故諝訓爲知。胥實䟽疏諸字之假,胥字從疋聲,與䟽疏三字同,故得相借也。

案:楊氏知䟽疏三字假疋爲何字乎?不知也。以楊氏之善於牽傅猶不得其説,是形聲字不必聲中兼義也。然則楊氏何據而言此借胥爲䟽疏諸字哉。

又云:誂,相呼誘也,從言,兆聲。按兆字無呼誘之義,此以與召音同,借爲召字也。兆召皆豪部字。二篇上口部云:召,呼也。十二篇下手部云:招,手呼也。從手,召聲。三篇下革部鞀或作鞉鼗,知制字時召兆通作,有明徵矣(徵原作微誤)。參閲下文七篇下㫃部旐。

案:鞀之又作鞉鼗,可證召兆古同音,不能證此字必借兆爲召,謂兆字無呼誘之義,誰令其必當有此義乎?

又云:謚,行之迹也,言,從益聲。按益字與謚義不相會,益與易古音同錫部(案:原文古音同三字重),此借益爲易也。《禮記·檀弓下》篇稱謚爲

易名,故謚字取易爲義,金文記賜物通云易,吴榮光《筠清館金文》卷三載周敦蓋銘云:隹王三月初吉癸卯,□叔□□於西宫,苒貝十朋。苒爲古伯益之益字,此易益古通之證也。參閲下文六篇下貝部賜。

案:易本象蜥易之形,訓變易者亦非其本義。謚之從益卽如楊氏所云取變易之義,然豈是易字之借哉。楊氏豈有不知易字之本義乎?

又云:謗,毁也,從言,旁聲。按譏毁人之字大抵有義可求,謌訓相毁,從言,亞聲,亞訓醜,謂言人之醜惡也。誹訓謗,從言,非聲,謂言人之非也。詆訓訶,從言,氐聲,日部昏下云:氐,下也,氐卽今低字,謂低下視之。猶今人言低估計也。譏訓誹,從言,幾聲,幾訓微,謂微小視之也。呰訓苛,古書多作訾,凡此聲之字皆含小義,亦謂小視之也。獨謗字從旁聲,似無義可求,精而思之,旁蓋借爲薄也。《説文》旁訓溥,榜爲輔弓檠,又酺爲面旁,浦爲水旁,皆以旁與甫聲之孳乳字雙聲對轉爲義,前舉會意字牖從户甫,借甫爲旁,亦其證也。言其人而薄之,故爲謗矣。

案:楊氏以旁必借爲薄者,以譏毁人之字大抵有義可求且多爲小義也,其語直有謗字不求出其旁聲之義則不得訓爲毁謗之勢。然謗毁人之字何嘗皆有義可求?楊氏以詆字證謗之當借旁爲薄,《説文》曰:"詆,訶也。"又曰:"訶,大聲而怒也。"楊氏亦當舉訶字爲證矣,然訶之字從言可聲,楊氏亦云訶之言言可乎?且卽以楊氏所舉例言,壼字從亞象宫中道,是《説文》亞醜之訓已大成問題。非卽飛字,已成定論,是楊氏誹言人非之説故不足辯(余意誹從非言猶云流言,然無以引出楊氏旁爲小義之意)。此聲之字不爲小義者固多,呰言小視,亦係臆測,毫無根據。然則固不必疑謗之必當有義可求也矣。況謗之音近旁,與薄音反遠,酺浦之音近甫,轉與旁音不近,則此謂旁借爲甫,彼謂甫借爲旁,豈其可信乎?

又云:識,知也。從言,戠聲。按識字有認識之義,亦有記識之義,記識之識通讀如志,惟記識故能認識也。許以知訓識者,知字亦有認識與記識之義……(以下舉例從略)。必先有記識而後有認識……故識字當以記識爲最初義……識之初義明,識字之語源乃可得言焉。蓋識之爲言埴膱(原作識誤)也。《説文》土部云:埴,黏土也,從土,直聲,《釋名·釋地》

云，土黄而細密曰埴，今言黏土(案：此楊氏語)，埴，膱也。黏脂如脂之膱也。《説文》云：黏，相著也。物之相黏著謂之膱，黏土謂之埴，事著於心不忘謂之識，其義一也。戠直古音同在德部，故多通作，《儀禮·鄉射禮》注，膱今文或作植，是其證也。

案：《書·禹貢》"其土赤埴墳"，鄭本埴作戠，是戠字實際應用爲埴義之例，倘識之從戠果如楊氏所云，古人直以戠言埴耳，何嘗以爲假借乎？

又云：讒，譖也，從言，毚聲。按毚訓狡兔，與讒譖義不相符，而讒字從毚聲者，借毚爲鑱(原作纔誤)劖也。十四篇上金部云：鑱，鋭也。從金，毚聲。四篇下刀部云：劖，剽也。剽下云，砭刺也，此言讒言之傷人，猶鋭物砭刺之傷體也。

案：毚本義爲狡兔，字引申爲凡狡獪之稱，《廣雅·釋詁》四："毚，獪也。"《素問·解精微論》"請問有毚愚仆漏之問"，注："毚，狡也。"是其例。倘必謂讒之從毚聲當兼義，則謂讒之言狡言，不亦可乎？且此以毚爲鑱劖之借，依楊氏聲必兼義之鐵律，彼二字之從毚又爲何字之假借也？倘楊氏分語言與文字爲二事，凡此問題乃可迎刃而解矣。

又云：譖，愬也。從言，朁聲。按五篇上曰部朁訓曾，與譖愬義亦不相符，此實借朁爲兓鐕也。八篇下旡部云，兓(原誤兟，下同)，兓兓，鋭意也。十四篇下金部云：鐕，可以綴著物者，從金，朁聲。按亦鋭物也。此與讒字説同。

案：倘楊氏但云譖之語源於兓鐕之語，其事或然。

三篇下革部云：靬，乾革也。從革，干聲。按義爲乾革而字從干，明借干爲乾也。干與乾古音同隸寒部一見母，二字音同。故得相借也。

案：楊氏云"義爲乾革而字從干，明借干爲乾"，倘人云"義爲乾革而字從干，正明語言與文字之爲二事"，楊氏其何以非之？

四篇下羊部云：羯，羊羖犗也。從羊，曷聲。按謂牡羊割去睾丸使不能生育者，字從曷聲，假曷爲割也。曷與割古音同在月部，二音相近，故得相通借也。羯(原誤曷)與犗二字義全相同，然於犗則以害爲聲，於羯則以曷爲聲。以害曷古音本無異，可任意書之也。

案:楊氏倘分語言文字爲二事,必無此結論矣。

四篇下肉部云:膞(原誤作膞,下同),切肉也,從肉,專聲。按專無割切之義,而膞字從專訓切肉者。專與斷音同,借專爲斷也。九篇上首部𩠐從斷聲,或體作剸,又專從叀聲,叀古文作𠁪而斷字古文作㓷,從古文叀之𠁪,此皆斷專二字古同音通作之證也。

案:倘謂膞之語源於斷,其事可信,不能證形聲字聲必兼義,其他例證,猶無證也。

又刀部云:劓,刖鼻也,從刀,臬聲,或作劓。按劓字訓刖鼻而從臬聲者,臬字從自聲,古音臬與自當同,實借臬(原誤臭)爲自也。江沅云:從臬者,從自也,得其理矣。四篇上自部云:自,鼻也,象形,或劓體(疑當作劓或體)作劓從鼻二字构造本相同也。

案:《説文》曰:"臬,射準的也,從木,自聲。"自古韻在脂部,臬在祭部;一從紐,一疑紐;一去聲,一入聲,二字音無相同者,縱不疑臬從自聲之説,當視其爲不謹嚴之諧聲,而不得即據許書謂古音自臬相同也。且自聲之説,自李陽冰、徐鉉以來多家疑之,朱氏豐芑曰:"從自者,鼻于面居中特出之形,凡臬似之。"《史記·秦始皇本紀》、《史記·高祖本紀》、《漢書·光武本紀》皆以準言鼻,則謂臬之從自爲會意,非形聲,自無可疑者,臬讀五結切,劓讀魚器切,《易音義》引《説文》牛列反,劓當是從臬之形聲字,與劓之爲會意字固不相同也。

又角部云:觽(原作觽誤,下同),角傾也。從角,虒聲。按二篇下辵部云:迆,邪行也。傾邪義近,觽之從虒,蓋借爲迆也。十二篇下弓部云:弛,弓解弦也。從弓,也聲,或從作虒,此也虒二字古通作之證也。

案:虒誠借爲迆字,也又何字之假也?豈也聲不當兼義乎?楊氏於此倘云觽之語與迆語同源,則其事或然也。

五篇上竹部云:簸,榜也。從竹,殿聲。按字從殿者,殿借爲㞜。八篇上尸部云,㞜,髀也,從尸下丌居幾,或作臀脾。《急就篇》云:盜賊繫囚榜笞臀,與臀同(與上當重臀字),《漢書·東方朔傳》記武帝令倡監榜郭舍人,朔嘲之云:口無毛,聲謷謷,尻益高,尻即臀,口無毛謂後竅,此皆榜笞施於臀之證也。從竹表榜笞之具,殿借爲臀,表榜笞之所加也,殿臀之

通借不明，段氏乃謂以殿擊爲義，疏矣。

案：榜之義有三：《説文》曰“榜，所以輔弓弩”，此其一。又篇下曰“關西謂榜篇”，爲榜額標榜之義，此其二。《史記》、《漢書》多以榜言笪笞，此其三。故許君譬榜之訓遂有三解：段氏從《説文》榜字之訓。王氏《釋例》以簸在籤下，謂許云簸爲榜篇。桂氏《義證》則云：“簸也者，字書榜棰也，《廣雅》榜擊也。……”今案：簸之言輔弓弩者無可取信，《説文》訓解之字往往非用其本義，段氏執榜之本義，失之無據。簸言篇榜者亦不見，且榜之與籤義不相同，實無以推類。而《廣雅・釋詁》榜與簸同訓擊，則桂氏之説爲可信也。楊氏榜笞云云，得之；謂借殿爲屍，則不謂其然。案：屍臀二字並讀徒渾切；屍訓脾，簸義爲笞脾；簸從殿聲，而殿字依《説文》爲從殳屍聲，兩者音既相同，義亦相關，以截耳之言刵，誅族之言族比照之，謂簸爲屍之孳乳，殆無不可（案：耳刵雖有上去之别，然名詞以爲動詞者，别其聲調爲去聲，乃變易詞性之一法，耳刵聲調之異，正可证其同語）。殿字《説文》曰擊聲，高翔麟《説文字通》引惠氏棟之説（案：所引不見惠氏《讀説文記》）云，擊聲者，聲爲屍之誤。案：屍或作臀，與聲字形近易譌；訓擊臀亦與字之從殳擊屍相合，且擊聲之訓無可取證，擊臀之説則可於簸字求之，然則殿簸一字耳。殿之又作簸者，蓋自殿之借言大堂以後，音讀變異，本義轉廢，遂有從竹殿聲之簸字出矣。簸殿既可能爲一字而語源於臀，楊氏簸字借殿爲屍之説，恐又失其真實矣。余非好爲異説，以與楊氏爲難，余亦欲求語文之本源耳，楊氏有知，其能諒我乎？

六篇上木部云：桎，足械也。所以質地。從木，至聲。按許以質釋桎，至與質音雖相同，然義殊牽附，余謂至蓋借爲疐也。四篇下叀（原誤擊，下同）部云：疐，礙不行也，從叀，引而止之也。以木械加於人足，礙止之使不能行，故謂之桎，《詩・小雅・節南山》箋云：氐當作桎鎋之桎，《釋文》云：桎，礙也，是其義也。九篇下广部云：庢，礙止也。從广，至聲，庢從至聲而訓爲礙止，殆亦以至爲疐也。

案：桎之語或與疐有關，字則形聲字耳。

六篇下貝部云：賜，予也，從貝，易聲，按凡贈賞義之字皆以增加爲義，贈之言增，賀之言加，賞之言尚，尚亦加也。獨賜從易，易無加義者，

易以同音借爲益也。參閲上文三篇上言部謚,下文九篇上髟部鬍。

案:楊氏云凡贈賞義之字皆以增加爲義,然所舉止三事,而《説文》云:"齎,持遺也。""賂,遺也。""贛,賜也。""賚,賜也。""賸,物相增加也。"……此皆何所云乎？且所謂贈之言增(案:以增訓贈,見崧高詩毛傳)者,楊氏當云贈字借曾爲增也,然增亦從曾聲,《説文》曾,詞之舒也,《孟子》云"曾益其所不能",曾正增之假借,則增之從曾不可云其爲假借也。增之從曾聲無所謂假借,而云贈之從曾聲必爲假字可乎？增之字其可以破楊氏形聲字聲必兼義之謬見矣。

七篇上日部云:暍,傷暑也。從日,曷聲。按曷字無傷害之義,而暍訓傷者,假曷爲害也。曷字從匃聲,害字從丰聲,匃丰音同,故古書二字多通作。七篇下宀部云:害,傷也。是其義也。牛部云:犗,騬牛也。羠部云,羯,羊羖犗也。二字義同,一從害,一從曷,此二字古同用之證也。

案:害字金文象下器上蓋之形(説見《卜辭通纂考釋》),方濬益以爲古會字(見《綴遺齋彝器考釋》),《説文》乃承小篆之變形爲説,害之訓傷原非其本義:楊氏此説亦誤矣。

又㫃部云,旐,龜蛇四游以象營室,攸攸而長,從㫃,兆聲。按古人用旗幟以召衆,《左傳·昭公二十年》云,旃以招大夫。《孟子·萬章下》篇云,招虞人以皮冠,庶人以旃,士以旂,大夫以旌,是其事也。旐之從兆,以爲召字耳。三篇下革部鞀字或作鞉鼗,知制字時召兆多任作不别矣。參閲前三篇上言部誂。

案:《説文》㫃部諸字多用聲訓:"旗,士卒以爲期",以期訓旗。"旆,沛然而垂",以沛訓旆。"旌,所以精進士卒也",以精訓旌。"旂,以令衆也",以令訓旂。"旞,全羽以爲允",以允訓旞。此云"攸攸而長",亦以攸攸闡明旐之語源(附案:自旗至旞七字,旗旆旌旂旞旐六字皆用聲訓,獨旟字無聲訓者,蓋今本脱之。旟下曰所以進士衆,與旌下曰所以精進士卒比照,旟下進字上蓋奪一字),雖許説未必可信,然不能證其必誤,終不當棄之如不屑言者然。豈楊氏以爲召之説固視許君攸攸之説爲優與？然旐者旗之一耳,倘《孟子》之言可爲旐字假兆爲召之據,則旃旂旌三字尤當演召之義矣,楊氏其將何所云乎？

七篇上鼎部云:鼒,鼎之圜掩上者。從鼎(從原誤以),才聲。江沅云:

才者，始生也，故才聲者爲小鼎。余按江説恐非是，《爾雅·釋器》舊注云：鼒，子鼎。然則從才者殆假才爲子也。子與才同爲咍部字，故得相通借，子有小義也。

案：鼒或作鎡，從金兹聲，兹才義近，倘欲傅會，亦云巧合，楊氏從《爾雅》舊注，然當云鼒之語由子孳乳，字則但爲形聲耳。

七篇下疒部云：疫，民皆疾也。從疒，役省聲。《釋名·釋疾病》云：疾，役也，言有鬼行役也。按劉説皮傅無理，殊爲可笑。余謂役與易古音同隸錫部，二字同音，從役實借爲易也。易有延易之義，《詩·大雅·皇矣》云：施於孫子，鄭箋云，施猶易也，延也。《爾雅·釋詁》云：弛，易也。郭注云，相延易，易與延同義，故鄭以易與延解施，郭以延易連文也，易(此上衍延字)有延易之義，故病之蔓延者亦云易，《國語·魯語》云：夫苦成叔家欲任兩國而無大德，其不存也，亡無日矣。譬之爲疾，余恐易焉。《後漢書·鄧訓傳》注引《東觀漢記》云：吏士嘗大病瘧，轉易至數十人。轉易猶今言傳染也，此皆謂疾病之延易也。疾病延易，故謂之疫矣。此字足見吾先民文化之卓。

案：疫之語源自延易之易，其事或然，然疫之字不得謂役爲易之借，易之本義爲守宫也。

七篇下巾部云：帬，繞領也，今本作下裳也，此從段氏校正，從巾，君聲。按君字無圍繞義，此假君爲軍也。《説文》十四篇下車部云，軍，圜圍也。君軍同屬痕部見母字(字誤作子)，音全相同，故得相通借也。

案：倘謂帬之語源自軍，而確知軍之語其成在帬前，則其事或可爲信也。

九篇上頁部云：頶，大頭也。從頁，羔聲。按羔訓羊子，與大字義正相反，頶從羔聲乃訓大者，假羔爲高也，尋高聲字多具大義，《爾雅·釋魚》：鰝，大鰕，《説文》同，《廣雅·釋詁》云：顥，大也，《玉篇》云：顥，大頭也。是其證矣，高大義類同，故高得爲大，此猶京爲絶高丘有大義也。羔與高同爲豪部見母字，古音相同，故得相通借矣。

案：楊氏以頶之必借羔爲高者，羔爲羊子，與大義相反耳，然羍爲小羊而字從大，訶訓大言而怒而字從可，然則頶之從羔，固不待楊氏解爲高字之假借，而

後其義乃得爲大頭也。

> 九篇上髟部云:鬄,髲也。從髟,易聲。或作髢。案髲下曰益髮也,鬄訓髲,鬄訓益髮,則鬄爲益髮可知,易益古音同,鬄從易,假爲益也。或從也作髢,也古音屬歌部,與易益音愈遠矣。參閲前記六下貝部賜。

案:楊氏不云髲之借皮爲彼,豈以彼亦從皮聲而無以自圓其説乎?楊氏倘分語言與文字爲二事,皆可以迎刃解矣。

> 十篇上鹿部云:麛,鹿子也,從鹿,弭聲。按弭無子字之義,麛訓鹿子字從弭者,借弭爲兒也,知者,十二篇下弓部弭字或從兒作猊,此耳與兒通作之證也。耳兒通作,弭從耳聲,亦可與兒通作矣,《論語·鄉黨》篇云:素衣麑裘,麛字從兒作麑,亦可證弭之爲兒也。

案:《論語》之麑,固不妨麛之但爲形聲字;弭之或作猊,亦止爲兒耳二音古有通作之例,無以證知麛之必假弭爲兒也。

> 十篇下心部云,慈,愛也,從心,兹聲,按《禮記·禮運》篇云:父慈子孝。又《大學》篇云:爲人父,止於慈,許君訓愛,泛言不切,切言之當云愛子,慈從兹聲,兹與子古音同,假兹爲子也。

案:如楊氏言:慈爲父愛子之心,則字當作"忩"從父心乎?抑當作"志"從子心乎?余意子心乃是孝義,楊氏蓋謂"愛子之心",然愛字何自出乎?且古人制字何若是迂緩,而不徑從父心會義邪?此皆無謂之争,何如以慈之爲形聲之爲明快哉!

> 十一篇上水部云:滓,澱也。從水,宰聲。按宰聲義不可求,以義核之,宰蓋假爲兹也,四篇下玄部云:兹,黑也。知者,十篇上黑部云:黕,滓垢也,從黑,冘聲,水部云,澱,滓垽也。從水,殿聲。黑部又云:黗,黗謂(原誤課)之垽,垽,滓也,澱黗同字而黗字從黑,滓與黕(原誤黗)澱黗同義字,故知滓有黑義,而宰實借爲兹也。

案:兹即絲字(案:《説文》分兹丝絲爲三,以丝讀於虯切,實以丝從幽爲讀,誤。今之文字學者,皆以金文一88字當許書兹丝二字,實則所謂二字音皆當讀兹,而義訓此,其爲一字無疑。又强以88丝之微别當許書丝絲之分者,亦誤,有曶鼎可證,余别有《説絲》一文)。絲字金文多用爲訓此之兹(案:兹字金文無,即絲字作兹者之所由變,訓益之兹本字當作滋,《説文》曰,滋,益也。兹訓益者爲假借,許遂生艸木多益之訓,實誤。説見余《説絲》),《説文》兹

下引《左傳》"何故使吾水兹"者,《説文》:"緇,帛黑色也。"側持切。《廣韻》:"黲,染黑。"子之切,二字古音實同,《左傳》兹字實又二字之假借,然則楊氏此云宰借爲兹,明其爲誤也。雖然,楊氏若但求語源,不言文字制作時有假借,謂滓緇蓋語出一源,其或無誤與。

> 十一篇下魚部云:鮞,魚子也,從魚,而聲,按而字無子義,乃假爲貌也。弓部弭或作㝈,耳貌可通作,而與耳古音同,故亦可與貌通作也。

案:耳字古韻屬之部,貌屬佳部,二部音實不近,弭之又作㝈者,或是方音之異,楊氏視此特殊之例爲古音推定之標準,其可乎?且藉令貌而古同音,而之借爲貌,又豈其必然者哉?

> 又云:魧,大貝也。從魚,亢聲。讀若剛,按亢訓人頸,無大義,魧從亢聲訓大貝者,亢與京古音同屬唐部見母,假亢爲京也。此與䲔鱷之以畺爲京爲例正同矣。

案:謂魧字借亢爲京,必謂魧之當作鯨也;然魧之誠有作鯨者,余識其爲大魚,不知其爲大貝矣。

> 十二篇上耳部云:聰,察也,從耳,悤聲。按悤訓多遽悤悤,無聰察之義,此假悤爲囪也。囪古窗字,窗牖開通則明察也。

案:金文悤作𢗰,《金文編》云:"從❘在心上,示心之多遽遽悤悤也。《説文》云從心囪,囪當是❘之變形,又云囪亦聲,乃由指事而變爲形聲矣。"克鼎銘曰"𢗰□厥心",𢗰爲明察義,《呂氏春秋・下賢》篇:"悤悤乎其心之堅固也。"注:悤悤,明也。聰蓋卽悤字之孳乳,楊氏云聰以悤借囪,觀金文悤字不從囪,卽知其不然。

> 十二篇下女部云:姊,女兄也,從女,𠂔聲。按《白虎通》釋姊爲咨,《釋名・釋姊》爲積,謂猶日始出積時多而明,其釋姊字之語源皆皮傅無理。余謂姊者次也,第(當作𠂔)與次古音同,故第(亦當作𠂔)聲與次聲之字多通作,《儀禮・既夕禮》注云:古文第(原誤第)爲茨,《易》夬九四釋文云:次鄭作趀,皆其證也,《白虎通》釋姊爲咨,亦以咨聲字爲釋,《釋名》云:弟,弟也,相次弟而生也。劉氏説字多牽强,此義則甚是,《説文》云:娣,女弟也,從女,從弟,弟亦聲,女兄爲姊,女弟爲娣,姊娣之言次弟也,

《釋名》又云：兩婿相謂曰亞，言一人取姊，一取妹，相亞次也，姊娣以次弟爲義，娣妹之夫相稱曰亞，亦以亞次爲義，其事相近，故語源相同也。

案：就語言言，姊與次(次第義)或是同出一源，然不得卽謂姊字以𠂔借次，蓋一，語言與文字爲二事，不可混。二，次字本義何訓，至今仍是一謎也。

十二篇上糸部云：經，織從絲也，從系，巠聲。按經緯之義，經傳罕見，僅《大戴禮》一見經傳用經字皆自經之義，此經字之初義，許説非也，經從巠聲者，巠借爲頸。《史記・項羽本紀》云：大司馬咎長史翳塞王欣皆剄汜水上，《集解》引鄭氏曰：以刀割頸爲剄，剄爲以刀割頸，知經爲以繩繫頸矣，蓋剄經二字皆借巠爲頸也。

案：《左傳・昭公二十五年》云：禮，上下之紀，天地之經緯也，《周禮》考工匠人，國中九經九緯，以經緯連言者，非止一見也，《説文》之義，實未可遽廢。經緯之經與自經之經，其或同音同形之二字與？然自經字卽果如楊氏之言：經之言以繩繫頸，亦不必定借巠爲頸也。且頸字從又何字之借也？

又云：縊，經也，從系，益聲，按縊與經同義，字之組織亦同，字從益者，益借爲嗌也。二篇上口部云：嗌，咽也，縊爲以繩懸嗌，猶經之爲以繩繫頸也。

案：嗌之從益不必聲中兼義，縊之從益何以必得聲中兼義乎？此亦云縊之語源出於嗌，則其事或然也。

十四篇上金部云：鏑，矢鏠也，從金，啻聲，按啻聲義不可求，啻實借爲朿(原誤束，下同)也，啻字從帝聲，帝字又從朿聲，啻朿古音無異，故以啻爲朿也，朿爲木芒，可傷害人，矢鋒似之，故鏑取以爲義也。

案：近人由甲金文字知不、帝二字爲鄂不、花蒂本字。朿帝古雖叠韻，聲母實不相同，楊氏盲從許君之説謂啻朿古音無異，遂生鏑字假啻爲朿之説，其真能信人矣乎！

(二)義同借其音

三篇上晨部云：䢉，耕也，從晨，囟聲，今作農，按囟與農聲殊遠，前人多疑之，吾友沈君兼士云，囟爲頭會𡿺蓋，與𡿺義近，𡿺今作腦，此卽假囟爲𡿺也，農聲字有獿，讀奴刀切，《廣韻》肴韻有硇字，重文作䃩，此囟可

讀腦之證也。

案：金文農字皆從田會意，無從囟者，《説文》古文要上作𦥑，小篆票與䙴上亦作𦥑，小篆農之從囟者，從要票䙴諸字之形爲變也，然則此固無所謂假囟爲腦之事也。附案：許云囟聲，或以囟象窗形，亦未必即以爲頭會腦蓋字。

六篇上木部云：栝，炊竈木，從木，舌聲。讀他念切，按舌與他念切之音殊遠，而音讀然者，三篇上谷（原誤谷）部云：西，舌貌，他念切，舌與西義近，故借西字之音爲舌字之音也。

案：蓋從盍聲，蓋又音盍；納從内聲，内又音納；彗古文作篲，西《説文》曰讀若誓……皆祭談二部音多相通之證，而銛之讀吐蓋切，舑之讀以冉切，銛之讀他玷切（案：《廣韻》銛與栝同他玷切），尤可證栝從舌聲之不足爲異，楊氏盡云此皆假舌爲西乎？然前舉蓋内諸例，恐終不得其解也（案：段氏云舑銛栝諸字皆當從西聲，且改舑作舕，楊氏此實本於段氏也）。

十一篇下雨部云：需，䇓也，遇雨不進，止䇓也。從雨，而聲，讀相俞切，按而爲咍部字，與相俞切讀入侯部者音相遠，而需讀如是者，九篇下而部云：而，頰毛也，九篇上須部云，須，面毛也，而須二字義近，故以須字之音爲而字之音也。

案：楊氏之疑需不得從而聲者，而讀日母，需讀心母；古韻而屬咍部，需屬侯部，二字聲母韻母皆不近也。然《説文》從需聲者十二字，無一而非讀日母者，臑、儒、襦、醹、懦、獳、濡、嬬、繻、孺、醹等十一字，《廣韻》同人朱切，檽字讀而主切，而繻之又讀相俞切，《廣韻》有䰭字，亦讀人朱、相俞二切，又《易·既濟》"繻有衣袽"，繻或作襦，而《説文》絮下引作需，凡此種種，其或顯示需字古爲複聲母也，此雖係揣測，然需之從而聲，其聲母部分，固不容置疑者，且楊氏主"雙聲假借"説（見前𥇖字條），何獨疑此形聲乎？至韻母部分，音聲之字或入侯部，或入咍部，然則視此爲不謹嚴之諧聲可矣，而云借而爲須，謂古人制字若是迂緩，其能以信人乎（又案：《説文通訓定聲》以䨏字與需相較，謂需即濡溼字，説亦可信，惟其云而爲耎省，不若即謂之從雨而會意）？

十三篇下黽部云：鼂，匽鼂也，讀若朝，從黽，從旦，按鼂既非會意字，以旦爲聲，則與朝音不合，蓋旦與朝同義，借旦爲朝而用其聲也。

案:《説文》鼂下有古文作鼌(案:各本云篆文,段氏依《玉篇》訂正),字當從黽,皀聲,皀鼌古韻同在宵部,𠣾從皀聲讀弋照切,喻三古歸定,與鼂之讀陟遥切者聲母甚近,而與字之讀直遥切聲母則同,是鼂從皀聲與其讀音正合,鼂之從旦者,許君不云旦聲,段氏謂其意不能詳,余以旦皀之形近,而皀字少見,旦字通行,旦或即皀之譌變與?又案:《説文》尚有“杜林以爲朝旦,非是”一語。竈《説文》云:“竈,從穴,鼀省聲,或作竈。”金文字作竈,字讀則到切,則鼂或朝旦字,從黽爲聲,與鼌爲匽鼌字本爲二字與(案:《説文通訓定聲》繫鼂於朝下)? 於所不知,當存之勿論,如楊氏之牽傅爲説,亦何益哉。

二、形與義通借者

(一)形近借其義

十篇下夨(原誤矢,下同)部云:吳,大言也,從夨口,按字從口,故訓爲言,夨訓傾頭,無大字之義,而吳訓大言,夨字從大而傾其頭,即以夨字爲大字也,吳或作吴,從口,從大,其明證矣,《詩・周頌》云:不吴不敖,《釋文》引何承天云:吴字誤,當爲吴,從口下大,似不知《説文》吳之古文本從大矣。

案:吳訓大言爲讙譁之義(見段注),字從夨口者,象人側昂其首大聲而譁狀。金文或從夭,亦是此意,倘作吴,轉失吾文字之藝術特色矣。金文但攻吳王夫差鑑一作吴,從大,若《説文》之古文者,但見於陶鉩文字,非真古於從夨之吳也。

十二篇上户部云:肁,始開也,從户聿。按户聿無義可求,王念孫疏證《廣雅》,謂聿訓始,然始與户義亦不屬,其説非也。余謂聿字從又,肁字從聿,即以聿爲又也。此與甲文啓字從攴從户者正同,從又持户,故爲始開也。

案:肁之從聿者,聿象手持撑距之形,非《説文》訓所以書之字,手持撑距爲開門之始,故許君云始開,而字引申凡始之義也。金文肁字從朿,或從聿;肇字或從朿,皆肁字非從《説文》訓所以書之字之證。此事顯而易見,而楊氏竟謂借聿爲又,何其不思之甚也。

十四篇下𠫓部云:育,養子使作善也,從𠫓,肉聲。按𠫓下訓不順忽出,無後字之義,而育下𠫓養子者,𠫓從倒子,即以𠫓爲子也。

案：育本象產子之形(案：見前徹下引王靜安先生說)，𠫓即子字，特以倒作者，正產小兒首向下也。《說文》從𠫓之字，或即子字，或像人伸手並足游水之形，皆以情形特殊而倒作，𠫓之讀突訓不順忽出者，實乃後人之傅會(案：余別有《說文古籀奇字零考》一文，說之至詳)，楊氏此說亦誤也。

(二)義近借其形

十篇上鹿部云：麙，山羊而大者，細角，從鹿，咸聲。又云：麢，大羊而細角，從鹿，霝聲。按二字義爲羊而形皆從鹿者，羊與鹿同爲四足之獸，故類相近，改即借鹿爲羊也。此形聲字形旁通借者。

案：此事或將說明古以羊鹿同科，謂制字者假鹿爲羊，余實不解作之者何以有此奇想，而用之者又何以皆能接受也。

二篇上牛部云：牭，四歲牛，從牛，從四，四亦聲，或作犙，云，籒文牭從貳，按義爲四歲牛，故字從四，當矣。籒文則從貳，貳從弍聲，弍爲二之古文，義爲四而字從貳，由今以數字觀念視之，可謂離奇不合理之至矣，然古人竟有此事，弍雖非四，然與四同爲數字，其義類相近故也。此形聲字聲旁通借者。

案：《繫傳》籒文牭從貳下有仁至反三字，段氏云："仁至反與十三篇二字反語同，是朱翱不謂犙即牭字，而謂犙乃二歲牛之正字也，疑鍇本本不誤，後人用鉉本改之，未删朱氏音切耳。《龍龕手鑑》引《玉篇》直利反，顧野王亦不云籒文牭。"案：今本《說文》二歲牛字作㸬，段注云："㸬字見《爾雅・釋畜》，牛體長也，許君則曰二歲牛。按犙字從參爲三歲牛，牭字從四，故爲四歲牛，則犙字從貳當爲二歲牛矣，而謂犙爲籒文牭字，二四既不同數，且四之籒文作亖，則牭之籒文當作𤛓。凡此乖剌，當由轉寫脱繆。"今案：朩訓艸木盛朩朩然，㸬之從朩而訓牛體長，是《爾雅》說至爲可信；楊氏主形聲字聲必兼義，尤當固信不疑。因之，亦當信段氏貳爲二歲牛本字之說也，然則楊氏而倡牭字借貳爲四之說，乃真爲離奇不合理之至者矣。

1958年3月於南港

(原載《幼獅學報》第一卷第一期)

説　　帥

《説文》巾部説：

帥，佩巾也。從巾𠂤。帨，帥或從兑。

小徐《繫傳》𠂤下、兑下都有聲字。《古今韻會舉要》質韻引《説文》，𠂤下也有聲字，又云“徐曰今借爲將帥字”，爲小徐語，可見其所引即是《繫傳》，非别有來源。帨與税、説、裞、涚等字同音舒芮切，從兑以表音無問題。帥字從𠂤，以爲表意，説不出任何道理，所以段氏注《説文》，便以小徐本爲據，説大徐𠂤下奪聲字，各家無異辭。

《説文》：“𠂤，小𨸏也。”大徐都回切，小徐都魁反，論者以爲即俗書堆字。堆從隹聲，古韻屬微部；帥與率通用，音所類、所律二切，古韻亦當屬微部。聲母則以稍字趙字從肖聲，一音所教，一音治小，後者與堆聲母只有清濁之異，兩相比較，應不致產生疑問。如用帨字的舒芮切看，則更有羶從亶聲音式連切，而亶音多旱切，可以比擬。

金文𠂤字習見，其形爲，與阜字作作者相遠，不類小篆與的不同，其篆未必爲小𨸏，即不必爲堆字。而克鐘的京即京師，柳鼎、𦣞壺的六𠂤、八𠂤即六師、八師，盂鼎的“古喪𠂤巳”即“故喪師矣”，𠂤都是衆的意思。師與帥的聲母雖然相同，師字古韻則屬於脂部，且是開口音，與帥讀合口又不相合，説帥從𠂤聲，便不能不啓人疑竇。

然而問題並不止於此，據《金文編》所收諸帥字看來：

一、虢叔鐘、師望鼎、單伯鐘

二、史頌鼎、史頌簋、秦公簋、叔向簋

三、□井人鐘、□番生簋

四、□毛公鼎

五、□晉邦盦

六、□師虎簋

七、□彔伯簋

共十二個帥字七種形狀（第三種二形後者左側竪畫略短而已，視作同形）。左側□、□、□、□四形與小篆□相當，右側□、□、□、□、□五形與巾字相當，後者有五個標準巾字的形象，前者無一與□形相合。爲了證明左側諸形並非自字，可以進一步與下列《説文》説爲從□（包括表意及表音兩者）的各字相較：

一、師字作□

二、追字作□

三、官字作□

四、歸字作□

所以無不與金文自字作□相合，歸字有一二變形，爲不嫢簋之從□，歸父盤之從□，但絶不與帥字偏旁相涉，然則帥字所從本非自字，可以斷言。

於是，我們必須試求金文帥字左側究竟從何字？一時似乎不易提出答案，但可以有如下的分析：□與□是斷與連的不同，□與□是二與一的關係；□當是□的譌變，故□不見有作□的，□也不見作□。這樣便可以從从□來設想。□於金文爲户字。如果用金文、籀文敗字可書作㪟，及《説文》古文則字書作劃來看，□可視爲□的繁文。但㪟劃畢竟是敗則的變式，不似此字反倒作□僅一見，餘並從□或□。其次便想到門字，《説文》所謂"半門曰户"，門與户正是二與一的關係。不過門字一般只取左右相對之形，也看不出書作上下式的道理。但無論爲户爲門，户與帥聲韻皆略無所關，户固不可爲帥的聲符；即帥與門具有微文對轉關係，由於聲母懸隔，也不可能以門爲聲。

於是，我想到《禮記・内則》的話：

子生：男子，設弧於門左；女子，設帨於門右。

鄭玄注云："表男女也。弧者，示有事於武也。帨，事人之佩巾也。"帥字巾在□右側，帨與帥同字，無異説明□即門，□便是取門右設帨表示生女以會意。

特別是晉邦盦的□字，巾與門相連，更表示出帨懸掛於門之上。毛公鼎、彔伯簋巾字作□或□，參考晉邦盦的□，橫畫疑由點變，"・"與"ʹ"都表示懸中之處。師虎簋的□，可以有二解。其一，從□爲從□的簡化，不具任何意義。其二，門與户名義的不同也許不容懷疑，但普通人家對外的出入口，容或只用一扇的户，帥字便自然可以出現設帨於户右的寫法。

然而，門必然是左右相對之形，何以"設帨於門右"的帥字，却採取了上下二户之形？這便牽涉到中國文字的特性問題。最早的帥字，我相信必是如□的樣子，所從的門字，必然是方方正正通常書寫門字的模樣，表示帨的巾也必然是寫得小小的掛在"門"的右上方。一切象形（包括實形虛形）字其始必不能甚異於客觀世界的物與事，其後則因爲只是代表語言中的事物，而不能保持寫實的原貌，漸向寫意的道路符號化，最終都變成了符號。特別是由於我國文字要求通體方正，結構上有時不得不有所變通。譬如金文有一□字，爲"遣小子"之名，學者謂《説文》所無，無從知其音義。從甲骨文□或作□看來，應該便是圍字。只因從帀從囗的不同，産生了左右、内外的不同結構。據《説文》衛字作衞，其中的帬應即此字，則又因偏旁與獨體不同，於是有上下、左右的不同結構，都是爲了要求方正的緣故，其實並非《説文》無有。這情形可以用褎字作比較。褎與袖同字，從本作上下式的采爲聲。因褎字採取的是内外式，所以將采字獨體時的結構改爲左右式，書作□，以避免過長的字形出現。□的形象，自然是最能生動地表現出"設帨於門右"的樣子，日子久了，難免出現巾與□同長的"□"的不合理模樣，於是有改變門字的左右式爲上下式，使與右側的巾形容易有相對的大小不同。其始也許還出現過□的寫法，後來才變□爲□，更經連書□而譌變爲□，便成了小篆。情形與折字的出現步驟完全相同，開始時作□，表示木爲斧斤所斷，其後變爲□，再經兩豎畫相連，而變爲從手從斤。由□而□，或由□而□，都是文字演變中無可抗拒的同化現象。因爲從□從□的不二見，而從□從□的字多，二形相近，於是□□便爲□□所同化。

最後，討論讀音問題。

在前面提到，帨字音舒芮切，帥字音所類、所律二切，都見於《廣韻》，《廣

韻》帨字又有楚稅切一音,兩者各有二音,不互收爲或體。舒芮、楚稅屬祭韻,所類、所律屬至韻及其入聲質韻,據此上推,古韻分屬祭部或微部,是不僅韻部相異,即舒芮與所類,聲母雖同屬審母,亦有三等二等的不同。自上古音而言,前者源於舌頭,後者出自齒頭,各不相干。照這樣說來,帥與帨根本不得爲一字。然而《說文》既以帨爲帥或體,《禮記・内則》記"設帨於門右",用的是帨字,與這風俗相吻合的,却是帥的字形,無異證明許慎收帨爲帥或體並沒有錯。於是我們不得不檢驗一下二字的古韻部所屬。根據同聲同部的法則,兑字及從兑聲的說、駾、閲、脱都有《詩經》韻可以證明屬祭部;《野有死麕》末章云:"舒而脱脱兮,無感我帨兮,無使尨也吠。"以帨叶脱、吠,更直接證實帨爲祭部字。帥字不見於韻脚,《說文》:"逹,先導也。從辵,率聲。"又說:"衛,將衛也。從行,率聲。"凡言帥領、將帥的用法,即借帥爲逹或衛字。《采芑》以"方叔率止"叶"方叔涖止",率與帥音義相同,也證明帥字古韻確屬微部。這一與《說文》之間的潛在矛盾,却也露出了端倪,兩者讀音的不同,是本義與借義的差别。也就是說,帥字作爲佩巾講,讀音屬祭,作爲帥領、將帥講,讀音屬微。

雖然假借的條件是唯一的"依聲託事",由於方音或其他因素的影響,韻部之間的交通往來,也並非絶不存在。譬如爲禁止之詞的毋字,其先即借母字爲之,母字古韻屬之部,毋則當屬侯部,之與侯應視爲音相遠的兩部,借母爲毋却是事實。無獨有偶,不本是柎字,所以《常棣》說"鄂不韡韡",借爲否定詞的不,柎與否定詞的不便分屬侯部之部。微與祭雖不同部,但音相近。《小弁》云:"菀彼柳斯,鳴蜩嘒嘒。有漼者淵,萑葦淠淠。譬彼舟流,不知所屆。心之憂矣,不遑假寐。"叶嘒、淠、屆、寐。其中嘒屬祭部,餘屬微部。《瞻卬》云:"瞻卬昊天,則不我惠。孔填不寧,降此大厲。邦靡有定,士民其瘵。"叶惠、厲、瘵,惠與厲、瘵,分屬微或祭部。又《說文》云:"聉,無知意也。從耳,出聲。讀若孼。"出聲古韻屬微部,孼則屬祭部。"啐,小飲也。從口,率聲。讀若叡。"率聲古韻屬微部,叡則屬祭部。這兩類例子可以充分說明,祭部的帥字無疑可借爲微部的逹和衛字使用(逹和衛當然是率的後起字,其先借帥或率爲之)。此外,微部字或轉音入歌部,如火本屬微部,後轉入歌;或如

嵬轉入歌而加委聲爲巍。歌本是祭部的平上聲，也可作爲祭微音近之證。至於帥和帨聲母有審$_{二}$審$_{三}$的不同，帨字即可有楚稅切一讀，屬照$_{二}$系統，想來審$_{三}$的帥可借讀同審$_{二}$的率，也應該是不成問題的。

又：依我後來的了解，照$_{二}$照$_{三}$本是聲母相同，而介音爲異，審母無論爲二等爲三等，且都是心母的變音，說詳拙著《論照穿牀審四母兩類上字讀音》《從臻櫛兩韻性質的認定到韻圖列二、四等字的擬音》、《切韻系韻書兩類反切上字之省察》及《上古音芻議》，收入《中上古漢語音韻論文集》，臺北五四書店。

2002 年宇純補案

（初稿完成於 1959 年 7 月，刊於《史語所集刊》第三十本。改寫於 2002 年 5 月）

說　𡣍

《說文》女部說：

婚，婦家也。禮，娶婦以昏時，婦人陰也，故曰婚。從女昏，昏亦聲[①]。□，籀文婚如此。

籀文婚字結構如何，段玉裁注說："其會意形聲不可强説。"清代其餘治《説文》諸大家也都不能有所發明。從金文漸漸出土而爲學者注意以來，此字才有了解释。孫詒讓《古籀拾遺》毛公鼎"余非庸又□"下說：

《說文》女部𡣍、籀文婚。此鼎此字兩見，一作□，一作□，與《說文》並不相似。然以下𩋫字證之，其爲婚字無可疑者。竊謂此字形聲雖不可考，然下從女，必籀文本形。《說文》所載𡣍字，上半涉爵字而誤，下半涉𡣍字而誤。

案：毛公鼎的□和□，義並爲昏憒，與經傳昏字相同；其𩋫字從□，與《說文》𩋫從𡣍聲相合；殳季良父壺婚媾的婚字作□，克盨字作□，□伯簋字作□，雖然形體上都小有差異，其爲毛公鼎□字，是可以斷言的。孙氏説爲籀文婚，當無可疑；只是其字如何組織而成，仍茫無所知。到孫氏爲《古籀餘論》時，便有了進一步的認識。他在彔伯𢦏蓋銘的□字下說：

金文婚字屢見，形聲雖不能詳説，大較從女，從古文爵省。《說文》鬯部："□，禮器也。象爵之形，中有鬯酒，又持之也。所以飲酒象雀者，取其鳴節節足足也。古文作□，象形。"疑古文婚字當取昏禮合巹之義，

---

① 《繫傳》無昏亦聲三字，自禮至故曰婚十三字，在從女昏之下。

故從爵省。……右從巳者,即古文耳,古文婚本從婜省。

除已認定的金文婚字下從女之外,又從識得右旁從耳而確定爲婜字之省,其上則是從爵而省。王國維《史籀篇疏證》也有類似的話。他說:

> 𡟰字毛公鼎作,殳季良父壺作,毛公鼎䡅字作,從。皆從古文爵,從女。古者女初至,爵以禮之,與勞字作、同意。籀文作,乃(象爵形)或之譌,則女之誤矣。

孫王二氏以爲婚字,認定其下從女,爲一重要因素。但克盨婚媾字作,其下從止;又諫簋字作,師兑簋䡅字從,番生簋䡅字從,也都顯然下爲止形,與《説文》籀文從爲趾形相合。王氏謂籀文從爲女譌,於今看來,究竟孰爲正誤,恐尚有斟酌餘地。

更看金文另外一些從止或從女之字:如同一個經常與䛗字連言的字,克鼎作,毛公鼎作,右下端從女;而番生簋作,鼎作,諫簋作,並從止。又如訊字,兮甲盤作,不𡢁簋作(二見),𩕢簋作作,從女;而揚簋作,師寰簋作,從止;虢季子白盤作,所從或於《説文》爲,或於《説文》爲,也都是止的變形。又如䡅字,剌鼎作,伯簋作,師旂鼎作,從𢆉;不𡢁簋作(三見),王孫鐘作,加從女;秦公簋則字作,下加《説文》夂字;子可戈作,乙簋作,𢆉下所從,與虢季子白盤訊字所從相同。這些字因爲女或止都加在或形之下,兩者基本上都人形,説女爲止的變形不需解釋;反之,謂其本從女,便將不知如何交代。更如處字,《説文》説:

> 処,得几而止。從几從夂。處,或又加虍聲。

井人鐘處字作,宗周鐘作,曶鼎作,齊侯鎛作,魚顛匕則作,女形亦由止形而變。又宗周鐘臽字作,據《説文》臽字"從人在臼上",人下從女亦當爲止的變形。更如金文從頁的字,因爲頁爲人形,有時加止,如項字項盨作,邾公華鐘眉壽字則作,頁下女形也當是止形的譌變。

看過上述例字之後,再來回顧,便不難覺察出,克盨字左下爲人形有手有足有趾的樣子;叔多父盤字作,其中的部分與𢆉字相同,象人前伸兩手;伯簋的,的部分也與子可戈及乙簋𢆉字相同。從而可以改正孫王二氏之説,籀文婚字甹的部分爲之譌,是之譌,是手形之譌,是巳形

之譌（此本孫説，詳見後）。但籀文之從夊，反視金文之從女爲近古。

兩位先生引禮經解釋此字從□一節，因爲先自肯定了其下所從爲女字，中間□的部分便不曾深究，含混地包含在□形一起，以爲是爵的一部分。前引王説謂□乃□或□之譌，即其證。今知自□以下爲人有手有趾之形，所謂從爵省之説，便成了問題：第一，從爵從止，表示甚麽意義？第二，從□形看來，爵與首的關係密切，果取爵表意，何不置爵手上作□，如□、□（分見且丁斝及寡史甗）者然？第三，何以不一見從爵不省之形？恐都不易回答。

再者，字右從耳的作用，不僅因爲從女的部分不可據，不得説爲娶省；即使從女可信，亦不得爲娶省。王筠對省體字講過十分重要的話："所省之字，即以所從之字貿取其所。"意思是説，凡字發生省略的部分，便是位置另一偏旁的地方，其背景主要是爲全字在結構上既簡單又容易方正。如晝字省畫之田易爲日，鹽字省鹽之鹵易爲古，夜字省亦之"丶"易爲夕，一切省形省聲之字莫不合此原則。然則此字不作□，其不從娶而省，可以斷乎言之。

更進一層看，盂鼎銘云："我□殷述（墜）命，唯殷邊侯田雩殷正百辟率肆于酒，古(故)喪自(師)巳(矣)。"容庚釋□爲聞，説："聞，《説文》從昏作䎽，古文《尚書》作䎽。"意思爲□即聞字，或用同於聞，一則其語過簡，二則《金文編》收字並不以本字爲限①，無從測知。由於古人叙述早期的事，慣用"我聞"字樣，如《書・無逸》説"我聞曰，昔在殷王中宗"，又説"我聞曰，古之人"，《君奭》説"我聞在昔"，《多士》説"我聞曰，上帝引逸"，《酒誥》説"我聞惟曰，在昔殷先哲王"。而《酒誥》説："我聞亦惟曰，在今後嗣王酣身……惟荒腆於酒……庶群自酒，腥聞在上，故天降喪於殷。"更與此銘文意口氣相同，釋□爲聞，自是可信。又近見《商周金文錄遺》，收郘王子旃鐘，銘中有幾句讚美鐘聲的話：

中翰虞鍚，元鳴孔皇。其音攸易，□于四方。

于上一字略有剥蝕，一看便知爲從女的□字，讀之爲聞，於義洽適，尤可證容氏釋□爲聞不誤。同爲□字，而或讀昏、讀婚、讀聞不同，自然是因爲音同音

① 如錄字，《説文》謂刻木錄錄。頌鼎云"通录永命"，借錄爲祿，容氏便收錄於祿下。又如䜌字二見，一見於鑾下，一見於鑾下。

近的緣故。可是再看金文䪝字，毛公鼎、師兑簋從□，番生簋則從□，不從耳；陳侯因資敦“朝問”之問作□，即□之譌[1]，□同□，亦不從耳，以見有耳的□，與無耳的□各爲字，孫王二氏説□字從娶省，更有其基本缺失。

那麽，首先應該追究的不是□字的結構，而是要對□字有更充分的了解。

郭沫若《金文餘釋・釋䪝》一文，曾根據容氏釋□爲聞説：

> 余謂□乃昏庸之昏之本字。從爵省、象形、象人首爲酒所亂手足無所措也。昏乃晨昏之昏，又别爲一字。後人假昏爲□而□字廢。

這一考釋，説□爲爵省，因其位於人首而説成象人首爲酒所亂，及人有手足形爲手足無所措，皆不免主觀臆測。如爲表示人爲酒所亂，可以從酉，不必取爵字而省，且不必置於人首；前引□、□、□之字，人形皆有手有足，並無手足無措之意，以見其説可疑。但□之形確在人首，亦確與爵首無異，誠然不可不加注意，於是我想到了爵弁。

《儀禮・士冠禮》“爵弁服”，鄭注説：

> 爵弁者，冕之次，其色赤而微黑，如爵頭然。或謂之緅。

《周禮・鍾氏》“五入爲緅”下鄭注説：

> 緅，今禮俗文作爵，言如爵頭色也。

所謂爵頭色，爵雀古音同，爵頭即雀頭，《書・文侯之命》爵弁作雀弁，即其證。《周禮・巾車》“漆車藩蔽、豻禖雀飾”，鄭注雀爲赤多黑少之色，雀弁與言雀飾意同，知鄭説雀弁之義可信。

爵弁之名既由雀頭而來，製字者表示人著爵弁，不依形制畫出爵弁之形，而於人首繪一雀頭示意，自是可行之法。□字上端的□，正是雀頭眼口舌具的樣子。只是文字通用久了略失原意，但需筆勢稍改，□或□便是栩栩如生

---

① 陳侯因資敦“淖□者侯”，徐中舒《陳侯四器考釋》讀爲朝問諸侯，其説云：“□，古問字。《汗簡》問作□，夵誤爲米，與魏三字石經《君奭》聞古文誤□同。聞問古均從昏聲。銅器昏作□，此□正昏之省形（從斗者，銅器斗作□）。《儀禮・聘禮》云：小聘曰問，《周禮・大宗伯》云：時聘曰問，又《大行人》云：凡諸侯之邦交歲相問也。此云朝問諸侯，義亦甚協。”案：徐讀是也。但□字從斗無義，□是□之譌，《汗簡》從斗誤同。徐文見《史語所集刊》第三本第四分。

的雀頭。根據《説文》所説，酒器的爵亦象雀形①，這就無怪乎□與□上端相同；而□字上端所以不見作全爵不省之形，也便可以得到充分了解。

因爲金文□也用爲婚字，於是連類所及，又想到《士昏禮》中一段文字：

主人爵弁、纁裳、緇袘，從者畢玄端，乘墨車。從車二乘，執燭前馬。

鄭注説："主人，婿也，婿爲婦主。"説明親迎時男主人是戴爵弁的，這便越發讓□字與士的婚禮發生了關係。不過《禮記・雜記》只説"士弁而親迎"。由於士的弁有兩種，一爲爵弁，一爲皮弁，只説弁，似乎包括了皮弁在内。但上文説"士弁而祭於公"，明指的是爵弁，因爲皮弁是士"與君視朔之服"，爵弁方是士"與君祭之服"②，根據其上下相連的關係，親迎的弁也便是爵弁，可想而知。更何況士親迎用爵弁，正爲的是爵弁爲士的祭服（説見下），《雜記》所記，與《士昏禮》便自然無有差異。於是我以爲，如果説□是婚的本字，應該是合理的了。

《穀梁傳・桓公三年》説："公子翬如齊逆女……子貢曰：冕而親迎，不已重乎？"《禮記・哀公問》記魯哀公與孔子的問對，哀公也説過同樣的話。又《淮南子・泰族訓》也説："紱絻而親迎，非不煩也。"絻與冕同字，都説冕而親迎，是不僅親迎不必著爵弁，也許"主人爵弁"的話還未必足信。實際這只是説明，古代因爲身份不同，其服飾有時相異。前引《士冠禮》"爵弁服"鄭注説，爵弁爲冕之次。古人視婚禮爲合二姓之好，承續宗事的大事，親迎需服祭服。士的祭服用爵弁，大夫以上用冕，所以士與大夫以上親迎有爵弁與冕的不同。是故如果用婚禮爲背景來説解□字，對於何以制字者不取冕而獨取爵弁的疑問，可以用士的婚禮較爲習見作答。

中國文字的制作，有一經濟法則，即沒有作用的筆畫，通常是不寫出來的。譬如人是有手有足的，在不表示手足有動作時，並不寫出手足。但寫出

---

① 金文爵字，見前引王國維文中勞字偏旁。程瑤田《通藝錄》説："前有流，喙也，腦與項，胡也。後有柄，尾也。容酒之量，其口左右侈出者，翅也，近前二柱，聳翅將飛貌也。其量，腹也。腹下卓爾鼎立者，其足也。"所説爵形，無一不與雀同。驗之金文及小篆，則並不若。金文別有□字，又有從又的□字，前者爲爵文，後有見父癸簋，則確乎與雀形酷似。疑□上以雀頭爲，故金文爵與□首相同。

② "與君視朔之服"及"與君祭之服"，二語見《士冠禮》鄭氏注。

手或足,必有其表示的作用。如人字,只是簡單的形。加止作企則示意舉踵,加手作長考則示意有所拄。粦爲鬼火,本作,下加兩止示出沒飄忽不定,所以《詩・東山》有"熠燿宵行"的句子。也可以寫作,並不表示觀念裏鬼火是不動的。盂鼎的字下從止,陳侯因資敦的字並手形亦不具,自然只能視爲後來的省略。其先字有手有止,不得無所表示。止形表示"親迎",非常容易理解。手形呢?如果説是表示扶持爵弁的,必然不會有人同意。因此我以爲,並不是婚字的全形。白尊和卣的字,大概是此字的較完整的寫法。理由之一,此字從的部分,與大盂鼎聞字者所從相同,也近於陳侯因資敦的問字,可确定與同字;小盂鼎聞字作,更可從知同字。之二,親迎時必有儀具,此字從,即㫃字,可作爲一切儀具的代表。用金文㫃字或[①]比較,正可以解釋何以此字必繪出手形的道理。主人親自掌㫃,自然是不合理的。文字不得不求簡,所以即於主人加手以示意。之三,㫃下從火,在主人前,與"執燭前馬"[②]之説正相合。不過此字適無止形,所以説它只是較完整的寫法。

至此,本文的結論是:爲的省體,即後來婚的本字,以士婚親迎爲制作背景。則是聞字,從耳,爲其聲。《説文》籀文婚字作,實是字譌誤,聞下出古文作䎽,便是字不通行之後以昏易的改作,王國維説《説文》古文爲周秦間東土文字。

又:甲骨文有字,唐蘭據大盂鼎字釋爲聞字,于省吾及先師董彥堂先生並從之。其字從張口及作以手掩面形,唐氏沒有解釋。于以爲"象人之跪坐以手掩面傾耳以聽外警",不僅聽外警的意思字形上完全無法感覺,掩面與傾聽何干也無法明瞭。先師説:"聞原爲報告奏事之專字,從爲耳字,從爲報告跽而以手掩口之狀,從(案:字或加小點作)象口中液,或省之。掩口者,恐口液噴出侮慢尊長,所以示敬也。金文分耳伸足縮手,加重口液置首上,去古誼已遠。"字形的解釋,無不合情入理。但報告奏事之聞,應是聽聞的

---

① 前者爲㫃簋文,後者見長日戊鼎。

② 鄭注云:"使徒役持炬火居前炤道。"

引申用法，即自聽變爲使人聽，似不得有專字。由其聽聞的本義而言，似無張口掩面之必要。頗疑此或本是問字，加耳爲聲，耳蓋本又讀爲聞。古初必有以耳讀聞，以目讀視的階段，自形聲法出現之後，始有加門聲示聲的聞和眎（《說文》視字古文如此作）。聞與問古同聲同韻，但有聲調平去之異，故問可加"聞"聲。甲骨文讀[illegible]爲聞如其辭義可通者，可由問字轉讀無影響。此說不敢自信，但無任何破綻。其重點在指明[illegible]與[illegible]即使都是聞字，其字形並非根本相同，唐氏據[illegible]字爲說，先師說金文加重口液置首上，李孝定先生《集釋》以拙文《說婚》於此字之下，並可商。

（原作於 1959 年 7 月，刊於《史語所集刊》第三十本，題名《說婚》。2002 年 5 月依原意改寫）

説𦝠與嬴羸

《説文》肉部云：

> 𦝠，或曰嘼名，象形。闕。

許君此字的説解，可説是既不能定又不能盡。段注説：

> “或曰”，不定之詞。云“嘼名”，蓋𦝠爲羸之古字與？驢羸皆可畜於家，則謂之畜宜也。“象形”二字淺人所增，闕謂闕其形也。其義則畜名，其音則以𦝠聲之字定之，其形則從肉以外不能强爲之説也。郎果切，十七部。一説“或曰嘼名”四字亦後人所增，形義皆闕。

除了“或曰，不定之詞”與許君心意吻合外，嘼名可否改爲畜名，𦝠是否爲羸的古字，一曰嘼名與象形的解釋是否後人所增，闕的意思是否只爲其形不詳，都屬猜度之辭。“其音則以𦝠聲之字定之”，及古韻屬十七部，自是可信。但《説文》説爲“𦝠聲”的字，羸、蠃、鸁、贏、臝之外，尚有嬴字；又嬴下云嬴省聲，也等於説以𦝠爲聲，嬴、嬴二字則古韻不在十七部。由於合體字不屬會意便屬形聲，兩者如何從𦝠字會意既不易見出許君所知道的“古音”是何面目，又不曾有過交代，嬴嬴二字的“𦝠聲”説，未必不是《説文》的原貌。然則𦝠下云“闕”，難保不含有闕其音讀的意思。是故與段氏同屬所謂清代《説文》四大家之一的王筠，便主張嬴從𦝠聲爲是，説見《句讀》。此意雖斷乎不可取，《釋例》因段氏用多肉獸説羸字從𦝠之不可取，云𦝠下闕謂闕其音，亦不謂全無意義。

從古文字看，甲骨文不見𦝠字，金文𦝠字也不見單獨使用，《説文》七個從𦝠的字，其中嬴、羸二字見於金文。《金文編》收了十二個嬴字和一個羸

字，影見於下：

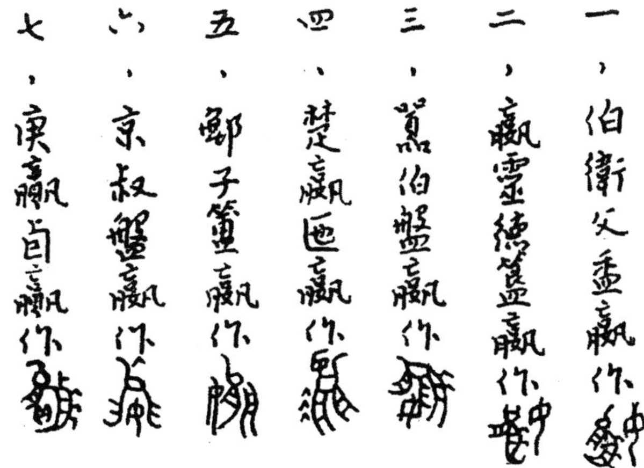

從這些字看來，從𠁁的部分雖互有不同，但沒有象“𦥑形”的。伯衛父盉及庚贏卣兩形除後者多出如“卜”的兩畫不計，絶象一腹部有節的昆蟲挺腹、展翅、屈足的樣子，首端有觸角，短而曲，贏靈德簋𠁁字的尾端似尚有刺針；其餘諸形雖有或多或少的譌變，每一部位都可以看出與原形的關係。然則𠁁當與蠃同字，爲蜾蠃的象形初文。《説文》説蜾蠃：

蠣，蠣蠃、蒲盧、細要，土蜂也。……從虫，㒼聲。蜾，蠣或從果。

蠃，蠣蠃也。從䖵，𠁁聲。

𠁁字大徐郎果切，小徐魯坐反，與蠃同音；土蜂的形象，頭呈球狀，有觸角一對，短而曲折，腹部七節，腹柄狹，形成細腰，尾端有刺針。用伯衛父盉的形相較，幾項特徵幾乎無不具備，只是略了腹節，及刺針不甚顯著（刺針不用時本藏而不露，又據説雄蜂無刺針）而已。

贏、蠃二字《廣韻》音以成切，上推其古韻當屬耕部。《爾雅・釋天》云：“春爲發生，夏爲長贏，秋爲收成，冬爲安寧。”以生、贏、成、寧韻。《詩・雲漢》云：“瞻卬昊天，有嘒其星。大夫君子，昭假無贏。大命近止，無棄爾成。何求爲我，以戾庶正。瞻卬昊天，曷惠其寧。”以星、贏、成、正、寧韻。生、成、寧、星、正古韻並在耕部，是二字古韻屬耕部之證。𠁁字依蠃字郎果切，古韻

當屬歌部。蜾蠃爲疊韻連語，亦證其古韻確在歌部。耕與歌音不相及，聲母來母與喻四亦少往來，是嬴贏二字聲韻與𣎆俱相遠，不可以從𣎆爲聲①。《説文》云：

嬴，帝少昊之姓也。從女，羸省聲。

羸下既云𣎆聲，其字力爲切，支韻之字半出於佳，半出於歌，是羸從𣎆聲及嬴不得從羸聲的鐵證。段氏據《古今韻會》改羸爲𣎆，與今本小徐《繫傳》合。但王筠《繫傳校錄》云："羸省聲，孫本同，毛、鮑二本羸作𣎆，竹君本同。顧氏私改爲𣎆。"然則小徐初與大徐不異，或是許君原作如此，《韻會》大抵亦以嬴羸音不相合而臆改之。更看贏字，《説文》云：

贏，有餘賈利也。從貝，𣎆聲。

大徐云"當從嬴省乃得聲"，此意甚好，但必須先於嬴字從𣎆的道理説得妥適，然後可成一説。不然如王鳴盛《蛾述編》所説"贏從嬴省，嬴亦從羸省"，固不知其所云；或如段氏删聲字，而説"𣎆者，多肉之獸也，故以會意"，也終不免如徐灝指斥的爲"此率意之説"。

今以爲嬴字從蜾蠃的𣎆會意。嬴字除如《説文》説爲帝少昊之姓，又爲美好之稱，與𡣍、盈相通，而以嬴爲本字。《方言》卷一云："娥、𡣍，好也。秦曰娥，宋魏之間謂之𡣍。秦晉之間凡好而輕者謂之娥。"字又見《廣雅》卷一"好也"條，《疏證》云："《方言》𡣍，好也，宋魏之間謂之𡣍。字亦作嬴，又作盈。《史記·趙世家》吴廣女名娃嬴。"又見《釋訓》云："嬴嬴，容也。"《疏證》云："卷一云：𡣍，好也。重言之則曰嬴嬴。郭璞注《方言》云：𡣍言𡣍𡣍也。《古詩十九首》盈盈樓上女，又云盈盈一水間，並與嬴嬴同。"《趙世家》又記靈王所夢女子歌詞："美人熒熒兮，顔若苕之榮。命乎命乎，曾莫我嬴。"《列女傳》記此歌末句作"曾莫我嬴嬴"，是嬴字有美好義之説。據《方言》"秦晉之間凡好而輕者謂之娥"，又知嬴之言好，謂輕盈之好，故盈與輕相連謂之輕盈。凡身軀輕盈其腰必細，而言腰細常以蜂爲喻。是以有如李商隱的咏蜂

① 王筠《句讀》舉笄、汧、刑三字爲例，以爲嬴、贏可從𣎆。案：笄、刑二字古韻分隸佳或耕部，二部對轉，其聲同爲牙、喉音，故並從幵爲聲，幵即笄象形。汧字古韻屬元部，所從幵聲，或别是一字；或因聲同牙、喉，韻則若鮮、斯之相轉，故亦從幵（笄）爲聲。非嬴、贏得從𣎆聲之比。

詩："宓妃腰細纔勝露，趙后身輕欲倚風"，把蜂的細腰和美女的體態輕盈連繫一起。"腰若束素"，自不必爲女性美的絶對標準，但"舒妙婧之纖腰兮"，畢竟爲一般認定的女性美的環節所在。是故相傳楚靈王愛細腰，不僅美人省食，楚國之士也都以一飯爲節，至於馮而能立，式而能起，恐不得視爲昌歜羊棗，爲少數人的偏好。羸字既爲蜾蠃的象形，而蜾蠃又別謂之細腰，於是説嬴的本義言輕盈之好，其字從女從羸會意，應該是個合理的解説；而蠃之所以從羸，便當是以嬴省爲聲了。

許慎則説嬴字本義爲"帝少昊之姓也"，這個問題最簡單的解釋，"帝少昊之姓"只是嬴字的假借爲用，因適巧嬴字從女，與姜、姬、姚、嬀等字相同，於是誤以爲本義。但進一步分析，也許並不若是。《説文》説：

姜，神農居姜水，因以爲姓。

姬，黄帝居姬水，因以爲姓。

姚，虞舜居姚虚，因以爲姓。

嬀，虞舜居嬀汭，因以爲氏。

意思是無論姜、姬、姚之爲姓，或嬀之爲氏，都有其語源所自。只是姜水、姬水及嬀汭之字既不從水，姚虚之字也不從丘，許君似乎倒轉了諸姓氏與水名、虚名的先後關係，而全沒有可以信採的價值。但也可能水與虚原先只有名稱，並無專字；及後産生了姓氏的專字，於是反過來用以寫其所從出的水名虚名，也不是講不通的。問題是究竟姓因水名，水因姓名，終是母鷄與蛋，難斷先後。另一方面，譬如姬姓，古人言其語源，便有不同於《説文》的説法。《春秋元命苞》説："代殷者爲姬昌，姬之言基始也。"《廣雅・釋言》説："姬，基也。"《史記》褚少孫《續三代世表》也説："堯立后稷爲大農，姓之曰姬氏。姬者，本也。"①都認爲姬的母語爲基。雖然這種説法也未必可信，古人觀念一體認爲姓氏之稱不是任意的，而是有其取義，却值得注意②。嬴字本義既爲輕盈，也

① 以本訓姬，例同《説文》後下云"繼體君"，可以謂"隱聲訓"，本猶云基，繼體君猶云後君。

② 《國語・周語》説："其後伯禹念前之非度……四嶽佐之……皇天嘉之，祚以天下。則姓曰姒，氏曰有夏，謂其能以嘉祉殷富生物也。祚四嶽國，命以侯伯。賜姓曰姜，氏曰有吕，謂其能爲禹股肱心膂，以養物豐民也。"以祉訓姒，以膂訓吕，與以基訓姬同。故韋昭注説："姒猶祉也。吕之爲言膂也。"

許少昊氏姓嬴,即取義於輕盈美好,再與下列諸字比較:《説文》既説姚爲虞舜的姓,又説"或爲姚嬈也",《荀子・非相》説"莫不姚冶",《方言》卷十二説"姚,好也";《説文》説嬀虞舜的氏,《方言》卷十二説"嬀,儯也[①]",郭璞注"爛儯,健狡也";《説文》説"孜,人姓也。《商書》曰無有作孜",今《書・洪範》孜字作好。都一方爲人姓,一方含美好義,或者正是諸字同爲人姓的原因。

不過,這種説法涉及母系社會子從母姓的問題。從制度面言,中國境内曾否有過母系社會出現,或者説帝少昊、帝舜的氏族是否最早爲母系制度,這問題我無從回答。但在男娶女嫁的婚姻制度形成之前,子女隨母生活,依從母姓,應該是天經地義順乎自然的事。所謂簡狄吞燕卵而生契,姜嫄履帝跡而生棄,或者便是只知有母、不知有父的另一説辭。姓之字多從女旁,其道理或即在此。

傅孟真(斯年)先生《説姜原》則説:"周代的習俗,男子稱氏,女子稱姓。姓非男子所稱,乃是女人專稱,所以姓之字多從女。金文中姬姜異文甚多,無一不從女。《説文》標姓皆從女。後人有以爲這是姓由母系的緣故,這實在是拿著小篆解字源之錯誤。假令中國古代有母統制度,必去殷周之際已極遠,文字必不起於母統時代之茫昧。知女子稱姓,則姓從女之義並不足發奇想的。"從女子稱姓的觀點,看待凡姓字從女的問題,用以擺脱母系的關係。但"男子稱氏,女子稱姓",與男子女子本來姓什麽是兩回事。不能因爲周的男子稱氏而忘其姓姬,也不能因爲齊的男子稱氏而忘其姓姜。在男尊女卑的周代,説男子女子同姓的姬字姜字,是因爲女子稱姓的關係而加了女旁,恐怕不是容易講得通順的。文字固不得起於母統時代的茫昧,却也無法否定歷史可因口耳而傳,後人更可以憑藉想像,對遠古一鱗半爪的傳説塗附爲説。如本文就少昊氏嬴姓所作的解釋,應該是可備一説的。

末了,擬對《説文》嬴下"或曰嘼名"的釋篆提出説明。左氏《春秋・宣公八年》經云:

六月戊子,夫人嬴氏薨。冬十月己丑,葬我小君敬嬴。雨,不克葬。

① 儯,各本作僆,從戴震《疏證》改。郭璞注博丹反,是其明證。

《公羊》、《穀梁》嬴並作熊。丁山《説文闕義箋》云：

> 𣎆與毛公鼎之[illegible]字形近，[illegible]即許君云“熊屬，足似鹿，從肉、以聲”之能字也。則周豫才先生謂𣎆即能之别體，是也。能故書或作熊。……《左傳》敬嬴之嬴又爲能（案：原誤作熊）字篆變之譌。……能之别衍爲𣎆，蓋在李斯整齊文字之世矣。許君尠見宗周古文，不知嬴、羸、蠃、臝、贏等字古文從能也。依秦篆立文，不得不另造𣎆字。

由音韻而言，自嬴至贏五字並不得從能，𣎆與能與熊亦不得同字，即其形亦絶異，周氏丁氏之説本不足援引；但譌變以後的𣎆字，如鄦子簠嬴字所從，[illegible]（頭與翅）的部分與能字首及張口之形相同，是以有《春秋》左氏的嬴於公、穀爲熊的譌亂。然則由此可以想見，𣎆下許君説“或曰嘼名”，當即訴諸目視的猜測之詞，並非有何傳授上的根據。更想到如馬叙倫的《説文解字六書疏證》，竟至但憑𣎆字的翅形與龍字的口形相似，便説𣎆是龍字。大抵捕風捉影、望文起意的文字專家所在多有，古今皆然，則許君所徵引的“或曰”，也便不必計較了。

據《説𣎆與嬴》改寫，2002 年 7 月，宇純誌

（原載《大陸雜志》第十九卷第二期，1959 年 7 月）

《說文》古文子字考

《說文》子部說：

子，十一月陽氣動，萬物滋，人以爲稱。象形。𡿺，古文子。從巛，象髮也。

案：說𡿺爲子的古文，是很可怪的。因爲自金文和甲骨文的大量出土，所見到的子字和巳字（案：甲骨文金文十二支的巳字悉書作子）無慮以百計，竟不一見這樣的子字。王國維說，《說文》古文爲周秦間東土文字，今出土戰國時文字至多，據何琳儀編《戰國古文字典》所收子字不少，亦不見如此這般的子字。

𠫓部說：

𠫓，不順忽出也。從倒子。《易》曰突如其来如。不孝子突出，不容於内也。𠫓卽《易》突字也。㐬，或從倒古文子。

既有從倒古文子的㐬字，便應該是古文子字存在的實證。只是此從倒古文子的㐬字本身也便可疑。㐬字既不見於古書，出現於毓、棄、流、疏等字偏旁，《說文》雖以會意說解，却没有一處可以確信從的是倒古文子的㐬字，當然也不是從倒子的𠫓字。

要明白古文子字的究竟，請先將《說文》所有從㐬及從𠫓之字予以檢討。

一、《說文》𠫓部：

育，養子使作善也。從𠫓，肉声。《虞書》曰：教育子。毓，育或從每。

段注說："不從子而從倒子者，正謂不善者可使作善也。"又說："每，草盛也。養之則盛矣。"金文未見育字，毓字毓且丁尊作[古文字]，吕仲爵作[古文字]，左從女，右倒

子,下有三小點,不與人首相接,或則倒子上端也出現小點,都非髮的形象,可以鐵断。《殷虚文字類篇》育下收、、、、、等形,並引王國維説:

> 此字變體甚多,從女從,或從母從,象産子之形。其從者,則象産子時之水液也。從人與從母從女同义。以字形言,此即《説文》育字之或體毓字。毓從每即母字,從㐬即倒子,與此正同(案:每爲母譌,篆文㐬則誤水液爲髮,王氏原注有語病)。作者,從肉(案:當以從者證爲女陰,小篆育從肉則爲譌變)從子,即育之初字。而字所從之,即《説文》訓女陰之也字,其意亦當爲育字也。故産子爲此字之本誼……

王氏説甲骨文育字,可謂精確不刊。然則育或毓字所從,倒子仍是子字,只因子生時頭朝下,故取倒子之形,並非讀音同突義爲不順忽出的㐬字;小點既象羊水,可以出現足部兩側,自不能用以證明帶髮的古文子字的存在。

二、《説文》華部:

> 棄,捐也。從收推華棄也。從㐬,㐬,逆子也。弃,古文棄。棄,籀文。

許君以用華棄逆子解釋棄,可以説是匪夷所思。道理十分簡單,一個可以判定爲逆子的人,決不是可以用華來捐棄的。雖説文字出於約定俗成,不宜求之過深;也正因爲是约定俗成的,便必不會與現實脱節。這個想法顯然是過於奇特了。

循理以求,認識此字並非難事。甲骨文有字,見《殷虚書契後編》下編21頁,前人釋棄,三個主體部分與棄字完全相當,自是絶對可信。其字所從既非倒子的㐬字,籀文以下所從的倒子形,必是如育毓之字,因爲某种缘故,特意將子字採取了倒寫方式。於是不難想到,子之可以用華箕捐棄,應該有兩個條件,其一必是嬰兒,其二不是死亡,便是不宜收養。於是又可以想到古書中幾處記載。《史記·周本紀》:

> 周后稷,名棄。其母有邰氏女,曰姜原。姜原爲帝嚳元妃。姜原出野,見巨人跡,心忻然悦,欲践之。踐之而生動,如孕者。居期而生子,以爲不祥。棄之隘巷,馬牛過者皆辟不践。徙置之林中,適會山林多人。

> 遷之而棄渠中冰上,飛鳥以其翼覆薦之。姜原以爲神,遂收養長之。初欲棄之,因名曰棄。

這個故事最早見於《詩・生民》。《左傳・宣公四年》記楚令尹子文之事:

> 初,若敖娶於䢵,生鬬伯比。若敖卒,從其母畜於䢵,淫於䢵子之女,生子文焉。䢵夫人使棄諸夢中,虎乳之。䢵子田見之,懼而歸,夫人以告,遂使收之。楚人謂乳穀,謂虎於菟,故命之曰鬬穀於菟。

又《襄公二十六年傳》説:

> 初,宋芮司徒生女子,赤而毛,棄諸堤下。共姬之妾取以入,名之曰棄。

《國語・晉語》説:

> 叔魚生,其母視之,曰:是虎目而豕喙,鳶肩而牛腹,谿谿可盈,是不可饜也,必以賄死。遂不視。

這些記載,前二者是私生子被棄的故事,後二者是因小兒長相醜惡而遭到遺棄。私生子被棄,在古代應該是常見的,與叔魚類似涉及相術或與迷信相關而見棄的事,恐也不在少數。《宣公四年傳》又記鬬越椒初生時,其伯父鬬穀於菟見他"熊虎之状,豺狼之声",主張殺死;《史記・孟嘗君傳》記孟嘗君以五月五日出生,其父田嬰聽信俗説對父不利,不令其母撫養。结合這些例子,可以充分反映古代棄嬰的事實。特别是后稷及宋芮司徒之女以遭遺棄而名之曰棄,足信棄字的製造卽以棄嬰爲背景,也卽是説,棄字是從収推華以棄嬰來會意的。

剩下来要討論的只是,棄字既是從子會意,何以甲骨文從的子,到《説文》的古文、籀文變成了倒子,金文散盤的棄字也與古、籀相合?小篆更變作了從㐬呢?我想這是因爲嬰兒頭重項軟,在拋棄時一般都以頭朝内,以免懸出於華箕外,容易晃動脱去。不過最早的想法比較简单,以爲從兩手持華棄子卽可,不暇顧及子形的倒正;後來想到必從倒子方與實際情況相合,這便是其先從子、其後易爲倒子的原因。甲骨文育字作[illegible],從子,後來易[illegible]爲[illegible],道理與此相同,都可説是殷質周文之例。至於小篆棄字從㐬,顯是誤解毓、流、疏等字所從的㐬爲𠫓字的結果,請參閲前後文各字的説明。甲骨文、金文以

及《説文》中古文、籀文都不從㐬，便可以明白究竟。

三、《説文》沝部：

> 𣴠，水行也，從沝㐬。㐬，突忽也。流，篆文，從水。

許君以㐬爲從倒古文子的𠫓字，所以説“㐬，突忽也”，對照𠫓下所説“𠫓，不順忽出也”及“𠫓卽《易》突字也”可知。但説解𠫓字時最要緊的“不順”二字（因爲不順，所以忽出，也所以其字從倒子），這裏避去了，因爲流之義爲水行，水行不得云不順，可見此説隱含了嚴重的缺點。今案：《説文》説：“汓，浮行水上也。從水，從子。”流汓二字，一謂水行，一謂人浮行水上，而並從子，不過有正逆之别，用以了解流字的造意，當有助益，但子字通常爲小兒在襁褓中形，以説汓字，匪夷所思。應爲善游泳者上伸兩手，挺併兩足奮力前進之形。所以一正一倒者，汓表示人浮水而行，故取正子象人之泝流而上；流表示水之流速，故取倒子象人之順流而下，以見水之流動。《孟子·梁惠王》説：“從流下而忘返謂之流。”這一由本義而引申的用義，無异爲流字的形構作了注脚。人在水中，無論順流而下，或逆流而上，髮當緊貼於頭部朝下被拂。象游者的子形，必不可作豎髮状，流字𠫓下的巛也當是水形，卽以爲川字亦無不可。《説文》游字古文作𨒫，𣲡卽汓字，是𣴠本象人順流而下形，左右及前方皆水，所從之㐬不能爲古文子字作证，至爲明顯。

四、《説文》𠫓部：

> 疏，通也。從㐬，從疋，疋亦聲。

許君此説可謂語焉不詳。其一，没有説明從㐬之義。其二，疋部説：

> 疋，足也。上象腓腸，下從止。《弟子職》曰：問疋何止。古文以爲《詩》大雅字，亦以爲足字或曰胥字。一曰疋，記也。

疋字意義卽不止一端，却未指明何者爲其取義。清代治《説文》的，包括段氏在内，也少見對此有所闡釋。只有朱駿聲《説文通訓定聲》説：“㐬者，子生也。疋者，破包足動也。孕則塞，生則通，因轉注爲開通分遠義。”疏字古無用以言生子的，此説顯然不能令人滿意。段注用“不從子而從倒子，正謂不善可使作善”説育字，疏有導的意思，似乎也可以説疏字從㐬，卽取逆子可以導之使順。但疏字訓導，言水導之使流，不關於人的教導，如《孟子·滕文公》

"禹疏九河",《國語・周語》"川,氣之導也。……疏爲川谷以導其氣"。然則疏字當是從流,又從疋取代了其偏旁水的位置。疋蓋讀爲足,以表通行義。其後則取胥、雅之音而寫作疋(胥、雅二音出於 sŋ-複母)。張衡《東京賦》"飛流蘇之騷殺",李善注:"流蘇,五采毛雜之以爲馬飾而垂之。摯虞《決疑要注》:凡下垂爲蘇。"流便是《禮記・樂記》"龍旗九流"的流,爲流派義引申。蘇讀同《爾雅・釋水・九河》的胡蘇。《經典釋文》、《詩經正義》並引李巡說:"其水下流,故曰胡蘇。胡,下也;蘇,流也。"胡訓下是圅胡義的引申,蘇是疏的假借。《詩・鄭風・山有扶蘇》釋文:"蘇,如字,徐又音疏。"《楚辭・九章・橘頌》"蘇世獨立橫而不流兮",蘇世即疏世。由此言之,疏字本從流,與"逆子之㐬"無關,是可以肯定的。

五、《說文》木部:

梳,所以(二字從段注補)理髮也。從木,疏省聲。

此字不僅從疏,實爲疏的轉注。《急就篇》:"鏡籢疏比各异工。"《倉頡篇》:"靡者爲比,粗者爲疏。"疏比即梳笓,笓是比字加竹,梳亦疏字加木,只因字形嫌寬,而省去了疏的偏旁疋,與疏字省流之水相同。《釋名・釋首飾》說:"梳,言其齒疏也。數言比;比於梳,其齒差數也。比,言其齒細相比也。"顏師古注《倉頡篇》也說:"櫛之大而粗所以理鬢者謂之疏,言其齒稀疏也。小而細所以去蟣蝨者謂之比,言其齒密比也。皆因其體而立其名也。"疏字已知其不從倒古文子,梳字自亦不能爲古文子字作證。

六、《說文》皿部:

䀋,酸也。作䀋以䖑以酒,從䖑酒並省。從皿,皿,器也。

䀋從䖑,䖑爲鬻字或體,㐬爲毓省,見《說文》,鬻字從䰜,以毓爲聲,讀與毓同。已知毓本不從倒古文子,則此字從㐬自亦無關於倒古文子字。

七、《說文》㫃部:

游,旌旗之流也。從㫃,汓聲。𨒫,古文游。

古文游字從辵從𢀈,段注說:"從𢀈者,汓省聲也。"意謂𢀈爲汓的省體,是以𢀈爲古文子字,與《說文》子下古文作𢀈自成系統,不啻爲帶髮的子字存在的證明。但前文已論及汓字,其義既言人之浮行水上,便不當從在襁褓中的子字,

尤不當作豎髮形，段説實無可取，是以許君無此意。朱駿聲説："非古文子字，巛即水也。"可謂高明之至。從字形結構來看，從衣從采的褎字，爲避免過長，變采爲𣎴；從行從韴的衞字，爲避免過寬，改韴作帇。説從辵從的字，是因爲避免寬形的出現，而移於上，也不是没有道理的，後來受《説文》古文子字的影響，混爲。不過也可有另一想法，小篆從水的字，古文字有或從巛的，如衍字甲骨文或作，淳字金文或作，也許汓字本有作的寫法，則古文游字從，是直接從字變作了形。總之，古文字並做不得古文子字的證人。

綜合以上所述，甲骨文、金文中不見帶髮的《説文》古文子字；王國維説《説文》古文爲周秦間東土文字，今所見爲數不少的戰國東土文字，亦絶無此子字之形。見於文字偏旁相當於《説文》從倒子的，或者帶髮形的，如不是因爲特殊緣故倒置的子字，便是浮游於水中的泳者形象，根本没有如許慎所説的𠫓或㐬字的痕跡。許慎説"𠫓即《易》突字"，而非直引《易》有作"𠫓如其來如"的本子，顯然連許君也不曾見過這樣的𠫓或㐬字。漢人對於文字的瞭解，只知道異形即是異字，不知道出現於偏旁中的"異形"，不必便是異字。於是將偏旁的倒子𠫓，望文生義附會成了突字；而偏旁中的㐬，也便成了𠫓字的古文。

甲骨文金文𠦪字及其相關問題

一、金文𠦪字及其用法

金文有𠦪字，或作𠦪盂爵，或作𠦪[①]獻侯鼎，或作𠦪杜伯盨。雖已有幾家釋文，都不能令人滿意。又有加艸作𠦪毛公鼎、作𠦪吴尊、作𠦪彔伯𢦚簋的，本是一字，却已然分化爲二，爲行文方便，先討論不加艸的，加艸的留在第九節説明。

此字用法之一，見於盂爵、獻侯鼎和叔簋[②]。盂爵銘文云：

> 隹王初𠦪于成周，王令盂寧鄧白，賓貝，用作父寶障彝。

獻侯鼎銘文云：

> 唯成王大𠦪在宗周，賞獻侯□貝，用乍丁侯障彝。

叔簋銘文云：

> 隹王𠦪於宗周，王姜史叔事大保……叔對大保休，用作寶障彝。

方濬益《綴遺齋彝器考釋》釋獻侯鼎銘云：

> 第五字，以彝器文饙字偏旁或作𠦪或作𠦪證之，盂爵作𠦪，此作𠦪，當是賁字。

案：《説文》餴或作饙，一從𠦪聲，一從賁聲。金文饙字作餴姚鼎、作餴宰豖簋、

---

① 傳世獻侯鼎有二：一爲秀水金氏所藏，一爲盛京故宫所藏。此據《敬吾心室彝器款識》所拓金氏藏本。盛京字作𠦪，疑本作𠦪，中畫略爲鏽所掩，上畫誤剔爲横。

② 見《商周金文録遺》161，共二器，蓋器銘文共四見。

作□慶孫之子簠。小篆饙當是由□譌變而來。有人説賁就是□字,從貝表音[①]。且不論賁是否從貝爲聲,方氏釋□爲賁,從聲音上講是合理的。只是賁在銘文中用作何義,不曾道及。後來郭沫若釋獻侯鼎□爲桒,便更爲可信,仍未説其意義。盂爵的□郭氏釋爲𥛱,其用義雖然還是未有明説,從加了示旁來看,顯是以爲祭名。臣辰盉[②]銘云"隹王大龠于宗周",句法與"隹王初□于成周"相同,龠等於禴,便是極好的例證。而明公彝銘文云:

> ……明公歸自王,明公易大師鬯、金小牛,曰"用□";易令鬯、金小牛,曰"用□"……

不僅於□加四□,與《説文》□字從二□相合,並加示旁,表示義與祭祀相關。然則銘文中的□字義爲祭祀,已可斷言,問題只在究為何種祭祀,尚待進一步認定而已。

另一個用法,見於杜伯盨[③],其銘云:

> 杜伯作寶盨,其用享孝于皇申神且祖考[④],于好朋友,用□壽,匄永令命,其萬年永寶用。

又衛鼎銘云:

> 衛肇作厥文考己中寶鬻鼎,用□壽,匄永福。

白𠭯簋銘云:

> 白𠭯作厥宄室寶毁。用追孝于厥皇考。唯用𣶃□萬年,孫=子=永寶。

這三個□字,不是和匄字對文,便是和𣶃字連用,其義似爲祈求。其形與求字相似,但絶非求字。因爲第一,金文求字作□或□,字首偏左,字尾向右,中畫屈曲,與小篆作□基本相同;此字則中爲豎畫,左右對稱,有著顯著的差異,在數量極多從□的拜和饙字裏,也從不與□或□相混。第二,黿太宰簠

---

① 説見徐中舒《金文嘏辭釋例》,載《史語所集刊》。

② 即舊所謂臣辰卣。

③ 此銘凡六見。

④ 考,一作孝。

銘云:“余□龏孔惠,其眉壽用𩠙。”[①]以𩠙與惠字爲韻[②],可見𩠙的偏旁𠦪,必不得讀同求字。

二、甲骨文𠦪字及其用法

甲骨文也有𠦪字,或作𠦪前六・四三・二、作𠦪後上・二十・五、作𠦪前一・二七・一、作𠦪戩一・七、作𠦪戩二・六。

用法之一,如:

1. 丁亥卜,𠦪叀尹前一・五二・二。
2. 辛丑卜,貞,𠦪于大庚,一牛,一月戩三・一四。
3. □酉卜,𠦪自示壬田中氏藏十九之六。
4. 乙未,貞,其𠦪自田十又三示,牛,小示,羊後上・三八。
5. 癸卯卜,貞,酌,𠦪,乙巳,自田廿示;二示,羊戩一・九。
6. 甲辰卜,貞,王宊𠦪祖乙、祖丁、祖甲、康祖丁、武丁,衣,亡尤後上・廿・五。

第一例說𠦪某祖先,有“甲戌,翌上甲,乙亥,翌司……壬午,翌示壬”燕大藏,《卜辭通纂》第二十八片的句法相當。第二例說𠦪某祖先,而於𠦪下加于字,有“貞,帝於王亥”後上・一九・一及“乙亥,㞢於祖丁,三牛,一月。”後下・二八・二等句法相當。第三、第四於𠦪下加自字,有“乙亥卜,㱿貞,乍大御自田”後下・六・六及“辛巳卜,大貞,㞢自田元示,三牛;二示,二牛,十三月。”前三・廿二・六的句法相當。第五例𠦪前有酌字,有“乙卯,貞,酌,彡于丫丁,叀鹿”後上・廿・十三的句法相當。第六例𠦪與宊連用,而後有衣字,有“癸丑卜,貞,王宊又自上甲。至于多後,衣,亡尤”前二・廿五・二。的句法相當。這些卜辭,凡與𠦪相當的字:翌、帝、㞢、御、彡、又等,都是祭名,𠦪是祭名,可從此定。

---

① 用,一作𦣻。

② 《兩周金石文韻讀》釋𩠙爲饎,謂惠字在脂部,與之部合韻。案:之脂二部音遠,不得爲韻,此以𩠙惠文微通韻。《金文韻讀補遺》謂𩠙亦在脂部,亦誤。

另一個用法,如:

1. □辰,貞,其𠦪生于祖丁母妣己。(後上・廿六・六)

2. 癸丑卜,殼貞,𠦪年于大甲,十宰;祖乙,十宰。(後十・廿七・六)

3. 己卯,貞,𠦪禾于示壬,三宰,丝用。(新獲卜辭寫本廿一)

4. 乙卯卜,殼貞,𠦪雨□田。(田氏所藏甲骨斷片)

5. 𠦪吕方于岳①。(續一・四九・一)

這一類𠦪字,因爲顯然可以解作求,字形又與求字形近,很多知名學者如孫、羅、王,便讀作求字。静安先生後來知其不妥,在作《戩壽堂所藏殷墟文字》考釋時,於"庚□,殻貞,于王亥𠦪年"葉之三辭下云:

> 𠦪字未詳,余曩釋爲求字,然於此可云求年,於他處多不可通。

胡厚宣《殷代婚姻家族宗法生育制度考》"求生與産子"節云:

> 𠦪亦祭名,説文皞、拜並從𠦪,皞又作饙,是𠦪卽賁之本字。𠦪在卜辭金文中皆與求義相通。

但是他又加注文説:

> 又疑𠦪或讀爲祓,卜辭言𠦪生,猶生民以弗無子,鄭箋:弗之言祓也。惟生民之義當爲除惡,蓋本《説文》,卜辭之義則僅爲祭名。《爾雅・釋天》:祓,祭也②。

郭沫若也有相同的説法,《卜辭通纂考釋》一之三四,卽前引"𠦪生"條卜辭下説:

> 𠦪生,猶大雅生民"克禋克祀,以弗祓無子"也。

又於前引"𠦪年"條下説:

> 𠦪年字,羅振玉均釋爲求年。案此年上一字作𠦪,分明𠦪字也。杜伯盨"用𠦪壽匄永命",𠦪亦匄也。

這一組𠦪字,釋爲求的固然不對,引用《生民》詩説爲祓字的,"祓無子"與"祓生",兩者差異不謂不大;而"祓雨、祓年"是否等同"祓無雨、祓無年",

---

① 此句意義,解見第五節。

② 此是《廣雅・釋天》文,此誤引。但《廣雅》云:"禲、禮、禣、禂、禖、臘、祓、禊、餟、祼、軷、禜、禠、祾、禖、禪、祧、醮、禬、餈、望、禨、祥、禫、禱、禜、禳,祭也。"其實各有專義,並非"祓僅爲祭名"的證據。

“祓呂”又究爲何義，都不能令人無所疑。至於說其義爲求，在𠦪生、𠦪雨、𠦪年等的句子雖可以通解，𠦪呂方之義如何，乃至𠦪字何以有求義，都不容不有交代。

三、說甲金文𠦪字兩用法本不相異

以上將甲骨金文中𠦪字各分爲兩種用法，只不過是根據前人的解釋而有此區分，實際二者用義本不相異。

這一層，金文似不易見出。在甲骨文中，如說𠦪生于祖丁、𠦪年于大甲，必是向先祖祖丁、大甲有所祈求，則不能無祭祀，然則𠦪亦必爲祭祀之稱。金文云𠦪壽。與甲骨文言𠦪生、𠦪雨、𠦪年結構相同，其含有祭祀的意思，亦自不得别。黿太宰簠的“其眉壽用鐈”，是因爲要用鐈與惠叶韻，將用鐈倒裝於眉壽之後，其正常句型，結構仍與“𠦪壽”無異。

四、說𠦪是茇字初文

從一、二兩節的引述，知前人釋𠦪爲《說文》𠦪字正確可信。但許慎說𠦪字：“𠦪，疾也。從夲，卉聲。”則是根據𠦪的小篆變形爲說，完全不能與原形吻合。吴大澂《字說》說拜字云：

> 古拜字從手從𠌶，古華字從艸從𠌶。彝器古文無𠌶字，而華拜二字皆從𠌶，可相證也。石鼓文𠌶字作𠦪，毛公鼎華字作𠦪，知古𠌶字當作𠦪，亦各有繁簡之不同。吴尊蓋華字作𠦪，亦作𠦪，拜字作拜，知𠦪即𠌶之簡文也。彔伯戎敦華字作𠦪，拜字作拜，知𠦪之繁文也。拜字古文或作拜，或又作拜，皆象以手折𠌶形。《詩·甘棠》勿翦勿拜，《箋》云拜之言拔也。唐施士丏說，拜言人身之拜，小低屈也。究與翦伐二字義不相類，大澂謂勿拜之拜當訓以手折𠌶。蓋漢以後詁訓家不見古文，不知拜字從𠌶之義，轉以《甘棠》詩拜字爲異解。《廣韻》引作勿翦勿扒，尤爲可異。實則勿翦勿拜爲拜字正義，拜手稽首爲拜字引

> 申之義也。小篆拜從手從𠦪。許氏云𠦪音忽，義不可解。疑古文拜字有從𠦪者，𠦪忽一聲之轉，形亦相似。

吳氏由拜字探討𠦪字的形義，是一創意；以爲𠦪字，則是錯誤的。石鼓文"亞箬其𠦪"𠦪字作𠦪，金文𠦪字作𠦪[邾公𠦪鐘]、作𠦪[仲義父鼎]，字形雖與𠦪、𠦪、𠦪、𠦪相近，究有不同。以𠦪爲𠦪，說《甘棠》拜字義爲以手折𠦪。還勉强可通；說𩞁字從𠦪，便將無以爲解。但他的說法，給了後人莫大的啓示。郭沫若《金文餘釋之餘》說：

> 《國風・召南・甘棠》"蔽芾甘棠，勿翦勿拜"，與"勿翦勿伐、勿翦勿敗"爲對文，鄭云拜之言拔也，蓋謂假借爲拔也。今案拜實拔之初文。用爲拜手稽首字者，乃其引申之義也。金文拜字至多見，……均示以手連根拔起草卉之意，解爲拔之初字正適。拜手至地，有類拔草卉然，故引申爲拜。

這就十分妥當了。還可以補充兩點：其一，金文𠦪或作𠦪，或作𠦪[1]，於𠦪之外加二屮或四屮，正可以說是表示𠦪的屬性。今傳世銘文拜字雖不見有從𠦪的，師酉毁拜作𢷎[2]，從一屮與從二屮意義不殊。薛氏《歷代鐘鼎彝器款識》聘鐘拜作𢷎，寅簋同，吕氏《考古圖》並同，正加二屮，與小篆作𢷎相合，當是原來面目。其二，《史記》、《漢書》中拜官字習見，如《季布傳》"謝上拜爲郎中"，《欒布傳》"上釋布罪，拜爲都尉"，《蕭何世家》"使使拜丞相何爲相國"[3]，不勝枚舉。前人講説爲"授官曰拜"，拜既不作授解，又不見必拜然後授之官，恐是望文生訓，《莊子・田子方》說："文王觀於臧，見一丈夫，……文王欲舉而授之政。"《天地》說："吾謂魯君曰：必服恭儉，拔出公忠之屬而無阿私，民孰敢不賴。"又說："諄芒曰：聖治乎，官施而不失其宜，拔舉而不失其能。"《孔子家語・賢君》說："秦穆公……首拔五羖，爵之大夫。"拜實是拔舉之意，也便是由拔字而來，足爲《史記》、《漢書》注脚。

---

① 見明公彝𢷎字偏旁。

② 傳世師酉毁凡四器，有蓋者二，無蓋者二。無蓋者二拜字作𢷎字，郭氏已引。有蓋者四拜字並此字形。

③ 所引諸例並據《史記》，《漢書》文字或同或小異。

然而郭氏掘井九仞,却只含混説了一句“拜示以手連根拔起草卉之意”,没有追究到底□爲何字。

今案:《説文》説:“芨,艸根也。從艸,犮聲。春艸根枯,引之而發土爲撥,故謂之芨。”又説:“拔,擢也。從手,犮聲。”所謂“拔,擢也”,《小爾雅・廣物》説“拔根曰擢”,又《説文》説“揠,拔也”,《小爾雅・廣物》説“拔心曰揠”,《方言》卷三説“今呼拔草心爲揠”,《孟子・公孫丑》:“宋人有閔其苗之不長而揠之者”,趙注:“揠,挺拔之,欲亟長也。”是拔之本義爲連根拔起,此所以《書・金縢》云“大木斯拔”,《左傳・昭公九年》云“拔本塞源”,《淮南子・覽冥》云“捽拔其根”。芨拔二字同蒲撥切,許慎注意到芨字的語源,以發、撥爲説,可信與否無從知,拔之語源於芨,是則可以斷言。截耳曰刵,去髕曰髕,誅族曰族[①],除革曰革,去皮曰皮[②],剝膚曰膚,刺目曰目[③],彌縫曰縫,塗釁曰釁,以及縣頸曰經,扼嗌曰縊,榜臀曰篋。諸語詞的轉成,並與此字詞義的轉化相同相近;而英語 root 一詞含根及連根拔二義,尤可爲他山之石。□既是拔的本字,□自然便是芨的初文。從字形言,□上與□草同,下象根形,正與艸根之義相吻合;其上作□者,亦象草形,有每字可證[④]。

五、説甲金文□字用當《説文》之祓

如上文所説,□是芨的象形初文,□是芨的孳生語拔的本字,但兩者都與甲骨金文用義不合。郭沫若隸定盂鼎□爲𥘵,其意以爲祭名是對的,但各字書韻書無此字,其究爲何義,略無説明。今以爲𥘵即祓的初文,從拔的初文□字轉出。《説文》説:“祓,除惡祭也。”《史記・周本紀》“周公乃祓齋”,《正義》説“祓,謂除不祥求福也”,《玉篇》説“祓,除災求福也”,祓的意思不是單純的求福,主要是除去災惡,所以許慎只説除惡祭,除惡亦是得福,所以

---

① 《史記・項羽本紀》:“梁掩其口,曰:‘毋妄言,族矣。’”

② 《國策・韓策》:“皮面抉眼。”《廣雅・釋詁三》:“皮,離也。”

③ 《廣雅・釋詁三》:“膚,離也。”又《釋言》:“膚,剝也。”《孟子・公孫丑》:“不膚撓。”

④ 《孟子》“不目逃”,目義宜同《國策》之“抉眼”。

又有除災求福之説。除去災惡必須徹底連根拔除，是故古人説“樹德務滋，除惡務盡”①，説“爲國家者見惡，如農夫之務去草焉，芟夷薀崇之，絶其本根，勿使能殖”②，説“削株掘根，無與禍鄰，禍乃不存”③，可見祓即由拔之語孳生。𠦪既是拔的本字，除惡之祭的祓其先自然也只寫𠦪字。有一組字現象與此三者完全相同，引爲佐證。

《説文》：“穰，黍梨已治者。從禾，襄聲。”又，“攘，推也。從手，襄聲”。許君雖以攘次於揖下，並於揖字訓攘，但推下云排，攘實有排除義，故《公羊・僖公四年》云“攘夷狄”，《左傳・僖公四年》云“攘公之羭”，攘並謂排除。古人用黍稈爲帚以掃，故由穰而孳乳爲攘，正如同帚孳乳爲掃。《説文》又説：“禳，磔禳祀除癘殃也。”則又由攘衍生爲禳④。《禮記・月令》中“九門磔穰”，即以穰爲禳字；《釋文》云：“穰，本又作攘。”顯然可以幫助瞭解𠦪、𢪊、祓三者間的關係，以及甲骨金文中𠦪字的用義。不僅可知𠦪生、𠦪年、𠦪禾、𠦪雨不是求生、求年、求禾、求雨，而是爲生、爲年、爲禾、爲雨而舉行𠦪祭，以拔除一切對生、年、禾、雨不利的障礙，以得到生、年、禾、雨；“𠦪𢀛方”也是爲𢀛方而𠦪祭，祓除𢀛方可能帶來的災禍，卜辭有説“𢀛方出，我隹禍”師友上・九、“𢀛方出，隹我有乍禍”續三十・二的，無疑又可爲證。金文的“用𠦪壽”與“匃永命”相對，而不嫌文義重複，也正爲𠦪不作求講，“𠦪壽”是祓除不利於壽的災害。但白𩰫簋云“𣪘𠦪萬年”，則因爲“𠦪壽”實際也等説求壽，於是𠦪字也便轉變爲祈求的意思了。

六、𠦪即芟字在文字中的印證

從𢪊字從𠦪，識得𠦪爲芟字初文，也許還可以爲只是一種解釋，於此舉奏字作爲印證。

---

① 《説文》：“毐，艸盛上出也。從屮，母聲。”吕鼎字作，甲骨文亦或作。
② 僞《書・泰誓》文。
③ 《左傳・隱公六年》引周任言。
④ 《國策・秦策》。

甲骨文奏字有𦥑殷文甲1411、𦥑前四·十六·六、𦥑前六·十二·六、𦥑前四·五四·三、𦥑前三·二十·四、𦥑後上·二六·十四等形，前三者依次減者，後三者又分爲前者之省作。羅振玉《殷虛書契考釋》說：

此象兩手絜木形，當是許書之桊字。《孟子》拱把之桐梓，拱字當如此作。

是爲第一種釋文。《殷契粹編》七四四卜辭云：

丙辰卜，貞，今日𦥑舞，㞢從雨，雨。

郭氏釋𦥑爲奏，爲此字第二種釋文。從木字必不作𣎳、𣎳之形看來，羅說明不足取。而小篆奏字作𡙸，其中間所從正是𣎳的變形。顯示郭說可從。但郭氏並未對𦥑的形象有所說明。許慎說："奏，進也。從夲從屮會意。屮，上進之義。"所謂從夲從屮，只是𣎳的變形，雖然無法與原意相合；其說奏之義爲進，如卜辭的"今日奏舞"（見前引）、"奏父丁牛"甲卜七集W20、《詩·賓之初筵》的"各奏爾能"、《長發》的"敷奏其勇"、《六月》的"以奏膚公"，無不貼切；即如今日說演奏，《楚茨》說"樂具入奏"，《有瞽》說："既備乃奏"，其始也是進獻之意，所以許慎於皋下說"禮，登歌曰奏"，登與進義通。問題是何以奏字從𣎳？日人島邦男《殷虛卜辭研究》說"𦥑象兩手持管樂之形"，但何種管樂其狀爲𣎳，不僅講不清楚，又必不得有樂管可以加艸作𣎳的。其爲捕風捉影，不言可知。

今案：《書·皐陶謨》說："暨稷播奏艱食、鮮食。"通常以艱爲難，難得之食不能無魚鼈的鮮食爲對文。《經典釋文》說："艱，馬本作根，云根生之食，謂百穀。"自當以根爲正，艱是音近之誤。然則奏字原當取奉獻根食以見意。這個說法似乎太巧太鑿，但奉獻根食於祖先，原是古代社會極爲普遍的祀典，風俗一直保留至今。作者幼年避日寇鄉居，還躬逢過每年禾穀成熟的"嘗新"之祭。《禮記·月令》說：

孟春之月，農乃登麥。孟秋之月，農乃登穀。

鄭注登爲進。《春秋繁露·四祭》云：

四祭者，因四時之所生孰，而祭其先祖父母也。……祠者，以正月始食韭也。礿者，以四月食麥也。嘗者，以七月嘗黍稷也。烝者，以十月進

初稻也。

其中所謂麥、穀（稻）、韭、黍稷，都是“根食”，而甲骨文奏字，竟有省□上端之□，但書其根的部位□或□的（請注意拜字從□，没有但書作□或□的），則以“根食”説奏字所以從□之故，疑不得只是巧於附會而已（請更參後記）。

七、□用當祓字在經傳中的印證

第五節説甲骨金文□字用當後世的祓字，這裏舉出經傳中一個決定性的證據如下。

《詩·生民》的“以弗無子”，雖早被學者引來考釋甲骨文□字，其相關的訊息，却未能注意。其詩云：

> 厥初生民，時維姜嫄。生民如何？克禋克祀，以弗無子。履帝武敏，歆，攸介攸止，載震載夙，載生載育，時維后稷。

這是周人自述其始祖棄如何出生的情況。毛傳云：“弗，去也。”大抵以爲拂的借用，《儀禮·大射儀》“挸弓拂弓”，拂是拂去灰塵之意。其實弗便是祓，所以鄭箋説“弗之言祓也”。

但以上是古文《詩》的説法。劉向《列女傳·棄母姜源》説：

> 棄母姜源者，邰侯之女也。當堯之時，行見巨人跡而履之，歸而有娠，浸以益大，心怪異之，卜筮禋祀，以求無子。終生子，以爲不祥，而棄之隘巷，牛馬避而不踐。乃送之平林之中，後伐平林者咸廌之覆之。乃取置寒冰之上，飛鳥傴翼之。姜源以爲異，乃收以歸，因命曰棄。

説姜源履巨人跡而妊娠，子生之後，如何棄置，如何獲救，若有神助，與周人之詩無有不同。而周人述其始祖之生，《生民》當然是第一手資料，理亦不得相異。然而其間却存在著顯著差異，一則履跡懷孕在禋祀之前，二則禋祀爲的是求無子。但從另一方面看，一個説“克禋克祀，以弗無子”，一個説“卜筮禋祀，以求無子”，兩者的神似，無法懷疑其來源不是一個。更看趙曄《吴越春秋》卷一的記載：

> 后稷，其母台氏之女姜嫄，爲帝嚳之妃。年少未孕，出游於野，見大

> 人跡而觀之,中心歡然,喜其形像,因履而踐之。身動,意若爲人所感。後妊娠,恐被淫泆之禍,遂祭祀以求謂無子。履天帝之跡,天猶令有之。姜嫄怪而棄於阨狹之巷,牛馬過者易而避之。復棄於林中,適會伐木之人多。復置於澤中冰上,衆鳥以羽覆之。后稷遂得不死。姜嫄以爲神,收而養之,長因名棄。

所述與《列女傳》相同,其文字較《列女傳》更近於《詩》,與"克禋克祀,以弗無子"相當的句子爲"遂祭祀以求謂無子",相對的差異,可説仍是弗和求字。假如能解釋得了弗和求是同一字的變形,履跡懷孕在禋祀之前或後的問題,便成了爲故事情節的通暢而不得不採取的調適:既是"克禋克祀,以弗無子",履跡懷孕自在其後;反之,如果了解的是"克禋克祀,以求無子",履跡懷孕當然在此之前。於是我所推測的《詩經》原本,必作"克禋克祀,以𠦪無子"。因爲是𠦪字,古文家知其音義同於祓,而其字已不通行,便寫了個同音的弗[①];今文家没有傳授,不認識𠦪字,誤認爲求,便成了"以求無子",而不得不搬動故事的情節。這就是本文所説的,甲骨金文𠦪字用當祓字在經傳中的證據。

八、傳統𠦪字音義及祓字讀音説明

以上的結論,有兩點必須加以説明:

其一,説𠦪是犮的初文,就是《説文》的𠦪字,但《説文》𠦪字訓疾,大、小徐𠦪音呼骨切(反),《廣韻》音許勿切,犮字則大、小徐音北末切,《廣韻》又音蒲撥切,不僅義不相及,其音聲母有雙唇塞音與曉母之隔,韻母也有祭與微的不同,都不能無説明。

關於字義,𠦪訓爲疾,疑與[古文字]字相關,詳見第九節。讀音方面,微祭二部音本相近,方音或有相同的,舉例以言。《説文》帥字或體作帨[②],《野有死麕》

---

① 《周禮·女祝》"禬禳之事",注:"却變異曰禳。禳,攘也。"

② 《集韻》祓字既同《廣韻》與拂同敷勿切,入與弗同分物切。

帨與脱、吠叶，音舒芮切，古韻屬祭部。帥字通常讀同率，音所類、所律切，古韻便在微部；《説文》蟀或體作蝕，膟或體作膋，也可見帥聲在微部。卽以▢聲字而言，黿大宰簠以饙叶惠字，古韻屬微；《甘棠》以拜叶説，則古韻屬祭，表示犮𠦪二字相傳的讀音不同，韻母方面，是不足爲慮的。

至於聲母，𠦪字讀曉母，相信是發生了錯誤。積極理由：一、拜從▢语孳生，拜讀博怪切，與犮讀北末切同屬幫母。也許有人還不能接受這語言孳生的説法。豦毁拜字作▢[1]，以▢爲聲，至少表示▢的讀音與拜字不相遠。二、從▢聲的饙，《説文》或體從賁聲作饙，或從奔聲作餴。賁音符文、符非、博昆、彼義四音，奔讀博昆，饙讀府文，都屬雙唇塞音。▢原亦當讀雙唇音。三、▢伯毁▢卽▢，與《廣雅》訓輔的拔字相同[2]。拔讀蒲撥、蒲八二音，其蒲撥切一音與犮同。消極理由，《説文》以𠦪從卉聲，卉字音許貴切，讀曉母。《玉篇》𠦪字除音呼物切與《廣韻》相同外，又音呼貴切，正是卉字的音讀。然則其呼骨、許勿之音，恐只是卉的聲母加上▢字原本爲入聲的讀法。

其二，説祓衍拔語而來，按理祓應讀同拔。然而拔音蒲撥[3]、蒲八二切，祓音敷勿、方肺二切，聲母韻母都有不同。

不過這種不同，顯與上述𠦪、犮的差異不可同日而語。無論聲母韻母，都在可以通轉變易的範圍之内。是故二者並以犮爲其聲符，其原本音近，由此可見，何況孳生語往往故意改變語音，以資彼此區别。聲母如生長之與短長，韻母如尺度之與測度。當然還應容許無意間形成的小譌，卽如祓拔之間的差異。至於輕唇重唇的不同，則無庸説更屬後起。

宇純補案：此節所論，無論爲𠦪讀曉母爲受許慎所説卉聲之影響，或爲祓

---

① 帨從祭部兑字爲聲，帥則從巾在門右會意，詳見拙文《説帥》，刊《史語所集刊》第三十本。

② 所從與未形近，乃偏旁變體，與揚簋及穆公鼎所從相同。三器並云"拜稽首"或"拜手稽首"，其爲▢聲無可疑。

③ 文云"乃祖克▢先王"，郭沫若釋▢爲𠦪，云："𠦪字由下文拜字所從知之。以意推之，當叚爲弼。"案：此器拜字作▢，所從與此並不相同；▢之中二畫向下，此則二畫向上，正是▢與未字的分别所在。但釋▢爲未，於義絶不可通；以爲▢，適與《廣雅·釋詁四》"拔，輔也"音義相合。此字豎畫上小斜畫，正爲未字所絶不得有，自以釋▢爲是。郭讀爲弼，則亦不然，二字古韻不同部。

讀輕唇音爲後來的變化,都可能事實並非如此。近撰《上古音中二三事》①,從方牢、撫憮、飛翬、奮揮、誹毀等同源詞的音韻結構,疑心上古已出現輕唇音,同時也提到𠦪與祓,以爲或是某方言將輕唇音讀成了曉母合口,或是某方言將曉母合口音讀成了輕唇。

九、説𠦪字在金文中的分化

四、五兩節説到由𠦪孳乳爲捧,又由捧孳乳爲禣,是屬於語言上的分化。此節所説,則是屬於字形的。

由於金文餴或作饙,捧亦或作⿰扌⿱艸𠦪,知𠦪與⿱艸𠦪同字。兩者的不同,只不過後者加艸,表示了𠦪字的屬性。其在金文中的用法,却各自分工,互不相涉,亦不容不注意及之。

𠦪在金文的用法,無不同於拔字,已見前文。加艸的⿰示⿱艸𠦪字一見,用爲除災求福之祭,但同時也加了示旁,與僅加艸者仍有不同。現將加艸的⿱艸𠦪字用法全部錄之於下:

毛公鼎:金車、⿱艸𠦪緐較、朱䰍䩼𩌏……

番生簋:車、電軫、⿱艸𠦪緐、朱䰍……

彔伯𢦚簋:金車⿱艸𠦪幬較、⿱艸𠦪䩼、朱虢𩌏、虎䩵……

吴尊:金車、⿱艸𠦪䩼、朱𩌏、虎䩵、熏裏、⿱艸𠦪較……

師兑簋:金車、⿱艸𠦪較、朱虢……

𢆶盨:駒車、⿱艸𠦪較、朱虢……

牧簋:金車、⿱艸𠦪較、畫䡈、朱虢……

宰辟父簋:⿱艸𠦪朱市、玄衣、黹屯……

一共十個⿱艸𠦪字,有的加在緐較、幬較或較字之上,有的加在䩼字上,有的加在市字上。較是車輢上的曲鉤,緐和幬是較上的被覆,䩼是車軾,市是蔽膝。古時車服有飾,⿱艸𠦪字大抵與金字、朱字、電字、虎字、熏字、駒字、畫字、玄字爲對

① 文見《音史新論——慶祝邵榮芬先生八十壽辰學術論文集》,學苑出版社 2002 年。

文、連文，用以形容車服之飾。孫詒讓《籀高述林》毛公鼎釋文云：

□，徐釋爲乘，吳釋爲幩，寅簋□字薛釋爲華，吳彝□字阮釋爲桒。以字形考之，塙是桒字，薛徐釋非也。阮釋謂桒通賁。《說文》食部饙或作餴，是桒賁聲類同，字可互通。《說文》貝部云：“賁，飾也。”義本《毛詩・小雅・白駒・傳》箋云：“賁，赤黃白色也。”《說苑・反質篇》孔子曰：“賁亦正色也。”京房《易傳》云：“五色不成謂之賁，文采雜也。”此借桒爲賁，亦當爲文飾。阮釋得之，吳釋爲幩亦通。《詩・衛風・碩人》“朱幩鑣鑣”毛傳云：幩，飾也。人君以朱纏鑣扇汗，且以爲飾。鑣鑣，盛貌。此云桒絣較，吳彝、彔伯戒敦又云桒宐，並假桒爲賁、幩，亦卽飾也。

孫氏的話顯然是對的。前文說有人以爲賁便是桒字，或者這還是一個證據。《詩經》的“朱幩鑣鑣”，以金文證之，朱應該是朱矞、朱虢的朱，幩應該便是桒較、桒鞃的桒，毛訓鑣鑣爲盛貌，全句譯成現代話，便是“紅色的、五彩的，繽紛燦爛”。幩無疑便是賁字的孳乳。不過儘管賁卽是□字，金文□必得是音義如《說文》賁字的語言的借用，因爲□字本身只是草根，不含文彩雜色之義。大抵語言中的“賁”，金文時代尚未製爲專字，而借用□字以行，但習慣上只寫加艸的□，不加艸的□則作爲祭名的祓使用，於是判然二分；有艸的□只在加了示旁之後，才出現在□字的偏旁。本同一字，而使用不同，這原是我國文字習見現象，如巨與矩，或帥與帨，都是其例。

十、釋□

濰縣陳介祺氏藏一卣，銘文云：

盤中□作氒文考寶障彝，日辛。

□爲作器者名，無義可求。《簠齋吉金錄》釋爲狂，徐同柏更謂狂與瑟名字義相應①，《攈古錄》從其說。《奇觚室吉金文述》則釋爲趀，並斥釋狂之說云：

---

① 《廣韻》蒲撥切拔下云“迴拔”，疑迴是迥字之誤。迥拔唐人語，拔卽“拔乎其萃”拔字之義。《集韻》改迴拔爲回拔，幾不知其何義矣。

趚，近人釋狂。然從□爲夭，非犬字；從□爲朱，非㞢字。夭當走省。朱善旂《敬吾心室彝器款識》別釋作枺字。《貞松堂集古遺文》、《綴遺齋彝器考釋》、《周金文存》並無釋文，《金文編》也將此收入附錄，以示慎重。

今以爲此字從□從□，□與□同，習見於甲骨文及金文拜字偏旁，諸家釋作狂或枺字，實爲捕風捉影。劉氏認□爲朱，二字形雖近，後者作□或□，中或爲點，或爲横，與□字中畫亦必左右下垂，固自不同。但劉説□爲夭，爲走省，誠有見地。第一，《説文》走從□，爲小篆譌變，金文走字並從□。第二，趞字金文或作□作□，或即省作□[①]。第三，甲骨文一辭云："庚申貞，其令亞□馬☐。"□馬二字相連，或釋爲走馬，更不啻□爲走字的明證。再者，金文奔字作□，奔與走義近而速於走，故從三止以與走别，顯然以□象人奔走之形。又金文盂鼎有□字，從□；又二鼎及一爵亞形中作□，亦從□，連同□字□字，□字儼然爲一"部首"，然則□字當以□爲義符，□爲其聲。據音求之，《禮記・少儀》説："毋拔[②]來，毋報往"，鄭注説："報讀爲赴疾之赴，拔赴皆疾也。人來往所之，常有宿漸，不可卒也。"拔字本身應無疾的意思，其本字當即此字。《史記・黥布傳》"何其拔興之暴也"，《索隱》云："拔，疾也。"《後漢書・寇恂傳》"邯鄲拔起，難可信向"，注云："拔，卒也。"大抵自□字廢而不用，□聲字亦連帶不行，茇拔代替了□□，拔也便代替了□字。

第八節遺留下來《説文》訓桒爲疾的問題，現在的看法是這樣：其先訓疾之"拔"，只是借用□字，其後加上了□旁而爲□。許慎因爲字形的譌變，不知桒的本形如何，即以相傳"□"字作疾解的意思，説爲桒的本義。

十一、釋□

甲骨文有合書□字，爲泉水之名。葉玉森《殷虚書契前編集釋》云："疑

① 徐以無爲瑟字，遂謂狂與瑟名字相應，詳見《從古堂款識學》。

② 前二字分見遺尊、遺卣。後者見遺妊爵，《三代吉金文存》誤摹作□，《金文編》收入附錄，以爲與盂鼎□同字。此據《商周金文錄遺》。

華泉合文。"金祥恆兄《續甲骨文編》釋作麥泉。其先孫海波《甲骨文編》釋爲桒泉。于省吾《雙劍誃殷契駢枝》亦釋爲桒泉，並謂桒泉即百泉，其説云：

> 卜辭桒泉二字合書作□，前二、十五、六及後上、十五、十三均有"才桒泉餗"語。按桒賁古今字……桒泉即今百泉，賁百一聲之轉。賁彼義切，百博白切，並幫母字。金文拜字作捧，從手桒聲，拜百音亦相近……荀子儒效稱武王誅紂云：朝食於戚，暮宿於百泉，厭旦於牧之野。左定十四年傳：又敗鄭師及范氏之師於百泉。《魏書・地形志》：林慮郡共縣有柏門山，柏門水南流名太清水。《輝縣志》載百門泉一名珍珠泉，一名搠刀泉，出蘇門山下，即衛河之源也。中有三大泉，或傳爲海眼，以竿試之，不知所底，匯爲巨波，廣數頃，又蘇門山在蘇西北七里許，一名蘇嶺，一名百門山，山下即百泉。按百門泉即百泉。……百泉在朝歌之西，相去甚近，係山水勝境，故殷王畋遊常駐於此也。

就我所知，前人釋文大抵如此。葉氏之説，蓋即本於吳大澂之以□爲華，辯已見上。祥恆兄以爲麥泉，□下從□，與甲骨文麥字作□或□，來字作□或□、□似皆不合。孫氏的桒泉是對的，但没有更進一步説明；于氏據以説爲百泉，却斷乎不可。所謂一聲之轉，是必須在兩個語言音義充分掌握的條件下始能作出判斷的命題。譬如吾與我，兩者都是第一人稱，而又複聲母相同，於是稱之爲一語之轉。桒泉與百泉，雖具備聲母相同的音之條件，其所指稱是否爲同一泉水，無由得知，是不具備内涵相同的義之條件，根本作不出是否一語之轉的判斷。于氏顯然没有這樣的概念。

今案：□疑即《詩・衛風・泉水》的肥泉。桒與賁關係的密切，前已言之。賁於《廣韻》有符文、符非、博昆、彼義四音，其中符非一切，即讀與肥同。肥字古韻屬微部，與賁或同部，或具陰陽對轉關係。《方言》卷三説："蘇，周鄭之間謂之蕢。"蕢字郭璞音翡翠之翡，都可見賁音古近肥。而《説文》萉字或體作蕡，一從肥聲，一從賁聲，尤爲古肥音賁音通用之證。《水經注・淇水》云：

> 淇水……又東與左水合，謂之馬溝水。水出朝歌城北，東流南屈，逕其城東，又東流與美溝水合，出朝歌西北大嶺下。東流逕駱駝谷，于中逶

> 迆九十曲,故俗有美溝之目矣。歷十二嶩,嶩流相承,泉響不斷,返水捍注,捲復深隍。隍間積石千通,水穴萬變。觀者若思不周賞,情乏圖狀矣。其水東逕朝歌城北,又東南流注馬溝水,又東南注淇水,爲肥泉也。故《衛詩》曰:"我思肥泉,茲之永歎。"

肥泉與朝歌近在咫尺,其附近一帶,川迴嶩轉,泉響不斷,極山水之勝。故衛女思歸,而曰"我思肥泉",殷王畋遊,亦恒至於此地了。

然而,説[illegible]即肥泉,也許還不止於讀音及地理的相合,此泉名爲[illegible]泉,或者以此地水道支流歧出,與[illegible]的形象相似,而有此名。《詩》傳云"同出異歸爲肥泉",《爾雅》也説"歸異出同曰肥",《釋名》説"本同,出時所浸潤少,所歸各枝散而多,似肥者也",都同一説。《水經注》引《爾雅》犍爲舍人注"水異出流行合同曰肥"云:"今是水異出同歸矣。"雖然前後兩説相異,説肥泉命名與其水道之形象相關,是則無有不同。如果無視於各水道的流向,只從静止畫面觀察,[illegible]的字形,也許正可以仿佛模擬肥泉一帶水道的形象。

十二、説大田詩來方禋祀

《詩・小雅・大田》末章云:

> 曾孫來止,以其婦子,饁彼南畝,田畯至喜。來方禋祀,以其騂黑,與其黍稷,以享以祀,以介景福。

寫豐收以後舉行報祭的情形,其中"來方禋祀"一句,毛傳没有解釋,鄭箋以爲來即上文"曾孫來止"的來,所以説:"曾孫之來,則又禋祀四方之神祈報焉。"而顯然有兩層問題。一、來字與上文來字相隔三句,其前句"田畯至喜",已經畫下句點,語氣已經阻斷。二、把"來方禋祀"説成來禋祀四方,也與語法不相合。所以清代有的學者便不從其説,而主張把來字説爲語詞。如陳奐云:"來方,猶上篇云以方;來,古犆字,語詞也。"

陳奐的説法也不能成立:第一,來字在《詩經》用爲語詞的,只有像《谷風》的"伊予來塈",《車舝》的"德音來括"等,用在及物動詞之前,其前即爲動詞的受詞,與此明顯不同,也根本没有用於句首爲語詞的來字。第二,陳説

來方猶上篇的以方，上篇《甫田》相關詩句是："以我齊明，與我犧羊，以社以方。""以方"的以，便是"以我齊明"的以；說來同以，則前無所承，又爲不同。第三，𥝩字見於《說文》，許慎說："𥝩，《詩》曰不𥝩不來。從來，矣聲。俟，𥝩或從彳。"《詩經》没有"不𥝩不來"的話，實際情形爲何，可不深論，因爲在"不𥝩不來"的句子裏，不可能成爲"不𥝩不𥝩"，也不可能成爲"不來不來"。

今案：古時報祭的意義，除答謝諸神的賜福之外，還連帶祈求來年的豐收。所以鄭氏說："又禋祀四方之神而祈報焉。"報是報其今年之賜，祈是祈其來年之惠。也所以《生民》之詩末章說："誕我祀如何？或舂或揄，或簸或蹂；釋之叟叟，烝之浮浮；載謀載惟，取蕭祭脂，取羝以軷。載燔載烈，以興嗣歲。"便在報祭之後，而言以興嗣歲。我頗疑心"來方禋祀"的來本作[illegible]，用爲祓，方便是方社的方，爲祭祀求福的對象之一。《殷契粹編》八〇八卜辭說："[illegible]年於方，又大雨。"《雲漢》詩云"祈年孔夙，方社不莫"，《甫田》詩云"以我齊明，與我犧羊，以社以方。我田既臧，農夫之慶。"都是向方神祈年之證。《生民》的"取羝以軷"，一般都將軷說爲行前的犯軷之祭，但詩中看不出有"出將有事於道"之意，軷當爲祓，也就是除災求福之祭。《儀禮·聘禮》"出祖释軷"，鄭注"軷，古文作祓"①，軷本是祓祭之一種，所以古書或通用不別。

後　記

1959年5月4日，我曾以此文初稿在本所學術講論會中提出來討論過。自己覺得意見未必成熟，不欲汲汲發表，藏於篋中三年半了。今年10月間，向所長李濟之先生請了一年假，來香港崇基書院執教。臨行，槃庵師告以籌印胡故院長紀念論文集，囑咐也寫一篇。胡院長是大家最敬愛的大家長，自然應該表示敬意。不想抵港後忙於課業，竟無暇動筆。上月中，槃庵師來信催促。翻出了這篇舊稿，看看大的錯誤没有，於是整理了一番，加入一些新的意見，成爲現在的樣子。就這樣，斷斷續續也約莫拖了兩個星期，再經過謄繕

---

① 《釋文》云："拔，蒲末反。王本作校，古孝反。"此從鄭注，其義《史記》、《後漢書》引文可證。校字義不可通。

讎校（因爲古文字多，無法排版，用鈔寫影印的办法），早超過與槃庵師約定的半個月限期，説不定已趕不及印出了。

講論會中，周法高先生曾提出如下三點意見：一，引《尚書》的奏根食説解奏字，已是牽附；而作根食的還只是馬融的本子。二，桒、祓讀音並與芟字不同，自然也可疑。三，提出一個“非正式的意見”（案：周先生用語如此），□似乎可以認作卉字，如此拜字固然可以解釋；甲骨文□生、□年等，也可以解爲匄的借字，其義爲求。周先生是師長輩，這是對後生的愛護，所以提出了寶貴意見。

關於第一點，根食雖只是一個馬融的本子，以與鮮食相對，自是勝過艱食，因爲鮮食未必便得之易易，所以仍保留原樣。

最近注意到奥、墺二字：《説文》説：“□，宛也，室之西南隅。從宀，𢍏聲。”“墺，四方土可居也。從土，奥聲。□，古文墺。”奥聲、𢍏聲分屬幽部、元部。二部音遠。奥不可能從𢍏聲。古文墺作□，與奏字作□所從相同。於古文奏而言，□是□的譌變，□從□□等於奏從□□。《新序·刺奢》説：“隩隅有竈，是以不寒。”隩與墺同，故《書·堯典》“厥民隩”，傳云：“隩，宝也。”馬融訓隩爲煖，與《詩·小明》“日月方奥”毛傳訓奥爲煖同。大抵奥爲室之西南隅，即設竈之所在。奥字本從□及兩手推□入内之形，□爲竈形，與籀文爨字作□取義不異；亦見□爲□木穀物帶根之形（其作□者，則可以但作爲草根看待）。

關於第二點，祓芟兩音的相差，當然是由於後來祓字變讀了輕唇，方其讀重唇之時，二者的差別，應該是不足爲異的；何況孳生語與母語之間，本就容許故意採取的別嫌讀法。軷祓古有通作之例，而軷芟可同音蒲撥切，更證祓芟本不相遠。至於許慎以後桒字的讀音，本文有積極、消極兩方面的説明，私心以爲似乎可以交代。

至於周先生提出的“非正式的意見”，我讀郭文時也朝這方面思索過，後來却放棄了。甲骨文雖然没有見到過如《説文》中的卉字，金文奔字本從三止，後來大都譌爲□字，正是文字罕見之形被習見之形同化的現象，可見金文别有從三□的卉字，與□或□並不相同。何況卉與匄，古韻既不同部，還

有開口合口的差異，匄聲字有曷、騔，分讀胡葛、古達切爲開口音，曷聲之字更多，亦無一不讀開口，以見卉未必能借爲匄。又何況甲骨文的“□□方”，必不得謂求□方。所以没有接受周先生的意見。

其後屈師翼鵬（萬里）先生以于省吾釋甲骨文□爲祓字見示，並表示于説應爲可信。案：此字見於下列二辭，其一云：“己卯卜，我貞，□月又史。”其一云：“癸子卜，于□月又暠。”于以□月爲祓月，即三月上巳祓除二月，其意然否不可知。從文字可有或體的觀點來看，即使于説無誤，似乎不表示□不可以是芟字，則□爲祓字之説仍可保留。

兩位長者的熱心可感，謹記之以供讀者參考。

1962年12月14日午夜於九龍窩打老道青年會寓廬

（原載《史語所集刊・故院長胡適先生紀念論文集》，1963年）

釋甲骨文□字兼解犧尊

1968 年夏,余撰《中國文字學》一書,嘗由分析金文戲字,定甲骨文□爲虘字初文,讀卜辭中□字爲犧,頗感諜然族解之樂。因篇幅所限,未得卺言。欣逢剛伯師八秩榮慶,爰重申前意,並論犧尊之名物,以爲師壽。

一、釋甲骨文□字及其卜辭中用義

甲骨文習見□字,或作□、□、□諸體。學者推其音義,人執一詞。孫詒讓釋豊,葉玉森釋亜,郭某釋蝕,唐蘭釋良,于省吾釋□。李孝定先生《甲骨文字集釋》云:

> 孫氏釋豊,而契文自有豊字見卷五,與此迥異。葉氏釋亜,按金文從亜之字作□,與此亦殊,于氏已證其非。郭氏釋蝕,實乃鄰於想像;且卜辭日月食字自作食,庫一五九五辭□食並見,可證郭説之非。唐氏釋良,前於五卷良字條下已辨其誤。惟于氏釋□,於字形辭義,兩俱洽適,其説可從。

案:此文論孫、葉、郭、唐四家之失,深中肯綮,無庸更議;其以于説爲然,則與鄙見略有異同。于氏云:

> 綜覈□字諸形,似毁之從□,似豆之作□,而其不同之徵,則上端有頸有口;似壺之作□,而其不同之徵,則上端無蓋。當即小篆□字。《説文》:"鋞,酒器也。從金,□象形。□,或省金。"……金文壺字,師望壺作□,史僕壺作□,芮公壺作□,頌壺作□,曶壺作□。從人象其蓋,從大亦

象其蓋。《説文》:“壺,昆吾圜器也。象形,從大,象其蓋也。”以上所引金文諸壺字,如去其蓋則作[古文字][古文字],稍變則爲[古文字],其爲契文[古文字]或[古文字]之所孳演,灼然明矣。東周左師壺壺字作[古文字],去其蓋則作[古文字],與《簠室徵文·文字八十》作[古文字]形者相近。《殷契卜辭·八五白》有壺字作[古文字],左右繫繩下垂,去其蓋與繩則作[古文字]。《前·五、五、五》有壺字作[古文字],去其蓋則作[古文字]。番匊生壺壺字作[古文字],去其蓋則作[古文字],其即《説文》[古文字]字審矣。其底與圈足中間稍彎之橫畫,或斷與否一也。如金文豆字作[古文字],而輔伯鼎豐字從豆作[古文字],其兩豎畫上出與否一也。如戲卣戲字從豆作[古文字],均其證也。至[古文字]形變爲[古文字],其豎畫或斷或聯一也。如契文酉字作[古文字]亦作[古文字],金文公字作[古文字]亦作[古文字],障字作[古文字]亦作[古文字],此例習見,不煩備舉。要之,[古文字]字由[古文字]而[古文字]而[古文字]而[古文字]而[古文字]。其無底畫者,如[古文字],即其例。[古文字]字説文以爲酒器,是也。今以出土之彝器形制考之,當即罍壺之無蓋者。

綜覽此文,其釋[古文字]爲[古文字],除以爲形近之外,無他證。然使[古文字]果爲酒器之象形,欲求於一頸一腹一底之間不與[古文字]字有若干相似處不可得。故但因形近,不足定爲一字也。況[古文字]字既不帶耳,又不作下垂圓腹,其間差異甚著,于説固亦無可採而已。

此外,商承祚《殷虚文字類編·待問篇》謂羅振玉疑[古文字]爲匜字。然匜字下端無緣有跗;此字爲一整體器物形,又不得謂上端從“也”,故此疑亦殊無理致。

今於金文戲字析之,知[古文字]實爲説文䖒字初文。《説文》云:“䖒,古陶器也。從豆,虍聲。”古書未見使用此字,而見於戲字偏旁,《説文》云戲從䖒聲。彝器中戲字據《金文編》所收,有下列諸形:

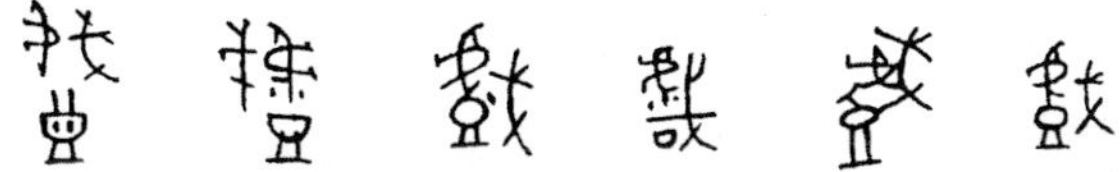

戲甗　　卣戲　戲伯鬲　師虎簋　仲嬰父鬲　豆閉簋

第一字所從與甲骨文作[古文字]者最近。此外,虍象虎頭,恒見作[古文字]若[古文字];其下有二小畫作[古文字]若[古文字]者,則於此字及虖字二者見之。而虖之作[古文字]寡子卣若[古文字]禹鼎者,二小畫屬下端之“乎”,故效卣作[古文字],沈子簋作[古文字]。以此而言,此字第二形二小

畫當屬下端之“𧯠”,本與甲骨文𧯠之作𧯠者同形。不寧唯是,即第三、第四、第五三形所從,以金文豆字獨體與旁從僅有豆、豆、豆、豆、豆等形,知並當是𧯠之譌體。惟第六形所從爲豆字,而當是後起之同化現象,初非䖒字從豆究極之證。《説文》云䖒爲古陶器,今知其始不從豆,則“𧯠”爲此古陶器象形,本於象形之體加聲,與甲骨文鳳、鷄等字同例,捨此不得二解。䖒字《廣韻》音許羈切,與戲字同音①,故戲字從之爲聲。此甲骨文𧯠字讀許羈切爲䖒字初文之確證也。

惟𧯠雖是䖒字初文,其見於卜辭者,則非陶器名本義,乃假借爲用。請進而論之。于氏云:

> 卜辭𧯠字用法有三。一,《續・五、二十五》“帚𧯠示十☒”,𧯠爲婦名。二,《藏・六七、二》“𧯠羊”,《甲・二、十二、四》“𧯠堯”,《續・一、三九、三》“𧯠羘三”,《一、四四、四》“𧯠十勿牛”,《二、二三、九》“𧯠十𦍩”,《佚・八八九》“𧯠三牛”,𧯠均應讀爲䜣。……用牲而言𧯠,當與言卯相若矣。三,《前・七、十四、四》“夕𧯠”,《續・四、六、一》“丁酉雨,之夕𧯠,丁酉允雨,少”,《前・七、三三、一》“辛亥𧯠”,《簠室・地望四》“甲午𧯠”,《藏・一八五、一》“㞢希,三日乙酉夕𧯠,丙申允㞢來,入齒”,𧯠字當讀䁓。《説文》“䁓,目蔽垢也”,引申爲天氣陰蔽之義。……卜辭上言夕,言日而下言𧯠者,謂天氣之陰蔽也。其言“之夕𧯠,丁酉允雨少”者,謂前一日丙申之夕天氣陰蔽,丁酉允雨,但少耳,非不雨也。其言㞢希而又言夕𧯠又言允有來者,蓋覘夕時天氣之陰蔽惡劣,而以爲有祟也。

陳夢家《卜辭綜述》云:

> 𧯠字只有兩個用法,一爲用牲之法,一爲夕𧯠。晚上的氣候通常以見星爲測,所以雨止於夜謂之姓,……夕𧯠之義,不外乎指夜間有星無雲,或無星有雨。

金祥恆兄《釋𧯠》②云:

> ……甲骨文𧯠,亦非亜字。如《殷虛書契續編》卷五第二十頁第五片:

---

① 戲字有平去二讀。其平讀,即許羈切,義如伏戲、戲水。

② 見臺灣大學中文系《中國文字》第二十五期。

"帚兄 丁十□。"又見於《戩壽堂所藏殷虛文字》四五頁第二片。其兄字較續編爲清晰，字作兮，不作兄。且卜辭有帚兮（良）之辭。如《龜甲獸骨文字》上册第十八頁第十片："帚兮丁□夃㞢……。"《殷契佚存》第一〇〇〇片："帚兮丁□夃。"皆係骨臼刻辭。《小屯乙編》第二五一〇片："壬辰卜，㱿貞：帚兮□㞢子？""貞：帚兮□其子？"其良作兮，與前略異，然形甚近似，唯曲筆改成直筆而已。然與𡧊迥異。卜辭亜作兮，如《小屯乙編》第五二六九片："己巳卜，㝉貞：龜𢍰攸，王固曰：𢍰。庚午夕兄，辛未允𢍰。"其亜作兄，乃因拓片模糊，下少一畫，非原來如此。《鐵雲藏龜》第二一七頁第三片："丙戌王□夕兄。"《殷虛文字外編》第二片："丙辰卜，㝉貞：乙卯兄，丙辰王㝱自西。"其兄亦然。故以兄兮爲𡧊之異體者，皆非。

亜於卜辭本爲祭享之義。如："七日己未亜，庚申月㞢食。"……"壬寅卜，㱿貞：帚好娩妨！壬辰亜，癸巳娩，隹女，"亜爲祭名，猶《左傳·隱公十一年》"況能禋祀于許乎"，杜注："禋，絜祀也"。或言夕亜者如："己未夕亜，庚申月㞢（食）。"……夕亜猶卜辭酒祭言莫酒、夕酒，歲祭言莫歲、夕歲也。……凡𡧊牛、𡧊羊、𡧊㲋，𡧊爲祭名，羊、牛、㲋爲牲名。猶卜辭烄牛、烄羊、烄豕、歲牛、歲羊，烄歲爲祭名，非用牲名。《丙編》一八二："貞：乎帚，𡧊于父乙宰，㫚三宰㞢良？"或將"帚𡧊"釋爲"帚良"爲人名。良與亜之不同，前已辨之。即就此卜辭言，若釋帚𡧊爲人名，則"乎帚𡧊於父乙宰"，不知作何解！如釋爲亜，爲祭名，則亜祀于父乙，用一公一母之宰，則字從意順。

案：于陳兩家大要相同，所異者，于氏有婦名一類，陳氏無之。此婦名一類，祥恒兄以爲婦良之誤讀，餘則並以爲禋祀之禋。今案祥恒兄謂帚𡧊爲婦良之誤讀者，細審《續編》及《戩壽堂殷虛文字》並作"兄"，其上端之"儿"（案：祥恒兄書此不異），固已昭見其不得爲良字；其下端實不作"儿"，附其影片於後①，以供覆案。帚下接此字者，《龜甲獸骨文字》上册十八頁之第十及《殷契佚存》之一〇〇〇是良是𡧊姑不論，《丙編》一八二之辭"貞乎帚𡧊于父乙宰"，確乎無

---

① 分見附圖一、二。

可疑者。祥恒兄以此辭釋帚㞢爲人名則義不可通,故讀帚字句,㞢字下屬。今以爲"乎帚㞢于父乙宰"即呼婦㞢于父乙用宰,亦即呼婦㞢用宰于父乙。宰爲用宰之省稱。《甲編》二〇〇九辭云:"癸亥卜,狄貞,小宰,王受又。"小宰即用少宰,可以爲證。則是婦㞢爲人名,非一辭矣。若祥恒兄從葉説釋其餘㞢字爲禋,《集釋》固已辨之在前;如《續編》一、四五、四辭云:"貞:桒于丁,㞢三犁牛……",《佚存》八九八辭云:"貞:卸于父乙,㞢三牛……",桒、卸並是祭名,不得㞢更爲祭祀義,尤爲昭著。今以虘之音讀求之,讀㞢爲犧,除少數殘辭不可强解外,義無不暢達。既無庸分别訓釋,且多與古事相證發,依辭例述之如後:

甲　帚下言㞢　帚㞢即婦犧。古者女子以氏爲字,此㞢即犧氏。犧氏或作戲氏,爲伏犧之後[1];戲從虘聲,是㞢讀犧之明驗。彝器戲伯鬲、戲甗、戲卣之作者,即與此帚㞢同一氏族。

乙　牛羊若彘上言㞢　此類于氏以爲用牲之意,洵不可易。今謂㞢牛、㞢羊、㞢彘即以牛羊彘爲犧者。《詩·甫田》有犧羊;《吕覽·本味》有犧豭,豭、彘類也;牛之稱犧更屬恒見,第經傳中犧牛、犧羊、犧豭之稱與卜辭有動、名之異耳。且犧牲之語周初習見,不應商代無之。據《説文》犧下引賈逵云"此非古字",依理推之,至少周初無有,見於《詩》、《書》中之犧字當由後世隸定,初本借他字以行。今讀卜辭之㞢爲犧,不獨其用牲辭意豁然而喻,既可以釋商代不應無犧語之疑,賈逵云犧非古字亦賴以徵信,不啻左右逢源之樂矣。

丙　日下或夕下言㞢　于氏謂:"卜辭上言夕言日而下言㞢者,謂天氣之陰蔽也。"陳氏謂:"夕㞢義不外指夜間有星無雲,或無星有雲。"而不及日下言㞢者。案:于氏總上言夕或日者爲一,是也,然于陳兩氏俱以㞢與天候有關,則未得其義。知者,如《乙編》七四三加一七二四辭云:"戊辰卜,㱿貞:帚好娩㚤?丙子夕㞢,丁丑娩㚤。"又《乙编》五二六九辭云:"己巳卜,𡧊貞:龜㝵攸?王固曰:㝵,庚午夕㞢,辛未允㝵。"所卜無關天候,不得如兩氏所言審

① 據《通志·氏族略》。

矣。必知日下云㞢與夕下云㞢同義者，因卜辭皆記相連二日事，前一日或前一夕㞢，而後一日有某現象，義不得異也。今仍讀㞢爲犧，與乙類之用牲義無殊；下不云牛、羊若㲋者，省之；又以用牲則必有祀，故即以㞢言祀。疑此殷家日祭，皆以夕時行之；其不云夕者，省文；必以夕時者，於前一日之將盡，"祭祀以求來日，猶歲終以祈來年；無特求，亦不必一一記之，故卜辭之㞢祭不日日見也。

二、犧尊解

犧尊一名，見諸《詩》、《周禮》、《禮記》、《左傳》及《莊子》等書。犧或作戲，或作獻。與他辭連舉，簡稱犧（簡稱犧者，對犧尊之稱而言，有語病。犧借爲虘，即尊名。恒言於犧下加尊字，與他辭連舉則復其本稱。2002 年宇純補案），若犧象、犧人。列之如下：

（一） 稱犧尊者

1.《詩・魯頌・閟宮》："白牡騂剛，犧尊將將。"

2.《周禮・大宗伯・司尊彝》："其朝踐用兩獻尊，皆有罍。"（《釋文》："兩獻，本或作戲，《注》作犧，同，素何反。"）

3.《禮記・禮器》："廟堂之上，罍尊在阼，犧尊在西。……君西酌犧象[①]，夫人東酌罍尊。"（《釋文》："犧或作獻，本又作戲。"）

4. 同上："（禮）有以素爲貴者：至敬無文，父黨無容；大圭不琢，大羹不和；大路素而越席，犧尊疏布鼏樿杓；此以素爲貴也。"

5.《莊子・天地》："百年之木，破爲犧尊，青黄而文之，其斷在溝中。比犧尊於溝中之斷，則美惡有間矣；其於失性，一也。"

（二） 與他辭連舉簡稱犧者

1.《左傳・定公十年》："且犧象不出門，嘉樂不野合。"

2.《禮記・明堂位》："季夏六月，以禘禮祀周公於太廟，牲用白牡，尊用

---

① 上文云罍尊犧尊，此象疑尊字之誤。

犧象山罍。"

3. 同上:"泰,有虞氏之尊也。山罍,夏后氏之尊也。著,殷尊也。犧象,周尊也。"

4.《國語·周語下》:"鬱人薦鬯,犧人薦醴"(注:"犧人,司尊也;掌供酒醴者。")

《閟宮》毛傳云:

> 犧尊,有沙飾也。

孔疏云:

> 犧尊之字,《春官·司尊彝》作獻尊。鄭司農云:"獻讀爲犧,犧尊飾以翡翠,象尊以象鳳皇,或曰以象骨飾尊。"此傳言犧尊者沙羽飾(案:毛傳無羽字),與司農飾以翡翠意同,則皆讀爲娑。傳言沙,卽娑之字也。阮諶《禮圖》云:"犧尊飾以牛,象尊飾以象,於尊腹之上畫爲牛象之形。"王肅云:"將將,盛美也。大和中,魯郡於地中得齊大夫子尾送女器,有犧尊,以犧牛爲尊。然則象尊,尊爲象形也。"王肅此言,以二尊形如牛象,而背上負尊。皆讀犧爲羲,與毛鄭義異,未知孰是。

《釋文》云:

> 犧尊,鄭素河反。毛云有沙飾,則宜同鄭。王許宜反,尊名也。有沙,蘇河反,刻鳳皇於尊,其羽形婆娑然也。一云畫也。

《明堂位》鄭注云:

> 犧尊,以沙羽爲畫飾。

孔疏云:

> 《鄭志》張逸問曰:"《明堂》注犧尊以沙羽爲畫飾,前問,曰:'犧讀如沙。沙,鳳皇也。'不解鳳皇何以爲沙?"答曰:"刻鳳皇之象於尊,其形婆娑然。"

據此等説,犧尊有二讀二義。《詩》毛傳、《周官》鄭氏解詁及鄭注並讀犧爲沙若娑,犧尊卽沙尊,刻鳳皇於尊,鳳皇羽形婆娑,因以爲名。此一説也。王肅、阮諶讀爲犧牛之犧,王以尊作牛形,阮謂尊腹畫爲牛形,因以爲名。此二説也,而王阮復稍異。

其第一説，犧娑古韻同歌部，作戲者同；即作獻字隸元部，亦歌元音近。聲母方面，語其常雖遠，《説文》引《詩》“伐木許許”作“伐木所所”，亦非絶無可援之例。而《儀禮・大射儀》“兩壺獻酒”、《周禮・司尊彝》“鬱齊獻酌”及《禮記・郊特牲》“汁獻涚於醆酒”，鄭注並讀獻爲摩莎之莎；《明堂位》“周獻豆”鄭注“獻，疏刻之”，《釋文》亦云“獻，素河反”，復相印證。故由音以言，讀犧爲娑，宜若可信也。

唯竊因張逸之問頗有疑者，逸曰“不解鳳皇何以爲沙”，鄭應之曰“刻鳳皇之象於尊，其形婆娑然”，此謂鳳皇因羽形婆娑而有沙名也。然婆娑爲疊韻連語，未有省稱娑者，今此鳳皇不曰婆娑而以娑名，鄭説可從與否，不能無疑。且如前文所言，犧字雖或可有沙音，犧尊字先秦古籍不下十見，無一作娑若沙者，王肅音復有殊，其果當何讀，蓋亦見仁見智，未必定有所本；異體獻字雖有莎音，另一異體之戲字即不聞類此之讀，則以獻酒之音擬犧尊，或亦不然而已[①]。

朱駿聲《説文通訓定聲》沙字下謂沙爲鳳皇乃莎字之借，其説云：

> 莎雞或謂之天雞。鳳如雞，五采，亦得莎名與？

案：鳥名之天雞，見於《爾雅・釋鳥》，其文云“鶾，天雞”，不謂又曰莎雞。天雞與莎雞同物者爲蟲名。《詩・七月》“莎雞振羽”，正義云：“《爾雅・釋蟲》：翰，天雞。樊光曰謂小蟲黑身赤頭，一名莎雞。”鳥名蟲名雖語或同源，究竟材料所限，天雞之鳥不見又名莎雞，故朱説亦不足憑。

如朱氏之意，此或可易之云：鶾獻音近，讀犧爲鶾，遂爲天雞之鳥。無如毛鄭之説本不可取，故亦終莫可用。説詳下。

其第二説，王音犧字許宜反，爲其常讀，又有器物之證，以故後世遵用，謂之不刊。阮諶微有不同，實由王説而生異解。衛湜《禮記集説》引楊簡云：“犧尊有沙之象，嘗官楚東，知彼俗以牛之大者爲沙。”[②]亦從王説而復求調和

---

① 獻戲形近，疑獻尊字即戲字之誤。猶之《禮記・郊特牲》“鄉人裼”注云“裼或爲獻，或爲儺”，獻亦戲字之誤。

② 今俗稱沙牛者特牛，此恐誤解。

於毛鄭。今人容庚據《梁書・劉杳傳》定尊之作獸形者爲犧尊[1],其源亦出於王氏。

然犧非獸名,義同於牲,據祭祀之畀犧言之,非牛專稱。是故載籍所見,犧牛之外,若《詩・甫田》之犧羊,《呂氏春秋・本味》之犧猳,《左傳・昭公二十五年》之三犧六畜五牲並峙爲文,《二十二年》又有鷄而謂之犧者,不一而足。誠如王説,當云:"凡畀類之可以犧稱者,作其形以爲尊,其尊謂之犧尊。"則凡尊之作羊形、鷄形者,皆宜當犧尊之名;若以爲牛形尊之專號,斯不然矣。至若容氏之説,"作羊形者謂之羊尊,作牛形者謂之牛尊,作獸形者謂之犧尊",其爲誤特甚。唯畀犧之以犧名者,不獨犧牛一端。而稱牲者尤夥,如《周禮・大司馬》之"魚牲"、"馬牲",《羊人》之"羊牲",《大司寇》之"犬牲",《牧人》之"六牲"注云:牛馬羊鷄犬豕,《儀禮・燕禮》之"其牲狗"等。將謂犧尊之名據其飾爲牛羊之形言之,何不一見牲尊之稱乎? 以是知王説之不必然矣。

且此説並前説有一基本缺失,素爲學者忽之。

前引《禮器》之文云:

> (禮)有以素爲貴者:至敬無文,父黨無容;大圭不琢,大羹不和;大路素而越席,犧尊疏布鼏樿杓;此以素爲貴也。

列以素爲貴者六事,文凡三層,並兩兩相儷。末以犧尊對大路;疏布鼏對素而,"而"疑𠷎字之誤,篆書相似,𠷎讀爲幬[2];樿杓對越席。使犧尊爲牛形尊,或飾以牛形、鳳皇翡翠之尊,側諸其間,既背乎貴素之意,亦與大路諸物文質失倫。盖無論爲牛形尊,或飾以牛形、鳳皇翡翠之尊,皆不得爲人類原始文化,必屬後起;而《禮記》云以素爲貴者,義取"反本脩古,不忘其初"[3]。是故《禮器》又云:

---

① 《商周彝器通考》頁 429 – 430,並見附圖三、四。

② 大路素而越席者,大路卽素車,不必下更言素;且此文與下句相偶,"而"字非轉折語詞可知;疑爲𠷎字之誤,𠷎讀爲幬。《史記・禮書》云"大路之素幬也",是其證。《荀子・禮論》云"大路之素未集也",未集二字亦一壽字之譌,詳拙著《讀荀卿子札記》(香港中文大學崇基書院《華國》第六期)。幬字古但書作壽,以音同假借。金文彔伯𢧀毁等銘文可證,壽從𠷎聲,此或借𠷎爲幬,或本作[illegible],壞爲𠷎,更誤𠷎爲而。而,篆書作而。

③ 二語亦見《禮器》。原文云:"禮也者,反本脩古,不忘其初者也。"以貫下文所引"醴酒之用"至"稾鞂之設"諸語。

“郊血，大饗腥，三獻爓，一獻孰”，“醴酒之用，玄酒之尚；割刀之用，鸞刀之貴；莞簟之安，稾鞂之設”；《荀子・禮論》亦云“大饗，尚玄尊，俎生魚，先大羹，貴飲食之本也。”並同此義。以此言之，牛形之尊或飾以牛形、鳳皇翡翠之尊，焉得與於反本脩古之大典！則王説並前説無可取，可斷乎言之矣。

兹姑進一解曰：鄭氏釋《甫田》詩犧羊爲純色羊，釋《曲禮》犧牛爲純色牛，意者犧尊即純色尊，以其爲純色，是以爲素，而與牲用純色同其取義乎？此蓋視二説遠勝，而仍非其朔誼。説見下方。

《説文通訓定聲》虘字下云：

犧尊之犧借爲虘。

以余觀之，此説獨與古契。惜文獻不足，莫由徵之，徒爲臆測之辭，終不能自堅其信，復於犧字下云：

疑尊以木爲之[①]，以象骨飾畫沙羽形。

則依違於漢人舊説，而與禮器之文相左。

今案：虘字不見用於古書，使其物其語至周猶在，必當書他字爲之代。更觀下列二事：一、犧尊字或體作戲，戲從虘聲，而𡰪爲虘之象形初文；二、甲骨文嘗假𡰪爲犧；則謂當虘字之使用漸隱，假犧或戲字以行，理應無疑。《説文》云：“虘，古陶器。”其爲素質可知，謂其與於反本脩古之大典，亦正與《禮器》貴素之義合。更以古器物驗之，圖錄所載，若《西清古鑑・七七一》之周從尊，《七七七》之周旅尊，《九〇五》之周素尊[②]，與甲骨文𡰪字可視爲同形。且彝器之素質者，屢見於殷周兩代[③]，而魚從尊及𢍰尊之純樸無文，一屬殷，一屬西周前期[④]，尤見素尊之制，其來久遠。以此言之，謂犧尊卽虘尊，本是素質之古陶器，可信而無憾矣。

然此一結論，與舊籍所記頗有牴牾，不可以無説也。

---

① 云以木爲之者，蓋據《莊子・天地》篇。

② 分見附圖五、六、七。

③ 如《商周彝器通考》之魚從鼎。《故宮銅器圖錄》上册上編商或西周初之素鬲、素盉、素勺，又西周末或春秋之素鬲，春秋戰國之素甗、素鼎、素敦、素豆等。

④ 據《商周彝器通考》，分見附圖八、九。

其一,《莊子·天地》篇云:

百年之木,破爲犧尊,青黄而文之。

此明言犧尊非素,時在戰國之世。《禮器》之著成時代雖不可確指,其不得過早於《莊子》,蓋無可疑。論者謂與《禮運》相表裹[①],《禮運》則頗見受《莊子》影響者。約略言之,可得五事。篇中云:"王中心無爲也,以守至正。""無爲"一語,《老子》書外,恒見於《莊子》,本道家者言。此其一。又云:"是故夫禮必本於太一,分而爲天地,轉而爲陰陽,變而爲四時,列而爲鬼神。""太一"之思想,源於《老子》,其辭則始見於《莊子·天下》篇。《吕氏春秋·大樂》篇云:"萬物所出,造於太一,化於陰陽。"分明即用莊子,可爲其比。此其二。云小康之世以禮義爲紀,以賢勇知,遂云"謀用是作,而兵由此起",與老莊之賤仁義,主棄聖去智之思想不啻出自一途。此其三。通篇論禮,而以"禮運"爲目,不標"禮論"之名,與《莊子·天運》以運字名篇之法同。《莊子·秋水》篇又云"五帝三王之所運"[②],與《天運》之用法復自相合,以知此《禮運》襲《莊》。此其四。《莊子·大宗師》篇云:"藏舟於壑,藏山於澤,謂之固矣。然而有力者夜半負之而走,昧者不知也。藏小大有宜,猶有所遁。若夫藏天下於天下,而不得所遯,是物之大情也。"而《禮運》云:"故政者,君之所以藏身也。……此聖人所以藏身之固也。"構思遣辭,並見因襲之跡。聖人所以能藏其身於政者,亦曰其能藏政於政,藏天下於天下,斯能藏其身而已。此其五。然則,《禮器》犧尊取素之文,以其時代晚出,殆不足以憑信矣夫!

試自另一方設想,《禮器》著成之時代,犧尊既明非質素,使其作者不有所本,得以文飾之尊證禮之以素爲貴乎?則決然有一種犧尊其爲質素用於反本脩古之祀典者,可從知矣。是故《禮器》之成篇儘晚,無礙其犧尊形制之爲質素。且以文化演進而論,犧尊之形色雖不必爲質素,其始則不能外乎質素;乃後世就文,浸假而異其形貌以取勝,營其色澤而加美,新其器材,巧其工藝,日精月麗,去古遂遠。然數度雖殊,名號仍貫。凡宫室、輿服及他器物莫不皆然。故《禮器》此文犧尊之爲質素,原反本脩古之義,不容異議。易言之,犧

① 本孫希旦《禮記集解》。

② 《秋水》篇云:"五帝之所連,三王之所爭。"《集釋》云:"江南古《莊子》本連作運,似從運爲妥。"

尊雖不必質素，凡與於反本脩古之大典者，不得違於質素也。

其二，《禮記·明堂位》云：

> 泰，有虞氏之尊也。山罍，夏后氏之尊也。著，殷尊也。犧象，周尊也。

案：此言殷著周犧，猶謂甲骨文之□不得爲虘字；雖爲虘字，亦必不得爲周以後文獻中之犧尊，而文獻中之犧尊必不當甲骨文之□字也。然《明堂位》所云，決爲後儒附會之辭，未爲典要，經傳稱三王四代之異制類此者多矣。姑即以此下一事例之，文云："有虞氏之兩敦，夏后氏之四璉，殷之六瑚，周之八簋。"今所知者：簋制通於殷周；瑚即金文之□、□，形譌作胡，又益以玉旁，□即簠也，此則不僅未見殷器，屬西周前期者竟亦未睹；敦則見諸春秋戰國，前此所無①；傳世彝器獨不見璉，金文簠字或作□，□與車之作□者形近，或疑誤□爲輦，易之作連②，又增玉旁耳。然則其言四代之簋不信如此，四代異尊之説亦自不足爲據而已（□與□與簠並不同字，詳拙著《説簠𠤳□及其相關問題》，2002 年宇純補案）。

圖一

圖二

---

① 以上皆本《商周彝器通考》。

② 《説文》云："連，負連也。"又云："輦，挽車也。"二字義同，音亦但有平上之分。段氏謂連即古文輦字。《周禮·巾車·釋文》云："連車，音輦，本亦作輦。"

圖 三

圖 四

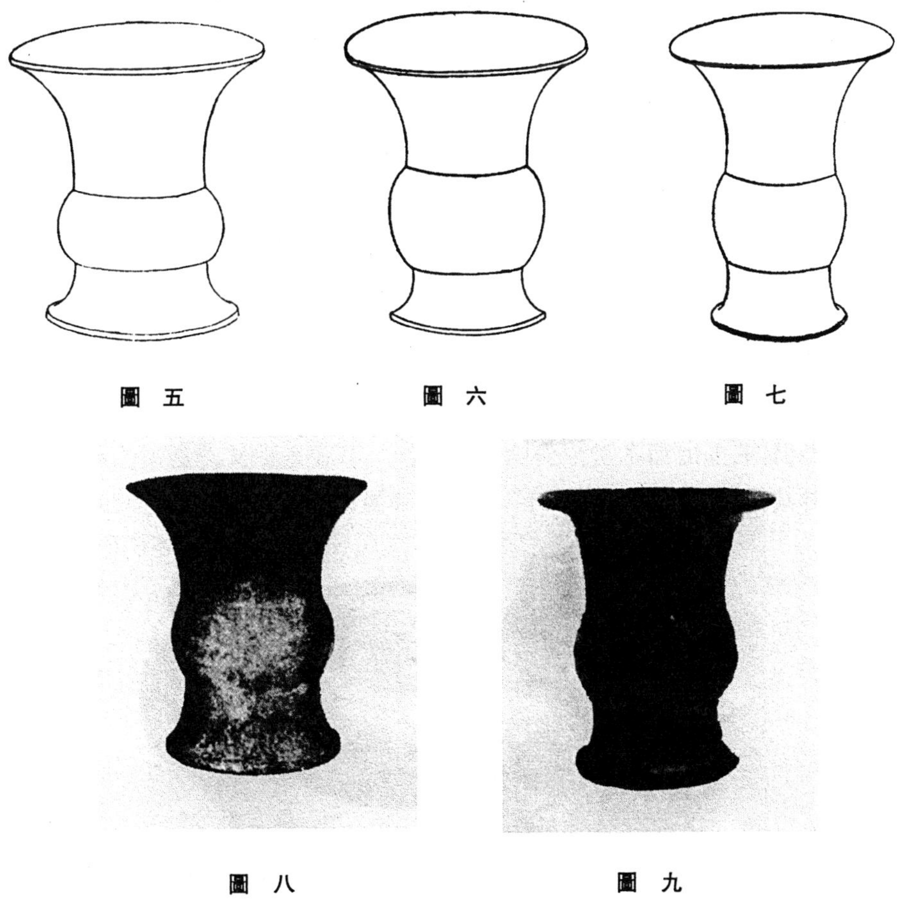

圖　五　　圖　六　　圖　七

圖　八　　圖　九

（原載《沈剛伯先生八秩榮慶論文集》，聯經出版事業公司，1976 年）

廣《同形異字》

《同形異字》,爲先師戴静山(君仁)先生 1963 年發表於臺灣大學《文史哲學報》第十二卷之論文篇題;"廣同形異字",則是爲闡揚《同形異字》之觀點及其所具學術意義而作。

所謂同形異字,先師文中開宗明義云:

> 義界凡三:一曰,凡以一字之形,表示異音異義之兩語者;二曰,凡以一字之形,表示同音異義之兩語者;三曰,凡以一字之形,表示同義異音之兩語者,均得謂之同形異字。

文字所表者爲語言,語言爲音與義之結合體,自語言而言,其音若義倘使有一者不同,即爲不同之語言,是故代表其語言之文字,即爲不同之文字。此所以先師設定之義界凡有三種。文中大體取材於《説文解字》一書,並參考甲骨文、金文及古籍等資料,列舉六十四組字例,指出其形體雖同,而實爲不同之文字。其所舉例,如其自嚴格之同形觀點而言,若干字例或不免可商,然於同形異字觀念之建立,則絲毫不生影響。今依三類義界,各舉其一例如下,以爲具體説明:

一、以一字之形表異音異義之兩語者。

《説文解字·屮部》云:"屮,艸木初生也。象丨出形,有枝莖也。古文或以爲艸字。讀若徹。"案:讀若徹,一字;古文或以爲艸,又一字也,形體相合耳。屮爲艸之古文,《漢書》、《荀子》可證。讀若徹者,蓋另一字,其音義與徹相同。徹訓通訓達,屮亦訓通達,當爲形容艸木生長之語,此讀若不僅譬音

也。段氏玉裁注云："假借必依聲託事，中艸音類遠隔，古文假借，尚屬偶爾。"徐氏灝《箋證》云："此借中爲艸，則取其形近相通。"段徐亦知中艸音遠，不得相借；而猶云爾者，以不知此爲同形異字，無以解之，遂不得不歸之假借耳。

二、以一字之形表同音異義之兩語者。

《説文解字・攴部》云："敷，閉也。從攴，度聲。剫，敷或從刀。"《刀部》云："剫，判也。從刀，度聲。"案：此爲同音異義之二語，制字者偶同用一度字作音符，遂成同形異字。"

三、以一字之形表同義異音之兩語者。

《説文解字・疋部》云："疋，足也。上象腓腸，下從止。《弟子職》曰：問疋何止。古文以爲詩大疋字，亦以爲足字，或曰胥字；一曰疋記也。"案：此凡三字，皆以一疋形表之。足一，《大疋》一，胥又其一；疋記則與胥相假借。疋上端作[glyph]，與足之上端作○，筆勢小别，徐箋謂疋乃足之别體是也。其説解謂上象腓腸，下從止，且引《弟子職》爲證，則爲足字確然可信也。又爲《大疋》字者，桂氏馥《説文義證》引袁氏枚曰："《周禮》有大胥小胥，卽《诗》之《大雅》、《小雅》。《詩》曰：籩豆有且，侯氏晏[1]胥。《太玄》曰：不晏不雅。晏胥猶晏雅也。"則疋又爲雅字，亦確然可信也。疋之爲胥或疏，其諧聲字有延䟢楚稰胥晍堹諝糈惰湑鱮揟蝑楈疏梳等，衍音實繁，其爲所菹切之字，亦可確信。足雅胥三音相遠，不易説爲依聲假借。段注指爲"形相似假借變例"，自是强爲之解。釋以同形異字，則憭然矣。"[2]

先師爲破除學者先入爲主之成見，更舉後世文字之確然可以掌握者，以爲見證，亦錄其二例於下：

---

① 今《詩》作燕字，見《大雅・韓奕》。

② 疋卽甲骨文之[glyph]，亦卽金文之[glyph]，正象足形。惟足字讀卽玉切，古韻屬侯部之入聲。疋字音所菹切，由先師所舉自延至梳諸字之讀音觀之，其古韻當屬魚部之陰聲；聲母與足字亦有不同。許君云"疋，足也"，並引《弟子職》"問疋何止"，是其義同足而其音不同足當讀所菹切之證。可見[glyph]之一形原有所菹、卽玉二音，爲同形異字。至於許君又云"古文以爲《詩・大疋》字，或曰胥字，一曰疋記也"，姑不論大胥小胥是否《大雅》、《小雅》，《説文》説胥義爲蟹醢，雅本與鴉同字，以及胥才之胥，或疏記之疋，諸義俱與[glyph]之形無可會，當並由音近假借爲用。胥疏之音固與所菹切之疋音近，卽雅字音五下切，因古漢語有 sŋ -之複母，古文以爲《詩・大疋》字，亦當爲音之假借。燕胥同晏雅，與阜陽出土漢簡書"琴瑟在御"爲"琴瑟在蘇"正同。

《説文》:"狠,犬鬬聲。從犬,艮聲。""很,不聽從也,一曰盭也。從彳,艮聲。"後世書很戾之字作狠,以其兇悍也乃從犬,不期而與犬鬬聲之狠相複。此字形以時間關係而相雷同者也。其有因地域之故而同形異字者,如《説文》:"淈,盡也。從水,曷聲。"而柳子厚《袁家渴記》云:"楚越之間方言,謂水之反流者爲渴,音若衣褐之褐。"則以方音殊語,自造新字,而適與舊文相同。

很戾之狠與《説文》犬鬬聲之狠,楚越方言水反流之渴與《説文》訓盡之渴,兩者並偶然相會,是無庸置疑的。我國文字之有同形異字現象,觀之可以益信。

先師又爲同形異字之所由形成,推求其原因。正文前"引言"云:

文字之孳生非一時,産區非一地,則同一字形,或可偶然相合,用以兼表不同之語言,此同形而實異字。

於正文列舉六十四組字例之後,復云:

綜觀諸例,類攝其同形之故,可得三種:一曰,有異語而同字者,如《説文》兩讀之類是也①;二曰,有異書而偶合者,如小篆之與古籀或體及甲骨金文同形②,是也③;三曰,有異書法而偶合者,如小篆之蟲虺同字均作[illegible]是也。蓋由於造新字,不計其與舊文重複,或異地區各造字而不相謀,遂有此種現象。

此外,先師復於文末指稱,過去學者由於無此觀念,以致於文字之認知,甚至古籍之了解,往往産生隔膜。其説云:

前人知此事者,或言而不暢,或見而未真,不惟思慮未周,抑且立説多誤。是故凡屬此例,或指爲重出(如《説文》梍嫰等字下大徐云重出)④。或主張删篆(王氏《説文釋例》卷十四《删篆篇》主張删劓鞈等篆)。或誤執一字(容庚《金文編》卷十四[illegible]下云:"俎宜爲一字。《儀

① 此如前舉中字之既讀同艸,又讀同徹。

② 原文無同形二字,蓋漏植,依意補足。

③ 此如篇中所舉"甲骨文之巳作[illegible],古金文亦作[illegible],同於小篆之子;又古金文子亦作[illegible]"。又"甲骨金文壬字作[illegible],與工字同形"。

④ 《説文》梍字一見云"木也",再見爲枈字或體,義爲籆柄;嫰字一見云愁貌,再見爲呦字或體,義爲鹿鳴聲。大徐以同字不應再見,故云重出。

禮・鄉飲酒禮》'賓辭以俎'，《注》'俎者，肴之貴者'。《詩・女曰鷄鳴》'與子宜之'，傳'宜，肴也'，又《爾雅・釋言》李注'宜，飲酒之肴也'。俎宜同訓肴，可爲一字之證。又《廣雅・釋器》'俎，几也'，《一切經音義》引字書'俎，肉几也'，置肉於几，有安之誼，故引伸而爲訓安之宜。古璽'宜民和衆'作[illegible]，漢封泥'宜春左園'作[illegible]，尚存俎形之意。"案：宜俎同形，毛傳李《注》蓋以釋俎者誤釋宜。《説文》宜下古文[illegible]，猶與[illegible]近。古金文宜作[illegible]，與俎之作[illegible]全同。宜俎異語，不得指爲引申，應以同形異字釋之，容氏執爲一字，非也）。或誤認爲假借（如前屮疋等字下所引段氏徐氏之説）。或誤讀古書（如前舟下所舉《周禮》皆有舟）①。或誤説所從（如《説文》誤説歬從止舟）②。是皆習於故常，莫闢新術。今本前賢引而未發之緒，擴充而成斯篇……庶於籀讀古書不無小補云。

綜結上文所述，先師對同形異字之論説，不僅義界分明，例證確鑿，並推其成因，述其影響，可謂粲然明備。此下，謹就個人所見，揭出數點以爲補充。

一、先師文中所舉六十四組字例，大體依據《説文》之一字二音，或同一字形之重出，少部分則根據甲骨文、金文以及古書中異文。於此提出另一意見：凡論一字，不必受許君之説所束縛，但從文字學觀點著眼，倘使其形可與兩個或多個互不相涉之音或義相結合，即此一形所代表者實爲兩個或多個不同之文字，則《説文》中字應視爲同形異字者，殆將更僕難盡。即如《説文・水部》"上一"③中諸字，汃、潼、湔、沫、温、灊、沮、涂、淹、溺、洮、涇、漾、浪、沔、湟、汧、澇、溹、涶、洛、澮、沁、沾、蕩、沇、沸、灌、漸、泠、溱、深、潭、油、溜、瀷、澧、過、泄、浄、濕、泡、泗、洹、澶、沂、洋、濁、溉、治、浸、渚、濟、濡、沽、沛、泥、涶、洈、洶、漠，及漾之古文瀁、沇之古文沿，凡六十三字，或兩字同一形，或三字同一形，莫不爲同形異字，一一簡述如下。

---

① 《周禮・春官・司尊彝》："裸用鷄彝鳥彝，皆有舟。"通常以舟爲舟車字，先師從馬敘倫説爲槃字初文，是以爲例。

② 《説文》説歬字云"不行而進謂之歬，從止在舟上"，即以舟車字爲釋。先師引馬敘倫説此舟爲履之初文，故以爲例。

③ 《説文・水部》字獨佔十一篇之上卷，段氏以其字多，分自水至漠諸字爲"上一"，又自溥至汨諸字爲"上二"。

1. “汃,西極之水也。從水,八聲。《爾雅》曰:西至汃國,謂之四極。”[①]案:張衡《南都賦》“砏汃輣軋”,狀波濤相激之聲;韓愈《征蜀聯句》“獠江息澎汃”,澎汃猶澎湃,自亦可“從水,八聲”。兩義並可與字形結合,當爲同形異字。

2. “潼,水。出廣漢梓潼北界,南入墊江。從水,童聲。”案:《廣雅・釋詁》一:“潼,益也。”同條前二字爲潤爲沾[②],潼字自亦可“從水,童聲”,與潼水字適爲同形。又宋玉《高唐賦》“巨石溺溺之瀺灂兮,沫潼潼而高厲”,與水名及訓益之潼亦當爲異字。

3. “湔,水。出蜀郡緜虒玉壘山,東南入江。從水,前聲。一曰手瀚之。”案:《國策・齊策》“以臣之血湔其衽”,注“湔,汙也”,與水名之湔當爲同形異字。《説文》:“濽,汙灑也。”論者謂湔字訓汙爲濽字之借,當以湔又爲濽字或體。《説文》又云“一曰手瀚之”,《廣雅・釋詁》二云“湔,洒也”,正與湔汙之訓一義相成,此所以《詩・葛覃》云“薄汙我私,薄澣我衣”,汙與澣對文,汙之義亦爲澣。

4. “沬,水。出蜀西徼外,東南入江。從水,末聲。”案:《莊子・至樂》“乾餘骨之沫爲斯彌”,李注“沫,口中汁也”,與水名之沫爲同形異字。

5. “溫,水。出犍爲涪,南入黔水。從水,𥁕聲。”案:溫又爲溫潤字,與此異字。論者謂溫潤之溫爲𥁕字之借,實爲𥁕字之累增(案:累增名義參見下文“貳”)。

6. “灊,水。出巴郡宕渠,西南入江。從水,鬵聲。”案:《漢書・武帝紀》:“登灊天柱山。”《水經》:“沘水出廬江灊縣西南,霍山東北。”注:“灊者,山水名也。”此別爲一水,與《説文》灊水字適同一形而已。

7. “沮,水。出漢中房陵,東入江。從水,且聲。”案:《書・禹貢》“漆沮既從”,《詩・吉日》“漆沮之從”,此沮水在今陝西省境,與《説文》之沮爲異字。論者謂漆沮字爲滷字之借,當以沮又與滷爲或體。此外《詩・汾沮洳》“彼汾沮洳”,沮洳言下濕之地,又當别爲一字。

8. “涂,水。出益州牧靡南山,西北入澠。從水,余聲。”案:此字又爲泥涂字,與塗字相同,亦“從水,余聲”。

---

① 引文所用爲大徐本,以下並同。

② 沾與添同字。

9.“淹，水。出越嶲徼外，東入若水。從水，奄聲。”案：恒見淹漬、淹滯之淹，與此異字。

10.“溺，水。自張掖刪丹，西至酒泉合黎，餘波入於流沙。從水，弱聲。”案：溺没字當與此水名之溺爲異字；論者謂溺没之溺爲休字之借，應以溺又爲休字或體。又溲溺字亦自可“從水，弱聲”，與水名及溺没字復不相同。論者謂此尿之借字，當以溺又爲尿或體。

11.“洮，水。出隴西臨洮，東北入河。從水，兆聲。”案：《書・顧命》“王乃洮頮水”，《通俗文》“淅米謂之洮”，與此水名之洮爲異字。段注云：“又爲洮頮，又爲洮汰洮米，皆用此字。”以爲假借用法，其説實非。

12.“涇，水。出安定涇陽开頭山，東南入渭，雝州之川也。從水，巠聲。”案：《莊子・秋水》“涇流之大，兩涘渚涯之間不辨牛馬”，《爾雅・釋水》“直波曰涇”，當與水名之涇爲異字。

13.“漾，水。出隴西相道，東至武都爲漢。從水，羕聲。瀁，古文從養。”案：《詩・漢廣》“江之永矣”，韓《詩》永作漾，當與此爲同形異字；今之盪漾字，又當别爲一字。又潢瀁之瀁，亦當與古文之瀁適同一形。

14.“浪，滄浪水也，南入江。從水，良聲。”案：波浪字當與滄浪字適爲同形；論者謂此借滄浪字爲颺，浪颺音不盡同，其説自非。《離騷》“霑余襟之浪浪”，注“浪浪，流貌”，又當别爲一字。

15.“沔，水。出武都沮縣東狼谷，東南入江，或曰入夏水。從水，丏聲。”案：《詩・沔水》“沔波流水”，傳“沔，水流滿也”，當與水名之沔異字。

16.“湟，水。出金城臨羌塞外，東入河。從水，皇聲。”案：《大戴禮記・夏小正》“湟潦生苹”。傳“湟，下處也”，當與水名之湟爲異字。論者謂此借湟水字爲潢，應以湟又與潢字爲或體。

17.“汧，水。出扶風汧縣，西北入渭。從水，幵聲。”案：《爾雅・釋水》“汧，出不流”，又“水決之澤爲汧，決復入爲汜”，並當與水名之汧爲異字。《聲類》“汧，漂也”，又當别爲一字。

18.“澇，水。出扶風鄠，北入渭。從水，勞聲。”案：旱澇之澇當與此異字。

19.“漆,水。出右扶風杜陵岐山,東入渭,一曰入洛。從水,桼聲。”案:《詩·山有樞》“山有漆”,與此漆水字同形,實爲異字。論者謂此借漆爲桼,應以漆爲桼字之累增。

20.“滻,水。出京兆藍田谷,入霸。從水,產聲。”案:《詩·南有嘉魚》“烝然汕汕”,《說文》說爲“魚游水貌”,與毛傳訓樔不同,蓋出於三家,三家汕字作滻,當與水名之滻異字。《廣雅·釋訓》“潒潒,滻滻,衆也”,潒潒即此《詩》“烝然罩罩”罩字之轉注(案:轉注詞義見下文)。亦可見滻即汕字。

21.“洛,水。出左馮翊歸德北夷界中,東南入渭。從水,各聲。”案:《山海經·西山經》:“槐江之山,爰有淫水,其清洛洛。”此洛字當與水名之洛異字。

22.“澮,水。出霍山,西南入汾。從水,會聲。”案:澮字通常用爲畎澮字,論者謂假澮水之澮爲巜,當以澮巜爲或體,與澮水之澮但爲同形。又《說文》巜下云:“巜,水流澮澮也,方百里爲巜,廣二尋,深二仞。”此以澮澮之連詞爲巜字聲訓,是澮又當爲活字或體,《說文》說活爲水流聲,與澮水、畎澮並異字。論者或謂此借澮水字爲活,或謂澮當作活,並泥執《說文》之說。

23.“沁,水。出上黨羊頭山,東南入河。從水,心聲。”案:唐以後出現之沁漬字,當與此各別。論者謂此借沁水字爲浸,應以沁又與浸爲或體。

24.“沾,水。出壺關,東入淇。一曰沾,益也。從水,占聲。”案:沾益之沾與添同字,當與水名之沾異字。

25.“蕩,水。出河內蕩陰,東入黃澤。從水,募聲。案:《離騷》“怨靈脩之浩蕩兮”,《論語》“今之狂也蕩”,與此水名之蕩異字。

26.“沇,水。出河東東垣王屋山,東爲泲。從水,允聲。㕣,古文沇。”案:揚雄《羽獵賦》“萃傱沇溶”,《文選》李注“沇溶,盛多之貌”,沇溶雙聲連語,字並從水;《漢書·禮樂志·后皇》“沇沇四塞”,顔注說爲“流行之貌”,與水名之沇當爲同形異字。《左傳·文公十年》“沿漢泝江”,亦當與古文沇字作沿者各別;是故《說文》別出沿字,云“緣水而下也”。

27.“泲,沇也。東入於海。從水,𠂔聲。”案:通常泲字用爲泲漉之義,如《周禮·酒正》注“清謂醴之泲者”,與此水名之泲當爲異字。《說文通訓定聲》謂泲漉之泲借爲滴,二者聲韻母並異,其說非是。

28.“灌,水。出廬江雩婁,北入淮。從水,雚聲。”案:如《論語》“禘自既灌而往”之灌及灌溉之灌,並當與此爲同形異字。

29.“漸,水。出丹陽黟南蠻中,東入海。從水,斬聲。”案:如《書・禹貢》“東漸于海”及《顧命》“疾大漸”之漸,當與此水名之漸異字。

30.“泠,水。出丹陽宛陵,西北入江。從水,令聲。”案:泠落之泠,如《李翊夫人碑》“鵷鶵悲兮涕隕泠”、《張公神碑》“天時和兮甘露泠”,當與此異字。論者謂泠落字借爲零,應以泠又與零爲或體。

31.“溱,水。出桂陽臨武,入滙。從水,秦聲。”案:《詩・鄭風・褰裳》“褰裳涉溱”,《溱洧》“溱與洧”,其水在鄭,《説文》潧下引《詩》作“潧與洧”。然《褰裳》詩溱、人叶韻,秦聲與人字古韻同屬真部,曾聲則古韻屬蒸部,溱洧字從秦應無誤,則溱洧之溱與出桂陽臨武之溱,當爲同形異字。

32.“深,水。出桂陽南平,西入營道。從水,罙聲。”案:深淺字當與此字各別。《説文》:“罙,深也。”論者謂深淺字借爲罙,應以深爲罙之累增字。

33.“潭,水。出武陵鐔成玉山,東入鬱林。從水,覃聲。”案:《楚辭・抽思》“近江潭兮”,注云“楚人名淵曰潭”,《廣雅・釋水》“潭,淵也”,當與此異字。

34.“油,水。出武陵西,東南入江。從水,由聲。”案:《孟子》“天油然作雲”,《廣雅・釋訓》“油油,流也”,當與此異字;今以油爲油膏字,又當與水名之油及油然字各別。

35.“溜,水。出鬱林郡。從水,留聲。”案:《左傳・氏宣公二年》“三進及溜”,孔疏謂“簷下水溜之處”,當與此異字。論者謂此借以爲霤字,應以溜霤又爲或體。

36.“瀷,水。出河南密縣,東入潁。從水,翼聲。”案:《管子・宙合篇》“泉踰瀷而不盡”,注云“湊漏之流也”;《淮南・覽冥》“澤受瀷而無源者”,注云:“雨濆疾流者”,與此異字。

37.“澧,水。出南陽雉衡山,東入汝。從水,豊聲。”案:《禮記・禮運》“地出澧泉”,《釋文》“本作醴”,當與水名之澧異字。《楚辭・九歎・離世》“波澧澧而揚澆兮”,注“波聲也”,又别爲一字。

38.“渦,水。受淮陽扶溝浪湯渠,東入淮。從水,過聲。”案:《爾雅・釋

水》"過爲洵",《江賦》"盤渦谷轉",渦與渦同,當與水名之過異字。

39."泄,水。受九江博安洵波,北入氐。從水,世聲。"案:泄又與洩同,爲宣泄、泄漏義,與此異字。

40."净,魯北城門池也。從水,争聲。"案:净字通行用爲清潔義,與瀞同,《説文》"瀞,無垢薉也",當與魯北城門池名净者爲異字。

41."濕,水。出東郡東武陽,入海。從水,㬎聲。"案:此字通用爲乾溼義,當又爲溼字或體,與此異字。

42."泡,水。出山陽平樂,東北入泗。從水,包聲。"案:《漢書・藝文志・雜山陵水泡雲氣雨旱賦》十六篇顔注:"泡,水上浮漚也。"即今泡沫字,當與此字别。《廣雅・釋訓》"泡泡,流也",王念孫《疏證》舉《西山經》"其源渾渾泡泡"爲例,又當别爲一字。

43."泗,受泲水,東入淮。從水,四聲。"案:《詩・澤陂》"涕泗滂沱",傳"自目曰涕,自鼻曰泗",與水名之泗當爲異字。

44."洹,水。在齊魯間。從水,亘聲。"案:《詩・溱洧》"方涣涣兮",韓《詩》涣涣作洹洹,《廣雅・釋訓》"洹洹,流也",與此水名之洹異字。

45."澶,澶淵水。在宋。從水,亶聲。"案:《莊子・至樂》"遊之澶陸",司馬注"澶,水沙澶也",澶與灘同音義,當爲或體,與水名之澶異字。

46."沂,水。出東海費東,西入泗。從水,斤聲。"案:《漢書・敍傳》"研桑心計于無沂",漢《帝堯碑》"億不殄兮祉無沂",無沂猶無涯,自亦可"從水,斤聲",與水名之沂異字。

47."洋,水。出齊臨朐高山,東北入鉅定。從水,羊聲。"案:洋字通用如洋溢、汪洋之詞者,當與此異字;今之海洋字,又當各别。

48."濁,水。出齊郡厲嬀山,東北入鉅定。從水,蜀聲。"案:清濁字與此異字。

49."溉,水。出東海桑瀆覆甑山,東北入海。一曰灌注也。從水,既聲。"案:"一曰灌注"之溉,與水名之溉異字。《詩・泂酌》"可以濯溉",《禮記・曲禮》"器之溉者不寫",又當别爲一字。

50."治,水。出東萊曲城陽丘山,南入海。從水,台聲。"案:治理字亦可

"從水,台聲",與此異字。

51. "浸,水。出魏郡武安,東北入呼沱水。從水,𣵼聲。"案:浸漸字與此異字。

52. "渚,水。在常山中丘逢山,東入湡。從水,者聲。《爾雅》曰小州曰渚。"案:"小州曰渚"與水名之渚異字。

53. "濟,水。出常山房子贊皇山,東入泜。從水,齊聲。"案:《易》卦名《既濟》、《未濟》字,自亦可"從水,齊聲",與此異字。《山海經・中山經》:"支離之山,濟水出焉,南流注于漢。"亦當與《説文》濟水字爲二。

54. "濡,水。出涿郡故安,東入漆涑。從水,需聲。"案:《易・賁卦》"賁如濡如",《詩・匏有苦葉》"濟盈不濡軌",濡濕字當與此異字。

55. "沽,水。出漁陽塞外,東入海。從水,古聲。"案:《論語》"沽酒市脯"又"求善賈而沽",《詩・伐木》"無酒酤我",沽與酤同,從水猶從酉,當與水名之沽異字。

56. "沛,水。出遼東番汗塞外,西南入海。從水,市聲。"案:《孟子》"沛然下雨",《廣雅・釋訓》"沛沛,流也",與此水名之沛異字。

57. "泥,水。出北地郁郅北蠻中。從水,尼聲。"案:此字通常用爲泥塗之泥,又《詩・蓼蕭》"零露泥泥",傳"泥泥,沾濡也",並與此異字。

58. "涶,河津也。在西河西。從水,垂聲。"案:《説文・口部》涶又爲唾字或體,與此異字。此則先師文已收。

59. "汈,水也。從水,刃聲。"案:段注:"《集韻類篇》引《説文》有出上黨二字。又沴汈與澳涊同;沴汈,溼相著也,亦垢濁也。"案:水名之汈,與沴汈之汈當爲同形異字。沴汈見《楚辭・遠游》,書作澳涊。

60. "沋,水也。從水,尤聲。"段《注》:"《廣韻》曰在高密,按卽《左傳》尤水,上文之治水也。"案:《七發》"沋沋湲湲",注"魚鼈顛倒之貌",沋湲二字並從水,此沋當與水名之沋字别。

61. "漠,北方流沙也,一曰清也。從水,莫聲。"案:此流沙之漠與訓清之漠並"從水,莫聲",爲異字。

《説文》十一篇"上一"部分,並重文計之,從水之字共一百五十,同形異

字竟有六十三字之多,與先師所舉之數幾乎相埒。此部分因全係水之專名,情形未必皆其他篇卷所能比擬;然而以同一觀點以視各部文字,其中同形異字量必所在多有,姑更舉《木部》椑字爲例以見。《説文》説此字爲木名,音府移切[①];見於他書者,又有圓榼及齊人謂斧柯二義,並音部迷切;復有親身之棺一義,音房益切。四者並可與其字形結合,即同可謂"從木,卑聲"。换言之,此實有四椑字同一形體。又如同部核字,亦三字偶同一形,説詳下文"三"。

二、同形而實異字,此一現象又可於六書之觀點突顯之。六書之轉注,素來不爲學者所知。拙著《中國文字學》論六書名義,以形聲字聲符爲其本體,義符出於後增者説解之[②],於是轉注名目下始有其專屬文字。若依此意分析我國文字,則如一紅字,實含三個不同文字,一者於六書屬形聲,二者於六書並屬轉注,其不得爲一字,昭然若揭。據《説文》,此字義爲"帛赤白色","從糸,工聲",音户公切。因此字見諸文獻未有但書其聲符之"工"字者,换言之,工字非此字之本體,故其於六書,誠如許君所言屬形聲。然紅字又别有古紅切一音,而具二義:一爲女紅,一爲大小紅服。學者於此,並據《説文》謂係"帛赤白色"紅字之假借爲用。女紅、紅服之紅讀見母,何以必借用讀匣母之紅字,基本上即已成問題。另一方面,女紅義爲女子手工。《漢書·酈食其傳》"紅女下機",《史記》紅字作工,紅女正是從事手工之女子,然則女紅之紅,工爲其字本體,糸旁乃後世之增益,其字於六書屬轉注,事至顯白。《史記·文帝紀》:"服大紅十五日,小紅十四日,纖七日,釋服。"大紅小紅即大功小功,纖當五服之緦麻。紅服字見於先秦古籍悉作功,文帝詔作紅字,分明於功字加注糸旁,又爲求字形之方正[③],省去其原有力字部分以成。然則功字爲紅服字本體,即紅服字於六書亦屬轉注。二者並與"帛赤白色"之紅字初不過同形而已。至於功服字之所以易改其旁從,當由功字從力於喪服之意不顯之故。此則不僅緦字纖字並從糸可從推測,斬衰齊衰字後世亦或加糸旁爲

① 本文反切俱用《廣韻》,下不贅。

② 見拙著《中國文字學》第二章第四節説音意文字部分,及第五節之説轉注。

③ 求方正,爲我國文字之基本特性,説詳拙著《中國文字學》第三章第三節《論位置之經營》。

纔，尤不啻爲其證明。然則同形異字觀念之確然無疑，由此而益形明著。

此等字例蓋亦不勝枚舉，前賢則並無此觀念，更舉胷字以見。《莊子·養生主》云："技經肯綮之未嘗。"《説文》："綮，緻繒也。從糸，启聲。"《説文解字繫傳·校勘記》云："《莊子》肯綮爲肉密緻處，此引伸也。"意謂肯綮之綮，係綮爲緻繒之引申義。後世或書肯綮爲肯胷，易糸爲肉，是此胷字於六書屬轉注。《山海經·海外北經》有"無胷之國"，郭注胷字爲肥腸，《廣雅·釋親》亦云："腓、胷，腨也"，此則胷字別"從肉，启聲"，於六書屬形聲，與肯胷之胷不同字。

設若以今字爲例，當尤爲親切。如《説文》："璜，半璧也。從玉，黄聲。"此字因不見但書作黄字者，即黄字非其字本體，是於六書屬形聲。今人或書裝潢爲裝璜。《説文》"潢，積水池也"，裝潢又稱裝池，潢字當是原作。蓋今人意識中，裝潢非徒以水洗濯，凡經裝潢之物，有如玉之亮麗，於是不經意間於潢字之從水有所排斥，而易水爲玉。然則此璜字於六書屬轉注，固與半璧之璜不同字。又如《説文》："偕，俱也。從人，皆聲。"此爲形聲。今人或書家具爲傢俱，二字分別由家具增益人旁而成，於六書並屬轉注，是其字與訓偕之俱初亦不過偶爾同形而已。

此外，同形異字又可於形聲字與累增字之不同而顯明見出。王筠《説文釋例》卷八，以"字有不需偏旁而義已足，其加偏旁而義仍不異者"爲累增字，如册之加竹爲箣、户之加木爲床、罙之加水爲深、矛之加戈爲𢦏等。此等字與轉注字最近[①]，今不别立門類，舉浴字爲例附説於此。據《説文》："浴，洒身也。從水，谷聲。"此爲形聲浴字。《詩·小雅·伐木》"出自幽谷"，阜陽漢簡谷作浴；《易·坎卦·初六》"入于幽谷"，帛書本谷作浴同；《老子》六章"谷神不死"、十五章"曠兮其若谷"、二十八章"爲天下谷"、三十二章"猶小谷之與江海"、三十九章"谷得一以寧"、又"谷無以盈"、六十六章"江海所以能爲百谷之王"、又"故能爲百谷王"，帛書小篆本及隸書本谷並作浴，又四十一章"上德若谷"，帛書隸書本谷亦作浴。論者多謂此借洒身之浴爲谷字。山谷

① 累增字與轉注字之別，詳拙著《中國文字學》第二章第五節。

字《切韻》系韻書自《唐韻》以下雖有同於浴字一讀,然何以其字必書從谷聲之浴字借代,此終不易理解。《老子》"谷神不死",《釋文》"河上本作浴,浴者養也",《說文》段注說以爲浴字義之引申;洒身與養義如何相關,亦殊難於思索。今謂此諸浴字,實卽谷之累增水旁者,故其用之之廣也。據《說文》:"谷,泉出通川爲谷,從水半見出于口。"後世蓋以其從水之形不顯,故增水旁。猶之原字義爲水本,從泉在厂下,後世從泉之形變異,因增水旁而爲源字。《爾雅·釋水》云:"水注谿爲谷。"後世谿字作溪,一從谷,一從水;《集韻·燭韻》俞玉切收峪爲谷字或體,其字卽於谷字累增山旁;並谷字可加水旁爲浴字之說。

三、前引先師文,謂前人於同形異字"或言而未暢,或見而未真",篇中如㗊字例下云:

> 《說文解字·㗊部》云:"㗊,衆口也,從四口。讀若戢,又讀若呶。"案:此以一形兼表二語。……饒氏炯《說文部首訂》曰:"㗊本二字形同,合而爲一。……"是饒氏亦知同形異字之意。

又如马下引王筠《釋例》,謂一字象兩形;𠈃下引許樋《讀說文記》,謂古文孟與古文保無别,並其例。如欲探討同形異字觀念始於何代何人,蓋殊難考實。卽以《說文》而言,如先師所舉出者,旣有一字二音及一字異義重出例,許君似不得於此全無所識。然如本文所舉水部中六十餘字,則但說爲水名,雖亦有若湔、沾、漑、渚、漠五字之偶記異訓,不知是否後人所增,又顯然無此觀念。然平日讀書所遇,如《漢書·五行志》。"孕毓根核"顏師古注云:

> 核亦荄字也,草根曰荄,音該。

此意疑專對《說文》而言之。蓋《說文》荄下云"艸根",核下則云"蠻夷以木皮爲篋,狀如籢尊"[①],卽以通常所見核字爲果仁義[②],根核二字連言,俱義不可通,故顏氏直以核同荄字,而言之如此。此在一般學者心目中,核當爲荄字之

① 《籀嵩述林》謂尊當是匱字之譌,匱義爲冠箱。

② 果仁之核,與《說文》核字亦同形異字,論者謂果仁之核爲覈實字之假借,非篤論。

假借爲用。然根荄二字義兼草木，由音言之當爲轉語[①]，而一從木，一從艸，則從木之核，當又與荄同字，不必如《説文》所言，其義爲蠻夷木皮篋所專屬，自是通達之識。然則顔氏可謂已具此觀念。更如前文引《史記・文帝紀》大小功服，《索隱》云：

> 劉德云：紅亦功也。男功非一，故以工力爲字；而女工唯在於絲，故以糸工爲字。

所見與顔氏同。顔氏《漢書》注嘗引劉德説，如《敍傳》下"西土宅心"注："劉德曰：宅，居也。"又"罔顧天顯"注："劉德曰：罔，無也；顧，念也；顯，明也。"當並出劉德所注《尚書》説，其時代當顔氏之前。陳喬樅《今文尚書經説考》之《立政篇》錄顔注引劉德宅字訓[②]，是則劉德卽漢之河間獻王，爲景帝子，又遠在許君之前。以此言之，同形異字觀念之形成，爲時實早。古人本多一形兼表異語之實（詳見下文"四"），其在上世，此原甚易知。後世文字別嫌，至於凡異字異形，馴至此一觀念湮滅無存。許君爲《説文》，類執一字一義之意，而影響尤深，如清之小學名家多不具此識，胥由囿於所學之故。反是如劉顔之儒，或因未見《説文》，或非專治斯學，遂能獨造於心，上契古人，此誠堪爲專家所鑑者。

四、同形異字之形成原因，先師於引言及正文均有道及，文字非一時一地之所造，各不相謀，故不免偶爾相合。然竊意，早期制造表意文字之階段，不改其形變化一字以爲新字，正爲制造文字手法之一，則同形異字之形成，初似不皆由偶然之相會。拙著《中國文字學》第二章第四節論表意文字云：

> 有的是利用聯想，以象形字喻與其相關之某意，代表另一語言，字形上全不加變易，如甲骨文月夕同形，帚或讀同婦。蓋月出之時爲夕，而洒掃之役本婦人所司[③]，故卽以月爲夕字，以帚爲婦字。

又於第三章第五節説"分化"云：

---

① 根荄二字同見母；古韻根屬文部，荄屬之部，且同爲平聲一等，王念孫嘗舉之文通轉例，故以爲轉語。

② 此承同事程元敏教授相告，於此致謝。

③ 古人言爲人婦，言"執箕帚"，或言"爲箕帚妾"。

> 由一字變化而成新字，或賦予一字以新的生命而別爲一字，此種現象謂之分化。

所謂"賦予一字以新的生命而別爲一字"，亦正指月夕、帚婦同形之例言。實則先師文中亦有此意，因僅見於一二字例之下，不曾刻意申述，易爲人所忽。如立字例云：

> 立與位意相承而異語，古但以立字表之，後加人製位字。

又夕字例云：

> 甲骨文夕與月爲一字，蓋月夕均本象月形，引申以月出之時表夕字。此與日本象太陽，而亦用爲一日之日相同。惟太陽之日與一日之日仍爲一語，而月與夕乃爲二語，故得列爲同形異字。

今特表而出之。此類字今得見於甲骨文、金文或古籍中者，尚有：壴（鼓字）與喜（原亦作壴）、壴與豈（原亦作壴）、㫃（旂字）與㫃（音於蹇切）、巛（川字）與災（原亦作巛）、晶（星字）與晶（音精）等等，原本同形，後或增意符，或增聲符，或强改字形，而致形體兩別。

五、同形異字觀念之有無，對學術層面之影響至大。先師曾經指出，過去學者由於無此認識，而有："或指爲重出，或主張刪篆，或誤執一字，或誤讀古書，或誤説所從"，凡五種缺失。其中多項，皆屬文字學範圍，無待贅言；亦有涉及古籍之認知，出於文字研究範圍之外者，足見影響之廣，擬更舉紅、律二字爲説。此外，又有先師所不及指明者，個人所見，似有兩點可爲補充。

前文舉《史記・文帝紀》"服大紅十五日，小紅十四日"之語，紅爲功字轉注，大紅小紅卽大功小功，本至淺易明白，故如《集解》引服虔"當言大功小功布也"，及《索隱》引劉德"紅亦功也"，殆莫不知之。但《集解》又引應劭説："紅者，中祥大祥以紅爲領緣也。"案之《儀禮・喪服》及《禮記・間傳》，五等喪服但布有升數之異，不見大功小功以紅色爲領緣之説，則分明因不知紅卽功字，妄據紅綠字而隨意塗附。

《荀子・非十二子》云："勞知而不律先王，謂之姦心。"楊倞注："律，法也。"不律先王卽不法先王。律字訓法，既屬習見；荀書又多言"法先王"，或

“不法先王”，或“略法先王”[①]，是以楊氏注此初蓋無所慮，後人亦不見疑之者。然他書或本書他篇律字訓法並爲名詞，不作動詞用；依理度之，使其字用爲動詞，義亦當爲規律，不應爲效法；且律先王之意果爲法先王，何以他處俱言法先王，獨於此文改法言律？凡此三貼，莫不足以啓人疑竇。另一方面，《勸學》篇云：“將原先王，本仁義，則禮正其經緯蹊徑也。”《非相》篇云：“凡言不合先王，不順禮義，謂之姦言。”所謂原先王，合先王，其意與言法先王者大同，而不必用“法”或義與“法”相同之字，然則律先王不必律之義爲法可從知。今案：《爾雅・釋言》：“律，述也。”述卽父作子述之述。《廣雅・釋言》：“律，率也。”率卽率循義，與《爾雅》訓述者義實不殊，故其另一條又云：“循、率，述也。”此文律字當取率循義，律先王意謂率循先王。《中庸》云“祖述堯舜”，此言“律先王”，述律二字取義正同。至於律字所以義爲率循，《詩・大雅・文王》“聿修厥德”，毛傳云“聿，述也”；《爾雅・釋言》又云“遹，述也”，遹聿音同，實爲同字，然則律字義爲率循，其字乃聿字之轉注。其音當讀餘律切，與讀吕卹切之律法字異字；加注彳旁者，與循字從彳同意，蓋以别於聿字之用爲語詞者[②]，初不意又同於律法之字，遂致楊注之誤解。復案：《爾雅・釋言》及《廣雅・釋言》陸德明、曹憲並無音；中庸“上律天時”《正義》云：“律，述也”，陸氏《釋文》亦無音，當同楊氏此注，誤讀爲律法字。

此下爲兩貼補充意見：

一、唐蘭於《古文字學導論・自敍》云：

> 我所敍述的例證中，深明音韻學的人也許要指出若干條，在音韻學上是講不通的。著者音韻學的知識極淺，不免有錯誤的地方。但在另一方面，著者没有給音韻學裏許多規律所束縛，或更能適合於上古音的研究。……現有的古音韻系統，是由周以後古書裏的用韻，和《説文》裏的諧聲湊合起來的，要拿來做上古音的準繩是不够的。所以我們在整理古文字時，只需求合於自然的系統，而現有的古音韻系統，應暫摒諸思慮之

---

① “法先王”見《非相》、《儒效》，各一次，《儒效》又一次云“儒者法先王”；“不法先王”見《非十二子》，一次；“略法先王”見《非十二子》及《儒效》，亦各一次。

② 《説文》：“欥，詮詞也。”古書通用作聿字，如《詩・蟋蟀》之“歲聿其莫”，《緜》之“聿來胥宇”。

外。只有這様,才能找出上古音上的新問題來。

唐氏又於其《釋壴……喜……𧯛》一文一再申説此意,其中最爲警策之語句引錄於下:

> 余於古韻之學,所知固尠。然深信音之多流變,戴震所謂"音之流變無方"是也。一時有一時之音,一地有一地之音,豈能强同。故今之音,非《切韻》系之音也;《切韻》系統,又不齊於古韻系統也。今之古韻系統,周以下之音也。若謂周以前音不能有出入,是謂周以前固定而無流變也;是猶謂小篆爲倉沮古文,而卜辭金文爲妄作也。

案:唐氏言一時一地有一時一地之音,時代不同,音有流變,其説良是,惜乎唐氏於音變之認定,必須具何條件,則茫然無所知。所謂一時一地之音變,非指某一字音不可預期之突變而言;乃謂具有相同條件之音,受某種因素影響,所産生之共同變化。是故凡論音變,必須以已知之某一系統音爲基準,留意其先或其後某音之共同變化;或以已知之兩系統音相對照,觀察其間之差異。前者如昔賢以中古輕重脣之二分爲基準,視前此之脣音,輕重脣間交互關係密切,無可分割,於是而有上古無輕脣音之認定。所謂上古無輕脣音,不唯肯定凡中古之輕脣音上古讀重脣,且知上古重脣音於何種條件下變而爲輕脣之音。後者如中古無論脣舌牙齒喉五音俱有全濁聲母,對照今之國語音,即可見凡中古全濁聲母,國語變讀清音,且可指出演變規律,依其聲調原屬平若仄聲之不同,或讀送氣音,或讀不送氣音。而唐氏之所以發爲此論,則不過緣於一個字之讀音問題,即甲骨文壴字有時當讀爲喜,依現知之周秦古音系統不可通,於是乃倡其"整理古文字時,只須求合其自然系統"之論調。殊不悟此論因無任何平行現象之相互扶持,所謂"合其自然系統",遂成爲無系統之任情指派。甲骨文壴字有時當讀爲喜,此誠有其確然之依據,然其背景不屬語言,而在文字,如此而强指商之古音不同周秦古音,直是盲目放矢。同一壴字,之所以兼具鼓喜二音,正爲利賴聯想,變化一字以創新字之法;蓋聞樂而樂,人情之常,故即以象形之壴字分化而爲喜樂之喜字,情況適與月又爲夕及帚又爲婦相同。一樂字而兼音樂喜樂二音,尤不啻可爲此字分化之證明。然則唐氏之持此論,正坐不悟同形異字之失。唐氏爲頗負盛名之古文字學家,

其言論深具影響力。今之治古文字學者，多輕忽古音之重要，或正由唐氏大聲疾呼之結果，則同形異字觀念之亟待樹立，從可知曉。

二、近數十年來，治漢語音韻學者，倡《詩經》前之“諧聲時代”漢語曾有雙脣塞音-b 韻尾之説。其立論之依據，爲《説文》中少數諧聲字依《詩經》古韻而言，主諧字與被諧字之間，一屬微部或祭部之陰聲，一屬緝部或葉部；緝葉二部爲入聲，韻尾爲-p，微祭二部陰聲韻尾爲-d，-d 與-p 不相諧，因推其爲-d者諧聲時代原爲-b，至《詩經》時代始變而爲-d。其例如位、納軜、軙、枼、荔珕、瘱瘞 、葢等字。此一學説及其相關之-d 尾-g 尾説，我於《上古陰聲字具輔音韻尾説檢討》及《再論上古-b 尾説》[①]二文具論其缺失。於此所要指出者，-b尾説之誤，基本亦由不明同形異字之理所引起，既誤視文字現象爲語言現象，遂求之音韻爲説辭，而不知其方向差誤。

姑以位字爲例，以見一斑。今傳《説文》無論爲大徐本，爲小徐本，並云：“位，列中庭之左右謂之位。從人立。”是許君説此字原爲會意，與此無干。倡言-b 尾説者徒因其條件可助以立説，遂不計是否諧聲之字，亦一併闌入，此與據武字以論止若戈字之古音何有不同。古人書立以爲位字之現象，似可扶翼此説。須知位立二字，除字形可同外，其音不同，其義不同。音之不同，且不唯不同韻部，亦不同開合；聲母位屬喻三，立屬來母，復兩相遠隔；昱翊二字從立聲讀喻四，喻四古與來母近，開合亦與立字同，尤證位字從立不得爲諧聲；説以爲複母，又復無所依憑[②]。然則位立二字雖可同形，兩者本不同語，亦不得説位從立諧聲，葢不容分辯；當是其先以一立字兼表二語，爲同形異字，其後爲别字形，以增人旁爲位字，原無關乎語音。必欲於位字倡言-b 尾，至少必須同時處理如月月（同夕）、帚帚（同婦）、壴（同鼓）壴（同喜）壴（同豈）壴（中切句）、十（同甲）十（同七）、疋（同足）、疋（同疋）、川川（同災）、㫃（同旂）㫃、屮（同艸）屮（音徹）、而而（同須，故需以爲聲）、女女（同母，後加兩點別於女）、田田（同周，後加點作[illegible]以别於田）、㗊（音戢）㗊（音呶）、皀（皮及切）皀（音香）、㬎（五合切）㬎（説文古文以爲顯字）、囧（音獷）囧（音

① 前者見《史語所集刊》第五十本第四分，1979 年；後者見臺灣大學《臺大中文學報》，1985 年。

② 詳見《再論上古音-b 尾説》。

明)、𩫖(同郭)𩫖(同墉)等兩字間之音韻關係,因其於文字领域中,現象與立位相同;不然,便是從心所欲,而不足爲訓。至於其他-b尾説之諧聲證據,亦或涉異字同形,或由形近致誤,無一可供此説之用,此則拙文《再論上古音-b尾説》已詳爲論述,於此不贅。

去歲十二月十日,當先師戴静山先生逝世之十周年,同門諸友於前數月聚商紀念事宜,決議是日出版學術論文集,並舉辦學術演講會;論文集交由學生書局《書目季刊》發行專刊,演講會則推宇純主講。宇純不學,自度力有不勝,而堅辭不獲。因思先師所作《同形異字》一文,見識精闢,於學術影響甚大,若藉此闡述,既以宏揚先師撰文之旨趣,發潛德之幽光;且此文先師本爲紀念乃師沈兼士先生所作,今又以紀念先師,意義蓋尤爲深長,此"廣同形異字"之所由作也。唯當日僅有簡單資料,至近日因《文史哲》約稿而寫定如此,是爲記。

1989年2月15日宇純於絲竹軒

後 記

從本年三月出版之《漢學研究通訊》,獲知李孝定先生曾於去年11月15日在所主持之東海大學中文研究所爲學術講演,講題爲《戴君仁先生同形異字説平議》,其後假得講稿拜讀。李先生將先師所舉六十四組字例,分列於七個項目下,一一加以辨正。七項目爲:甲、古文譌變後,形體偶近或相同者;乙、形聲字孳乳寖多後,所從偏旁偶同者;丙、誤認爲同形異字者;丁、古本一字,後始分衍爲二者;戊、古人偶用簡字者;己、古人偶用借字别字者;庚、其他。平心而論,先師舉例確有不盡允當者。我於文中亦已略謂"如其自嚴格之同形觀點而言,若干字例或不免可商",而且表示了與先師不盡相同之意見。李先生文中所指字形不全同之諸條,實可依意剔除;然以爲六十四組字例無一不有問題,根本否定同形異字之見解,則斷乎不如所言。蓋同形異字之説,本係針對恒常"不論音義如何,同形卽是同字"之觀念而發;凡同一之

字形,若其具有兩個或多個互不相涉之讀音或意義,即其所表爲不同之語言,則無論爲始造如此,或由譌變而然,皆爲異字。此爲簡易之邏輯概念,原不容異議。李先生於此等字,除多用“譌變”或“後世偶同”之觀念說以爲“假象”而無助於否定同形異字之説外,或謂之“假借”①,或謂之“同字異義”②,或謂之“義之引申”③,或謂之“破音讀”④,或謂之“簡字”⑤,亦並屬誤解。因校稿而補記如此,5 月 14 日。

（原載臺灣大學《文史哲學報》第三十六期）

① 如謂甲骨文借木爲未,而二字韻部遠隔。

② 見藍字條。然染青艸與瓜菹義不相涉,當屬不同語言。

③ 見位立條;而二字音遠,非可用引申義爲説之範圍。

④ 見月夕條。二字聲韻懸絶,決不得爲破音讀現象。

⑤ 如謂簡婦爲帚。此不僅與事實相違,且藉如所説,簡體之婦與帚字仍屬異字。

説簠⿷匚古[害古文]⿷匚㝬及其相關問題

學者類以金文⿷匚古、[害古文]、⿷匚害、⿷匚㝬爲簠字，本文基於形聲字聲符應兼具聲韻母兩方面關係的觀點，深不謂然。⿷匚古實同《左傳》胡簋之胡，亦即《論語》之瑚；餘者並爲害字，義爲盛食器，與瑚一語之轉，本以[害古文]、[害古文]象形，因借用爲傷害義，加五字表意以別，或更加匚示意，⿷匚㝬則從匚㝬聲。㝬爲成湯時葛伯葛的專字，從夫害聲，其字用於金文，爲侯國名即葛伯後之葛國，爲周王名即定王介，言㝬德、㝬辟亦讀同介，義取大或狷，並因音近通用。連類論及瑚璉之璉，爲⿷匚㝬字的誤讀。凡此考釋，闢除了學者種種誤説。最後指出，簠器的出現當不若簋之早，至少不若簋通行之廣。經傳以簠簋連稱對舉，疑孔子以後始漸普遍。

一、説簠與簋見於經籍及古器物中的差異情況

經籍中簠與簋同爲盛黍稷類穀物的食器，但形有方圓之異。漢儒於此有截然不同兩種説法：《周禮・舍人》鄭玄注："方曰簠，圓曰簋，盛黍稷稻粱也。"許慎的《説文》則説："簋，黍稷方器也；簠，黍稷圜器也。"現時學者根據出土古器物，大都同意鄭君之説。本文在這方面沒有積極的意見。首先要説明的只是，簠簋二字見於經籍中的情況①。《周禮》、《儀禮》、《禮記》、《孝經》出現簠字十三次②，或獨用，或與簋字連用，分别爲七及六次。簋字則出現二十七次，除上述四書外，又見於《詩經》、《易經》、《左傳》。《説文》説簠字壁

① 因爲只作概略性比較，故但以經爲限，而不及其他先秦古書。

② 《易・剝卦》"剝牀以膚"，京房本膚作簠，未計入。

中古文作医，簠字古文更有㔰、匭、朹三種寫法。這些異體，今所見古籍都不見使用①。

彝器大量出土，自名爲簋的器物習見。其字據《金文詁林》及《補編》所收，共計三百三十有餘，大抵作□、□二形②，而以前者爲常體，後者是其變形：偶有於□上加宀或於下加皿的。其中"□"爲"□"的訛變，本以"□"爲象形主體；"∧"的部分象滿盛食物形，旁從則手持匕柶，兩者並爲意符。小篆簋字保存了"□"的部分，作爲字的主體，上加竹，下加皿；加皿者，已見於金文。此一主體部分，又見於卽、既、卿、食等字的偏旁，可見簋器通行之廣。甲骨文亦數見簋字，作□，與金文實同一形，又可見此物出現之早。

自宋以來，出土彝器學者見解中自名爲"簠"的，雖較簋的數量爲少，依《金文詁林》及《補編》所收，亦卽六十有餘，不謂罕覯。但據少數學者和我自己的看法，確然與簠字音義相同的僅有數字，包括陳逆簠的笑，厚氏元簠的𠥩③，以及近十餘年才出土的㪫伯痶簠的筩，和薛尚功《鐘鼎款識》中劉公簠的鋪④，或從夫聲與《說文》医字相同，或從甫聲與簠字相合，以爲簠字，理無可疑。然而，笑字如《金文編》未收，鋪字出於宋人摹寫不受重視，𠥩筩二字又因誤歸其器屬豆類素來不以爲簠字；是故學者心目中的金文簠字，實際由□、医、□、□、□ 等字作了代表，就中以□字居大宗，包括反書的□和偶於古旁加步、加金的□和□。此等字之所以被視爲簠字，因爲或從古聲，或從五聲，或從夫聲，夫聲固同於壁中古文的医，古聲、五聲也與甫聲、夫聲古韻同部，便當然成了簠字。甲骨文有□字，李孝定先生《甲骨文字集釋》釋爲簠，理由是從□等於從□，□與午同字，午與五同音，於是商代也便已經見到了簠字。

許慎說形聲之法云："形聲者，以事爲名，取譬相成。江河是也。"儘管其例字江與工、河與可之間，具備了聲韻母兩方面相同或相近的關係，因其說明聲符所具條件用了"取譬"二字，"取譬"的標準遠近可以自由認定；而《說文》

---

① 見於《書・禹貢》的"包匭菁茅""及《爾雅・釋木》的"朹，繫梅"，兩處的匭、朹實與古文簋異字。

② 其中不少寫作簠字的，經檢覈若干原拓，仍是㲃字，顯然都屬鈔者手誤。

③ 此字原作□，學者隸定爲□，今改如此。

④ 也有假借書作甫字的，見《金文詁林補編》引周永珍《曾國與曾國銅器》一文。

十四篇中説爲形聲字而僅具雙聲或疊韻關係的,如短、啜、岡、詢之類又偶爾可遇,於是上述古聲的⿷匚古,和被定爲五聲的[illegible]同於簠,便視爲理所當然;甲骨文的[illegible]字李先生釋作簠,相信也必然能獲得學者的普遍認同。然而試想,如果形聲字的聲符聲韻兩方面只需取其一方的相近或相同,其另一方的讀音將何從取徑? 又如果不是衆口一辭説⿷匚古和[illegible]爲簠字,根據古或五的聲符,誰能讀得出如簠字的聲母發音? 所以形聲字的聲符,須是聲韻兩方面都有可譬的條件,爲時下治古音學者的共同理念。

我在《中國文字學》書中更明白指出,《説文》形聲字在考求古音上所表現出來的韻部及聲類兩方面,分别與以《廣韻》爲基礎,參考《詩經》韻脚所得的古韻部,及以三十六字母爲基礎,參考古書異文假借所得的古聲類相吻合,證明形聲字的"取譬"必是聲韻母兩面兼顧。單方面聲母或韻母的讀音同近要求,不可能於相對的他方形成系統,更不必説與自其他資料所得的韻部及聲類相合。《説文》中少數例外諧聲並非無有,或由字形訛變導致誤解,或由年湮代遠始意難詳,其不足據以建立片面的雙聲或疊韻關係即爲形聲的理論,不容懷疑。以⿷匚古、[illegible]與簠而言,古聲五聲屬古所謂牙音,即今所稱舌根音,簠字屬雙唇音,兩者爲全不相干的發音部位。在整個形聲字中,牙音唇音之間鮮見往來①。更案以《廣韻聲系》一書,直接以古爲聲,及間接以從古聲的胡、居、固、辜四字爲聲者共計九十八字②,無一讀唇音;另方面,直接以甫爲聲,及間接以從甫聲的尃、浦、捕、脯、敷五字爲聲或以甫之聲符父字爲聲者共計一百四十三字③,亦無一讀牙音或喉音;以夫爲聲者二十五字④,同樣不一見牙音或喉音的讀法。然則⿷匚古與簠不同字,尚復何疑! 同理,以五爲聲及以

---

① 如岡字從网聲確然無可疑者,極爲罕見。若《説文》菐下云"從丵從𠬞,𠬞亦聲",𠬞其實並不表音。

② 敢字《説文》小篆作[illegible],古文作[illegible],云以古爲聲。金文敢字作[illegible],篆文、古文顯然從此訛變:陳曼簠敢字作[illegible],更不啻爲其明證。故[illegible]字及從[illegible]聲之字均未計入。

③ 《説文》云牖字從甫聲,於聲於韻兩不相合。楊樹達主張從甫取夾[illegible]之義會意,我以爲此本從[illegible]象窗牖形,詳見《説文讀記》。且牖字讀與久切,喻四古歸定,亦與此無涉,故此字未計入。又甫從父聲,此權依《説文》計之,其實不然。

④ 《廣韻》妋字於求切,聲韻俱與夫聲不合。王仁昫《刊謬補缺切韻》字作妋作妖,亦不可解。疑當作妖,與女妖字同形而異字,未計入。

從五聲的吾字爲聲者共三十七字，更除一𩡧字讀心母爲其先讀 sŋ -複母的蛻遺①，其餘一色讀疑母，不涉其他牙喉音，□、□與簠不同字，又可以斷乎言之。至於□字，從夫的部分雖與医相同，實際係以□爲聲，夫在□字之中但爲意符，其音在左旁的□字，與簠字讀音相差懸遠。此點下文專論。换言之，金文中確然爲簠字的，僅笑、匬、笛、鋪四者共數見而已，與簋字出現的三百餘次相較，不能稍望其項背，這當是一個值得注意的現象。午聲及以從午聲的許、頶、卸、御爲聲的凡十七字，也不見讀脣音的，又可見甲骨文□亦不得爲簠字。商承祚和先師屈翼鵬（萬里）先生主張古聲的匿原以缶爲聲；其後訛變爲古，故與簠同字。缶與簠雖然聲母相同，韻母卻又相遠，此則《金文詁林》中張日昇君的按語已指出此説的缺點，問題終於没有解決。

二、説□□□爲害字與盍匿爲轉語

也有少數學者，並不主張匿與□爲簠字的。如强開運謂此等字讀公户切，即《論語》瑚璉的瑚，亦即《説文》皿部訓"器也"的𥂝②。近十年大陸學者高明據1977年陝西扶風出土白公父匿的形制及自名爲"𨪓"，定匿本是𥂝字，即瑚璉的瑚；並將金文笛、匬、鋪、医及□、匿等字分作兩類，前者相當於簠，爲圓形器，後者相當於𥂝，爲方形器③。除去形制的討論爲强文所無，其餘與强文無異；强文的著眼點，注意到匿簠的聲母不同，反是後出的高文所未及者。我於器的形制問題不敢贊一辭，且亦不涉本文主旨範圍。但要提出一點，傳統係以簠簋相對爲言，其形制漢時有鄭許相反二説，孰爲是非容可以各有宗主；既從許君以簠爲圓器，又以匿爲相對待的方器，究竟匿與簋之間有無何種關聯？見於《左傳》的"胡簋"又是何種構詞？似乎應有一明確交代。强氏提出匿簠二字聲母不同的觀點，可謂獨具慧眼。這方面，本文强化了强氏的説法，這也正是本人講解形聲字的一貫主張。但强氏必謂匿字當讀公户切，與

---

① 上古有 sŋ -複母，説詳拙著《説文讀記》□字條。

② 説見《古籀三補》卷五。此據《金文詁林》所引。

③ 《𥂝簠考辨》，《文物》1982年第6期。

大徐《説文》藍字音公户切相合，大抵即從大徐而有此成見，顯然與自己所説匿爲瑚字陷於矛盾。許君説："藍，器也。"已茫然不知究爲何器，大徐的音讀當由"古聲"而來，原不足憑信。此雖小問題，卻不可不弄個明白。至於二氏認匿與[illegible]、[illegible]、[illegible]同字，實際也是學者的共同見解，本文卻持不同看法。

首先自然仍是從諧聲條件著眼。如果説匿從古聲，[illegible]從五聲，[illegible]從夫聲，此不必説夫聲的[illegible]與五聲的[illegible]和古聲的匿，因發音部位絶異不得爲同字；即五聲的[illegible]與古聲的匿同屬牙音，由於發音方式有鼻音與塞音的不同，恐亦不得便爲同字。前文已説到，《廣韻聲系》中從五聲及從吾聲三十七字讀音不離疑母，此處更要指出，同書九十八個古聲及胡聲、居聲、固聲、辜聲字，亦相對没有讀疑母的，其間界限井然。不僅如此，整個形聲體系中，唇、舌、牙三個發音部位的鼻音字，亦各與同部位塞音字有離群索居的傾向。這是本文所以不能輕易同意[illegible]與匿同字的基本立場。文字學者在認定形聲字時，聲母方面通常是被忽略了的。

由我看來，[illegible]的聲符[illegible]並非以夫爲聲，[illegible]亦不得以五爲聲；以夫與五爲[illegible]與[illegible]的聲符，即不能得[illegible]、[illegible]及[illegible]的正讀。[illegible]與[illegible]固不同於簠，亦不同於匿。在[illegible]、[illegible]二字之中，[illegible]或[illegible]的部分，實爲其音或音義之所寄。質言之，[illegible]字從夫[illegible]聲，[illegible]字於[illegible]加五爲意符，[illegible]與[illegible]並爲害字。要將這些拙見説明，先請看下頁所列《金文編》所收害字。

可見前者"[illegible]"即曩伯盨、毛公鼎害字變其中間的實點爲匡廓形的寫法，後者"[illegible]"與伯家父簋害字直同一形。過去學者將[illegible]字隸定爲䵼，顯然十分正確。䵼聲的[illegible]既與[illegible]、[illegible]爲同器物的同名稱，而夫字五字聲不同類明不得爲聲符，則其共有的"害"的部分爲䵼、[illegible]二字讀音之所寄，捨此無二解。王孫遺者鐘的䵼辟，史牆盤作害辟，更是䵼以害爲聲的鐵證，説在下文。《説文》云："害，傷也。從宀口，言從家起也。丯聲。"其説字形與金文不合，當無可取；究竟其本形本義如何？林義光以爲凷，方濬益以爲會，高鴻縉以爲桷，周法高先生疑簠之象形，而姑從害字歸屬，説並見《金文詁林》及《補編》。就中自以方氏"[illegible]爲古會字，器有蓋者之通稱"説爲勝。會害二字聲同匣母，韻同祭部，但仍有開合的差異；開合差異表現於諧聲及異文假借之中，有極明顯的界限，

害會二字古書又不見通用之例，此說恐終究不足信採。今據其字形，及害盍音近、蓋盍通用、蓋從盍聲等情形，試作如下之推測：害本義爲有蓋食器，與盍爲一語之轉。其字原作，見史牆盤，象形。其先蓋編篾爲之，以粗者三數枝對彎構合爲經，而編以細篾，至末端留出稍許，爲覆合時交錯午貫之用。及後發展至以青銅鑄造，形制雖然大異，但名稱沿用不改。其字於中加“●”或“○”，始意不明；或表器中所盛食物形，略同於血字。《説文》云：“五，從二，陰陽在天地之間交午也。”因蓋器本上下午貫以合，大抵即其字又或於中加五字的道理。至於象形的害字何以需加五字爲意符，因此形不見用爲傷害義，或即爲别於其借用爲傷害義而增設。本音如傷害之害，轉而爲收-p的入聲，於是有從皿去聲的盍字①，《詩·豳風·七月》“饁彼南畝”，饁字義爲餉田，音筠輒切，喻三古歸匣，疑即盍字作爲動詞的用法；後其字專用爲覆蓋義，於是别有於盍旁加食的饁字，而《説文》以盍之本義爲覆蓋。

如上所説，匼實爲瑚，與害不同字，但二者聲母相同，匼與害亦當爲語轉，故爲同器物之異稱。害之轉爲盍，猶世之轉爲枼，執之轉爲贄；害之轉爲匼，

① 《説文》盍字作盇，云“從血，大聲”，大聲與盇聲聲母相遠，此據金文從去而云然，説見拙著《上古陰聲字具輔音韻尾説檢討》及《再論-b尾説》，分載《史語所集刊》五十本第四分册及臺大《中文學報》創刊號。

猶於聲的閼字讀同遏，䡄侯鼎"幽夫赤舄"的夫字義同於市[①]；匠之轉爲盍，猶[illegible]二字既取[illegible]之義，又衍[illegible]之音，及盍字從去爲聲。蛛絲馬跡，似若可尋。

三、説䣊爲葛伯專字及其金文中用義

䣊字於金文多用爲侯國名，據《金文詁林》所錄各家説，有釋割、釋周夫或𫉬、釋舒、釋憲、釋絜或契、釋郐同徐、釋胡、釋甫及釋余等等，而以主張爲舒字者居多數。或不合字形，或不合字音，或於字形全然無説，或部分無説，不擬一一指明，僅就其中主張者最多的舒字説略予申述。此説各家所持理由不盡同，或以[illegible]爲舍，夫又與予"音義相近"，所以"䣊是舒的異文"[②]；或明知[illegible]爲害字，因視夫爲其字聲符，夫舒同韻，故䣊仍爲舒字與前説不異[③]。然金文舍字作[illegible]、[illegible]二形，上半與此字明顯不同，其不從舍字不待辯；則所謂"夫予音義相近"，無論是否成立，及其意義作用如何，不足以支撐䣊所以爲舒字之説，是可以肯定的。《説文》云舒字從舍聲，舍舒二字聲同審$_{三}$，韻同魚部，故舒字從舍而有傷魚切的讀音。今既其字不從舍而從害，害與舒聲韻俱不相同，即以夫爲聲符，亦與舒之聲母遠隔，是䣊不得讀同舒，本亦淺明易曉。學者徒以忽視了形聲字的"取譬"標準，所以鑄成此種絕無可能的解説，而渾然不覺。

依本文所作分析，害既是[illegible]字的音讀所在，則從音類推求，古書及金文害曷二字通用[④]，此作爲侯國名的[illegible]字，應同於葛。葛本夏時古國名。《孟子·滕文公》下篇云：

---

① 夫舄對言，猶麥尊之言"市舄"。容庚《金文編》謂幽夫即《禮記·玉藻》之幽衡，夫衡二字聲母遠隔，其説深不足取。

② 此略引徐同柏説爲代表。他如潘祖蔭、吳大澂但云"從夫從舍，故爲舒字"。

③ 明言䣊字"從害夫聲"者，始見周法高先生《金文零釋》，並云："舍可能是害的訛變，予聲夫聲都隸古韻魚部，所以能夠相通。"後來周先生又否定此説，謂："[illegible]實爲簠之象形，故厲王名䣊，載籍作胡。"象形簠字之説，已引見前。

④ 此如《孟子·梁惠王》上篇引《書》"時日害喪"，《書·湯誓》作"時日曷喪"；《泰誓》"予曷敢有越厥志"，敦煌本曷字作害；毛公鼎"邦將害吉"，即邦將曷吉。又《詩·長發》"則莫我敢害"，《漢書·刑法志》引害作遏，遏從曷聲。

湯居亳，與葛爲鄰。葛伯放而不祀，湯使人問之曰："何爲不祀？"曰："無以供犧牲也。"湯使遺之牛羊，葛伯食之，又不以祀。湯又使人問之曰："何爲不祀？"曰："無以供粢盛也。"湯使亳衆往爲之耕。老弱饋食，葛伯率其民，要其有酒食黍稻者奪之，不授者殺之。有童子以黍肉餉，殺而奪之。《書》曰："葛伯仇餉。"此之謂也。

根據這一記載，葛伯之爲人，可以説行如桀紂，所以後來爲湯所滅。《書・泰誓》下篇説："獨夫受。"《孟子・梁惠王》下篇説："賊仁者謂之賊，賊義者謂之殘。殘賊之人，謂之一夫。聞誅一夫紂矣，未聞弑君也。"《荀子・議兵》篇也説："誅桀紂，若誅獨夫。"殘賊之君如獨夫的思想，大概是其來有自的。是故本文推想，㝬可能是後人爲葛伯所造的專用"葛"字，取其從夫害聲。所以必用害字爲聲，一方面當然是由於葛害韻同聲近，具備了"取譬"的條件；一方面或又兼取其通常用爲賊害的意思。若然，古書中葛國的葛，應是此字不通行之後改採的寫法；但此説並不排斥㝬字出現之前，原本即借用葛字的可能。葛國雖爲湯所滅，其地仍在，其民猶存，其子孫以國爲氏者生生不息，至周而又見葛國。《春秋・桓公十五年》經云："邾婁人、牟人、葛人來朝。"杜預注："葛國在梁國寧陵縣東北。"寧陵爲葛伯故地，是其後人立國於周之證[①]。又左氏僖公十七年傳云："葛嬴生昭公。"前引《孟子・滕文公》篇趙岐注："葛，夏諸侯嬴姓之國。"然則葛嬴正是葛伯的後世子孫。所以我對金文㝬侯字，提出了上述看法。

讀者極可能有這樣的反應，㝬既是造來辱罵葛伯的字，何以葛人也能接受，用爲自己的國號？我的解釋，這只是一個時間問題。起始，㝬字的造意大家耳熟能詳，自然只有非葛國的人使用，葛人當然不肯。日子一久，文字的造意逐漸隱退，只知道葛國有人寫作㝬字，原因如何，根本無人理會。正等於葛

① 竹添光鴻《左氏會箋》云："葛，嬴姓國。僖公十七年齊桓公如夫人者六人，有葛嬴，是也。如杜解則是與亳爲鄰之國。夏之伯國，湯已滅之，不應閲殷周而仍在也。且寧陵在春秋爲宋地，去魯遠矣。牟在泰山郡，邾在魯南鄙，葛亦當附近於魯，蓋所謂葛嶧也，今兗州之嶧縣，與鄒接壤，當魯之南。但葛此後不再見於經傳，固無從考爾。"以杜説爲不然。然亦推想之辭，無從考實。而趙岐《孟子》注，正云葛伯嬴姓，與杜氏所言葛嬴者相合，今仍依杜注。

本是植物名,書作國名,其間究竟只是"託名標識"? 或者由於其他原因? 恐怕少人注意。在這種情況下,葛人而使用𢼸字,或者有人用爲私名(見下),應該是可以理解的。有個類似的例子。宋字除了作爲國名及姓氏,無他用法。《説文》云:"宋,居也。從宀木。讀若送。"[①]宋字訓居,段玉裁注説:"此義未見經傳。"《詁林》所收各家説,都無發明。錢坫《斠詮》以爲武王造來稱謂微子之後的,此言大抵可信。字形上有人説爲形聲,包括小徐本的木聲,宋保《諧聲補逸》的東省聲,朱駿聲的松省聲,或聲母無關,或隨意傅會,都無可能;説爲會意的,有桂馥引同書"困,故廬也。從木在囗中"的比較説法,及錢坫等據《禮記・郊特牲》、《春秋公羊・哀公四年傳》、《白虎通義・社稷》的"社屋"説,兩者顯然都有可取之處。但無論哪一説,都包含侮辱宋人的意思。劉熙《釋名・釋州國》云:"宋,送也。地接淮泗而東南傾,以爲殷後,若云滓穢所在,送使隨流入海也。"《釋名》的聲訓本多附會,似不足徵引;但《説文》宋下云讀若送,也有人以爲與釋文相互發明[②]。我的故鄉安徽望江,至今把打破了東西説是"姓了宋",其來源恐怕甚早。更看先秦諸子以宋人作爲取笑的對象,似乎從根本上"宋"這個語言就没有安什麽好意。可是後來以宋爲國名的,還不止於一家;而姓宋的人書其姓氏之宋,自然也没有感覺恥辱的。至於今天福建简称閩,臺灣人自称閩南人,誰也不會想到《説文》説閩字從虫爲蛇種的意思,更是最好的説明。

此外,《左傳・昭公元年》:"周公殺管叔而蔡蔡叔。"杜注前一蔡字云:"蔡,放也。"蔡叔之所以稱蔡,亦即蔡國之所以稱蔡,顯然是因爲曾被周公所"蔡"的緣故。正與后稷被棄,而遂名爲棄相同。金文蔡國字作[illegible],其字象犬俯身曳尾竄逃之形,後足爲尾所掩,故不得見;疑本與竄爲轉語,蔡竄二字雙聲對轉,"蔡蔡叔"猶《書・堯典》云"竄三苗"。然則蔡國字本用"[illegible]"逃字爲之,其後雖易爲從艸之蔡,金文一體書作[illegible]字,則爲事實,亦可與此互參。

宗周鐘云:"𢼸其萬年,畯保四國。"𢼸爲作鐘王者之名,此金文𢼸字之又一用義。郭沫若以爲昭王瑕,唐蘭説爲厲王胡。其他學者莫不依違徘徊於二

① 讀若送三字,《繫傳》無之。以宋字之習見,若非《説文》本有,鉉本無理由妄增,當是鍇本誤脱。
② 以上諸説,並見《説文詁林》。

説之中。今知𢼸的聲符爲害，其音讀如葛，葛與瑕胡聲雖相近，韻則有祭魚之别。魚祭之間儘有如前文所舉通轉現象，究竟人名非一般語言可比，如非史公所記有誤，不當出現韻母上的不同部差異。何況如郭氏所説，是從舒字讀爲瑕，周法高先生先是由舒字讀爲胡，後又改由簠字讀爲胡，而舒字簠字與瑕字胡字之間聲類絶不相及，這樣的説法，自然無法讓人接受。形聲字的“取譬”，尚且聲韻兩方面都要兼顧，等於“直音”的“假借”或“託名標識”，豈有但論韻母不論聲母的道理！

我的看法，此王者當是定王介。介𢼸聲同韻同，且介害二字古本通用。伯家父簋“用錫害眉壽黄耇”，曩伯盨“害眉壽無彊”，猶《詩・七月》篇言“以介眉壽”；𡚬叔多父盤“受害福”，孫詒讓讀害爲介，介福猶言大福，《易經・晉卦》言“受茲介福”，而《説文》有轉注加大的夰字云“大也”①；大簋的“𣪘章”，于省吾讀介璋，猶《詩經・崧高》言“介圭”，而《説文》有轉注加玉的玠字云“大圭”；並介聲害聲通用之證。《禮記・祭統》載衛孔悝鼎銘：“卽宫于宗周。”鄭注：“周既去鎬京，猶名王城爲宗周也。”此鐘銘云：“作宗周寶鐘。”因宗周可稱洛邑，本文讀𢼸爲介，銘文中唯一值得顧慮之處，亦並無問題。

師㝨鼎云：“天子亦弗諲公上父𢼸德。”𢼸德卽介德，與前以宗周鐘屬定王介，可以互發。

此字又見於王孫鐘的“余圅龏𢼸𢓜”，爲金文𢼸字的又一用法。末一字有兩種釋文，或隸定爲屖，或隸定爲辟，而以主張爲屖字者爲多數。屖辟二字之金文，似尚無辨識標準。如郭沫若《兩周金文辭大系考釋》云：“屖字余曩釋爲辟，非是。”實際恐是改釋後之説爲誤。諸家之所以主張爲屖字，只是因爲讀其上之𢼸爲舒，於是下取屖字説爲舒遲連語（案：此以屖讀爲遲。《廣韻》屖字音先稽切，與遲字聲母不同。《説文》云：“屖，屖遲也。”屖遲爲疊韻連語，尤不啻爲屖不得讀遲之證）。既知其上非舒字，便失去了下取屖字的理由。也有上取舒下取辟，説爲“群舒之長”，或由舒轉余，説爲“我君”的，當然同不可用。諸説並見《金文詁林》或其《補編》，不詳引述。

---

① 拙著《中國文字學》，以語言孳生或文字假借增改偏旁而形成之專字爲六書轉注，詳見第二章《中國文字的構造法則》。

十餘年前出土了史牆盤,中有“□□文考”一語,□□二字相連,顯然便是王孫鐘的誅□。此一資料的出現,無異證明誅字讀音同於害,徹底粉碎了讀誅爲舒所引起的諸多誤説,卻也增添了其下一字爲屖爲辟取決上的困擾。因爲銘中另出現三個□字,與□字顯著不同,其義爲君,相當於經傳中的辟字,似乎等於説□字不得爲辟,而當爲屖。過去學者雖然没有提出這一點,如唐蘭根據《爾雅・釋訓》的“藹藹萋萋,臣盡力也”,及“藹藹濟濟,止也”的郭注“皆賢士盛多之容止“,讀藹萋或藹濟;李學勤根據謚法讀爲胡夷;裘錫圭先生也説“或疑當爲胡夷,胡和夷都是古代常用的稱美之詞”;于省吾則仍然讀作舒遲,以爲“這是史牆頌揚其文考乙公安適舒閑之意”,無一而不是由屖字出發,先天上似乎都居了上風。

先且按下釋屖釋辟的是非不談,衡量一下以上諸説究竟孰爲可取,則唐氏之説實最爲上選。因爲李裘二氏之意,胡與害既有韻部的不同,夷與屖也有聲類的阻隔,鐘銘爲作器者自謂,固然與謚法無關,即使説謚法都是依據實際語義,照《逸周書・謚法解》的稱謂:“保民耆艾曰胡,彌年壽考曰胡;克殺秉政曰夷,安民好静曰夷。”前者應爲《詩經》、《左傳》胡考、胡耇的胡,人不都是周公,疑不合作器者的自道口氣。後者似由夷字訓平而來,夷字訓平,實際語言則不見用於稱頌人美。何況胡夷二字義不相近,也似没有連用的道理。于氏的説法,不僅“安適舒閑”與鐘銘上下文“圅龔”、“畏嬰趩趩”文意不類;文中從害到舒音韻的疏通上,更不知經歷了多少不可思議的轉折比附①。唐氏轉害屖爲藹萋,爲藹濟,音韻上没有任何疑問;文意上,“臣盡力”或“賢士多容止”也合用;如果更想到《詩・信南山》“苾苾芬芬”,出現於《楚茨》作“苾芬”,其説顯然是最好的。

然而,唐説實際上也同無可取。《詩・卷阿》篇:“藹藹王多吉士。”傳云:“藹藹,猶濟濟也。”爲《釋訓》“藹藹濟濟”的張本②。《文王篇》“濟濟多士”傳云:“濟濟,多威儀也。”也正是《釋訓》“止也”的根據,因爲止的意思

---

① 以上所引各家史牆盤□□説,並見《金文詁林》及其《補編》。

② 《爾雅》一書相傳周公孔子等作,用以釋經;實際當如朱熹所説,《爾雅》正取諸經傳注以成。

是容止,容止與威儀義通。但《説文》藹字訓萋,義本《爾雅・釋木》。郭注《釋木》"萋,藹"云:"樹實繁茂菴藹。"《卷阿》以藹藹狀"多吉士",正是本義的引申,所以《廣雅》直云:"藹藹,多也"。濟濟一詞《詩經》屢見,除"濟濟多士"一語《文王》、《清廟》、《泮水》並見外,又有《載驅》之言"四驪濟濟",及《楚茨》之言"濟濟蹌蹌"、《公劉》之言"蹌蹌濟濟",後二者並就衆士大夫而言,俱不以單一的個體爲描述對象;《旱麓》的"榛楛濟濟",毛傳更直以"衆多貌"爲訓。僅《載芟》的"載穫濟濟",傳云"濟濟,難也",似與衆多義全然無關。但鄭箋云"穗衆難進",仍涉及衆字,顯然毛傳拘泥了穫字通常作刈講的意思,而有此特別訓解。據下文"有實其積,萬億及秭",穫字當據所刈之穀而言,故先師屈翼鵬先生之《釋義》徑説爲"衆多貌"。然則濟濟本是狀衆盛之辭,即《棫樸》的"濟濟辟王",原意疑是濟濟然百辟之王,以濟濟狀辟,非直以濟濟狀王;毛傳"多威儀"的説解,威儀的意思恐由臆度。唐氏以害屖爲藹濟,不僅藹濟一詞古實無有,濟字獨用亦不見有作爲狀詞的,而衆盛之義也顯與鐘銘盤銘俱不相協。至於《釋訓》的"藹藹萋萋,臣盡力也",仍本毛傳爲説。《卷阿》九章云:"鳳皇鳴矣,於彼高岡。梧桐生矣,于彼朝陽。菶菶萋萋,雝雝喈喈。"傳云:"梧桐盛也,鳳皇鳴也,臣竭其力,則地極化,天下和洽,則鳳皇樂德。"《釋訓》上言"藹藹萋萋,臣盡力也",下言"噰噰喈喈,民協服也",兩條緊鄰,自是本於《詩》的經傳,是故陳奐《詩毛氏傳疏》至於疑藹藹爲菶菶之誤,理由可以説十分充分。如此説來,《釋訓》的"藹藹萋萋",原是不足爲據的。即令陳氏的説法不可信,於《詩經》本文,菶菶萋萋只狀梧桐的生態,與雝雝喈喈只狀鳳凰的鳴聲相同,别無他義;所謂"臣盡力","民和協",離開了毛氏的傳,這些意思本是不存在的。换言之,唐氏根據《釋訓》,把害屖講成爲人臣能竭其力或者美容止的意思,原爲無中生有,這便是我説唐氏説解同不可取的主要原因。

究竟害[illegible]與㝬[illegible]當如何釋文?如何取義?我以爲屖屖二字並從尸從辛,蓋本以左右、上下的不同結構方式爲之别,與旰吟之别於旱含相同。由於尸字的情況特殊,書寫時稍不謹慎,便易引起紊亂,難於分辨。璧字偏旁有於辛字加斜畫作[illegible]的寫法,其形不見於徲字偏旁,讀者可據《金文編》按

驗,疑卽爲區分辟屖的易混而作的補救辦法。王孫鐘旣明作𨐨,與璧字偏旁相同,自當釋爲辟字;史牆盤𨐨字雖無斜畫,以其文例相同,又當依王孫鐘取決。至於其同銘的三個作𨐨的辟字,根本問題在於二者是否意義相同;如其意義不同而有不同的書寫形式,並非不可理解,不應執後世之同作辟字而强求其同形。㝬辟害辟的辟爲狀詞性,其不作君解,原是無可争的。今以爲㝬與害仍讀同介。《孟子》云:"聖人,百世之師也,伯夷柳下惠是也。"又云:"柳下惠不以三公易其介。"[①]介是獨立特行,卓有節操之意。辟讀同孤僻之僻,亦卽㢊廦之廦[②],謂褊急狹隘,不與人苟合;義與介近似,故相連用之。此詞雖不見用於先秦古籍,若《國語·晉語》二之"狷介",《韓非子·外儲左下》之"介異"[③],義實相同,皆知有所爲有所不爲,爲中行以下之美德,以釋兩銘,無不通順。

晉公𥂴又有"剬票㸑傻"的句子,上文是"保辥王國",辥與㜸艾同,義爲治理;下文是"□攻雝者,不乍元女□□□□",文有殘泐,不能確知其意。郭沫若説:"剬,擊也。票假爲暴,㸑卽舒字,傻當是迮迫字之本字。暴者擊之,受迮迫者舒之,猶言弔民伐罪或除暴安良矣。"一貫從舒字揣摩,自不合原意。據上文之"保艾王國",讀此爲"剬摽害作",文意可以貫穿。《説文》剬摽二字並訓擊,害作卽害起。乍字後世加人爲作,金文或乍下加又爲复,傻蓋卽乍的繁文,不必爲迮迫字。

四、説瑚璉

前文説强開運和高明主張匿爲瑚璉之瑚,其實清代學者阮元、方濬益、劉

---

① 分見《盡心》篇下及上。

② 《説文》:"㢊,廦也。"《義證》:"㢊廦者,本書狹隘也。"廦下徐鍇云:"《春秋·左傳》曰:辟陋在夷。當此廦字。"承培元《廣説文答問疏證》:"廦,今借爲僻字。"

③ 《宋史》卷四五八《隱逸列傳·陳烈》:"性介僻,篤于孝友。"《國語·晉語》二申生傅杜原款自謂:"小心狷介,不敢行也。"韋注:"狷者守分,有所不爲也。"《説文》:"獧,一曰急也。"狷與獧同。《韓非子·外儲説左下》:"子産忠於鄭君,子國譙怒之曰:夫介異於人臣,而獨忠於主。……而汝已離於群臣。離於群臣,則必危汝身矣。"

心源等早有此説，因爲没有同時説到匼與簠不同字，所以没有並舉。此説不僅因《論語》的瑚即是《左傳》的胡字，與匼同從古聲；[illegible]字反書如召叔山父簠之作[illegible]，更與篆文胡字極爲近似，説胡璉字借胡爲匼，甚或説爲匼的誤字，都可言之成理，實是一大發現。尤其在本文力陳匼字於音不得爲簠字之後，其相當於載籍中的胡或瑚字，更覺無可争論。

然而，金文出現數以十計的匼字，卻不一見璉字，究竟璉是何器物？瑚璉又是什麽樣的構詞？應該是值得討論的問題。

第一個我認爲要注意的，《論語・公冶長》篇所記，孔子雖係以瑚璉二字相連比擬子貢之爲器，一則由於《左傳・哀公十一年》又記載過孔子"胡簋之事，則嘗學之矣"的話，再則《禮記・明堂位》説："有虞氏之兩敦，夏后氏之四璉，殷之六瑚，周之八簋。"或胡下不接璉字，或以瑚璉對言，且是先璉後瑚，足以説明瑚璉不是雙音節連語，當然也没有語序的問題，這一點首先有了認識，則無論金文有無璉字的出現，不影響匼爲瑚字的認定。

接著談璉之爲物及瑚璉的構詞。

《説文》木部槤下云"瑚槤也"，段注因韓勑禮器碑胡璉書作胡輦，於是據《司馬法》云"夏后氏謂輦曰余車，殷曰胡奴車，周曰輜輦"，"疑胡槤皆取車爲名"。禮器的瑚璉，何以取名於車，固然費解；璉究竟爲何物，依然没有解答。先師翼鵬先生改變了段氏的原意，直把胡璉説爲大車，以爲孔子方子貢於胡璉，是許其能任重致遠①。這意思甚好，只是對《明堂位》之明以敦、璉、瑚、簋對比而言，似乎尚有斟酌餘地。陸德懋的《瑚璉考》率先指出璉爲《説文》簋字古文匭的訛誤②。十餘年前周鳳五君也發表了相同意見③。文字偏旁中既或書匚爲辶，如果適巧又奪去了軌的偏旁"九"，匭字便誤成連字，這情形不是不可能發生的。

1964 年，洛陽龐家溝西周墓地 401 墓出土銅器一組，其中簋的内底及壺的蓋内和器腹内，各鑄有四(原報告以爲四，其實當爲五)字相同的銘文，另

① 見《孔孟月刊》五卷七期《瑚璉質疑》。

② 見 1930 年齊大《国學季刊》新第一卷第一期。

③ 見《孔孟月刊》十七卷四期《瑚璉是什麽》。

一鬲的内壁亦鑄有二(當是三)字,與四字之末二字相同(見所附拓本)。

銅簠銘文

銅壺蓋銘文

銅壺銘文

銅鬲銘文

洛陽博物館原始報告説:

> 銅罍、銅壺、銅簠都有"考母作簠"銘文,銅鬲有"作簠"銘文,因此知簠爲青銅禮器的通稱。狹義的簠在西周晚期至春秋時期始出現。而上述諸器均作"簠",則此簠卽文獻上瑚璉的"瑚",讀作胡。這個簠字也是前所未有的,作,從医從聯。簠字作,從匚從肤。肤字在金文裏也有個别寫作的(肤父簠),由此可見,此字從医從聯,卽是簠字的異體字。

如報告所説,字何以隸定爲医?又如何由從匚從肤的"簠"字,知道便是簠字的異體?文中全無説明,十分令人不解。

1982年,第一期《史學集刊》刊載了何琳儀、黄錫權合寫的《瑚璉探源》一文,終於見到對此銘文的詳細考釋,節録其重點如下:

> "医聯"原報告考定爲"簠的異體字",我們認爲這不是一個字,而是兩個字。和文字偏旁全同;唯"糸"之位置有在側和在下之别,均應釋作"医聯"的合文。
>
> 中所從矢,實與大字同。矢與大均象人形,在古文中往往易混[①]。

① "混"的概念,與此文主謂"矢大同字"相矛盾,因無傷主旨,只加注點出。

> 如甲骨文昃作、等形，"從日在人側，象日昃之形"（據羅振玉增訂《殷虛書契考釋》），古璽亦作，均從大；然晚周文字或作（滕侯昃戟）、（香錄七之一），均從夨。又如西周金文吴作（吴方彝師酉簋等），從夨；晚周文字或承襲此體作（石鼓文），或從大作（吴王光鑑、侯馬盟書等），或從夫作（《説文》古文）。然則實可隸定爲医。當然也不排斥另一種可能，即本銘夨字本來就是鑄範所致的走形字"大"。大與夫是一字分化，甲骨文大、夫互作習見。金文"善大"（大鼎）即"膳夫"，"大差"（攻吴王鑑）即"夫差"。至於典籍中大、夫通用之例尤多，茲不贅引。王筠《説文釋例》引《博古圖》医作，謂"借大爲夫"，甚確。總之，本銘與《説文》簠之古文医應是一字。
>
> ……本銘"医聯"，以音求之即《論語》之"瑚璉"。……《説文》簠古文作医，楊樹達云"簠字古之音讀，于唇音讀法外，別有淺喉音一讀也"（《積微居金文説》86 頁）。夫與胡同屬古韻魚部，器形爲方口的季宫父匿，自名爲""（從夫得聲）；宗周鐘、㝬簋之㝬，即典籍中周厲王胡（唐蘭《周王㝬鐘考》）。均其例證。夫可讀胡，猶夫可讀乎，信陽楚簡之"烏夫"即"烏乎"。……總之，《論語》"瑚璉"的初文，應是本銘之"医聯"。

綜觀此文，在説明""所以爲瑚璉的每一環節上，都舉列了例證，較之洛陽博物館原報告之説爲簠字，可以説高出許多。如果此説堅確不拔，上述璉爲匭誤的推測，當然便全無可能。

然而由我看來，此文各環節所作的説明和舉例，没有任何一點不是問題。第一，《論語》雖係以瑚璉二字連稱，如我在上文所指出者，實際並非雙音節連語，且僅《論語》一見，又非習見語可比，本質上能否如所舉"小子"、"小臣""上帝"甚至"小牛"、"寶用"、"永寶"之例，構成合書，不爲無疑；何況從鬲銘與的位置關係衡量，更不似合文之結體嚴密，即壺銘亦然。第二，從夨等於從大之説，雖有昃字吴字的例，究竟夨與大爲不同音義之文字，"可隸定爲医"，不等於"必當隸定爲医"。昃字吴字從大從夨可以通作，基本上爲其取人形表意，大與夨同爲人形，故或從大或亦從夨。分別言之，甲骨文昃字從大取側形，以示日影已斜，從大與從夨本不相異；後世易大爲夨，則兼取其

音。吴字本義《説文》説爲“大言”，卽高聲喧譁之意，故《詩·絲衣》云“不吴不敖”，《泮水》云“不吴不揚”，字從夨，取其偏仰首作喧譁狀。其從大者，或因大亦人形，或爲夨之訛變，或卽取大口爲大言。可見從大從夨於昃字吴字“通用”，有其個别道理在，未必可以推及他字。至於吴之古文作[吴古文]，疑受口形變廿之影響，横畫稍一延伸，卽與大字聯串，形同於夫，而未必原是夫字。此與或字本從弋作[或古文]，變而爲[或]，《説文》便説以從戈①，情形相同。且卽使古文吴字本從夫，當由於夫亦人形，本質與大字不異，所以形成此“通作”現象。都與此字從夨取以表音(案:此字從夨是否取聲，容或有問題，至少何黄此文係以夨字易爲夫聲)，性質與昃字吴字全不相同。既是取音，便不能利用字形的關係以甲“通”乙，不然形近而音遠，差之毫釐，覺跌千里，豈可不加分辨！第三，所謂不排斥夨字或本是鑄範所致的走形“大”字，原報告發表的拓本，共是四個不同的範，何從有同走形爲夨字的道理！第四，善大卽膳夫，大差卽夫差，形成此一現象的背景如何，誠難蠡測。無論如何，不是夨字可以視同爲大的理由。善夫與夫差爲習見詞組或王者之名，人人易知，疑爲容許書大以爲夫的因素之一。瑚璉的情況，恐怕是無法比擬的。《博古圖》的医字從大，不僅仍與夨可以爲夫的情況了不相干，宋人摹寫和經過鈔刻的字形難爲憑據，恐又下“善大”和“大差”一等。至於古籍“尤多”的夫大二字“通用”之例，一時悟不出來；翻檢如哈佛燕京學社的各種引得，或不難有所斬獲。所以吝於一試，因爲這類例子，傳統觀念只視爲“形誤”，音不相涉，不可能用“通用”理解。無論有或無，少或多，都於医可不可能爲医字的認定，不生影響。第五，𨽥卽使爲医聯的合文，医字也卽使可以與医字相同，如本文所指出者，医�不同字，医聯只是簠聯，仍不得爲瑚璉。所謂楊樹達云“簠字脣音讀法外，别有淺喉音一讀”，卽從阮元胡簋卽簠簋，及學者大都以匿爲簠字而發爲此論，非有其他憑藉；今若據以説明“夫”聲的“医”可以讀瑚，直是用了循環論證的手法！文中所以未將楊説的來龍去脈悉予披露，亦不知是否有意規避？𩰫字本不以夫爲聲，唐蘭説宗周鐘及𩰫簋的𩰫爲厲王胡，只是建立在舒

① 或字本以從弋表疆界，説見拙著《中國文字學》第三章第一節。

胡古韻同部即可通用的觀念之上；假使唐氏知道𩰫字不以夫爲聲，又知夫、舒、胡三者聲母遠隔無可相通，必不致有此讀𩰫爲胡的錯誤主張。後來唐氏又説史牆盤的害字讀藹，應該注意到以𩰫讀胡而害胡古韻並不同部的現象，則又以片面的聲母相同關係，保持𩰫字讀胡的意見，可以看出唐氏對於諧聲取譬及假借通用，應該遵守什麼樣的原則，並没有深刻認識，其説原是不足恃的。至於"烏夫即烏乎"一例，也仍然有可商餘地。烏乎本是發語嘆詞，爲一"於"字音的長言[①]。於字書作烏乎，猶壺字書作胡盧或瓠蘆[②]，這種情況與反切法極爲相近。反切法下字不論聲母，如"同"字《廣韻》音徒紅切，《集韻》則音徒東切，紅東二字聲母迥殊，而都可以爲"同"的下字。"諸"字長言可以是"之於"，也可以是"之乎"，也可以是"之與"[③]，長言短言間音的自然分合，雖與反切法人爲切除下字聲母的情形不同，之於、之乎、之與都可以合爲一"諸"，而於、乎、與三者聲母各别，固與徒紅、徒東之並切同字不異。方言中曉母合口字有變輕唇音現象，譬如廣州人讀烏呼即同嗚夫。所舉楚簡一例，或涉及方言關係。但方言中讀呼如夫的，匣母乎字則不變輕唇，烏乎的乎正讀曉母，自又非"夫"聲的医可同匣母的瑚字可以比況。最後，提出前文所未引録的一點，因爲龐家溝墓出土銅器簠、壺、罍、鬲四者並云"作医聯"（案：原注云罍銘文字照片，原報告未附刊），所以何黄二氏文中説："我們推測：医和聯原來分别爲兩種器物的名稱，由於詞義外延的擴大，遂變爲器物的

---

① "烏乎"爲一"於"字音的長言，前人似無此説。於與烏乎都作歎詞用，烏乎或作於乎。試取《詩·閔予小子》的"於乎皇考"、"於乎皇王"與《武》的"於皇武王"及《臣工》的"於皇來牟"相比較，兩者並以皇字爲其下名詞的狀詞，而其上冠以歎詞。所不同者，前者皇字與考或王字構成名詞組，後者則否；此一不同，當是節奏性差異，與語法無關。質實而言，正是爲配合節奏的差異，而有或用"於乎"或用"於"長言短言的不同。"於皇武王"、"於皇來牟"可以説便是"於乎皇皇武王"、"於乎皇皇來牟"，爲配合四言節奏的省略。更比較《書·堯典》的"於予擊石拊石，百獸率舞"與《詩·烈文》的"於乎前王不忘"，《堯典》的"於"可以改成"於乎"，《烈文》的"於乎"也可以改成"於"，而略無異致。因一爲散文不講節奏，一爲詩必須講節奏，而形成實際的區别。所以我説烏乎即是一於字音的長言。不過"於乎"見用於古書義兼歎美與傷痛，"於"字則不見傷痛用法，此恐只是適巧不見用而已，未必本質上有此不同。《小爾雅·廣訓》云："烏乎，吁嗟也；吁嗟，嗚乎也。有所歎美，有所傷痛，隨事有義也。"所謂"隨事有義"，正説明不是本質問題。

② 壺字見《詩·豳風·七月》"八月斷壺"。

③ 與字讀平聲。

泛稱。……四件不同的器物均自銘'匸聯',這一點完全可以説明其爲通稱或泛指。原報告指出其應爲'青銅禮器的通稱',是比較恰當的。"但《論语》的原文是:

子貢問曰:"賜也何如?"子曰:"汝,器也。"曰:"何器也?"曰:"瑚璉也。"

論理孔子的答覆,應該明確地對以某一器名,如何黄所説,回答的是青銅禮器的泛稱,由於青銅禮器種類很多,即以簋、壺、罍、鬲四者而言,壺與其他三種的分量可能便不相等,是則對猶不對,恐與孔子原意不能相符。

以上所揭種種,任何一點都足爲何黄論文的致命之傷。但由我看來,這些還都是次要的,更嚴重的是,所謂"考母乍瑚璉"的釋文,究竟成何意義?考母本是人子對死去的父母的稱謂,是故金文恒見單言"某作某考某器"或"某作某母某器"的,前者如"伯簪作文考圅仲尊毁"、"豐兮夷作朕皇考尊毁",後者如"雍乍母乙尊鼎"、"田告乍母辛障"。也有同時言"某作某考某母某器"的,如"中慮父乍朕皇考遲伯王母遲姬障毁"、"師趛乍文考聖公文母聖姬尊彝"。其例不勝枚舉。而獨不一見言某考某母生後作器之例:生後作器,其事亦恐難於想象。另一方面,除二三字的銘文外,作器者例著其名。此銘云"考母作匸聯",考母如是作器者的私名,如何黄釋匸聯爲瑚璉,文意自然通順;但是説銘文中經常出現於"乍"字之前人子稱已故父母的考字母字,在此獨構合爲一人名,恐怕没有人敢倡爲此説。匸字見於"乍"字之下,又適從一匚字,其爲器名雖於他器無徵,應不容見疑;至於其旁聯字,如前文所説,既不似合文,或者即是作器者之私名。因疑"考母作匸聯",前四字是"爲考母作匸"的省稱,"聯"則作器者之名。依何黄之意,自然也可以説"考母乍匸聯"即是"爲考母乍瑚璉"的省稱;但匸聯不可釋爲瑚璉,則既如上述。至於聯字何以必書於匸字之側,銘文何以不直書"聯乍考母匸",都不是我所能解答的;形成此一缺陷,則是情非得已。

如上分析,璉既不得爲"匸聯"的聯,究竟爲何物?是否表示陸氏璉爲匭誤之説值得考慮?對此我亦深謂不然。依我看,不僅陸氏,即所有討論璉字的學者,都忽略了一個關鍵性的現象:《論語》璉字《經典釋文》音力展反,無

異音;《明堂位》釋文正字作連,注云“本又作璉同力展反”,居然亦不據連字的常讀音力延反。换言之,此字無論作璉或連,只有上聲一讀,不讀平聲。照《廣韻》説,其讀音屬上聲獮,不屬平聲仙;實際上《廣韻》仙韻力延切連下載“合也續也還也又姓又虜複姓”數義,不及瑚連;同紐雖有從木的槤字,注云“簃也又横關柱又木名”,亦與《説文》槤字無關:唯上聲獮韻力展切璉下云“瑚璉”;與《釋文》吻合①。《説文》槤字大徐里典切,小徐里典反,典字於《廣韻》屬銑韻,似與《釋文》不同;但《廣韻》銑韻無來母字,反切本有以上字定韻母等第開合之例②,此實以三等止韻的里字定槤字屬三等獮,與《釋文》、《廣韻》璉字音力展反(切)並無異致。此外,韓勑碑瑚璉作胡輦,輦字亦僅見於獮韻力展切,無平讀。根據這些現象,可知瑚璉字歷代經師相傳只上聲一讀,此一上聲讀法,必非由匳的誤字“連”而來;因爲由誤字“連”來的讀音應爲平聲,而不得爲上聲。這當是璉字非從匳字訛誤而來的鐵證。前云何黄以瑚爲瑚璉之説不可取,固然從矢的医字不得爲瑚,由今看來,聯字僅有力延切平聲一讀,與璉音力展切不合,不啻於此也得到了證明。

究竟璉是什麽? 於此提出另一看法:可能由如[illegible]的字形誤讀而來。[illegible]大概不是一個習見字,所以金文至今只一見。疑後世經師失其正讀,見[illegible]之左半與車之作[illegible]者形近③,右半與輦字從二夫相類,即依輦字讀之,後來因瑚從玉而形成了從玉連聲的專字,是故其音與輦同,而如韓勑禮器碑竟直書作輦字的。至於胡[illegible]二字何以連用的問題,據前文所説,[illegible]原不與匿瑚同字,其音義同害,與匿瑚爲轉語,同實而異名,是故孔子相連而用之。

璉字又見於《明堂位》,讀者也許會執此見疑於本文上述的推測。眼前的例子,諸家能不約而同地將猷釋爲舒字,《明堂位》與《論語》發生相同的錯誤,原不是不可能的事。何況《明堂位》不過爲秦漢間作品,遠在《論語》之

---

① 《集韻・仙韻》陵延切連下云:“《説文》負連也一曰連屬又姓古作璉。”别收槤字云:“簃也一曰木名一曰門持關謂之璉。”謂“負連、連屬、姓”之連字古作璉,此雖不詳所本,其與槤字同不涉瑚璉義,至爲明顯。獮韻力展切槤下云:“《説文》瑚槤也或從玉通作璉。”是又與《廣韻》不異。

② 詳見拙著《例外反切研究》,《史語所集刊》第三十六本。

③ 據《金文編》所收揚鼎車字。

後,前人如已将《論语》[illegible]字誤讀爲璉,《明堂位》作者以璉瑚對舉,初不過依樣葫蘆。用《明堂位》的璉字,説明《論語》的璉字不誤,正如《説文》又遠在《明堂位》之後,執《説文》的槤字,便説《明堂位》的璉字可信,同樣是没有任何效力的。

五、結　語

以上對金文匿、[illegible]、[illegible]、[illegible]、㝬諸字的本形本義本音及[illegible]字銘文中的用義,表示了個人的淺見;同時也對學者有關瑚璉二字的幾種解釋,作了檢討並提供積極主張。這些見解究竟有無可取,讀者當會有正確的評斷。此下要回到第一節所叙述的,見之於經籍及古器物中簠簋二字的差異狀況,及相關諸事,提出幾點意見。

洛陽博物館《龐家溝西周墓地報告》説:"狹義的簠,在西周晚期至春秋時期始出現。"早在容庚的《商周彝器通考》書中,於所收簠十五器之下已云:"約在西周後期,至春秋戰國期。"同書盨類器之下又云:"其器晚出,至西周後期始有之,與簠同。"也許便是洛陽博物館報告的張本。這方面我没有表示意見的能力,手邊亦無充分資料可賴以稽考。但過去學者心目中的"簠",有的是包括了古聲的匿,和以"害"爲主體的[illegible]與[illegible]所代表的器物;有的學者甚至只認這些才是簠字,所代表的才是簠器,是故語其出現的時代,與言確然爲簠字自名爲笑爲筩爲匾爲鋪者的時代,是應分而未分的。這是我所要指出的第一點。瘨筩的時代據説屬"西周中期偏晚",較之容氏據匿、[illegible]等字所表器物的時代爲稍早。對此我當然也不敢置其喙,但這是我所要指出的第二點。此外我所要表示的,從所見金文笑筩匾鋪等字的數量與㲃字的不成比例,及甲骨文有㲃字而未見有確實相當於簠字的情形看來,經籍中簠簋二字的連用或對舉,或許出現在孔子之後;即使不然,亦恐孔子之時尚未沿用成習[①]。因爲見於《左傳》及《論語》所記孔子的話,是胡與簋或瑚與"璉"的連稱;幾種時

---

① 《國語·晉語二》云:"修其簠簋。"《國語》如確係左丘明所作,此則孔子之時已有簠簋連稱之例。

代較早的古書,《詩》、《易》及《左傳》,都只有簋字,不見簠字。《儀禮》有簋有簠,但不連用;《聘禮》言諸器之陳設,同時説到"八簋繼之"、"兩簠繼之",或"六簋繼之"、"兩簠繼之",中間有"六鉶繼之"或"四鉶繼之"的話,其上下文又各言八豆、八壺或六豆、六壺,亦不能謂之對舉。簠簋之連稱,見於《周禮》、《禮記》及《孝經》。《周禮》是否周公所作?時代是否在孔子之前?是一問題。魯恭王壞孔子宅得《禮》與《記》,《禮》即《儀禮》無可疑,《記》則是否同於今之大小戴《禮記》?壁中書是否孔子所藏?當然也是問題。所以形成以上看法。更就整個情況而言,甲骨文不見簠字,金文簠字亦極罕見,簠的語言疑不若簋之早,至少其通行必不若簋之廣。

清稿於遊温哥華歸寓之翌日,1992 年 9 月 12 日;增訂於腰創復元期間,11 月 15 日宇純記。又此文承陳鴻森學弟影印資料見贈,並提問題,謹此致謝。

(原載《史語所集刊》第六十四本第四分,1993 年)

從兩個層面談漢字的形構

一、引　言

漢字的形構,可以分兩個層面來談:其一,探討文字採用何種方法構造而成,以確定其音義。其二,從文字的外形,觀察結構上的同異。後者似乎別無意義可言,而文字外形結構的同否,任誰看來都不致產生差異,所以向來不爲人注意。前者則幾乎全非目測所能得知,涉及的且是文字最重要的功能部分,自然便成了衆人投注心力之所在。

比較拼音文字而言,可以説直接以形表音義,便是漢字的特性。但除去極少數特徵顯著的象形字,漢字代表的音義,顯然並非單憑字形所能識得,包括一、二、☉、☽等字在内如此。古人爲此歸納出了六書,作爲説解文字形音義的理論依據;今人也本此概念,考釋出土文物中不認識的文字。然而六書究竟説的什麽,不知是否原來便駁雜不成系統,或者竟是從許慎以來的解釋出了差錯,多少人費心盡力,始終得不到令人滿意的答案。以致許君作《説文解字》,在既知音義的條件之下,爲文字説解字形,已不能無誤(當然包括由於字形訛變而無可如何的錯誤在内);後人憑以考釋不認識的文字,更由於起始便無從測知其六書所屬的類别,僅憑從字形揣摩的結果,往往難以信從。文字考證的工作複雜艱困,如線索的尋繹,方法的講求,觀念的創新,理論的掌握等等,都非著手可就,當然也不是一篇小文言之可盡。這裏自然不

可能每一項目都談到,其中前兩項與本文主旨無直接關係,第三項也只部分相關,所以採取可略則略的辦法。先要談的是文字構造的理論部分,首先便是對六書説加以檢討,扼要指出自許慎以來説解的缺失,繼而探索可否提出合理的解釋,即使不是原來的意思,也必然具有正面的意義。其次談文字形式結構的部分,希望與前一層面的研究發生起關聯。兩者論述大體皆根據拙著《中國文字學》一書①,字例之列舉則儘量從新。

二、文字構造的理論層面

六書自許慎以來的説解,有兩大問題:一是指事與會意的不當劃分,一是轉注在文字的構造層面没有實位。指事會意二書,如許慎所舉𠄞 𠄟、武信的例,都是根據語言的“義”予以表達的文字,與假借根據語言的“音”來表達,形成兩個不同的範疇;其在指事與會意之間,是没有性質上的區别的。後來的學者用獨體合體作爲兩者的分際,仍然是許慎所説的“簡單的看看便知道,繁複的想想才能了解”的意思,這種形式上的繁簡不同,自不得與象形、形聲在同一層次分佔兩個席位。清人言象形,本就有獨體合體之分;假借當然更可以分出獨體合體。至於轉注,由於“建類一首”可作多方面解釋,考老二字也可以多方面配合,使得此一名稱的涵義似乎莫測高深。然而考字從老丂聲、老字從人毛化的説法,分明由形聲、會意之法造成,轉注不是從造字角度設立的名號,已是粲然可睹。所以説轉注在文字構造層面没有實位。以致後來有楊慎、戴震的四經二緯、四體二用説出現。可是如前文所説,假借是根據語言的音表達的文字②,表面上雖似未造字,實際制造了表音字,與轉注不可一概而論,楊戴二説便非改爲五經一緯、五體一用不可,則必不能爲人接受。章炳麟之説轉注,是時下學者多所信採的。但所謂“雙聲相轉,叠韻相迻”的轉語,屬於語言層次;爲轉成的語言造字,依然要問採取何種方法。如所舉芓蘘、苗蓨、走趨、火燬焜的例,走屬會意,火爲象形,其餘都是形聲;即使

---

① 1994 年定本,臺北:五四書店經銷。

② 許慎用令長爲假借例,與所説“本無其字,依聲託事”不合,但只需改例字,界説是正確的。

説芓、苗、走、火代表的是四組中的母語，應剔除不計，剩下來代表轉語的仍然是形聲（案：前兩組中芓與蕢、苗與蓨，孰爲母語、轉語，原是無法選擇的）。没有可以説爲用轉注之法造成的。照章氏的意思説："轉注者，繁而不殺，恣文字之孳乳者也；假借者，志而如晦，節文字之孳乳者也。"兩者也只是造不造字的最高指導原則，並非實際造字的方法[①]。

個人有感於過去學者之説六書，是向已有的文字尋求"字象"（文字顯示的主觀現象），用以滿足六書的名義。可以有的説得極好，如以日月爲象形，以江河爲形聲；也可能名實不符而不能自覺，如許慎以上下别於武信爲指事，或如章炳麟以轉語説轉注。爲免重蹈覆轍，思考先從情理出發，設想爲語言造字，究竟有多少方法可用，然後再據此認識六書。以下是我的想法和做法。

文字代表的是語言，語言是音與義兩個質素的結合體，由此設想，可以産生表音與表意兩種文字；語言所指涉的或爲有形之物，又自可以産生一種表形文字，成爲造字的三種基本方法。而三種方法可以結合運用，形成兼表形音、兼表形意、兼表意音等文字；也可以全不採用，只是用一種或一組線條，硬性約定以表語言成爲文字。根據這樣的理解，再從已有的文字找字象，便可清楚認知我國實際發生的文字有：純表形、純表意、純表音、兼表形意、兼表形音、兼表意音以及純約定，共計七種。其例順次爲日月[illegible]、上下武信[illegible]、"苟且、然而"[illegible]、[illegible]、[illegible]江河玟珷祼婐、✗ ∧ ＋ 八。然而兼表形意、兼表形音之字，應以表形爲本體，只因形不顯著而加意符音符爲之突顯補救，在以認識六書爲目的的情況下，自可歸屬於純表形之中，前者固是清人所説的合體象形。於是七類合併成爲五類。同理，兼表意音中如[illegible]之字，當隨表意的[illegible]附屬。但所剩江河玟珷祼婐之字，也是兼表意音字中最常見的主流部分，無可省併；而其中的江河又與玟珷祼婐不同，應作兩分。因爲兩者表面雖同爲一意符與一音符的組合，在構成文字時意符與音符的産生先後順序與主從關係，却恰好相反。玟珷是文武二字因爲是王者之名加上王旁[②]，祼婐也是

① 章説見所著《國故論衡》。所謂假借非實際造字方法，是順著章氏以假借對轉注而言。假借實等於制造表音字之法。

② 玟珷二字《説文》無，字見金文，如盂鼎。

用果實的果作爲表音字使用[①]，其後加上示旁或女旁而成爲專字，都是音的部分先有，意的部分後加；江河的形成，則必是先想到用水字爲意符，再各配以工聲或可聲。且文字武字是玟字珷字的本體，王旁省去，於音義無所損害；祼字婐字省去示旁女旁亦然，只不過是從兼表意音回到純表音；江河則意符的水字幾乎無可取代，音的部分雖不可省，卻非不可更易（與江河最爲近似的[illegible]字[illegible]字，聲符是可以省去的，說見下）。兩者應該其一謂之兼表意音，其一謂之兼表音意，而成爲六類。由於這樣的六類，包括了所有已經發生的文字在內，假定六書的各類，顧名思義可以一一與此六者相配合，它便可以被視爲十分完美的學說。

進一步觀察，象形當然便是依物貌宛轉圖繪的表形文字，會意是根據語言的義設法表達的表意文字，假借是根據語言的音利用已有的字來寄托音義的表音文字，三者關係的認定，不待多贊一辭。形聲的名稱，自是最適合用以指稱如[illegible][illegible]的文字。前文因其本質與[illegible][illegible]無異，歸於表形的[illegible][illegible]之下。當然也可以改與江河之字合爲一類，既不影響上述文字之歸爲六類，更能顯示江河之字應名之爲形聲的道理。因爲江河所從的水，固然是意符，也可以視爲一切水的共象，正如[illegible][illegible]是一切鳳與齒的形象相同。[illegible][illegible]是形聲，當然江河也是形聲。不僅如此，實際凡象形都是共象，共象便應當認作意符，[illegible]字[illegible]字莫不皆然。象形所以不即稱之爲象意，可以說是爲了與上下、武信之字不得不別。所以兼表意音的字，在六書中名之爲"形"聲，而如紅綠、議論之類根本無形象可言的意音文字，也被歸入形聲之中。兼表音意的文字，其形成文字的行爲既與兼表意音的文字相反，意音是以音注形，音意則是以形注音，兩者反轉爲注，前者謂之形聲，後者便當是六書的轉注。至於指事的名稱，依先秦幾處古書中"指"字的用法：《莊子・齊物論》說"物謂之而然"，又說"天地一指也，萬物一馬也"；《荀子・正名》說"名無固宜，約之以命"，又說"故知者爲之分別制名以指實"；《公孫龍子・指物》說"物莫非指，而指非指"，"指"的意思是"硬性約定"，這樣看待"指事"，便正好相當於六類中的純約定，如

① 《周禮・小宗伯》"以待果將"，《孟子・盡心下》"二女果"，是用果字同祼婐的出處。

ㄨ ∧ ╋ ╱╲，字形上也正是全無道理可言。

自漢相傳的六書説，其始義究竟如何，或許還是可以抱持懷疑的態度，但也該知道它是可以被視爲系統完密和几無瑕疵的。惟一的缺陷，假借的名稱不能用指拼音文字。漢字既本無拼音之法，自不得以此相責。然如通常所説，六書爲六個造字之法，認爲所有文字都由制造而成，顯有問題；如楊、戴之意，認爲轉注與假借全與文字的形成無關，也不妥當。嚴格看待，應將六書分成兩大類，而謂之四造二化。四造指象形、指事、會意、形聲。四者不造其字，即便無字可用。二化謂假借與轉注。假借是將已有的字化作音標使用，只是字音同近，意義則全不相干，等於造了文字；然而字數並未增加，故只可稱之爲化。轉注是就其看似音符的部分，增添意符使一字變化爲二字。如玟珷、祼婐，分别由文武果三字因語言孳生或文字假借增添意符而變成。因其先已有代表母語的文字武字，和作爲音標使用的果字通行，所以不是制造，而是化易。如果要用一句話來取代過去所説"六書是説我國文字有六個造字方法"，應該改説"我國文字的形成有六個途徑"。分析言之，則是四個文字造成之方，和兩個文字化成之途。

六書經過了如此的理解，對傳統文字學而言，可以産生兩種影響：一是指事與會意之間，不再有分之不清的糾葛出現；一是應該改正一個錯誤觀念。過去都説中國字以形聲爲最多，實際其中包含了大量轉注字。雖然没有具體數字可舉，所知《説文》中轉注字早已不可勝計；從其時的九千三百餘字，到現有的五萬餘字，所增部分應絶對多數爲這一類字。文字單元本與語言單元不同，以九千視五萬字，並不表示許慎時代的語言貧乏如彼（由於累積與新增，漢語到現在，語言單位的數量當然也遠駕乎文字的數量之上）。只是其先一個字可能代表了多個語言單元，其後則有的增添意符或改易意符，形成多個轉注的文字。不然，以秦時的《三倉》三千三百字視《説文》，二三百年間，語言單元的成長，必不得如此快速，所以轉注字必是居多數的。但六書畢竟只是文字的分類，對考釋不認識的字來説，僅是了解六書的名義和系統，並無太多作用，必須要進一步求取掌握相關的觀念。擇要提出説明。

（一）具體形象不必即爲象形

⊙象太陽，是象形字，白晝稱日，或以一天爲一日，爲日字的引申義，是文字的用途隨著語義的變化擴大了範圍，不需改變日字爲象形的認定。☽象月亮，也是象形字。早先以同樣的☽形爲夕字，則是以具體的月形，象徵月見之時，別爲一會意字。其所以與日字義爲白晝、一天的情況不同，是因爲日的音始終未變，而月與夕音不相及。音不相及便不同語，不同語便不得爲同字。因此有人說甲骨文月夕同字，這是錯誤的；正確的說法是，甲骨文月夕同形。

於是試看東字，甲骨文東作[illegible]、[illegible]，金文更有繁重的[illegible]形，以知官溥所說從日在木中的東方義，必不得爲此字本義。有人因其象束囊形，而東與囊音不同，而說東囊一語之轉，東代表的是囊的轉語，這是把東字認定爲象形。可是東字並沒有作囊解的古訓，甲骨文中☽既不必爲月字，必以東所代表的是囊的轉語，便不一定合理。更從音看，東囊一語之轉的說法，由於聲韻母並不相同，等於證明了此說的虛妄①。據現有的線索，我寧說東本是重字，取束囊或捆束之形以見意。因借爲東方義，爲東方義所專，而有加人旁作[illegible]的轉注重字出現②，後來將[illegible]與[illegible]的中畫重疊作[illegible]，至篆文於下方加土示意而爲[illegible]，許君因說以爲從壬（王）東聲。

（二）同形不必即爲同字

前例說月夕同形不同字，今再看甲骨文[illegible]字。此字習見，類用爲天干的第三位以紀日。如《甲骨文合集》1098號的"馬二十[illegible]"及11459號的"馬五十[illegible]"，作爲馬的單位詞，則爲罕見用法。學者即以丙字讀之③。周代文獻，如兮甲盤的"王易兮甲馬四匹"，《公羊傳・僖公三十三年》的"匹馬隻輪無反者"，與後世馬稱匹相同，殷人或未必不同。疑此[illegible]即匹字，象人兩股的正視

① 轉語的條件，應該是嚴格的雙聲和意義的相同，韻部不必有如對轉的關係，譬如爾、汝、而、戎之並爲第二人稱詞即是。泥母的囊與端母的東，自無可能構成轉語。

② 因文字假借而形成的轉注字有兩種：一種是如裸婐，加示旁女旁形成裸婐，以別於果字的本義；即仍以果爲果實字；一種是因爲久假不歸，如"其"本是簸箕的箕，因借爲語詞及代詞，即以"其"爲語詞及代詞的專字，別在此其字上加竹頭形成簸箕的箕字。[illegible]字屬於後者。

③ 如王力《漢語史稿・語法的發展・單位詞的發展》說："漢語的單位詞起源很早，在殷虛卜辭中，我們能看見的單位名詞就有丙（馬五十丙）。……還沒有天然單位如匹、張等。"

之形(⼈),即今之屁字[1],借以爲馬匹之稱。屁匹古音同脂部滂母,但有去入之異。因同化於天干之丙,改爲側視之形作[illegible]([illegible])以别,至小篆變爲匹,而許君説其義爲四丈布。

其他的線索。更字從丙,許君説爲丙聲,而丙與更聲母不相及。便字從更,許君説:"便,安也。人有不便,更之,故從人更。"亦明顯穿鑿。假令更本是鞭字,從攴丙會意,則便從人鞭聲,兩處都可貫通。《説文》鞭字古文作[illegible],正是[illegible]的變形。金文馭字多作馬旁[illegible],大鼎字作馬旁[illegible],前者所從即古文鞭,後者與金文更字從重丙相合,其字從更從馬會意,無疑爲更本是鞭字作了證明。重丙的寫法,或只是無意義的繁重,或取鞭之非一次之意。至於何以後世更字音古行、古孟切,疑是先借鞭爲變,後又换讀的結果。《左傳・昭公十二年》"執鞭以出",《釋文》:"鞭,必緜反;或革旁作更者五孟反,非也。"是明有革旁著更的鞭字,如果更字僅有古行、古孟的讀音,恐怕很難産生這樣的異體。無獨有偶,《萬象名義》:"鞕,補綿反,堅。"字次鞧與鞎之間,明是鞭字,而與陸德明所見鞭的異體同形,故其音爲補綿反;説其義爲堅,則又當作硬字看待。可見只讀鞕字五孟反,反是後人如陸氏的偏執。又《周禮・考工記・輪人》:"眂其綆,欲其爪之正也。"鄭玄引鄭衆説:"綆讀爲關東言餅之餅,謂輪箄也。"《釋文》:"綆,依註音餅,李方善反,又姑杏反。《玉篇》云鄭衆音補管反。"先鄭不直言綆讀爲餅,當是其讀音與餅的常讀必郢切不同,而同近於關東人口語中的餅字音,陸氏説"依注音餅",定不與先鄭意合。《玉篇》説"鄭衆音補管反",庶幾爲得。而李軌的方善反,更與鞭字的讀音卑連切相近;云"又姑杏反",則又誤從汲綆字給音,不可取。這些都是更本是鞭字的不絶如縷的文獻證明。

(三)聲符的語音條件必以聲韻俱近爲原則

文字代表語言,語言離不開音,不知音便不能治文字。治文字而不知音不知所云的説法,不少學者書中翻檢可拾,這裏不談。知音而對涉及音的語文現象認識不足,或者不能認真面對,亦直與不知音等。許慎説形聲字的聲

① 《説文》未見屁字,後人以屁同糟,不必然。

符作用爲“取譬”，取譬便必得聲韻兩面都有可喻，任何一方的無關，卽無以克盡其表音的功能；所以江河以工可爲聲，便是證明。從整部《説文》看，其中説爲形聲（包括轉注在内）的，雖偶有聲或韻的不諧，大多因字形訛誤而强解，或本是會意而誤説；不然，便是音本相關而後人不察[①]，或更有其他不可知的原因。少數例外，也必然是有的；例外現象不足以援爲推衍的理論依據，是則不容爭辯。因此凡遇《説文》説之可疑的字，總當思量是否字誤，或是否本非形聲；考釋不曾見過的古文字，如擬以形聲爲説，也不應於聲或韻上輕易置之不顧。如《説文》説怓與呶並從奴聲，奴聲古韻屬魚部，《詩・民勞》、《詩・賓之初筵》怓、呶分别與幽部、宵部字叶韻，今音女交切，其韻不合。根據金文丑字或與又字同形，此原當以妞爲聲，後誤妞爲奴，妞字古音正在幽部。詳小作《上古音芻議》[②]。又如畝字，許慎説從十久，其意不詳；段注“十者阡陌之制，久聲”。但久與畝聲母無關。淺見“十”可以視作田邊豎立的界牌，“久”其始蓋象防止傾倒的撑距，後來變爲久字。許君説：“久，從後灸之。象人兩脛後有距也。《周禮》曰：久諸牆以觀其橈。”此用久以表意。雖然許君説其字形不足取，有《周禮》爲證，久字有從旁撑距之義必是錯不了的。從實用的意義説，文字只是代表語言的符號，只要不妨礙音義的傳遞，該怎麽寫不應成爲問題，更不必講六書。可是對文字研究者而言，其工作免不了從已知的經驗求所未知。從已知如果建立起不正確觀念，於未知的探索，必定受到影響。如于省吾説甲骨文𢀛字從工聲，而其音爲鬼，𢀛方卽鬼方；或者如歷來釋金文[glyph]、[glyph]從古聲、五聲爲簠字，李孝定先生也説甲骨文[glyph]字從午聲爲簠。前者不合於韻，後者不合於聲，但説的人居之不疑，讀的人安之若素，未嘗不是受到許君誤説的引導。所以從六書的觀點，把每個字的形音義正確交代清楚，這種工作還是有其必要的。

---

① 如談從炎聲，龜從色聲，岑從今（含之本字）聲，兩字之間聲母發音部位截然不同，而或者一送氣，一爲曉母或匣母，或兩者都爲送氣音等等，照這樣的看法，使彼此聲母發生關係的，共計逾八十字。説詳拙文《古漢語曉匣二母與送氣聲母的送氣成分——從語文現象論全濁塞音及塞擦音爲送氣讀法》，載《紀念許世瑛先生九十冥誕學術研討會論文集》，臺灣師範大學國文系等印行，1999 年。

② 《史語所集刊》第六十九本第二分，1998 年。

《郭店楚墓竹簡・唐虞之道》“𨒅而不傳”,注云:“徸,從彳從畨從壬,義爲禪讓。”對字形作了分析,未説讀音,其義所以爲禪讓,也只是根據堯舜禪讓的傳説而言之,並没有在字形上有所交代,這樣的考釋是不夠的。《五行》“中心悦𡍮”,注引裘錫圭先生説:“簡文與帛書本焉字相當之字,其形與本書《唐虞之道》篇中屢見的意爲禪讓之字的右旁相似。疑彼字當讀爲禪,此字則當讀爲旃。中心悦旃,卽中心悦之焉。”説了字音,仍然没有從字形上説明其所以讀禪讀旃之理。周鳳五兄作《郭店楚墓竹簡唐虞之道新釋》①,始依裘先生的考釋説:“𡍮字從土番聲。番古音滂母元部②,旃章母元部,音近可通。”並加注説“此字亦可析作從里釆聲”。又説𨒅字云:“此字從辵番聲(純案:此據其字或作𨒅而言),讀作禪,是音近假借。禪,禪母元部,與番滂母元部音近可通。”然所謂音近可通,只是因爲都是元部字,並非聲母上滂與章、或滂與禪有何關係;注明聲母,與但言古韻同部無不同③。淺見以爲裘先生所説允當④。字形上因此字多見,而其間田下或從土,或從壬;或不從土、壬,而下從止,似應先理出一個頭緒,不可貿然取捨。從其或從土或從壬看,土字較壬字習見,弱勢爲强勢同化,爲當然現象,反之則理不可説,所以應取從壬。從其不從土或壬,而下從止來説,止與土或壬無關,當與偏旁彳合看,從彳之字或從辵,别是一事;但從止卽不從土或壬,必是爲避免字形過長而省略。因而判定畨下原應有壬字。但畨下壬、或田下壬都無從取義,疑此本作𡍮,從畨從入從土,爲全字的本體,或又加彳,加止。畨卽番字,上象“鳥獸蹏迒之跡”,繁簡本可以無定,故或少點;入土二字則又爲壬字同化。《説文》:“番,獸足也。”番入土卽獸足入土,則當是躔字。《説文》“躔,踐也。從足,廛聲。”躔字古音屬元部定母,禪字旃字分從端母的單或丹聲,故可借躔字兼代。

---

① 《史語所集刊》第七十本第三分,1999年。

② 番字多音,依其本音附袁切應爲並母。

③ 依據《廣韻聲系》所收番聲字四十餘,不出脣音範圍,卽使連同《説文》所説從釆爲聲(案:此誤説)的釆聲字看,約計二十字不出牙喉音範圍,全不與舌齒音發生關係。另一方面,從單爲聲的字,約六十之數,則不出舌齒音範圍。丹聲字四個,不讀照母,卽是端母。則謂番聲之字可通禪及旃,疑不如是。

④ 《郭店楚簡研究・文字編》以爲此是播字的異構,亦取番爲聲。但如“播而不傳”之語,不能成義,今不取。

《説文》説廛字“從广里八土”,段注説“八土猶分土,亦謂八夫同井”,其實廛字當是從广𤰈聲,因字形過長而省釆,並以广取代釆的部位,正與王筠説省聲“所省之字,即以所從之字貿處其所”之意相合。八土原是入土之訛,段氏妄生附會。後因𤰈字廢棄不用,而又産生從足廛聲的躔字。《詩·東山》“町曈鹿場”,毛傳説:“町曈,鹿跡也。”義與《爾雅·釋獸》“麋,其跡躔”相合,曈旁童字篆文亦與[illegible]相近。《説文》云曈從童聲,則與他短反之音相遠,而音近於躔。疑曈即[illegible]字,後人因不識此字而書爲童;他短反的合口成分,正是受了童字主要元音的影響。《釋文》云曈或本作畽。《萬象名義》重字古文作[illegible],上端之“必”,與鹵字作卤相較,可視爲“[illegible]”的變形。對於説曈與[illegible]同,即《説文》躔字,無疑又为一助。至於躔字今音直連切,疑從廛聲而誤讀。有關曈字從童聲而音他短反的問題,懷之多年不得決,不想因[illegible]字而獲得解答。

(四)亦聲與象意聲化的問題

兩個獨立單元構成的合體字,其中之一既表意又表音,便是所謂的亦聲現象。許慎於《説文》對近兩百字作了這樣的解説。從理論上講,却成爲問題。因爲就其作用表意而言,爲會意字;就其作用表音而言,爲形聲字;會意、形聲於六書既是相互排斥的類别,便理不當出現兼跨二書的文字。難怪在清代便有人振振有辭地説:“形、事、意、聲四門各别,無相兼之理。”究竟許慎何所見而説解部分字爲亦聲,《説文》中没有説明。根據他所説的亦聲字加以了解,似乎有某種體認,但概念顯然模糊,所以時時見到該説未説,不當説而誤説的字。清代學者大多相信亦聲説,見解則轉下於許君。如段玉裁的“造字者兼用二書”説,桂馥的“亦聲部分必是部首字方爲可信”説,以及王筠的“形中兼聲”和“兩體皆義皆聲”説,不但不得要領,甚者可謂立意怪奇。其實所謂亦聲字,便是個人所説因語言孳生加注意符的轉注字。所以儘管“形、事、意、聲四門各别”,卻不妨礙兼跨會意、形聲二書的文字出現。因爲由於語義的引申,形成了語言的分化,把這種現象表現在文字上,便是亦聲字的化成。這種字既不屬於六書中的會意或形聲,也不在六書之外别立門户,只是轉注中的一個部分(案:不如此看轉注,便將要改言七書和五體二用)。舉例以言,如前舉“玟斌”二字,只説從王從文、從王從武,或只説從王文聲、

從王武聲,都是不足;必説"從王從文,文亦聲",和"從王從武,武亦聲",然後能點出文武二字在玟字珷字中的母語身分。《説文》所説,如"娶,取婦也。從女從取,取亦聲","政,正也。從攴正,正亦聲"都是標凖例子。至於如:"莫,日且冥也。從日在茻中,茻亦聲。"儘管茻與莫音近,但義爲草的茻,必然引申不出日暮的意思,莫不是茻的孳生語不待言。其字從日在茻中,只是制字者主觀認定可以表示日暮,茻與莫音近,不過巧合而已。同樣的畫面,如果出現在東方,象日從草原中昇起,便可用以制爲朝字。實際上朝字左側的𠦝,正是日在艸中之形。所以莫字只是會意,不是亦聲。又如:"酒,就也。從水從酉,酉亦聲。"今人的了解,酉本義爲酒,以盛酒的罈象意。因借爲地支字,爲借義所專,於是有加水旁的酒字。故從酉本爲酒字的角度而言,酒的音義與酉同,無所謂語言孳生,只是字有繁簡之異,不得爲亦聲;若將酉字看作地支的酉,則酒是因假借而産生的轉注字(參 134 頁脚注②),酉與酒意義便全不相干,當然也不是亦聲。所以我在上文對許慎作了那樣的批評。至於後人於《説文》加言亦聲而誤的,也所在多有。如《説文》金部:"銜,馬勒口中也。從金行;銜者,行馬者也。"段玉裁於"從金行"下注:"蓋金亦聲,在七部。"從兩者音義看來,只因銜爲金屬所作,便説金是銜的母語,自是萬分牽强。卻由於大家都不明白"亦聲"的究竟,朱駿聲的《説文通訓定聲》、苗夔的《説文聲訂》都採段玉裁説,言古韻者銜字便被定在侵部。其實銜字的古韻應該如何歸屬,並無韻語可驗。《切韻》咸銜二分,大抵前者來自侵,後者源於談,貿然以銜字歸於侵部,顯然並不可靠。而《説文》嗛下云:"口有所銜也。"大徐户監切,小徐候彡反,與銜同音,從義來看,銜嗛但有名動之異,是則銜當由嗛出,故動詞的嗛,往往便由銜字代替。兼聲的字雖然段氏也説在七部,當以朱駿聲、江有誥入謙入談爲是。换言之,銜字古韻應屬談部。就這樣一個例子,可見"亦聲"也不是隨便可以説的。

近人唐蘭,在其名著《古文字學導論》中創立了"象意聲化字"的説法。從其所舉依、飤的例看,與亦聲説並無異致,可能由於唐氏對亦聲的含義不盡理解,所以別創名號。但依、飤之字所以可説爲象意聲化,建基在對依衣、飤食兩方面的音義都有充分認識,看得出來衣、食在依、飤二字中分別具有音與

義的雙重關係[①]，於是提出了這樣的學説。換言之，亦如依飤之字，假如對其中的衣或依、食或飤音義上有任何一方不盡了解，便無由斷定是否象意聲化。這本來是極其簡明的道理，可是唐氏研究古文字，竟能憑其象意聲化字概念，動輒説"以象意聲化例推之"，便能識得不認識的古字音義，這是很可怪的。如説："□，象工在ㄩ中，以象意聲化例推之，當爲從ㄩ工聲，今無其字。卜辭用爲國名，則當是邛之本名。"按照一般的做法，如果是要把□説爲邛，只需説"其字以□爲聲，□爲工字，所以讀爲邛"即可。唐氏可能根據如□□之字，認爲□爲會意字的可能性大，故不直以□聲爲説。但亦如□□之字，並未聲化，何由知此字獨可以依象意聲化例類推？又如："□，此字象囊中盛貝。以象意聲化例推之，當讀害聲（案：原注云如囊聲）。或變爲東，寫爲賴，後人疑其非聲，則改從剌聲作賴矣[②]。這裏除了用象意聲化例類推，又圖繪出了字形演變的過程，最後從如囊之聲，得出來一個聲異韻遠的賴字[③]，從做法到結論，都令人驚奇不置！可是，話出自"名著"，總是有人信從，在古文字的領域中，採取"以象意聲化例推之"之法考釋出來的文字，往往可見。

三、文字形式的結構層面

文字形式的結構層面，向來少人問津。唐人賈公彦發現形聲字的構形有六種，是爲特例。但我國文字爲合體的，並非只是形聲字，一切合體字都應該有結構上的問題。賈氏不僅没有注意到其他合體字的結構，更重要的是，只是爲形聲字的形式分了類，而不曾探究所以有此不同類别的原因，對於文字功能層面的研究全不發生關聯，可以説是無意義的。

拙著《中國文字學》曾對一切合體字，包括合體象形、合體會意及形聲

---

① 唐氏云□即《説文》依字，但許君依字訓倚，是否受義於衣，疑或不然。此因唐氏連同飤字列舉，姑以"解衣衣我"動詞的衣字看待。實則依字並無此用法。

② 唐氏兩説，並據《甲骨文字集釋》轉錄。

③ 囊屬陽部，賴屬祭部，二部韻無關。囊字泥母，賴字來母，泥來雖同屬舌尖音，發音方式不同，諧聲似不見交通。

(含轉注),作了全面分析,各有上下、左右、内外三種不同結構,且都離不開四個原則的支配。四個原則是:一曰藉位置關係以見意顯形,如[illegible]必是人在木側,[illegible]必是[illegible]在目上。二曰求方正,如從竹必取上下,從口必取内外,從水如江淮河漢,其另一體非左右平列的,必取左右。三曰爲構成緊密的整體,如凡下端有特出的直筆斜畫的一體,在上下式的字中必處下位,如肇犟擊掌。四曰别嫌,如棗字不避長,爲别於棘;譱字不避寬,爲其同於讀(案:譱與謗同義,以知其字論理非不可從言)。當然也有極少數如羣群、詈詞的字,兩種結構都有。因爲我國文字原來採取直行下書,不是過長的字形本無妨礙,其先採羣詈的構形,並不能説全不合原則。

有了如上的認識之後,對文字功能層面的研究,便可以産生以下幾種效用。

(一)有助於省形省聲説得失的判斷

我國早期文字産生省體,主要是爲求方正美觀,夜字省去亦字的一點,便是最好的説明。因此,凡省形省聲之説,全與講求方正美觀無關的,必是誑語。如弌式之字,或説弋爲戈之省,一戈二戈卽一個二個,當然是不足信的。個人所見,弌字式字的形成,與次弟字從弋相關。漢語説第一第二與一、二無别,所以有加弋的弌式。用英文作比較,弌式可視爲只宜作第一第二的意思使用。六國文字有作弌式的寫法,當與蔡侯鐘及郘大弔斧貣字作貣同,爲弋與戈形近同化的結果。

(二)有助於文字造意的認知

金文"是"字或作[illegible]與[illegible],學者見異思遷,不以許君從日正之説爲然,而異説紛起。愚見則第一式豎畫本象日光之直射,加之以突顯從日正的造意;爲顧及字形的方正緊密,而以正字的横畫著於此豎畫之上。此字不僅不能見許説之非,適足以明其從日正説之是。至於其第二式,則是由第一式同化於禹、禺、萬等字的結果。

(三)有助於同字異構的認知

金文遣小子簋的𨊠字,容庚以爲《説文》所無,收入《附錄》。拙意以爲《説文》衞字的中間部分卽此字,原原本本的𨊠字擱在行字中間,字形太寬,

所以移其市於韋下；單獨成字時，當然非採左右式不可。不僅如此，如果更想到市與囗同义，甲骨文韋字或書作韋，又可以推測韴便是圍字，仍然是因爲所從不同，結構上不得不又有變易。

（四）有助於會意形聲的分辨

會意、形聲二書，字形上幾乎可以説全無區分。可是如由從行的字看，凡用以表意的，如形聲的術街，會意的衙衛，並離析其形體置於字的兩側；用以表音的，如珩胻①，其形不變。更有同從一水一行的衍和洐，前者以行表意，後者以行表音，正亦符合上列的情況。换句話説，如果衍洐二字都不認識，根據前列情況，推測衍字屬會意，洐字屬形聲，卽一者不從行字求音，一者反是；儘管仍然不能由此得到二字的正確讀法，但或大或小的範圍有了，終是離追求的目標推進了一步。與衍洐情形相同的還有：汩沓、詳善、仙仚、佯羌，每組前一字爲形聲，都合於從水、從言、從人的形聲常態，後一字爲會意，而形構特殊。又有會意的砅字不作“沰”，因爲作沰則必依石聲讀音；其或體的形聲濿字卽不作“厲水”。不啻爲古人知會意形聲之難别，特異其形構暗以告曉。

於是請看犀字。《説文》：“犀，南徼外牛。從牛，尾聲。”以犀爲形聲，各家無異辭。但犀音先稽切古音心母脂部，與尾字無匪切古音明母微部，不僅聲母相遠，由於開合不同不互諧聲，此一開一合，雖脂微音近，明其韻母並無關係。更看字形，《説文》三個尾聲字，聲韻無問題的焜和娓取左右式，與意符聲符無左右式結構的形聲字同形態，獨犀字不同。牛部字同於焜娓的，如犅特犢牲都爲形聲；同於犀字的牟牽牢，都爲會意。以此而言，犀應爲會意字。故拙見以爲：金文夷字作[illegible]，象人夷踞之形，甲骨文“人方、尸方”實卽夷方；而《説文》尾下云：“古人或飾系尾，西南夷皆然。”甲骨文有[illegible]字，正爲人飾系尾形。然則犀字本從夷牛二字會意無可疑，夷牛與言南徼外牛無異。

最後更舉一組字例，以申述文字構形的研究與文字構造認知的关系。

《説文》中有幾個形體結構完全相同的字，有的許慎不了了之，有的似乎已説得明白，實際亦留下了未決的破綻。

---

① 别有衡字從行聲，疑因[illegible]不見於他字，不宜施於左右側，而爲特例。

1. 質,以物相贅。從貝,從所,闕。

2. 栞,槎識也。從木幵,闕。夏書曰隨山栞木。讀若刊。栞,篆文從幵。

3. 䡛,獄兩曹也。從棘,在廷東也。

4. 贊,見也。從貝,從兟。

5. 晉,進也。日出而萬物進,從日,從臸。

五者並作上下式,而上一字兩體相同。質下說"從所,闕",栞下說"從木幵,闕",意思是不解從所從幵的道理。斤部雖有所字,"二斤也,闕"的說法,與屾下說"二山也,闕",林下說"二水也,闕"同例,表面上只是音不傳,其字實際都從偏旁而來,又與豩下說"二豕也,豳從此,闕",从下說"二入也,兩從此,闕"同例,不過少說了"質從此"一句。可以知道二斤之義,不過是望文生訓,等於没有解釋。幵字更是通書不見,顯然是因爲五百四十部無處可收;不然一定是說"二天也,栞從此,闕"。曹下說"在廷東也,從棘",似乎已解釋清楚。但既是因爲在廷東的緣故,何以不從東,而必從二東的棘? 終不可能棘便是"兩曹"的專字。更檢棘字,下說"二東也,闕",原來也正是根據曹字收錄的,許君亦並不認識此字(參考下文)。《說文》兟下云進,小徐說贊字從貝從兟之意,"進見以貝爲禮",此字似略無可疑。但兟字許君云"從二先,贊從此,闕",與說豩字從豕字相同,則亦不識兟字。所謂"兟,進也",不過是從其從二先揣測,兟訓進,與先下云"前進"明是一義;贊從兟貝,亦與從先貝無不同。然則兟似與先爲同字。後世相傳兟音所臻切,分明卽從先字附會。先本是文部字,後來入了山攝;兟則因其字根本不用,所以保留了早期讀音,隸屬臻攝。晉字從臸,取其義爲到,至部"臸,到也"。辵部遷字從臺聲,音人質切,臺與臸同。臸字有音有義,所以《說文》"從二至"下不云闕;師湯父鼎有臺字,更是確有其字的證明。但臸的意義既與至同,晉字何不直用簡單的至字,仍然可以成爲疑問。然而我所注意的,並不僅在於各字可以出現如上述的問題,而在於何以五個字形結構相同的字,發生的問題竟也相似。

當然我的理解,關鍵就落在文字的形構之上。小作《中國文字學》曾經指出,兩個獨立單元結合成的合體字,如其一爲可以分析的左右結構,一般取上豐下削形。以信手翻到的《說文》巾部字爲例,帣帤幣帑帟帬帣皆然,只幒

字爲例外，不知是否弦字本由作𢎗變來[①]？嬰𣌭𧷸𣌭普晉之類，更與五字同一構形：而品𧶠森晶𩿧𢍭𣓕等字，甲骨文或金文所見，也都是上二下一的寫法。因此疑心五者本分取斤、干、東、先、至五字之義或音，由於古人偏愛上豐下削的形象，所以寫作如此。除贊字而外，其餘都有補充說明的必要。質字許君說其本義爲以物相贅，疑此是質的引申或假借義，本義當爲質劑的質。《周禮・小宰》"聽買賣以質劑"，鄭玄說："質劑謂兩書一札，同而別之，長曰質，短曰劑。"《質人》云"大市以質，小市以劑"。質劑本是相對的稱謂，質字從斤，猶劑字從刀；以其長者曰質，所以易刀爲斤。栞字自許君不知所從，據篆文作栞，栞當是壁中古文的誤寫，壁中古文本多訛體。其字從幵則亦不可解[②]，今"栞木"字作刊，從刀干聲，栞當是干聲的重複寫法。𣚣字已見於甲骨文，爲地名；金文天𣚣父癸亦有此字，許君云𣚣字"從二東，闕"，必是不識此字。疑𣚣是"大東"東字的特別寫法，以其對"小東"而言，故作重體。臸不僅義與至同，畬忎盤室字作𡨄，是臸至同字，以知晉從二至，只爲取其造型而已。

宇純於丝竹軒，2000 年

（原載中研院《第三屆國際漢學會議論文集》文字學組）

① 甲骨文有𢎗、𢎗字，羅振玉釋作彈，《集釋》並𢎗字釋爲弦，並謂弦字卽由諸形變出。姑設此一疑。

② 《說文》有幵聲之字，隸屬佳及耕部，与此字屬元部不同。

釋□、□、□、□、□

前月接葉秋蘭女弟來信,說道:

> 近日讀老師《絲竹軒詩說》(龍宇純《絲竹軒詩說》,五四書店,2002年)中《試說詩經的虛詞侯》一文。……文中提及"侯字本没有同於虛詞維的功能,凡《詩經》侯字可以釋作維、可以易作維字的,本是維字的誤讀"①。然《金文編》中收有□、□、□等字,楊樹達先生、李學勤先生皆釋爲侯字,引《漢書·禮樂志》注解爲"惟也",是一個虛詞。有没有可能《詩經》中的侯字,也有來源於□的,而非皆爲維(隹)的形近訛誤?

同時還附了刊載在中山大學《華學》第五輯的李文《叔多父盤與洪範》的影本,與我"分享"。照這個講法,如果□、□等確爲"侯"字,而其在金文中又確然用爲語詞,作用同"惟"字,便不是《詩經》中用同"維"的"侯"字有出於此字的問題,而是根本否定了我的說法;《詩經》的"侯"字本是原作,我不過胡亂逞其巧說罷了。於是我細讀李文,同時取出楊文再看②。現在我把讀後意見及相關問題草成此文,適巧黃競新女弟爲義守大學主編《人文與社會》學報來函徵稿,即以應約,希望得到讀者方家的指教。

首先要指出,楊文是針對六年琱生簋□字所作的考釋③,李文則是引楊說

---

① 拙文因侯字作語詞,《詩經》以外,不見於其他先秦古籍;維字本作隹(唯,惟同),隸書隹字與矦形近,所以有此結論。《切韻》系韻書有誤隹爲侯的例子,《易經·繫辭》的"能研諸侯之慮",侯字也當爲隹字之誤。後者詳拙文《先秦古籍文句釋疑》第二條,刊見《史語所集刊》七十四本第一分,2003年。

② 楊文見《積微居金文說·餘說·六年琱生簋跋》。

③ 六年琱生簋,《金文編》稱召伯簋。

解釋“叔多父盤”的□字。兩者形體有從□與從□的差異，□通常所見爲大字，□則是矢字。容庚《金文編》即分收爲二字。從矢的可以分析出來一個厌字，讀爲“侯”字似有可能，從大的除非等同於從矢，便不應也可以認作“侯”字。這是楊説可不可信的一個關鍵。可是楊文只是説：

> 今余既訊，有嗣曰“厌令（案：原誤作命，據銘文改，下同）”者，既訊蓋指時間言之，猶今言通告之後也。《漢書・禮樂志》注云：“侯，惟也。”惟令猶今言“如命”、“從命”也。《左傳・隱公元年》云：“他邑惟命”，是也。

没有説明從大的□字何以爲侯。李文也只説：

> □，字見五年、六年琱生簋，字可以理解爲從厌聲。楊樹達先生釋簋銘，讀此字爲“侯”，引《漢書・禮樂志》注“惟也”。“侯又（案：原逕作有，據銘文改如此）父母”即惟有父母。

也没有説明何以□與□同。也許作者都曾經歷了判斷過程，成文時省略了，也許作者認爲這是常識，不待辭費。可是如容氏不敢指爲同字的，對一般讀者而言，恐怕還是説明白了的好。

金文獨體矢字作□、□或□，□和□是從□變的，横是從點變的；大字作□，中間絶不見加點施横，兩者互不相涉。但在偏旁中，從矢往往有書作□的，與大字無異。據《金文編》所收，見於獻侯鼎、其侯父己簋、陳侯作嘉姬簋及侯戟的侯字，毛公鼎及智君子鑑的智字，以及明公簋的族字。更從瓿文及康侯簋厌字所從的矢作□，冉宖鼎智字所從相同，又可知偏旁中的矢作□本是□的變形，並非涉於大的字形而譌亂。偏旁中的大字則悉與獨體大字同形，檢驗了從大的天字、無字（含鄦）、立字、赤字、亦字（含夜）、夾字、奄字、乘字、爽字，□字，以及從□形的去字（含灋）、壺字、莫字等，莫不如此，無一作□的。可見□與□確爲一字，其下本從矢，從□者亦爲矢形。

然則，□與□是否便是侯字，或者是否以厌爲聲可以讀爲侯字呢？

從一方面説：侯是習射時張設的布，布的中央繪一圓形圖案，叫做“正”，也叫做“的”，作爲射的目標。所以《詩・猗嗟》有“終日射侯，不出正兮”的句子。正字最早書作□，●即是正的形象，下加一止，表示爲矢射向停止的地方。

●的匡廓寫法，便是[字形]所從的○。《說文》沒有從白的“的”字，而有從⊙的旳，說其本義爲明。疑原有二旳字，其一⊙象侯正之形，爲標的字；其一⊙即日字，故義爲明。適巧都從勺爲聲，因而兩形相同，傳下來自僅有一字，後來變⊙爲白，便是今天的“的”字。[字形]和[字形]於圓中加點，是爲侯正形的另一寫法。晉字義爲進，從雙矢射向正的取意，也有從⊙從○兩種寫法①，以見[字形]字不僅可以析爲矦聲，侯必有正，根本便可以視作侯字。

但從另一方面看：金文侯字習見，義爲諸侯國稱，而不一見有書作[字形]或[字形]字的。甲骨文情形相同。而且侯只是張布的名稱，儘管侯必有正，可是由於象形字需採經濟法則，不該畫的或者可以不畫的必須省去（至少發展到成熟期的象形字如此）。是故如所見自甲骨文以來的人字，只書作[字形]。不必説不具耳目鼻口等形，連以圓點表示人頭的簡單方法，也都吝不能予；而果真見到寫作元形的卻不是人字，而是後來的元字，意思是人首，且仍然不具耳目鼻口之形。其餘上端畫出髮作[字形]的是長字，中間畫出腹作[字形]的是身字，下端畫出足作[字形]的是企字（義爲舉踵），不一而足。這樣看來，[字形]字加了正的之形，便不得仍爲侯字。李文説字從侯聲，當是以⊙爲日字爲意符，則其字何以不採取左右式作[字形]②，而必加日於[字形]之間，恐怕不容易交代。《説文》中文字，除從合從衣因情形特殊③，可以拆開置於首尾兩端爲偏旁外，其他如説龠字從品侖、異字從[字形]畀、[字形]字從肉仕聲④，都因字形演變不得其解，而妄爲之辭。類推可見李説確然潛藏了缺失。更由文意而言，孝本專指人子對父母的德行而言，讀“[字形]又父母”爲

① 前者見晉公𥂴，後者見格伯晉姬簋。

② 拙著《中國文字學》第三章第三節《論位置的經營》，討論到合體字有四種結構原則：一、藉位置關係以見意顯形；二、求方正；三、爲構成緊密整體；四、爲別嫌。並非都是任意的。[字形]字如爲從日矦聲，便當如喉、餱等字採左右式，以趨方正；即使書作[字形]，也較爲合理。

③ 合字從倒正二口形，取上下相合以見意，故從合表意之字，皆以合字置於另一體的上下兩端。衣字本作[字形]，中空，故從衣之字，無論表義或表音，每有置另一體於衣中以成字者。

④ 龠本作[字形]，下象樂器之管，中間二口爲樂器可吹之口，上端倒口爲吹者之口。異本作[字形]，爲一整體人形，本是戴字，象人戴物於首，上伸兩手作扶護狀。[字形]本作[字形]，從肉從壬會意，壬象人立地上之形，爲挺字初文。[字形]與脡同字，義爲乾肉。肉之乾者必挺，故從肉壬。前二者學者有説，後者見拙文《先秦古籍文句釋疑》之第一條説《易·噬嗑》“噬乾胏”。

“惟有父母”，下接“多父其孝子”，實在領悟不出説這話的意義何在。楊文説“⿸厂㬎令”爲“惟命”，意思可通；五年琱生簋[①]的“⿸厂㬎我考我母令”，自仍是“惟我考我母令”。可是因爲以⿸厂㬎爲侯，講不通叔多父盤的“侯又父母”，而終於露出了破綻。

古人稱侯的中心目標爲正爲的之外，還有稱之爲鵠、爲臬（或作槷）、爲質、爲準（《説文》作埻）的。在這些字當中，推測⿸厂㬎爲何字，準字顯然具備了被考慮的條件。其一，準與埻字不見於甲骨文和金文，可能是後起的寫法，其先別有專字。其二，《淮南子・覽冥》“羣臣準上意而懷當”，注云：“準，望也。”爲希意承志的意思，是由準的義轉變爲瞄準義。依楊文的解釋，“⿸厂㬎令”便是以所令爲準，即依令而行；“⿸厂㬎我考我母令”，也便是以我考我母之令爲準。叔多父盤的“⿸厂㬎又父母”，比照《詩・雝》“既右烈考，亦右文母”的話（案：孫詒讓首先徵引），《釋文》説“右，助也”，讀爲“準右父母”，意思是看準父母的意向右助父母，也就是察看父母心意，隨時照料，同樣可以説得自然順暢。《論語・爲政》記子夏問孝，孔子以“色難”兩字相對，包咸説：“色難者，謂承順父母顔色乃爲難。”這裏所謂準，也就是察顔觀色之意，所以下接“多父其孝子”的贊譽，不啻還可以説是得到印證。只是帥鼎説“自乍後王母⿸厂㬎賁卑文母魯公孫用鼎”賁上的⿸厂㬎字不知如何取義，或者只是後王母的稱謂。雖然不免遺憾，換成侯字，情形並下能改觀。所以本文暫定⿸厂㬎、⿸厂㬎爲準的專字。

《金文詁林》依《金文編》分⿸厂㬎、⿸厂㬎與⿸厂㬎爲二，前者引孫詒讓《名原》、《古籀餘論》及周名煇《新定説文古籀考》二説，後者引吴式芬《攈古録全文》及孫詒讓《古籀餘論》二説，與楊、李説異，討論如下。

孫説三處都以⿸厂㬎、⿸厂㬎爲《説文》從疒、㬎聲、訓滿的⿸疒㬎，説厂爲疒省，⿱日夭爲㬎省；更根據許慎説㬎字“讀若易虙羲氏”，及虙羲又作伏羲，讀⿸厂㬎爲服，説“⿸厂㬎又父母猶服右父母，謂順服右助父母也”，“⿸厂㬎令者，服從命令也”。但在考釋多父盤銘時，又根據虙從必聲，讀⿸厂㬎爲密。説：⿸厂㬎又者，當讀爲密宥。……⿸厂㬎又父母，亦謂寬寧父母，即下文孝慈之事。”由形而言，以⿸厂㬎爲⿸疒㬎，不僅省了筆畫的

① 《金文編》稱召伯簋二。

量,因爲厂與疒①、⊙與目的根本相異,實際還變了偏旁的質,自然是無法令人相信的。而最嚴重的是,仄下從大,本是夨的變體,並非人形的大字,根據表象認[illegible]爲哭,已經犯了錯誤;又因此而把分明從矢的[illegible]也認作㬎的省體,就更是自鄶以下了。更由音而言,虙、伏二字本不同音,古韻前者屬脂,後者屬之,脂與之是兩個音不相干的韻部。虙羲所以或作伏羲,不是時代的差異,便是方音的不同,不可用在時間或空間的同一個點上,作爲類推的證例。許慎既説是“虙羲”,便只能從虙字的讀音或者必聲的關係去設想(反之,如果不信虙字是許慎的原作,其先是伏字,後人誤書爲虙,便只能從伏字的讀音去思索)。於是“服令”的讀法顯是誤説。但由於字形的理解根本不能成立,讀仄爲密的想法也自無所可取。

周説以仄爲《説文》的[illegible]字,也就是尋常所見的昃,從日仄聲。因爲大也是人形,此説似乎很有道理。問題是周氏也以仄即仄字,卻與孫氏同樣是犯了不知仄字所從的大爲夨變形的錯誤。也許可以替周氏將仄、仄二字分開,以維持其釋仄爲昃的一説,卻也仍然有其困難。這便先要對仄字求得深入的瞭解。

《説文》説:“仄,側傾也。從人在厂之下。仄,籀文。從夨,夨亦聲。”段注説:“傾下曰仄也,此仄下云傾也,是之謂轉注。”可能因爲側的意思有時與傾相同,所以段氏没有注意到許氏説側傾的原意,以爲側傾只是等於一個傾字。但《廣雅·釋詁》卷一仄字與陋、褊、迫、隘、窄等字同訓陋,朱駿聲的《説文通訓定聲》因於仄下説陋隘應該是仄字的本義,假借爲夨,然後才有傾的意思。究竟仄的本義如何,陋與傾二義有無關係,或者如何相關,都不易準確測知。但《説文》以仄字列於厎、厜二字之間,厎下説“厜也”,厜下説“仄也”,厎、仄、厜三字意義相同②,都作陋隘講,則略無疑義。如果説仄的意思只是傾,前述現象便完全不可解釋。《書·堯典》説“明明揚側陋”,側陋二字連用,與《廣雅》相合。然則許慎仄下所説的側傾,當是因陋隘而傾之意。再看仄的字形,仄字從側立的人形,不從象正面人形的大字;籀文仄字從歪頭的夨字,也不從大,一者表示不能正立,一者表示不能直身,

① 孫文舉瘖作㾂、癮作雁二例,證疒與厂可通作。㾂見毛公鼎,爲毛公名,不見其必是瘖字。許慎據雁字篆文籀文從疒,説爲瘖省聲,本不足信,據金文雁字本不從疒,又知篆籀從疒爲後世的革變。

② 《説文》列字,例以義同義近者集中比次,這原是讀過《説文》的人都知道的。

都可見出這樣的配合與空間狹隘有一定的關係。然則周氏以人形的大字解釋[illegible]字,並不能合於仄字的構形原意。至於昃字在各銘文中如何成義,周氏無一語以及之,其考釋文字的態度,更是可議。

吳式芬說:“許印林説,厦卽夭之變禮,加[illegible]取高義,或釋昊,亦通。”全然没有認真面對問題,自然没有浪費筆墨討論的必要。

《金文編》卷十收一[illegible]字,以爲卽《説文》的畀,見單伯畀生鐘,爲人名,義無可覆案。《詁林》引方濬益《綴遺齋彝器款識考釋》及吳大澂《愙齋集古錄》二家説,並以爲畀。又引戴家祥《臭字説》以爲臭字,讀同射,及柯昌濟《韡華閣集古錄跋尾》以爲皋字。今以爲此字分明從矢,不從大,以知方、吳及柯説不然;其上從⊙,與日字及[illegible]字所從相同,不得以爲從目,戴説也同不足取。此當與[illegible]同字,因其義爲質的,而省去了侯形的[illegible]。正字但作[illegible],不從[illegible]是其證。

《金文編》卷五收一[illegible]字,説《説文》所無,見鄦臭鼎,亦人名。《詁林》引高田忠周《古籀篇》釋臭,卽射字,説“此篆白與貌字同,卽以象顏面造字之意,與從目同。”又引戴家祥《臭字説》,同説爲臭字。此外,引柯昌濟及朱芳圃二説,認作《説文》臭字,並據《説文》“古文以爲澤字”,分別轉讀爲擇,或爲裼及斁。前者見《韡華閣集古錄跋尾》,後者見《殷周文字叢釋》。此字上不從目,臭字説不得立;下不可視作從大,也不得如朱氏無端説“中一橫畫爲羨文”①,釋作臭字,明亦不足採。據的卽《説文》[illegible]字,本文以爲此當是[illegible]的變形,仍是準字。

(原載《人文與社會》第二期,2003 年 6 月)

① 朱氏引唐蘭《古文字學導論》説:“[illegible]爲[illegible]之形誤。”與朱説同樣無稽。

英倫藏敦煌《切韻》殘卷校記

引　言

日人影印英倫所藏敦煌文獻中,有《切韻》殘卷凡十二片。計:平聲幽、侵、鹽一片(Stein Rolls. No. 6187),去聲㤥、願、慁一片(S. 5980),廢、震、問、㤥、願、慁、翰一片,願、慁、翰一片(案:以上兩片重願、慁、翰三韻字凡七行),嘯、笑、效、號、箇、禡、勘一片,禡、勘、闞、漾一片(案:以上兩片重禡、勘二韻字凡六行。又案:以上四片同屬 S. 6176),嶝、陷、鑑及入聲韻目一片,入聲燭、覺一片(案:以上兩片同屬 S. 6156),鐸、職一片,職一片(案:以上兩片同屬 S. 6012),職、德一片,德、業、乏一片(案:以上兩片同屬 S. 6013)。本所周子範先生曾擬撰寫《〈切韻〉源流》一文,並摹寫此諸片以爲附錄。以原片多模糊不清,囑余爲之辨讀,並爲摹寫。余以諸片不惟模糊難辨,且多譌奪。因於辨讀摹寫之際,隨手箋注,成此校記。今先生以工作忙迫,囑余先以此校記發表。竊以諸片本先生所集,因述始末如此,並申謝意焉。

1960 年 7 月 5 日

校　例

一、本校記參考《十韻彙編》所收各韻書、故宫藏王仁昫《刊謬補缺切韻》及《集韻》、《説文》等書寫成。

二、凡各片正文、注文有譌奪不詳,或模糊難認、不能認者,一一作爲校記。若原片

四周斷缺處殘字可確識者，則於寫本逕書足之，不另記述。

三、校記引原文，先記其原片中所居行數。若誤在正文，止引正文，例不及注文。若注文亦誤，或僅爲注文之誤，並正文引之；正文與注文之間空出一格。若誤者爲注文，而其正文殘缺，則於記其行數行字下空出一格。皆便覽者易與原片對照也。

四、凡引證韻書，若各書爲一致時，或則悉舉其名，或則統言之曰各韻書。否則必悉指其名。

五、所參考各韻書：《十韻彙編》各書，除五代刊本《切韻》、《唐韻》、《廣韻》原書以一字簡稱，每嫌唐突，今不簡稱者外，其他簡稱悉從舊名。如校記中所稱《切三》、《王一》、《王二》等是。故宮《王韻》簡稱《全王》。

六、原件照片附正文之後；並於其下附錄大英博物館對原件之說明，以供參考。

（一）

15. 14. 13. 12. 11. 10. 9. 8. 7. 6. 5. 4. 3. 2. 1.

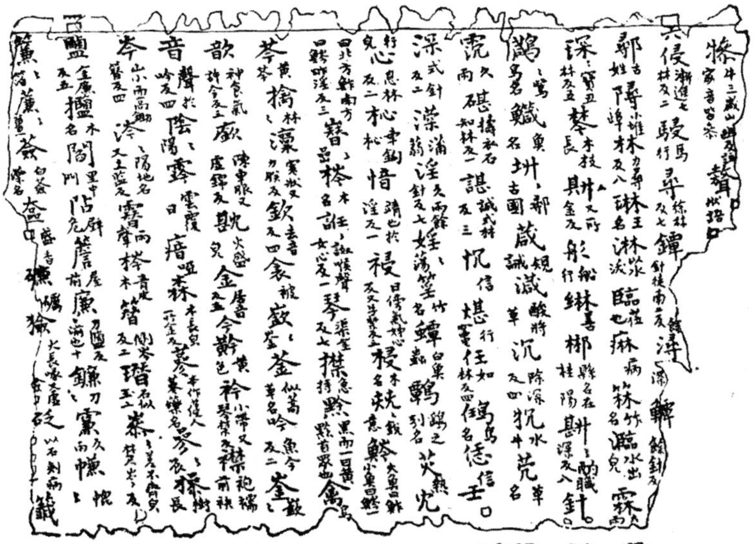

S6187 六九二册

第一行槮　註家音皆參

注文音皆二字疑誤倒。

第一行㱹　狀語□

注文第三字不清，當是虬字。《切三》、《王一》、《王二》皆音語虬反。

第二行六侵

六上當是卌字。《全王》侵韻第卌六。

第三行琳　王名

王當作玉。

第三行霖　大雨

《廣韻》霖下云久雨，《王二》、《全王》云三日雨。此雨上一字與第一行霃及第十四行霦下注文久字絕異，蓋久字誤書作大。

第四行斟　又所金反

斟不詳何字，蓋即斟之譌字。又下一字與第十二行森下所字同形，當是所字。惟各韻書本紐無此字，上文琛下曰丑林反五，自琛至郴實六字，是此字不當有。其旁有▲，蓋識其誤衍也。

第四行斟　斟酌職深反八

自斟至瀮實僅七字，此片上下無脱文，當是誤脱一字。

第五行瀮　酸將草

將字《全王》、《廣韻》作蔣。《王一》、《王二》與此同。

第八行祲　又孑禁反三

孑當作子，各韻書此字讀精母。又三當作五。

第九行黔　黑而一曰黄黔首衆也

黄字當在而下。《全王》云，黑而黄，一曰黔首衆。

第十行擒　林

擒當作檎。

第十行澟

當依《全王》、《廣韻》作凜。

第十二行森　木長貌所金反

反下脱一四字。

第十三行涔　又土監反

土當作士,《王二》、《全王》並云又士監反。

第十三行瑎　石似玉二

二字不當有,蓋涉簪下二字而衍。

第十四行□□鹽　金廉反

鹽上爲卌七二字。注文金是余字之誤。

第十四行櫩　木名

櫩當作櫼。

第十四行廉　湔也

各韻書廉下或云儉,或云儉清,或云儉節;以湔釋廉,似未嘗見。疑是清或潔字涉上文簷下前字而誤。

第十五行獫　犬長喙又虛□□嶮□

正文獫字殘,注文云犬長喙,當是獫字。虛下第二字當是反字,《切三》、《王二》、《全王》並云又虛檢反。嶮字仍是獫之殘文,下一字當是狁之殘文。獫字讀虛檢反,義爲獫狁也。《切三》、《王二》、《全王》又虛檢反下並有獫狁二字。

（二）

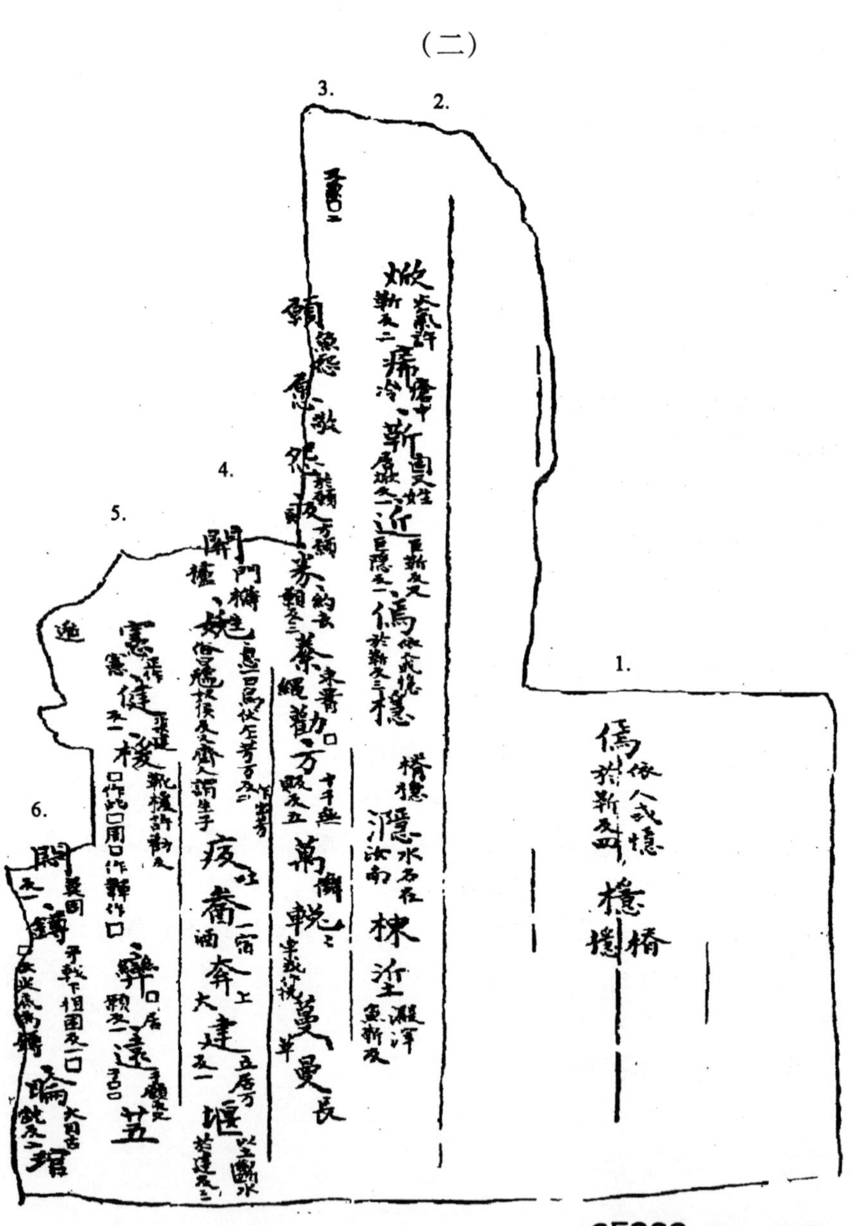

S5980 六八六册

第一行傿　依人或憸於斬反四　檍　椿檍

此蓋以第二行正文傿檍二字注文不清而注明於此。正文傿下云於斬反三而此言四者,正文本紐實四字也。

第二行傿　於斬反三

三當作四,本紐實有四字。

第二行楝

《集韻》烿韻云楝,束也,與《説文》楝二字。

第三行　又兼□二

烿韻止於第二行逕字,願韻始自本行願字,此數字未詳。

第三行勸　□

注文不清,似勉字。

第四行嬔　息一曰鳥伏乍芳万反□乍出芳俗曰𪕸奴侯反又齊人謂生子

反下一字殘,當是四字,諦審猶可辨。乍出芳三字起自反字右側,蓋謂上文乍芳二字之間脱出字。《王二》、《廣韻》並云一曰鳥伏乍出。又齊人謂生子,當是又生子均齊之謂,語出《説文》;《廣韻》、《集韻》並引之。

第五行楥　靴楥許勸反□作此□周□作韗作□

反下當有一字。作此上一字不可辨。此下一字似楥。周下當是禮字,《唐韻》云,《周禮》韗,王氏校勘記云禮下奪作字,是其比。唯《王一》、《全王》、《廣韻》並分楥韗爲二字。《王一》、《全王》韗下云作鼓工,《廣韻》云攻皮治鼓工,並與《周禮》合。本書周字以下當是韗之注文;《唐韻》亦以楥韗爲一,蓋其誤非出于抄寫者之手。末一字不可辨。韗或作鞾,又或作韇,並與此形不似。

第六行鐏　矛戟下徂困反一□□云尖底爲鐏

一下似曲字,曲禮進戈者前其鐏,注曰:鋭底曰鐏。蓋本書尖底爲鐏所自出。

（三）

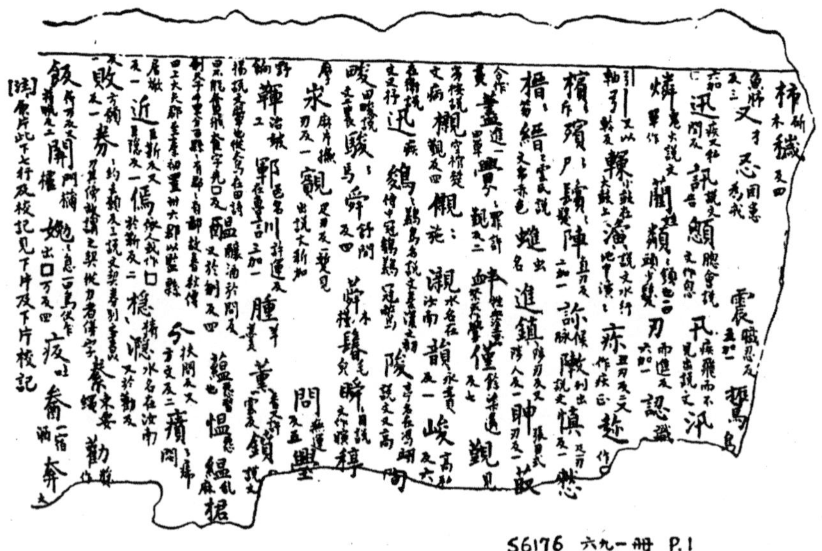

第二行又

又當作乂。

第二行忈

忈當作忞。

第三行顖　腮會說文作囟

腮當作腦。囟當作囟；囟是《說文》思字。

第五行轎

轎當作輮，即《說文》輭字。

第五行趂　作□

作下一字不清，當是趁字。

第六行檳

檳當作擯。

第六行愼　疋一刃反一

疋當是是字殘文。疋下一字誤衍。

第八行　合作妻

此燼字注文,合字誤。

第十行駿　説文秦漢之初侍中冠駿鶲冠鷩

此合《説文》駿鸃二字注文言之,《説文》鵕下曰鷩也,鸃下曰秦漢之初侍中冠駿鸃冠。

第十一行畯　田畯説文二農

《説文》云:畯,農夫。此云二農,誤。

第十三行腫

腫當作臁。

第十四行　《説文》畺也從奞在田……奞字先□反

奮當作奞。先下一字不能辨。《廣韻》奞字入脂、宵、諄、震四韻,並讀心母。

第十四行藴　悤習也

悤爲俗書怱字,此涉下文慍字注文誤衍。

第十五行　制天子千里分百縣縣有郡郡有鄙故春秋傳曰上大夫郡至秦初置卅六郡以監縣

《集韻》郡下引《説文》大體同此。《説文》云:"周制,天子地方千里,分爲百縣,縣有四郡。故《春秋傳》曰上大夫受縣,下大夫受郡是也。至秦初天子置卅六郡以監縣。"《春秋傳》曰上大夫受縣、下大夫受郡,文見《左傳·哀公二年》。此云《春秋傳》曰上大夫郡,當有脱字。惟今本《説文》亦無"受縣下大夫"五字(案:以上所引《説文》從段氏所加),是書所注蓋即出《説文》,而其時此五字已脱,故遂誤如此。郡有鄙三字則《説文》所無,不知何由而增多。

第十六行僑　依人或作□

注文作下當是懪或懦字。《廣韻》僑作僾,或又作懪。此上敦煌文獻S 5980亦云僑或作懪。《王一》、《全王》僑或作懦,唯此字左旁似譌爲火。

第十七行敗　方願反

敗當作販。

第十七行券　說文契券别之書以刀其傍故謂之契

以刀其傍，文不成辭。《説文》云以刀判契其傍，此脱判契二字。

第十八行嬔　□万反

嬔當作娩，字出《説文》。万上一字不甚清晰，似作方；當作芳。

（四）

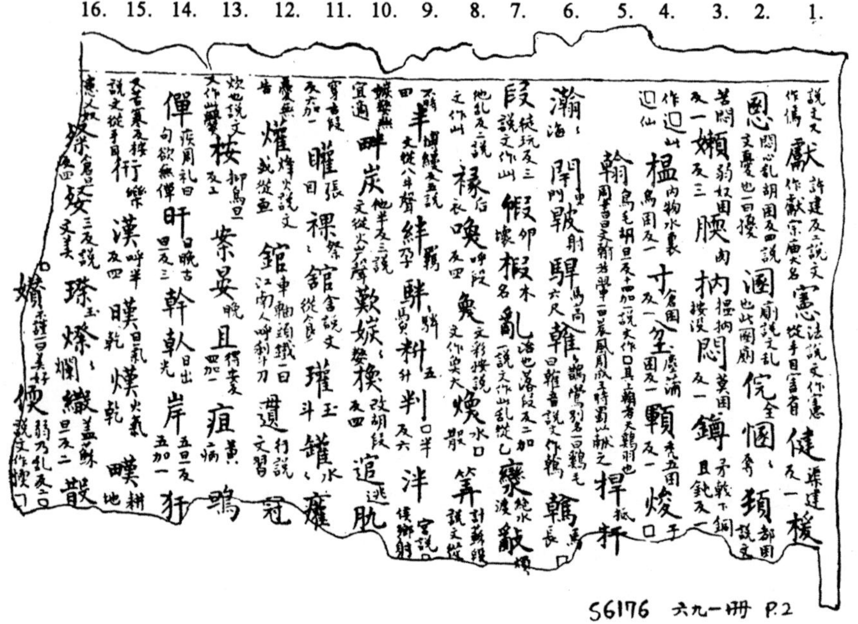

第一行憲　從手目害省

手當作心。

第三行鐏　且鈍反

且當是徂之殘文。《王一》音徂困反，《廣韻》音徂悶切。

第四行　作辿此辿仙

此遁字注文。作下一字不清，當是遯字。此下一字似爲遁。云此遁仙，不詳。

第五行翰　說文作□其上

作下一字似作榦。云作榦其上,語有譌脱。

第八行焕　水□散

《王一》、《全王》、《唐韻》、《廣韻》並云焕,火光。焕下有涣字,云水散。本書唤下云呼段反四,而實止三字,是焕下脱注文及涣字也。

第九行半　説文從八牛聲

牛下不當有聲字。

第九行絆　羈孕

羈孕二字義不相屬。《王一》、《王二》、《全王》等書絆下有姅字,云傷孕。此孕字實姅之注文。上文半下云博縵反五,而實止四字,是絆下脱姅字及其注文傷字。

第九行粆　五升

義爲五升,字當作料,《王一》、《王二》、《廣韻》並作料。

第九行判　□半反六

半上一字似爲普,《王一》、《王二》等書判字並音普半反。

第九行泮　宫説□侯鄉射

宫上有空隙,當有泮字重叠之文。説下爲文字殘文。《説文》云:泮,諸侯鄉射之宫也。此文下殘諸一字,射下殘之宫二字。

第十行肒

肒當作肒,《説文》肒肒二字。

第十二行錧　江南人呼犁刀

《王一》、《王二》、《廣韻》並云江南人呼犁刃。此書犁下似刀字。江南人呼犁刃爲錧語出《字林》(案:見《爾雅·釋樂》"大磬謂之馨"下邢疏),作刀誤。

第十三行旦　得安反

旦當作旦

第十三行疸　黄病

疸當作疸

第十五行熯　火氣乾

《王一》、《王二》、《全王》、《唐韻》、《廣韻》並云火乾。此云火氣乾，氣字或涉上文暵下云日氣乾而衍。

第十六行嫯　三反

三反當作三女。《周語》女三爲粲,《說文》三女爲姦。

第十六行璨

字當作璨。

第十六行燦

字當作燦。

（五）

21. 20. 19. 18. 17. 16. 15. 14. 13. 12.11. 10. 9. 8. 7. 6. 5. 4. 3. 2. 1.

S6176 六九一冊 P.3

第一行尿　屍從尾水聲

水下不當有聲字。尿從尾水,見《說文》。

第三行窔　俗作此□也

窔《王一》、《廣韻》並作窔,字見《說文》。此下一字不清。

第四行約　又於略反

約字當在下字要之下。《王一》、《王二》、《全王》等書約字並在要下,而本書約下只一又切,可證。

第五行嶕　嶕嚼亠笑反三

亠當是才字殘文,《王一》、《王二》、《全王》、《唐韻》、《廣韻》嶕字並音才笑反。

第七行　□盡

盡上一字左爲水旁,右不甚清楚,疑當是酒字,爲醮字注文。《王一》、《王二》、《全王》並云:醮,酒盡。

第九行奃　起壤壤疋貌反

壤當作醸。諸韻書並云奃,起醸。又壤下不當有重疊文。

第十行皰　面瘡防孝或疱又炮反二

反字當在孝字下。

第十四行　□

此字不清,當是姓字。《王一》報上爲㝗字,注云姓。

第十四行漕　水運穀在到反五

五當作一,以下奥懊等字別爲一紐也。參見下條。

第十四行奥　藏肉

藏肉二字非奥字注文。諸韻書並云腴,藏肉。此奥下脱腴字及奥字注文。諸書奥字訓深,音烏到反。

第十五行秏

秏當作秏。

第十五行好　志也

志當是悉字之誤,悉卽愛字。

第十六行䆁

字當作糴

第十八行檽　檽木

各韻書本紐無此字。上云㘣臥反三,此字當出誤增。

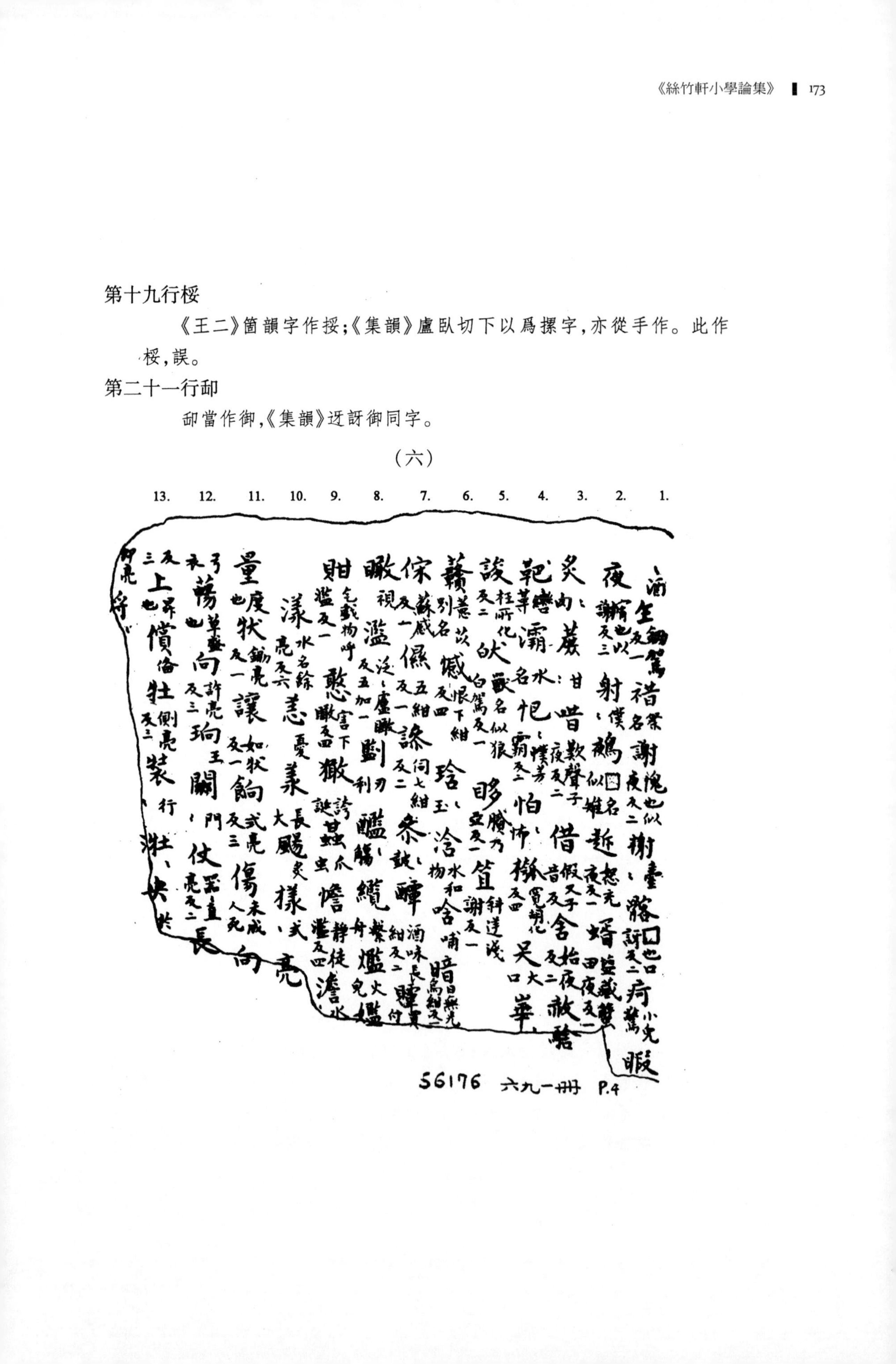

第十九行椤

《王二》箇韻字作挼;《集韻》盧臥切下以爲摞字,亦從手作。此作椤,誤。

第二十一行卹

卹當作御,《集韻》迓訝御同字。

(六)

13. 12. 11. 10. 9. 8. 7. 6. 5. 4. 3. 2. 1.

56176 六九一册 P.4

第一行髂　□也

各韻書并云髂，腰也。此也上一字不清，似亦腰字。

第一行睱

此閑暇字。《廣韻》云暇俗作睱，《集韻》則分暇睱爲二字。

第二行鵪　□名似雉

名上當是鳥字。

第二行蝟　塩藏蟹田夜反一

蝟當作蛸。田當作思，《王二》音思夜反。

第四行怚　怚憷

怚當作怉，即怉字。

第四行槬

《王一》、《全王》、《唐韻》、《廣韻》並作摦，從手。

第五行眵　膩

眵當作胗，從肉。

第五行筫　斜逆

逆，俗書逆字。

第七行醰　酒味長紺反二

紺上奪反切上字，各韻書醰音徒紺反。

第九行獙　誇誕

各韻書誇誕二字是譀字注文，獙下云犬吠聲。此獙下脱譀字及獙字注文也。上文憨下云下瞰反四，可證。

第九行蓏　爪虫

爪當作瓜。

第十行颺　炙

各韻書炙是煬字注文；颺字《王一》云物從風去，《王二》云風颺，《唐韻》、《廣韻》云風飛。此颺下脱注文及煬字。漾下云餘亮反六，可證。

第十行搽　式

搽當作樣。

第十二行珣　王

王當作玉。

第十三行牡

此是壯字，非牝牡字。

（七）

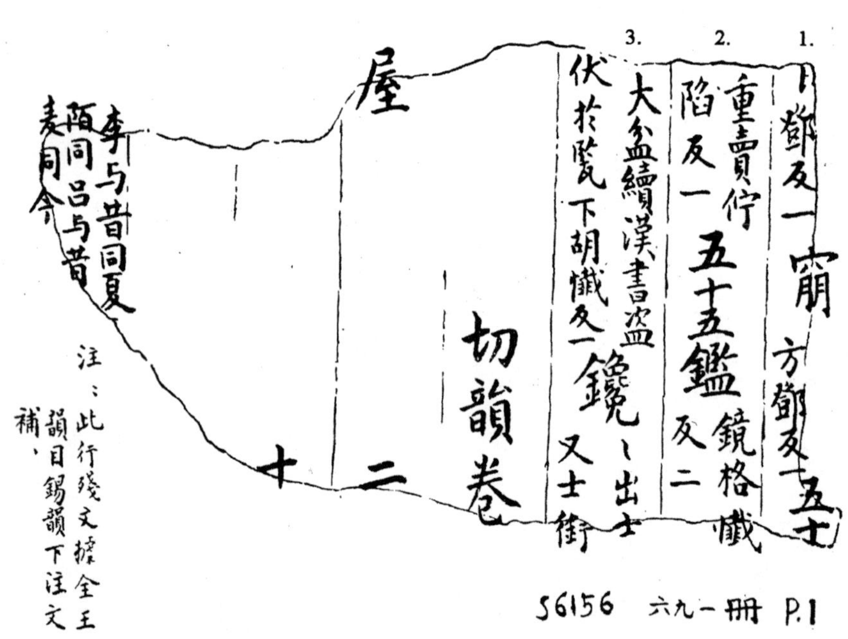

第一行□　鄧反一

此不詳何字。

第三行　大盆續漢書盜伏於覧下

此覧字注文，覧字原誤寫作覽，後改爲覧。

據《唐韻》當作……土具

（八）

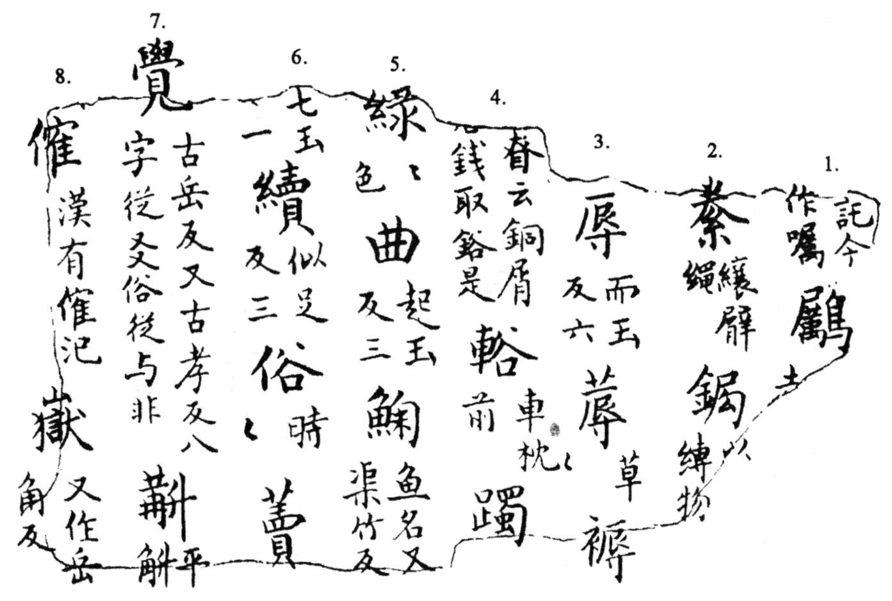

S6156 六九一册 P.2

第一行鸊　土

鸊，《切三》、《王一》、《王二》、《全王》、《唐韻》、《廣韻》並作鷃，注云鷃䳢鳥。此下殘文土，並與三字形不相合，未審何字。又諸書鷃下接趨字，云小貌行貌，土與走字上端同形，或即趨字殘文。然自行文行款視之，通篇下字並較上字偏右，而此殘文過偏左，又覺可疑。

第四行　昚云銅屑□錢取鋊是

此鋊字注文。昚當作昚，古文慎也。《說文》：鋊，一曰銅屑。故此云昚云銅屑；昚上當更有許字。又錢上一字爲磨之殘文。磨錢取鋊，語見《漢書・食貨志》，《廣韻》引之。

第六行　七玉□一

玉下殘文反字。

（九）

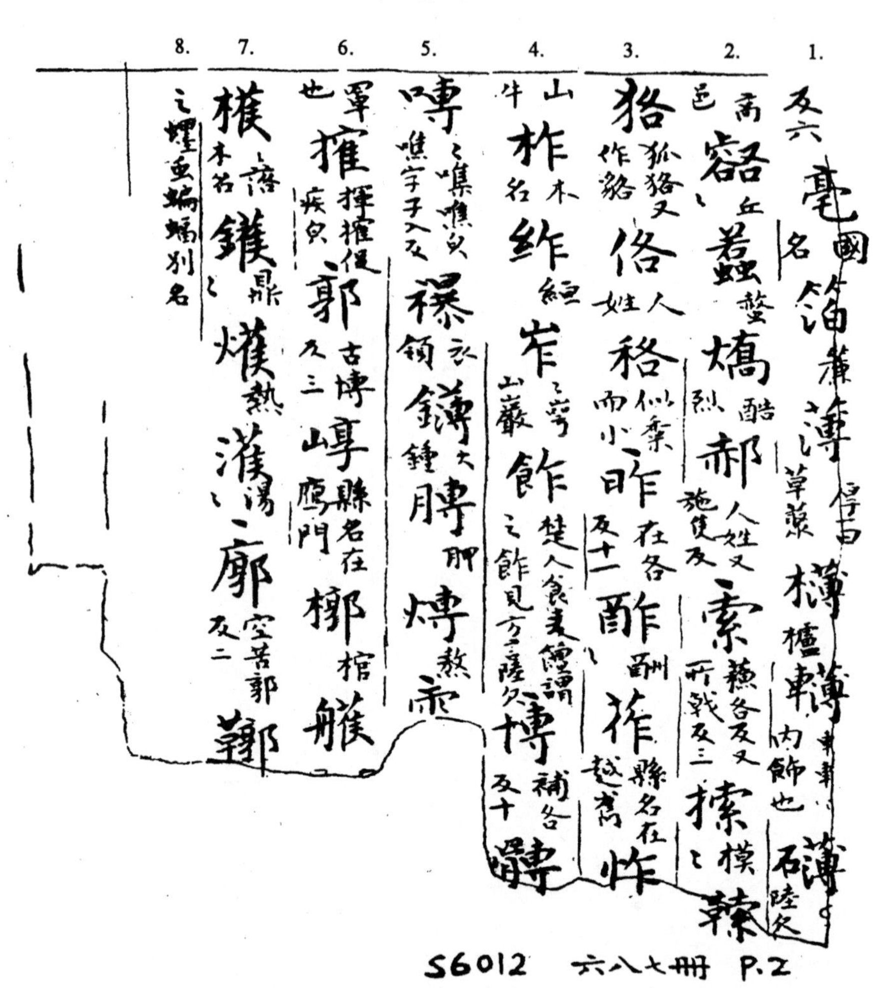

第八行　之蠼虫蝙蝠别名

此職韻蠟字注文，蠼上爲蠟字重疊文，誤爲之字（案：與飵下注文之字

形同)。

（十）

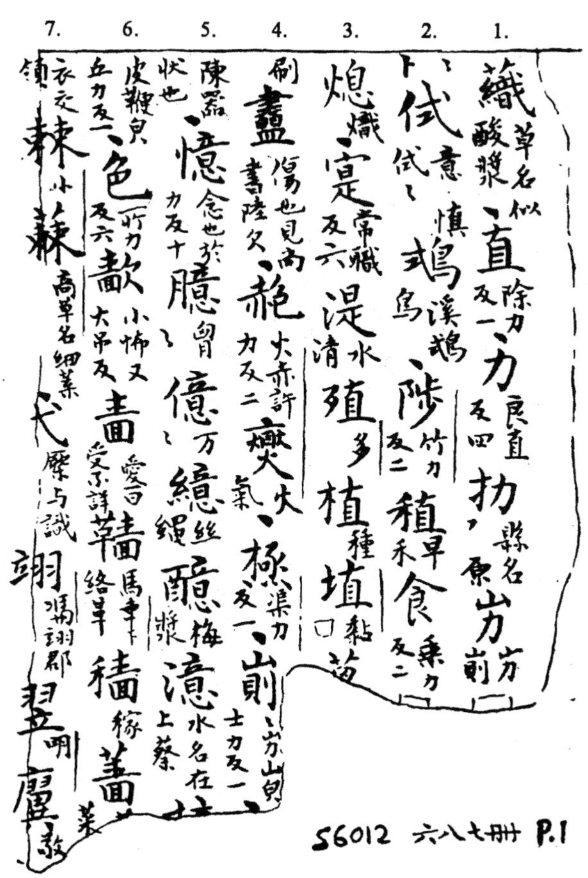

第一行扐　縣名　原

扐,《全王》與此同,《唐韻》、《廣韻》並作朸。案:作朸是。扐別爲一字,見《廣韻》德韻。又名下蓋殘在五二字,縣在五原郡。

第一行屴　屴崱

此云屴屴崱,下文崱下注云崱屴,注文二字次第互異。《王二》、《唐韻》、《廣韻》、《集韻》並與此同,《全王》屴下云屴崱,亦與此同(崱下但

云山貌)。《〈廣韻〉校勘記》㟝下云:"崱字下作崱㟝山貌,當據正。《文選·魯靈光殿賦》云崱㟝嵫釐。"案:當作崱㟝是也。魯靈光殿賦云"崱㟝嵫釐,岑崟崰嶷",崱㟝與嵫釐聲母相應,猶之岑崟與崰嶷聲母之相應也,可據正。

第三行埴 黏□

黏下一字不能辨,各韻書云黏土。

第三行苮

此字從艸頭,下殘,不能辨。寔下云常職反六,當亦讀常職反。唯《王二》、《全王》、《唐韻》本紐只五字;《廣韻》八字,《集韻》十七字,亦並無從艸頭者,此不詳。

第四行蠚 傷也見尚書陸欠

《王二》、《全王》、《唐韻》、《廣韻》字並在赩下,並與赩同音。此上刷字爲拭字注文,各書無蠚拭同音者,疑此書蠚亦當在赩下。

第四行赩 火赤許力反二

二或當作三,參閱此上下兩條。

第四行奭 火氣

各韻書本紐無此字;《全王》有奭字,云怒貌(案:《廣韻》奭訓斜視,㥛下云怒貌),疑此實奭字之誤,火氣與怒意似可相通。

第六行歒 大吊反

字當音火吊反,此譌火爲大(案:形與赩、奭二字注文火字絶異,可證)。

第六行嗇 愛一曰受不詳

一曰受不詳者,蓋有譌愛爲受者,作者不能審辨,是以不能詳矣。

（十一）

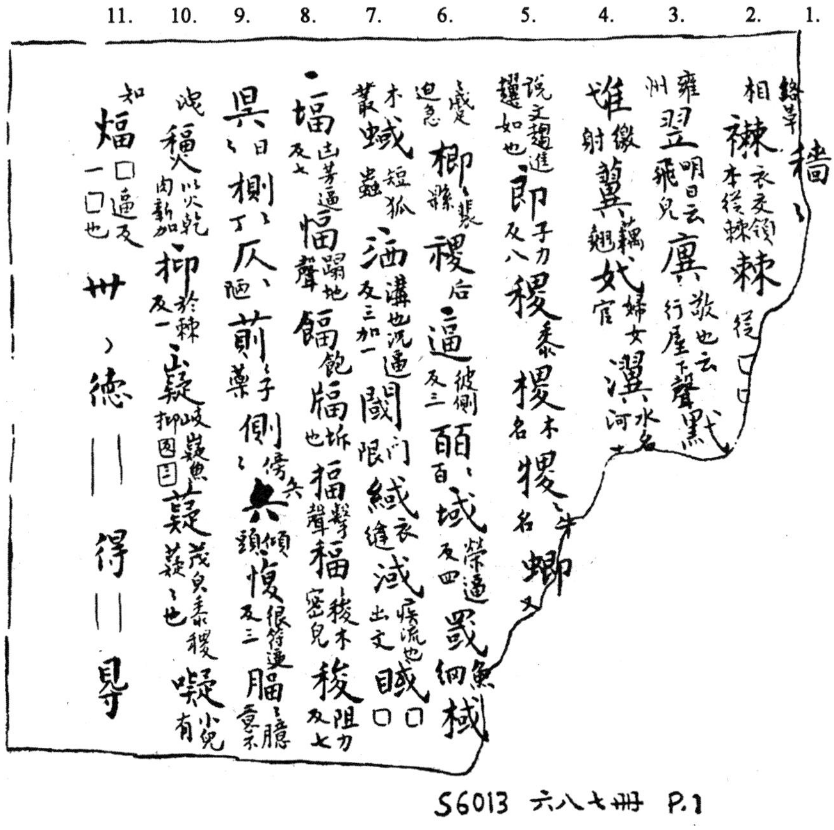

S6013 六八七冊 P.1

第二行　相

此蓋愜字注文。《王二》、《唐韻》云愜，急性相及，《廣韻》云急性相背。

第二行𧛟　從□□

𧛟字似誤書而後改作。注文從下二字不清，《王二》云從並束，此第三字似𧛟字殘文，蓋誤束爲𧛟耳。

第三行翌　明日云飛貌

第三行廙　敬也云行屋下聲

翌下"云飛貌",廙下"云行屋",並文簡不成辭。飛貌、行屋語見《説文》,云上蓋並脱説文二字。又廙下云下聲者,蓋異在广下,猶《説文》云從異聲耳。

第四行瀷　水名河□

河下爲南字殘文。

第六行逼　彼側反三

本紐實止二字,蓋誤脱一字。

第六行皕　皕百

《廣韻》皕,二百,語見《説文》。此似誤二爲重文。《全王》、《王二》亦云皕百,誤與此同。

第七行淢　疾流也出文

文上脱説字。《廣韻》云,淢,疾流也,出《説文》加。

第七行䮼　□□

注文二字不明。各韻書本紐無此字;洫下云況逼反三加一,此字蓋出誤增。

第八行愊　蹋地聲

《王二》、《唐韻》、《廣韻》愊下並云悃愊至誠,《全王》云悃愊;蹋地聲爲踾字注文。上文堛下云芳逼反七,而實止六字,此當是愊下誤脱注文及踾字。

第九行揤　揤丁

丁當作打,《全王》、《唐韻》揤下並云打揤,《王二》、《廣韻》云打。

第九行腷

腷字月旁似作貝而後改之。

第十行嶷　岐嶷魚抑

抑下當有反三二字,殘不可見。

第十一行煏　□逼反一□也

此字從火從畐,無可疑者。《集韻》以爲即第九行爂字,五代刊本《切韻》韻末有燢字,云彌力反火燢一。此字注文第一字是茂是苻,頗不

能定。若是苻字，則仍當與䨻爲一字，然義不相同。若是茂字，則與五代刊本《切韻》熼字同音，然字形不同，義亦不同。

（十二）

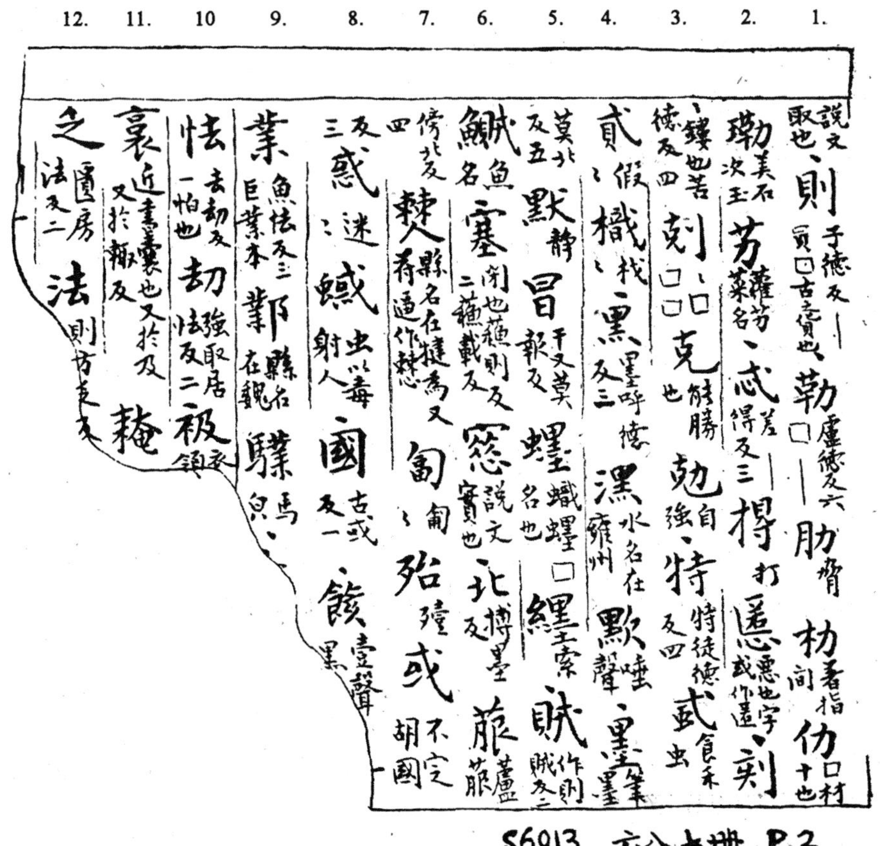
S6013 六八七冊 P.2

第一行則　子德反□□□□□古之貨也。

子德反三字不清，諦審猶可辨。第七字下半爲貝，或是刀貝二字。古之貨也，蓋引《説文》語，唯《説文》貨上有物字。

第一行勒　盧德反六□

六下似約字。

第一行枋　着指間

枋當作扐。注文着指間,《全王》、《王二》同。《廣韻》云筮者著蓍指間,五代刊本《切韻》云蓍指間扐。

第一行仂　□材十也

此字似從人旁。然《廣韻》仂下云:禮,祭用數之仂。語出《禮記·王制》,其他韻書亦皆引此語爲注。此下注文四字,第一字不清,其下爲材十也三字,則是协字之注文。《廣韻》协下云,"《説文》曰材十人也",此脱一人字耳。則正文仂當是协字。韻書中协仂二字多互譌,《王二》、《唐韻》無协字,而誤仂爲协。此或即譌协爲仂。又注文第一字似仂字,又似功或攻字。《廣韻》云,协,功大。五代刊本《切韻》功誤作攻。此若是攻或功字,則其下脱一大字。

第二行慝　或作匿

匿當作愝。

第三行特　特徒德反四

注文特下當有牛字。

第四行樴　栈

栈當作杙。《王二》、五代刊本《切韻》並誤與此同。

第五行蠌　蠈蠌□名也。

注文蠌下一字似姓字,當作虫。

第五行賊　作則賊反二

注文有譌脱,蓋本作"作賊昨則反二"。以作昨、賊則形音俱近,故誤如此。

第六行塞　閉也蕬則反二蕬載反

第二蕬字上當有又字。

第六行北　博墨反

反下脱一字。

第七行㥄　又苻逼作憖

逼下脱反字。反下當更有一字。或爲或,或爲又,或爲俗。

第七行殆

殆當作殆。

第八行餩　壹聲

壹當作噎

第十一行裛　近書囊也

裛當作裛。注文近書囊也,各韻書云書囊也,語出《説文》,此多一近字。

S. 6187. Mutilated fragment of a *dictionary * similar to Chieh yün(切韻), Containing characters in the 平 even tone, rhymes[35 end,] 36, 37[begin.] . Good well-spaced manuscript. Thin whitish paper. 26 ×33. 5 cm.

S. 5980. [*Chieh yün *.] Mutilated fragment of chüan (卷)4, rhymes 22 – 25① (abbrev). Mediocre manuscript. Buff paper. 27 × 16. 5cm.

① 案:此片可辨者爲二十三焮,二十四願及二十五慁等三韻。願字上端"又兼□二"等字亦未見其爲問韻(參前校注)。此云 rhymes 22 – 25,蓋誤。

S. 6176 之 1

S. 6176 之 2

S. 6176 之 3

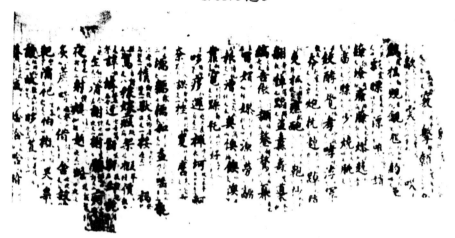

S. 6176 之 4

S. 6176. [*Chieh yün *] Recto and verso mutilated fragment of chüan 4, rhymes 20 – 24 and 32 – 40. Bottom cut away. Very good neat manuscript of 8th century. Part of same Manuscript as F. P. 3694. Brownish buff paper. 17 × 50cm.

S. 6156 之 1

S. 6156 之 2

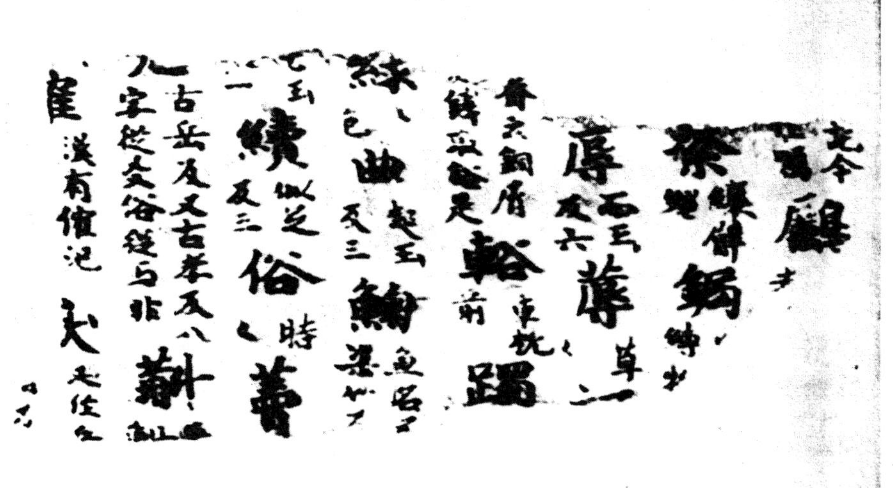

S. 6156. *Chieh yün*. Recto and verso mutilated fragment of [chüan 4, rhymes 53,54,] 55, and [chüan 5, rhymes 1,3,4,]. Small neat hand. Yellowish paper. 6 × 11.5 cm.

S. 6012 之 1　　　　　　S. 6012 之 2

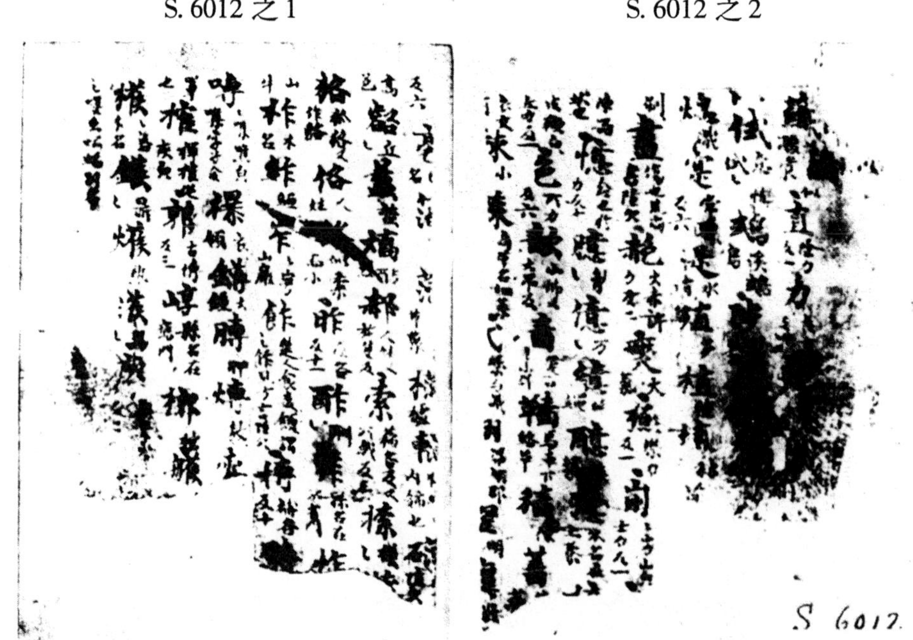

S. 6012. [*Chieh yün.] Recto and verso mutilated fragment of [Chüan 5, rhymes 27,29]. Several Characters marked with red dot. Neat hand. Yellowish paper. 17. 5 × 12cm.

S. 6013 之 1

S. 6013 之 2

S. 6013. [*Chieh Yün.] Recto and verso mutilated fragment of [chüan 5, rhyme 29,] 30 – 32. Red dots as in preceding entry. Small neat hand, faint at end. Yellowish paper. 12.5 × 14cm.

（原載《史語所集刊》外編第四種《慶祝董作賓先生六十五歲論文集》，1961 年）

先秦散文中的韻文

一、引　言

清儒江晉三先生集《國語》、《老子》、《管子》、《孫子》、《晏子春秋》、《孔子家語》、《莊子》、《列子》、《吴子》、《山海經》、《穆天子傳》、《逸周書》、《六韜》、《三略》、《戰國策》、《墨子》、《文子》、《荀子》、《韓非子》、《吕氏春秋》、《鶡冠子》、《素問》、《靈樞》、《鬼谷子》等二十四書及泰山刻石銘、琅邪臺刻石銘、海上議、之罘西觀銘、之罘東觀銘、刻碣石辭、會稽刻石銘、嶧山刻石文等八秦文中韻文，爲《先秦韻讀》一書。網羅宏富，爲治古韻學者必參考的要籍。然而，在這部書中，有爲韻文而未收的，有非韻文而誤收的。又古書傳流至今，不能無誤，有本是韻文因譌誤而失韻的，江氏從叶韻的立場，雖偶爾也能諟正，然而不能發現或不能諟正的尚多；還有由於主觀而改錯的。這都是美中不足的地方，尤其是失收的韻文實在太多，因此我想替此書作一補正工作，使這本極重要的書能趨於完善。同時又覺得就諸書用韻的情形，作一比較的研究，也還能看出一些有趣的問題來。因此我決定做這樣一個工作，而命其名曰"先秦散文中的韻文"。説"散文中的韻文"，意思是要包括這些韻文所顯示的各種現象或問題。"先秦"二字則卽江氏書先秦二字的涵義，也卽是説，所研究的對象卽江氏書所收的諸書和諸文。

二、辨認韻文的尺度標準

前人從研究《詩經》的韻脚,分析古韻爲若干部。他們所研究的是哪些字與哪些字在《詩經》時代可以叶韻的問題。由於韻書的分韻與《詩經》叶韻有很大的差異,所以遭遇了不少的困難。我們現在要向"先秦"散文中去尋求韻文,有前人研究好的《詩經》韻部爲根柢,應該不成什麼問題了。然而我們有另一層困難,卽是否凡句末一字韻同卽爲韻文的問題。在《詩經》裏,只要能肯定某某等字的韻母相同或相近,便可以確定那便是韻,大概不致有何誤認;因爲詩本身是一種叶韻的文體。散文則不然,散文根本是不需要叶韻的。作者要在散文中夾雜一些韻文固然可以,但非必需。因此在散文中儘管有一些句尾韻母相同,有時却不易肯定卽是韻文;因爲那也可能只是一種無意的巧合,而非必然的造作。在我們日常的言談中也不可能無此巧合的。這便是我們困難之所在。可以說,何者爲韻文,何者非韻文,完全要看作者是有意抑或是無意。然而如果我們没有一套客觀的尺度標準去衡量,這一點我們將無法辨認。

第一個被考慮的尺度標準應該是句數長短的問題,卽一連有很多句,或者說得更具體些,凡是三個韻同的三句或兩兩韻同的四句以上的,我們認爲是韻文。反之,如只是兩個韻同的文句,便認爲是偶合。如《荀子·宥坐》篇的"吾有恥也,吾有鄙也,吾有殆也",三句的恥、鄙、殆同之部,我們認爲是韻文。《老子·鑒遠》的"不出户,知天下;不窺牖,知天道",四句中户、下與牖、道兩兩同部,我們也認爲是韻文。因爲這樣巧合的可能性是較少的。我們似乎可以把這個尺度作爲辨認韻文的最低標準,不够這個標準的認爲是巧合。在江氏書中,除去歌謠諺語:如《鄭語》宣王時童謠"檿弧箕服,實亡周國"、《周語》中諺語"獸惡其網,民惡其上"一類性質上根本便是有韻的文辭外,兩句的韻語收得極少,大概江氏便曾採用了這樣一個標準。然而較長的固然較爲可靠,亦只是較爲可靠而已。《荀子·不苟》篇云:"君子易知而難狎,易懼而難脅,畏患而不避義死,欲利而不爲所非,交親而不比,言辨而不亂(案:亂

原作辭，此從郝懿行、王念孫改），蕩蕩乎其有以殊於世也。"就中狎脅二字古韻同葉部，比死二字同脂部，非字在微部，與脂部字極近，我們是否要説它是韻文呢？反之，《列子・説符》篇的"慎爾言將有和之，慎爾行將有隨之"，又"察見淵魚者不祥，智料隱匿者有殃"，《荀子・榮辱》篇的"短綆不可以汲深井之泉，知不幾者不可與及聖人之言"，是否我們説它們不是韻文呢？顯然這所謂長短的尺度不是絶對可靠的。

本文除了參考句數長短之外，主要是採用如下三個尺度：

（一）文意的斷連

當我們看到某些句子末一字（或者句尾虛字上一字）韻母相同，要決定是否爲韻文，首先當注意這些句子文意是否一氣；再看它們是否文意已盡，自成一個段落。如果不是一氣的，已經可以確定那不是韻文。如果是一氣的，參考下一尺度標準也相合；或者雖不合於下一尺度，而其同韻文句相當長，在四五句以上，即可以決定那是韻文。但是如果這些句子文意未盡，要加上其上或其下某些句子文意才成一個小段落，而那些句子末尾一字却都不是同韻的，依然可以斷定那不是韻文。這是最重要的一點。舉例來説：上面説《荀子・不苟》篇"君子易知而難狎"一節不是韻文，便是因爲自"君子易知而難狎"至"言辨而不亂"，在文意上是一個段落，而亂字與它相偶的句子"交親而不比"的比字韻母不同（案：亂字即使果當作辭，亦是如此）。更如《韓非子・揚權》篇説："故曰道不同於萬物，德不同於陰陽，衡不同於輕重，繩不同於出入，和不同於燥溼，君不同於羣臣。"其中入與溼同緝部，陽與重可以説是陽東通韻（案：《韓非子》中陽東通韻有二例，一爲《愛臣》篇的從與兵叶，一爲《主道》篇的明功强常常爲韻），然而不能認爲是韻文。因爲"君不同於羣臣"句無韻，而它在文意上與"道不同於萬物"等句是不可分割的。我們拿這一點來辨認韻文，《詩經》往往一章一韻、或者一章的一小節一韻，給予我們很大的啓示和有力的支持；而在理論上，説作者用韻不與文意的起訖相一致，也是極不可思議的事。

江氏在這一點上似乎並不能特別注意，有時便不免把原是韻的不敢收錄，又把原不是韻的附會成了韻文。如果能緊緊把握住這一原則，他的許多

問題都是極易解決的。如同《莊子·山木》篇云:"無譽無訾,一龍一蛇,與時俱化,而無肯專爲。一上一下,以和爲量。浮游於萬物之祖,物物而不物於物,則乎可得而累邪。"此文"無譽無訾"至"而無肯專爲"爲一節,"一上一下,以和爲量"爲一節,"浮游於萬物之祖"至"則乎可得而累邪"又爲一節。江氏説蛇化爲爲韻是對的(案:其實訾字亦入韻,見後《韻讀》補正《莊子》部分)。而他見下與祖古韻同魚部,聲調且相同,於是便毫不猶豫説下與祖爲韻;然而這與文意不一致。俞樾説"一上一下"當作"一下一上",以上與量爲韻,顯然是對的了。此固然由於俞氏目力精明,想來亦不外從分析文義而出發。我們舉這個例子,似乎求備賢者太過分了。因爲江氏之失,還可以歸咎於《莊子》原文的譌誤。然而《老子·守微》章云:"其安易持,其未兆易謀,其脆易破,其微易散。爲之於未有,治之於未亂。合抱之木,生於毫末。九層之臺,起於累土。千里之行,始於足下。""合抱之木,生於毫末"分明與"九層之臺"以下四句兩兩平列爲一節。末字倘入韻,應與土下二字爲韻。字既與土下二字韻異,便自然不是入韻的。而江氏有見於末與上文散亂二字韻近,便説與散亂爲韻。這却是不能辭其咎的。

這正顯示在辨認韻文之際,江氏並没有一套嚴格的客觀的衡量標準。又如《六韜·文韜·上賢》篇云:"夫王者之道如龍首,高居而遠望,深視而審聽。示其形,隱其情。若天之高不可極也,若淵之深不可測也。"這一段無疑是起自"夫王者之道如龍首"的。江氏大概覺得首字與下文韻不同,而在《韻讀》裏乾脆便不抄這一句了。其實我們如果堅守著這個原則,便可以確指首字與道字爲韻。二字古韻同在幽部,調同上聲(故道字即從首字爲聲)。至於一個句子的當斷而不讀斷,不當斷的而讀斷了,也是這一類的情形,那更是不可寬恕的。在江氏書裏也有這樣的錯誤。如《鬼谷子·捭闔》篇的"是故聖人一守司其門户,審察其所先後,度權量能,校其伎巧短長"。四句末一字音都不同,江氏把"度權量能"讀爲"度權量"爲句,而把能字下屬讀爲"能校其伎巧短長",於是他説户與後侯魚通韻,量與長爲韻,陽部。然而"度權量能"句"度權"與"量能"相對爲文,即所謂量能授官之意。《飛箝》篇説:"凡度權量能,所以徵遠來近。"又説:"將欲用之天下,必度權量

能。”而權能兩字連用者，書中亦習見，都充分證明江氏之辨韻不甚注重文義之所安。又如同篇云：“卽欲捭之貴周，卽欲闔之貴密，周密之貴微，而與道相追。”密微追三字都屬於江氏的脂部，密是入聲，追微二字是平聲，古時入聲與平聲有時也叶韻，所以江氏便說三字爲韻，並且說密字音平聲。然而由我們看來，密與微追二字並不同部，密屬脂部，追微二字屬微部，而且入聲與平聲相叶的情形也實在並不甚普遍，所以這是否韻文實在是問題了。江氏說它們是韻，固然部分是由於他不能分析脂微二部，然而他把顯然當讀“周密之貴”的讀成了“周密之貴微”，也是一個原因。因爲這樣一來，三個字有兩個是平聲，更增加了他認爲三字爲韻的信心。雖然貴密也與追字同部，然而它是去聲。在江氏書中往往把同一部的韻文按照聲調分爲幾個小節。如果不是覺得可以把“周密之貴”讀爲“周密之貴微”，那麼密貴追三字聲調皆不相同，我想江氏可能不把它們視作韻文的。“周密之貴”承上文貴周貴密言之，以江氏之淹博，焉有不知此文的真正讀法！所以我總覺得這仍表示他在辨認韻文的時候，往往是訴諸主觀的。

（二）語句結構的相同或文句的平行相當

諸書韻文除極少數語句結構不一致或部分不一致者外，可以說百分之九十凡韻文語句結構上下相同。這一現象實在可以作爲一個很好的衡量韻文的尺度標準。尤其對於短的如四句兩韻或兩句的韻文，更具有決定性的作用。

兩句的如《老子·韜光章》的“是以聖人後其身而身先，外其身而身存”；《守道章》的“是謂深根固蒂（或作柢）、長生久視之道”；《去用章》的“反者道之動，弱者道之用”；《管子·版法解》篇的“凡人君者覆載萬民而兼有之，燭臨萬族而事使之”；孫武子的“晝風久，夜風止”；《莊子·大宗師》篇的“藏舟於壑，藏山於澤，謂之固矣”，又“且汝夢爲鳥而厲乎天，夢爲魚而没於淵”；《六韜·文韜·文師》的“井龍非彲，非虎非羆”；《墨子·所染》的“染於蒼則蒼，染於黄則黄”；《韓非子·亡徵》的“木之折也必通蠹，墻之壞也必通隙”；《吕氏春秋·尊師》的“學業之敗也，道術之廢也，從此生矣”，又“學業之章明

也,道術之大行也,從此生矣”。

四句兩韻的如《晏子·春秋内諫下》的“令上山見虎,虎之室也;下澤見蛇,蛇之穴也”,又“是故明堂之制,下之潤溼,不能及也;上之寒暑,不能入也”;《莊子·秋水》的“昔者堯舜讓而帝,子噲讓而絶;湯武争而王,白公争而滅”;《知北游》的“六合爲巨,未離其内;秋豪爲小,待之成體”;《韓非子·功名》的“故曰至治之國,君若桴,臣若鼓,技若車,事若馬”。不勝枚舉。

且不僅此也,持此尺度以往,我們還可以確指如《吕氏春秋·用衆》篇的“醜不能,惡不知,病矣;不醜不能,不惡不知,尚矣”,雖六句兩韻亦必爲韻文。甚至更遠一點的,如《鶡冠子·備知》篇的“是以鳥鵲之巢,可俯而窺也;麋鹿羣居,可從而係也。至世之衰,父子相圖,兄弟相疑,何者?其化薄而出於相以有爲也”;《世賢》篇的“長兄於病視神,未有形而除之,故名不出於家。中兄治病,其在毫毛,故名不出於閭。若扁鵲者,鑱血脈,投毒藥,副肌膚間,而名出於諸侯”。儘管有的韻相隔有四句之遠,而且爲與窺係、侯與家閭韻母還並非全同(案:以《詩經》韻例之,爲與窺係爲歌佳通韻,侯與家閭爲侯魚通韻),我們仍可以確指其爲韻文。因爲他們的文句都是三者平行相當的。再如《韓非子·八姦》篇的“一曰同床……二曰在旁……三曰父兄……四曰養殃……五曰民萌……六曰流行……七曰威强……八日四方……”雖然“床旁兄殃萌行强方”都是陽部字,在數量上講不爲不多;因爲他們相去都在十數句左右,可以説是不相連接的,所以江氏便不能將此條收入。然而我們用此一尺度去衡量,他們是韻文,却是極其顯明的事。

且又不僅此也,我們更可以持此尺度發現一些更不平常的韻文。普通常例,凡是句法整齊總共爲偶數的韻文,不論奇數句是否入韻,偶數句總是入韻的。可是像《莊子·人間世》的“已乎已乎,臨人以德。殆乎殆乎,畫地而趨”。這幾句話是在一段韻文的中間(詳見補正部分),它們是韻文,本來是較易發現的;然而也只有在此尺度下才顯出其毫無可疑。江氏大概没有這一尺度,所以他雖然看到這上下文都是韻文,亦不能將此條收入。又如《六

韜・文韜・文師》的“緡微餌明，小魚食之。緡調餌香，中魚食之。緡隆餌豐，大魚食之”。也以一三五三句爲韻，江氏知道此下爲韻文，却不知韻文已從此開始。在這一節所舉的例都是江氏所未收的，這當然都是由於方法的問題。

（三）上下文或他篇類似文句的比較

首先要指明，這裏所謂上下文的比較與上一尺度是不同的。上一尺度是從語句結構的相同或語句的平行相當，去辨認某些相同或相當的語句彼此都是韻文，這裏則是比較上文或下文絶對可靠的韻文，或者比較他篇類似的文句，從而確定本身是韻文。

有了以上兩個尺度，差不多是否韻文的問題，都能從而認定，然而有時還是不免於猶豫，尤以處理較爲例外的叶韻時爲然。這時我們便非比較有關的上下文不可。具體地説，如果這時有與此文平行的上文或下文可作參考，而它們是絶對可靠的韻文，那麼此文亦是韻文；否則也就不是。譬如《管子・牧民》篇云：”不務天時，則財不生。不務地利，則倉廪不盈。野蕪曠，則民乃營。上無量，則民乃妄。文巧不禁，則民乃淫。不障兩原，則刑乃繁。”江氏謂量妄爲韻，禁淫爲韻，原繁爲韻；“不務天時”至則“民乃營”六句江氏未收錄（案：此文前四句在文義上是一節，後八句每兩句爲一節。後六句一節一韻，江氏都説到了）。前四句生與盈古韻同耕部，正好與文義之自成一節相當，生與盈爲韻也應當是無疑問的；而句法結構的兩兩相對，也可以從而確定。中間“野蕪曠，則民乃營”兩句，曠在陽部，營在元部。元陽二部通常是不叶韻的，所以江氏便不以曠營爲韻。然而兩句與前四句及後六句都是平行的，上下文既都是韻文，此亦當是韻文。

原來元陽二部雖説通常是不叶韻的，然而二部主要元音都是 a，韻尾元部爲 n，陽部爲 ŋ，亦同爲舌鼻音，音並不是完全不近。所以古書裏元陽二部亦偶有叶韻之例。《詩・大雅・抑》篇云：“其維哲人，告之話言，順德之行。其維愚人，覆謂我僭，民各有心。”言與行韻，便是其例。本書正篇云：“如四時之不貳，如星辰之不變，如宵如晝，如陰如陽，如日月之明。”以變與陽明爲韻，正可與此互證。另外《呂覽・先識》篇有“夏王無道，暴虐百姓，窮其父

兄,恥其功臣,輕其賢良,棄義聽讒,衆庶咸怨,守法之臣,自歸於商",以兄良怨商爲韻,亦是其例。江氏因鑒於曠菅二字韻不同部,竟連盈生之爲韻亦被犧牲了。

在江氏也許是持之謹嚴,其實亦不過方法問題而已。而且像這種謹嚴的態度,很多不常見而也許是極寶貴的韻例,恐怕便要淹没而不彰了。再如《六韜・武韜・發啓》篇云:"鷙鳥將擊,卑飛斂翼。猛獸將搏,弭耳俯伏。聖人將動,必有愚色。今彼殷商,衆口相惑,紛紛渺渺,好色無極。此亡國之徵也。吾觀其野,草菅勝穀。吾觀其衆,邪曲勝直。吾觀其吏,暴虐殘賊,敗法亂刑,上下不覺。此亡國之時也。"此文以"此亡國之徵也"與"此亡國之時也"兩段相對。"亡國之徵也"一節惑極爲韻,其上翼伏色亦爲韻文,都是不成問題的。"亡國之時也"一節中直賊二字同屬之部入聲,覺爲幽部入聲,穀爲侯部入聲,之與幽甚近,與侯則較遠,它們是不是韻,我們除了比較其上文而外,便要猶豫不決了。然而一經比照,它們顯然也是韻文。之幽侯相叶本書還有二例。它們是《虎韜・絶道》的守、道、後、久,《豹韜・敵强》的寇、守、右、後,表明了《六韜》一書三部關係的密切。

另外江氏在《素問》和《靈樞》兩書中也發現了之幽侯叶韻的例子,一共有五次,也都充分證明這一方法的可靠性。然而江氏在這裏却只説翼伏色惑極爲韻,自"此亡國之徵也"至"此亡國之時也"則俱未錄。其實我們不但可以用此一尺度斷定穀直賊覺爲韻,還可以利用上一尺度認識"亡國之徵"與"亡國之時"以徵時爲韻(案:徵與時韻可參王念孫《讀書雜志・逸周書》卷三咎徵之咎條)。

另外又可以比較上下文的用字之不同以確定韻文。如《六韜・虎韜》一則曰:"或擊其内,或擊其外,三軍疾戰,敵人必敗。"一則曰:"或陷其兩旁,或擊其前後,三軍疾戰,敵人必走。"《豹韜》説:"中外相應,期約相當,三軍疾戰,敵人必亡。"三節中外與敗同祭部,後與走同侯部,當與亡同陽部,然而它們是不是韻文?如果單獨地看,韻既只有二字,語句結構也不盡相同,實在不免要舉棋不定的。所以江氏便都没有收錄。可是一經比同而觀,即可發現一點:"敵人必敗"、"敵人必走"與"敵人必亡"文義上可以説是没有什麽區别

的。然而前言外，則後言敗；前云後，則後云走；前用當，則後用亡，於韻都正相合。這能説不是作者在那裏故意叶韻嗎？

如果更仔細一點，還可以比較《豹韜》的"或擊其前，或擊其後，勇者不反鬥，輕者不及走，名曰突戰。敵人雖衆，其將必走"，和《犬韜》的"武王曰：車騎翼我兩旁，獵我前後，吾三軍恐怖，亂敗而走"，也固定地後與走連用，則其爲韻文，便更覺無可疑者。這種情形，在《詩・國風》中多有之。如《芣苢》首章云："采采芣苢，薄言采之；采采芣苢，薄言有之。"二章云："采采芣苢，薄言掇之；采采芣苢，薄言捋之。"三章云："采采芣苢，薄言袺之；采采芣苢，薄言襭之。"又如《麟之趾》首章云："麟之趾，振振公子。"二章云："麟之定，振振公姓。"三章云："麟之角，振振公族。"其實不一定文義上非采下接有字不可，亦非掇下一定得用捋字，也不是趾與公子或定與公姓意義上有何關聯；都只是因爲叶韻之故，而遂如此配合。這可以説明我們此一辨認韻文的尺度也是極其可靠的。

三、諸書叶韻的比較研究

嘗讀董同龢師《與高本漢先生商榷"自由押韻"説兼論上古楚方音特色》一文（載《史語所集刊》第七本第四分）。在這篇文章裏，同龢師徹底擊破了高氏《老子韻考》（*The poetical parts in Lao-Tsï*）中所謂自由押韻式（Free Rhyme System）的論調。同時發現《老子》書中東部字與陽部字通叶五次，之部字與幽部字通叶六次，侯部字與魚部字通叶三次，真部字與耕部字通叶三次（案：其實只有兩次，所舉第十六章"夫物芸芸，各歸其根。歸根曰静，是謂復命"。芸和根是文部字，大概一時誤以爲真部字了；《上古音韻表稿》中二字均列文部。這四句實際上芸根與静命分別爲韻）。而在《楚辭》中也有這四種通韻的情形。《楚辭》是代表著楚方音的文學作品，老子也正是楚人。所以他開始懷疑，四者是否代表著楚方音的特色？於是翻檢用韻較多的先秦古籍，他的發現是：《易經》真耕通叶十二見，之幽通叶七見；《書經》真耕通叶三見；《管子》真耕通叶五見，之幽通叶三見；《莊子》真耕通叶六見；《荀子》真

耕通叶五見;《韓非子》真耕通叶三見;《逸周書》之幽通叶四見;《吕氏春秋》東陽通叶四見。各書雖然有一兩點與《老子》、《楚辭》相同之處,却没有一書同時具備此四種現象。而且《易經》有漢人附加的東西,不能視爲純北方作品;《管子》是僞書;《韓非子》真耕通叶的三次都在《揚權》篇,而此篇亦無疑是僞造的。因此他覺得各書這些相同之點,並不能全部重視;而魚侯通叶竟找不到相同的例,東陽通韻也只有《吕氏春秋》。因此他得到了一個結論説:"在没有找到反證以前,我們總可以確信《老子》與《楚辭》同有一個獨特的方音。"

同龢師這一發現,我覺得是很有趣味的。實在的,如果我們能够更嚴密地把諸書的韻文爬羅出來(案:我説這話是感覺到同龢師所説某某兩部通叶的次數,除《老子》一書而外,似乎是本之江氏《羣經韻讀》、《楚辭韻讀》和《先秦韻讀》的,然而江氏《先秦韻讀》一書顯然並不够完善),作一全盤的比較,如果能尋出某一書的特色,或某幾種書的共同特色,尤其後者還能在地域或時間上發現其關係,那確乎是一件極有意義的工作。因爲那不僅對某時代或某方域語音的特色可能有所了解,對某文籍作成時代或真僞問題的了解亦可能有所裨益。因此我在補正江氏《先秦韻讀》之後,便作了如下一表(表見 193 至 197 頁)。前各欄示各書韻部間相互叶韻與各該韻部同部叶韻次數之對比,最末一欄示各書同部叶韻與非同部叶韻次數總比(案:凡各書引前代歌謠或前代文獻的韻文不計入。如《吕氏春秋・聽言》篇引《周書》:"往者不可及,來者不可待,賢明其世謂之天子。"又如《論大》篇引《商書》:"五世之廟,可以見怪。萬夫之長,可以生謀。"又如《必己》篇云:"無訝無訾,一龍一蛇,與時俱化,而無肯專爲。……"雖然没有明説引他書,顯然是出之《莊子・山木》,所以也不計入。因爲這類韻文,不能顯示作者的用韻情形)。

表中首先能發現的,便是同龢師所説可能爲楚方音特色的四種通叶情形,竟是最常見的。計:東部與陽部通叶的除《老子》六次,有《管子》四見,《家語》一見,《莊子》一見,《逸周書》二見,《六韜》一見,《三略》一見,《文子》二十二見,《荀子》二見,《韓非子》二見,《吕氏春秋》七見,《素問》二見,《靈樞》三見。

之幽通叶的除《老子》七次，有《管子》三見，《莊子》一見，《逸周書》五見，《六韜》三見，《三略》二見，《文子》八見，《荀子》一見，《鶡冠子》四見，《素問》十見，《靈樞》六見，《鬼谷子》二見。

侯魚通叶的除《老子》三次，有《家語》一見，《莊子》一見，《吴子》一見，《山海經》二見，《穆天子傳》一見，《逸周書》二見，《文子》九見，《韓非子》一見，《吕氏春秋》二見，《鶡冠子》二見，《素問》六見，《靈樞》七見，《鬼谷子》三見。

真耕通叶的除《老子》二次，有《國語》二見，《管子》八見，《莊子》十二見，《逸周書》一見，《墨子》一見，《文子》十四見，《荀子》九見，《韓非子》四見，《吕氏春秋》六見，《鶡冠子》二見，《素問》五見，《靈樞》二見。

而四種現象同在一書内出現的也還有《莊子》、《逸周書》、《文子》、《素問》、《靈樞》等五書。某三種現象同時出現一書的有《管子》、《荀子》、《韓非子》、《吕氏春秋》、《鶡冠子》等五書。其他《家語》、《六韜》、《三略》、《鬼谷子》、《山海經》、《穆天子傳》、《墨子》等書有的只出現兩種，有的則僅出現一種，然却未必便是這些書的音韻系統不同於老氏。因爲這些書根本韻文便不多，表中最末一欄顯示得很清楚；韻文的根本少見，或者才是此一問題的正確答案。而且不僅此也，恐怕這四種現象一次也不見的《晏子》、《吴子》、《列子》、《國策》等四書和《秦文》，也都不能説他們的音韻系統更不相同，因爲他們也是韻文甚少的。即以《秦文》而論，一共出現十八次韻文，都是同部互韻的。且不但同部，連聲調都毫不含混；平叶平、上叶上、去叶去、入叶入；有幾處似乎在聲調上是通叶的，但仍可以清清楚楚地劃分開來，一絲不亂。然而能不能説這是它的音韻特色呢？依我看不能，因爲在《詩・秦風》少少的幾首詩中便不這麼整齊。《車鄰》篇鄰顛令叶，或者便是真耕通叶（案：令聲之字分屬何部古韻學家意見不一致，是此"或者"二字的用意）。《小戎》篇叶膺弓縢興音，便是蒸侵通韻。所以説這四種叶韻情形是最常見的，至少在表中所列諸書來講，大致還不成問題。

在《詩經》裏，之幽、侯魚接觸也有很多次，有的在《小雅》、《大雅》，有的在《商頌》；陽部與東部段氏《六書音均表》也有《周頌・烈文》的例（案：那可能

各書韻部間相互叶韻與各該韻部同部叶韻之次數對比表

韻部 書名	葉緝	之業	之緝	之幽	之宵	之侯	之魚	之佳	之脂	之蒸	之文	之幽宵	之幽侯	之幽魚
國語														
老子				$\frac{27+6}{7}$	$\frac{27+1}{1}$									
管子				$\frac{104+5}{3}$			$\frac{104+65}{3}$							
孫子							$\frac{8+3}{1}$							
晏子														
家語														
莊子				$\frac{46+4}{1}$			$\frac{46+28}{4}$							
列子														
吳子			$\frac{9+0}{1}$											
山海經														
穆子天傳														
逸周書				$\frac{38+4}{5}$		$\frac{38+3}{1}$	$\frac{38+24}{2}$		$\frac{38+6}{1}$		$\frac{38+3}{1}$			
六韜				$\frac{22+6}{+3}$		$\frac{22+3}{+3}$							$\frac{22+6+3}{3}$	
三略				$\frac{7+2}{1+1}$	$\frac{7+1}{1+1}$							$\frac{7+2+1}{1}$		
國策														
墨子														
文子		$\frac{52+0}{1}$	$\frac{52+1}{1}$	$\frac{52+9}{8}$	$\frac{52+10}{1}$	$\frac{52+14}{3}$								
荀子	$\frac{0}{1}$			$\frac{47+5}{1}$										
韓非子										$\frac{24+2}{1}$				
呂覽							$\frac{36+29}{1}$							
鶡冠子		$\frac{7+0}{2}$	$\frac{7+0}{1}$	$\frac{7+1}{4}$	$\frac{7+0}{1}$				$\frac{7+1}{1}$					
素問				$\frac{33+3}{7+3}$		$\frac{33+3}{1+3}$		$\frac{33+1}{1}$					$\frac{33+3+3}{3}$	
靈樞				$\frac{26+6}{3+3}$	$\frac{26+4}{+2}$	$\frac{26+4}{5+2}$	$\frac{26+19}{4+6}$						$\frac{26+6+4}{1+1}$	$\frac{26+6+19}{1+1}$
鬼谷子			$\frac{12+0}{1}$	$\frac{12+1}{2}$										
秦文														

續表

韻部 / 書名	之宵魚	之侯魚	之侯幽魚	之侯宵魚	幽宵	幽侯	幽魚	幽東	幽宵侯	幽侯魚	幽陽東	宵侯	宵魚	侯魚	侯東	侯中	魚佳	魚脂
國語																		
老子					$\frac{6+1}{1}$	$\frac{6+10}{1}$								$\frac{10+20}{3}$				
管子					$\frac{5+3}{1+1}$	$\frac{5+12}{2+1}$			$\frac{5+3+12}{1}$			$\frac{3+12}{1+1}$	$\frac{3+65}{1}$					
孫子													$\frac{1+3}{1}$					
晏子					$\frac{0}{1}$													
家語														$\frac{1+7}{1}$				
莊子					$\frac{4+0}{3}$	$\frac{4+14}{1}$								$\frac{14+28}{1}$			$\frac{28+6}{1}$	
列子						$\frac{1+0}{1}$												
吳子						$\frac{1+0}{1}$								$\frac{0+7}{1}$				
山海經					$\frac{0}{1}$									$\frac{1+0}{2}$				
穆子天傳														$\frac{0+2}{1}$				
逸周書					$\frac{4+3}{1}$									$\frac{3+24}{2}$			$\frac{24+2}{1}$	
六韜																		
三略												$\frac{1+1}{2}$						
國策																		
墨子						$\frac{2+0}{1}$												
文子					$\frac{9+10}{1}$	$\frac{9+14}{6}$	$\frac{9+29}{1}$							$\frac{14+29}{9}$			$\frac{29+4}{2}$	
荀子																		
韓非子								$\frac{7+3}{1}$						$\frac{4+20}{1}$	$\frac{4+3}{1}$	$\frac{4+0}{1}$		
呂覽						$\frac{8+8}{2}$								$\frac{8+29}{2}$				
鶡冠子														$\frac{3+1}{2}$				
素問					$\frac{3+1}{2}$	$\frac{3+3}{1+4}$	$\frac{3+18}{2+1}$		$\frac{3+3+18}{1}$					$\frac{3+18}{5+1}$				
靈樞	$\frac{26+4+19}{1+1}$	$\frac{26+4+19}{2+2}$	$\frac{26+6+4+19}{1}$	$\frac{26+4+4+19}{1}$		$\frac{6+4}{1+2}$	$\frac{6+19}{+2}$	$\frac{6+5}{+1}$		$\frac{6+4+19}{+1}$	$\frac{6+5+29}{1}$	$\frac{4+4}{+1}$	$\frac{4+19}{+1}$	$\frac{4+19}{3+4}$				$\frac{19+9}{1}$
鬼谷子														$\frac{0+2}{3}$				
秦文																		

續　表

韻部 書名	魚祭	魚歌	魚陽	佳脂	佳微	佳祭	佳歌	佳脂歌	佳微歌	佳微脂祭	脂微	脂祭	脂歌	脂緝	脂微祭	微祭	微歌	微緝
國　語											$\frac{0+2}{1}$							
老　子							$\frac{2+8}{2}$				$\frac{4+9}{1}$	$\frac{4+8}{1}$				$\frac{9+8}{1}$		
管　子		$\frac{65+13}{2}$		$\frac{1+15}{1}$	$\frac{1+8}{2}$		$\frac{1+13}{5}$				$\frac{15+8}{2}$	$\frac{15+20}{2}$					$\frac{8+13}{1}$	$\frac{8+2}{1}$
孫　子																		
晏　子																		
家　語					$\frac{0+1}{1}$		$\frac{0+2}{1}$											
莊　子							$\frac{6+16}{3+1}$	$\frac{6+10+16}{1}$			$\frac{6+10}{1}$	$\frac{6+8}{1}$			$\frac{6+0}{1}$		$\frac{10+16}{2+1}$	$\frac{10+0}{1}$
列　子																		
吳　子							$\frac{3+2}{1}$				$\frac{2+1}{2}$							
山海經																		
穆子天傳																		
逸周書	$\frac{24+11}{1}$			$\frac{2+6}{1+1}$			$\frac{2+8}{1+1}$	$\frac{2+6+8}{1}$			$\frac{6+0}{1}$							
六　韜				$\frac{1+2}{1}$	$\frac{1+0}{1}$							$\frac{2+8}{2}$						
三　略					$\frac{1+1}{1}$		$\frac{1+1}{1}$				$\frac{4+1}{1}$		$\frac{4+1}{1}$					
國　策																		
墨　子																		
文　子				$\frac{4+12}{2}$	$\frac{4+17}{5}$		$\frac{4+12}{2}$				$\frac{12+17}{4+1}$	$\frac{12+15}{+1}$			$\frac{12+17+15}{1}$	$\frac{17+15}{5+1}$	$\frac{17+12}{1}$	
荀　子			$\frac{16+25}{1}$								$\frac{6+3}{1}$	$\frac{6+7}{2}$	$\frac{6+9}{1}$					
韓非子							$\frac{2+4}{2}$											
呂　覽							$\frac{1+5}{2}$				$\frac{14+12}{2}$	$\frac{14+13}{2}$				$\frac{12+13}{1}$		
鶡冠子		$\frac{1+2}{2}$					$\frac{0+2}{1}$											
素　問		$\frac{18+2}{2}$		$\frac{1+6}{1}$	$\frac{1+13}{1}$		$\frac{1+2}{2}$				$\frac{6+6}{3}$					$\frac{6+13}{1}$		
靈　樞				$\frac{1+9}{+1}$	$\frac{1+7}{1+1}$	$\frac{1+10}{+1}$				$\frac{1+9+7+10}{1}$	$\frac{9+7}{+1}$	$\frac{9+10}{3+1}$			$\frac{9+7+10}{+1}$	$\frac{7+10}{6+1}$		
鬼谷子							$\frac{1+4}{1}$				$\frac{4+1}{4}$							
秦　文																		

續表

韻部／書名	祭歌	祭緝	祭元	歌元	元文	元真	元耕	元陽	元文真	文真	文耕	文真耕	真耕	耕陽	耕蒸	耕陽東	耕陽蒸	耕東中
國語													$\frac{2+6}{2}$					
老子						$\frac{8+7}{1}$				$\frac{11+7}{2}$			$\frac{7+12}{2}$					
管子		$\frac{20+0}{1}$			$\frac{9+4}{2}$			$\frac{9+38}{2}$		$\frac{4+13}{5+1}$	$\frac{4+49}{+1}$	$\frac{4+13+46}{1}$	$\frac{13+46}{7+1}$	$\frac{46+38}{2}$				
孫子						$\frac{0+1}{1}$												
晏子					$\frac{1+0}{1+1}$				$\frac{1+0+2}{1}$	$\frac{0+2}{1+1}$								
家語			$\frac{2+1}{1}$							$\frac{2+2}{1}$								
莊子			$\frac{8+6}{1}$	$\frac{16+6}{1}$						$\frac{5+9}{2}$			$\frac{9+26}{12}$	$\frac{26+26}{1}$				
列子																		
吴子																		
山海經																		
穆子天傳																		
逸周書			$\frac{8+6}{1}$			$\frac{6+9}{1}$			$\frac{3+10}{3}$	$\frac{3+9}{1}$			$\frac{10+9}{1}$	$\frac{9+18}{3}$				
六韜		$\frac{8+3}{1}$			$\frac{3+1}{1}$				$\frac{1+2}{1}$									
三略					$\frac{8+2}{3+2}$	$\frac{8+5}{1+2}$			$\frac{8+2+5}{2}$	$\frac{2+5}{3+2}$								
國策									$\frac{0+1}{1}$									
墨子													$\frac{0+4}{1}$					
文子			$\frac{15+20}{2}$		$\frac{20+6}{4+1}$	$\frac{20+3}{1+1}$			$\frac{20+6+}{1}$	$\frac{36+3}{7+1}$	$\frac{6+44}{2}$		$\frac{3+44}{14}$	$\frac{44+48}{2}$				$\frac{44+7+2}{1}$
荀子			$\frac{7+5}{2}$		$\frac{5+1}{1+1}$	$\frac{5+5}{2+1}$			$\frac{5+1+5}{1}$	$\frac{1+5}{6+1}$			$\frac{5+8}{9}$					
韓非子													$\frac{7+13}{4}$					
吕覽			$\frac{13+7}{1}$	$\frac{5+7}{2}$	$\frac{7+0}{1}$	$\frac{7+8}{1}$			$\frac{7+44}{1}$	$\frac{0+8}{1}$			$\frac{8+27}{6}$	$\frac{27+44}{2+1}$		$\frac{27+44+10}{1}$		
鶡冠子													$\frac{0+7}{2}$	$\frac{0+9}{1}$				
素問					$\frac{3+2}{1+2}$	$\frac{3+3}{2+2}$			$\frac{3+2+3}{2}$	$\frac{2+3}{4+2}$			$\frac{3+16}{5}$				$\frac{16+31+0}{1}$	
靈樞	$\frac{10+6}{1}$		$\frac{10+6}{1}$		$\frac{6+2}{2}$					$\frac{2+3}{2+2}$	$\frac{2+14}{+2}$	$\frac{2+3+14}{2}$	$\frac{3+14}{+2}$	$\frac{14+29}{1}$				
鬼谷子										$\frac{0}{2}$					$\frac{6+0}{1}$			
秦文																		

續 表

韻部 書名	陽東	陽中	陽蒸	陽東中	東中	東蒸	東侵	東中蒸	中蒸	中侵	蒸侵	全書同部叶韻與非同部叶韻之總比
國語												$\frac{52}{3}$
老子	$\frac{17+4}{6}$											$\frac{152}{29}$
管子	$\frac{38+9}{4}$	$\frac{38+5}{1}$			$\frac{9+5}{1}$						$\frac{0+7}{1}$	$\frac{381}{56}$
孫子												$\frac{18}{3}$
晏子												$\frac{33}{4}$
家語	$\frac{5+0}{1}$											$\frac{39}{6}$
莊子	$\frac{26+1}{1}$								$\frac{2+2}{1}$			$\frac{216}{40}$
列子												$\frac{23}{1}$
吳子					$\frac{0}{1}$		$\frac{0}{1}$					$\frac{32}{8}$
山海經												$\frac{6}{3}$
穆子天傳												$\frac{9}{1}$
逸周書	$\frac{18+9}{1+1}$			$\frac{18+9+1}{1}$	$\frac{9+1}{2+1}$						$\frac{3+1}{1}$	$\frac{159}{34}$
六韜	$\frac{12+0}{1}$								$\frac{0}{1}$			$\frac{89}{12}$
三略				$\frac{7+2+0}{1}$	$\frac{2+0}{2+1}$				$\frac{0+1}{1}$			$\frac{65}{22}$
國策												$\frac{26}{1}$
墨子												$\frac{44}{2}$
文子	$\frac{48+7}{21+1}$	$\frac{48+2}{2+1}$	$\frac{48+2}{1}$	$\frac{48+7+2}{1}$	$\frac{7+2}{+3}$	$\frac{7+2}{1+1}$		$\frac{7+2+2}{1}$	$\frac{2+2}{1}$	$\frac{2+2}{1}$		$\frac{310}{116}$
荀子	$\frac{25+6}{1+1}$		$\frac{25+0}{1}$	$\frac{25+6+0}{1}$	$\frac{6+0}{3+1}$							$\frac{149}{34}$
韓非子	$\frac{12+3}{2}$				$\frac{3+0}{1}$							$\frac{120}{14}$
呂覽	$\frac{44+10}{6+1}$	$\frac{44+3}{2}$			$\frac{10+3}{2}$				$\frac{3+2}{3}$			$\frac{239}{41}$
鶡冠子									$\frac{0}{1}$			$\frac{36}{18}$
素問	$\frac{31+4}{2}$				$\frac{4+1}{1}$	$\frac{4+0}{1}$	$\frac{4+4}{1}$			$\frac{1+4}{1}$		$\frac{151}{54}$
靈樞	$\frac{29+5}{2+1}$		$\frac{29+0}{1}$							$\frac{1+4}{1}$		$\frac{156}{49}$
鬼谷子					$\frac{2+0}{1}$							$\frac{41}{15}$
秦文												$\frac{18}{0}$

說明：

（一）韻目下橫線上數字，爲各該韻部順次在各書中出現之同部叶韻次數。橫線下數字，爲各該韻部相互叶韻之次數；在加號後者，爲重複之計入，如《管子》幽宵下加號後之一次，卽見於幽宵侯下者。

（二）最後一欄總比之數字，在橫線上者爲各書出現之各韻部叶韻次數單計之總和，凡無與其他韻部相叶之同部叶韻之次數，本表未列，故是項總和數字非卽左列各項橫線上數字單計之總和。橫線下數字，則爲左列各項橫線下之數字除去在加號後者之總和。

是不對的）；真部與耕部則有許多從令聲的字處於游移的狀態之下。所以我覺得說這四種叶韻情形是楚方音的特色，似乎還有可商之處。

同龢師在文中又曾提出一個觀念，以爲有些書雖然也有與《老子》、《楚辭》同樣的情形，然而它們是僞作的；時代不相當，不能相提並論。可是《老子》一書果成於何時，至今仍在聚訟。如果真是《老》在《莊》後，它和表中許多書的時代便很接近。那麽，面對著《老子》與諸書之同此四種叶韻情形，似乎也不必去另謀解釋了。

我作這方面的研究，可以說根本是受了同龢師這篇文章的啓發和誘導。所以在此節的開頭，便提出此事。同時我亦深深知道同龢師在討論學問方面最無諱忌，所以更敢於就這問題提出自己的意見；内心裹還老覺得，這些材料也許便是同龢師日夕期待的反證吧。

另外還有一些從表中所見到的現象，現在分述於後：

其一、本表一共有七十九種叶韻情形。其中葉緝、之佳、之蒸、之文、之幽宵、之幽魚、之宵魚、之侯魚、之幽侯魚、之宵侯魚、幽宵侯、幽陽東、侯東、侯中、魚脂、魚祭、魚陽、佳脂歌、佳微歌、佳脂微祭、脂緝、祭歌、祭緝、元耕、耕蒸、耕陽東、耕陽蒸、耕東中及東中蒸等二十九種只出現於某一書。之業、之脂、幽東、幽侯魚、佳祭、脂歌、脂微祭、微緝、元陽、文真耕、東侵及蒸清等十二種見於某某二書。之幽侯、幽魚、宵侯、宵魚、魚佳、魚歌、微歌、歌元、文耕、陽中、陽蒸、東蒸及中侵等十三種出現於某某三書。之緝和陽東中出現於某某

四書。之宵、之侯、佳脂、微祭及元文真等五者出現於某某五書。之魚和中蒸出現於某某六書。佳微、脂祭、祭元,元真和耕陽等五者出現於某某七書。幽宵出現於某某八書。元文和東中出現於某某九書。幽侯出現於某某十書。之幽與東陽出現於某某十二書。佳歌、脂微、真耕出現於某某等十三書。侯魚出現於某某等十四書。文真出現於某某等十五書。如果依照《詩經》韻和諧聲字所顯示的二十二韻部的關係書一圖式如下:

葉緝之幽宵侯魚佳脂微祭(緝、葉)歌

談侵蒸中　東陽耕真文元

橫竪位置相鄰的疏密表示韻部間關係的遠近。大致説來,這七十九種叶韻情形,凡其同見於某某書的數字愈是增加,其相互叶韻的韻部間的關係也愈接近;同時我們還可以發現,其在一書中相互叶韻的次數也是漸增的。(案:如東部、中部、侵部、蒸部等同部叶韻的次數根本便極少見者,當又作别論)。這一現象似乎顯示:所有這些韻部間相互叶韻的情形只是一種通融的辦法。江氏把關係最密的兩鄰部互叶稱爲通韻,如之與幽、之與蒸;隔了一部的互叶稱爲合韻,如之與宵;再遠的統稱作借韻,如之與侯、之與魚。以現代進步的眼光視之,像這樣以《詩經》韻籠絡一切,並不能令人滿意。然而在這種情形下或者亦不無見地(案:本文稱韻部間的相互叶韻,即是沿用江氏之法的,個人認爲至少在目前,這是最好的辦法)。

不過我們可以從另外的角度,看出一個端倪,即《靈樞》一書特别突出。在所有七十九種相互叶韻項目中,它具有三十八項,已經是二分之一了。而二十九種只見於某一書的項目中,見於他書的都可以視爲例外和通融,如之佳和葉緝;或者還可以另作解釋,如之文(詳後)。唯獨見於《靈樞》的許多專有項目,我們不能視爲例外(詳下)。如果除去諸書那些可以視爲例外等的專有項目,它所具有的已遠超過二分之一;這是其他任何一書所不能逮及的,這可以説是它的第一個特色。在實質上,三韻部相互叶韻的情形,它固已較他書爲多,而它還獨具四部相叶的項目,這或者可以説是它的又一特色。

另外我們又可以看出之、幽、宵、侯、魚五部在《靈樞》裏顯得特别親密。

在其他書裏，之魚叶韻的例子並非無有，《管子》三次和《莊子》四次也可以説不少。然而所謂《管子》的三次，有兩次是母叶鼓字；《莊子》的四次，一次是母叶户馬女祖苦，一次是母叶居于父。《逸周書》的二次也有一次是母字與魚部的五女相叶。母字本是一個特别字。在金文裏毋即是母字。《説文》古文謀從母聲，古書裏也便看到謀與魚部字叶韻的例。恐怕母或母聲之字有時當屬魚部，所以這些例子實在應該視作純然的魚部叶韻。另外《吕氏春秋》的一次是《分職篇》的謀叶怒語，謀或者亦是比較特别的。《詩・巷伯》篇叶虎字，似乎仍是謀字是否有時當視爲魚部字的問題；就和《逸周書》的敏與改、起、子、能相叶一樣（詳見"四、幾項叶韻的申述"）。

另外《莊子》還有一次是《外物》篇的"有人於彼：脩上而趨下，未僂而後耳，視若熒四海，不知其誰氏之子"。下字是否入韻實在不好決定，所以我在補正裏只説下字疑亦入韻。那麽實在説來，之魚叶韻的只見於《管子》、《孫子》、《莊子》、《逸周書》和《靈樞》了。然而《管子》、《孫子》、《逸周書》都只出現一次，《莊子》最多亦不過二次。

從表中所示它們對於之魚二部同部叶韻的比例看，管子爲 171∶1，《孫子》爲 11∶1，《逸周書》爲 63∶1，《莊子》最多是 76∶2（或者爲 76∶1）。而《靈樞》的比例，包括之魚的四次，之幽魚的一次，之宵魚的一次，之侯魚的二次，之幽侯魚的一次，和之宵侯魚的一次：合計爲 54∶10，高出它們太多了。而且這其中之幽魚、之宵魚、之侯魚、之幽侯魚、之宵侯魚都是它所獨具的。另外它又有之侯的五次，之幽侯的一次，之幽的三次，幽侯的一次。之幽、幽侯雖是很普遍；之侯、之幽侯亦僅出現於《逸周書》、《六韜》、《文子》和《素問》，這些書在時代上講正是與《靈樞》最接近的（詳下）。所以，就《管子》、《孫子》、《莊子》、《逸周書》而言，之魚通叶可以視作例外，在《靈樞》却不容如此看待，因爲它所顯示的之、幽、宵、侯、魚五部的關係太過突出、太不尋常了。我們實在可以説這五部關係的親密，便是《靈樞》一書的一大特色。

另外我們又可以從另一個角度，即在表中最末一欄，看到有許多同部叶韻總數極爲接近的各書，他們對於非同部叶韻的總數的對比，有的是頗有懸殊的，其中除去用韻本就較少不上百次者外，《荀子》的 149，《素問》的 151，

《老子》的152,《靈樞》的156,《逸周書》的159,甚爲接近;《韓非子》的120也較爲接近。

可是他們的比率,大致《荀子》是4∶1,《素問》是3∶1,《老子》5∶1,《靈樞》3∶1,《逸周書》5∶1,《韓非子》則爲8∶1。其他《莊子》的216與《吕氏春秋》的239也甚爲接近,比率則《莊子》爲5∶1,《吕氏春秋》爲6∶1。三百以上的爲《文子》的310,其比率爲3∶1。《管子》的381,比率則爲7∶1。

他們的比率有的相差在一倍以上。比率最高的是3∶1,《靈樞》是一個,另外便是《素問》和《文子》,這三種書不但叶韻的總比率相同;且再看叶韻的實際情形,除去某某七種書以上所同有較普遍或最普遍的叶韻而外,我們可以發現最能與《靈樞》一書接近的便是《文子》,其次是《素問》。蓋十四者之中,《文子》與《靈樞》相同的有之宵、之侯、幽魚、佳脂、脂微祭、微祭、陽蒸、中侵、文耕等九種;《素問》與《靈樞》相同的爲之侯(之幽侯可以包括在其中,因爲之幽與幽侯都是極常見的)、幽魚(幽侯魚包括在其中,因爲幽侯和侯魚也都是常見的)、佳祭、微祭和中侵等五種。再次是《管子》的之魚、宵侯、宵魚、佳脂、文耕(文真耕包括在内)等五種,《逸周書》的之魚、之侯、佳脂、文耕等四種。

《靈樞》是一個特别突出的書,除去《靈樞》之外叶韻項目最多的便是《文子》,共三十六種,再次是《管子》的二十七種,《素問》的二十六種,再次是《逸周書》的二十四種,從叶韻項目的總數或他們與《靈樞經》相同的項目看,二者是相當的。又從它們同部叶韻和非同部叶韻的總比率看來,《文子》、《素問》與《靈樞》亦相同,《管子》和《逸周書》則較低,尤其是《管子》。不過《文子》、《素問》與《靈樞》的相同之點是很多的,這是否表示它們時間或地域上有什麽關聯呢?

《古今僞書考》云:"《素問》,其書後世宗之,以爲醫家之祖。然其言實多穿鑿;至以爲黄帝與岐伯對問,益屬荒誕。無論《隋志》之《素問》,卽《漢志》所載《黄帝内外經》並依托也。或謂此書有失侯失王之語,秦滅六國,漢諸侯王國除,始有失侯王者。予案:其中言黔首,又曰夜半,曰平旦,曰日出,曰日中,曰日昳,曰下晡,不言十二支,當是秦人所作。又有言歲甲子,言寅時,則

又漢後人所作。故其中所言有古近之分,未可一概論也。"是謂《素問》乃秦或漢時所作。而其謂《靈樞經》則云:"晁子止曰:或謂好事者於皇甫謐所集《内經·倉公論》中抄出之。恒案:此書又下《素問》一等。"《文子》非計然所作,班固已疑其僞託,大抵亦秦漢間書。《逸周書》姚氏亦謂漢後人所作;黄云眉《補證》則謂是書真僞雜揉,蓋亦承認有漢後人僞作的。《管子》不是管仲所作,已是不争之事;然大抵是要較此諸書爲早的。根據前人的考訂,這五種書的先後次序是《管子》、《逸周書》、《文子》、《素問》、《靈樞》。如果按照諸書用韻的各種情形排列,它們的次序也正是如此。不過有一點,《靈樞》雖然最晚,却絶不如杭世駿所説,爲唐王砅所僞。黄云眉《古今僞書考補證》深信杭氏之説,那是不可以的。因爲就《靈樞》用韻而言,與《唐韻》絶不相同。

其二、表中顯示出陰陽二部叶韻情形極少,在七十八項當中只之蒸、之文、幽東、幽陽東、侯東、侯中、魚陽、祭元、歌元等九種。而其中除祭元、歌元而外,餘均只見於某一書;幽東表中雖有《韓非子》和《靈樞》二者,實際上《靈樞》的一次即幽陽東的一次。而且它們在一書之中也都只出現一次。且不僅此也,其中《韓非子》的幽東是《楊權》的調叶同,侯東是《主道》的同叶握欲;《靈樞》的幽陽東是《官能》的調叶通行。調與通相叶,最早見於《詩·車攻》篇,其後有屈原的《離騷》、東方朔的《七諫》都用調叶同字,似乎出於好古的摹效,或者調同二字古讀不如隋唐以後之異。這幾處也正好可能都是調或同字的各别問題。《逸周書》的之文也是敏字的個别問題(詳下)。

如果除去此四種,便只得五種,更是少而又少;在諧聲字及異文假借中情形顯然是較此爲多的。於此我們可以得到一個結論:叶韻的要求,不僅在於主要元音的同近,還在於韻尾的相同或甚近;表中最常見的幾項,如之幽、幽宵、幽侯、侯魚、佳歌,脂微、脂祭、元文、元真、文真、真耕,陽東、東中等,除真耕同元音異韻尾及佳歌又當作别論者外,都是同韻尾異元音的,更顯示對韻尾的要求還遠過於元音的。這一點跟近體詩的通韻情形相同。陰陽相對二部雖元音相同,以其韻尾不同,故通韻之例亦不多覯。

四、幾項叶韻的申述

在這一節裏,我想把表中幾項叶韻情形,特別提出來作一簡單的申述:

其一、"之文"。之文通叶見於《逸周書》的《太子晉解》。原文云:"師曠罄然又稱曰:温恭敦敏,方德不改,聞物(案:下闕),下學以起,尚登帝臣,乃參天子,自古誰能。"敏字江氏音明以反(案:敏字傳統無此讀,這是江氏的"叶音")。《説文》:"毎,易卦之上體也。"《十韻彙編》、《王一》隊韻字作敏,《廣韻》、《全本王韻》並仍作毎,《王一》敏蓋亦毎字之誤(案:《王一》與《全本王韻》是同一個底本的)。唯《説文》云敏從每聲,每與改、起、子、能同之部。《詩・甫田》三章云:"曾孫來止,以其婦子,饁彼南畝,田畯至喜,攘其左右,嘗其旨否。禾易長畝,終善且有,曾孫不怒,農夫克敏。"以敏與之部字叶。《生民》首章云:"克禋克祀,以弗無子,履帝武敏,歆;攸介攸止。"亦以敏叶之部諸字,敏與拇同。是敏字古韻亦可屬之部之證。所以此條亦可以視作純粹的之部叶韻。

其二、"脂緝"、"微緝"與"祭緝"。脂緝通叶見於《莊子・齊物論》的"叱者,吸者"。微緝通叶見於《管子・弟子職》的"既徹并器,乃還而立",和《莊子・天運》的"孰嘘吸是,孰居無事而披拂是"。祭緝通叶見於《管子・侈靡》的"潭根之無伐,固事之毋入"。四者都是本文所收。其中《管子・弟子職》一條是江氏覺得應該有韻而終認爲無韻的。其實四者爲韻文都確然無可疑。

在諧聲字中,脂微祭三部字往往與葉緝二部發生關係(詳見董同龢先生《中國語音史》第九章),同龢師認爲那是較《詩經》韻爲早的情形。然而《詩・雨無正》叶退遂瘁答退(見段氏《六書音均表》。現在有人説答應該讀爲對,實在是不必要的牽附)亦正是微緝通叶的例子;或者我們當説韻文不及諧聲字較普遍而已。立字在金文與位字不分。《詩・大明》篇"天位殷適"即"天立殷敵";《板》篇"無自立辟",漢石經立作位;《周禮・小宗伯》"掌建國之神位"故書位作立,可證《管子》器立是韻。然而《管子》立字不能讀爲位,所以是微緝通韻。《莊子》叱吸或吸拂爲韻,恰好都有吸字,可以互證,亦

確無可疑。《天運》拂字釋文云司馬作翇，翇是祭部字。祭和緝的關係與脂同，後者與《管子·侈靡》篇伐叶入字則爲相同。

其三、"魚脂"。魚脂借韻，見於《靈樞》的《決氣》。原文云："中焦受氣，取汁變化而赤，是謂血。"江氏謂赤血魚脂借韻（案：魚脂二部音實不近）唯此文上下並爲韻文；而下文云："壅遏營氣，令無所避，是謂脈。"以避脈爲韻，入韻之句平列相當，江氏之説大致可信，姑從之。

五、《先秦韻讀》補正

凡　　例

一、江氏别古韻爲二十一部，其名稱爲之、幽、宵、侯，魚、支、脂、祭、歌、元、文、真、耕、陽，東、中、蒸、侵、談、緝、葉。本文所據爲董同龢師《上古音韻表稿》，計分之、幽、宵、侯、魚、佳、脂、微、祭、歌、元、文、真、耕、陽、東、中、蒸、侵、談，緝、葉等二十二部。其中佳部卽江書支部，微部自江書脂部析出。

二、脂微分部已成定論。凡江書注云脂部而實微部或脂、微二部通韻或分别爲韻者，更爲注明。

三、凡入韻之字，以圓點誌之下端。如爲二部交互爲韻，則以不同號符分别記識。

四、凡字下加圈者，以示下有説明。

國　　語

（據黄氏士禮居本）

《周語》上

襄王使邵公過及内史過賜晉惠公命章：

故爲車服旗章以旌之,爲贄幣瑞節以鎮之,爲班爵貴賤以列之,爲令聞嘉譽以聲之。(真耕通韻)

《周語》下

景王廿一年將鑄大錢章:

可先而不備謂之怠,可後而先之謂之召災(之部)。

案:備怠二字去聲,之災二字平聲,此殆分別爲韻。

《魯語》上

子叔聲伯如晉章:

吾聞之:不厚其棟,不能任重(東部)。重莫如國,棟莫如德(之部)。

《魯語》下

季桓子穿井章:

木石之怪曰夔蝄蜽,水之怪曰龍罔象,土之怪曰羵羊(陽部)。

《晉語》一

公之優曰施通於驪姬章:

狄之廣莫,於晉爲都,晉之啓土,不亦宜乎(魚部)。

案:又見《左傳·莊公二十八年》,江氏以爲都乎韻。又案:莫土二字古韻亦在魚部,雖聲調與都乎二字不同,疑亦爲韻。

《晉語》二

獻公問于卜偃章:

童謠有之曰:丙之晨,龍尾伏辰,均服振振,取虢之旂。鶉之賁賁,天策焞焞,火中成軍,虢公其奔(文部)。

案:此文又見《左傳·僖公四年》,江氏收之。

《晉語》八

平公有疾章:

是謂遠男而近女,惑以生蠱(魚部)。

非鬼非食,惑以喪志(之部)。

《越語》下

天時不作,而先爲人客(魚部)。人事不起,而創爲之始(之部)。此

逆於天，而不和於人，王若行之，將妨於國家，靡王躬身（真部）。

案：上文有：天時不作，弗爲人客，人事不起，弗爲之始，江氏以爲韻文矣。

老　子

（據四部叢刊本）

《韜光》

是以聖人後其身而身先，外其身而身存（文部）。

案：無源章"湛兮似若存，吾不知誰之子，象帝之先"，亦以先存二字爲韻。見江氏《韻讀》。

《易性》

居善地，心善淵，與善仁，言善信（真部）。

江氏以淵信二字爲韻。案：仁亦真部字，亦當是韻。下文"正善治，事善能。夫惟不爭，故無尤"，治能尤三字爲韻，非必雙數句始爲韻也。

《異俗》

荒兮其未央哉（陽部），衆人熙熙，如享太牢，如春登喜，我獨怕兮其未兆，如嬰貌之未孩（之部）。

江氏以哉與熙喜孩韻。案：第一句以荒與央韻，哉字虛詞，此非韻脚。下文儽儽兮若無所歸；純純兮俗人昭昭我獨若昏，以儽與歸韻，純與昏韻，並與此同例。參見下二條。

乘乘兮若無所歸，衆人皆有餘而我獨若遺（微部）。

江氏以歸與遺韻。案：乘乘或作儽儽，或作傫傫，或作魁魁。河上公云："我乘乘如窮鄙無所歸就。乘平聲。"字書乘乘無窮鄙義。《説文》："儽，垂貌。一曰嬾懈。"字又誤作儌。《廣雅・釋詁二》："儌，勞也。"《釋訓》："儌儌，疲也。"《老子》釋文："儽，敗也。"《説文》："傫，相敗也。"儽傫二字音同義通。河上公訓乘乘爲窮鄙，是其所見本乘乘原當作儽儽（或作傫傫）。後以正文儽字誤爲乘，遂亦改注文儽爲乘字。至儽之所以誤爲乘，《説文》儽訓垂貌，

垂與乘形近,遂誤耳。此實以儽與歸遺三字爲韻。一本作魁魁者,魁字古韻亦在微部,蓋由音近而譌。

沌沌兮俗人昭昭,我獨若昏;俗人察察,我獨悶悶(文部)。

案:此以沌昏悶三字爲韻,沌字入韻與上文荒字儽字同例。江氏但以昏悶二字爲韻,失之。參見前二條。

《益謙》

曲則全,枉則直,窪則盈,弊則新(真耕通韻)。少則得,多則惑。是以聖人抱一而爲天下式(之部)。

江氏韻讀以爲"窪則盈,弊則新"兩句原當在"曲則全,枉則直"兩句之上,此以盈新二字韻,直得惑式四字韻。案:此章末云:"古之所謂曲則全者,豈虚言哉,識全而歸之。"是此章皆在發明曲則全一語之意。曲則全一語首尾呼應,斷無當在"窪則盈,弊則新"二語後之理。《老子校詁》云:"碑館傳龍范諸本直作正。范應元曰:'正字王弼同古本。'則王本直作正。此以全正盈新四字爲韻。"尤證江氏臆説之非。惟蔣氏以全與正盈新三字爲韻恐亦非,全字古韻在元部,本書無元耕合韻之例。此文當是以正盈新三字爲韻,又得惑式三字爲韻。

《重德》

輕則失臣,躁則失君。

江氏以臣君真文通韻,案:《老子校詁》(以下簡稱《校詁》)云:"明吴焦周釋大永臣作根。"俞樾云:"《永樂大典》作輕則失根,當從之。蓋此章首云重爲輕根,静爲躁君,故終之曰輕則失根,重則失君……至河上公作失臣,殆因下句失君之文而臆改耳。"馬敍倫云:"根與君爲韻。"案:根君二字古韻同在文部,俞馬之説是也。王本作輕則失本,本根義同,亦可昭臣字之誤。

《儉武》

物壯則老,是謂不道,不道則已(之幽通韻)。

案:三語又見後《玄符》章,江氏於彼收之。

《任成》

大道氾兮,其可左右。覺物恃之以生而不辭,功成不名有。愛養萬

物而不爲主，常無欲可名於小，萬物歸焉而不爲主，可名爲大。

“功成不名有”，江氏《韻讀》作“功成不居”，謂此文右與辭韻，之部；居與主韻，侯魚通韻。案：《校詁》云：徽卿邵金張林董雱彭大“不名有”作“不居”，江氏所本蓋如此。惟此文顯然前四句爲一節，後四句又爲一節，江氏《韻讀》中有所謂“之魚借韻”之例，則江氏此當以居與右辭借韻，不當分上節居字與下節主字爲韻也。惟疑此文以右辭有三字爲韻，之部。或本“功成不名有”作“功成不居”者，居卽名字之誤，下又脱有字耳。河上公注此句云“有道不名其有功也”，所見本是名有二字；李善《文選·辨命論》引此文亦是有字，並其證。

《仁德》

道之出口，淡乎其無味，視之不足見，聽之不足聞，用之不可既（微部）。

江氏以此文味見既三字脂元合韻。案：元脂二部音實不近，此説可疑。道之出口，口字或本作言（江氏《韻讀》所本卽如此），此疑以言見與味既交互爲韻，此種韻例《老子》書有之（參法本章“天無以清將恐裂”一節）。言見二字古韻並在元部。

《微明》

將欲噏之，必固張之。將使弱之，必固强之（陽部）。將欲廢之，必固興之。將欲奪之，必固與之。

案：將欲廢之以下四句應亦韻文，上下文並爲韻文也。疑興本作舉，舉與下文與字爲韻，魚部；或以廢興相對，改舉作興。

柔弱勝剛强。

江氏《韻讀》作柔之勝剛，弱之勝强。案：《校詁》云：道傅徽邵金無林董雱彭范大並作柔之勝剛，弱之勝强，江氏所本蓋如此。

《爲政》

天下將自定。

江氏《韻讀》定作正。案：定正古韻並在耕部。

《法本》

侯王得一以天下爲正。

江氏所本正作貞。案:當作貞。二字雖皆在耕部,然貞字與上文清、寧、靈、盈、生調同平聲。作正者,蓋涉注文平正而誤。下文侯王無以貴,貴爲貞誤字,尤可昭證。

天無以清將恐裂,地無以寧將恐發,神無以靈將恐歇,谷無以盈將恐竭,萬物無以生將恐滅,侯王無以貴高將恐蹶。

貴高二字本或作貞,劉師培曰:"案上文天無以清,地無以寧,神無以靈,谷無以盈,萬物無以生均承上以清以寧以靈以盈以生言,惟此句無以貴高與上'以爲天下侯'不相應,疑貴卽貞字之譌,貴貞形近,後人據此節王注有'清不足貴'諸文遂改爲貴;又疑貴高並文與下貴高二語相應,遂於貴下增高字,實則貴當作貞,高乃衍文也。河上本出於王本後,故據誤文而生訓。"江氏以此文裂發歇竭滅蹶爲韻,案:清寧靈盈生貞亦當是韻,此實以耕祭二部交互爲韻也。

《去用》

反者道之動,弱者道之用(東部)。

《鑒遠》

其出彌遠,其知彌少。是以聖人不行而知,不見而名,無爲而成(耕部)。

《校詁》云:"傅范本少作尟。范應元曰:'尟字韓非、王弼同古本。'則范見王本亦作尟,當據改。《文子·精誠》篇同此。"案:少作尟是也,此以遠尟爲韻。二字古韻同在元部。

《養德》

道生之,德畜之,物形之,勢成之(耕部)。

《益證》

朝甚除,田甚蕪,倉甚虛(魚部)。服文綵,帶利劍,厭飲食(之部)。財貨有餘,是謂盜夸(魚部)。

《玄符》

終日號而不啞。

江氏《韻讀》作終日號而嗌不嗄。《校詁》云，道傅明徽……范周釋大並作終日號而嗌不嗄。嗄啞二字古韻同魚部，未審本是何字。

《守道》

治人、事天（真部）莫若嗇。夫唯嗇，是謂早服。早服，謂之重積德。重積德，則無不尅。無不尅，則莫知其極。莫知其極，可以有國（之部入聲）。有國之母，可以長久（之部陰聲）。是謂“深根固蔕，長生久視”之道（脂祭通韻）。

江氏《韻讀》“早服”作“早復”，“莫知其極”句不重。以嗇嗇復復德德尅尅（江氏作克，二字通用）極國母久道等十二字爲之幽通韻。案：復字當從此本作服，嗇服德尅極國並之部入聲字，母與久亦之部字；然並爲陰聲之上。此文蓋入聲上聲分別爲韻。是謂“深根固蔕、長生久視”之道句，爲總結之語，道字既非之部字，自非韻脚。此語實以視蔕二字爲韻也，脂祭二部音近而二字聲調相同。蔕王本作柢，則與視字同脂部。又首句“治人事天莫若嗇”，治人事天平行相偶，人與天亦韻。

《守微》

其脆易破，其微易散。爲之於未有，治之於未亂，合抱之木，生於毫末。九層之臺，起於累土。千里之行，始於足下。

江氏以散亂末三字祭元通韻。案：“合抱之木，生於毫末”句與“九層之臺，起於累土”及“千里之行，始於足下”文同一例，非與“爲之於未有，治之於未亂”句同例，末字蓋本非韻脚，未可以其與散亂二字音近而牽傅爲説。又首句破字，《校詁》云，傅范焦本作判，吴本作伴，疑破字本作判，伴破並誤。此文實以判散亂韻，元部；土下韻，魚部。

《玄用》

是謂行無行，攘無臂，仍無敵，執無兵。

江氏移執無兵句於行無行之下，云：“此句本在仍無敵之下，今據韻移在此。”案：《校詁》云，辛壬傅明唐陸嚴龍吴顧“執無兵”在“仍無敵”前。陶方琦曰：“執無兵句應在仍無敵句上。弼注曰：‘猶行無行，攘無臂，執無兵，仍無敵也’，是王同此。”馬敘倫曰：陶説是，行兵臂敵相間爲韻。

《天道》

天之道其猶張弓乎。高者抑之,下者舉之,有餘者損之,不足者與之(魚部)。

管　子

(據世界書局排印本《管子校正》)

《牧民》

不務天時,則財不生。不務地利,則倉廩不盈(耕部)。野蕪曠,則民乃菅。上無量,則民乃妄。文巧不禁,則民乃淫。

上無量以下四句,江氏謂量妄韻,禁淫韻。案:"野蕪曠,則民乃菅"與"上無量,則民乃妄"句法相同,上文不務天時四句亦爲韻文,疑兩句亦當是韻文。曠古韻在陽部,菅字在元部,陽元二部叶韻雖不常見,《詩·大雅·抑》篇云:"其維哲人,告之話言,順德之行;其維愚人,覆謂我譖,民各有心。"下三句以譖心韻,上三句以言行韻(見段氏《六書音均表》),正元陽叶韻之例。蓋元陽二部主要元音相同;韻尾元部爲 n,陽部爲 ŋ,發音器官亦相同,故亦容或相叶也。

不明鬼神,則陋民不悟。

江氏謂"陋民不悟"當作"不悟陋民",以神與民韻。戴望《管子校正》(以下簡稱《校正》)引丁士涵云,悟疑信字之誤,神信爲韻。案:信亦真部字,丁説亦可備參考。

《形勢》

譕臣者可以遠舉,顧憂者可與致道(幽部)。

王引之云:"臣當作巨。形勢解曰,明主之慮事也,爲天下計,謂之譕臣。臣亦當作巨。巨与舉爲韻,憂與道爲韻。"案:巨舉同魚部。

持滿者與天,安危者與人(真部)。失天之度,雖滿必涸(魚部)。上下不和,雖安必危(歌佳通韻)。

《乘馬》

故曰：今日不爲，明日忘貨（歌部）。

《版法》

民苦殃，令不行。施報不得，禍乃始昌。禍昌不寤，民乃自圖。正法直度，罪殺不赦，殺僇必信，民畏而懼（魚部）。

江氏謂殃行韻，陽部；度赦懼韻，魚部。中間施報不得四句韻讀無。案：韻讀正法直度以下未另提行，施報不得四句疑排印時誤脱（或江氏誤脱）。又案：昌亦陽部字，與殃行韻；寤圖並魚部字，與度赦懼韻。

《宙合》

大賢之德長，明乃哲，哲乃明，奮乃苓，明哲乃大行（陽部）。

毋訪于佞，毋蓄于諂，毋育于凶，毋監于讒（談部）。不正廣其荒（陽部）。

毋犯其凶，毋邇其求，而遠其憂；高危其居，危顛莫之救（幽部）。可淺可深，可浮可沉（侵部）。可曲可直，可言可默（之部入聲）。天不一時，地不一利，人不一事（之部陰聲）。可正而視，定而履，深而迹（佳脂通韻）。夫天地一險一易，若鼓之有椁，擿擋則擊。天地萬物之橐，宙合有橐天地（佳部）。

《戒》

管仲復於桓公曰：無翼而飛者聲也，無根而固者情也，無方而富者生也。公亦固情、謹聲，以嚴尊生，此謂道之榮（耕部）。

《四稱》

保貴寵矜。

此節江氏謂令政人騈親身韻。案：《詩・小菀》叶天臻矜，《何草不黄》叶玄矜民，《桑柔》叶天矜，此矜字亦當是韻。

《侈靡》

故信其情者傷其神，美其質者傷其文，化之美者應其名（文真耕通韻）。變其美者應其時，不能兆其端者災及之（之部）。故緣地之利，承從天之指，辱舉其死，開國閉辱（脂部）。

俞樾云："開國閉辱"。《管子》原文本作"開其國門，辱知神次"，下云開其國

門者,玩之以善言。辱知神次者,操犧牲與其圭璧以執其咠。皆舉此文而釋之。因傳寫脱誤,遂不可讀。案:俞説是也。此文以利指死次爲韻,四字古韻同在脂部。

公曰:國門則塞,百姓誰敢敖,胡以備之。擇天(下)之所宥,擇鬼之所當,擇人(天)之所戴(之部),而亟付其身,此所以安之也。强與短而立,齊國之若何(以上無韻)高予之名而舉之,重予之官而危之,因責其能以隨之(佳歌通韻)。猶傶則疏之,毋使人圖之(魚部)。猶疏則數之,毋使人曲之(侯部)。此所以爲之也(無韻)。(大)有臣甚大,將反爲害,吾欲優患除害,將小能察大(祭部)。爲之奈何。潭根之毋伐,固事之毋入(祭緝通韻)。深黜之毋涸,不儀之毋助(魚部)。章明之毋滅,生榮之毋失。十言者不勝此一,雖凶必吉(脂祭通韻)。故平以滿無事,而總以待有事(之部),而爲之若何(無韻)。積日立餘日而侈,美車馬而馳,多酒醴而靡(歌部)。千歲毋出食,此謂本事。縣人有主,人此治用,然而不治,積之市(之部)。

王引之云:"當宜爲富字之誤也。《郊特牲》曰:富也者福也。故尹注云爲神所福助。富與宥戴爲均。"又案:"人此治用"當爲"人此用治"之誤,下文"不治"即承此句治字而言,可證。此以食事治治市韻。

《心術》上

不出於口,不見於色,四海之人,又孰知其則。天曰虛,地曰静,乃不伐(之部)。

案:俞樾云:伐乃貸字之誤。據下解云:天之道虛,地之道静。虛則不屈,静則不變,不變則無過,故曰不伐。以無過釋不伐,則不伐乃不貸之誤明矣。貸字與上文色則爲均。

《心術》下

充不美,則心不得。行不正,則民不服(之部)。

故曰思之,思之不得,鬼神教之。非鬼神之力也,其精氣之極也(之部)。

案:此上爲韻文,見江氏《韻讀》。此節韻文當至此止,第中間"故曰思之"數語不韻耳。

慕選而不亂，極變而不煩（元部）。執一之君子，執一而不失，能君萬物（脂微通韻）。日月之與同光，天地之與同理。聖人裁物，不爲物使（之部）。

不言之言，聞於雷鼓。金心之形，明於日月，察於父母（之魚借韻）。

案：此以母與鼓叶，與《詩・蝃蝀》"遠兄弟父母"與"崇朝其雨"叶韻同。金文母讀無，亦母字與魚部音近之明證。此上爲韻文，見江氏書。

是故內聚以爲原，泉之不竭，表裹遂通。泉水不涸，四支堅固。能令用之，被服四固（魚部）。是故聖人一言解之，上察於天，下察於地。

王引之云："表裹遂通，通當爲達，達與竭爲均。"又云："被服四固，當作被及四圉。《內業》篇言窮天地，被四海，其義一也。不言四海而言四圉者，變文協均耳。"又云："一言解之，當依《內業》篇作一言之解，解與地爲均。"案：王說是也。竭與達古韻同祭部。涸固與圉古韻同魚部。解地同佳部。

《水地》

故人皆服之，而管子則之（之部入聲）。人皆有之，而管子以之（之部上聲）。

《五行》

令其五鍾：一曰青鍾大音，二曰赤鍾重心（侵部），三曰黄鍾灑光，四曰景鍾昧其明，五曰黑鍾隱其常（陽部）。

《勢》

戰而懼水，此謂澮滅。小事不從，大事不吉（脂祭合韻）。戰而懼險，此謂迷中，分其師衆（中部），人既迷芒，必其將亡之道（陽部）。

王引之云："之道二字因注文而衍，人既迷芒，必其將亡，皆以四字爲句；且芒與亡爲均。"

逆節萌生，天地未形，先爲之政（案：越語作征，亦平聲），其事乃不成，繆受其刑（耕部）。天因人，聖人因天（真部）。天時不作，勿爲客（魚部）。人事不起，勿爲始（之部）。慕和其衆，以修天地之從（東中通韻）。人先生之，天地刑之，聖人成之（耕部），則與天同極。正靜不爭，動作不貳，素質不留，與地同極。

王引之云:貳當爲貣,貣與下文極極德極力代爲韻(案:以下韻文,見江氏《韻讀》),貳則非韻矣。

《正》

制斷五刑,各當其名,罪人不怨,善人不驚(耕部):曰刑。正之服之,勝之飾之,必嚴其令,而民則之(之部):曰政。如四時之不貣,如星辰之不變,如宵如晝,如陰如陽,如日月之明(元陽借韻):曰法。愛之生之,養之成之,利民不德,天下親之(真耕通韻):曰德。無德無怨,無好無惡,萬物崇一,陰陽同度(魚部):曰道。刑以弊之,政以命之,法以遏之,德以養之,道以明之。(耕陽通韻) 刑以弊之,毋失民命。令以終其欲……

案:變與陽明爲韻,此與《牧民》篇曠與菅叶韻同例。又案:"毋失民命"與下文"明之毋徑"、"毋使民幸"爲韻,命徑幸三字古韻同在耕部。江氏《韻讀》"自令以終其欲"起爲韻文。割裂完整之韻文,以江氏之精於音韻,必不致如此。疑今所見韻讀,非盡江氏原稿面目。

致刑其民,庸心以蔽。致政其民,服信以聽。致德其民,和平以静。致道其民,付而不争。

江氏謂聽静争韻,並云蔽字誤。俞樾云:"蔽與聽静争不協均,蔽蓋敬字之誤。"案:敬字與庸心義近,猶之服信與聽,和平與静,付與不争之義近相同,俞説確然可信也。敬字古韻與静争聽同耕部。

《内業》

是故此氣也,不可止以力,而可安以德,不可呼以聲,而可迎以音。

王引之云:"音卽意字也,音與力德德得(案:二字在下文,語見江氏書)爲均,明是意之借字。若讀聲音之音,則失其均矣。又不文云,彼道之情,惡音與聲,修心静音,道乃可得。案:惡音與聲本作惡心與音。音卽意字也。道體自然,而人心多妄,不修其心,静其意,則不可以得道。故曰彼道之情,惡心與意。修心静意,道乃可得也。意之爲音,借字耳,修心静音,音與得爲均,明是志意之意,非聲音之音也。前人誤以音爲聲音之音,遂改惡心與音爲惡音與聲。又下文云,音以先言,音然後形,形然後言,兩音字亦讀爲意。謂意在言之先,意然後形,形然後言也。前《心術》篇云:"意以先言,意然後形,形然後

思，思然後知，是其明證也。《説文》意從心音聲（徐鍇本如此，徐鉉本作從心從音，此鉉不曉古音而妄改之也）；音意聲相近，故意字或通作音。《史記·淮陰侯傳》項王喑啞叱咤，《漢書》作意烏猝嗟，喑之通作意，猶意之通作音也。”案：王氏所引諸音字當是意之壞字。《心術》篇意不作音，可證作音者實非假借。音意二字古但雙聲，讀音爲意當爲不可；所舉《史記》、《漢書》之例，亦只能證二字雙聲耳。此文以力德意爲韻，三字古韻同之部入聲。

……冥冥乎不見其形，淫淫乎與我俱生，不見其形，不聞其聲，而序其成，謂之道。

江氏《韻讀》以此節韻文止於“淫淫乎與我俱生”之生字，其實當止於而序其成之成字。生形聲成古韻同耕部。

凡道無所，善正安愛……

王引之云：愛當爲處之誤。安猶是也；處，居也。言道無常所，惟善心是居也。下文曰，心静氣理，道乃可止，是其明證也。此二句以所處爲均（案：王説見《幼官》篇“置大夫以爲廷，安人受命焉”句下）。

……彼道之情，惡音與聲，修心静音，道乃可得。道也者，口之所不能言也，目之所不能視也。耳之所不能聽也，所以修心而正形也，人之所失以死，所得以生也，事之所失以敗，所得以成也（耕部）。

惡音與聲當作惡心與意，修心静音當作修心静意，意意得三字爲韻，之部。説見前本篇第一條下。目之所不能視當作目之所不能見，見言爲韻，元部。

……春秋冬夏，天之時也。山陵川谷，地之枝也。喜怒取予，人之謀也（之部）。……

王引之云：枝當爲材，字之誤也。《樞言》篇曰，天以時使，地以材使。大戴《五帝德》篇曰：養材以任地，履時以象天。《周語》曰：高山廣川大藪能生之良材。故曰山陵川谷地之材也。材與時謀爲均。若作枝則失義又失韻矣。

……定心在中、耳目聰明……

江氏以爲心中二字中侵合韻。案：此當是中明二字中陽合韻，或則聰明當作明聰，中聰二字中東通韻。

一言得而天下服（之部），一言定而天下聽（耕部），公之謂也。形不

正,德不來,中不静,心不治(耕之二部交互爲韻)。

案:下文氣意得而天下服,心意定而天下聽,江氏以爲得服韻,定聽韻。

精存自生,其外安榮,内藏以爲泉原;浩然和平,以爲氣淵(此交互爲韻:生榮平在耕部,泉淵爲元真合韻)。淵之不涸,四體乃固(魚部)。泉之不竭,九竅遂通(祭部)。乃能窮天地,被四海……

泉原當作原泉。原泉與氣淵相對爲文,下文淵泉並承此。九竅遂通,王云通當作達。案:達與竭同在祭部。"被四海"海字與下文"中無惑意"之意及"外無邪菑"之菑爲韻。二句見江氏《韻讀》。

……人能正静:皮膚裕寬,耳目聰明,筋信而骨强,乃能戴大圜,而履大方,鑒於大清,視之大明(陽部)。

案:《心術》下篇云:人能正静者,筋肕而骨强,能戴大圓者,體乎大方,鏡大清者,視乎大明。江氏以爲强方明韻,可與此互參。

……既知其極,反於道德,全心在中,不可蔽匿。和於形容,見於膚色(之部)。善氣迎人,親於弟兄。惡氣迎人,害於戎兵(陽部)。不言之聲,疾於雷鼓。心氣之形,明於日月,察於父母(之魚借韻)。

案:《心術》下篇有:正静不失,日新其德。昭知天下,通於四極,金心在中,不可匿。外見於形容,可知於顔色。善氣迎人,親于弟兄,惡氣迎人,害於戈兵。江氏以爲韻文。又鼓母叶韻,説見前《心術》下篇。

……能摶乎,能一乎,能無卜筮而知吉凶乎(脂部)。能止乎,能已乎,能勿求諸人而得之己乎(之部)。思之思之,又重思之。思之不通,神將通之(思字通字重叠爲韻)。非鬼神之力也,精氣之極也(之部)。四體既正,血氣既静(耕部)。一意摶心,耳目不淫(侵部)。

案:"能勿求諸人而得之己乎"以上諸語,又見《心術》下篇。江氏以爲韻文。"吉凶"王引之云當從《心術》篇作凶吉。案:吉與一同脂部。

《七臣七主》

振主喜怒無度。

度字江氏《韻讀》作變,未詳。案:喜怒無變不辭,當作無度。度與赦錯故固爲韻,作變則失韻又無義矣。

故設用無度，國家踣（魚部）。舉事不時，必受其菑（之部）。

《校正》云："踣當作路。路與度爲均，説詳《五輔》篇。"

臺榭相望者，亡國之廡也。馳車充國者，追寇之馬也。羽劍珠飾者，斬生之斧也。文采纂組者，燔功之窑也。

窑江氏作窬，云叶音雨。案：此字疑有誤，或爲窌之誤字，窌爲地穴。

故記曰：無實則無勢，失轡則馬焉制（祭部）。

《禁藏》

一曰視其所愛，以分其威，一人兩心，其内必衰。也臣不用，其國可危（佳微合韻）。

案：《校正》引丁云，也乃忠字之誤。又案：此下疑皆韻文，而今本多有譌誤，故不錄。

《九守》

安徐而静，柔節先定，虚心平意，以待須（耕部）。

校正：丁云須當爲傾。傾與静定爲韻。

《度地》

晝日益短，而夜日益長，利以作室，不利以作堂（陽部）。四時以得，四害皆服（之部）。

《地員》

山之上命之曰縣泉，其地不乾，其草如與走，其木乃樠（元文通韻）。

校正：丁云走非草名，疑莞字誤。

山之上命曰復吕，其草魚腸與莸，其木乃柳（幽部）。

山之上命之曰泉英，其草蘄白昌，其木乃楊（陽部）。

山之側，其草葍與蔞，其木乃品榆（侯部）。

凡草土之道，各有穀造（幽部）。或高或下，各有草土（魚部）（此下無韻）。凡彼草物，有十二衰，各有所歸（微部）。五粟之物：或赤或青或白或黑或黄，五色五章（陽部）。

五粟之狀：淖而不肕，剛而不觳，不濘車輪，不汚手足（侯部）（以下無韻）。五粟之土：若在陵在山，在隫在衍（元部）。其陰其陽，盡宜桐

柞，莫不秀長。其榆其柳，其檿其桑。其柘其櫟，其槐其楊。羣木蕃滋數大，條直以長。其澤則多魚，牧則宜牛羊（陽部）。其地其樊，俱宜竹箭，藻龜楢檀。五臭生之，薜荔白芷，麋蕪椒連（元部）。

五臭所校，寡疾難老，士女皆好，其民工巧。其泉黃白，其人夷姤（幽宵侯通韻）。五粟之土：乾而不格，湛而不澤（魚部入）。無高下，葆澤以處，是謂粟土（魚部上）。粟土之次曰五沃（無韻）。五沃之物，或赤或青或黃或白或黑，五沃五物，各有異則（之部）。五沃之狀：剽忞橐土，蟲易全處（魚部上）。忞剽不白，下乃爲澤（魚部入）。其種大苗細苗，赨莖黑秀箭長（無韻）。五沃之土：若在丘在山，在陵在岡，若在陬陵之陽（陽部）。其左其右，宜彼羣木，桐柞枎櫄，及彼白梓，其梅其杏，其桃其李，其秀生莖起（之部）。其棘其棠，其槐其楊，其榆其桑，其杞其枋，羣木數大，條直以長（陽部）。其陰則生之楂藜，其陽則安樹之五麻（魚歌合韻）。若高若下，不擇疇所（魚部），其麻大者如箭如葦，大長以美（脂微通韻）。其細者如雚如蒸，欲有與各。大者不類，小者不治，揣而藏之，若衆練絲。五臭疇生，蓮與麋蕪，藁本白芷（之部）。其澤則多魚，牧則宜牛羊。其泉白青，其人堅勁，寡有疥騷，終無痟酲（耕陽通韻）。五沃之土，乾而不斥，湛而不澤（魚部入）。無高下，葆澤以處，是謂沃土（魚部上）。沃土之次曰五位。五位之物，五色雜英，各有異章（陽部）。五位之狀，不塥不灰，青忞以落（之部）。及（王云此衍文），其種大葦無、細葦無，赨莖白秀（無韻）。五位之土，若在岡在陵，在墳在衍，在丘在山，皆宜竹箭，求黽楢檀（元部）。其山之淺，有蘢有斥，羣木安逐，條長數大（無韻）。其桑其松，其杞其茸。種木胥容，榆桃柳楝，羣藥安生，薑與桔梗，小辛大蒙（陽東通韻）。其山之梟，多桔符榆（宵侯通韻）。其山之末，有箭有苑（祭部），其山之旁，有彼黃蝱，及彼白昌，山藜葦芒。羣藥安聚，以圉民殃（陽部）。其林其漉，其槐其楝，其柞其穀，羣木安逐。烏獸安施，既有麋麃，又且多鹿（侯部）。其泉青黑，其人輕直，省事少食（之部）。無高下，葆澤以處，是謂位土。位土之次曰五蘟。五蘟之狀，黑土黑落，青怵以肥，芬然若灰（之部）。其種櫑葛，赨莖黃秀恚目，其葉

若苑（祭部）。

案:"其陰則生之楂藜,其陽則安樹之五麻"楂藜當作藜楂。楂古韻在魚部,麻古韻在歌部,魚歌二部音近。《廣韻》楂字與麻同韻。又:"其細者如萑如蒸,欲與有各。"各字疑誤,字當與蒸叶。與土文葦與美叶同。"楡桃柳楝",楝一作棟,疑本是桐字。又:"其槐其楝"楝疑當作楸,蓋壞爲楝,又傳會爲楝。楸與漉穀同侯部。

《弟子職》

……既徹并器,乃還而立（微緝借韻）。

江氏云二句無韻。案:金文立即位,《詩》天位殷適,位即立（詳于省吾《詩經新證》）,位與器同微部,唯此文立不當讀位,是微緝通叶也。

《版法解》

凡人君者,覆載萬民而兼有之,燭臨萬族而事使之（之部）。

《事語》

壤辟舉,則民留處（魚部）。倉廩實,則知禮節（脂部）。

參《牧民》篇韻讀。

《輕重甲》

桓公曰:寡人欲藉於室屋。管子對曰:不可,是毀成也。欲藉於萬民。管子曰:不可,是隱情也。欲藉於六畜。管子對曰:不可,是殺生也。欲藉於樹木。管子對曰:不可,是伐生也（脂部）。

案:此以《管子》四復語爲韻文。

國多財,則遠者來（之部）。地辟舉,則民留處（魚部）。倉廩實,則知禮節（脂部）。衣食足,則知榮辱（侯部）。

語又見《牧民》篇,見《牧民》篇韻讀。

孫　武　子

（據四部叢刊本）

《地形》

故曰知彼知己,勝乃不殆（之部）。知天知地,勝乃可全。

知天知地,通典作知地知天。案:此以己殆韻,天全韻。天古韻在真部,全在元部,以天全合韻。

《火攻》

晝風久,夜風止(之部)。

故以火攻者明,以水佐攻者强(陽部)。

水可以絶,不可以奪(祭部)。

逸　文

(據二十二子本所輯)

《通典》何氏注:

武曰:深溝高壘,示爲守備。安静勿動,以隱吾能。告令三軍,示不得已。殺牛燔車,以饗吾士。燒盡糧食,填夷井竈。割髮捐冠,絶去生慮。將無餘謀,士有死志(之魚借韻)。

案:能音去聲。"燒盡糧食,填夷井竈"疑本作填夷井竈,燒盡糧食。慮古韻在魚部,方言中慮有讀里去聲者。

《通典》:

武曰:詘而待之,以順其意。無令省見,以益其怠。因敵遷移,潛伏候待(之部)。前行不瞻,後往不顧,中而擊之,雖衆可取(侯魚通韻)。

《通典》及《太平御覽》:

武曰:分兵守要,謹備勿懈,潛探其情,密候其怠。以利誘之,禁其樵牧。久無所得,自然變改。待離其固,奪其所愛。

案:此段皆四字爲句,就中怠改《廣韻》同海韻,古韻同之部。就隋唐人韻書言,愛爲代韻,代爲海去聲;懈與愛音亦近。畢以珣云"禁其樵牧",牧字誤,當作採。蓋以此爲韻文,遂疑其誤。果如其言,此段必爲後人所僞託。蓋懈字古韻在佳部,愛字在微部,佳微二部並與之部音不近也。

晏子春秋

（據杭州局二十二子本）

《内篇諫上》

諫怒封人之祝不遜章：

封人曰：使君之年長於胡，宜國家（魚部）。封人曰：使君之嗣，壽皆若鄙人之年。封人曰：使君無得罪于民（真部）。

諫欲祠靈山河伯以禱雨章：

天久不雨，水泉將下（魚部）。百川將竭，國將亡，民將滅矣（祭部）。

諫一日有三過言章：

仁者息焉，不仁者伏焉（之部）。

諫異熒惑守虛而不去章：

對曰：盍去冤聚之獄，使反田矣。散百官之財，施之民矣。振孤寡而敬老人矣（真部）。

《内篇諫下》

諫爲長庲欲美之章：

晏子作歌曰：穗兮不得穫，秋風至兮殫零落。

江氏謂穫落韻。案：《晏子春秋校注》（下簡稱《校注》）引蘇輿云："虞喜志林云，禾有穗兮不得穫。"穗上原當有禾有二字。禾有穗與秋風至亦爲韻，至穗二字古韻同脂部，《廣韻》同至韻。

諫獵逢蛇虎以爲不祥章：

今上山見虎，虎之室也；下澤見蛇，蛇之穴也（脂部）。

諫欲以聖王之居服而致諸侯章：

是故明堂之制，下之潤溼，不能及也；上之寒暑，不能入也（緝部）。

《内篇問下》

問何修則夫先王之游章：

夏諺曰："吾君不游，我曷以休（幽部）。吾君不豫，我曷以助。"一游

一豫,爲諸侯度(魚部)。今君之游不然。師行而糧食,貧者不補,勞者不息(之部)。

案:《孟子·梁惠王》下篇引此事文略不同。

問廉政而長久章:

美哉水乎清清!其濁無不雩途,其清無不灑除(魚部)。……堅哉石乎落落(魚部)。

《校注》:清清二字《文選·運命論》注引無,《太平御覽》、《藝文類聚》同。案:二字本無,原文以乎字與途除韻。後人以下文"堅哉石乎落落"乎下有落落二字,遂於此乎字下加清清二字。然下文言其濁其清,是"美哉水乎"乃泛讚之詞,非獨清時然也,以此知不當有清清二字。

晉平公問先君得衆若何章:

對曰:先君莊公不安静處,樂節飲食,不好鐘鼓,好兵作武,士與同飢渴寒暑(魚部)。君之强,過人之量(陽部)。有一過不能已焉,是以不免于難(元部)。今君大宫室,美臺榭,以辟飢渴寒暑(魚部)。畏禍敬鬼神,君之善足以没身,不足以及子孫矣(文真通韻)。

《内篇雜上》

景公游紀得金壺章:

景公游于紀,得金壺,發而視之,中有丹書(魚部)。曰:無食反魚,勿乘駑馬(魚部)。公曰:善哉,如所言(無韻)。食魚無反,則惡其鱢也;勿乘駑馬,惡其取道不遠也。晏子對曰:不然,食魚無反,毋盡民力乎,勿乘駑馬,則不置不肖于側乎(之部)。……嬰聞之:君之有道縣之閒,紀有此言注之壺,不亡何待乎(魚部)。

案:無食反魚原作食魚無反。《校注》云:"《太平御覽》八百九十六引此作'勿食反魚,勿乘駑馬。'""勿食反魚,勿乘駑馬"二句語法一律。反魚蓋販魚之意,反爲販借字。《荀子·儒效》"積反貨而爲商賈",即借反爲販之例。蓋魚經轉販,稍久則生惡臭,故景公曰惡其鱢也。此以魚馬韻。又案:惡其取道不遠也,《校注》引劉師培《晏子春秋補釋》云:"此節均叶韻,此文遠與鱢不叶,疑正文本作惡其不遠取道也,道與鱢叶。"案:道古韻屬幽部,

鰈屬宵部，二部音近。

《外篇》

諫置酒泰山四望而泣章：

晏子曰：夫古之有死也，令後世賢者得之以息，不肖者得之以伏（之部）。

案：參《諫上》篇。

景公遊牛山請晏子願章：

臣願有君而見畏，有妻而見歸，有子而可遺（微部）。

有君而明，日順嬰之行。有妻而材，則使嬰不忘（陽部）。家不貧，則不慍朋友所識。有良鄰，則日見君子（之部）。

案：所識二字疑衍，此實以友子韻。"則不慍朋友"與"則日見君子"爲偶文；子與友同上聲。

臣願有君而可輔，有妻而可去，有子而可怒。（魚部）

景公問天下有極大極細章：

晏子對曰：有，北溟有鵬，足游浮雲，背凌蒼天，尾偃天間（元文真通韻）。躍啄北海，頸尾咳于天地，然而漻漻乎不知六翮之所在。（之部）

晏子對曰：有，東海有蟲，巢於蟁睫，再乳再飛，而蟁不驚。臣嬰不知其名；而東海漁者命曰焦冥（耕部）。

孔子家語

（據四部叢刊本）

《儒行》

儒者忠信以爲甲胄，禮義以爲干櫓，戴仁而行，抱德而處。雖有暴政，不更其所。（魚部）

《問禮》

政玄酒在室，醴醆在户，粢醍在堂，澄酒在下。陳其犧牲，備其鼎俎，列其琴瑟，管磬鐘鼓，以降上神，與其先祖。以正君臣，以篤父子。以睦

兄弟，以齊上下，夫婦有所，是謂承天之祐（魚部）。

案：此文又見《禮記・禮運》。末句"承天之祐"《禮運》作承天之祜。祜亦魚部字。"以篤父子"當是"以篤子父"之誤倒，以父字入韻，作子則不叶矣。蓋後人以不習見子父而改之如此。江氏《羣經韻讀》謂"子叶音祖"，非是。

《致思》

枯魚銜索，幾何不蠹。二親之壽，忽若過隙（魚部）。

《三恕》

孔子曰：吾有所齒，有所鄙，有所殆（之部）。

案：齒當作恥（二字音同），下文曰吾恥之，可證。語又見《荀子・宥坐》，正作恥字。

《觀周》

……强梁者不得其死，好勝者必遇其敵，盜憎主人，民怨其上。……

"民怨其上"江氏從《説苑》改"民害其貴"，謂敵貴支脂通韻。案：貴在微部，敵在佳部，若敵貴爲韻，死字亦當是韻。死字古韻在脂部，脂在佳微之間。

《賢君》

子曰：吾聞以衆攻寡，無不剋也；以貴下賤，無不得也（之部）。

宋君問孔子曰：吾欲使長有國，而列都得之，吾欲使民無惑，吾欲使士竭力（之部入聲）。吾欲使日月當時，吾欲使聖人自來，吾欲使官府治理（之部陰聲）。

案：下文孔子所對亦以此數字爲韻，見江氏《韻讀》。

《辯物》

丘問之：木石之怪夔蝄蜽，水之怪龍罔象，土之怪羵羊也（陽部）。

案：語又見《國語・魯語》，參本文《國語・魯語》部分。

《子路初見》

子孔曰：夫人君而無諫臣則失正，士無教友則失聽。御狂馬不釋策，操弓不反檠。木受繩則直，人受諫則聖。受學重問，孰不順哉。毀仁惡仕，必近於刑（耕部）。君子不可不學。子路曰：南山有竹，不柔自直，斬而用之，達於犀革（之部）。以此言之，何學之有。

案:孰不順哉當作孰不順成,成與刑韻。又案:“何學之有”有亦之部字,唯有爲上聲,與直革爲入聲不同;且“以此言之,何學之有”當是承孔子“君子不可不學”言之,故不以爲韻。

里語云,相馬以輿,相士以居(魚部)。

《入官》

古者聖王冕而前旒,所以蔽明也。紘紞充耳,所以掩聰也(陽東通韻)。水至清則無魚,人至察則無徒(魚部)。枉而直之,使自得之(之部)。優而柔之,使自求之(幽部)。揆而度之,使自索之(魚部)。民有小罪,必求其善,以赦其過。民有大罪,必原其故,以仁輔化。如有死罪,其使之生則善也(歌部)。

案:又見《大戴禮·子張問入官》。

《冠頌》

其頌曰:令月吉日,王始加元服,去王幼志,服衮職。欽若昊天,六合是式,率爾祖考,永永無極。

江氏《韻讀》止於“六合是式”,以服職式韻。案:極亦之部入聲字,亦當是韻。

祝雍辭曰:使王近於民,遠於年(真部)。嗇於時,惠於財,視賢而任能(之部)。

案:又見《大戴禮·公冠篇》。

《終記解》

歌曰:泰山其頹乎,梁木其壞乎,喆人其萎乎(微部)。

案:又見《檀弓》,江氏《羣經韻讀》收之。

《正論解》

其詩曰:祈昭之愔愔乎,式昭德音。思我王度,式如玉,式如金。刑民之力,而無有醉飽之心(侵部)。

案:又見《左傳·昭公十二年》,江氏《羣經韻讀》收之。

《夏書》曰:惟彼陶唐,率彼天常,在此冀方。今失厥道,亂其紀綱,乃滅而亡。

案:又見《左傳·哀公六年》,江氏《羣經韻讀》亦未收。又案:《左傳》“今失

厥道”作“今失厥行”。作行是,此文每句入韻也。

《曲禮・子夏問》

故曰,我戰則尅,祭則受福(之部)。

莊　　子

(據四部叢刊本)

《逍遥游》

惠子謂莊子曰:吾有大樹,人謂之樗。其大本擁腫而不中繩墨,其小枝卷曲而不中規矩。立之塗,匠者不顧。今子言大而無用,衆所同去也(魚部)。……

《齊物論》

山林之畏佳,大木百圍(微部)。之竅穴似鼻似口,似耳似枅,似圈似臼(幽侯合韻)。似洼者,似污者(魚佳合韻)。激者,謞者(宵部)。叱者,吸者。叫者,譹者,宎者,咬者(幽宵通韻)。前者唱于,而隨者唱喁,泠風則小和,飄風則大和。厲風濟,則衆竅爲虚(魚侯通韻)。而獨不見之調調、之刁刁(幽宵通韻)。

案:魚佳合韻之例,有《逸周書・大明解》之叶暑、處、賈、女、下、懈、禦、武、土、櫓、下、寡,及《文子・道原》之叶者、地與暇、地。激字《釋文》云:李古弔反,又驅弔反。喁字《釋文》云:徐又音愚。又和和二字韻中小韻。吸與叱韻,可参《天運》篇吸與拂韻。諧聲字中p尾t尾相諧,亦其比。

罔兩問景曰:曩子行,今子止;曩子坐,今子起(之部)。何其無特操與。

《養生主》

雖然,每至於族,吾見其難,怵然爲戒,視爲止(之部)。行爲遲,動刀甚微(微部)。謋然已解,如土委地(佳部)。

《人間世》

……福輕乎羽,莫之知載(之魚借韻)。禍重乎地,莫之知避(佳

部）。已乎已乎，臨人以德。殆乎殆乎，畫地而趨（之部）……

案：此節上下文皆韻（見江氏書），而此文四字爲句，整齊排比，其中地避爲韻，絶無可疑。《論語》"已而已而，今之從政殆而"已殆爲韻，可與此參照，而羽載二字爲韻，江氏書有之魚借韻之例，前條顧志之爲韻，尤爲例證。是此段必爲韻文，唯"已乎已乎"以下四句，一三爲韻，與通常二四爲韻者異耳。《六韜》有此韻例可參。

《大宗師》

古之真人，其狀義而不朋，若不足而不承（蒸部）。與乎其觚而不堅也，張乎其虚而不華也（魚部）。邴邴乎其似喜乎，崔乎其不得已乎（之部上）。滀乎進我色也，與乎止我德也（之部入）。厲乎其似世乎，謷乎其未可制也（祭部）。連乎其似好閉也，悗乎忘其言也（元部）。以刑爲體，以禮爲翼，以知爲時，以德爲脩。以刑爲體者綽乎其殺也。以禮爲翼者，所以行於世也（祭部）。以知爲時者，不得已於事也，以德爲循者，言其與有足者至於丘也（之部）。

案："與乎其觚而不堅也"，姚鼐云當作"與乎其堅而不觚也"，此以觚與華韻。堅而不觚與虚而不華文意相應，是今本堅觚二字誤倒之证。"連乎其似好閉也"，姚鼐云閉當作閑是也，閑亦閉也，此以閑言韻。"以德爲循"，循或作脩（見《釋文》）。俞樾以爲作循是。案：作循是也，此四字不韻。"綽乎其殺也"，殺音去聲。

夫藏舟於壑，藏山於澤（魚部入）。謂之固矣。

且汝夢爲鳥而厲乎天，夢爲魚而没於淵（真部）。

《應帝王》

壺子曰：鄉吾示之以未始出吾宗。吾與之虚而委蛇，不知其誰何，因以爲弟靡，因以爲波隨（歌部）。故逃也。然後列子自以未始學而歸，三年不出，爲其妻爨。食豕如食人，於事無與親（真部）。彫琢復朴，塊然獨以其形立。紛而封戎，一以是終（中部）。无爲名尸，无爲謀府，无爲事任，无爲知主（侯部）。體盡无窮，而遊无朕（中蒸通韻）。盡其所受乎天而無見得，亦虚而已（之部）。至人之用心若鏡，不將不迎，應而不藏，

故能勝物而不傷(陽部)。

案:"因以爲波隨",今本隨作流。《釋文》云:崔本作波隨。王念孫云:作波隨者是也,蛇何靡隨爲韻。"塊然獨以其形立",疑本作塊然以其形立獨,獨與上句"雕琢復朴"朴字韻,二字古韻同侯部。"紛而封戎"今作"紛而封哉",《釋文》云:哉崔作戎。李楨曰:"紛而封哉《列子・黄帝》篇作彸。然而封戎是也,六句並韻語。食豕二句人親爲韻,雕琢二句朴立爲韻,紛而二句戎終爲韻。"案:謂戎終爲韻是也;朴立爲韻,則二字韻實不近。

《馬蹄》

同乎無知,其德不離(佳歌通韻)。同乎無欲,是謂素樸(侯部)。

《胠篋》

故曰:魚不可脱於淵,國之利器不可以示人(真部)。

案:此引《老子》語。

故絶聖棄知,大盗乃止。擿玉毁珠,小盗不起。焚符破璽,而民朴鄙(之部)。掊斗折衡,而民不争(耕陽通韻)。

《在宥》

黄帝……曰:我聞吾子達於至道,敢問至道之精。吾欲取至道之精,以佐五穀,以養民人。吾又欲官陰陽,以遂羣生(真耕通韻)。爲之奈何?

雲將曰:朕也自以爲猖狂,而民隨予所往。朕也不得已於民,今則民之放(上聲)也(陽部)。

大同乎涬溟,解心釋神,莫然無魂,萬物云云,各復其根。

江氏以神魂云根真文通韻。案:溟字在耕部,本書多真耕通韻之例,則溟字亦當是韻。

大人之教,若形之於影,聲之於響(陽部)。有問而應之,盡其所懷,爲天下配(微部)。處乎無響,行乎無方(陽部)。挈汝適復之撓撓,以游無端(無韻,疑有誤)。出入無旁,與日無始。頌論形軀,合乎大同,大同而無己。無己惡乎得有有。覩有者昔之君子,覩無者天地之友(之部)。

《天地》

齧缺之爲人也，聰明叡知，給數以敏。其性過人，而又乃以人受天，彼審乎禁過，而不知過之所由生（真耕通韻）。與之配天乎？彼且乘人而無天（真部）。方且本身而異形（真耕通韻）。方且尊知而火馳（佳歌通韻）。方且爲緒使，方且爲物絯（之部）。方且四顧而物應，方且應衆宜，方且與物化（歌部），而未始有恒（蒸部）。夫何足以配天乎？雖然，有族有祖，可以爲衆父，而不可以爲衆父父（魚部）。

《天運》

天其運乎，地其處乎，日月其争於所乎（魚部）。孰主張是，孰維綱是，孰居无事推而行是（陽部）。意者其有機緘而不得已邪，意者其運轉而不能自止邪（之部）。雲者爲雨乎，雨者爲雲乎。孰隆施是，孰居无事淫樂而勸是（歌元通韻）。風起北方，一西一東，有上彷徨（東陽通韻）。孰嘘吸是，孰居無事而披拂是。敢問何故。

案：此以吸拂爲韻。諧聲字中 p 尾與 t 尾往往有互諧之例，與此同理。齊物論吸與叱韻，可與此互證（拂司馬作翇。説詳第四章）。

北門成問於黄帝曰：帝張咸池之樂於洞庭之野，吾始聞之而懼（魚部）。復聞之怠，卒聞之而惑，蕩蕩默默，乃不自得（之部）。

老聃曰：夫播糠眯目，則天地四方易位矣，蚊虻噆膚，則通昔不寐矣（微部）。

《刻意》

故曰：聖人之生也天行，其死也物化。静而與陰同德，動而與陽同波（歌部）……

化波爲韻，可參《秋水》篇化與移馳韻。

野語有之曰：衆人重利，廉士重名，賢士尚志，聖人貴情（耕部）。

《秋水》

昔者堯舜讓而帝，子噲讓而絶；湯武争而王，白公争而滅（祭部）。

无南无北，奭然四解，淪於不測（之部）。无東无西，始於玄冥，反於大通（東部）。

王念孫曰："無東無西"當作"無西無東"，東與通爲韻。

《至樂》

請嘗試言之:天无爲以之清,地无爲以之寧,故兩无爲相合,萬物皆化(耕部)……

案:化下脱生字(見《莊子校釋》),生與清寧韻。

《達生》

達生之情者,不務生所无以爲。達命之情者,不務知之所无奈何(歌部)。養形必先之物,物有餘而形養者有之矣,有生必先无離形,形有餘而生亡者有之矣(陽部)。天地者,萬物之父母也。合則成體,散則成始(之部)。形精不虧,是謂能移(歌部)。精而又精,反以相天(真耕通韻)。

子列子問關尹曰:至人潛行不窒,蹈火不熱,行乎萬物之上而不慄(脂祭合韻),請問何以至此。

吾處身也,若橛株拘。吾執臂也,若槁木之枝。雖天地之大,萬物之多,而惟蜩翼之知……

江氏謂枝知韻。疑此枝多知歌佳二部通叶。

《山木》

無譽無訾,一龍一蛇。與時俱化,而無肯專爲。一上一下,以和爲量,浮游乎萬物之祖。

江氏謂蛇化爲韻,歌部;下祖韻,魚部。案訾字古韻在佳部,前四句當以訾蛇化爲歌佳通韻。一上一下句,俞樾云:此本作一下一上,上與量爲韻。案:浮游萬物之祖文意屬下,原文曰:"浮游萬物之祖,物物而不物於物,則乎可得而累邪。"當以俞説爲是。

合則離,成則毁,廉則挫,尊則議,有爲則虧。

江氏謂離挫議虧韻。案:五句句法相同,余謂毁亦韻也。毁字古音收 r 尾(見《上古音韻表稿》),與歌部音近。《外物》篇叶摩多和火,《楚辭・九辨》叶毁弛,是其比。

直木先伐,甘井先竭(祭部)。

昔者吾聞之大成之人曰:自伐者無功,功成者墮,名成者虧(歌部)。

孰能去功與名，而還與衆人（真耕通韻）……

且君子之交淡若水，小人之交甘若醴（脂部）。

覩一蟬方得其美蔭而忘其身。螳蜋執翳而搏之，見得而忘其形。異鵲從而利之，見利而忘其真（真耕通韻）。

莊周曰：吾守形而忘身，觀於濁水而迷於清淵（真部）。

《知北游》

六合爲巨，未離其内。秋豪爲小，待之成體（脂微通韻）。天下莫不沈浮，終身不故。陰陽四時運行，各得其序（魚部）。惛然若亡若存，油然不形而神，萬物畜而不知，此之謂本根，可以觀於天矣（文真通韻）。

形若槁骸，心若死灰，真其實知，不以故自持，媒媒晦晦，無心而不可與謀，彼何人哉。

江氏"媒媒晦晦"作"晦晦媒媒"，不詳所本。《釋文》亦作"媒媒晦晦"。又江氏謂骸灰持媒謀哉韻。案："媒媒晦晦"四字並入韻也。

淵淵乎其若海，魏魏乎其終則復始（之部）。

明見無值，辯不若默。道不可聞，聞莫若塞，此之謂大得（之部）。

視之無形，聽之無聲，於人之論者，謂之冥冥（耕部）。

無爲曰，吾知道之可以貴，可以賤，可以約，可以散（元部）。若是者外不觀乎宇宙，内不知乎大初。是以不過崑崙，不遊乎大虚（魚部）。

顔淵問諸夫子曰：無有所將，無有所迎（陽部）。回敢問其游。

《庚桑楚》

夫春氣發而百草生，正得秋而萬寶成（耕部）。

南榮趎曰：不知乎，人謂我朱愚；知乎，反愁我軀（侯部）。不仁則害人，仁則反愁我身（真部）。不義則傷彼，義則反愁我。已，我安逃此而可（歌部）。

老子曰：衛生之經，能抱一乎，能勿失乎，能無卜筮而知吉凶乎（脂部）。能止乎，能已乎，能舍諸人而求諸己乎（之部）。

王念孫曰："吉凶"當從《管子・心術》作"凶吉"，吉與一失韻。

行不知所之，居不知所爲。與物委蛇，而同其波（歌部）。

《徐無鬼》

顏成子入見曰:夫子,物之尤也,形固可使若槁骸,心固可使若死灰乎(之部)。吾與之乘天地之誠,而不以物與以相攖(耕部)。吾與之一委蛇,而不與之爲事所宜(歌部)。

有暖姝者,有濡需者,有卷婁者(侯部)。故三徙成都,至鄧之虛,而十有萬家(魚部)。

《則陽》

容成氏曰:除日無歲,無内無外(祭部)。萬物有乎生,而莫見其根;有乎出,而莫見其門(文部)。

《外物》

利害相摩,生火甚多,衆人焚和,月固不勝火(微歌通韻)。

火與摩多和韻,可參《山木》篇毁與離挫議虧韻。

老萊子之弟子出薪,遇仲尼,反以告曰:"有人於彼,脩上而趨下。未僂而後耳,視若營四海,不知其誰氏之子(之部)。

案:下字疑亦入韻。

《讓王》

原憲笑曰:夫希世而行,比周而友,學以爲人,教以爲己(之部陰上)。仁義之慝,輿馬之飾(之部入)。憲不忍爲也。

《盜跖》

柳下季之弟名曰盜跖。盜跖從卒九千人,橫行天下,侵暴諸侯,穴室樞户,驅人牛馬,取人婦女,貪得忘親,不顧父母兄弟,不祭先祖。所過之邑,大國守城,小國入保,萬民苦之(魚部)。

案:"父母兄弟"疑本作"兄弟父母",以母字入韻,猶《詩・蝃蝀》以母與雨叶(參下條)。又"萬民苦之"當作"萬民之苦",之猶是也。

神農之世,卧則居居,起則于于,民知其母,不知其父,與麋鹿共處(魚部)。

案:母字亦韻。

故書曰:孰惡孰美,成者爲首,不成者爲尾(微部)。

《説劍》

莊子曰：夫爲劍者，示之以虚，開之以利；後之以發，先之以至(脂部)。願得試之。

《列禦寇》

達生之情者傀，達於知者肖達大命者隨，達小命者遭(幽宵通韻)。

案：肖字釋文音消。

列　子

(據四部叢刊本)

《天瑞》

不生者疑獨，不化者往復(幽侯合韻)。往復其際不可終，疑獨其道不可窮(中部)。黄帝書曰："谷神不死，是謂玄牝(脂部)。玄牝之門，是謂天地之根。綿綿若存，用之不勤(文部)。"故生物者不生，化物者不化。自生自化，自形自色，自智自力，自消自息(之部)。

案：所謂"黄帝書曰"云云，見《老子・成象》。

故曰有太易，有太初，有太始，有太素(魚部)。

黄帝曰，精神入其門，骨骸反其根，我尚何存(文部)。

静也虚也，得其居也(魚部平)。取也與也，失其所也(魚部上)。

《黄帝》

壺子曰：向吾示之以未始出吾宗，吾與之虚而猗移，不知誰何，因以爲茅靡，因以爲波流(歌部)。故逃也。然後列子自以爲未始學而歸，三年不出，爲其妻爨，食豨如食人，於事無親(真部)。雕琢復朴，塊然獨以其形立。忿然而封戎，壹以是終(中部)。

案：此文同《莊子・應帝王》篇，"波流"當作"波隨"。隨與移何靡韻。"猗移"《莊子》作"委蛇"。移蛇古韻同部。"塊然獨以其形立"疑當作"塊然以其形立獨"，獨與朴韻，參前《莊子・應帝王》篇。

粥子曰：欲剛必以柔守之，欲强必以弱保之（幽部）。積於柔者必剛，積於弱者必强。觀其所積，以知禍福之鄉。彊勝不若己，至於若己者剛；柔勝出於己者，其力不可量（陽部）。

老聃曰：兵彊則滅，木彊則折（祭部）。

《湯問》

古詩言，良弓之子，必先爲箕。良冶之子，必先爲裘（之部）。

又見《禮記・學記》

《力命》

……自然者默之成之，平之寧之（耕部）。將之迎之（陽部）。

吴　子

（據平津館本）

《圖國》

黄承桑氏之君修德廢武，以滅其國。有扈氏之君恃衆而好勇，以喪其社稷。明主鑒兹，必内修文德，外冶武備（之部）。

《治兵》

所謂治者，居則有禮，動則有威，進不可當，退不可追（微部）。前却有節，左右應麾。雖絶成陳，雖散成行，與之安，與之危。其衆可合，而不可離，可用，而不可疲（佳歌通韻）。投之所往，天下莫當，名曰父子之兵（陽部）。

吴子曰："教戰之令，短者持矛戟，長者持弓弩。强者持旌旗，勇者持金鼓。弱者給厮養，智者爲謀主（侯魚通韻）。將戰之時，審候風所從來。風順致呼而從之，風逆堅陣而待之。

江氏以時本之之四字爲韻。案："風順"、"風逆"二句相偶，從待二字韻既不同部，此當非韻文。江説牽强不可從。

《論將》

進道易，退道難，可來而前（元部）。進道險，退道易，可薄而擊（佳

部)。居軍下濕,水無所通,霖雨數至,可灌而沈。居軍荒澤,草楚幽穢,風飈數至,可焚而滅(祭部)。停久不移,將士懈怠,其軍不備,可潛而襲。

案:"居軍下濕"以下四句疑以沈通爲韻。沈古韻屬侵部,通屬東部,侵部字後有讀入東韻者,如風字。又可潛而襲疑與怠備韻。怠備古韻在之部,襲在緝部。《北方有佳人》詩以立與國得爲韻,與此同例。

起對曰:令賤而勇者,將輕鋭以嘗之。務於北,無務於得(之部入)。觀敵之來,一坐一起,以政其理(之部陰)。

《應變》

武侯問曰:車堅馬良,將勇兵强;卒遇敵人,亂而失行(陽部)。則爲之何?

起對曰:避之於易,邀之於阨(佳部)。武侯問曰:敵近而薄我,欲去無路,我衆甚懼(魚部)。爲之奈何?起對曰:爲此之術:若我衆彼寡,分而乘之;彼衆我寡,以方從之(東蒸合韻)。從之無息,雖衆可服(之部)。募吾材士,與敵相當。輕足利兵,以爲前行。分車列騎,隱於四旁。相去數里,無見其兵(陽部)。

城邑既破,各入其官,御其祿秩,收其器物(脂微通韻)。軍之所至,無刊其木,發其屋,取其粟,殺其六畜,燔其積聚(幽侯合韻)。

山　海　經

(據四部叢刊本)

《西山經》

不周之山……其源渾渾泡泡,爰有嘉果,其實如桃,其葉如棗,黄華而赤柎,食之不勞(幽宵通韻)。

《大荒南經》

不績不經服也,不稼不穡食也(之部)。爰有歌舞之鳥,鸞鳥自歌,鳳鳥自舞。爰有百獸,相羣爰處。百穀所聚(侯魚通韻)。

案:後《海内經》有"鸞鳥自歌,鳳鳥自儛。靈壽實華,草木所聚。爰有百獸,相羣爰處。"江氏收爲韻文,謂儛聚處侯魚通韻。

《大荒西經》

壽麻正立無景,疾呼無響。爰有人暑,不可以往(陽部)。

逸 周 書

(據陳氏叢書本)

《文酌解》

九酌:一、取允移人。二、宗傑以親。三、發滯以正民。四、貸官以屬(真部)。五、人□必禮。六、往來取此。七、商賈易資。八、農人美利。(佳脂通韻)九、□寵可動(東部)。(接下文)

案:"貸官以屬"屬下疑脱一臣字。"貸官以屬臣"與"發滯以正民"句法相偶,下脱一字則文意不明,抑且失韻矣。臣與人親民同真部。"□寵可動"本句爲韻,可參下三頻、七事。

五大:一、大知率謀。二、大武劍勇。三、大工賦事。四、大商行賄。五、大農假貸(之部)。(接下文)

案:"大武劍勇"句疑有誤,本蓋亦入韻。

四教:一、守之以信。二、因親就事(真部)。三、取戚免梏。四、樂生身復(幽部)。三頻:一、頻禄質瀆。二、陰福靈極(之部)。三、留身散真(真部)。(接下文)

"盧文弨曰:瀆字依宋本,俗間本作濆。"案:讀字與禄爲韻,參下文福與極韻,身與真韻而知其不誤。宋本非盡善,盧從宋本誤。禄瀆二字並侯部入聲。

三尼:一、除戎咎醜。二、申親考疏。三、假時權要(幽宵通韻)。(接下文)

案:申親考疏疑有誤。考與醜韻同幽部,或本以醜考爲韻。

七事:一、騰咎信志。二、授拔瀆謀。三、聚疑沮事(之部)。四、騰屬威衆。五、處寬身降(中部)。六、陵塞勝備(之部)。七、餘兵免戎。

案："餘兵免戎"當在"陵塞勝備"之上，戎與衆降爲韻，三字並在中部。陵塞勝備本句爲韻，此節韻例與上九酌同。九酌九句前八句四句一韻，末句自韻，此節七句，故前六句三句一韻，末句自韻。

三穆：一、絶靈破城（耕部）。二、筮奇昌爲（歌部）。三、龜從兆凶（東部）。

《允文解》

……救瘠補病，賦均田布。……

孫詒讓《周書斠補》引朱駿聲云：布當爲市，均市即司市之均市也。案：市與上下文在賄里吏士恥喜在子韻。

率用十五，綏用□安，教用顯允，若得父母。

江氏謂"□安"當作士女，女母與上文諸子部字之魚借韻。盧文弨云：《夏小正》綏多女士，此當是"綏用士女"，與韻協。案：此以五女母韻，上文則之部韻，宜分别視之。

《大武解》

四戚：一、内姓。二、外婚（文耕合韻）。三、友朋。四、同里。五和：一、有天無惡。二、有人無郄。三、同好相固。四、同惡相助。五、遠宅不薄（魚部）。

案：友朋當作朋友，友與里韻，之部。

四聚：一、酌之以仁。二、懷之以樂。三、旁聚封人。四、設圍以信（真部）。

三斂：一、男女比。二、工次。三、祇人死（脂部）。

五虞：一、鼓走疑。二、備從來。三、佐車舉旗。四、采虞人謀。五、後動撚之（之部）。

《大明武解》

畏嚴大武，曰維四方，畏威乃寧。天作武，修戎兵。以助義正違，順天行。五官官候厥政，謂有所亡。城廓溝渠，高厚是量。既踐戎野，備慎其殃。敬其嚴君，乃戰赦。

此下云："十藝必明，加之以十因，靡敵不荒，陳若雲布，侵若風行。輕車翼衛，

在戎二方。我師之窮,靡人不剛。”江氏謂明荒行方剛韻,陽部。案:此文方兵行亡量殃亦並陽部字(行字前後二見),則此韻文當起於“畏威大武”句。又陳逢衡《逸周書補注》疑“乃戰赦”三字有誤,余謂此句原亦當是韻文。

藝因伐用,是謂强轉……

王念孫曰:强轉二字於義無取,轉當爲輔字之誤也。案:王説是,下文爲韻文(見江氏書),魚部,此以輔字入韻。

《酆保解》

五祥:一、君選擇。二、官得度。三、務不舍。四、不行賂。五、察民困(魚部)。

案:困當作苦。苦與擇度舍賂韻。

十敗:一、佞人敗樸。二、諂言毀積。三、陰資自舉。四、女貨速禍。五、比黨不揀。六、佞説鬻獄。七、神龜敗卜。八、賓祭推穀。九、忿言自辱。十、異姓亂族(侯部)。

案:諂言毀積,積字義不可解,疑是櫝字之誤。《論語》曰:虎兕出於柙,龜玉毀於櫝中。蓋古之成語,此言毀櫝卽毀龜玉之謂,諂言毀櫝,猶言衆口鑠金也。或疑積是牘字之誤,《説文》牘,書版也。櫝或牘入韻。“女貨速禍”本當作“女貨禍速”,速字爲韻。蓋後人不知此爲韻文,依上下文句例改爲速禍耳。又“比黨不揀”揀疑束之誤,揀卽柬字,與束形近。此黨爲奸而不之約束,則國將敗,故爲十敗之一。束與樸獄等字爲韻。又“陰資自舉”舉字或亦是韻,侯部與魚部音近。

四蔼:……四葛其戎謀,族乃不罰。

江氏疑罰爲罹之誤。余疑是詈之誤,詈亦歌部字。

旦拜曰:嗚呼,王孫其尊。天下適無見過過適,無好自益,以明而迹(佳部)。嗚呼,敬哉!視五祥六衛七厲十敗(祭部),四葛不修,國乃不固,務周四蠹五落六容七惡,不時不允,不率不綏,反以自薄(魚部)。

王念孫云:適無見過過適,本作“無見過適”。無見過適,無好自益,以明而迹,三句各四字,而以適益迹爲韻。適讀爲謫。六容之容,王念孫以爲當作客,叶韻。

内備五祥六衛七厲十敗四葛，（祭部）外用四蠹五落六容七惡（魚部）。（此條應在上五祥條之前）

王念孫云：容字於義無所取，疑是客字之誤。自游以下六事，皆謂散游客於敵國以陰取之也，故曰六客。客與蠹落惡爲韻，若作容則失韻矣。上文之五祥六衛七厲十敗四葛，亦以衛厲敗葛爲韻。

《柔武解》

……靡適無□……

王念孫曰：闕文當是下字，靡適無下者，言靡敵不下也。下與序苦鼓武下爲韻。《允文》篇：靡敵不下，亦與語武所户宇輔土爲韻，以是明之。

《寶典解》

四位：一曰定，二曰正，三曰静，四曰敬（耕部）。

九德：一孝，子畏哉，乃不亂謀（之部）。二悌，悌乃知序，序乃倫，倫不騰上，上乃不崩（蒸部）。三慈惠，知長幼，知長幼。樂養老（幽部）。四忠恕，是謂四儀。風言大極，意定不移（歌部）。五中正，是謂權斷，補損知選（元部）。六恭遜，是謂容德，以法從權，安上無慝（之部）。七寬宏，是謂寬宇，準德以義，樂獲純嘏（魚部）。八温直，是謂明德，喜怒不郄，主人乃福（之部）。九兼武，是謂明刑，惠而能忍，尊天大經。九德廣備，次世有聲（耕部）。

倫不騰上，王念孫曰：當作"倫不上騰"，騰與崩韻。"知長幼"誤重一句。

三信：一、春生夏長無私，民乃不迷（脂部）。二、秋落冬殺有常，政乃盛行（陽部）。三、人治百物，物德其德，是謂信極（之部）。

周公拜手稽首興曰：臣既能生寶，恐未有子孫其敗。既能生寶，未能生仁，恐無後親（真部）。王寶生之，恐失王會，道維其廢（祭部）。

案："恐未有子孫其敗"句疑有誤，原亦當是韻文。

《成開解》

三極：一、天有九列，别時陰陽。二、地有九州，别處五行。三、人有四佐，佐官維明。五示允顯，當明所望（陽部）。

龕足不窮，家懷思終，主爲之宗，德以撫衆，衆乃和同（東中通韻）。

《大戒解》

其位不尊，不謀不陽，我不畏敬，材在四方，無擅于人，塞匿勿行。惠戚咸服，孝悌乃明（陽部）。

《時訓解》

風不解凍，號令不行。蟄蟲不振，陰姧陽，魚不上水，甲冑私藏（陽部）。

獺不祭魚，國多盜賊。鴻雁不來，遠人不服，草木不萌動，果蔬不熟（之幽通韻）。

桃不始華，是謂陽否，倉庚不鳴，臣不□主，鷹不化鳩，寇戎數起（之侯合韻）。

元鳥不至，婦人不娠，雷不發聲，諸侯失民，不始電，君無威震（真文通韻）。

桐不華，歲有大寒，田鼠不化鴽，國多貪殘，虹不見，婦人苞亂（元部）。

萍不生，陰氣憤盈。鳴鳩不拂其羽，國不治兵，戴勝不降于桑，政教不平（耕陽通韻）。

螻蟈不鳴，水潦淫漫。蚯蚓不出，嬖奪后命。王瓜不生，困於百姓（元耕合韻）。

苦菜不秀，賢人潛伏。靡草不死，國縱盜賊。小暑不至，是謂陰慝（之部）。

螳螂不生，是謂陰息，鶪不始鳴，令姦壅偪。反舌有聲，佞人在側（之部）。

鹿角不解，兵革不息。蜩不鳴，貴臣放逸。半夏不生，民多厲疾（之脂借韻）。

溫風不至，國無寬教。蟋蟀不居辟，急迫之暴。鷹不學習，不備戎盜（宵部）。

腐草不化爲螢，穀實鮮落。土潤不溽暑，物不應罰。大雨不時行，國無恩澤（魚部）。

案：罰字失韻，疑誤。

涼風不至，國無嚴政，白露不降，民多欬病。寒蟬不鳴，人皆力争（耕陽通韻）。

鷹不祭鳥，師族無功。天地不肅，君臣乃□。農不登穀，暖氣爲凶（東部）。

案：所缺一字亦當是韻。

鴻雁不來，遠人背畔。元鳥不歸，室家離散。羣鳥不養羞，下臣驕慢（元部）。

雷不始收聲，諸侯淫汰。蟄蟲不培户，民靡有賴。水不始涸，甲蟲爲害（祭部）。

鴻雁不來，小民不服。爵不入大水，失時之極，菊無黄華，土不稼穡（之部）。

豺不祭獸，爪牙不良。草木黄落，是爲愆陽。蟄蟲不咸俯，民多流亡（陽部）。

水不冰，是爲陰負。地不始凍，咎徵之咎。雉入大水，國多淫婦（之部）。

王念孫云："咎徵之咎"，文不成義。《太平御覽·時序部十三》引作"災咎之徵"是也。徵轉上聲，爲宫商角徵羽之徵，故徵驗之徵亦轉而與負婦爲韻……《洪範》之念用庶徵亦與疑爲韻。

虹不藏，婦不專一。天氣不上騰，地氣不下降，君臣相嫉。不閉塞而成冬，母后淫佚（脂部）。

鶡鳥猶鳴，國有訛言。虎不始交，將師不和。荔挺不生，卿士專權（歌元通韻）。

蚯蚓之結，君政不行。麋角不解，兵甲不藏。水泉不動，陰不承陽（陽部）。

雁不北向，民不懷主，鵲不始巢，國不安寧。雉不始雊，國乃大水。

案：此節在文中地位與上各節相當，原亦當是韻文。"民不懷主"，《藝文類聚》引主作生。生與寧爲韻，蓋可據。

鶏不始乳，淫女亂男，鷙鳥不厲，國不除姦。水澤不腹堅，言乃不從。案：此文亦當是韻。姦各本作兵（此書作姦，陳氏據《御覽》改），蓋以兵從陽東通韻。男字古韻屬侵部，未審爲韻否。

六　韜

（據四部叢刊本）

《文韜》：

《文師》

非龍非彲，非虎非羆（歌部）。

緡微餌明，小魚食之。緡調餌香，中魚食之。緡隆餌豐，大魚食之（陽東通韻）……

……微哉聖人之德，誘乎獨見；樂哉聖人之慮，各歸其次而樹斂焉（元部）。

此以見焉二字與上文散遠爲韻。此節《太公語》自緡微餌明起皆是韻文；《韻讀》起自"夫魚食其餌乃牽於緡"，終於"嘿嘿昧昧，其光必遠"，皆失之。

《大禮》

太公曰："爲上唯臨，爲下唯沈（侵部）。臨而無遠，沈而無隱（元文通韻）。爲上唯周，爲下唯定。周則天也，定則地也。或天或地，大禮乃成（耕部）。"

太公曰："勿妄而許，勿逆而拒（魚部）。許之則失守，拒之則閉塞。高山仰之，不可極也，深淵度之，不可測也。神明之德，正静其極（之部）。

案：拒原誤作撝，下文拒之可證其誤。平津舘本正作拒。又案："許之則失守，拒之則閉塞"，當作"許之則守失，拒之則塞閉"。以失閉爲韻，脂部。

《明傳》

太公曰："見善而怠，時至而疑，知非而處（之部）。此三者，道之所

止也。柔而静，恭而敬（耕部）。强而弱，忍而剛（陽部），此四者，道之所起也（起與止叶，之部）。故義勝欲則昌，欲勝義則亡（陽部）；敬勝怠則吉，怠勝敬則滅（祭脂合韻）。

案：處字疑誤，或係之魚借韻。强而弱當作弱而强，弱而强與忍而剛爲對文，並以强與剛韻。

《六守》

六守長，則君昌（陽部）。三寶完，則國安（元部）。

《守國》

太公曰："齋，將語君。天地之經，四時所生。仁聖之道，民機之情。"（耕部）故發之以陰，會之以其陽，爲之先唱。天下和之，極反其常。莫進而争，莫退而讓。守國如此，與天地同光（陽部）。

《上賢》

夫王者之道，如龍首（幽部）……

案：此節起自"夫王者之道，如龍首"，道首古韻同部，則韻亦當自此始，江氏失之。

《武韜》：

《發啓》

天道無殃，不可先倡（陽部）。人道無災，不可先謀（之部）。必見天殃，又見人災，乃可以謀（之部）。必見其陽，又見其陰，乃見其心（侵部）。

……此亡國之徵也。吾觀其野，草菅勝穀。吾觀其衆，邪曲勝直。吾觀其吏，暴虐殘賊，敗法亂刑，上下不覺（之幽侯通韻）。此亡國之時也（之部）。

"吾觀其野"至"此亡國之時也"，與上文"鷙鳥將擊"至"此亡國之徵也"相對爲文，上文爲韻文（見江氏書），則此文穀直賊覺亦當是韻。又"此亡國之時也"，與上文"此亡國之徵也"爲韻。徵與之部字爲韻，有《書・洪範》之徵與疑韻及《逸周書・時訓》篇徵與負婦爲韻可參。其韻例（兩段之最後一句爲韻之例）可參前《文韜・明傳》止與起韻。

《文啓》

……夫天地不自明，故能長生。聖人不自明，故能名彰。（耕部）

案:名彰當作彰名。故能彰名與故能長生文句同,生與名爲韻。

《文伐》

親其所愛,以分其威。一人兩心,其中必衰。廷無忠臣,社稷必危(佳微合韻)。

案:又見《管子·禁藏》。

《三疑》

太公曰:因之,慎謀,用財(之部)。夫攻强必養之使强,益之使張(陽部)。太强必折,太張必缺(祭部)。攻强以强,離親以親,散衆以衆。凡謀之道,周密爲寶(幽部)。設之以事,玩之以利,争心必起(之部)。欲離其親,因其所愛,與其寵人(真部)。

案:"攻强以强"三句,蓋以强親衆自爲韻。

《龍韜》:

《軍勢》

事莫大於必克,用莫大於玄默,動莫神於不意,謀莫善於不識(之部)。

故曰:無恐懼,無猶豫(魚部)。用兵之害,猶豫最大(祭部)。三軍之災,莫過狐疑(之部)。

用兵之害以下四句又見《吴子·治兵》篇,《韻讀》收之。

《虎韜》:

《必出》

太公曰:必出之道,器械爲寶,勇鬬爲首(幽部)。

《臨境》

或擊其内,或擊其外,三軍疾戰,敵人必敗(祭部)。

《動静》

或陷其兩旁,或擊其前後,三軍疾戰,敵人必走(侯部)。

案:前言擊其外,則後云敵人必敗;前云擊其前後,則後云敵人必走。外敗同韻,後走同韻,以此知其必爲韻文。前云後後云走者,又三見於《豹韜》,一見於《犬韜》,知其非出偶然。

《絶道》

武王問太公曰："引兵深入諸侯之地,與敵相守,敵人絶我粮道,又超我前後,吾欲戰則不勝,欲守則不可久(之幽侯通韻)。爲之奈何?"

《豹韜》:

《林戰》

林多險阻,必置衝陳以備前後。三軍疾戰,敵人雖衆,其將可走(侯部)。

《突戰》

武王問太公曰:"敵人深入長驅,侵掠我地,驅我牛馬,其三軍大至,薄我城下,吾士卒大恐,人民係累,爲敵所虜。"(魚部)

或擊其前,或擊其後。勇者不得鬬,輕者不及走。名曰突戰。敵人雖衆,其將必走(侯部)。

《敵强》

太公曰:"如此者謂之震寇,利以出戰,不可以守,選吾材士,强弩車騎,爲之左右,疾擊其前,急攻其後(之幽侯合韻)。或擊其表,或擊其裏,其卒必亂,其將必駭(之部)。"

中外相應,期約相當,三軍疾戰,敵人必亡(陽部)。

案:此書凡言敗退者,前用後,後必用走,前云外,後則云敗,前云當,後則云亡,皆爲叶韻而行文有所不同。

《少衆》

太公曰:"以少擊衆者,必以日之暮,伏於深草,要之隘路。以弱擊强者,必得大國而與,隣國之助(魚部)。"武王曰:我無深草,又無隘路,敵人已至,不適日暮,我無大國之與,又無鄰國之助(魚部)。爲之奈何?"

必得大國而與,而當作之,下文之與可證。孫本正作之與。

《犬韜》:

《戰步》

武王曰:吾無丘陵,又無險阻,敵人之至,既衆且武(魚部)。車騎翼我兩旁,獵我前後,吾三軍恐怖,亂敗而走(侯部)。

逸　文

（據平津館本所輯）

太公曰：有之，主動則舉事，惡則天應之以刑，善則地應之以德，逆則人備之以力，順則神授之以職（之部）。故人主動則舉事，善則天應之以德，惡則人備之以力，神奪之以職（之部）。如響之應聲，如影之隨形（耕部）。

案：刑字疑有誤。

天下有地，賢者得之。天下有粟，賢者食之。天下有民，賢者牧之（之部）。

案：牧字或作收，誤。此從《意林》所引。

察訐伺猾，權數好事，夜卧早起，雖遽不悔（之部）：此妻子將也（此下疑有誤，不錄）。切切截截，不用詩言（祭元通韻），數行刑戮，不避親戚（幽部）：此百人之將也。訟辯好勝，疾賊侵凌，斥人以刑，欲正其衆（中蒸通韻）：此千人之將也。外貌咋咋，言語切切，知人饑飽，習人劇易（佳脂通韻）：此萬人之將也。戰戰慄慄，日慎一日，近賢進謀，使人以節，言語不慢，忠心誠必（脂部）：此十萬之將也。温良實長，用心無兩，見賢進之，行法不枉（陽部）：此百萬之將也。動動紛紛，鄰國皆聞，出入居處，百姓所親（文真通韻）。誠信緩大，明於領世，能教成事，又能救敗（祭部）。上知天文，下知地理，四海之内，皆如妻子（之部）：此英雄之率，乃天下之主也。

故明王之民，不知所好，不知所惡，不知所從，不知所去（魚部）。使民各安所生，而天下静（耕部）。

鑽龜龜不兆，數蓍蓍不交（宵部）。

臣聞之：愛其人者，愛其屋上烏。憎其人者，憎其餘胥（魚部）。

大人之兵，如狼如虎，如雨如風，如雷如霆，天下盡驚，然後乃成（耕部）。

案:如雨如風,《尉繚子·武議》篇類似之文作如風如雨,當從之。此以虎雨韻,魚部。

天下攘攘,皆爲利往(陽部)。天下熙熙,皆爲利來(之部)。

墨　　子

(據世界書局排印本《墨子閒詁》)

《親士》

臣下重其爵位而不言,近臣則喑,遠臣則唫,怨結於民心(侵部)。諂諛在側,善議障塞(之部)。則國危矣。

《所染》

染於蒼則蒼,染於黄則黄(陽部)。

《七患》

故國離寇敵則傷,民見凶饑則亡(陽部)。

《尚賢》中

傳尚:求聖君哲人,以裨補而身(真部)。

《尚賢》下

於先王之書豎年之言然曰:晞天聖武知人,以屏輔而身(真部)。

《尚同》下

故曰:治天下之國,若治一家;使天下之民,若使一夫(魚部)。

《兼愛》中

傳曰:泰山,有道曾孫周王有事,大事既獲,仁人尚作,以祗商夏,蠻夷醜貉(魚部)。雖有周親,不若仁人,萬方有罪,維予一人(真部)。

《非攻》下

大國之不義也,則同憂之。大國之攻小國也,則同救之。小國城郭之不全也,必使修之(幽部)。

《非樂》上

乃言曰:嗚呼,舞佯佯,黄言孔彰,上帝弗常,九有以亡,上帝不順,降之百殃,其家必壞喪(陽部)。

案:僞古文《書·伊訓》有"聖謨詳詳,嘉言孔彰,惟上帝不常",江氏以爲詳彰常韻。

《非命》下

禹之總德有之曰:允不著,惟天民不而葆,既防凶星,天加之咎,不慎厥德,天命焉葆(幽部)。

太誓之言也,於去發,曰:"惡乎君子,天有顯德,其行甚章,爲鑑不遠,在彼殷王,謂人有命,謂敬不可行,謂祭無益,謂暴無傷。上帝不常,九有以亡,上帝不順,祝降其喪,惟我有周,受之大商(陽部)。

"受之大商",商原誤作帝,莊述祖陳喬樅並云:當作商。又僞《書·泰誓》篇云:謂已有天命,謂敬不足行,謂祭無益,謂暴無傷,厥鑒惟不遠,在彼夏王,江氏謂行傷王韻。

《小取》

夫辯者,將以明是非之分,審治亂之紀;明同異之處,察名實之理,處利害,決嫌疑(之部)。

《耕柱》

乙又由兆之由曰:饗矣,逢逢白雲,一南一北,一西一東,九鼎既成,遷於三國(之部)。

一西一東,《御覽》、《路史》、《玉海》並引作一東一西,王引之云:作一東一西者是,一東一西當在一南一北之上,雲與西爲韻,北與國韻。案:王云:"作一東一西者是"是也,惟云:"句當在一南一北之上",恐不然;此蓋以雲西與北國交互爲韻。西雲二字古韻同文部。

《備高臨》

禽子再拜再拜曰:敢問適人積土爲高,以臨吾城,薪土俱上,以爲羊黔,蒙櫓俱前,遂屬之城(耕部)。兵弩俱上,爲之柰何。

"羊黔"王念孫曰:當從《褋守》篇作"羊坽",坽與上下兩城字爲韻。案:《褋守》篇云:客衆而勇輕(此從江氏句讀),意見威以駭主人,薪土俱上,以爲羊

坽，積土爲高，以臨民，蒙櫓俱前，遂屬之城，兵弩俱上，爲之奈何。江氏謂輕人民城爲韻，可與此互參。

《備梯》

子墨子曰：姑亡姑亡，古有六術者，内不親民，外不約治，以少閒衆，以弱輕强，身死國亡，爲天下笑。子其慎之，恐爲身薑（陽部）。

案：治字失韻，疑誤。

禽子再拜頓首，願遂問守道曰："敢問客衆而勇，烟資吾池，軍卒並進，雲梯既施，攻備已具，武士又多，爭上吾城，爲之奈何（歌部）。

雲梯者，重器也。亣動移甚難，守爲行城，雜樓相見（元部）。以環亣中，以適廣陜而度，環中藉幕，毋廣亣處（魚部）。審賞行罰，以静爲故，從心之急，毋使生慮（魚部）。

案：四句又見《雜守》篇，江氏《韻讀》收之。

因素出兵施伏，夜半城上四面鼓噪，適人必或，有此必破軍殺將，以白衣爲服，以號相得（之部）。

《備蛾傅》

禽子再拜再拜曰：敢問適人强弱，遂以傅城。後上先斷，以爲法程（耕部）。斬城爲基，掘下爲室。前上不止，後射既疾（脂部）。爲之奈何？

因素出兵將施伏，夜半而城上四面鼓噪，敵人必或，破軍殺將，以白衣爲服，以號相得（之部）。

案：參上《備梯》篇。

逸　文

奚仲不能放，魯被弗能造，此之謂大巧。

江氏以造巧爲韻。疑放爲效之誤，效與造巧二字幽宵通韻。

文　　子

（據二十二子本）

《道原》

四支不動，聽明不損，而照見天下者，執道之要，觀無窮之地也（魚佳通韻）。

江云：下地魚歌通韻。案：《詩·斯干》叶地裼，《韓非子·揚權》叶地解，又叶地賜益，秦琅琊刻石銘叶帝地懈易畫，地字古韻當屬佳部。江氏於韓子、秦文並云歌支通韻，誤。

《守平》

無好無憎，是謂大通。除穢去累，若未始出其宗，何爲而不成……

成下江氏謂：耕東合韻，通與成上加圍。案：宗字古韻屬中部，中東音近，此當是通宗成耕東中通叶。

荀　　子

（據四部叢刊本）

《勸學》

假輿馬者，非利足也，而致千里。假舟檝者，非能水也，而絕江河。

王念孫曰："江河本作江海，海與里爲韻。下文不積小流無以成江海，亦與里爲韻，《文選·海賦》注引此正作絕江海。"案：二字古韻同之部。

蓬生麻中，不扶而直。

王念孫曰："此下有白沙在涅，與之俱黑二句，黑與直爲韻。《洪範》正義云：荀卿書云蓬生麻中，不扶自直，白沙在涅，與之俱黑……"案：黑直古韻同之部。

……强自取柱，柔自取束，邪穢在身，怨之所構。

江氏書柱作枉，謂此以束構爲韻，侯部。案：枉是柱誤字，柱字古韻亦在侯部，此以柱束構三字爲韻也。

故書者政事之紀也，詩者中聲之所止也，禮者法之大分、類之綱紀也（之部）。

《修身》

扁善之度：以治氣養生，則後彭祖；以修身自名，則配堯禹（魚部）。宜於時通，利以處窮（中東通韻）。禮信是也。凡用血氣志意知慮，由禮則治通，不由禮則勃亂提僈（祭元通韻）。食飲衣服居處動静，由禮則和節，不由禮則觸陷生疾（脂部）。容貌態度進退趨行，由禮則雅，不由禮則夷固僻違庸衆而野（魚部）。故人無禮則不生，事無禮則不成，國家無禮則不寧（耕部）。

王引之曰：節疾爲韻，雅野爲韻，生成寧爲韻，通疑當依外傳作達，達與僈爲合韻。

體恭敬而心忠信，術禮義而情愛人（真部）。横行天下，雖困四夷，人莫不貴（無韻）。勞苦之事則争先；饒樂之事則能讓，端慤誠信拘守而詳（陽部）。横行天下，雖困四夷，人莫不任（無韻）。體倨固而心埶詐，術順墨而精雜汙（魚部）。横行天下，雖達四方，人莫不賤（無韻）。勞苦之事偷儒轉脱；饒樂之事則佞兑而不曲，辟違而不慤。程役而不録（侯部）。横行天下，雖達四方，人莫不棄（無韻）。

《不苟》

喜則和而理，憂則静而理（之部）。通則文而明，窮則約而詳（陽部）。

劉台拱云：喜則和而理，理原作治。案：治理古韻同部。治訓爲理，學者多謂即理之借字。

喜則輕而翾，憂則挫而懾，通則驕而偏，窮則棄而儑（翾偏元真合韻，懾儑葉緝通韻）。

案：此四句與上條四句爲對文，上爲韻文，此亦當是韻文。偏古韻屬真部，然

《洪範》叶偏平,平卽采誤字,是偏古與元部字通叶之證。《楚辭·湘君》叶淺翩閒,亦可爲證。

《榮辱》

憍泄者,人之殃也。恭儉者,偋五兵也(陽部)。雖有戈矛之刺,不如恭儉之利……

案:"雖有戈矛之刺,不如恭儉之利"之上疑誤脱二句。雖有戈矛之刺二句承上"恭儉者偋五兵"而言之,亦當有承"憍泄者人之殃"之句。所脱二句,末字當與利字爲韻。上下皆韻文也。

《非相》

故曰:文久而息,節族久而絶。

案:下文有"文久而滅,節族久而絶"。王念孫曰:"滅絶爲韻,則此文亦當然。今本滅作息,則失其韻矣。息字蓋涉注文滅息而誤。"案:絶滅二字古韻同祭部。

是以文久而滅,節族久而絶(祭部)。

《仲尼》

立以爲仲父,而貴戚莫之敢妬也。與之高國之位,而本朝之臣莫之敢惡也。與之書社三百,而富人莫之敢距也(魚部)。

《儒效》

天下之道畢是矣。鄉是者臧,倍是者亡(陽部)。

其窮也,俗儒笑之。其通也,英傑化之,嵬瑣逃之(宵部)。邪説畏之,衆人媿之(微部)。

案:媿或本作貴,疑當以作貴爲是。畏媿貴三字同微部。

《王制》

微而明,短而長,狹而廣。(陽部)

厚刀布之斂以奪其財,重田野之税以奪之食,苛關市之征以難其事(之部)。

《君道》

至道大形:隆禮至法則國有常,尚賢使能則民知方(陽部)。纂論公

察則民不疑，賞克罰偷則民不怠，兼聽齊明則天下歸之（之部）。然後明分職，序事業，材技官能，莫不治理（之部）。則公道達而私道塞矣，公義明而私事息矣（之部）。如是則德厚者進而佞者止，貪利者退而廉節者起（之部）。

故天子不視而見，不聽而聰。不慮而知，不動而功（東部）。

《臣道》

爭然後善，戾然後功，出死無私，致忠而公（東部）。夫是之謂通忠之順，信陵君似之矣（無韻）。奪然後義，殺然後仁，上下易位然後貞，功參天地，澤被生民（真耕通韻）。夫是之謂權險之平，湯武是也（無韻）。過而通情，私而無經，不卹是非，不論曲直，偷合苟容，迷亂狂生（耕部）。夫是之謂禍亂之從聲，飛廉惡來是也。

“曲直”疑當作“曲正”，曲正猶曲直也，此以正字入韻。《老子·益謙》章“枉則正”今或誤作“枉則直”，與此同例。

《致士》

得衆動天，美意延年，誠信如神，夸誕逐魂（文真通韻）。

郝懿行曰：按四句一韻，文如箴銘，而與上下頗不相蒙，疑或他篇之誤脱。

《議兵》

若夫招近募選，隆勢詐，尚功利之兵，則勝不勝無常，代翕代張，代存代亡（陽部）。

無欲將而惡廢，無急勝而忘敗，無威内而輕外，無見其利而不顧其害。凡慮事欲孰而用財欲泰（祭部）。夫是之謂五權。

慎終如始，終始如一：夫是之謂大吉（脂部）。凡百事之成也，必在敬之（耕部）；其敗也，必在慢之（元祭通韻）。故敬勝怠則吉，怠勝敬則滅（脂祭合韻）。計勝欲則從，欲勝計則凶（東部）。

案：下文“敬”與“怠”對稱，此不云怠而云慢，以其與敗爲韻也。“敬勝怠”二句又見《六韜·文韜·明傳》。

《天論》

天行有常，不爲堯存，不爲桀亡。應之以治則吉，應之以亂則凶（陽

東通韻)。

天有其時,地有其財,人有其治(之部)。

所志於天者,已其見象之可以期者矣。所志於地者,已其見宜之可以息者矣。所志於四時者,已其見數之可以事者矣。所志於陰陽者,已其見知之可以治者矣(之部)。故日月不高,則光暉不赫。水火不積,則暉潤不博。珠玉不睹於外,則王公不以爲寶。禮義不加於國家,則功名不白(魚部)。

大天而思之,孰與物畜而制之……

王念孫曰:物畜而制之,制當爲裁,思裁爲韻,頌用爲韻,待使爲韻,多化爲韻。思裁二字於古音並屬之部。楊注云:使物畜積而我制裁之,今正文作制之,即因注内制字而誤。

《正論》

故作者不祥,學者受其殃,非者有慶(陽部)。

《禮論》

天地以合,日月以明,四時以序,星辰以行,江河以流,萬物以昌,好惡以節,喜怒以當。以爲下則順,以爲上則明,萬物變而不亂,貳之則喪也(陽部)。

刻死而附生謂之墨,刻生而附死謂之惑,殺生而送死謂之賊(之部)。

卜筮視日,齋戒脩涂几筵饋荐告祝,如或饗之。物取而皆祭之,如或嘗之。毋利舉爵,主人有尊,如或觴之。賓出,主人拜送;反,易服卽位而哭,如或去之(魚陽通韻)。哀夫敬夫,事死如事生,事亡如事存。狀乎無形影,然而成文(文部)。

案:《離騷》迎與故叶,《樂記》廣與旅鼓等字叶,並與此同例。

《解蔽》

恢恢廣廣,孰知其極。睪睪廣廣,孰知其德。涫涫紛紛,孰知其形(之部)。

顧千里云:"孰知其形,形字不入韻,疑當作則。"

傳曰：知賢之謂明，輔賢之謂彊，勉之彊之，其福必長。

江氏謂明彊長韻，案：盧文弨云：輔賢之謂彊，宋本彊作能。王念孫曰：知賢之謂明，承上文仁知且不蔽而言。輔賢之謂能，承上文能持管仲、能持周公而言。"勉之彊之，其福必長"，承上文"名利福祿與管仲齊，與周公齊"而言。此四句本不用韻，元刻能作彊，乃涉下勉之彊之而誤。呂錢本並作能。案：王說是。

《成相》

……慎聖人……

江氏云：人字誤。俞樾云："當作慎聽之，以之字入韻。"

治之經，禮與刑。君子以脩，百姓寧。明德慎罰，國家既治，四海平。

江氏謂刑寧平韻，耕部。案：首句經字亦耕部字，亦當是韻。本篇凡換一韻，首句皆入韻，可見江氏之失。

臣謹脩，……

江氏脩作修，下云字誤。王念孫云："脩當爲循，字之誤也。循與變亂貫爲韻。"案：循字古韻文部，亂變貫古韻元部，此文元通韻也。

《賦》

大參乎天，精微而無形。行義以正，事業以成……

江氏讀"大參乎天，精微而無形"句，謂精與形正成等字爲韻。案：楊注云"言智慮大則參天，小則精微無形也"是也，江讀誤。此以天形正成等真耕通韻。

德厚而不捐，……

捐字江氏作損，下云平聲。案：楊注云："捐，棄也，萬物或美或惡，覆被之皆無捐棄也。"是荀書本作捐字。江氏作損，蓋以意改之，以與真部文部字叶韻耳。捐字古韻在元部，此蓋卽以捐字與真文部字叶。

其小歌曰：念彼遠方，何其塞矣，仁人絀約，暴人衍矣。忠臣危殆，讒人服矣。

江氏云：衍當作得，以爲得塞服爲韻。盧文弨云："衍字不與塞服爲韻，服字本有作般者（案：楊注云："本或作讒人般矣。般、樂也，音盤。"）則塞或蹇字之誤。"案：服字義不可通，盧說是也。蹇衍般古韻同元部。

《宥坐》

子貢曰:鄉者賜觀於大廟之北堂,吾亦未輟,還復瞻被九蓋皆繼,被有説邪,匠過絶邪(祭部)。

王念孫曰:繼當作㡭,字之誤也。《説文》㡭,古文絶,正與輟説絶爲韻。

《法行》

曾子曰:無内人之疏而外人之親;無身不善而怨人;無刑已至而呼天(真部)。内人之疏而外人之親,不亦遠乎。身不善而怨人,不亦反乎。刑已至而呼天,不亦晚乎(元部)。

孔子曰:君子有三恕:有君不能事,有臣而求其使(之部),非恕也。有親而不能報,有子而求其孝(幽部),非恕也。有兄而不能敬,有弟而求其聽(耕部),非恕也。

《哀公》

繆繆肫肫,其事不可循……

江氏謂肫循文真通韻。案:肫循古韻並在文部,此江氏一時之誤,他處循字叶韻者,江氏並云文部。

韓 非 子

(據世界書局《韓非子集解》)

《愛臣》

……主妾無等,必危嫡子,兄弟不服,必危社稷,臣聞千乘之君無備,必有百乘之臣在其側,以徙其民而傾其國,萬乘之君無備,必有千乘之家在其側,以徙其威而傾其國。是以姦臣蕃息,主道衰亡。

江氏移"主道衰亡"句於"姦臣蕃息"之上,云等子服稷備側國息韻,之部。案:亡當是匿字之誤,匿服稷息國側同之部入聲(詳拙著《韓非子集解補正》,載《大陸雜誌》)。

故人臣處國無私朝,居軍無私交(宵部)。其府庫不得私貸於家,此

明君之所以禁其邪(魚部)。是故不得四從,不載奇兵(陽東通韻)。非傳非遽,載奇兵革,罪死不赦(魚部)。此明君之所以備不虞者也。

《主道》

道在不可見,用在不可知,虛静無事,以闇見疵。見而不見,聞而不聞,知而不知(佳部)。知其言以往,勿變勿更(陽部)。以參合閲焉,官有一人,勿令通言,則萬物皆盡(真部)。

案:“見而不見”承上文“道在不可見”,“知而不知”承上文“用在不可知”,“聞而不聞”句疑後人妄加。

保吾所以往而稽同之。謹執其柄而固握之。絶其望,破其意,毋使人欲之。

江氏謂握欲韻,侯部。案:同字古韻在東部,東侯二部音近。容從谷聲,講從冓聲,《詩・瞻卬》叶後鞏,並其證。此同字亦當是韻。

處其主之側,爲姦臣,聞其主之忒,故謂之賊。

江氏謂側忒賊韻。王念孫曰:“臣當爲匿字之誤,匿讀慝,側匿忒賊爲韻。”案:四字並在之部。

《二柄》

故曰,去好去惡,羣臣其素(魚部)。

案:《主道》篇云:“去好去惡,臣乃見素”,江氏謂惡素韻。

《揚權》

不知其名,復修其形。形名參同,用其所生。二者誠信,下乃貢情。謹脩所事,待命於天。毋失其要,乃爲聖人。

江氏以名形生情韻,耕部;天人韻,真部。案:下文:“以賞者賞,以刑者刑,因其所爲,各以自成。善惡必及,孰敢不信。”江氏謂信與耕部字通韻,則此文“二者誠信”信字亦當入韻,自“不知其名”至“乃爲聖人”,蓋以真耕通韻也。

……與時生死……

“生死”二字江書引作“死生”。顧廣圻曰:“生死當作死生,生與下文情韻。”舊注未譌(案:注云:死生猶廢興也)江氏蓋亦據注文改之耳。

君臣不同道,下以名禱。君操其名,臣效其形。形名參同,上下和調也。

江氏云:道禱韻,名形韻,又調字下注云:當作同,以同同爲韻。案:《詩·小雅·車攻》第五章云:決拾既佽,弓矢既調,射夫既同,助我舉柴。亦以調與同叶。《靈樞·官能》篇云:寒與熱争,能合而調之,虛與實隣,知決而通之。則以調叶通字。通與同古韻同東部,江氏《詩經韻讀》云:調音同,未甞以爲誤字。此云:調當作同,於《靈樞》謂韻未詳,皆失之。

……欲爲其國,必伐其聚,不伐其聚,彼將聚衆……

此上下文俱爲韻文,此四句江氏以爲無韻,俱見江氏《韻讀》。顧廣圻曰:聚讀爲藂,藂與衆爲韻。案:藂爲叢字俗書(見《廣韻》);《說文》聚從取聲,叢字亦從取聲,故叢字又書作藂。取聲之字古韻或在侯部,或在東部,前者如聚,後者如叢,侯東二部所謂對轉也。衆字古韻在中部,中東二部所謂旁轉也。是侯與中部音亦差近,故此以聚與衆爲韻矣。江氏此失察。侯東叶韻本書有《主道》篇之同叶握欲,又上條調叶同字,亦可與此互參。

故上失扶寸,下得尋常,有國之君,不大其都。有道之君,不貴其家(魚部)。有道之君,不貴其臣(文真通韻)。

盧文弨曰:"'下得尋常'下《意林》有'君不可不慎'句,不可從。"案:慎與寸音近,疑《意林》是,前三句以寸慎文真通韻也。

爲人君者數披其木。毋使木枝扶疏。木枝扶疏,將塞公閭。私門將實,公庭將虛,主將壅圍。數披其木,毋使木外拒,木枝外拒,將逼主處。

江氏圍下云:魚脂借韻。案:圍當是圉之誤字,圉圍二字古書常互誤。圉亦魚部字。

《八姦》

一曰同牀……二曰在旁……三曰父兄……四曰養殃……五曰民萌……六曰流行……七曰威强……八曰四方(陽部)。

案:此八目雖相去甚遠,顯然爲韻文。

《亡徵》

木之折也必通蠹,墻之壞也必通隙(魚部)。

《備内》

語曰:其母好者其子抱(幽部)。其母惡者其子釋(魚部)。

《解老》

凡有國而後亡之,有身而後殃之(陽部)。不可謂能有其國,能保其身(無韻)。夫能有其國,必能安其社稷(之部)。能保其身,心能終其天年(真部)。故得之以死,得之以生,得之以敗,得之以成(耕部)。

王先慎云:"故下"當有"曰"字,此《老子》逸文。

……柔弱隨時,與理相應。……

此上下文並耕部字叶韻,江氏云:應字誤。案:應字不誤,此以時應爲韻也。時在之部,應在蒸部,此陰陽二部爲韻;其上下則二耕部字相叶。

《喻老》

有形之類,大必起於小。行久之物,族必起于少(宵部)。有鳥止南方之阜,三年不翅、不飛、不鳴,嘿然無聲,此爲何名(耕部)? 王曰:不翅,將以長羽翼。不飛不鳴,將以觀民則(之部)。雖無飛,飛必冲天;雖無鳴,鳴必驚人(真部)。

案:《吕氏春秋·重言》篇文與此大同小異。

《功名》

故曰至治之國:君若桴,臣若鼓,技若車,事若馬(魚部上)。

《大體》

故至安之世:法如朝露,純樸不散,心無結怨,口無煩言……故曰,利莫長於簡,福莫久於安(之部)。

江氏以怨煩爲韻,元部。案:此段起自"至安之世",散亦元部字,亦當是韻。又"利莫長於簡,福莫久於安"二句,江氏亦不以爲韻,皆失之。

《外儲左》上

明主之聽言也,美其辯;其觀行也,賢其遠(元部)。

《外儲右》上

美哉,泱泱乎,堂堂乎(陽部)。

相與歌之曰:謳乎其已乎,苞乎其往歸田成子乎(之部)。

《史記·田敬仲世家》作"嫗乎采芑,歸乎田成子",芑亦與子韻。俞樾云:此已當作芑。

《難三》

一離也,近優而遠士。二難也,去其國而數之海。三難也,君老而晚置太子(之部)。

《五蠹》

故糟糠不飽者不務粱肉,短褐不完者不待文繡(幽部)。

《顯學》

夫嬰兒不剔首則腹適,不揊痤則寖益(佳部)。

逸　文

水激則悍,矢激則遠(元部)。(《御覽》卷三五〇)

加脂粉則膜母進御,蒙不潔則西施棄野(魚部)。學之爲脂粉亦厚矣。(《御覽》卷六〇七)

吕 氏 春 秋

(據四部叢刊本)

《孟春》

是月也,天氣下降,地氣上騰(中蒸通韻)。天地和同,草木繁動(東部)。

江氏《禮記・月令》韻讀謂降騰同動東中蒸合韻。案:此實可分爲二。

田事既飭,先定準直,農乃不惑(之部)。

是月也,不可以稱兵;稱兵必有天殃(陽部)。兵戎不起,不可以從我始。無變天之道,無絶天之理,無亂人之紀(之部)。

案:江氏《禮記・月令》韻讀以爲道字亦入韻,幽之通韻,恐不爾。

《重己》

是師者之愛子也,不免乎枕之以糠。是聾者之養嬰貌也,方雷而窺

之于堂(陽部)。

以此治身,必死必殃。以此治國,必殘必亡(陽部)。

《貴公》

天地大矣,生而弗子,成而弗有。萬物皆被其澤、得其利,而莫知其所由始(之部)。

《仲春》

是月也,安萌牙,養幼少,存諸孤(魚部)。

《情欲》

……聞言而驚,不得所由。百病怒起,亂難時至:以此君人,爲身大憂(幽部)。

《季春》

命野虞無伐桑拓,鳴鳩拂其羽(魚部)。戴任降于桑,具栚曲簾筐(陽部)。

《先己》

故善響者不於響於聲,善影者不於影於形,爲天下者不於天下於身(真耕通韻)。

《論人》

離世自樂,中情潔白,不可量也。

江氏云:量字誤。陳昌齊《吕氏春秋正誤》謂:量當作墨。此上下文爲之部入聲字叶韻。

《圜道》

主執圜,臣處方,方圜不易,其國乃昌(陽部)。

《尊師》

此五帝之所以絶,三代之所以滅(祭部)。

《誣徒》

子華子曰:王者樂其所以王,亡者亦樂其所以亡(陽部)。

學業之敗也,道術之廢也(祭部)。從此生矣。

學業之章明也,道術之大行也(陽部)。從此生矣。

《用衆》

醜不能,惡不知,病矣。不醜不能,不惡不知,尚矣(陽部)。

《仲夏紀》

是月也,命樂師修鞀鞞鼓,均琴瑟管簫,執干戚戈羽,調竽笙壎篪,飭鍾磬柷敔(魚部)。

百官静事無刑,以定晏陰之所成。鹿角解,蟬始鳴,半夏生,木堇榮(耕部)。

案:江氏《月令》未收此,朱駿聲云:《月令》叶刑成"鳴生榮"。

《大樂》

故知一則明,明兩則狂(陽部)。

《侈樂》

知其所以知之謂道,不知其所以知之謂棄寶,棄寶者必離其咎(幽部)。

《季夏》

是月也,土潤溽暑,大雨時行,燒雉行水,利以殺草,如以熱湯,可以糞田疇,可以美土疆(陽部)。

《制樂》

故禍兮福之所倚(歌部)。福兮禍之所伏,聖人所獨見,衆人焉知其極(之部)。

《明理》

有螟集其國,其音匈匈,國有游蛇西東(東部)。馬牛乃言,犬彘乃連(元部)。有狼入於國,有人自天降。市有舞鴟,國有飛彘(脂部)。馬有生角,雄鷄五足(侯部)。有豕生而彌,鷄卵多毈。有社遷處,有豕生狗(侯魚通韻)。國有此物,其主不知驚惶亟革。上帝降禍,凶災必亟(之部)。

"有人自天降"疑本作"有人降自天","有人降自天"與"有狼入於國"句法相同。天與言建真元合韻。"有豕生而彌",彌字不詳,疑本是與毈爲韻之字。

《孟秋》

是月也，命有司修法制，繕囹圄，具桎梏，禁止姦，慎罪邪（魚部）。務搏執，命理瞻傷察創（陽部）。視折審斷（祭元通韻）。決獄訟，必正平。戮有罪，嚴斷刑。天地始肅，不可以贏（耕部）。

江氏《禮記·月令》讀視折審斷決爲句，謂折決爲韻，實誤。

《仲秋》

乃命司服具飭衣裳，文繡有常，制有小大，度有短長。衣服有量，必循其故，冠帶有常。命有司申嚴百刑，斬殺必當，無或枉橈。枉橈不當，反受其殃（陽部）。

常或作恒，江氏《禮記·月令》韻讀謂恒音杭，陽蒸借韻，蓋誤。

《論威》

窅窅乎冥冥，莫知其情，此之謂至威之誠（耕部）。

《決勝》

怯勇無常，儵忽往來而莫知其方。惟聖人獨見其所由，然故商周以興，桀紂以亡（陽部）。

隱則勝闡矣，微則勝顯矣，積則勝散矣，搏則勝離矣（元歌通韻）。

《精通》

夫月形乎天，而羣陰化爲淵。聖人形德乎已，而四荒咸飭乎仁（真部）。

《孟冬》

天氣上騰，地氣下降（中蒸通韻）。天地不通，閉塞成冬（東中通韻）。

江氏《禮記·月令》韻讀以騰降通冬四字東中蒸合韻，恐不然。

是月也，乃命水虞漁師收水泉池澤之賦，毋或敢侵削衆庶兆民，以爲天子取怨于下，其有若此者，行罪無赦（魚部）。

《仲冬》

命閹尹申宮令，審門閭，謹房室，必重閉（脂部）。省婦事，毋得淫，雖有貴戚近習，無有不禁（侵部）。

仲冬行夏令，則其國乃旱，氣霧冥冥，雷乃發聲（耕部）。行秋令，則

天時雨汁,瓜瓠不成,國有大兵(耕陽通韻)。行春令,則蟲螟爲敗,水泉減竭,民多疾癘(祭部)。

《序意》

天曰順,順維生。地曰固,固維寧。人曰信,信維聽(耕部)。三者咸當,無爲而行(陽部)。

夫私視使目盲,私聽使耳聾,私慮使心狂(陽東通韻)。三者皆私設精,則智無由公。智不公,則福日衰,災日隆(中東通韻)。

《有始》

天地有始,天微以成,地塞以生,天地和合,生之大經也(耕部)。

《去尤》

東面望者不見西墻,南鄉視者不見北方(陽部)。

《聽言》

周書曰:往者不可及,來者不可待,賢明其世謂之天子(之部)。

《謹聽》

愉易平静以待之,使夫自得之(之部)。因然而然之,使夫自言之(元部)。亡國之主反是,乃自賢而少人,少人則説者持容而不極,聽者自多而不得(之部)。雖有天下何益焉。是乃冥之昭,亂之定,毁之成,危之寧(耕部)。

冥之昭,當作"冥之明",以明與定成寧爲韻也。明古韻在陽部,定成寧在耕部,二部音近。高注云:"以冥爲明,以容爲定,以毁爲成,以危爲寧也。"是本作明之證。

《論大》

商書曰:五世之廟,可以觀怪。萬夫之長,可以生謀(之部)。

《本味》

臭惡猶美,皆有所以。凡味之本,水爲最始。五味三材,九沸九變,火爲之紀,時疾時徐,滅腥去臊除羶,必以其勝,無失其理。調和之事,必以甘酸苦辛鹹,先後多少,甚齊甚微,皆有自起(之部)。

火爲之紀,原作"火之爲紀"。高注云:紀猶節也,品味待火然後成,故曰:火

爲之節，今據改。

《必己》

無訝無訾，一龍一蛇，與時俱化，而無肯專爲（佳歌通韻）。一上一下，以和爲量（陽部）。

案："一上一下"當作"一下一上"，上與量韻，詳見前《莊子・山木》篇。

成則毀，大則衰（微部）。廉則剉，尊則虧，直則骫，合則離，愛則隳（元歌通韻）。多智則謀，不肖則欺（之部）。

案：此文蓋亦出《莊子・山木》篇，二文略有出入，韻亦稍稍不同。

《慎大》

皆曰上天弗恤，夏命其卒（脂微通韻）。

《權勳》

大國爲權，而子逆之；不祥，子釋之（魚部）。

《下賢》

昏乎其深而不測也。

江氏云：句有誤。案：李善注曹子建《雜詩》下有"風乎其高無極也"一句，極與測韻——孫詒讓説。

《順説》

善説者若巧士，因人之力以自爲力，因其來而與來……

案：此下爲韻文，見江氏書。此三句士力來三字古韻同之部，亦當是韻文。

《先識》

地從於城，城從於民，民從於賢（真耕通韻）。

湯喜而告諸侯曰：夏王無道，暴虐百姓，窮其父兄，耻其功臣，輕其賢良，棄義聽讒，衆庶咸怨。守法之臣，自歸於商（元陽合韻）。

案：下文"武王告諸侯"之辭亦爲韻文，見江氏書。

《知接》

齊鄙人有語曰：居者無載，行者無埋（之部）。

《樂成》

我有田疇，而子産殖之。我有子弟，而子産誨之。子産若死，其使誰

嗣之（之部）。

又見《左傳·襄公三十年》。

《察微》

凡持國，太上知始，其次知終，其次知中。三者不能，國必危，身必窮（中部）。

《審分》

察乘物之理，則四極可有。不知乘物而自怙恃，奪其智能，多其教詔，而好自以（之部）。

故按其實而審其名，以求其情（耕部）。

聽其言而察其類，無使放悖（微部）。

國之亡也，名之傷也（陽部）。從此生矣。白之顧益黑，求之愈不得者（之部）。此其義也？

若此，則能順其天。意氣得游乎寂寞之宇矣，形性得安乎自然之所矣（魚部）。全乎萬物而不宰，澤被天下而莫知其所自始（之部）。

《君守》

故博聞之人彊識之士闕矣，事耳目深思慮之務敗矣，堅白之察無厚之辯外矣（祭部）。

東海之極，水至而反。夏熱之下，化而爲寒（元部）。

至精無象，而萬物以化。

"化下"江氏云：有譌誤。案：王念孫云：象當作爲，《老子》道："無爲而無不爲，侯王若能守之，萬物將自化……"皆其證也。爲化爲韻。

《勿躬》

若此則形性彌羸，而耳目愈精，百官慎職，而莫敢愉綖，人事其事，以充其名（耕部）。名實相保，之謂知道（幽部）。

王念孫云：羸當作贏，與盈古通。言形性充盈也。又云：綖當作綎，讀作挺，緩也。以贏精綎名爲韻。

《知度》

猶大匠之爲宮室也，量大小而知材木矣，訾功丈而知人數矣（侯部）。

譬之若夏至之日而欲夜之長也，射魚指天而欲發之當也（陽部）。

《審應》

今有人於此，無禮慢易而求敬，阿黨不公而求令，煩號數變而求靜，暴戾貪得而求定（耕部）。雖黄帝猶若困。

《離謂》

故惑惑之中有曉焉，冥冥之中有昭焉（宵部）。

《具備》

故誠有誠，乃合於精。精有精，乃合於天（真耕通韻）。

《離俗》

叔無孫曰：吾聞之，君人濟人於患，必離其難，疾驅而從之，亦死而不反（元部）。

《上德》

以德以義，則四海之大、江河之水不能亢矣，太華之高、會稽之險不能障矣。闔盧之教、孫吳之兵不能當矣（陽部）。

《適威》

禮煩則不莊，業煩則無功，令苛則不聽，禁多則不行（耕陽東合韻）。

《貴信》

凡人主必信，信而又信，誰人不親（真部）。

天行不信，不能成歲。地行不信，草木不大（祭部）。

《舉難》

救溺者濡，追逃者趨（侯部）。

《知分》

天固有衰嗛廢伏，有盛盈坌息（之部）。

人亦有困窮屈匱，有充實達遂（微部）。

《行論》

比獸之角，能以爲城。舉其尾，能以爲旌（耕部）。

將欲毀之，必重累之。將欲踣之，必高舉之。

後二句江氏謂：侯魚通韻。案：踣疑路字之誤，路舉同魚部。

《觀表》

隔宅而異之,分祿而食之(之部)。

夫智可以微謀,仁可以託財者(之部)。其郈成子之謂乎!

《貴卒》

力貴突,智貴卒(微部)。

《壹行》

夫不可知,盜不與期,賊不與謀(之部)。

《直諫》

鮑叔舉杯而進曰:使公毋忘出奔在莒也,使管仲毋忘束縛而在於魯也,使寧戚毋忘其飯牛而居於車下(也)(魚部)。

《分職》

通乎君道,則能令智者謀矣,能令勇者怒矣,能令辯者語矣(之魚借韻)。《說文》謀古文從母聲,母字金文與毋爲一字,古韻亦往往與魚部相叶。如《詩・蝃蝀》叶雨母。謀字《詩・巷伯》叶者虎,正與魚部字相叶,此叶怒語(二字並音上聲),與《詩・巷伯》同例。

今民衣弊不補,履決不組。(魚部)

《處方》

謀出乎不可用,事出乎不可同(東部)。此爲先王之所舍也。

《士容》

故火燭一隅,則室偏無光。骨節早成,空竅哭歷,身必不長。衆無謀方,乞謹視見,多則不良(陽部)。志必不公,不能立功(東部),好得惡予,國雖大,不爲王,禍災日至(脂祭合韻)。……

《務大》

時事不共,是謂大凶(東部)。奪之以土功,是記稽。不絕憂唯,必喪其粃(脂微通韵)。奪之以水事,是記籥。喪以繼樂,四鄰來虐(宵部)。奪之以兵事,是記厲。禍因胥歲,不舉銍艾(祭部)。數奪民時,大饑乃來(之部)。野有寢耒,或談或歌。旦則有昏,喪粟甚多(歌部)。皆知其末,莫知其本真。

鶡冠子

（據四部叢刊本）

《夜行》

强爲之説曰：芴乎芒乎，中有象乎（陽部）。芒乎芴乎，中有物乎（微部）。窅乎冥乎，中有精乎（耕部）。

《天則》

列地而守之，分民而部之（之部）。寒者得衣，饑者得食，寃者得理，勞者得息（之部）。聖人所期也。

陸佃注云："守或作止。"案：作止是，止與部爲韻。

田不因地形，不能成穀。爲化不因民，不能成俗（侯部）。

《環流》

氣故相利相害也。類故相成相敗也（祭部）。積往生跂，工以爲師。積毒成藥，工以爲醫（之脂借韻）。美惡相飾，命曰復周，物極則反，命曰環流（幽部）。

醫字《文子・上德》叶謀字，《廣韻》在之韻，故知其古韻當在之部，然《説文》中從殹之字，多從殹爲聲，並讀脂部影母。《説文》未言醫字是否從殹爲聲；然醫字亦讀影母，疑醫字本亦從殹爲聲。醫從脂部殹爲聲而在之部，蓋猶節從之部即爲聲而在脂部耳。之脂二部古韻雖截然不同，非絶無接觸也。

《道端》

……一國之刑，具在於身（真耕通韻）。以身老世，正以錯國。服義行仁，以一正業（之業合韻）。

案：業與國韻，有泰鴻德極息業韻可證（"泰鴻"韻文見江氏《韻讀》）。此文自"本出一人"至"以一正業"爲一節。

賢君循成法，後世久長。隋君不從，當世滅亡（陽部）。

《王鈇》

使鬼神亶曰:增規不圓,益矩不方。夫以効末傳之子孫,唯此可持,唯此可將……

方與將祥明王爲韻,江氏但錄自唯此可持句起,誤。

《泰鴻》

東方者,萬物立止焉,故調以徵(之部)。南方者,萬物華羽焉,故調以羽。(魚部)西方者,萬物成章焉,故調以商(陽部)。北方者,萬物錄藏焉,故調以角。中央者,太一之位,百神仰制焉,故調以宮。

案:"萬物錄藏"句有誤,原疑以錄與角韻,侯部。"百神仰制"句亦當有誤。《白虎通·禮樂》:徵者,止也。《漢書·律曆志》:商之爲言章也。此云:萬物立止,故調以徵;萬物成章,故調以商;萬物華羽,故調以羽;是猶聲訓之法,角宮二句無韻必誤。

《泰錄》

故神明錮結其紘,類類生成,用之不窮(蒸中通韵),影則隨形,響則應聲(耕部)。

《世兵》

水激則旱,兵激則遠。精神回薄,振蕩相轉(元部)。遲速有命,必中三五。合散消息,孰識其時。至人遺物,獨與道俱。縱驅委命,與時往來。盛衰死生,孰識其期。儼然至湛,孰知其尤。

江氏《韻讀》錄自"縱驅委命"至"孰知其尤",謂來、期、尤韻,之部。案:"孰識其時"與"孰識其期"及"孰知其尤"文句平行,時亦之部字,亦當是韻。

《備知》

是以鳥鵲之巢可俯而窺也,麋鹿羣居,可從而係也。至世之衰,父子相圖,兄弟相疑,何者?其化薄而出於相以有爲也(佳歌通韻)。

《世賢》

扁鵲曰:長兄於病視神,未有形而除之,故名不出於家。中兄治病,其在毫毛,故名不出於閭。若扁鵲者,鑱血脉,投毒藥,副肌膚閒,而名出於諸侯(侯魚通韻)。

《天權》

故曰，有無軍之兵，有無服之喪(陽部)。

素　問

(據四部叢刊本)

《上古天真論》

故美其食，任其服(之部)，樂其俗，高下不相慕，其民故曰朴。

江氏《韻讀》但以俗朴爲韻。

《四氣調神大論》

秋三月，此謂容平。天氣以急，地氣以明。早卧早起，與鷄俱興。使志安寧，以緩秋刑。收斂神氣，使秋氣平。無外其志，使肺氣清。

江氏謂：平明寧刑平清耕陽通韻。案："與鷄俱興"句疑亦當是韻。興字古韻在蒸部，耕部韻母爲 eŋ，蒸部爲 əŋ，音略近。《鬼谷子·謀篇》正與應韻，是其例。

所以聖人春夏養陽，秋冬養陰，以從其根，故萬物沉浮於其生長之門。逆其根，則伐其本，壞其真矣(文真通韻)。

反順爲逆，是謂内格(魚部)。

《生氣通天論》

因於寒，欲爲運樞。起居如驚，神氣乃浮(幽侯通韻)。因於暑，汗煩則喘喝，静則多言，體若燔炭，汗出而散(元部)。

是故暮而收拒，無擾筋骨，無見霧露。反此三時，形乃困薄(魚部)。

《陰陽應象大論》

是以聖人爲無爲之事，樂恬憺之能，從欲快志於虚無之守(之幽通韻)。故壽命無窮，與天地終(中部)。

天不足西北，故西北方陰也；而人右耳目不如左明也。地不滿東南，故東南方陽也；而人左手足不如右强也(陽部)。

是故天地之動静，神明爲之綱紀。故能生長收藏，終而復始(之部)。

……血實宜決之，氣虚宜掣引之。

案：“血實宜決之”與“氣虚宜掣之”，文句相偶，掣下不當有引字。注云：“掣讀爲導，導引則氣行條暢。”掣不得讀爲導，當謂其義爲導；正文引字蓋涉注文而衍。決與掣爲韻，祭部。《新校正》云：按《甲乙經》掣作擊。

《陰陽别論》

別於陽者知病忌（之）時，別於陰者知死生之期。謹熟陰陽，無與衆謀（之部）。

《六節藏象論》

行有分紀，周有道理（之部）。

帝曰：余聞氣合而有形，因變以正名（耕部）。天地之運，陰陽之化，其於萬物，孰少孰多（歌部）。

嗜欲不同，各有所通（東部）。天食人以五氣，地食人以五味，五氣入鼻，藏於心肺（微祭通韻）。上使五氣脩明，音聲能彰（陽部）。五味入口，藏於腸胃，味有所藏，以養五氣（微部）。氣和而生，津液相成，神乃自生（耕部）。

《五藏生成論》

診病之始，五決爲紀。欲知其始，先建其母（之部）。

《移精變氣論》

粗工兇兇，以爲可攻（東部）。故病未已，新病復起（之部）。

岐伯曰：治之要極，無失色脉，用之不惑。治之大則，逆從到行，標本不得，亡神失國（之部）。去故就新，乃得真人（真部）。

得神者昌，失神者止（陽部）。

《湯液醪醴論》

此得天地之和，高下之宜（歌部）。故能至完。伐取得時，故能至堅也（元真合韻）。

故精自生，形自盛，骨氣相保，巨氣乃平（耕部）。

《脉要精微論》

彼春之暖，爲夏之暑。彼秋之急，爲冬之怒。四變之動，脉與之上

下。以春應中規，夏應中矩，秋應中衡，冬應中權（魚部）。

案："冬應中權"，權疑本是度字。度與暑怒下矩爲韻。

生之有度，四時爲宜。

江氏云：度宜二字歌魚通韻。案：《新校正》云：太素宜作數。疑本是數字，度數魚侯通韻。

來疾去徐，上實下虛（魚部），爲厥顛疾。來徐去疾，上虛下實（脂部），爲惡風也。

《平人氣象論》

夫平心脈來，累累如連珠，如循琅玕（元部），曰心平。夏以胃氣爲本。病心脈來，喘喘連屬，其中微曲（侯部），曰心病。死心脈來，前曲後居，如操帶鉤（魚侯通韻），曰心死。平肺脈來，厭厭聶聶，如落榆莢（葉部），曰肺平。秋以胃氣爲本，病肺脈來，不上不下，如循鷄羽（魚部），曰肺病。死肺脈來，如物之浮，如風吹毛（幽宵通韻），曰肺死。平肝脈來，耎弱招招，如揭長竿末梢（宵部），曰肝平。春以胃氣爲本，病肝脈來，盈實而滑，如循長竿，曰肝病。死肝脈來，急益勁，如新張弓弦（真耕通韻），曰肝死。平脾脈來，和柔相離，如鷄踐地（佳歌通韻），曰脾平。長夏以胃氣爲本，病脾脈來，實而盈數，如鷄舉足（侯部），曰脾病。死脾脈來，銳堅如烏之喙，如鳥之距，如屋之漏，如水之流（幽侯魚合韻），曰脾死。平腎脈來，喘喘累累如鉤，按之而堅，曰腎平。冬以胃氣爲本，病腎脈來，如引葛，按之益堅，曰腎病，死腎脈來，發如奪索，辟辟如彈石（魚部），曰腎死。

案："累累如連珠"，珠字疑不當有，或本作珠連，以連與玕韻。"盈實而滑，如循長竿"，疑或有誤，或即以滑竿二字微元合韻。"喘喘累累如鉤"，鉤疑當作鈞，鈞堅古韻同真部。如引葛，疑當作如葛引，引與堅韻，真部。

《玉機真藏論》

故曰：別於陽者知病從來，別於陰者知死生之期（之部）。

《寶命全形論》

天覆地載，萬物悉備（之部），莫貴於人。

案：人字與下文生成等字爲韻，見江氏《韻讀》。

月有小大，日有短長。萬物並至，不可勝量。虛實呿吟，敢聞其方（陽部）。

一曰治神，二曰知養身，三知毒藥爲真（真部）。四制砭石小大，五曰知府藏血氣之診。五法俱立，各有所先（文部）。

從見其飛，不知其誰，伏如橫弩，起如發機（微部）。

《痺論》

陰氣者，靜則神藏，躁則消忘，飲食自倍，腸胃乃傷（陽部）。

凡痺之類，逢寒則蟲，逢熱則縱（中東通韻）。

《厥論》

盛則寫之，虛則補之。不盛不虛，以經取之（侯魚通韻）。

《刺禁論》

七節之旁，中有小心。

案：此節凡偶句入韻（見《韻讀》），中有小心句當有譌誤。《新校正》云："按《太素》"小心"作"志心"。楊上善云：腎神曰志。五藏之靈皆名爲神，神之所以任得名爲志者，心之神也。"疑小心二字是志字之誤，原作"中有心志"；《太素》作"志心"則誤倒。志字與上下文右裏使市母正爲叶韻。

《鍼解論》

帝曰：余聞九鍼，上應天地四時陰陽，願聞其方。令可傳於後世，以爲常也（陽部）。

《氣穴論》

此所謂聖人易語，良馬易御也（魚部）。

《五運行大論》

黃帝坐明堂，始正天綱，臨觀八極，考建五常（陽部）。

《六微旨大論》

黃帝問曰：嗚呼遠哉，天之道也！如迎浮云，如視深淵（文真通韻），視深淵尚可測，迎浮云莫知其極（之部）。閔閔之當，孰者爲良，妄行無徵，示畏侯王（陽部）。

岐伯曰：夫德化政令災變，不相加也。勝復盛衰，不能相多也。往來小大，不能相過也。用之升降，不能相無也（魚歌合韻）。

案：無與加多過魚歌合韻；又疑爲爲字之誤，爲亦歌部字。

岐伯曰：德化者，氣之祥。政令者，氣之章（陽部）。變易者，復之紀。災眚者，傷之始（之部）。

《六元正紀大論》

故知其要者，一言而終，不知其要，流散無窮（中部）。

案：語又見《靈樞・九鍼十二原》

《至真要大論》

岐伯曰：病反其本，得標之病。治反其本，得標之方（陽部）。

故大要曰：粗工嘻嘻，以爲可知（之佳借韻），言熱未已，寒病復始（之部），同氣異形，迷診亂經（耕部），此之謂也。岐伯曰：調氣之方，必別陰陽。定其中外，各守其鄉（陽部）。

雷公對曰：誦而頗能解，解而未能別……

案：此是"著至教論"篇文，自此以下二段，江氏書誤在"至真要大論"篇。

《示從容論》

使真藏壞決，經脈傍絶，五藏漏泄（祭部）。

《疏五過論》

凡診者必知終始，有知餘緒，切脈問名，當合男女。離絶菀結，憂恐喜怒。五藏空虛，血氣離守。工不能知，何術之語（幽魚借韻）。

《徵四失論》

所以不十全者，精神不專，志意不理。外內相失，故時疑殆。診不知陰陽逆從之理，此治之一失矣（之部）。

案：二失三失四失下並用也字結句，此獨用矣字，明欲以矣字入韻耳。

受師不卒，妄作雜術（微部）。謬言爲道，更名自功。妄用砭石，後遺身咎（幽部）。此治之三失也。

《新校正》云，《太素》功作巧。案：作巧是，巧與道咎古韻同幽部，且功字於義無所取。

治數之道，從容之葆……

案：《韻讀》此前脱《徵四失論》篇名。

《陰陽類論》

帝曰：三陽爲經，二陽爲維，一陽爲游部，此知五藏終始。三陰爲表，二陰爲裏，一陰至絶作朔晦，卻具合一以正其理（之部）。

雷公曰：臣悉盡意，受傳經脈頌，得從容之道以合從容。不知陰陽，不知雌雄（東蒸合韻）。

《方盛衰論》

是以切陰不得陽，診消亡（陽部）。得陽不得陰，守學不湛（侵部）。

是以診有大方，坐有起常，出入有行，以轉神明（陽部）。

靈　樞

（據四部叢刊本）

《九鍼十二原》

補曰：隨之隨之，意若妄之。若行若按，如蚊虻止（陽部）。如留如還，去如絃絶（祭元通韻）。令左屬右，其氣故止（之部）。外門已閉，中氣乃實，必無留血（脂部）。急取誅之……

案：意若妄之，之當作止，與下文如蚊虻止句同。

九鍼之名，各不同形（耕部）。

取五脈者死，取三脈者恇，奪陰者死，奪陽者狂（陽部）。刺之要，氣至而有效（宵部）。效之信，若風之吹雲，明乎若見蒼天（文真通韻）。

知其要者，一言而終，不知其要，流散無窮（中部）。

陰有陽疾者，取之下陵三里，正往無殆，氣下乃止，不下復始也。

江氏謂：里殆止韻，未錄"不下復始也"一句。案：不錄此句非也，始字爲韻。

《邪氣藏府病形》

夫臂與胻，其陰皮薄，其肉淖澤（魚部）。故俱受于風，獨傷其陰（侵部）。

岐伯曰："虛邪之中身也，灑淅動形。正邪之中人也，微先見于色，不知于身。若有若無，若止若存，有形無形，莫知其情。"（文真耕合韻）

《根結》

岐伯曰：天地相感，寒暖相移。陰陽之道，孰少孰多。陰道偶，陽道奇（歌部）。發于春夏，陰氣少，陽氣多，陰陽不調，何補何寫（魚部）。發于秋冬，陽氣少，陰氣多，陰氣盛而陽氣衰，故莖葉枯槁，濕雨下歸（微部）……

《壽夭剛柔》

黃帝問於少師曰：余聞人之生也，有剛有柔，有弱有强，有短有長，有陰有陽，願聞其方（陽部）。

案："有剛有柔"當作"有柔有剛"，以剛字入韻。

少師答曰：陰中有陰，陽中有陽。審知陰陽，刺之有方（陽部）。得病所始，刺之有理（之部）。

此謂不表不裏，其形不久（之部）。

《本神》

故智者之養生也，必順四時而適寒暑，和喜怒而安居處（魚部），節陰陽而調剛柔，如是則僻邪不至，長生久視（脂部）。

"節陰陽而調剛柔"當作"節陰陽而調柔剛"，陽與剛爲韻。蓋後人不知此韻文，以習稱剛柔而改之。

《終始》

補陽則陰竭，寫陰則陽脱（祭部）。

凡刺之道，調氣而止（之幽通韻）。補陰寫陽，音氣益彰，耳目聰明。反此者，血氣不行（陽部）。

《經別》

夫十二經脈者，人之所以生，病之所以成（耕部）。人之所以治，病之所以起，學之所始，工之所止也（之部）。

《經水》

夫經水者，受水而行之。五藏者，合神氣魂魄而藏之。六府者，受穀

而行之;受氣而揚之。經脈者,受血而營之(耕陽通韻)。

《脈度》

氣之不得無行也,如水之流,如日月之休(幽部)。故陰脈榮其藏,陽脈榮其府。如環之無端,莫知其紀,終而復始。其流溢之氣,内溉藏府,外濡腠理(之侯借韻)。

江氏《韻讀》誤爲《營氣》篇文。又"内溉藏府"江書作"内溉五藏",未詳所本。

《四時氣》

黄帝問於岐伯曰:夫四時之氣,各不同形。百病之起,皆有所生。灸刺之道,何者爲定(耕部)。

《海論》

黄帝曰:凡此四海者,何利何害,何生何敗(祭部)。岐伯曰:得順者生,得逆者敗,知調者利,不知調者害(祭部)。

《脹論》

黄帝曰:藏府之在胸脇腹裹之内也,若匣匱之藏禁器也(微部)。各有次舍,異名而同處,一域之中,其氣各異,願聞其故(魚部)。

其于脹也,當寫不寫,氣故不下(魚部)。三而不下,必更其道,氣下乃止,不下復始。可以萬全,烏有殆者乎(之幽通韻)。其于脹也,必審其脉,當寫則寫,當補則補,如鼓應桴,惡有不下者乎(魚部)。

江氏以寫下下道止始殆補下之幽魚借韻。案:江氏誤,其誤在不察文意之所當止也。

《病傳》

此乃所謂守一勿失,萬事畢者也(脂部)。

……畢將服之,神自得之。生神之理,可著于竹帛,不可傳于子孫。

"傳于子孫",江氏書作"傳于孫子",謂:服得理子爲韻。案:"子孫"作"孫子",蓋所見本如此。惟服得爲入聲,理子爲陰上,似可分爲二節。

《順氣一日分爲四時》

夫百病之所始生者,必起於燥濕,寒暑風雨,陰陽喜怒,飲食居處

（魚部）。氣合而有形，得藏而有名（耕部）。

春生夏長，秋收冬藏，是氣之常也（陽部）。

《外揣》

夫九鍼者，小之則無内，大之則無外，深不可爲下，高不可爲蓋（祭部）。

《禁服》

黄帝親祝曰：今日正陽，歃血傳方，有敢背此言者，反受其殃（陽部）。

《五色》

黄帝曰：明堂骨，高以起，平以直。五藏次於中央，六府挾其兩側，首面上於闕庭，王宫在於下極，五藏安於胸中，真色以致病色（之部）。

察其散搏，以知遠近。

江書作"察其散摶，以知近遠"，謂摶遠二字爲韻。案：杭州局二十二子本搏作摶，知江氏所見是摶字。摶字義不可通。又遠近作近遠，未審依韻所改，抑所據如此。

《天年》

營衛之行，不失其常，呼吸微徐，氣以度行。六府化穀，津液布揚，各如其常，故能長久（陽部）。

長久當作久長，以長字入韻。

《逆順》

故曰方其盛也，勿敢毁傷。刺其已衰，事必大昌。故曰上工治未病，不治已病（陽部）。

《玉版》

岐伯曰：迎之五里，中道而止，五至而已，五往而藏，之氣盡矣（之部）。

《陰陽》

余願得而明之，金櫃藏之，不敢揚之（陽部）。

《行鍼》

岐伯曰：重陽之人，熇熇高高，言語善疾，舉足善高（宵部）。心肺之藏，氣有餘陽，氣滑盛而揚，故神動而氣先行（陽部）。

《邪客》

岐伯曰：余願聞持鍼之數，内鍼之理，縱舍之意，扦皮開腠理（之侯借韻）。

《官能》

令可久傳，後世無患。得其人乃傳，非其人勿言。

江氏以首句傳字與患言爲韻。案：第三句傳言亦當是韻。下文有《鍼論》曰："得其人乃傳，非其人勿言。"正以傳言爲韻。

行之逆順，出入之合，謀伐有過。

"過"下江氏謂韻未詳。案：注云："合"一本作"會"，蓋以會過爲韻。會古韻在祭部，過在歌部，二部音近。

寒與熱爭，能合而調之。虛與實鄰，知決而通之。左右不調，犯而行之。

江氏謂行通陽東通韻，又於"能合而調之"下曰韻未詳。案：《詩・車攻》、《韓非子・二柄》、《楚辭・離騷》並以調叶同字，則此以調叶通字。

言陰與五，合於五行。

江氏五作陽，與行叶。案：作陽是。杭州局刻二十二子本正作陽字。

故曰：必知天忌，乃言鍼意（之部）……

案：江氏此節錄自"乃言鍼意"句。案："必知天忌"與"乃言鍼意"，文意貫串，意忌爲韻，江氏失之。

邪氣之中人也，灑淅動形。正邪之中人也，微先見於色，不知於其身。若在若無，若亡若存，有形無形，莫知其情（文真耕合韻）。

案：文又見前《邪氣藏府病形》篇。

雷公問於黄帝曰：《鍼論》曰，得其人乃傳，非其人勿言（元部）。何以知其可傳，黄帝曰，各得其人，任之其能，故能明其事（之部）。

各得其能，方乃可行，其名乃彰（陽部），不得其人，其功不成，其師無名（耕部）。故曰得其人乃言，非其人勿傳（元部）。

《刺節真邪》

岐伯曰：取天容者，無過一里。取廉泉者，血變而止（之部）。

《九鍼論》

敢問九鍼焉生，何因而有名（耕部）。

《大惑論》

目者，五藏六府之精也，營衛魂魄之所常營也，神氣之所生也（耕部）。故神勞則魂魄散，志意亂（元部）。

《癰疽》

陰陽已張，因息乃行（陽部）。行有經紀，周其道理。與天合同，不得休止（之部）。

鬼谷子

（據四部叢刊本）

《捭闔》

是故聖人一守司其門户，審察其所先後，度權量，能校其伎巧短長。

江氏讀如此。謂：户後侯魚通韻；量長韻，陽部。案："量"下不得絶句。《飛箝》篇云："凡度權量能，所以徵遠來近。"又云："將欲用之天下，必度權量能。"是此文亦當讀"度權量能"四字爲句也。能字古韻在蒸部，與長字不甚近，户後二字古韻亦不同部，此疑非韻文；或以能長陽蒸借韻耳。《文子・上德》叶藏唱應，《荀子・大略》叶行興，《靈樞・官能》叶勝殃，並陽蒸借韻之例。

即欲捭之貴周，即欲闔之貴密，周密之貴微，而與道相追。

江氏讀如此。謂：密讀平聲，與微追爲韻，脂部。案：密字無讀平聲之證，且自脂微分部之後，密屬脂部，微追二字屬微部，是密與微追韻部與聲調俱不相同，密蓋本非韻脚。又"周密之貴"句，承上文貴周、貴密言之，微字當下屬爲讀。故《舊注》云："言撥動之貴其周徧，閉藏之貴其隱密。而此二者皆須微妙合於道之理，然後爲得也。"是江氏讀微下爲句，亦誤。貴字古韻與追同微部，此或係以貴追二字爲韻。

捭之者，料其情也。闔之者，結其誠也（耕部）。

口者,心之(門)户也。心者,神之主也(侯魚通韻)。

《反應》

言有象事有比,其有象比,以觀其次(脂部)。象者象其事,比者比其辭也(之部)。以無形,求有聲(耕部)。

案:事字涉下文"象其事"句誤衍,下文有"言有象比"句可爲昭證。

重之襲之,反之覆之。

江氏以襲之、覆之二之字與上下文來基辭疑爲韻。案:凡兩句句法相同以虚字爲結句者,皆以虚字上一字叶韻,江氏此甚牽强。

符應不失,如螣蛇之所指,若羿之引矢(脂部)。

《抵巇》

天下分錯,上無明主(魚侯通韻)……

案:此節起自此二句,下文爲韻文,而此二句錯主音近,亦當是韻文。

五帝之政,抵而塞之。三王之事,抵而得之(之部)。

《飛箝》

爲之樞機以迎之隨之,以箝和之,以意宜之(歌部)。

《謀篇》

摩而恐之,高而動之(東部)。微而正之,符而應之(耕蒸借韻)。擁而塞之,亂而惑之(之部)。是謂計謀。

《本經陰符七篇》

《實意》:神明榮,則志不可亂。計謀成,則功不可間。

江氏《韻讀》謂:榮亂間三字爲韻,元部。案:榮下圈當是後人誤加。上文江氏云:榮成韻,耕部。

《損兑》:故亂不煩而心不虚,志不亂而意不邪(魚部)。

(原載《崇基學報》第三卷第一期,1963 年)

讀《嘉吉元年本韻鏡跋》及《韻鏡研究》

高仲華先生著《嘉吉元年本韻鏡跋》(以下簡稱《韻跋》)及《韻鏡研究》(以下簡稱《韻研》[①])，頗涉拙著《韻鏡校注》(以下簡稱《校注》)。而《韻跋》云："余所藏《韻鏡》之日刊本，已多於龍君之所見。嘗欲爲補校，以彌龍君之闕，卒卒未遑也。"拙撰《校注》一書爲余 1953 年臺灣大學畢業論文，現時各大學雖頗有以爲聲韻學參考資料者，究竟少作不免疏陋。即余所見，宜改易處往往有之[②]。每思再版时更作，而意興闌珊，援筆輒罷，今不知其幾次版矣。仲華先生以前輩之尊，欲爲余彌縫闕失，雅意深感。所論雖不乏可充實鄙説，然以拙校爲非者，除二十九轉應爲内轉而其理又不如所持者外，拙校實未有誤；而以爲可補拙校所未備者，抑或可取或亦不可取也。以仲華先生立意欲使拙校盡善，故將鄙見條陳如后，想亦先生之所樂聞，及讀拙書者之所欲知者也。

余以黎氏古逸叢書本，臺灣大學藏日刊本及北京大學影印本校理《韻鏡》，仲華先生少之，陋無可辭。然當日所見，不獨此三本，如所舉《韻鏡諺解大成》、《磨光韻鏡》等，臺大多有之。所以未參驗之者，以其既多誤説，又任意改易不列舉所據，不足憑信故耳。而《韻鏡》之作，本之韻書，使其韻書見在，案圖可以索驥，不失驪黃，原不在版本之多寡也。故仲華先生以嘉吉本治

---

① 前者載 1965 年《學粹》七卷三期，又見 1967 年《南大學報》，末段有詳略之異。後者載 1970 年《中華學苑》五期。

② 如第三十五轉入聲脣音之欂碧二字，位置未知所決，及爲《例外反切研究》，知《韻鏡》所列不誤。本文亦提及數處。

之,云與拙校同者固已累見非一,其不云與拙校合者,亦類同拙校。如:

第一轉董韻來母之曨。第四轉支韻從母之疵。第五轉紙韻邪母之猹。第六轉旨韻娘母之柅①。第十轉廢韻並母之吠。第十三轉咍韻滂母之婄。第十六轉蟹韻影母之庴及卦韻曉母之畫。第十七轉震韻滂母之朩,恨韻疑母之饐,軫韻曉母之脪及質韻日母之日。第十八轉稕韻見母之昀及混韻溪母之閫。第二十轉問韻滂母之湓。第二十一轉薛韻滂母之瞥。第二十二轉元韻曉母之暄。第二十三轉屑韻溪母之猰。第二十四轉仙韻澄母之椽,線韻徹母之猭及黠韻曉母之偺②。第二十五轉宵韻来母之燎及效韻影母之靿。第三十轉馬韻審母之葰。第三十一轉陽韻審母之商及藥韻知母之芍,徹母之皀。第三十二轉漾韻見母之誑。第三十三轉庚韻娘母之獰及静韻喻四之郢。第三十四轉庚韻喻三之榮及清韻喻四之瞀。第三十七轉有韻見母之久。第三十八轉侵韻喻四之淫。第三十九轉添韻見母之兼,鹽韻羣母之鉗,忝韻清母之憯,洽韻照母之眨及帖韻心母之燮。第四十轉敢韻端母之膽,闞韻定母之憺,釅韻曉母之脅及豔韻日母之染。第四十一轉梵韻影母之俺。第四十二轉登韻見母之緪。

凡四十五事,或字譌誤,或不當有,或位置不合,拙校皆與嘉吉本脗合。中如湓靿皀俺諸字,三本且亦有不誤者,不獨嘉吉本爲然。是嘉吉本可充實鄙説而已,非拙校所不能及必待嘉吉本然後能爲之釐訂也。

《韻跋》所得,自有出於拙校之外者。此爲:

第二轉沃韻見母之梏。第九轉尾韻曉母之豨。第十七轉很韻見母之頣。第二十三轉仙韻床母之潺。第二十五轉豪韻匣母之豪。第三十一轉藥韻疑母之虐。第三十九轉豔韻日母之染。第四十轉入聲韻目之狎。

以爲三本或字譌誤,或位置不合。案:第二轉之梏各本不誤,諦審實從木旁。第九轉之豨各本作俙,旁從與第四十轉之狎作柙者合,又第四轉支韻影母之

① 見本轉校注第三;圖中柅字旁記數之字誤奪。

② 此字又見第二十三轉,嘉吉本同,《韻跋》以彼爲衍文,當是本之拙校。

猗作徛，第十七轉很韻匣母之狠作很，可見俗書犬旁有此寫法，非誤作彳旁。若第十七轉之頣，第二十五轉之豪，第三十一轉之虐，及第三十九轉之染，自卽頣、豪、虐、染諸字，不必以爲誤。余爲《校注》時初習《説文》，亦时沾沾於辨點析畫，黍絫校量。至今觀之，病其苛細無義，有刊削之意焉。第二十三轉之潺，《韻跋》因《廣韻》屬仙韻，以爲不當在床$_{二}$，宜依嘉吉本改入三等。然三等韻照$_{二}$字列二等，此不易之例。故第二十四轉上聲床$_{二}$之撰屬獮韻，入聲審$_{二}$之刷屬薛韻，《七音略》穿$_{二}$又有䟤字屬薛韻。此轉二等雖有獨立之删韻，《廣韻》潺字既音士連切，自在床$_{二}$。嘉吉本殆出淺人改之，或由抄胥誤寫。

又有嘉吉本列字與三本不同，如：

> 第十二轉暮韻溪母之袴，嘉吉本作絝；精母之做，嘉吉本作作；遇韻從母之聚，嘉吉本作壂。第十四轉灰韻幫母之杯，嘉吉本作桮；賄韻來母之礧，嘉吉本作磥。第二十一轉願韻曉母之憲，嘉吉本作獻。第二十六轉宵韻影母之葽，嘉吉本作要。第三十一轉唐韻見母之剛，嘉吉本作岡。

嘉吉本合於《廣韻》之首字，《韻跋》謂：當悉從嘉吉本。案：《韻鏡》所據韻書，今不可得確指，然爲《切韻》系韻書，在《廣韻》之前，爲並世所公認。則僅合於《廣韻》而不合於《廣韻》以前韻書，三本且有與彼合者，嘉吉本當由後人據《廣韻》改之①；惟既合於《廣韻》又悉合於《廣韻》以前韻書，然後可斷從嘉吉本，不可一概相量也。上列諸條，遇韻之埾及賄韻之磥，《廣韻》以前韻書並同《廣韻》，當以埾與磥爲原作。嘉吉本壂卽埾字。《説文》："埾，土積也。從土，聚省聲。"埾爲聚之轉注②，故後世埾又作壂。《集韻》收壂爲埾或體，而全本《王韻》正作壂字。三本作聚者，蓋由壂字而譌。《韻跋》以嘉吉本於土上加乑爲誤，殆非篤論。宵韻之要，《切三》、《全王》首字作腰，下次要字。《説文》要與腰同，蓋亦原作。若暮韻之絝，《全王》、《王二》、《唐韻》並以袴爲正文，注云亦作絝，惟《廣韻》首字作絝；灰韻之桮，《切三》、《全王》、《王一》並作杯，且不載或體桮字，《廣韻》首字作桮，下次杯字云上同；《唐韻》之岡，《切三》、《全王》、《王一》、《王二》並以剛字居首，剛下次崗，不載岡字，唯《廣韻》

① 嘉吉本有據《廣韻》校改之例，《韻跋》言之非一處，而第二十五轉豪韻槖字尤明顯可見。

② 轉注名義詳見拙著《中國文字學》第二章。

首字爲岡,次列或體之崗,復次爲岡字:當以袴、杯、剛爲原作,嘉吉本乃出後人依《廣韻》改之。願韻之獻與《王二》、《唐韻》合,憲則與《全王》、《王一》同,是不必原即作獻。暮韻做字本不見於《廣韻》以前韻書,拙校疑據《廣韻》增入;而《集韻》云作俗作做,三本從俗而已,不必指爲誤字。由上所言,《韻跋》謂可補拙校所未備者,抑或可取或亦不可取耳。

此外,有與拙校意見不同者:

第十六轉蟹韻曉母之扮及匣母之夥。

拙校以爲與《廣韻》合,惟日刊本、影印本誤扮爲粉。嘉吉本無此二字,《韻跋》云:"夥字《廣韻》懷𦫳切,與蟹字胡買切實爲同音,其字在韻末,爲增加字。蟹字已見十五轉,夥字不當復見於此。至於扮字,《廣韻》亦列於蟹韻之末,且在夥字之後,豈亦爲增加字,故嘉吉本不列之與? 由此可知《韻鏡》所據韻書,實較今所見《廣韻》爲古。"案:蟹字胡買切屬開口,夥字懷𦫳切屬合口,二字原不同音。中古脣音字可同爲開口或合口之下字,不必下字爲脣音者其字即屬合口也。《廣韻》獮韻有二士免切,一切開口之棧,一切合口之撰,紙韻有二丘弭切,一切開合之企,一切合口之跬,是其明驗。《集韻》蟹音下買,夥音户買,雖下字相同,其上字判然有别。故蟹夥二字,《韻鏡》一見開口之轉,一見合口之轉,未嘗誤也。扮字《廣韻》音花夥切,《韻鏡》於此轉列扮字,亦與《廣韻》合。惟所見《廣韻》以前韻書無此二紐,是否原作,不能遽定耳。然《廣韻》扮下猶有求蟹切之箉,亦其前韻書所無,三本具列十五轉羣母;又本轉見母之𦫳,《廣韻》亦在韻末,亦其前韻書所無。《韻跋》未見云嘉吉本無箉𦫳二字,想亦嘉吉本同有。則嘉吉本無夥扮二字即爲未經增益之證,於箉𦫳二字又何説焉? 故拙校但云與《廣韻》合,而不定其原不當有。謂之與《廣韻》合者,意謂或則《韻鏡》所本與《廣韻》同,或則後人據《廣韻》所增,説在"凡例"第五。嘉吉本無扮夥二字,或寫者所奪。

第十七轉曉母之肸。

拙校據《廣韻》、《七音略》以爲肹字之誤。嘉吉本正作肹字,而《韻跋》云:"《廣韻》準韻肹字興腎切,依《廣韻》當在外轉第十八準韻中,自古本《韻鏡》誤入此處。"案:肹字《廣韻》雖在準韻,據其下字及諧聲知屬開口。《切韻》原

祇一真韻，自孫愐《唐韻》依開合分真諄而不能劃一，《廣韻》沿之，出入多有。若因其在準韻遂云當入十八轉，斯不然矣。唯余彼時從先師董同龢先生說，據其下字爲齒音，以爲當入本轉之四等，近乃知支脂真諄祭仙宵諸韻脣牙喉音之重紐，應依上字區分。曾爲《廣韻重紐音值試論》一文①，於此點論之綦詳。《韻鏡》列脪字於曉母三等不誤。

第十八轉稕韻見母黎本有昀字，日刊本、影印本無之。

拙校因《廣韻》震韻昀字九峻切，定日刊、影印二本誤奪。《韻跋》云："嘉吉本亦有昀，與龍校同。"惟又云："自係震韻字誤入於此。"蓋亦據《廣韻》字在震韻言之；不知下字及諧聲固足驗其爲合口也，而《集韻》正在稕韻，尤其明徵。

第三十二轉漾韻見母三本無字，羣母作誑。

拙校以《廣韻》誑音居況切、《七音略》誑字在見母，而《全王》狂字渠放反，《廣韻》狂誆二字渠放切，《七音略》正羣母作狂字：以爲《韻鏡》誑字當居見母，而於羣母補狂字。《韻跋》因嘉吉本見羣二母並有誑字，謂羣母之誑爲誤錄（案：卽謂原不應有字，因見母而衍），三本羣母有誑而見母無字，乃沿其誤者又删其是者。今案：嘉吉本旣羣母同有誑字，應以羣母之誑卽狂字之誤，三本又奪見母之誑。

第三十四轉勁韻匣母四等之敻。

拙校以《廣韻》音休正切，定其當居曉母四等。《韻跋》因嘉吉本在曉母三等，遂云："《廣韻》敻字休正切，曉母三等字，嘉吉本是也，刊本誤植。"案：勁韻雖屬三等韻，敻字則必位於四等。中古三等韻，同韻除可有開合相對之韻母外，脣牙喉三者又可有兩類不同韻母，番禺陳氏以來所謂重紐者是也。其一爲普通三等韻類型，卽聲母顎化，具介音之 j；其一此介音 j 後復具介音之 i，卽爲複合介音 ji。前者韻圖列三等，後者韻圖列四等。說詳拙著《廣韻重紐音值試論》。凡清静勁昔四韻脣牙喉音屬後一類型，故韻圖悉列之四等也。敻字三本在四等原不誤，第誤曉爲匣耳。《七音略》字正見曉母四等可證。自番禺陳氏倡重紐不同音說，餘杭章氏、蘄春黃氏莫之信，以爲音同。仲華先生遊

① 載香港中文大學《崇基學報》。

學於黄氏,遂有此説與? 果如所言,四韻唇牙喉音字韻圖莫不在四等,並當移之三等矣,豈獨一敻字爲然哉。

第三十七轉有韻牀母之壽。

拙校云:"《廣韻》有韻無牀母字,壽與禪母受字同切,《集韻》同,《七音略》此無字。本書此列壽字,未知所據。"《韻跋》因嘉吉本無此字,斷爲不當有。案:此説可取,而無以知嘉吉本必非後人刊落。然余當時不卽謂之不當有者,因見床禪二母韻書間頗有歧異,説詳拙校"自序"①及拙著《例外反切研究》②。所見三本既同,遂疑其别有所據矣。

第二十一轉産韻幫滂並三母之版皈阪。

拙校因《集韻》産韻盼字匹限切,版阪二字蒲限切,而《七音略》滂母作皈,旁從與《集韻》盼字合,幫母作版而並母無字,疑《七音略》版字卽據《集韻》增之而誤於見母,其皈字卽盼字涉版字從反而誤;《韻鏡》據《七音略》增之,又於並母增阪字。《韻跋》則謂三字並由潸韻誤列於此。雖第二十四轉潸韻已有此三字,自可備一説。唯嘉吉本既與三本同,非所謂嘉吉本有勝於三本者矣。

第二十二轉仙韻端母之鸇。

拙校因《廣韻》音丁全切,《王一》亦有此字音丁全反,而《集韻》音珍全切,以爲丁是知母類隔,字當入第二十四轉知母三等;又因其字《王一》作鶬,《集韻》作𪄻,疑並鳪字之誤,本音都兮反,兮與全形近,誤兮爲全,諸書收之仙韻,韻圖取以實此。《韻跋》因嘉吉本無此字,斷三本乃後人據《廣韻》增入。今案:余於1959至1961年爲《唐寫全本王仁昫刊謬補缺切韻校箋》③,考定鸇鶬𪄻並鳪字之譌,《王一》鶬字出於後增,非王氏《刊謬補缺切韻》原有。是《廣韻》以前韻書無收此字者,今又知嘉吉本正無此字,三本由後人增之,可決然無疑矣。仲華先生舉嘉吉本之善,以余觀之,此其惟一可以大書特書者。

上來所論,皆《韻跋》謂"嘉吉本不誤,享祿永祿刊本反誤,今可據嘉吉本

① 自序"與《廣韻》及《廣韻》以前韻書音食閏切或脣閏反合"一語,當改"與《集韻》音殊閏切合";又"順切殊閏"一語,當改"及《廣韻》並《廣韻》以前韻書順切食閏或脣閏",附更正於此。

② 載《史語所集刊》第三十六本上册。

③ 此書於1968年9月由香港中文大學出版。

正之者。”又有所謂“亦有嘉吉本訛誤，享祿永祿本改之而亦誤，今得嘉吉本，可以知其誤之所在，因得從而正之。”此言若謂不得嘉吉本，即無以知《韻鏡》誤之所在者然。然所列諸事，類皆拙校所指出。而中如：

第四十一轉范韻徹母之僩，嘉吉本作僴。

即不以《廣韻》校之，亦知僩即僴字，今猶書插作揷也。必以爲譌誤，亦遠較作僴者近真。而《韻跋》謂有嘉吉本之僴，而後知僩爲僴誤，不可解矣。

第十七轉軫韻知母之屒，嘉吉本作展。

校以《廣韻》，知屒即屒字小誤。而嘉吉本作展，不僅去屒已遠；展字通常讀獮韻知母，與軫韻知母音近，易致誤解展字又有軫韻一讀。“韻跋”以爲有嘉吉本之展，而後知屒爲屒誤，得非譽之失其所在乎？

第二轉燭韻明母之媢，嘉吉本作娼。

《韻跋》疑媢娼並媢之誤；又因《廣韻》燭韻無明母字，而媢與沃韻瑁字同音，以爲衍文。案：日刊本、影印本正作媢字，拙校已定黎本媢爲媢誤。《廣韻》燭韻雖無此字，《集韻》則媢字音某玉切，當從拙校謂據《集韻》增入，故《七音略》亦有此字。《韻鏡》本多後人據《集韻》增益之字，説見拙校“自序”。以爲衍文，蓋未得其實也。

此節亦有拙校所未及者二事：

第十三轉齊韻疑母之掜，嘉吉本作晲。

《韻跋》因《廣韻》首字爲堄，掜爲第三字，謂掜當作堄。案：凡所見韻書有此紐者，如《全王》、《王一》莫不以堄爲首字，是此説可信。然掜堄形近，掜當即由堄而誤。嘉吉本作晲，去堄反遠，則知掜之當作堄，自與嘉吉本無關。

第三十九轉忝韻透母之忝，嘉吉本作忝。

《韻跋》謂二字並誤，當作忝。愚意此不若視爲俗書。不然，同轉例字及韻目平聲之添及上聲之棎，並當校正，恐煩瑣而無關宏旨矣。

以上並據《韻跋》一文論之。《韻研》中又有議拙校之失者數處：

第二十六轉、第二十七轉、第三十八轉及第四十轉之合。

拙校因《七音略》云“重中重”或“重中輕”，以爲當改合爲開。《韻研》以前二者與井上校本合爲是，後二者與井上本異爲非。案：據《韻研》所引，井上於

第三十八轉校云:"閉口呼,一本作開,非矣。"於第四十轉校云:"一本作開,非矣。"前者以爲閉口呼,不得爲開,後者無説,蓋亦爲閉口呼之故。《韻研》云:"其以侵、覃、咸、鹽、添、談、銜、嚴、凡九韻爲閉口呼,以今言之,則收音於m,不可作開口,尤爲確見。"今案:所謂閉口呼收音爲 m 者,指元音後韻尾言之;而開合則指元音前有無 u 若 ju、iu 之介音言,有者爲合,無者爲開,本是二事。故韻尾爲 m 者,不必爲合口。且驗諸唇吻,收音爲 m 者,如聲母非唇音而有合口介音,其勢不若收音爲 n 若 ŋ 者爲便。故中古諸收音爲 n 若 ŋ 之韻多有合口,而諸收音爲 m 之韻屬合口者僅得一凡韻[①],其主要内容又爲唇音,非唇音者僅劍欠等少數字。方音中保存閉口韻者,若劍欠等字又無不變爲開口。如廈門、梅縣劍爲 kiam,欠爲 k'iam,廣州劍爲 kim,欠爲 him,潮州劍爲 kiəm,欠爲 k'iəm[②]。即凡韻唇音字亦僅潮州音凡泛爲 huam,其他亦皆變開口。然則井上以閉口呼定第三十八及第四十兩轉爲合,固不達音韻者之鄙言,安可從乎。又據《韻研》所引:

> 井上本第三十九轉之開作合;第一轉之開作合;第二轉之開合作合;第十一轉之開作合;第十二轉之開合作合;第四轉之開合作開,移其唇音於第五轉。

並以爲可補拙校所未備。案:井上改第三十九轉之開爲合,蓋以其亦爲閉口呼之故,其誤同上。第一、第二、第十一及第十二四轉《韻研》申之曰:"東、冬鍾、魚、虞、模等凡以 u 爲介音或主要元音者,皆祇能作合,不可作開,《韻鏡》之誤顯然……均爲龍校所未及。"第四轉井上云:"諸本作開合,不正。"蓋因開、合爲對稱,不得有"開合"之目。案:以凡介音或主要元音爲ㄨㄩ者爲合口,此依國語立論。國語所以有此語音分析理論者,因國語有 a i ɤ e ə u y 諸元音,其中 u y 爲圓唇,與 a i ɤ e ə 並異;而 u 可見於 a、ai、ei、an、ən、aŋ、əŋ 諸韻母前,與無 u 者對立;ye、yan、yn 亦與 ie、ian、in 對立:遂以含 u 若 y 者爲介音而謂之合口[③],而主要元音爲 u 若 y 者亦屬之合口之列。a i ɤ e

① 舉平以賅上去入,下同。

② 不保存閉口韻者,劍欠等字亦讀開口,蓋方其 m 未變 n 若 ŋ 之前,合口之 ju 先已失落。

③ 細别之:前者爲合口,後者爲撮口。

ə u y 之外，雖尚有一圓唇之 o，必與 u 接合：或見於 u 後，或在於 u 前。見於 u 後者，固因 u 爲其介音屬合口；在於 u 前者，又部分在 i 後屬開口之齊齒。故言國語之合口，獨不及此圓唇之 o。若其他語音系統，既不同於國語，未必能適合此分析理論。以粵音言之，u y 之外，復有圓唇之 œ ø ɔ，œ ø 且不見於 u 若 y 之後。以爲開口，則與 u y 同屬圓唇；以爲合口，則不與 u y 同爲介音①：其不適用國語語音分析理論，顯明可見。

以此而言，開合之稱其涵義原可以因地而異，亦必因時不同。一切依國語律之，必無能當而已。古人既逝，古語不存。韻書韻圖可以得其大略，無以語其細；可以推其音類，無以究其值。若開合者，古人視何種語音爲合口，固莫由確定；東冬鍾魚虞模元音爲何，亦無從確知。方音中東冬鍾元音除讀 u 若 y 者外，亦多讀 o 若 ɔ，前者如西安、漢口、成都、蘇州、温州、長沙，後者如廈門及揚州之複合元音 ɔu②。魚虞元音雖大體讀 u 若 y，模則除 u 外，廈門多讀 ɔ，西安、太原、漢口、廣州、潮州多讀 ou，蘇州、温州多讀 əu③，使中古模之元音爲 əu，固不應爲合口；東冬鍾模元音爲 o、ou、ɔ、ɔu，亦未必爲合口④；若古人直以含 u 若 y 之介音爲合口，則雖東冬鍾魚虞模元音爲 u 若 y 而無 u 若 y 之介音，亦仍可屬開口⑤。且 u o ɔ y œ ø 雖同屬圓唇，口型有大小之異，所謂開合，未始不可有相對稱謂；而元音又有不圓不展者⑥；則《七音略》有重中重、重中輕、輕中輕、輕中重諸目，《韻鏡》亦於開、合之外，復有“開合”之稱，豈必皆由誤寫？故拙校於此一端，若不因《七音略》確切可證，不敢妄議。今以東冬鍾魚虞模之轉必爲合，凡云“開合”必誤書⑦，恐蔽在從今，未能多爲古人想也。《韻研》又云：

> 第二十六轉宵收音爲ㄧㄠ，第二十七轉歌收音爲ㄜ，無ㄨㄩ介音，均

① 粵音韻母有 øy 者，與國語 ou 同，爲下降複合元音，非以 y 爲元音，而 ø 爲其介音。

② 又有東冬元音讀 ə 若 a 及鍾元音讀 i 若 e 者。

③ 魚虞元音亦間有讀 ɔ、ou、əu 者，而諸家中古音擬測，魚韻元音多作 o。

④ 國語之 ou 即以開口視之。

⑤ uu、yy 原與 u、y 不同。

⑥ 若粵語 ŋ 與 k 前之 i 與 u。

⑦ 《韻鏡》云“開合”者四，第二、第四、第十二三轉并上本並改作。獨不及第三轉，疑《韻研》失引。

爲開口,《韻鏡》以爲合口,其誤至顯,均爲龍校所未及。

案:第二十六、第二十七兩轉當爲開,拙校實已言之。前者見《刊謬補缺切韻校箋》①,后者見《韻镜校注・自序》(見頁 289 注一),可以覆案。惟拙校乃據《七音略》云重中重而云然,非以其韻母國語爲一ㄠ若ㄜ之故。國語之不足恃,既詳言之。何況歌韻之多、駝、蹉、娑、那②、羅諸字即國語亦讀 uo,而並在第二十七轉,則以國語言此轉之爲開爲合,又何所取邪?

拙校闕失必多,然若《韻研》所揭出者,則惟第二十九轉謂"内當作外"一事,而不得如《韻研》所解。《韻研》於此有兩個論點:其一,同韻不必屬内屬外相同。舉至治本及乾隆本《通志》、《七音略》第三十三轉庚清爲外、第三十四轉庚清爲内、第十三轉皆齊祭夬爲内、第十四轉皆齊祭夬爲外,及乾隆本第三十一轉唐陽爲外、第三十二轉唐陽爲内爲證。其二,據所考:"麻韻古今音變,有以 u 爲韻者,有以 a 爲韻者。若内外轉決定於韻之主要元音,則麻韻分屬内外轉亦自有因。"今案:以麻韻古今音變有 ua 之異,遂謂其分屬内外轉爲有因,此語殊費解。蓋所謂麻韻古今音變云云,當謂今方音有此不同,非謂古音一麻韻含 ua 二元音。然今音則不能爲麻韻分屬内外之證,古音則不惟無據,亦斷斷無此理。

《韻研》以同韻所在之轉不必屬内屬外相同,此意則極是;麻韻兩轉分屬内外,亦事無可疑;然與仲華先生内外轉名義主張絶不相容,所舉《七音略》例亦不足爲同韻分屬内外轉之證。蓋仲華先生釋内外轉,乃從羅常培氏之説,以爲據元音區别,内外轉元音各有領域。而《切韻》分韻標準即在元音:元音同者固不必同韻③,元音不同者必不得同韻④。以元音不同,不能視爲"當然叶韻"故也。則以内外轉之分在元音,即同韻不得分屬内外;以同韻可分屬内外,即内外轉之别不得在元音:兩説無可以並存。

故羅氏所定内外各轉,無一韻分屬之例,而於麻韻亦主第二十九轉與第

① 此書於 1968 年 9 月由香港中文大學出版。

② 那讀若《詩》云:受福不那。

③ 若冬與鍾及唐與陽。

④ 少數寄韻字如齊、咍之栘、犗,自不在此列。

三十轉同爲外也。況一韻之分見兩轉者，宵韻而外，無不具開合關係；開合相對待之韻母，即在元音相同，而以有無合口介音爲别。是以《韻鏡》四十三轉，麻韻以外無一韻分屬内外轉例；即有之，必有一誤。《韻研》所舉《七音略》三例：第三十四轉爲第三十三轉之合，第十三轉爲第十四轉之開，使第三十三、第十四兩轉屬外轉元音，即第三十四、第十三兩轉不得屬内。第三十一轉爲第三十二轉之開，倘第三十二轉屬内轉元音，即第三十一轉不得屬外，則至治本、乾隆本《七音略》之不足據，粲然可睹，《韻研》既未嘗據《七音略》以改《韻鏡》，引之蓋聊以成其同韻可分屬内外之説而已。麻韻兩轉，亦正具開、合關係。使第二十九轉韻母爲 u[①] 與 ju[②]，第三十轉即不得不爲 uu[③]。爲 u 與 ju 者屬内，爲 uu 者不得屬外。《韻研》之説，終無當也。雖然，第二十九轉固當以作内者爲是。内子杜其容女士爲《釋内外轉名義》[④]，已盡發其藴。大抵謂内外轉始義，以二四等齒音字内轉[⑤]屬三等韻者爲内轉，屬二四等韻者相對謂之外轉。此轉依二等字屬二等韻應謂之外，依四等字内轉[⑥]屬三等韻又應謂之内，兩者無可兼顧，而四等字之歸屬等第視二等字尤難辨别，故“於害之中取小，利之中取大”，遂就四等字屬三等韻一端而謂之内。余爲《校注》時，習先師董先生説，第知内外轉之稱與二等之齒音字歸屬等第有關，不知且涉及四等之齒音字。既見此轉二等齒音字與第三十轉者同屬二等，故主從第三十轉改此轉之内爲外，而有此誤説。

《韻研》又舉内外轉之可校者數事，以爲可補拙校未逮。案：第十三轉不得作内，長慶本當係誤寫，非從《七音略》改之。第二十七轉無作外之理，羅説誤。第十七、第十八、第十九及第二十四轉，以寬永本作内者爲是，而不如羅説。内子爲《釋内外轉名義》，余爲其分析臻櫛爲三等韻，與真質不同元音，得以定第十七轉爲内。所以衆本皆作外者，蓋既誤從四聲等子以二等齒

---

① 指二等者。
② 指三等者。
③ 二等。
④ 載《史語所集刊》第四十本上册。
⑤ 此轉字爲動詞。
⑥ 此轉字爲動詞。

音字别内外之説，又誤以臻櫛爲二等韻，遂改第十七轉之内爲外，並改其合口第十八轉之内作外；復以第十九、第二十兩轉與此同攝，亦一併改之。説並詳《釋内外轉名義》。

1970 年 6 月 1 日於香港

（原載《大陸雜誌》第四十卷第十二期）

上古音中二三事

1998 年，我在《史語所集刊》發表《上古音芻議》（下簡稱《芻議》），提出不少上古音意見。近年涉獵古籍，陸續獲得一些資料，對其中若干論點有可强化的作用，也有新的意見形成，於此逐一予以披露。欣逢邵榮芬教授八秩大慶，謹奉爲壽，敬祝老友永遠愉悦健康。

一、照$_{三}$系音值問題

照$_{三}$系源出於端系，是從清代以來學者的共識。《芻議》以爲這概念嫌於籠統。實際則是照、穿、床三者分别源於端、透、定，其原因是帶 s 或 z 複母或詞頭的端等三母受介音 j 影響的結果；且並非全部如此，也有少數分别來自精、清、從，更有少數來自帶 s 或 z 的見、溪、群。審、禪二母則全部是心或邪的變音。該文又指出，照$_{三}$系字上古的讀音，即是學者所擬中古照$_{二}$系的舌尖面塞擦音及擦音。至於中古音照$_{二}$、照$_{三}$的分别，則早在拙文《論照穿床審四母兩類上字讀音》（刊見 1981 年中研院《第一屆國際漢學會議論文集》）中，考定爲介音 e 與 j 的差異，聲母本自相同，所以字母家各自只有一個字母。不僅如此，《芻議》還特别説明，舌尖面塞擦音和擦音的出現於漢語，屬於照$_{三}$的比照$_{二}$且爲時尚早。《切韻》系韻書，直至《廣韻》還保留了齒音類隔，表示精變照$_{二}$至此猶未完成，便是最好的證明。不過最後一語，不見於《芻議》之中。新獲的資料則是：

1.《易・繫辭》“引而伸之”。《釋文》：“伸，本又作信，音身。”又“往者屈

也,來者信也”。《釋文》:“信,本又作伸,同音申。”案:信字息晉切,伸字失人切,古韻同真部,一心母,一審三。又信圭字亦讀同身,見《周禮・大宗伯》“侯執信圭”鄭康成注。

2. 又《説卦》“艮……爲閽寺”。《釋文》説:“寺,本又作侍。”案:寺字詳吏切,侍字時吏切。侍從寺聲,一邪母,一禪三。此外,《詩・車鄰》“寺人之令”,《巷伯》“寺人孟子‘,《瞻卬》“時維婦寺”,《左傳・僖公二十四年》“寺人披請見”,《昭公六年》“宋寺人柳有寵”,《十年》“宋元公惡寺人柳”,《穀梁・襄公二十九年》“閽……寺人也”,《釋文》並云:“寺,本又作侍。”

3.《詩・蝃蝀》“崇朝其雨”。毛傳説:“崇,終也。從旦至食時爲終朝。”《河廣》“曾不崇朝”,鄭箋也説:“崇,終也。”這是以崇爲終的假借。崇字鋤弓切,終字職戎切,古韻同中部,一床二,一照三,床二古屬從母。

4.《周禮・鄉師》“巡其前後之屯”,鄭注説:“故書巡作述。”案:巡字詳遵切,述字食聿切,古韻一文一微,是所謂的正對轉部;聲母一邪一床三,方言床三與禪三或不分。參《芻議》同源詞例(七)循與述。

5. 又《小宗伯》“卜葬兆,甫竁”。鄭注説:“鄭大夫讀竁如穿,杜子春讀竁爲毳,皆謂葬穿壙也。今南陽名穿地爲竁,聲如腐脃之脺。”《釋文》:“竁,昌絹反,李依杜昌鋭反,鄭大夫音穿。脃之脃,七歲反,舊作脺,誤。劉清劣反,今注本或作膬字者,則與劉音爲協。沈云:字林有脺,音卒。脺者牛羊脂,膬者耎易破,恐字誤。案:如沈解,義則可通,聲恐未協。脺以下皆非鄭義。”案:竁字《説文》大小徐音充芮切(反),《廣韻》楚芮切,又尺絹切。充芮同昌鋭,尺絹同昌絹,穿字《廣韻》有昌緣、尺絹二音,以上並屬穿三,古韻則或屬元,或屬祭,祭與元對轉,楚芮與脆(卽脃)字七歲反同爲一音而聲有小變。腐脃的脺,與牛羊脂的脺,當是同形異字,起於隋唐以後。同爲卒聲的啐字《集韻》見祭韻輸芮切,可爲證明。《芻議》從諧聲的觀點提到此字,現補充説明如上。

6.《儀禮・鄉射》:“薦脯用籩,五膱,祭半膱橫于上……膱長尺二寸。”鄭注説:“古文膱爲胾。”案:膱字之翼切,胾字側吏切,古韻同之部,一照三,一照二,照二古隸於精。

7. 又《大射儀》："大射正執弓，以袂順左右隈。"鄭注說："順，放之也。今文順作循。"案：順字食閏切，循字詳遵切。循從盾聲，盾音食尹切。二字古韻並屬文部，聲母同前巡與述。

8. 又《士虞禮》："朞而小祥，曰薦此常事。"鄭注說："言常者，朞而祭祀也。古文常爲祥。"案：鄭似以經常義説常字，當從古文作祥，常字市羊切，與似羊切祥字音近而誤。下文云："又朞而大祥，曰薦此祥事。"是其證。

9. 又《少牢饋食禮》："廩人摡甑、甗、匕與敦于廩爨。"鄭注說："古文甑爲烝。"案：甑字子孕切，烝字煮仍切，古韻同蒸部，一精，一照三。

10. 又《有司徹》"主人受酌。"鄭注說："古文酌爲爵。"案：酌字之若切，爵字卽略切，古韻同宵部，一精，一照三。

11. 又："主人北面于東楹東，再拜，崇酒。"鄭注說："崇，充也。"案：這是說崇爲充的假借。崇字古韻屬中部，聲爲從母，説已見前。《山有扶蘇》叶松、龍、充、童，古音家分東、中者，據此以充字歸入東部，殊不知東、中音本相近，此或爲合韻，或方音混而不別。中古充字在東韻，東韻二、三、四等來自上古中部，而充聲的統字在宋韻，不見於送韻，都是充字古韻屬中部的鐵證。《廣韻》充字昌終切，屬穿三。

12.《禮記·曲禮》："日而行事，則必踐之。"鄭注說："踐讀曰善，聲之誤也。"《正義》說："言卜得吉而行事，必善也。"案：踐字慈演切，善字常演切，古韻同元部，一從一禪。

13. 又《文王世子》："至於賵賻承含，皆有正焉。"鄭注說："承讀爲贈，聲之誤也。"《釋文》："車馬曰賵，布帛曰賻，珠玉曰含，衣服曰襚，總謂之贈，贈猶送也。"案：承字署陵切，贈字昨亙切，古韻同蒸部，一禪一從，古方音或從邪不別。

14. 又《内則》"桃諸梅諸"。《正義》："王肅云：'諸，菹也。'謂桃菹梅菹，卽今之藏桃藏梅也。欲藏之時，必先稍乾之。故《周禮》謂之乾穣，鄭云桃諸梅诸是也。"《説文》："菹，酢菜也。"引申爲醃漬之稱，故王讀諸爲菹。諸字章魚切，菹字側魚切。

15. 又《學記》"術有序"。鄭注說："術當爲遂，聲之誤也。"《釋文》："術，

音遂。”案:《廣韻》術字食聿切,遂字徐醉切,古韻同微部,一床$_{三}$,一邪母,方音床禪,從邪或不分。又《左傳・文公十二年》“秦伯使術來聘”,《公羊》術作遂。

16. 又:“待其從容,然後盡其聲。”鄭注説:“從讀如富父舂戈之舂,舂容謂重撞擊也。從或作松。”《釋文》:“舂,式容反。”從字疾容切,松字祥容切。三字古韻同東部,聲母一審$_{三}$,一從,一邪。方言從邪或不別。

17. 又《緇衣》“資冬祈寒”。鄭注説:“資當爲至,齊魯之語聲之誤也。”案:資字即夷切,至字脂利切,古韻同脂部,一精,一照$_{三}$。

18.《廣雅・釋詁三》:“宗,衆也。”王念孫疏證説:“《易・同人・六二》‘同人于宗’,《楚辭・招魂》‘室家遂宗’,荀爽、王逸並云:‘宗,衆也。’《爾雅》‘道八達謂之崇期’,《文選・蜀都賦》引孫炎注云:‘崇,多也,多道會期於此。’崇與宗亦聲近義同。”案:宗、衆古韻同中部,宗作冬切,衆之仲切,一精,一照$_{三}$。《詩・板》“宗子維城”,鄭箋以“王之嫡子”説宗子,使上下文無可貫聯。宗當爲衆的借字,“衆子維城”承上文“价人維藩,大師維垣,大邦維屏,大宗維翰”而言,變藩、垣、屏、翰爲城字,宗子概括价人、大師、大邦、大宗,爲衆子之義,至爲明顯。

以上各書異文假借例共十八條,其中或一條多例。中如鄭康成讀《曲禮》的踐字爲善,使得經文的“必踐之”《正義》説爲“必善也”,之字顯不出作用,明是不合語法。《正義》引王肅讀踐如字,意思是説:既已卜得吉日,便當於此日踐行其事,文從字順,尤見鄭的讀法不可取。又如鄭讀《緇衣》的資爲至,“至冬祁寒”的句子,資字根本不當有。今文《書・君牙》的文句:“夏暑雨,小民惟曰怨咨;冬祁寒,小民亦惟曰怨咨。”原來鄭所據的《緇衣》“小民亦惟曰怨”下奪咨字,資應上屬爲句,讀與咨同。但鄭的讀法必是根據音聲的相近,後者且明説齊魯之聲如此,便與其餘各例的作用相同,所以一併錄出。所有這些例子,自聲母而言,都往來於精系與照$_{三}$系之間,表示兩者當是 ts 與 tʃ 等的不同,如果照$_{三}$系是如學者所擬中古的 tɕ 系之音,必不能産生如此的交互現象。

此外,又有幾條一字二音,述如下:

19.《詩・漸漸之石》釋文:“漸,士銜反,沈時銜反。”案:漸字通常音子廉、慈染二切,《詩》借用同嶃字,所以讀士銜反。沈音時銜反,銜屬二等韻,理不應出現禪$_{三}$爲聲母的音;在一般學者心目中,二等韻也根本没有禪母字。自從全本《王仁昫刊謬補缺切韻》問世,首先由先師董同龢教授發現二等禪母“俟”,我在《芻議》更力陳一等有邪母,邪母本四等俱全,沈音漸字時銜反,無疑時銜即爲禪母的二等音;沈的方言如其不分床禪,時銜便與士銜音同。《釋文》中本收有實質相同而用字不同的反切。《集韻》通常對於《釋文》的反切有異必錄,卻不收漸字的時銜反,或者理解的正是時銜本與士銜之音不異;其鋤銜切正收漸字,與嶃同爲巉字或體,嶃與嶃同。

20.《方言・卷一》:“撏,取也”。郭音撏常含反,當是憑上字定韻母等第的“例外反切”(説見拙文《例外反切研究》),音同《廣韻》的視占切,《廣韻》又見徐林切,爲一音之變。

21.《爾雅・釋地》“東陵阠”。《釋文》:“阠,音信,郭尸慎反,字林所人反,又所慎反。”案:所慎、尸慎及信三音,前兩音爲二、三等的不同,聲母無異,後一音則讀心母四等。《廣韻》見試刃、息晉二切,分與尸慎及信同音。《集韻》又見於所陳(同陣)切,音與所慎反同。

22.《周禮・内司服》“凡内具之物”。鄭注“内具,紛帨線纊鞶袟之屬”,《釋文》:“帨,始鋭反,佩巾,徐音歲。”案:兩音一審$_{三}$,一心母。《集韻》又見此芮切,義同,則爲清母。

23. 又《司尊彝》“盎齊涗酌”。《釋文》:“涗,舒鋭反,李一音雪。”又《禮記・祭統》“薦涗水”,《釋文》:“涗,舒鋭反,徐音歲。”案:舒鋭反審$_{三}$,雪、歲二音心母。

24.《詩・烝民》“柔則茹之”。鄭箋:“柔,猶濡毳也。”《釋文》:“毳,昌鋭反,本又作脃,七歲反。”又《周禮・司服》“祀四望山川則毳冕”,《釋文》:“毳,昌鋭反,劉清歲反。”案:七歲、清歲同音,與昌鋭一清一穿$_{三}$。《廣韻》祭韻無昌鋭切之音,毳音此芮切,又音楚芮切,可見三者本是一音的蜕變。

二、喻四字音值問題

上古喻四字究竟讀作何音，是個棘手的問題。《㕛議》考慮到它可以同時與齒音及牙喉音發生關係，擬其音值爲 zɦ 複母，兩個成份分别與邪匣同音，以之解釋上述現象。這裏補充一些資料：

1.《詩・魚麗》："魚麗于罶，鱨鯊。"毛傳説："鱨，揚也。"《説文》同。案：這是用俗名説雅語，揚即鱨，而音有小異。鱨字市羊切，揚字與章切，禪是邪的變音，鱨和揚的關係，便與吉祥書作吉羊相同。

2. 又《桑柔》："菀彼桑柔，其下侯旬。"毛傳説："旬，言陰均也。"意思是説，旬爲均的借字，在茂盛的桑樹柔嫩枝條下，其覆蔭是均徧的。旬字祥遵切，均字居勻切，似乎只需構擬均的聲母爲 sk，便可與 z 起首的旬字假借。但説均的聲母含 s 成份，了無直接線索可尋。甲骨文旬字作[glyph]，本形本義不詳，疑借以表均勻之意，其音同勻，羊倫切，聲母爲 zɦ，《説文》説"旬，徧也，十日爲旬"，所以旬便寫作[glyph]字，後來才加日成爲旬；也用同均，《説文》"均，平徧也"，後有從土勻聲的均字。勻字《説文》説其本義爲少；金文作[glyph]，實是鈞字，從=與金字從=作[glyph]相同。

3.《儀禮・聘禮》："門外米三十車，車秉有五籔。"鄭注説："今文籔爲逾。"案：籔字二義二音，蘇后切爲漉米器，所矩切爲窶籔。《釋文》則説："籔，劉色縷反，一音速。逾，劉音余，《説文》大溝反。"劉昌宗虞與魚相混，音逾爲余，即《廣韻》虞韻羊朱切。《集韻》侯韻徒侯切逾下云"車米數名"，羊諸切不收逾字，是其證。

4.《禮記・檀弓》："其慎也，蓋殯也。"鄭注説："慎當爲引，禮家讀然，聲之誤也。"案：慎字時刃切，引字余忍切。引聲的矧字式忍切，與慎字聲僅清濁之異。

以上異文假借例，説明喻四的讀音，必須與齒音相關。

5.《爾雅・釋言》："越，揚也。"《經義述聞》説："家大人曰：揚越一聲之轉。故發揚之轉爲發越（司馬相如《上林賦》衆香發越），飛揚之轉爲飛越（劉

琨《勸進表》精爽飛越），播揚之轉爲播越（《左傳・昭公三十年》將焉用是播揚焉，《左傳・昭公二十六年》兹不穀震盪播越），激揚之轉爲激越（《王風・揚之水》傳：揚，激揚也。班固《西都賦》聲激越），清揚之轉爲清越（《聘義》叩之其聲清越以長，注：越猶揚也。《荀子・法行》作叩之其聲清揚而遠，同。故大斧謂之鉞，亦謂之揚［《公劉》干戈戚揚，傳：揚，鉞也］）。"案：越字王伐切，揚字與章切，古韻既不相干，聲母一喻$_{三}$、一喻$_{四}$，來源也不相同，只需越與揚同義，上述越揚互見的例子，便可以形成，不必兩者爲語轉。《公劉》傳訓揚爲鉞，則本不足信，"干戈戚揚"，應爲揚干戈戚的倒裝取韻，詳見小作《絲竹軒詩説・讀詩管窺》。但今擬喻$_{四}$古讀 zɦ，ɦ 的成份與匣同音，更參考下述逾越、悠遠、羕永、游泳等同源詞，王氏的"揚越一聲之轉"説，應該是可信的，儘管其原意並不知道兩個喻母上古本不同音。

6. 又《釋詁》："悠，遠也。"案：遠字雲阮切，悠字以周切，《漸漸之石》云"山川悠遠"，兩者蓋一語之轉。又《方言》云："遙，遠也。"遙字餘昭切，古音遙悠當爲一語，二字同幽部。

7.《説文》："永，水長也。《詩》曰：江之永矣。"又："羕，水長也。《詩》曰：江之羕矣。"案：江之永矣，見《周南・漢廣》，爲毛氏古文本；永作羕者，出於韓嬰所傳。二者既本是一字，不得永字于憬切、羕字余亮切聲母上一無關係。今以喻$_{四}$音爲 zɦ，後一成份與永字同聲，等於作了最好的解釋。

8.《詩・谷風》"就其淺矣，泳之游之。"毛傳説："潛行爲泳。"《説文》也説："泳，潛行水中也。"游於《説文》爲汓字，許君説"汓，浮行水上也。"泳字于憬切，游字以周切，音義似略無所關。但《爾雅・釋言》説："泳，游也。"《方言》卷十説："潛、涵，沈也。楚郢以南曰涵，或曰潛，潛又遊也。"換言之，游泳二字也有用義不别的。我故鄉安徽望江，謂潛行水中爲泅水，泅音同囚，泅潛一語之轉，《説文》泅與汓同字，邪母本與喻$_{四}$音近。古文字永即泳字作[illegible]，象人在水下行進之形；汓字作[illegible]，象人浮行水面，也許二者義本不同，所以其形各别；也可能因字形不得不别，而致影響了二字的訓釋（所謂望文生訓）。泅汓同字，囚的聲母爲 z，汓泳如是一語之轉，泳的聲母爲 ɦ，等於説喻$_{四}$原當讀 zɦ 複母。

以上爲同源詞例,説明喻$_{四}$的讀音,應具有同於喻$_{三}$的成份。

此外,《詩經》有十個"于以"二字的連用,即《采蘩》的"于以采蘩,于以用之"(並二見),《采蘋》的"于以采蘋、于以采藻、于以盛之、于以湘之、于以奠之",《擊鼓》的"于以求之"。楊樹達《古書疑義舉例·誤解問答之辭例》一文,根據《書·湯誓》的"夏罪其如台"、《高宗肜日》的"乃曰其如台"和《西伯戡黎》的"今王其如台",《史記·殷本紀》"如台"並作"柰何",説"于以"義同"于何"。我作《詩經于以説》(刊見《東海中文學報》第十二期,1998 年 12 月),補其説之未備。據喻$_{四}$讀 zɦ 複母,ɦ 成分與喻$_{三}$同音,以及台背與駘背、怠與隋、憊與疲、噬與嗟諸詞之同源,明"以"與"何"爲語轉,當然也可以於此加以引用。以與何分屬喻$_{四}$與喻$_{三}$(該文 2002 年後記以"以"爲何事、何所的合音,見《絲竹軒詩説》)。

又有下列幾個諧聲系統,既顯示喻$_{四}$與齒音,包括精系及照$_{三}$系的渾然一體,同時又與牙喉音的密不可分,列述於下:

1. 隹聲:此字由幽部鳥字轉入微部,其始本讀端母,故諧推、蓷等字音他回、杜回切;其後因詞頭或複聲母 s 轉爲職追切,諧錐字職追切、誰字視隹切。照$_{三}$與精近,又諧崔字倉回、昨回二切,趡字千水切,雖字思尹切。假借爲發語詞,音以追切,讀 zɦ 複母,孳乳爲維、惟、唯三字,唯諧雖字息遺切;另一方面,諧淮字户乖切,睢字倠字許維切,帷字洧悲切。

2. 敫聲:敫字以灼切,一面諧牙喉音,激字古歷切,竅字苦弔切,邀字於霄切,覈字下革切;一面諧繳字音之若切。

3. 衍聲:衍字以淺切,愆字去乾切,衜字諸延切。

4. 台聲:台字與之切,辝字似慈切,枲字胥里切,始字詩止切,咍字呼來切。

5. 㠯聲:㠯字與之切,洍字詳里切,獡字息兹切,茝字諸市、昌紿二切;姬字居之切。

6. 勺聲:勺字市若切,又之若切,汋字士角切,勺字即略切,礿與禴同,以灼切;芍字胡了切,約字於笑、於略二切。

7. 㓞聲:《説文》云㓞爲籀文鋭,鋭音以芮切,《廣韻》㓞音此芮切,罽字居例切。

三、輕脣音見於上古漢語的問題

上古無輕脣音，從錢大昕提出之後，幾乎是無人不同意的。我所以提出輕脣音見於上古漢語的問題，是因爲下述幾條資料：

1.《廣雅・釋詁》："方、撫，有也。"王念孫疏證説："方者，《召南・鵲巢》篇'維鳩方之'，毛傳云：方，有之也。撫者，《爾雅》：憮、敉，撫也。又云：矜憐，撫掩之也。撫爲相親有，故或謂之撫有。《左傳・昭公元年》：君辱貺寡大夫圍，謂圍將使豐氏撫有而室。《左傳・昭公三年》：若惠顧敝邑，撫有晉國，賜之内主。皆是也。撫又爲奄有之有，《左傳・成公十一年》：使諸侯撫封。杜注云：各撫有其封内之地。《文王世子》：西方有九國焉，君王其終撫諸。鄭注云：撫，猶有也。撫方一聲之轉。方之言荒，撫之言幠也。《爾雅》：幠，有也。郭注引《詩》'遂幠大東'。今本幠作荒，毛傳云：荒，有也。"王氏不僅説明了方和撫有奄有的意思，更從語源指出方與荒和撫與幠之間的關係。方字府良切，荒字呼光切，撫字芳武切，幠字荒烏切。荒與幠具備嚴格的雙聲對轉條件，所以出現《閟宫》荒與幠的異文。府良與呼光，或者府良與芳武，其間雖有三等一等，或全清次清的不同，在重脣音變讀爲輕脣音的方言裏，這種差異是並不存在或者可以被忽略的。"維鳩方之"的方字，清儒本有多種異説，王氏父子彼此便有不同。但以"維鵲有巢，維鳩方之"，相較於《天作》的"天作高山，大王荒之"，毛傳的説法確不可易，方與荒之爲同源，是不待多慮的。方、荒、撫、幠四字，不僅如王氏所説，兩兩具有語言關係，四者應並是一語之轉。究竟四者如何從一個語音轉變而出，是一重要問題。從現代漢語方言來看：輕脣音 f 方言有讀同曉母的，如厦門、潮州、福州、雙峰，合口曉母也有讀同輕脣音 f 的，如廣州、梅縣、長沙；却絶不見有重脣音讀成 f，也不見有合口曉母讀成重脣音的。説明這可以是方言將方、撫讀成了荒、幠，也可以是方言將荒、幠讀成了方、撫。照王氏所説，"方之言荒，撫之言幠"，意思當然是由荒、幠而産生方、撫。也就是説，輕脣音的方、撫，

是從喉音變來,與重唇音變讀輕唇音無關。由於方字在任何方言地區,原與旁、閍等字同屬重唇音系統。撫字亦不得不本讀重唇音,若非方言早已變讀輕唇,便不可能用以對應合口曉母的荒、幠讀法;重唇的方、撫,當然也不可能產生合口曉母荒、幠的讀法,或者產生以合口曉母荒、幠爲語音對應的行爲。所以我的設想是,在《詩經》的上古音時代,方言中已發生了三等重唇音變讀輕唇音的現象。王氏能發現方荒、撫幠之間的語音轉換,自是慧眼獨具,值得大書特書,卻未必能意識到它在漢語音韻史上的重要意義。

2.《説文》:"揮,奮也。"又:"奮,翬也。""翬,大飛也。"揮、翬二字許歸切,飛字甫微切,揮翬同語,與飛一語之轉,情形、背景與方、荒相同。奮字方問切,古韻屬文部,爲飛的陽聲。

3.《説文》:"誹,謗也。"又:"謗,毀也。"誹字方味切,毀今作譭,許委切,二字古韻同微部。

4.《説文》:"桒,疾也。從本,卉聲。捧從此。"案:許君説誤。此字本作𠦪、𠦪、𠦪、𠦪等形,象艸有根,爲茇字初文。許君説捧從此,捧爲今之拜字,金文所從正是此等形狀。語義變化,由艸根變爲連根拔艸(案:此與英文 root 相同),或加手,便是捧字;再孳生,便是連根拔除災害的祭祀名,或加示旁而爲[illegible]字。其後象形的𠦪字漸廢而不用,由從艸友聲的茇字取代,捧禄二字也分别造了拔與祓;捧字起先還普遍作爲拜首字使用,後來也由拜字取代(詳見拙文《甲骨文金文𠦪字及其相關問題》,《史語所集刊》1962 年)。桒字在《廣韻》留下呼勿切一音,《集韻》又音訏貴切,大小徐音呼骨切或呼兀反,相當於《廣韻》的呼勿切,一入一去兩讀,分别與祓字敷物、方肺兩音相當;此自可認定爲祓字由重唇變輕唇以後的音讀。但許君既以卉聲爲説,段注説:"《上林賦》蔚莅卉歙,又卉然興道而遷義,郭璞曰卉猶勃也。《西京賦》奮隼歸鳧,沸卉軿訇,薛綜曰:奮迅聲也,卉皆桒之假借。"祓字的輕唇讀法,顯然不得晚於司馬相如的時代。

5.《説文》:"鐼,鐵屬。從金,賁聲,讀若熏。"《集韻》文韻鐼字符文切及許云切兩見,一輕唇,一曉母。小徐云讀若訓,《全王》、《廣韻》、《集

韻》問韻訓字紐並有鐼字。《廣韻》符分切鐼下云："《説文》曰鐵類，讀若熏，又音訓。"亦並與《集韻》音同。

6.《爾雅・釋艸》："華，荂也。"注云："今江東呼華爲荂，音敷。"又："芣、葍，其實荂。"注云："芣與葍莖頭皆有翁臺，名荂；荂即其實，音俘。"《説文》漏列荂字，《釋文》兩云荂字"香于，芳于二反"，其字當從夸声以香于爲本音，與華爲一語之轉（《廣韻》麻韻"華，《爾雅》華，荂也。呼瓜切。"）芳于則是其變讀。此曉母音在前輕唇音後起之可考者。郭注即以敷、俘爲直音，重唇的敷俘不能與香于切相對應，是二字晉以前已讀輕唇之確證，荂的輕唇讀法其時亦已形成，蓋並相承古讀如此。《詩・何彼襛矣》："何彼襛矣，唐棣之華。曷不肅雝，王姬之車。"《車下》釋文云："協韻尺奢反，又音居。或云古讀華爲敷，與居爲韻。"所謂華古音敷，疑所據即《爾雅》郭注。郭本意謂華江東云荂，其音如敷，不謂華字有此讀。但荂既爲華的轉語，以撫與憮比擬之，華與敷的曉母對應音"荒烏切"，古音僅有甲、乙韻類（甲、乙韻類説，詳拙文《上古音芻議》）的不同，雖謂華古又音敷，亦不爲過。

7. 髣髴與恍惚，這一組雙聲詞，音的關係，聲母全與上列四組相同，古韻分別同部，義似不同而相關，或亦一語之轉，恍惚二字見於《老子》，姑記於此。

輕唇音一般認爲由重唇音變化而來，此自無可懷疑。只是輕唇音首見於漢語的何代，仍然是個可以討論的議題。從唐寫本《守温韻學殘卷》的三十字母，到早期韻圖如《韻鏡》中的三十六字母，充其量不足百年歲月，必不是輕唇音可以由無到有而完成音變的。鄭康成注《檀弓》"洿其宫而豬焉"説："豬，都也，南方謂都爲豬。"雖然無法知道其"南方"的確切所指，但二千年後，依然有讀知如端的"南方"存在。説明方言的穩定性，可歷數千年而保持不變。然則由三十字母之有重無輕，及至三十六字母之兼該輕重，非時爲之，而是地的不同，是可以想見的。所以講論音變，不能單純只以時間去貫串，有時要考慮到可能爲空間的變換，於是我提出這大膽的臆測。

再者,根據鄭康成所説"南方謂都爲豬"的話,是猶謂其時"北人"的知端已分。鄭的時代去先秦未遠,也許這並非只是漢時現象。陳敬仲易陳氏爲田氏,也許只是介音的改變,不敢説定是聲母的不同,周秦時代的"上古音",究竟有無出現舌上音,只在此順便把問題提了出來。

辛巳年除夕前二日宇純於絲竹軒

(原載《音史新論——慶祝邵榮芬先生八十壽辰學術論文集》,2002 年)

古韻脂真爲微文變音説

一、前言：脂真微文分四部的始末與是非

顧炎武《古音表・古音十部》[①]中的“真、諄、臻、文、殷、元、魂、痕、寒、桓、刪、山、先、仙[②]第四”，到江永《古韻標準》[③]分作第四部“真、諄、臻、文、欣、魂、痕、先之半”，及第五部“元、寒、桓、刪、山、仙、先之半”，再到段玉裁分江氏第四部爲“真、臻、先半”第十二，及“諄、文、欣、魂、先半”第十三[④]，這一以-n爲韻尾的大韻類，方始完成了分部工作。顧氏另一大韻類“支、脂、之、微、齊、佳、皆、灰、咍第一”，從段氏區分爲第一部“之、咍”、第十五部“脂、微、齊、皆、灰、祭、泰、夬、廢”，及第十六部“支、佳”，又至王念孫分段氏第十五部爲“至第十二”、“脂第十三”，及“祭第十四”[⑤]，其分部工程也大致底定。但王氏至部僅有去、入二聲，和與其關係十分密切的脂部兼包平、上、去、入結構不同，顯然還有可以致力的地方。及至近人章炳麟從脂部分出了隊，又至王力先生分王氏的“脂、至”爲脂、微、質、物，或如其弟子先師董同龢先生之分爲脂、微，前述的缺陷乃得以彌平。

---

① 顧炎武《古音表》，收入《音韻學叢書・音學五書》，臺北：廣文書局1966年。

② 舉平以賅餘調，下同。

③ 江永《古韻標準》，收入《音韻學叢書》。

④ 段玉裁《六書音均表》，收入《音韻學叢書》。

⑤ 王念孫《古韻譜》，收入《音韻學叢書》。

真與諄(諄或稱文,以下卽用文稱)必得分爲二部,可從兩方面看:1.《詩經》[①]二部總數一百一十四次叶韻,除《碩人》的倩、盼,《正月》的鄰、云、慇,並自爲韻,計真部七十八次,文部三十四次;其中鄰字見於奇句,或本非有意選擇的韻字,理應剔除不計;盼字從分,究爲會意、形聲疑莫能定,屬元屬文非無可争。然則真文之間,可視作並無合韻;卽二者並計之,亦不過爲例外而已。2. 江有誥曾說:"真與耕通用爲多[②],文與元合用較廣,此真文之界限也。"可見兩部的分立,是合乎事實的。至於王氏的"脂、至"當如王、董兩先生的劃分法,則惟有從其與真文的音韻結構著眼,始能看得真切。微部與文部是一陰一陽兩個平、上、去聲搭配一個入聲的結構,脂與真的關係理應相同,不得如王氏所分,其一僅有去入二調。

從合韻來看,真文之間情形雖然楚漢之疆甚嚴,脂與微的糾結,卻緊密得難以分解。兩種計法:一是據《古韻譜》所收,去其不可信者,兩部叶韻總數約二百一十次,合韻之數五十;王力先生所計則是總數一百一十次,合韻二十六次[③],都居總數的四之一,現象爲其他各部間遠不能及。難怪王力先生雖是倡導脂微分部的第一人,也是最主要的一人,卻不免要說:"不把脂微分開,我並不反對,我所堅持的一點,乃在乎上古脂微兩部的韻母並不相同。"這種韻母的不同,當然不在介音,也必不在韻尾,而是應該如王先生所擬,爲韻腹的相異。韻腹相異,當是韻部的不同,竟又説對不分部並不反對,可見其深陷於兩部間的頻繁交往、不能擺脱的困擾。後來先師增用了《廣韻》重紐的觀點,總算對脂微分部堅定了信念。然而《廣韻》重紐本與脂微分部了不相干,據重紐之不同以分脂微,將破壞諧聲系統,使從同一聲符的字古韻不得同部。對於古韻分部的建立,無論理論與作法都將引起莫大紛擾。這樣的觀點,有待商榷,詳見下文。那麽,脂微兩部如此親密的關係,有無特殊背景,便有加以注意的必要。

---

① 《詩經》以外的韻語,爲免紛擾,一概不用。

② 上舉倩字以耕部青爲聲入真部,卽是一例。

③ 《静女》的美與煒實亦合韻,王氏誤計,應爲二十七次。

二、脂真微文四部在結構與諧聲上所存在的問題

脂真少合口，微文少開口，所顯示的結構性差異，應該是容易被發覺的。王、董兩先生離析《廣韻》或著眼相關各韻諧聲分布狀態時，都曾注意到開、合口的不同，卻不曾覺察出上古時期兩部結構的異樣。迻錄董師《漢語音韻學》①中脂微兩部諧聲表如下，進行觀察。所以獨據此表，爲的是王先生先後所作數表，内容不盡相同；先師書成於後，後來的理應居上。

脂部（平、上、去、入之間加◎以示，下同）：

妻　皆　厶　禾　夷　齊　眉　尸　夔　卟　伊　犀　屖
◎　几　豸　氐　黹　比　米　尒　豊　死　𠂔　美　水
矢　兕　履　癸　夊　豕　匕　◎　示　閉　二　戾　利
希　棄　四　惠　計　医　繼　自　凷　疐　至　[illegible]　季
◎　悉　八　必　實　吉　戜　質　七　卪　日　栗　桼
冖　臸　畢　一　血　逸　抑　丿　失　頁　劓

微部：

飛　𠂤　衣　褱　綏　非　枚　𢼸　囗　幾　隹　累　希
威　回　衰　肥　乖　危　開　◎　鬼　畾　尾　虫　罪
委　毀　火　卉　◎　臾　貴　氣乞　旡　胃　未　位　退
隶　祟　凷　尉　對　頪　内　孛　器　配　冀　耒　叡
彖　畏　◎　卒　率　术　出　兀　弗　[illegible]　冏　勿　由
厺　乙　乀　骨　帥　鬱

① 董同龢《漢語音韻學》，臺北：臺灣學生書局，1968 年。

表中脂部僅夔、水、癸、惠、季、血六字讀合口，此外八字《韻鏡》亦見於合口轉，許慎説從八聲的穴字同讀合口，爲次級聲符[①]；微部開口字稍多，也不過衣、幾、希、開、乞、旡、隶、器、冀、肉、乙十一字；又旡聲的既與愛，及敚省聲的豈也屬開口，並爲聲符。相對於脂部的開口音或微部的合音，究爲少數。其中還有確實歸錯或可能歸錯的字，如夔、水二字王表歸在微部，隶字王表歸在脂部，便與先師不同，可見這些字的歸屬是否妥適，未必没有可以討論的空間。至於爲什麽會出現兩先生歸字的歧出？主因在分部之時，沿襲了自顧炎武以來所使用的一頭爲古韻語，一頭爲《廣韻》的集體作業，對個别字的實況没有仔細推敲。王氏便説過這樣的話："關於脂微分部，我們用不著每字估價，只須依《廣韻》的系統細加分析，考定某系的字在上古當屬某部就行了。"但這樣的"細加分析"，難保不會出現粗枝大葉不能防範的疏忽，而由上古至中古也可能發生不規則的字音變化，想要滴水不漏，恐是十分不易的。因此，如王先生訂定的分部三標準：

1.《廣韻》的齊韻字屬於江有誥的脂部者，今仍認爲脂部。

2.《廣韻》的微、灰、咍三韻字屬江有誥的脂部者，今改隸微部。

3.《廣韻》的脂、皆兩韻是上古脂微兩部雜居之地；脂皆的開口呼在上古屬脂部：脂皆的合口呼在上古屬微部。

能否將應屬脂或微部的字完全處置得當，不免令人懷疑。譬如惠字《廣韻》音胡桂切，王表收於脂部，合其所揭第一標準。但《詩經》與惠字叶韻的，除脂部字外，有不確知屬脂部的，也有確知屬祭部的，祭是較近於微的韻部；從惠聲的穗字更明爲自幽部轉微部采字的俗書，與穗叶韻者有全屬脂部的，也有僅見於微部的，並詳見下。究竟惠字歸脂歸微，顯然還需有其他標準以爲遵循。又如隶字，《廣韻》音羊至切，王表歸脂部，與其第三標準相合。《廣韻》云："又音代"，依此音，合於第二標準當入於微，先師正歸隶字於微部。更看隶聲之字，殔字羊至切，齂字虚器切，隸字息利切，並合於入脂部條件；逮字徒耐切，隶字他内切，又他没切，逮字力遂切，又並合於入微部條件。顯見

① 表下分入《廣韻》字例中正有穴字。

王先生的三個標準，無法處理這樣的問題，不能爲隶聲之字在諧聲表中給予明確適當的位置。更如癸聲，王表列在脂部，其字居誄切，分明與第三標準相違背；先師取決於重紐觀點，同收於脂部，也不成理據，説見下方。另一方面，自從段玉裁發現“一聲可諧萬字，萬字而必同部”的道理，於是大家都知道，言古韻離不開諧聲字，紛紛撰作諧聲表，以展現各自的韻部内容。對於諧聲字的認定，通常只知有《説文》，奉之惟恐不謹；即使偶有所疑，一般治音韻的並不兼治文字，也便無可如何。譬如兩先生歸尾聲於微部，歸犀聲於脂部，《説文》云犀從尾聲，形成矛盾。先師説：“我的朋友張苑峰先生説，犀字可能是從牛從尾會意。”但凡牛都有尾，何以犀字從尾可以别於他牛？這樣的解釋並不能視爲已經解決問題。又如讀自爲堆，於是據《説文》“自聲”之説，歸、帥二字都與自字同屬微部，表面上絲毫無破綻。然而，何以歸與自聲母有見、端之隔？金文帥字何以與自字絶不相同？更基層的問題，何以甲骨、金文自字讀與師同，而師字古韻别屬脂部？如上所言，脂微兩部不僅音韻結構基本相異有待説明，兩先生諧聲表所代表的韻部内容，也有必要細加檢視。

再看真文二部：

真部：

秦 人 頻 寅 𣶒 身 旬 辛 天 田 千 令 因
真 勻 臣 民 𦘒 申 玄 ◎ 丏 扁 引 㐆 尹
◎ 粦 信 命 𠩺 朮 印 疢 佞 晉 奠 闍

文部：

麐 屍 昏 㥑 豚 辰 先 囷 春 屯 門 分 孫
賁 君 員 𦊆 昆 𦎫 㒼 川 雲 存 巾 侖 堇
壺 文 豩 軍 斤 昷 熏 筋 飧 蚰 尊 肙 ◎
盾 㐱 𢍏 ㄣ 壼 丨 本 允 ◎ 㫐 刃 寸 圂
奮 胤 薦 睿 困 卂

真部僅有昍、旬、匀，玄、尹五字爲合口音。文部亦如微部，開口字較多，卻也僅有塵、辰、先、巾、堇、豩、斤、筋、肙、㐱、巹、ㄣ、丨、艮、刃、胤、薦、卂等十八字，爲合口的二之一；其中塵、卂本應入真部，ㄣ與丨不爲字，肙也可能僅見於偏旁，豩非豳字聲符，都不應計入，開口實居合口的三之一。真文兩部形成開、合口結構性的音韻不同，同樣是十分清楚的。

三、脂真微文四部中問題字的檢討

以下，即針對四部中所收有問題諸字分別提出討論。

(一)首先是屬於脂部的：

1. 夔字

此字王表見於微部，理據如何，未見説明，或只是適焉與所定第三標準相合。先師同樣没有説明歸脂部的原因。《廣韻》夔與逵同切，韻圖列逵於三等，其四等重紐葵字先師既列於脂部，此明與其脂微分部的重紐觀點相左。只是重紐的存在，本與脂微分部不生關聯，不能因爲葵字已在脂部，便爲夔字當入微部之證。實際夔葵二字都不應歸入脂部，後者説見下。夔字不見於《詩》韻，《書・舜典》"讓于夔龍"，《水經注・江水二》夔字作歸。《左傳・僖公二十六年》"楚人滅夔"，《公羊》夔作隗。《山海經・中山經・中次九經》"岷山……多夔牛"，夔牛即《爾雅・釋畜》的犩牛。犩從魏聲。歸、鬼聲並在微部；魏字《説文》作巍，以委爲聲，委從禾聲，本在歌部，後亦入微部。然則夔字當以入微爲是。

2. 水字

《敝笱》叶唯、水，二字《廣韻》同入旨韻，爲一可確定水字當歸入微部的韻例。《鄭風・揚之水》："揚之水，不流束楚。終鮮兄弟，唯予與女。無信人之言，人實迋女。"《沔水》："沔彼流水，朝宗于海。鴥彼飛隼，載飛載止。嗟我兄弟，邦人諸友。莫肯念亂，誰無父母。"清儒類以水與弟或水與隼、弟爲韻，弟字屬脂部，大抵即先師入水字於脂部的依據。但前者第五句言字不韻，二章一、三、五句與此章文字全同，二、四、六句因韻易字，參考《王風・揚之

水》各章一、三與二，四句文字同異，知此詩水、弟字並非有意選擇的韻字。清儒因不別脂、微，又未細繹韻例，致此誤解。後者也從一、二兩章語句結構的同異觀察，知僅以一、三兩句水字隼字韻，五句弟字亦非韻字。《説文》隼爲鵻字異體，鵻本作隹，見《爾雅・釋鳥》"隹其，鳺鴀"，及《四牡》"翩翩者鵻"釋文。因隹字恒見爲一般鳥稱，或於隹下施横作隼以别，或於隹字左側加鳥爲鵻，其先當有陰聲一讀，故與水字爲韻，後則但傳下陽聲思允切一音。王先生《韻讀》不錄兩詩弟爲韻字[1]，其見是；不以隼、水字爲韻，則於隼字之從來未多留意，又忽略《沔水》一、三兩句之駢驪結構，成智者一失。《説文》云："水，準也。"以準爲水字聲訓，從知即使如隼字的陽聲讀法，仍可以叶水字。《説文》又云："㵦，孰寐也。從㝱省，水聲。讀若悸。"悸從季聲，古韻屬微（詳見下），並見水聲應改入微部。

3. 癸字

癸聲王表亦見脂部，明與其第三標準脂韻合口字入微部相枘鑿。癸字不見於《詩》韻，癸聲之葵於《板》詩叶懠、毗、迷、尸、屎、資、師七字，屢爲王先生所引，以見脂與微當區分爲二，或許便是王表必以癸聲入脂部的道理。但如果是因爲七字皆脂部，所以葵也屬脂部，則並没有這樣的邏輯。一個十分清楚的例子，《閟宫》以一個侵部的綅字叶十一個蒸部字，卻是事實。反過來想，一章韻字多達八個，説其中可能有用出了韻的字，還似乎合理一些。此外，《采菽》叶維、葵、膍、戾，《采薇》叶騤、依、腓，《六月》叶棲、騤，《烝民》叶騤、喈、齊、歸，《桑柔》叶騤、夷、黎、哀，《節南山》叶惠、戾、屆、闋、夷、違，無論以癸聲入脂入微，都是合韻多於純韻，無助於歸部的認定。王先生又分《節南山》前四字屬質爲純韻，後二字始爲合韻，想來也是爲增加純韻的次數，以利於癸聲的歸部。姑不論其中惠字是否應屬於質，據此詩一、二、三、六、七、八、九、十各章一韻到底，四章以一、二句與下六句分韻，此第五章亦正上二下六别韻，以見其説不然。先師以癸聲入脂部，則用的是重紐觀點，詳見《上古

---

① 王力《詩經韻讀》，上海古籍出版社，1980 年。

音韻表稿》①。但癸及癸聲的葵、楑雖同見於韻圖的四等，與葵字對立的三等，也有癸聲的戣、騤、楑、湀，其中楑字兼賅三、四等兩音。不僅如此，陽聲部分，真韻民、怋與珉、笢對立，因與藖對立，軫韻泯、笢與敃、愍對立，其中笢字亦兼三、四兩等之讀；入聲質韻也有蜜與密的對立，充分表示，破壞諧聲的重紐觀點必不可行。今以《周禮・冬官・考工記・玉人》："杼上終葵首"，鄭注云："終葵，椎也"，《説文》更説："椎，齊謂之終葵"，終葵與椎是徐言疾言之别，葵椎當同在微部。又《説文》云："芹，楚葵也。"芹與葵一語之轉，但有開合、陰陽的不同，對於葵字的歸部，應亦能提供助力。然則古韻癸聲當在微部。

4. 惠字

王表亦列此於脂部，與其第一標準合。《節南山》叶惠、戾、屆、闋、夷、違，《瞻卬》叶惠、厲、瘵、屆。前者闋、違字屬微部，屆從凷聲，凷與塊同字亦屬微部。後者厲、瘵字屬祭部，祭與微近而遠於脂。宜以惠字入微部。惠聲之穗爲采字漢時俗書，《黍離》叶穗、醉，《大田》叶穉、穧、穗、利②，醉字屬微，餘並屬脂，無以定其韻部所在。但采爲褎字聲符，褎與袖同，古韻本在幽部，轉音入微，説見拙文《上古音芻議》③。幽部字無轉入脂部者，以知惠聲當在微部。

5. 季字

王表此字亦見脂部，明與其第三標準不合。《説文》季下云："從稚省，稚亦聲"，兩先生蓋即據稚聲入季於脂。但稚季聲母相遠，韻亦開合不同，許説不足爲憑。當即以禾爲聲，本在歌部，轉音入微，與委字從禾聲由歌入微行徑相同；中古入至韻，亦與妥聲之綏入脂韻同。《皇矣》叶季、對，《陟岵》叶季、寐、棄，對字屬微部，寐從未聲亦微部，《廣韻》季、寐同隸至韻四等，是季字原在微部之證。季聲之悸《芄蘭》叶遂字，遂亦在微部。

---

① 董同龢《上古音韻表稿》，臺北：中研院史語所，1944 年初版，1967 年三版。以下簡稱《表稿》。

② 穗原當作采，漢人易爲穗字。

③ 《上古音芻議》，原載《史語所集刊》第 69 本第 2 分（1998 年），頁 331—397，後收入《中上古漢語音韻論文集》，臺北：五四書店，2002 年。

6. 八字

王表字在物部，見《漢語音韻》[①]及《古韻脂微質物月五部的分野》[②]，而未言其故。字不見於《詩》韻。《説文》："汃，西極之水也。從水，八聲。《爾雅》曰：西至於汃國，謂之四極。"今《釋地》汃作邠，邠從分聲古韻屬文，八當屬微部入聲。王表入物爲是。《説文》又云："米，艸木盛米米然也。象形。八聲。讀若輩。"八聲之説不必信實，但八米音近可從知。輩從非聲屬微部，米聲的旆《出車》叶瘁，《生民》叶穟，又孛聲的悖《桑柔》叶隧、類、對，五者並微部字，亦見八聲應屬於微。

7. 穴字

先師諧聲表脂微兩部不見此字，疑據《説文》含在脂部八聲之内，《表稿》則明收於脂部。經考八聲屬微，則穴字亦應入微。但八與穴聲母不相及，朱駿聲説爲"象嵌空之形"，由金文作𡧍看來，其説疑是。王表見於質部，與八聲在物部不同，《大車》叶室、穴、日，《黄鳥》叶穴、慄，《緜》叶瓞、漆、穴、室、日、慄，所與叶韻之字同在質部，或是王表依據所在。《抑》："回遹其德"，韓《詩》遹作泬，泬從穴聲。論理經傳異文相當於文字異體，音應相同；叶韻則容可以爲音相近，《詩經》韻脂微兩部每每相叶，便是證明。遹字《詩經》用作語詞，與聿通，於《説文》爲曰聲之欥，而驈亦作騂；又《爾雅·釋訓》："不遹，不蹟也"，不遹即《日月》"報我不述"的不述，矞聲、聿聲、曰聲、术聲古韻並在微部，是穴聲在微部之證。《詩經》穴字一體與脂部字叶韻，原不過適巧未遭遇微部字而已。而《晨風》云："鴥彼晨風，鬱彼北林"，以鴥、鬱爲句首韻，亦不謂無穴聲字韻微部字之例。韓《詩》鴥作鷸，更分明穴聲之鴥與矞聲同部。又穴閲一聲之轉，"蜉蝣掘閲"猶言"蜉蝣掘穴"，閲在祭部，祭微音近，亦見穴聲應在微部。

8. 矞字

此字先師諧聲表未列，蓋表依江表而作，江表但於冏下云"矞從此"，是

① 王力《漢語音韻》，香港：中華書局，1984年。

② 王力《古韻脂微質物月五部的分野》，收入北大中文系編《語言學論叢·第五輯》，上海：新知識出版社，1963年。

以不見矞字。《表稿》則明收矞聲字於脂部,而後先不一。王表字見物部,注云:"矞從冏聲,冏,女滑切。"[①]以矞聲入物部是,《説文》冏聲則不足據,詳前條説穴字。

9. 血字

王表見質部,與先師歸脂部同。《雨無正》叶血、疾、室,《蓼莪》叶恤、至,《桑柔》叶毖、恤、熱。其中疾、室、至、毖並屬脂部,熱雖屬祭部,由於脂、祭非絶不可叶韻,如《正月》以結叶厲、滅、威,使血字成爲唯一看不出不屬脂部的合口字。但有穴字的經驗,血字亦未必不可能本仍在微部。《易・渙》叶血、出,出便分明爲微部字,因爲本文限定叶韻資料但取《詩經》,只於此提及,不作堅持。

(二)是屬於微部的:微部十一個開口聲符字,没有可以證明爲歸錯部的,既、愛、豈三字亦然。器、乙二字先師依其屬三等重紐的觀點歸在微部,卻大可爲商。王表便都分在質部。雖然也未見提出積極理由,只是據分韻第三標準而適巧如此,至少表示二者究應如何處理,未嘗不可容許仁智不同。討論如下:

1. 器字

此字不見於《詩》韻,也没有異文、假借等資料可用。《表稿・脂微分部問題》[②]根據至韻重紐:器字與祕、濞、備、郿、媿、匱爲類,見於三等:棄字與痹、屁、鼻、痳、季、悸爲類,見於四等,從古韻看,其中備與鼻是之部與"舊脂部"的對立。參考脂韻三等的丕、邳、逵對四等的紕、毗、葵,旨韻三等的鄙、否、軌對四等的匕、牝、癸,都是之或幽部與"舊脂部"相對。於是定出了與備字對立的重紐字痹、屁、鼻、痳、季、悸等古韻屬脂,與備字同類的祕、濞、郿、器、媿、匱等古韻屬微。但從理論上講,所謂"舊脂部",是包括新的脂部和微部在一起的大渾沌,新的脂部和微部如何區隔,提不出明確合理的依據,僅從與之、幽的對立著眼;是分别不出孰爲脂、微的。是故如本文所考,葵、癸、季、

① 見王力《古韻脂微質物月五部的分野》。

② 參見《表稿・四、元音系統・脂微分部問題》。惟《表稿》原文痹與祕,鼻與備、痳與郿三四等誤置。

悸等字分明屬微，寐從未聲，也不得不與未字同在微部[①]；而濞從鼻聲，也明不得與鼻字異地而處[②]，郿從眉聲，亦不得與眉字分居兩地[③]。然則以重紐的對立作爲脂微分部的標準，不僅無法達成目的，由於時時與諧聲系統背道而馳，等於否定各家和自己所作諧聲表存在的意義，同時也使得憑藉《詩經》叶韻，加上《説文》諧聲所建立起來的古韻系統遭受瓦解，這影響實在是太大了。王表器字收見脂部，合於其分部第三標準，雖然没有任何證明，無疑是可取的。至於器、棄二字古韻同部，中古同韻，何以有三、四等重紐的不同？此本無關於韻部之分，只不過原有分屬丙類韻和丁類韻的差異，也便是有介音-j-和-i-的區别。珉與民、礥與因、密與蜜，以及音愔、邑揖、淹懕、敏黀的分歧，道理也都相同，論其韻部，全部只有一個。古韻每一個韻部最多可以包含甲、乙、丙、丁四韻類，説詳拙文《上古音芻議》。

2. 乙字

此字先師見微部，用的也是重紐觀點。乙、一二字《廣韻》同在質韻，而有不同反切，韻圖分見影母三、四等。一字古韻屬脂，有《素冠》叶韠、結、一可證，故以乙字隸於微部。上文已兩次論此觀點不可取。《詩》韻無乙字，《高唐賦》叶室、乙、畢，其韻在脂部應可參考。《説文》失字説以乙爲聲，其字兩先生並收在脂（質）部。失聲的秩字，《賓之初筵》、《嘉樂》分叶抑、怭或抑、匹，是其韻屬脂部之驗。失與乙聲母不相及，許説諧聲雖可疑，因其説必建立在韻母之上，不影響其對乙字歸部的參考價值。王表正收乙字於質部，合其分部第三標準。至於乙、一二字屬對立的重紐，原亦只是與音愔、邑揖等相同，有介音的差别，與脂微之分了無所關。

（三）還有幾個字，不一定涉及脂微的音韻結構，是否應收在微部，仍有説明的必要。

---

① 《表稿·表15.2——微部陰聲合口》正列寐字於微部，成爲前後不一。

② 《漢語音韻學》於微部分入《廣韻》各韻例字中列鼻字，與《表稿·脂微分部問題》相抵觸，而《表稿·表15.2》以鼻、濞二字同列於微部，又復先後反覆。

③ 《表稿·表17.1——脂部陰聲開口》郿、眉二字同列脂部，再一次自我抵觸。

1. 自字

首先是未列入十一字中的自字。全依《説文》以來的共識,自義爲小𨸏,篆文與𨸏字但有繁簡不同,歸、追、帥字並從自爲聲,自便是通行的堆字,一切都無疑義,自應隸自於微部。據甲骨、金文,則自與𨸏形無所同,其音義同師字;歸與追從自爲義符,表人衆之意;帥則本不從自,其字作,爲巾在門右之形,與帨同字,古韻原在祭部,借用同率,方屬微部。自應依師字入脂部。

2. 隶字

隶字,王表屬脂。《説文》:"隶,及也。從又,尾省。又持尾者,從後及之也。"又:"逮,唐逮,及也。"二字不僅義同,又並音徒耐切①;而及下收古文作,即於隶字尾形上端冠了羊角。及字音其立切,與隶、逮音徒耐切爲一語之轉,所以又爲及的古文。情形可以參看眔字。眔本是泣的初文,音去急切,借用爲及字音其立切,相傳有徒合切一讀,即其立切的轉音。《説文》:"息,眔詞與也。息爲眔的變形,音其冀切,即其立切轉入微部的讀音。據《桑柔》叶逮、愛,《晨風》叶棣、檖、醉,以及隸與莅同字,爲侵部"臨"的入聲"立"轉音入微而加隶爲聲,可見隶聲應以歸入微部爲是。

3. 畀、鼻等字

據《説文》以來説,畀從由聲,鼻從自畀會意,清儒或謂畀亦聲,則由、畀、鼻三字應同部。《表稿・表 15. 2》及《表 15. 4——微部入聲合口》並列三字於微部,與上述所説全合。《漢語音韻學》則列由於微,列畀於脂,又於微部流入《廣韻》各韻例字列舉鼻字,與前述關係全相異。《表稿・脂微分部問題》則據重紐觀點列鼻字於脂,列鼻聲的濞字於微,復與前二者不盡相同。今以爲諧聲系統不可破壞,許君以來誤説也不應墨守。義爲鬼頭的由字古經傳不見,依相傳分勿、敷物的讀法,古韻應屬微部。此字重要性不大,王先生先後所爲諸諧聲表不列此字,所見蓋如此。畀字許君説其義爲"相付與之約在閣上也",從丌由聲,此依付與之義附會爲説。比較矢字小篆畀字作,甲骨文作,則小篆畀字作,明是甲骨文的變形,唐蘭説以爲《周禮・司弓矢》

① 《廣韻》至韻羊至切隶下云:"及也,又音代。"

四矢之一痹的象形初文，確不可易。據《干旄》叶紕、四、畀，《廣韻》畀痹同必至切，應以畀聲入脂部爲宜。《小弁》叶嘒、淠、屆、寐，《采菽》叶淠、嘒、駟、寐，並是脂微合韻。王表正從其分部第三標準入畀聲於脂部。鼻與自不僅意義相同，《廣韻》同在至韻，同屬四等，且同爲全濁聲母，疑本是一語，原讀 zbh- 複母，後變爲單一聲母的二音，爲區別字形，於自下加畀聲爲鼻字。與喪亡、命令由一字一音變爲二字二音基本上是相同的。鼻應與畀同屬脂部。

（四）真部合口呼的尹聲應改隸文部，玄、𣶒二聲列真部無可疑，情形卻也值得注意，分述如下。

1. 尹字

尹字王表先後收真收文不一。《漢語音韻》列尹聲於文部，並加注云："尹聲有君。"《詩經韻讀》則尹聲在真部，君聲別見於文部，與先師處置相同。君聲屬文無可疑，《詩》韻君字群字並可爲證。《説文》君下云從尹口，段注加云："尹亦聲"。照過去"喻$_{四}$歸定"的説法，尹與君聲母相遠。從我擬上古喻$_{四}$爲 zɦ-複母，君字"尹亦聲"説成爲可能，舉從與聲、姬從臣聲等例不爲少。《荀子・大略》"堯學於君疇"，《韓詩外傳》卷五、《新序・雜事第五》、《漢書・古今人表》並作尹壽。然則尹字古韻當在文部。

2. 玄字

玄字胡涓切，從玄聲的眩、伭、胘三者同音，又鉉字胡畎切，炫字黄練切，並讀合口。許君同説爲玄聲的弦字，則讀胡田切爲開口音，又不僅從弦聲的蔙、慈、媿、𧼧四者同音，上文所列伭、胘二字也又音胡田切，又帹字古賢切，《集韻》鉉字又音居閑切，泫字也有胡千切一讀，胡千同胡田。這現象於諧聲字中是極爲罕見的，是否表示玄字其先本讀開口音，合口是後來的變讀？

3. 𣶒字

𣶒字烏玄切，𣶒聲的淵、鼝同音。鼘的或體卻以因爲聲，作⿱鼓因或咽，有烏玄、於巾二讀：籀文姻字從𣶒聲作婣，且僅有於巾切一音。鼘爲鼓的狀聲詞，也許本有開，合口兩種不同摹擬，其先本各爲字，後始混讀不別。姻本作婣，除説𣶒字始讀開口，似乎没有更好的解釋。

（五）文部二字應改入真部：

1. 塵字

王表此字即在真部，《表稿》亦於真部收塵字。《無將大車》叶塵、疷。馬瑞辰以《釋文》疷字音都禮反爲非，其説云："疷當讀如疹，故與塵爲韻，猶《説文》趁讀若塵也。三家《詩》蓋有作疹者，張平子《思玄賦》思百憂以自疹，正用此詩。"所言甚是。今天治《詩》的人似乎不見採用。惟又云疷亦可作疧，則不知氐聲古韻屬佳，與氐聲屬脂不同，成爲蛇足。今謂疹疷一語之轉，此書疹爲疷，猶《小旻》以集爲就，《雨無正》以答爲對，當以塵字改入真部。朱駿聲以陳有久舊義爲塵字之借，《何人斯》叶陳、身、人、天，《廣韻》塵、陳同直珍切，也可見以塵字入真部爲是。

2. 卂字

《表稿》於真部收卂及卂聲諸字，與《漢語音韻學》先後不同。王先生《漢語音韻》與《詩經韻讀》兩表亦入真入文不一。《説文》蝨從䖵卂聲，段注云："古假幾瑟爲蟣蝨"，《國策・韓策》有公子幾瑟，瑟字古韻屬脂部，是卂聲在真部之證。《廣韻》卂、訊、迅、汛與信字同音，後世諸字始變讀爲合口。

（六）此外，乚、丨、㐆、豩僅見用爲文字部件或偏旁，不爲字，應自表中剔除，略予説明。

1. 乚字

《説文》以乚爲部首，云："乚，匿也。象迟曲隱蔽形。讀若隱。"古書不見使用此字。《説文》乚部收直字，云從乚字會意，悳字又從直會意，而德以悳爲聲，見於金文德字從直的部分無有從乚者。金文廷字從乚，與小篆直字所從相同，小篆則變爲從廴。其餘《説文》説爲從乚的亡字和匸[①]字，見於金文則與乚不必同形。可見許君所説的乚字確爲可疑。漢人解字往往誤析文字中筆畫爲文字，此其一例而已。

2. 丨字

《説文》云："丨，上下通也。引而上行讀若囟，引而下行讀若退。"照許慎

① 相傳音胡禮切，與匚音府良切者異字。

的意思，應分收真部或微部。但所謂引而上行與引而下行，分明是書寫文字運筆時的狀態，不合對書寫完成的文字說話，其非文字可從知。更據丨部中所收中字來說，"中，内[①]也。從口丨，下上通也"。口與丨於中字都只是構成文字的線條，不爲字，可以見出漢儒解字的錯誤觀念。

3. 㐆字

《說文》云："㐆，歸也。從反身。"此字不見於古經傳，只於殷字偏旁一見。許君說殷的本義爲"作樂之盛稱殷"，如何以義爲歸的㐆字會意，殊難索解。其音於機切，蓋即據殷字爲讀[②]，"壹戎衣"即壹戎殷，可爲其證。

4. 豩字

《說文》："豩，二豕也。豳從此。闕"本與"从，二入也。㒳從此。闕"；"棘，二東也。曹從此。闕"；"斦，二斤也。闕"；"屾，二山也。凡屾之屬皆從屾。闕"等一例，即於分析㒳、曹、質、嵒而來，闕本謂不知其音。後人據豳字讀豩字，於是收豩於文部。金文豳字作燹或爕，從二希會意。小篆譌二希爲二豕，譌火爲山，遂爲豳字。《說文》有𧰼字，下引"虞書曰𧰼類于上帝"，今《堯典》𧰼作肆，是豩字不在文部之證。

四、脂真爲微文變音說

根據上文的論述，脂部可以說一無合口音字，微部則僅有少數開口音字，形成幾乎爲開、合口互補的狀態；真部與文部情形也大致相同。這一現象，我在近作《古文字與古經傳認知之管見》[③]中，曾爲矜字的古韻歸部指出，脂真應爲微文的變音。文中論及矜字的狀況，重點如下：

《說文》："矜，矛柄也。從矛。今聲。"大徐居陵切，又巨巾切，小徐機仍反，機仍同居陵。兩音與今聲都不相合。段玉裁據漢隸矜字作矝，主張當從

---

① 原誤作肉或而，依段注訂。

② 似可謂殷從㐆聲，無奈㐆的音義終不可考。

③ 《古文字與古經傳認知之管見》，收入張光裕等編《第四屆國際中國古文字學研討會論文集》，香港中文大學中國語言及文學系、中國文化研究所，2003年。又收入《世新中文研究集刊》2，2006年。

令聲,爲學者所從,許爲不刊。到20世紀70年代出土戰國時文物,不僅矜亦作矜,提早了例證的時代;還見有書作穃字的,由於命令二字出於一源,更等於保障了矜字從令的可信度,使段説的説服力愈益加强,許慎以來的今聲説似乎應當放棄。

從另一方面説,諧聲字來母率自成一類,除涉及複聲母外,從來母爲聲的字類讀來母,所以以令爲聲的除去命字,没有不讀來母的。反過來看,矜字一無讀來母的跡象。《鴻雁》:"爰及矜人",毛傳訓矜爲憐,《論語・子張》:"哀矜而勿喜",哀矜猶哀憐,似乎矜便讀同憐字。《爾雅・釋訓》:"矜憐,撫掩之也",矜與憐連讀,以見矜自矜,憐自憐,二字音不得相同。且以矜從令聲,不僅聲母與見母群母的讀法不相合,令聲古韻不出真耕二部,真耕之字不得入蒸韻,是其韻亦不侔。反之,矜從今聲,聲母洽適固不待言,韻母亦無論入蒸韻或真韻,其演變之跡,也都斑斑可考。

《廣韻》真韻:"穫,矛柄也。古作矜,巨巾切。"又蒸韻居陵切:"矜,本矛柄也,巨巾切。《字樣》:借爲矜憐字。"這是説矜字本音爲巨巾切,借用言矜憐音居陵切。但矜字既以今爲聲,其本音應同琴字巨金切,借音也應同今字居吟切,巨巾、居陵必是其變音。《無羊》:"矜矜兢兢",狀羊群下山互相排擠奪路前進的樣子,矜矜與兢兢爲一語之轉,義同而音異,是矜不得與兢同音居陵切,而爲其本有居吟切一讀之證。《論語・衛靈公》:"君子矜而不争",與"群而不黨"相對爲文,猶言"競而不争",矜字無論讀同《無羊》的矜字居吟切,或讀同兢字的居陵切,都足以表示矜字原當以今爲聲。

侵部居吟切的矜,可以轉入蒸部爲居陵切,我曾經列舉出三種現象説明。其一諧聲:如朕字本在侵部音直稔切,從朕爲聲的字多入蒸登韻,其中塍縢二字更兼有直稔、徒登二音。其二叶韻:《小戎》以音叶弓、縢、興,《閟宫》以綅叶崩、騰、朋、陵、乘、縢、弓、增、膺、懲、承,《大明》以興叶林、心。其三轉語或異文:如段玉裁《六書音均表》所舉曾朁、興廞、戴勝戴任、仍叔任叔等相轉相同的詞例。

侵部巨金切的矜,可以轉入文部爲巨巾切,我列舉出朕、眔等字作説明。朕字本音直稔切,轉入文部音直引切。眔本作[illegible],見甲骨、金文,爲泣字初文,

音去急切。借用爲及字音巨立切，轉入微部音其冀切，即篆文息字，通常書作暨。其立切音變爲徒合切，轉入微部爲徒耐切，與《説文》訓及的隶字實爲異體，又由其冀切變讀爲合口，而爲褱、𨿅、鰥、罤等字的聲符。矜字巨金切，與眔字其立切互爲平入，兩者轉入文或微部爲巨巾或其冀切，互爲平去[①]，矜又與眔聲的鰥字通用不别，《集韻》居陵切且收由矜字變化而出的穊寡字。這一切都充分説明矜字本從今聲，換作令聲，上述無論聲母韻母各種現象都不可能出現。此外，如内字具奴荅、奴對二音，荅與對爲轉語，《雨無正》"聽言則荅"更以荅爲對字，與退，遂、瘁、誶等字叶韻，以及臨、立、莅與矜、眔、息爲完全平行的語音轉變現象，在在都顯示矜字仍應以《説文》作矜爲是，作矝作矜的終不過爲文字的譌變。

然而以上説的是，侵部的矜字音可以轉入文部。出現在《詩經》韻裏，《菀柳》叶天、臻、矜，《何草不黄》叶玄、矜、民，《桑柔》叶旬、民、填、天、矜，所與矜字叶韻的無不屬真部，不雜一個文部字，分明矜字古韻屬真部，儘説侵部字如何轉蒸轉文，豈非了不相干！這點我所想到的是，固然由於侵真或蒸真之間没有通轉的跡象，無法説矜字是從侵部直接轉入了真部；即使可以這樣説，也要面對矜與鰥的相通，一般並讀矜如鰥，而不得將關係倒轉，説是文部的鰥字讀同真部的矜字。致使我堅信，此必是矜字先由侵部轉入文部，更由文部又轉入了真部。於是在我接觸漢語音韻五十年之後，開始認真觀察脂微及真文兩個韻部間的關係，經過細緻的研考，終於覺察到其間開合不同幾乎等於互補的音韻結構狀態，得到的結論是：脂真原是微文的變音，最早只有微與文兩個韻腹爲央元音 ə 的開口韻部，其後部分字 ə 元音前産生圓唇化變讀爲合口，原先的元音未經此變化者，有的因係乙、丙、丁三類韻受介音 r、j 或 i 的影響，使元音 ə 變而爲 e，於是脱離微或文部發展爲獨立的脂與真，與已形成合口的微與文對立；其元音 ə 未受 r、j 或 i 之影響産生變化，及本屬甲類韻的字，自然留在微或文部而爲開口的讀法，此所以微文二部有較多的少數開口音字。脂(?)與真後來又偶有變讀爲合口音的，這便是脂(?)真與微文呈

① 去、入古同調，但韻尾相異。

現開、合口音韻結構基本相異的原因。矜字由文入真的途徑,正是真由文變的絶好例證。

前文又曾以侵文二部作比較,提出另一觀點。兩者韻腹同爲央元音 ə,韻尾前者爲 m,後者爲 n。m 與 n 同爲口腔位置靠前的鼻音,n 前多一個韻腹爲 e 的韻部,也許便表示這一韻部是後來的演變,其始無有。這想法可能根本荒謬。但後來我又想到,侵部没有甲類韻,文部有甲類韻,没有介音的甲類韻容易與有介音 r、j、i 的乙、丙、丁三類韻形成洪、細音對比,影響後者産生音變,以致一個文部變作了文和真部[1],侵部則否。姑且將這意思保留於此。

此外,本文擬再列舉若干實例,用作脂真爲微文變音説的支撑。

1. 諧聲

據前舉《何草不黄》及《桑柔》二詩韻字,可見民字古韻屬真部。但《説文》䘊䖧爲或體,一從民聲,一從昏聲,其俗體爲蚊字,以文爲聲,文與昬古韻並在文部。《説文》説:"昏,日冥也。從日氐省。氐者,下也。一曰民聲。"段氏以後四字爲淺人所增,理由是"全書内昏聲之字皆不從民,有從民者,譌也"。並依據䖧蚊、暋忞、敃忞同字,説"昏古音同文,與真臻韻有斂侈之别",肯定"字從氐省爲會意,絶非從民聲爲形聲也"。但甲骨文昬字作[古文字],所從與氏字作[古文字](《後下》[2]21.6)或[古文字](《前》[3]2.27.1 𥁕字旁從)不同,本同㪉、頃、𣅀等字從[古文字]取傾仄之意,日傾仄,故其義爲昬冥。民聲一説亦不爲誤,只是别爲一字,見於陶文之[古文字];中山王鼎聞字作[古文字],《詛楚文》婚字作[古文字],所從亦此字,日上[古文字]或[古文字]便是民字。古民與氏本同一形,象植物萌芽,後以上畫"[古文字]"作匡廓之形者爲民字,而有[古文字]與[古文字]的分别。後人不知本末,誤以昬字從民的部分爲氏字,於是有氏省的解釋。殊不知早期文字所以出現省體,主要是爲了字形的易趨方正,夜字從亦而省點,便是最好的説明。説昏爲昬省,與結構上的方正

---

① 微部情形與文同。

② 羅振玉《殷虚書契後編·下》,1916 年珂羅版自印本,臺北:中研院史語所傅斯年圖書館藏。簡稱《後下》。

③ 羅振玉《殷虚書契》,1932 年桑皮紙八卷四册重印本,臺北:中研院史語所傅斯年圖書館藏。簡稱《前》。

略無所關，由以知爲附會之言。段氏據真與文有斂侈之異，不信昬從民聲，似乎獨造幽微。卻不悟真本由文出，民與昬、文古韻原屬同部。蟁字或體作蟁，《民勞》"以謹惛怋"，《説文》怋下云怋，而怋下引《詩》惛字作怋，是民聲昬聲同部、昬從民聲之證。今知昬民分在文與真部，是因爲昬屬甲類韻，於音爲洪，其元音 ə 未有變異，故保留在文部；民則屬丁類韻，ə 在介音 j 的影響下變作了 e，所以入了真部。與這情形相同的，因字天字古韻屬真，也是由於丁類韻的變讀；恩從因聲，吞從天聲，並因屬甲類韻而留在文部，可以相互發明。

又《説文》訓殿爲擊聲，此字不僅如許君所説以從屍聲，實從屍的語言變出。屍義爲髀，或書作臀，《急就篇》"盗賊繋囚榜笞臀"，臀與榜笞平列，臀即與殿同。但屍字徒渾切，古韻屬文，殿字堂練切，通常從屍聲歸部，不知其已因屬丁類韻而變入真部。澱與淀同字，淀從耕部定爲聲，是爲其證。

2. 異文

《雨無正》、《召旻》説"旻天疾威"，毛公鼎説"敃天疾畏"，敃即《説文》敃字，敃與旻，畏與威並爲異文，敃從民聲，旻從文聲，其始應同部，其後敃字産生了音變而轉入真部。《書・盤庚》"不昬作勞"，《周禮・秋官・大司寇》"以圜土聚教罷民"，鄭注云："民不愍作勞，有似於罷"，愍與昬同，蓋有此異文。愍原亦當與昬同在文部，今依民聲歸在真部，亦因其後産生了音變。又《詩經》言眉壽，金文則眉字作釁，與眉爲異文。《碩人》叶荑、脂、蠐、犀、眉，《蒹葭》叶晞、湄、躋、坻，以見眉聲在脂部，與釁即沬（頮）字在微部不同，亦由於眉聲發生音變之故。

3. 連語

《詩經》每以豈弟二字連言，如《蓼蕭》之"孔燕豈弟"，《泂酌》之"豈弟君子"，其義爲樂易，解者説以爲叠韻連語，而豈與弟有微部脂部的不同。實因弟字屬丁類韻音有變易，其始本都在微部，所以構成連語，故其義不可分別訓釋。

五、脂微、真文的分部原則

至此，我覺得脂微、真文的分部原則應該是：凡有叶韻、假借、異文、轉語

等直接資料可證的,當然必須根據這些資料,考慮各字的韻部應該如何歸屬。不過這中間也有分量輕重的不同。以叶韻來説,從來認作分部的一項最重要依據。今觀脂微兩部的合韻之多,而且像祭部與脂部主要元音不可謂近,居然也有如《正月》的以結字與厲、滅、威相叶,可見古人於叶韻有時只取韻尾相同,元音同近與否可以不計。假借與異文則理論上應爲同音,即使不然,必得兩音相近。所以假借、異文的重要性,應該高出於叶韻。至於沒有任何直接資料可用,其分韻可以在此,也可以在彼,今以爲當悉視開、合口的不同以爲依歸,開口的歸脂真,合口的歸微文。屬《廣韻》微韻的開口字,當然歸在微部。準上所述,重作四部諧聲表如後。凡因字形演變,不易見出諧聲關係者,隨録其字於各聲符之下:

脂部(體例同前):

妻 皆 厶 禾 卟 夷 齊　眉 尸 伊 犀 屖 自
師 尼 ◎ 几 氏 黹 比　米 豊 死 𠂔 美 矢
兕 履 夂 豕 匕 旨 ◎　示 閉 二 次 戾 盭
利 希 棄 器 四 計 繼　自 畀 鼻 匹 疐 至
臸 [illegible] 弟 轡 細 ◎ 悉　必 實 吉 壹 戜 質
七 切 卩 卽 日 栗 桼　畢 一 逸 疾 抑 乙
失 頁 劓 𠔁 屑 血

有幾處需要提出説明:

1. 犀字

《説文》説:“犀,南徼外牛。……從牛,尾聲。”尾字古韻在微部,犀與尾聲母亦全不相干;果然以尾爲聲,以尾聲的焜娓二字比較,也没有採取上下式作犀的道理,分明許君附會爲説。先師引張苑峰説,也不能解釋何以犀字獨能從尾會意。今據《説文》尾字下云:“古人或飾系尾,西南夷皆然”,及段注引《後漢書·西南夷列傳》:“槃瓠之後好五色,衣服制裁皆有尾形”,甲骨文

有字,正是人飾系尾之形,以爲犀上所從實爲夷字異體,義爲"徼外牛"[1]故從夷牛會意。

2. 豸字

几下原有豸字。古豸與廌通用,《廣韻》音池爾切,當如段氏入佳部,今刪去。

3. 尒字

米下原有尒字,尒實爾之省體,今刪。

4. 旨字

先師表中無此字,當是從江表依《説文》含於匕聲之内。旨與匕聲母相遠,本從匕從甘會意,今別出。

5. 次字

《説文》:"次,不前不精也。從欠,二聲。"故先師表中無此字。二與次聲母不相及,甲骨、金文作或,象人張口歕嚏狀,爲歕嚏聲狀音詞,今別出。

6. 医字

計下原有医字。《説文》:"医,盛弓弩矢器也。從匸矢,矢亦聲。"矢與医聲母不相及,許説不足據。医聲的殹字見於石鼓文"汧殹沔沔",殹字無論讀同也,同兮或同猗,都不得爲脂部字。又殹聲的翳字,據鄭玄《詩譜》云堯時有伯翳,伯翳即伯益,益字古韻屬佳部。《説文》嫛下云嫛婗,嫛婗猶言嬰兒,嬰字在耕部。然則医聲當屬佳部,今刪。

7. 銍字

原表此見於入聲宀(見下宀字條)字下。此字僅見於晉字及金文畬忎盤銍字偏旁。銍即室字,晉字從雙至,只是爲取上豐下削之形,實是至字偏旁中的繁文,今改列於至字下。

8. 弟字

先師表中無此字,蓋依江表據《説文》丿聲説,含於丿字之内,原表抑下有丿字。今據金文弟字從(弋字)從,不從丿爲聲,别見於此。

---

[1] 據段注刪"徼"上"南"字。

9. 卩字

此字但見於文字偏旁，爲人跪形。自許慎以來，讀此字音義同節字①。今仍出此字，而於其下補卽字。卽字從皀從卩，象人卽食於簋旁，取其義爲就。

10. 冖字

表中原有冖字，見於桼下。此但見於文字偏旁，或象冠帽形，或表覆冒義。後世音莫狄切，蓋從幂字爲讀。《説文》冟下云字以冖爲聲，讀若適，適與冖聲母不相及；金文冟作𡧯，亦與從冖之形不合，今删去。朱駿聲以冖入解部，與莫狄切音相符。

11. 丿字

原表抑下有丿字。《説文》以丿爲五百四十部首之一，云："丿，右戾也。象左引之形。"案：此分析八字爲説，本不爲字，今删。

12. 肸字

《説文》："肸，振肸也。從肉，八聲。"先師表中不見此字，當是蒙八聲而省，故表下流入《廣韻》字例中有屑字。肸音許乞切，與八聲聲母了不相涉，本從八取香氣散布之意。今改隸八聲於微部，而出肸聲於此。又《説文》云："屑，動作切切也。從尸，肸聲。"字音私列切，本與肸聲發音部位不同，僅同發音方式。以呬從四聲、𧮐從歲聲等字例之，其説似可信。因今字形變爲屑，更别出於肸聲之下。

此外，《説文》説："詯，膽气滿，聲在人上。從言，自聲。讀若反目相睞。"《廣韻》音荒内切，自聲之説，聲韻皆不相合，讀若亦不能詳。疑是從冐爲聲，艸書自與冐近，後人誤以爲自聲，因書作自字。《廣韻》荒内切，又收《説文》從涃聲的涃字，蓋爲其證，當入微部。

微部：

飛 追 歸 衣 褱 綏 非 枚 㪚 口 韋 幾 隹

① 節以卽爲聲。

累 希 雷 威 夔 回 衰 肥 開 ◎ 鬼 畾 尾
虫 罪 臯 委 毇 火 卉 癸 水 豈 ◎ 臾 貴
乞 旡 既 愛 豙 胃 彙 未 位 退 隶 祟 尉
對 類 内 孛 妃 配 冀 耒 叡 畏 惠 季 彔
眔 ◎ 卒 率 帥 朮 出 兀 弗 㬰 㕯 矞 聿
勿 甶 骨 鬱 八 穴

這一部也有幾個必須交代的字。

1. 乖與危

原表有此二字,見於肥字之下。《廣韻》乖字入皆、佳二韻,危字入支韻,宜從段氏、朱氏入佳部,今删。

2. 豈字

《説文》説此字“從豆𢼸省聲”,所以先師表中不見此字。𢼸豈聲母不相及,而𢼸下又云豈省聲,明是牽附之辭。豈本義爲還師振旅之樂,卽由壴(鼓)字分化以成,與月字化作夕字相同,本同一形,後爲其别,或易“Ψ”爲“ꟻ”,或卽於壴加几聲,後者應在几聲變入脂部之前。

3. 甶字

此字應是偏旁中鬼字的省體,今音分勿切,疑是讀同䰲字,䰲與狒同。沈兼士説,古人所謂鬼,原説的是狒狒一類動物。姑列之於此,但與畀聲無關。

4. 𠫓字

表中原有此字,見於甶下。此不成字,但見於文字偏旁,因需要將子字倒置,仍是子字,漢人以突字的音義附會爲説,今删去。又原表𠫓下有乙字,已改隸脂部;乙下又有乀字,《説文》:“乀,左戾也。從反丿,讀與弗同。”與丿字同出於八字,今删。

真部:

秦 人 千 頻 寅 㣺 身 旬 勻 辛 亲 天 田

年 令 因 真 臣 臤 民 聿 盡 津 申 陳 塵
燊 玄 ◎ 丏 賓 扁 引 弞 廴 㐱 垔 ◎ 粦
信 卂 命 丙 闇 進 朮 印 疢 胤 薦 佞 晉
奠 殿

文部：

𡰪 昏 憂 豚 辰 先 囷 屯 春 門 分 孫 賁
君 員 羃 昆 𦎧 敦 㒼 川 云 存 巾 侖 堇
壼 文 軍 斤 昷 熏 筋 飧 蚰 尊 奔 殷 ◎
盾 [illegible] 𠬪 壼 本 允 夋 尹 舛 免 準 ◎ 艮
刃 寸 圂 奮 糞 容 困 閏

（原載《史語所集刊》第七十七本第二分，2006 年）

比較語義發凡

語義之演變，異輒殊軌，無固定範式可循。論其事者，分科析目，名類夥繁；雖背道而馳者有之，如縮小與擴大，趨惡與趨美，變弱與變强，不一而足[①]。分類容有未安，其錯綜複雜之情狀，要可於此概見。故欲言一字之引申義如何，即名家如朱駿聲氏，亦不免鑿空之病。以此知無可恃之方，必至流於曲説而不察。於是則無不可爲義之引申，而真爲引申義者又未必得見。語其可恃之方，其唯語義之比較乎？蓋義之變演多途，誠不可覼縷，亦非盡異其趨，略無條理可言，大凡其始同者其終無别，其本異者其末亦然。猶文字之形音，遞嬗雖繁，實同條共貫，嘖而不亂也。則取相關字比合參伍：於所不明，觀其會通；或以彼已知求此未知，以此已定喻彼未定，向之滯疑蓋可以立解，曩者余爲《論反訓》一文[②]，即嘗藉此明亂字實有治亂二義，既非反訓，亦不由假借，知此法於確定字義之引申，爲用至宏。昔賢時彦非不用之，著專文以具論其事殆未之見，因不揣譾陋，發凡啓例申而論之。

大抵此法行之者三：曰取義之同者，曰取性質之同者，曰取義之反者。以同觀同，以異見異。分别述之於後。

---

① 如齊佩瑢《訓詁學概要》，除上述六類相對者而外，復有感覺互換式，形式相似式，因此及彼式，以偏概全式，地位相似式，身心動作相易式，及虚實相因式等名目。

② 見香港中文大學崇基學院中國文學系《華國》第四期。

一、取義之同者

此如《論反訓》中所舉，皮又曰去皮[①]，而革又曰去革，膚又曰去膚，皻又曰去皻[②]。勞既爲勞倦，又言勞來；犒爲枯槁，亦遂言犒勞[③]。縫爲罅隙；又爲彌合；而綻釁同趣[④]。皆其例。於此更列數事。

（一）《方言》卷十三云："冢，秦晉之閒謂之墳。"郭注墳字云："取名於大防也。"案：《詩》有汝墳、河墳、淮墳，而《方言》卷三云："凡土高且大者謂之墳"，是墳不獨爲墳冢之稱，故郭云取名大防[⑤]。冢亦不專言墓冢，《詩・十月之交》云："山冢崒崩"，《爾雅・釋山》云："山頂冢"，則墓冢之稱，亦土高大之義，與墳同。又《説文》云："陵，大阜也。"《詩・十月之交》云："深谷爲陵"，《天保》云："如岡如陵"；而《水經注・渭水》云："長陵亦曰長山也。秦名天子冢曰山，漢曰陵。"是不唯陵亦爲冢，山亦爲冢。《説文》又云："壠，丘壠也。"字次墳篆之後，亦墳冢之義，故《周禮・春官・序官・冢人》注云："冢封土爲丘壠"，《禮記・曲禮》云："適墓不登壟"，《荀子・禮論》云："壙壠其貌象宮室屋也。"而《孟子・公孫丑》篇云："必求龍斷而登之"，《説文》隴下云"天水大阪"，《史記・項羽本紀》云："起隴畝之閒"，龍隴並與壠同[⑥]，是壠亦高地之稱，丘爲山丘義尤恒見。

（二）《周禮・天官・内宰》云："凡建國，佐后立市，設其次，置其敍，正其

---

① 《戰國策・韓策》云："皮面抉眼。"《廣雅・釋詁》訓皮爲離，《釋言》訓皮爲剝。

② 革爲去革者，革除之義卽此。膚爲去膚者，《廣雅・釋詁》與皮字同訓離，《釋言》與皮字同訓爲剝。《禮記・内則》云："去其皻"，鄭注云皮肉之上魄莫也，而《廣雅・釋詁》與剝脱皮膚諸字同訓離，是皻亦有去皻之義。

③ 《廣雅・釋詁》："槁，勞也。"《周禮・小行人》"若國師役則令槁襘之"，鄭司農云："槁卽槁師也。"《左傳・僖公二十六年》"公使展禽槁師"，犒卽槁之後起字，故服虔云："以師枯槁，故饋之飲食。"

④ 《左傳・桓公八年》"讐有釁"，注云：瑕隙也。而殺牲以血塗圻隙亦謂之釁。如《左傳・僖公三十三年》之釁鼓，《孟子・梁惠王》之釁鐘。

⑤ 《説文》："坋，一曰大防。"墳爲大防，段氏以爲坋之假借，是不知墳自有大防之義，《説文》坋，一曰大防，與墳爲或體耳。

⑥ 《説文》買下引《孟子》龍斷字作壟。

肆。”疏云:“設其次,謂司市所居,置其敍,謂胥師賈師所居。”案:居所謂之次敍者,次敍二字同編列次第之義,引申言居止亦遂相同,《周禮·地官·司市》云:“以次敍分地而經市”,二字語義蜕變之迹可得確指。

(三)《周禮·宫正》云:“以時比宫中之官府次舍之衆寡。”注云:“次,諸吏直宿,若今時部署諸廬者。舍,其所居寺。”又《宫伯》云:“授八次八舍之職。”注云:“司農云:庶子衛王宫,在内爲次,在外爲舍。玄謂次其宿衛所在,舍其休沐之處。”案:次舍爲動詞義並爲止,引申爲名詞又同爲居舍之稱。

(四)《廣雅·釋詁一》:“蒸,報,婬也。”王氏疏證云:“《邶風·雄雉》正義云:《左傳·桓公十六年》曰:衛宣公蒸於夷姜。服虔云:上淫曰烝。則烝,進也,自下進上而與之淫也。《左傳·宣公三年》曰:文公報鄭子之妃。服虔云:鄭子,文公叔父子儀也。報,復也。淫親屬之妻曰報。漢律淫季父之妻曰報。案:報者,進也。《樂記》禮減而不進則銷,樂盈而不反則放。故禮有報而樂有反。鄭注云:報讀爲褒,褒猶進也。報與烝皆訓爲進,上淫曰烝,淫季父之妻曰報,其義一也。”

(五)《周禮·宰夫》云:“敍羣吏之治,以待賓客之令,諸臣之復,萬民之逆。”注云:“復之言報也反也。反報於王,謂於朝廷奏事。自下而上曰逆,逆謂上書。”案:復、逆並由反義引申爲上達之稱。

二、取性質之同者

此如《論反訓》中所舉,皮爲剝皮,而髕亦爲脱髕[①],毛亦爲去毛[②];亂爲去亂[③],而渫亦爲除汙[④];皆性質之同者趨變同然。亦更舉數例:

(一)《孟子·滕文公》云:“許子以釜甑爨,以鐵耕乎?”趙注云:“許子寧

① 《漢書·刑法志》:“髕罰之屬五百。”

② 《周禮·封人》“毛炮之豚”,注云:爓去其毛而炮之,《詩·閟宫》“毛炰胾羹”義同。

③ 亂爲去亂者,即亂爲治義,詳拙著《論反訓》。

④ 渫爲除汙者,《易·井·九三》“井渫不食”,《集解》引荀爽曰:“渫去穢濁,清潔之意也。”《漢書·王褒傳》“去卑辱奥渫而升本朝”,張晏注:“渫,汙也。”

以釜甑炊食,以鐵爲犁用之耕否邪?”案:趙注迂曲,鐵卽犁也,不煩云以鐵爲犁。鐵卽犁者,犁以鐵爲之,遂以鐵爲犁代稱。猶鏃以金爲之,或卽以金言鏃;棺以木爲之,或卽以木代棺。前者如《孟子·離婁》云:“抽矢扣輪去其金,發乘矢而返。”趙注云:“扣輪去鏃。”後者如《左傳·僖公二十三年》云:“我二十五年矣,又如是而嫁,則就木焉。”《孟子·公孫丑》云:“木若以美然。”《禮記·檀弓》云:“原壤登木。”又《莊子·列禦寇》云:“爲外刑者,金與木也。”郭象注云:“金謂刀鋸斧鉞,木謂捶楚桎梏。”司馬遷《報任安書》云:“其次,關木索被箠楚受辱。”又云:“其次,剔毛髮嬰金鐵受辱。”木與金鐵並以物質表物之例[①]。

(二)《周禮·籩人》云:“其實:麷、蕡、白、黑、形、鹽、膴、鮑、魚、鱐。”注云:麥曰麷,麻曰蕡,稻曰白,黍曰黑……”案:稻色白,卽謂之白,黍色黑,卽謂之黑,同以物色爲物代稱。

(三)《書·盤庚》云:“女無老侮成人[②],無弱孤有幼。”鄭注云:“老弱皆輕忽之意也。”《經義述聞》云:“弱孤卽弱寡。”案:老弱孤三字異義,然並爲力薄者之稱,故亦同爲輕忽之意。

(四)《説文》云:“犓,以芻莖養牛也。”《周禮·地官·充人》云:“芻之三月。”注云:牛羊曰芻。案:牛羊曰芻,卽養牛羊曰芻,犓卽芻之轉注字[③]。又《説文》云:“豢,以穀圈養豕也。”而古籍多卽以芻言牛羊,以豢言犬豕。如《孟子·告子》云:“理義之悦我心,猶芻豢之悦我口。”朱注云:“草食曰芻,牛羊是也。穀食曰豢,犬豕是也。”《禮記·月令》云:“共寢廟之芻豢。”芻豢二字義同。又《説文》云:“圈,養畜之閑也。”而《管子·立致》云:“圈屬羣徒不順於常者。”尹知章注云:“圈屬,羊豕之類也。”與以芻豢言牛羊犬豕亦略同。

---

① 參楊樹達《古書疑義舉例續補》。

② 唐石經如此,今本老侮二字互倒。

③ 六書轉注,卽因假借或語言孳生而增改形旁之形聲字,詳拙著《中國文字學》。

三、取義之反者

（一）《莊子·天道》云："斲輪徐則甘而不固，疾則苦而不入。"兩語又見《淮南子·道應》篇，《淮南子》高誘注及《莊子》司馬彪注並云："甘爲緩意，苦爲急意。"是二字言味爲反義，引申以言速度亦爲對稱。

（二）《吕氏春秋·謹聽》云："聽者自多而不得。"高誘注云："自多，自賢也。"《漢書·袁盎傳》云："諸公聞之皆多盎。"《灌夫傳》云："士以此自多之。"注云："多之猶重之也。"案：多本爲量詞，引申爲動詞之尊重。而《吕氏春秋·謹聽》又云："乃自賢而少人。"少與賢相對，義爲輕賤，與多言尊重者亦適相反。《史記·蘇秦傳》云："素習知蘇秦，皆少之。"義亦同。

（三）朝字二音二義，音陟遙切義爲旦，音直遙切義爲見。而《周禮·春官·大宗伯》云："春見曰朝"，注云："朝猶朝也，欲其來之早也。"《白虎通·朝聘》云："朝者，見也，因用朝時見，故謂之朝。"《孟子·公孫丑》云"朝將視朝"，《禮記·内則》云"昧爽而朝"，並可見朝見語源於朝旦。而《左傳·成公十二年》云："百官承事，朝而不夕。"《釋文》云："朝音直遙反，朝曰朝。"杜預注云："不夕言無事。"案：杜云不夕言無事者，猶言不夕見也。"故《左傳·昭公十二年》云："右尹子革夕，王見之。"杜注云："夕，莫見也。"而《國語·魯語》云："天子大采朝日，少采夕月。"《漢書·賈誼傳》云："三代之禮，春朝朝日，秋莫夕月。"並以朝日、夕月對稱。是夕字引申義亦與朝反。又水之朝至曰潮，夕至曰汐，亦朝夕二語衍生爲相反義。

（四）章炳麟《古音娘日二紐歸泥説》云："傳曰姬姓日也，異姓月也[①]。二姓何緣比況日月？説文衵從日，亦從内聲作衲，是古音日與内近。月字古文作外[②]，韻紐悉同，則古月外同字[③]，姬姓内也，異姓外也，音義同，則以日月

① 見《左傳·成公十六年》。

② 《説文》古文閒字作閒，故章氏云然。

③ 此下原注云："日月所以比内外者，《天文志》曰：日有中道，月有九行。中道者黄道。九行者黑道二出黄道北，赤道二出黄道南，白道二出黄道西，青道二出黄道東，是爲日道在内月道在外。"

況之。太史公説武安貴在日月之際[①],亦以日月見外戚也。”[②]《文始》又謂日月引申爲内外、近遠之稱。案:日與内或月與外語言是否相轉,此雖未能必其竟是,日月引申分别爲内外義,是則斷無可疑。

由上所言,知以比較法確定語義之引申,其事信而有徵。更言其效用如次,一曰疏通古籍疑義,一曰推求語義原委。

四、疏通古籍疑義

(一)《廣雅・釋詁三》云:“歛(案:音呼談切,與斂異字),予也。”《説文通訓定聲》以爲霑字之借。然霑字《説文》云:雨䨘也,無予義,朱説非。王氏疏證云:“歛者,卷一云歛,欲也[③]。歛爲欲而又爲與,乞匄爲求又爲與[④],貸爲借而又爲與,稟爲受而又爲與[⑤],義有相反而實相因者。”案:歛義爲予,其例不詳。王氏以乞匄諸字比附以爲説之,較然可信。

(二)《方言》卷三云:“逞、曉、恔、苦,快也。”郭注云:“恔即狡,狡戲亦快事也。”戴氏疏證云:“案:前卷二内逞、苦、了,快也。曉與了義蓋相因。《孟子》於人心獨無恔乎? 趙注云:恔,快也。”案:郭氏以狡戲釋恔字,塗附無義。戴氏於曉了之義不甚了了;引《孟子》以證恔義爲快,足以多之,而其所以爲快,仍不能明言。諸字又見《廣雅・釋詁二》,云:“逞、苦、憭,曉、恔,快也。”王氏疏證云:“憭曉皆明快之義,憭卽《方言》了字。《説文》憭,慧也。《方言》南楚病愈者謂之慧,或謂之憭。郭璞云慧憭皆意精明,是快之義也。”案:王説是,而似亦未盡透徹。余謂曉、恔、了皆以開晤而轉爲喜悦,猶説既言説

---

① 見《史記・魏其武安侯傳》。

② 日疑謂景、武,義爲内。月指孝景后,義爲外。

③ 卷一歛下疏證云:歛者,《廣韻》“䶣,戲乞人物也,或作歛。”

④ 疏證引《漢書・西域傳》“我匄若馬”,《後漢書・竇武傳》“匄施貧民”,《漢書・朱買臣傳》“糧用乏,上計吏卒更乞匄之”,是乞匄並爲予義。

⑤ 疏證引《漢書・文帝紀》“吏稟當受鬻者”,顔注“稟,給也”,以證稟義爲與。

釋又言喜，暢既言曉暢又言暢快。又諭而有相儷之愉[①]，釋而有騈行之懌[②]，並其比。蓋鬱結凝滯不解，則爲不愉，既開晤矣，遂爲快意。《方言》慧、憭爲病愈之稱，郭氏以爲意精明而爲快，其故同此；而愈亦與愉同。

（三）《儀禮・喪大記》云："中月而禫。"案：禮二十五月大祥，至二十七月除服，是爲禫祭。中字乍視之，似不得其解。然中與閒義同，閒引申爲閒隔義。若易中爲閒讀以去聲，中月而禫卽大祥以後逾月而禫，適爲二十七月，而恍然大悟。鄭注此云："中猶閒也"，真椎輪老手矣。與此同者，《孟子・公孫丑》云："地不改辟矣，民不改聚矣。"謂齊之土地人民俱足以王，無待更事辟聚。其中改字習見爲變革義，以此釋之，則二語不辭。然改與更義同，若易改爲更而讀去聲，則不待訓釋。故趙注云："不更辟土聚民也。"以更釋改，不唯義切，抑又從知更改之義引申爲再重，更字平去二讀，義本相因。

（四）《左傳・隱公元年》云："姜氏何厭之有，不如早爲之所，無使滋蔓。"杜氏於所字注云："使得其所宜也。"案：經文無宜字，杜氏增文解經，不足爲訓。所與處義同，而處有處置義。此當易所爲處，不如早爲之所，卽不如早爲之處，經旨本至顯白。日人竹添光鴻爲《會箋》，亦以所當爲處，並引《書・無逸》"君子所其無逸"，及《詩・殷武》"有截其所"，鄭並云："所猶處也"爲證。然《無逸》所爲語詞[③]，《殷武》所爲名詞，俱非其比。誠知比較語義之可信，又知處字引申如彼，雖於古注無徵，固可以彼喻此也。

（五）《荀子・王制》云："黿鼉魚鼈鰌鱣孕别之時。"《富國》云："黿鼉魚鼈鰌鱣以時别。"楊注並云："别謂生育與母分别也。"惟於《王制》補釋之曰：

---

① 《説文》"諭，告也"；"愉，樂也。"諭愉二義實相同，愉卽諭之轉注。故愉悦字或卽作諭。《莊子・齊物論》"自喻適志"，李頤《集解》云："喻，快也"，《廣雅・釋訓》"嘔嘔喻喻，喜也"，喻與諭同（《説文》無喻字，喻卽与諭同）。

② 《爾雅・釋詁》"懌，樂也。"《詩・板》"辭之懌矣"，傳"懌，悦也"，《書・顧命》"王不懌"，馬本懌作釋，注云"疾不解"。《詩・静女》"悦懌女美"，箋云"懌當作釋"。案：《説文》"釋，解也"，無懌字，懌卽釋字之轉注。

③ 説見《經傳釋詞》。

“《國語》里革諫魯宣公曰魚方別孕。韋昭曰別，別於雄而懷子也。”[①]案：韋氏以別義爲孕，與楊説異辭，楊氏引之而不言其誤，蓋欲以兩説並存。今以分字比較之，後世産子曰分娩，俗又謂之分身，則別當是別於母體之意。《説文》挽下云：“生子免身也”，免身與別體觀念相同，韋注非。

（六）《孟子・滕文公》云：“夫滕壤地褊小，將爲君子焉，將爲野人焉。無君子，莫治野人，無野人，莫養君子。請野九一而助，國中什一使自賦……方里而井，井九百畝。其中爲公田，八家皆私百畝，同養公田。公事畢，然後敢治私事。所以別野人也。”趙注“所以別野人”云：“是野人之事，所以別於士位[②]者也。”朱注云：“所以別君子野人之分也。不言君子，據野人而言，省文耳。”案：二説並以別義爲分別，乃不得不增“士位者”或“君子”以足意。而與經文不牟。余謂別野人卽上文治野人，非據野人而省。孟子以君子勞心野人勞力別人倫。故一則曰：“無君子，莫治野人，無野人，莫養君子”；再則曰：“勞心者治人，勞力者治於人，治於人者食人，治人者食於人。”是於小人言治，於君子言養而不言治，故此獨舉治野人之法，而總結之曰：“所以別野人”也。《方言》卷三云：“別，治也。”別與治同義，故上言治野人，下言別野人，變化其文辭耳。必知別有治義者，辨別義同，辨亦有治義，卽由分別義引申。《荀子・議兵》篇“城郭不辨”，楊注云治也，《王霸》“必將曲辨”，楊注云理也，是辨有治義之證。字又作辯，《説文》云：“辯，治也。”《左傳・昭公元年》“主齊盟者，誰能辯焉”，杜注云：“治也。”《荀子・成相》“辯治上下”，辯與治義同平列。而《禮記・表記》云：“朝極辯，不繼之以倦。”鄭注云：“分別政事也。”分別政事意卽治理政事，尤見分與治二義相關。《曲禮》云：“分争辨訟，非禮不決。”《釋文》辨作辯。辯與分相對，似爲分別義。然辨訟與弊獄義實無隔，分争與治亂義亦相通。故《論語・微子》“五穀不分”，皇疏云：“分，播種也”，而鄭注云：“分，猶理也。”又《説文》云：“班，分瑞玉也。”《荀子・君道》云：“善班治人者人安之。”班與治並用，班亦治義，故《韓詩外傳》作辯治。《方言》“別，治”之訓，郭氏無説。戴氏疏證云：“辨別不淆亂，故爲治之義。”

---

① 上別字楊注作自，與下別字連讀。今依《國語・魯語》注改。

② 位字據阮元《校勘記》改，原作伍。

徒爲疏通之辭，未能列舉例證。

（七）《詩·葛覃》云："薄汙我私，薄澣我衣。"汙字迄無達詁。傳云："汙，煩也。"箋云："煩撋之，用功深，澣謂濯之耳。"《釋文》引阮孝緒《字略》云："煩撋猶捼莏也。"案：《禮記·曲禮》"共飯不澤手"，注云："澤猶捼莏也"，《集韻》云："捼莏，手相切摩也。"鄭釋此詩煩撋當卽揉搓、洗滌之意。故鄭又云用功深，而孔疏釋"澣謂濯之耳"云："言其用功淺也"，朱傳亦云："汙，煩撋之以去其汙"。然此解原於傳以煩訓汙，汙訓煩旣於他書不見，一煩字可否轉爲連語之煩撋，亦不無可疑。後之解詩者多不主此說，殆卽以此。較而言之，毛傳之後有數说。陳奐《詩毛氏傳疏》云："汙訓煩，煩亦汙垢也……汙與澣正相反。私與衣又相連，上句言汙，下句言澣，上句言私，下句言衣，皆互詞耳。"聞一多《詩經新義》云："汙澣聲近對轉，汙亦澣也。列三事以明之。1.《廣雅·釋詁三》瀚，濁也。瀚與澣同。澣訓濯又訓濁，猶之汙訓濁又訓濯也。2.《説文》湔，一曰手瀚之。《戰國策·齊策》以臣之血湔其衽，注云："湔，汙也。"湔訓澣又訓汙，此相反爲義，明汙澣義本相同也。3.《釋文》澣本又作浣。《説文》目部盱，張目也。玄應《一切經音義》十九引《倉頡篇》："睆，目出皃，張目與目出貌義近。汙之爲澣，猶盱之爲睆矣。"此外，瑞典漢學家高本漢以其治漢語音韻有成，遂亦奢談訓詁，謂汙義爲浸濕，舉《呂氏春秋·論人》"逃雨汙"爲證[①]。案：逃雨汙，義爲避雨濺汙，非言逃雨濕，國人稍知書者皆能明之，高説原不足議。反訓觀念不足恃，余別有説，陳説亦無可取。聞氏視汙澣爲轉語，澣有濁濯二訓，以明汙字有濯義。惟汙澣二字声既不同，韻復不同，具對當關係，不合轉語條件。舉盱睆爲説，而二者声有清濁之異，張目與目出貌義實不同，分明難乎爲用。其以澣湔二字訓濯與濁，明汙有濯義，卽爲比較語義法，獨見卓識。余謂汙義爲濯，卽去汙義。除聞氏所舉澣湔二字外，可與比較者，糞爲汙穢之稱，又爲糞除[②]，渫爲汙，亦爲渫除穢濁。勞又爲去勞，亂又爲去亂，皮又爲去皮，髓又爲去髓，並與此語變同趨，俱詳《論反訓》。此詩汙澣二字

① 據董同龢師譯本《詩經注釋》。

② 如《禮記·曲禮》"凡爲長者糞之禮，必加帚箕上。"

爲互文,無庸置疑也矣。

(八)《史記・高祖本紀》云:"高祖爲人,隆準而龍顔。"《集解》云:"服虔曰:準音拙。應劭曰:準,頰權準也。文穎曰:準,鼻也。"《索隱》云:"李斐曰:準,鼻也。始皇蜂目長準,蓋鼻高起。"《漢書》顔注云:"文穎曰:音準的之準。晉灼曰:《戰國策》云眉目準頞[①]權衡,《史記》秦皇峰目長準,李説文音是也。師古曰:頰權頔字豈當借準爲之? 服音應説皆失之。"案:顔氏以準不得借爲頔;不知準頔二字一上一入,以音言之,未嘗不可假借。晉灼引《戰國策》準與權並言,以見準不爲權,其説良是;《始皇本紀》今作蜂準長目,《集解》引徐廣云蜂一作隆,則無以證準必爲鼻。今以臬劓二字比較之:《説文》"臬,射準的也。"從木自會意[②]。"劓,刑鼻也。從刀臬聲。"或體作劓,從刀鼻會意。前者以自居面中,若準之在侯,故從木自。後者與臬一去一入,劓即臬之轉注,許君當云:"從刀臬,臬亦聲。"皆足以反映古人觀念,以鼻爲準。則應説服音之誤,觀此可以益信矣。

五、推求語義原委

一、《公羊傳・桓公九年》云:"京師者何? 天子之居也。京者何? 大也。師者何? 衆也。天子之居,必以衆大之辭言之。"《白虎通》、《獨斷》説同。案:京師爲天子之居,人皆知之;所以天子之居謂之京師者,則惟大衆一説,而不見其然。知者:《詩・皇矣》"依其在京",傳云:"京,大阜也。"《定之方中》"景山與京",傳云:"京,高丘也。"《説文》亦以"人所爲絶高丘"爲京字本義。師原作𠂤,後加帀旁取營窟之義而爲師。故金文大𠂤吏良父殷大𠂤即大師,克鐘"東至于京𠂤",京𠂤即京師。《説文》"𠂤,小阜也",是師亦高地之稱,與京字義類相同。二者連言,宜與高地之義有關。金文有地名𢾭𠂤蒡京者,𠂤或作師,并當時通都大邑,其京不得爲大,其𠂤不得爲衆,顯而易知。《孟子・滕文公》云:"當堯之時,水逆行,氾濫於中國,蛇龍居之,民無定所。下者爲

---

① 頞或作頰。《補注》云:"官本作頞是也,《國策》及《通鑑音注》引同。"今據改。

② 《説文》云:"臬,從木,自聲。"案:自與臬韻不同部,聲亦遠隔,許説非。此從《説文通訓定聲》。

巢，上者爲營窟。”以此知古者避洪水猛獸之患，就高地爲營窟以居，高地遂爲人集居之處，而通都大邑以京若師名者，義當爲高地，“天子”所居自尤爲絶高處，故《書・盤庚》云：“古我先王適於山”，《詩・皇矣》云：“帝省其山作邦”，《禮記・禮運》云：“昔者先王冬則居營窟。”則京師一詞，自亦本爲高地之義，重疊言之者，以與單言京或師之地爲别耳。京字訓大，卽高地義引申；師字訓衆，亦緣高地人所聚居而來；並屬後起。自《公羊》以大衆釋京師，是謂不知反其本。

（二）《説文》云：“卑，賤也，執事者。從𠂇甲。”段注云：“古者尊右而卑左，故從左在甲下。甲象人頭。”案：甲象人頭説出《太一經》，原不足據。金文卑字作[illegible]若[illegible]①，既不從甲，亦不必從左，明許説不可從，卑字賤義何自來，宜有以論之。《説文通訓定聲》卑下云：“此字卽椑之古文，圜榼也，酒器象形，𠂇持之。若今偏提，一手可携者。其器橢圜有柄，故《考工・廬人》注云：齊人謂柯斧柄（二字《校勘記》疑衍）爲椑，椑，隋圜也。《廣雅・釋器》匾榼謂之椑。《史記・大宛傳》注飲器椑榼……轉注爲尊卑。凡酌酒必資乎尊，禮器，故爲貴。椑者如《左傳》攝榼承飲，《孔叢子》子路嗑嗑尚飲十榼，便于提携，常用之器，故爲賤。”又尊下云：“凡禮酒必先實于尊，以待酌，貴重之器。非如椑榼置酒，爲尋常用物，故引申爲尊卑之誼。”案：朱説疑是，然無相對之比較，亦不見其可信。

（三）《説文》云：“童，男有辠曰奴，奴曰童，女曰妾。”又云：“僮，未冠也。”二字經傳多通用，《易・蒙卦》“匪我求童蒙”，鄭注云：“童，稚也，未冠之稱”，《禮記・内則》“成童舞象”，鄭注云：“成童，十五以上”；而《漢書・賈誼傳》“今民賣僮者”，顔注“僮謂隸妾也”，《司馬相如傳》“卓王孫僮客八百人”，注“僮謂奴也”。至今沿用如此，與許君所説適反。論者依《説文》立説，以爲二字互借。案：此説非是，童僮二語實相因，知者，《周禮・天官・序官・内豎》注云：“豎，未冠者之官名。”内豎之職注云：“使童豎通王内外之命。”《史記・酈生傳》云：“沛公駡曰豎儒”，《索隱》云：“豎者，童

① 前者如曾伯簠，後者如鞄氏鐘、余卑盤。

僕之稱。"是竪一語有童稚與僮僕二涵義。則童與僮爲一語引申,故二字通用不別。至其相關之理,古以童稚給事,而給事者初皆異部落之俘虜,殆其故與。

(四)參字或與三同,或義爲參驗。前者《廣韻》屬談韻,音蘇甘切,後者屬覃韻,音倉含切,似不相涉。然《禮記·中庸》云:"可以贊天地之化育,則可以與天地參矣。"疏云:"故能贊助天地之化育,功與天地相參。"讀音爲倉含,而義實爲三[①]。而《周禮·疾醫》云:"以五氣五聲五色眡其死生,兩之以九竅之變,參之以九藏之動。"注云:"兩參之者,以觀其死生之驗。"疏云:"兩者謂九竅與所視爲兩,兩與九藏爲參。"參與兩相對爲文,而義爲參驗,兩亦爲參驗。《周易·説卦》云:"幽贊於神明而生蓍,參天兩地而倚數,觀變於陰陽而立卦。""參天兩地而倚數",卽"參驗於天地而立數",《繫辭》所謂"天一地二,天三地四、天五地六,天七地八、天九地十"是也,故韓注云:"參奇偶兩。"又《周禮·大宰》云:"乃施典于邦國,而建其牧,立其監,設其參,傅其伍。"注云:"參謂卿三人,伍爲大夫五人。"《釋文》云:"參,七南反,干云三公也。"參與伍對文,音爲七南,義與三同。《易·繫辭》云:"參伍以變,錯綜其數",亦參伍相對,爲錯雜義。並參字後一義源於前一義之證,音既有小别,遂宛同異族耳。

五、《周禮·酒正》云:"凡祭祀,以法共五齊三酒,以實八尊,大祭三貳,中祭再貳,小祭壹貳。"先鄭云:"三貳,三益副之也。"後鄭云:"三貳、再貳、壹貳者,謂就三酒之尊而益之也……益之者,以飲諸臣,若今常滿尊也。"案:《説文》"貳,副益也",與先後鄭訓同。貳所以爲盈益義者,卽二爲亞次義引申,貳卽二之轉注。故副爲亞次,亦爲盈益。《漢書·禮樂志》云:"正人足以副其誠,邪人足以防其失。"顏注云:"副,偁也。"副其誠卽稱情、足情之意。而《廣雅》倅萃二字亦與貳福同訓爲盈[②],其本亦副貳之意。前者如《周禮·戎僕》"掌王倅車之政",鄭注云"倅,副也",後者如《左傳·昭公十一年》"僖子使助薳氏之萃",杜注云:"萃,副卒也。"

---

① 《禮記·孔子閒居》"三王之德參于天地",注云:"其德與天地爲三。"尋常亦讀倉含切。

② 貳原誤作貣,福原誤作福,並據王氏疏證改。王云:"副福同字,貳福萃倅皆取充備之義。"

(六)《詩・皇矣》"克明克類",傳云:"類,善也",《爾雅・釋詁》亦云:"類,善也。"類字尋常謂種類,謂類似,與善義似無關。然《説文》類下云:"種類相似,唯犬爲甚",段注云:"釋類爲善,猶釋不肖爲不善也。"《説文》肖下云:"骨肉相似",則依段意,類之訓善由似義引申,似義又出於種類。知段説可從者,《禮記・哀公問》云:"寡人雖無似也,願聞所以行三言之道。"注云:"無似猶言不肖。"是不似亦爲不善義。又若字與類、似同義,而《爾雅・釋詁》又與類字同訓爲善。《左傳・宣公三年》云"不逢不若",杜注云"若,順也",郭璞以爲《爾雅》訓善之例,順與善義亦相通,不若即不善物[①]。並可明類所以爲善義。

(七)都義爲邑,又爲嫻雅美好之稱。後者如《詩・有女同車》"洵美且都",傳云:"都,閑也。"《山有扶蘇》"不見子都",傳云:"世子之美好者也",都所以有嫻雅美好之義者,蓋有二説。《史記・司馬相如傳》"雍容閒雅甚都",《集解》引韋昭曰"甚得都邑之容也",以爲即由都邑義引申,清人如朱駿聲亦主此説。而《考證》引中井積德云:"借都鄙之都作容儀之美稱。"則以爲無本字假借。案:都字後一義即由都邑引申爲嫻雅,復由嫻雅轉爲美好。知者,都與鄙野爲反義,而鄙野二字引申爲俚俗質朴義,亦適相反。前者如《論語・泰伯》云:"出辭氣,斯遠鄙倍矣。"《莊子・胠篋》云:"焚符破璽,而民朴鄙。"《荀子・非相》云:"鄙夫好其實不恤其文,是以終身不免於埤汙庸俗。"後者如《論語・雍也》云:"質勝文則野。"《荀子・脩身》云:"不由禮則夷固僻違,庸衆而野。"《賈子・道術》云:"容志審道謂之嫺,反嫺爲野。"韋説是。

語義之比較既如上述,復有言之者。此法不唯可取同族語比附以觀,即異族語亦有參考之用。以英語言之,如《論反訓》所舉,皮及去皮同語,skin、scalp、bark、peel 諸字相同。汙及去汙同語,dust 一字相當。芟孳

① 《説文通訓定聲》謂若假借爲順爲善,而有順善之意。案:若与順善並音遠,若不得假借爲順爲善,朱説非。

生爲拔[1],root 一字既爲本根,亦爲根拔。此外若置有位置與置郵[2]二義,post 一字同之。臭爲氣臭與歆歙二義,smell 一字同之。蓋或事物背景無殊,或心理意識相合,取彼例此,固有助吾華語義之了解,非强生攀附者可比也。

1970 年 5 月 4 日於香港中文大學
(原載《漢學論文集》)

---

① 《説文》"茇,艸根也";"拔,擢也"。拔衍茇语,詳拙著《甲骨文金文𡩜字及其相關問題》。
② 《孟子・公孫丑》云:"速於置郵而傳命。"古以驛站傳遞文书,故置字有此二義。

論　聲　訓

一、聲訓之實質

講訓詁學之學者,往往以聲訓與形訓、義訓相提並論,謂之訓詁三法。如朱宗萊《文字學形義篇》、容庚《文字學義篇》、高亨《文字形義學概論》、周法高先生《中國訓詁學發凡》,並其例。以爲形訓爲由字形解釋字義;聲訓爲由字音解釋字義;義訓則爲無視於字音之同近與否,直接解釋字義。故凡義訓二字間具有讀音關係者,即爲聲訓。換言之,聲訓不過義訓之一端,如不因與形訓對舉,本可以無聲訓、義訓之别。

形訓可否視爲訓詁法則之一,不屬本文範圍,不擬置評。此篇僅就聲訓是否爲解釋字義,即是否爲義訓之一端,及其他相關之事,作一全面性檢討。

《論語・八佾》云:

> 哀公問社於宰我。宰我對曰:夏后氏以松;殷人以柏;周人以栗,曰使民戰栗。

"曰使民戰栗"一語對周人以栗爲社言之,爲最古聲訓之一。仿之《儀禮・士喪禮》"鬠笄用桑",鄭玄注"桑之爲言喪也"之説,即爲"栗之爲言使民戰栗也";仿之《左傳・昭公四年》"桃弧棘矢",服虔注"桃所以逃凶也"之説,即爲"栗所以使民戰栗也";仿之劉熙《釋名・釋天》"甲,孚甲也,萬物解孚甲而生也"之體,即爲"栗,戰栗也,使民戰栗也"。其意只在闡釋周人以栗爲社之用心,並非説明栗字何義。若釋其義,自當云木名。《論語》又有孔子之言

“政者,正也”,亦爲聲訓,此則人所共知,亦不過因季康子問爲政之道,遂從語源上闡明政語之由來,以曉諭爲政者知所當爲,非謂政字其義爲正;而政字之義實應釋爲“治人之事”。後之一切聲訓,如《春秋繁露》、《白虎通》、《説文》及《釋名》諸書中君温、春偆、日實、天坦之類,莫非推求事物得名之源,亦即語言孳乳所自;或如上引《儀禮》、《左傳》鄭服之注,言某事用某物之意。可見以聲訓爲由字音解釋字義,爲義訓之一端,其實誤解。

二、聲訓、義訓明辨

聲訓、義訓性質不同,雖如上述,欲求徹底辨别,尚有可述者數事。

其一,聲訓、義訓皆可曰“某、某也”,或“某者、某也”,其别無以由形式求取。如自其問語辨之,則疆界脩整,無或陵越。蓋義訓之問語爲“某者何”,而聲訓爲“何以謂之某”,或“某何以用某”。以政與栗言之,前者爲“政者何”、“栗者何”,後者爲“何以謂之政”、“社木何以用栗”。故其答語分别爲“政,治人之事也”,“栗,木名也”及“政者,正也”,“周人以栗,曰使民戰栗”。

其二,聲訓義訓之異,又可試以“更代方式”辨别之。如爲義訓,使丙義與乙相同,則謂之“甲、乙也”可,謂之“甲、丙也”亦可。如元初始三字同義,就元字爲訓,可有“元、初也”及“元、始也”二解。聲訓則不然,雖乙、丙義同,謂之“甲、乙也”或可(案:此就其可信,與否言之。)謂之“甲、丙也”則必不可。如《説文》云:“日,實也。”“月,闕也。”“門,聞也。”“户,護也”,因其並爲聲訓,故雖充實、闕損義同,聽聞、保護無隔,易之爲日充、月損、門聽、户保,則略無意義。以此知凡可以同義詞更代者爲義訓,其不可更代者爲聲訓。

其三,因聲訓爲推求語源,不同於義訓之解釋字義,故雖以同字爲訓不足異。此所以《易・序卦》云:“蒙者、蒙也”,《孟子・滕文公》云:“徹者,徹也。”人或不達其故,如沈兼士《右文説在訓詁學之沿革及其推闡》一文就此等有所論列,其言云:

> 以本字釋本字之法,有違於以已知推未知之訓詁原則,雖釋者與被釋者詞性有動静之别,故雖遠見於古籍,而其後漸廢。

殊不知此法之廢，在於後人無意用聲訓法推求語源，不在於其有違以已知推未知之訓詁法則。《釋名》一書即屢用此法，如《釋州國》云：

魯，魯鈍也（案：此猶云魯，魯也）。國多山水，民性樸魯也。

衛，衛也。既滅殷，立武庚爲殷後，三監，以守衛之也。

齊，齊也。地在勃海之南，勃齊之中也。

縣，縣也（案：二縣字雖聲調不同，仍爲一字）。縣係於郡也。

《釋宮室》云：

觀，觀也（案：此與縣下訓縣同）。於上觀望也。

闕，闕也。在門兩旁，中央闕然爲道也。

《釋書契》云：

示，示也。

約，約束也（案：此猶云約，約也。）

《釋典藝》云：

傳，傳也（案：此與縣下云縣也同）。以傳示後人也。

《易》，易也。言變易也。

《釋名》一書專言名號之所由起，而最爲晚出，可見沈氏之說實與情實不符。卦名何以謂之蒙，賦名何以稱之徹，本自童蒙、通徹之義衍生。蒙義爲童蒙，徹義爲通徹如爲已知，則釋此卦名賦名而曰："蒙者、蒙也"，"徹者、徹也"，以常義釋專名，何嘗有違以已知推未知之法則？只在誤以爲義訓，然後覺其可異可怪而已。

三、誤聲訓爲義訓舉例

由上所論，聲訓與義訓本自不同，不在於有無讀音關係。故如爲義訓，雖讀音相近，不得以聲訓視之；既爲聲訓，又不得據以爲義訓而施用。然學者多忽之於此。且舉數事如下：

（一）《論語・里仁》云："里仁爲美，擇不處仁，焉得知。"張衡《思玄賦》擇字作宅（原辭云：匪仁里其焉宅）。《後漢書》李賢注同。惠棟《九經古義》因

云:《釋名》曰:“宅,擇也,擇吉處而營之。”是宅有擇義;或古文作宅,訓爲擇,亦通。宇純案:此不知《釋名》“宅、擇”之説爲推求所以民居謂宅之理,非宅有擇義之證。古《論語》即使作宅而其義爲擇(案:古《論語》雖作宅,其義不必爲擇,釋爲動詞之家亦可)。亦當爲文字之假借,與《釋名》訓宅爲擇無關。請參下文五。

(二)《説文》:“天,顛也。”段玉裁注云:“此以同部叠韻爲訓也。凡門、聞也,户、護也,尾、微也,髮、拔也,皆此例;凡言元、始也,天、顛也,丕、大也,吏、治人者也;皆於六書爲轉注,而微有差别。元始可互言之,天顛不可倒之。蓋求義則轉移皆是,舉物則定名難假,然其爲訓詁則一也。顛者人之頂也,以爲凡高之稱。始者女之初也,以爲凡起之稱。然則天亦可爲凡顛之稱。臣於君,子於父、妻於夫、民於食、皆曰天是也。”宇純案:既以天顛與門聞同例,又以天顛與元始同例,然門聞推求語源,元始闡釋字義,豈可兩屬? 臣於君、子於父、妻於夫、民於食稱天者,尊之重之之意,非天爲顛義之證(又案:古文字天作[illegible],象人而豐其首,《易》又有“其人天且劓”之語,爲鑿額之意,論者或謂天之始義爲顛,引申而爲天地義。然此説果是,亦與《説文》言“天、顛也”之意不同。顯然並爲聲訓。《説文》於相對之字用聲訓或義訓,體例一致,如山下云宣,水下云準,日下云實,月下云闕,牛下云事也理也,馬下云武也怒也,羊下云祥也,故於此等處,必須相互比較,然後可以知許君之本意,不可隨意强爲之解)。

(三)《説文》:“卿,章也。六卿。”《廣雅》亦云:“卿、章也。”劉師培據之言荀子名況字卿,其言曰:“《説文》、《廣雅》卿、章也。況與皇同。皇,美也。是卿況義略相符,故名況字卿。”宇純案:《説文》章爲聲訓,以爲卿名源出於章,不過一家揣測之辭,殊乏根據;下文六卿之説始爲義訓。《廣雅》蓋即據説文而收之,非卿果有章義。且況有美義,亦因劉氏强以同於皇字之故,無他憑證,亦見劉説之妄爲牽合。

(四)胡適之先生《中國哲學史大綱》云:“《老子》:‘天地不仁,以萬物爲芻狗;聖人不仁,以百姓爲芻狗。’仁即是人的意思。《中庸》説:仁者,人也。《孟子》説:仁也者,人也。劉熙《釋名》説:人,仁也,仁生物也。不仁便説不是人,不和人同類。……”鍾泰《中國哲學史》評之曰:“夫胡適以仁爲人,其所以爲據者,則《中庸》仁者人也,《孟子》仁也者人也二言。不知此二人字皆

言人之所以爲人，非便指人身而言。以今邏輯論之，則二人字乃抽象名詞，非具體名詞也。故以人爲仁之訓則可，而以人易仁則不可。然則《老子》曰：'天地不仁'，豈得引此爲説，而謂不仁即不是人乎？……況下文云聖人不仁……亦可謂聖人不是人乎？"宇純案：《中庸》、《孟子》由語言孳生關係，闡釋仁語之内藴意義（案：内藴意義一詞對實際語義之言）。猶言仁所以謂仁之理，非謂仁字可作人解。胡先生據以言《老子》不仁即不是人，固爲失察；鍾氏之言，亦未盡了。

上舉數家，並屬績學之士，段氏且以小學名家。他若朱謙之《老子校釋》引《廣雅》"子、似也"解"吾不知誰子"爲誰似，容庚《中國文字學義篇》以《孟子》"畜君者、好君也"及《爾雅》"粵、于也"，"卬、我也"爲聲訓，皆可以勿論。諸賢之名望自不因此有所虧損，要亦可見本文揭出此事加以討論，非無病呻吟者可比。

四、誤聲訓爲義訓蓋始於《廣雅》説

《爾雅》一書，爲漢以前義訓之總匯。全書除"鬼之爲言歸也"一條可斷爲聲訓者外，無他聲訓；而此條殿釋訓之末，與釋訓及全書體例不合（案：釋訓一篇所載類爲複合詞，又全書釋義，或云"某、某也"或云"某謂之某"或"某爲某"，無其他"某之爲言某也"之體例）。出於後人所增，可以無疑。王力《中國語言學史》以《釋言》中"甲、狎也"，"履、禮也"，"康、苛也"，"葵、揆也"爲聲訓。然狎、禮、揆之訓，見於《詩·芄蘭》"能不我甲"、《東方之日》"履我即兮"、《長發》"率履不越"、《采菽》"天子葵之"及《板》"則莫我敢葵"毛傳。在毛傳此並爲義訓，而《爾雅》固取傳注以作（案：用《朱子語類》語），自不得以爲聲訓。康苛之訓不詳所本，朱駿聲以爲康苛一語之轉，與苦爲快義同例（案：朱氏以苦有快義，即與快爲語轉），其事非不可能。《爾雅》所記今所弗曉者往往而有，古籍散佚者多，此當在存疑之列，無以見其必爲聲訓。《釋言》又有"遇、偶也"，"幕、暮也"二條，蓋亦此類（案：幕、莫二字漢時有同用者，如《禮記·内則》注："皽，謂皮肉之上魄莫也。"《釋名·釋形體》："童子，童、重也，膚幕相裹重也。"莫、幕二字義同，暮即莫字）。又有

"孺、屬也"一條,與劉熙《釋名》說同,然此本之《詩・常棣》"和樂且孺"毛傳。毛傳云:"九族會曰和。孺、屬也。王與親戚燕則尚毛。"鄭箋云:"屬者,以昭穆相次序。"亦與《釋名》實異。故質實以言,《爾雅》作者曉然於義訓、聲訓之別。及魏博士張揖,廣《爾雅》之作爲《廣雅》,多雜以聲訓,如《釋言》中矦、侯也,序、射也,書、如也,山、宣也,水、準也,君、羣也,臣、牽也,甲、押也,乙、軋也,丙、炳也,癸、揆也,子、孳也,丑、紐也,寅、演也,辰、振也,巳、目也,午、仵也,未、味也,亥、荄也,不勝枚舉。又以戊與秀合之訓曰茂,以日與頟合之訓曰節(見《釋言・釋詁》又云日、室、經,實也。),以人與惠愛恕利合之訓曰仁,以校與訓誨諷誥合之訓曰教,以琴與令敔焂制合之訓曰禁,以庠與享將牧穀合之訓曰養(見《釋詁》)。冶聲訓義訓於一爐,皆非《爾雅》作者之用心,非有意仿《爾雅》體例賡績其業者所當有。《說文》言字之本義,間亦有山宣、水準之訓,然許君自有其體例,與《廣雅》不同,不可同日而語。故言誤聲訓爲義訓,蓋自《廣雅》一書始。

五、誤聲訓爲義訓探原

推原後世之所以誤聲訓爲義訓,蓋有三因:

其一,聲訓有因文字假借現象而與義訓形式相同者,致使人遺其實質之差別而誤以爲一。如:

1.《說文》云:"羊,祥也。"此與牛下云"事也,理也",馬下云"武也,怒也"同例。牛馬既不作事理武怒解爲聲訓,羊下訓祥自亦爲聲訓,而古書中羊字或亦用爲吉祥義,如《管子》形勢解之"山高而不崩,則祈羊至",祈羊卽祈祥。《周禮・考工记》車人之羊車,注云羊、善也,善祥義相因。又漢人吉祥字多書作吉羊。

2.《釋名・釋形體》云:"眉,媚也,有嫵媚也。"而漢仲定碑言"不眉近戚",朱駿聲讀眉爲媚。

3.《釋名・釋道》云:"道,蹈也。路,露也。言人所踐蹈而露見也。"而《荀子・議兵》云:"路禮者也。"注云:路,暴露也。又《詩・皇矣》"串夷載

路”(案:《釋文》瘠也),《孟子·滕文公》上“是率天下而路也”(趙注云羸路),及《管子·四時》“國家乃路”,諸路字並與露爲羸弱爲敗壞之義相同(案:《荀子·富國》篇云都邑露,《方言》三露,敗也,《左傳·昭公元年》“以露其體”,注云露,羸也)。

4.《易·序卦》云:“物畜然後有禮,故受之以履。履者,禮也。”《釋名·釋衣服》云:“履,禮也,飾足以爲禮也。”以禮爲卦名屨名所由出。而《詩·長發》及《東方之日》亦用履爲禮(見前丁節所引)。

5.《釋名·釋形體》云:“要,約也。在體之中約結而小也。”而《論語》“久要不忘平生之言”,孔注:久要,舊約也。《國語·周語》“蠻夷要服”韋注:要約好,信而服從之。魯語“夫盟 ,信之要也”韋注:要,猶結也。及《左傳·襄公十年》“使王叔氏與伯輿合要,王叔氏不能舉其契”(杜注:合要辭也。純案:要辭卽約辭也),並讀要爲約。

6.《禮記·曲禮》云:“大夫曰孺人。”鄭注云孺之言屬也,以屬釋所以謂孺人之意。而《詩·常棣》“和樂且孺”傳、箋並釋孺爲屬,則爲義訓(案:見前丁節所引。又案:傳、箋以孺義爲屬有當於《詩》意與否,無礙於其與《曲禮》、注性質不同)。

然此並非聲訓與義訓根本相同,不過與假借義偶然相合。蓋聲訓乃基於聲音關係以此釋彼,假借亦基於聲音關係以此代彼。只需羊祥、眉媚等果然音近,則推求語言孳乳所自,可云“羊,祥也”,“眉,媚也”;文字之使用,自亦可借羊爲祥,借眉爲媚,而後人釋其義,自亦爲“羊,祥也”,“眉,媚也”。故儘管二者表面相同,仍不得以爲一事。然而,此當爲誤聲訓爲義訓原因之一。

其二,義訓二字間非全不可有聲音關係。因語言有孳生現象,亦有轉變現象。孳生現象卽聲訓法植基所在。甲語孳生乙語,然後有聲訓之“乙,甲也”。乙甲二語關係爲:語音相同,語義相關而非相等。如“蒙者,蒙也”,“政者,正也”,是其例。轉變現象卽一般所稱轉語或語轉。卽甲乙二語本爲一語,因時間或空間因素之影響,語音上或聲母或韻母出生變化,於是歧分爲二。甲乙二語關係爲:語義相同,語音相近而非相等,與孳生語情形適相反。故如云“甲,乙也”或“乙,甲也”,甲乙之間自可有聲母或韻母之同近關係,而不得以爲聲訓。如《説文》云:“趨,走也。”“走,趨也。”“考,老也。”“老,考

也。"趨走、考老二者間雖古韻同部,聲母亦有密切關係(案:考老不同之聲母,疑由複聲 kl 演變而來),因二者實際語義相等,故仍爲義訓。又如云"更,改也","改,革也","革,更也",三字雖聲母相同,亦因實際語義無別,而不得視爲聲訓。故聲訓、義訓之異,不在於有無讀音關係,而在於實際語義是否相同。然而此亦顯爲後人誤聲訓爲義訓原因之一。前引容庚以畜好、粵于、印我爲聲訓,正其例。

其三,聲訓有因語轉現象或語義引申而與義訓形式相同者,如:

1.《釋名・釋書契》云:"契,刻也,刻識其數也。"案:劉氏之意,以爲約劑所以有契名者,緣於刻數之故,遂衍刻之語而爲契。而實際語言中,契刻因爲轉語之故(案:《爾雅・釋詁》"契,絶也",郭注云今江東呼刻斷物爲契斷,是契刻二語乃因方域不同而異稱),契亦可訓爲刻(案:《釋名》之契與此契字只有静動之異)。

2.《釋名・釋言語》云:"入,内也,納使還也。"以與其前一條"出,推也,推而前也",比合而觀,知其必爲聲訓。而實際語言中,入納亦一語之轉,故入即有納義。

3.《釋名・釋形體》云:"首,始也。"此以始釋頭謂首之理,與其上文頭下云獨,同爲聲訓。而實際語言,首可以引申爲始義,猶元爲首亦爲始。

4.《釋名・釋言語》云:"道,導也,所以通導萬物也。"此言道德之語源出於導。而實際語言,道德與通導之義並由道路之義引申,故道亦可訓導。

此亦當爲誤聲訓爲義訓原因之一。

六、聲訓法之施用範圍

聲訓之法,雖爲推求語源之一途,卻有其客觀限制,未可以隨意濫施。蓋語言自其産生情況而言,可分爲原始語與孳生語二類。孳生語自是有所受之,可藉聲訓法求其孳乳所由;原始語則出於任意約定,前無所承,《荀子》所謂"名無固宜"是也。故若曰:"何以謂之仁?"可答以"仁,人也"。因仁之爲物,爲人所獨具,亦爲與人相處之道,兩者間具有密切關係,而語音又復相同,仁自是人之孳生語。若更曰:"何以謂之人?"便將無以爲應。則因人只是任

意約定之原始語，其初謂之牛即爲牛，謂之馬即爲馬，非因其當謂之人而以人名之。此探討語源所必具之認識。不然，就音而言，單音節語音同音近者多；由義而言，世間無絶對無關之二物，《莊子》所謂“自其同者視之，萬物皆一”是也，若必欲爲之傅會，未有不如探囊取物垂手而得者。然而春秋時代出現聲訓之法，其觀點如何雖不可曉，至董仲舒乃有“名號之正，取之天地”，及“名則聖人所發天意，不可不深觀”之論（《春秋繁露·深察名號》）。劉熙亦云：“夫名之於實，各有義類”，《釋名》自序，一切不加辨析，殊有未合。

七、古人聲訓多不足信説

古人所爲聲訓，後人或以其去古未遠，説有所受，一切深信不疑（如胡樸安《中國訓詁學史》云：劉成國之著《釋名》，必本古時流傳之説，與當日通行之語）。如《釋名》一書，爲之發明條例者，先後有顧廣圻、張金吾、楊樹達、胡樸安諸家。顧氏爲《釋名略例》，别之爲十類，曰：

> 一本字例，二叠本字例，三本字而易字例，四易字例，五叠易字例，六再易字例，七轉易字例，八省易字例，九省叠易字例，十易雙字例。

張氏《言舊録》增借字例一端，曰：

> 一曰借字，二曰借本字，三曰借易字，四曰借雙聲，五曰省借字。

又於易字例增“易本字兼本字”，於省叠易字例增“省再易字”。胡氏亦爲顧氏補八例，曰：

> 一曰省本字而易字例，二曰省本字例，三曰加本字例，四曰以意釋例，五曰以形釋例，六曰不釋例，七曰隨事名之例，八曰亦如例。

楊氏不滿顧説，爲《新略例》一文，重歸爲九例。曰：

> 一曰以本字爲訓，二曰以同音字爲訓，三曰以同音符之字爲訓，四曰以音符之字爲訓，五曰以本字之孳乳字爲訓，六曰以雙聲字爲訓，七曰以近紐雙聲字爲訓，八曰以旁紐雙聲字爲訓，九曰以叠韻字爲訓。

如此條分縷析，一若此書精微奥妙，盡得古人命物之旨，非窮究不足發其藴藏。實則劉氏隨意以音同音近字强生塗附，後人於二者間以形或音求

其條别,自必錯綜複雜,各情形應有盡有。此等研究實皆無謂之至。我國之有語言,不知其幾千年。其原始語固不可求其孳乳所自,即後之孳生語,其蔓衍遷改之迹,至於先秦漢魏,亦未必盡爲人所曉。故古人所爲聲訓類無可取。姑無論其爲原始語與否,即下列四事,已足爲此説明。

其一,各家所言彼此歧異。此可見諸説非"其來也有自",不過臆説猜測而已。如:

君 《春秋繁露·深察名號》云:君,温也。《白虎通·號》云:君之爲言羣也(案:此蓋本《荀子·君道》)。《説文》云:君,尊也。

春 《禮記·鄉飲酒義》云:東方者春,春之爲言蠢也(《白虎通·五行》云春之爲言偆偆動也,實同此)。《尚書大傳》云:春、出也,物之出也。《説文》云:春,推也。

天 《説文》云:天,顛也。《春秋説題辭》云:天之言鎮也。《釋名·釋天》云:天,顯也,在上高顯也。

地 《白虎通·天地》云:地者,易也,言養物懷任交易變化也。《説文》云:地,底也(《釋名》同)。《廣雅·釋詁一》云:地,大也;又《釋詁三》云:地,諟也。

其二,以數字爲一字之聲訓,如:

君 《春秋繁露·深察名號》云:君者,不失其羣者也。又云:君者,温也;君者,元也;君者,原也;君者,權也。

王 《春秋繁露》云:王者,皇也;王者,黄也;王者,匡也;王者,方也。

天 賀述《禮統》云:天之爲言鎮也,神也,陳也,珍也。施生爲本,運轉精神,功效陳列,其道可珍重也(案:見《經典釋文》所引)。

地 楊泉《物理論》云:地,底也,著也。賀述《禮統》云:地,施也,諦也。應變施化,審諦不誤(並見《釋文》引)。

毛 《釋名·釋形體》云:毛、貌也,冒也。在表所以别形貌且以自覆冒也。

牛 《説文》云:牛,事也,理也。

馬 《説文》云:馬,武也,怒也。

似此等一人之言，意若以爲同一語言既受義於甲，又復受義於乙，自決非孳生語所當有之現象；不然，則尤見其説無所本。蓋謂之源出於甲不能自信，遂又多方牽連，求其無所遺漏。

其三，語源可因方音之不同而異。如：

天 《釋名·釋天》云：豫司兖冀以舌腹言之。天，顯也，在上高顯也。青徐以舌頭言之。天，坦也，坦然高而遠也。

風 《釋名·釋天》云：兖豫司冀横口合脣言之。風，氾也，其氣博氾而動物也。青徐言風踧口開脣推氣言之，風，放也，氣放散也。

以爲同一語言，可因方語之不同，或受義於甲，或受義於乙，此視第二類蓋尤不近情理。

其四，以轉語或引申義(案：引申義實卽孳生語，如日爲太陽爲本義，言一日二日則爲引申義，亦卽孳生之新語)爲聲訓，前者如《釋名》契下云刻及入下云内，後者如《釋名》首下云始及道下云導(案：並見前戊節所引)。不知轉語與孳生語根本不同，而以引申義爲聲訓，尤其因果倒置。

八、聲訓三條件

聲訓法之背景，在於語言之孳生現象，孳生語與母語間關係，亦卽聲訓條件必是：

(一)二者語音原則上應爲相同。聲調之不同，有時正是改變詞性之法，可以不計；若聲母或韻母不同，則應能有所解釋。若止於雙聲而韻懸絶，或止於叠韻而聲遠隔，而所謂雙聲叠韻又並不謹嚴，則此聲訓已可斷其必不可從，如前舉君温、君尊、君羣、君元、君權、天顯、天坦之類，並坐此失。

(二)二者之發生必須一先一後而不可顛倒。如云甲、乙也，必乙語之形成在於甲語之前。不然，豈非先有其子，後乃有父。古人所爲聲訓，如《釋名·釋形體》之"人、仁也"。《釋長幼》之"長，萇也，言體萇也"(案：此萇字與《説文》訓萇楚之萇異字，其義蓋爲生長或長短，其語當源出於長，其字卽於長字加艸以爲區别，萇實爲長之轉注字。又案：比所謂轉注，見拙著《中國文字學》)。並與此相牴觸，故

爲不可信。而前所引羊祥、眉媚、首始、春蠢之類,亦因語言之先後未能確定,故其説之可信與否遂無由裁斷。

(三)二者語義上須具有必然之關係,而又不得爲相等。此一條件較之前二者更爲重要。蓋語音可因古今時異而出生變化,不容深究(案:前云二者語音必須相同,而於必須之加上原則二字者,即以此故。然而聲母或韻母之異,必須屬於同類,不得漠然無關;故此但云不容深究),語言之形成先後,又往往無以確斷;皆不能硬性要求。惟此點必須嚴格遵守,決不可任意攀附。故如上述君温、君尊、君羣、君元、君權、天顯、天坦、羊祥、眉媚、首始、春蠢之類,以爲不足信,其原因尤在於此。

古人所爲聲訓,其可信者如蒙蒙、徹徹、政正、仁人、梳疏(《釋名·釋首飾》:梳,言其齒疏也。古字止作疏)、蝕食(《釋名·釋天》:日月虧曰蝕,稍稍侵虧如蟲食草木也。古字止作食)、銘名(《禮記·祭統》:夫鼎有銘,銘者自名。《釋名·釋言語》:銘,名也,記名其功也)、麋眉(《急就篇》顔師古注:目上有眉,因以爲名。甲骨文作𦍙)之類,莫不合此三者。而通常現象:語義有無必然關係,甚不措意;語言之發生先後,亦無所顧慮;但求一語音有關之字以釋之,而僅爲雙聲或叠韻,又復在所不計,故皆不足爲信而已。

(原載《清華學報》新九卷第一、二期合刊,1971年9月)

正名主義之語言與訓詁

一

古書或古注，每見羅列諸意義相同、相近、相關之字，分別施以訓釋者，如：

壹 a.《周禮・大宗伯》：春見曰朝，夏見曰宗，秋見曰覲，冬見曰遇；時見曰會，殷見曰同；時聘曰問，殷覜曰視。

壹 b.《司勳》：王功曰勳，國功曰功，民功曰庸，事功曰勞，治功曰力，戰功曰多。

貳 a.《禮記・曲禮》：天子死曰崩，諸侯曰薨，大夫曰卒，士曰不祿，庶人曰死；在床曰尸，在棺曰柩；羽鳥曰降，四足曰漬；死寇曰兵。

貳 b. 又：人生十年而幼，學；二十弱，冠；三十曰壯，有室；四十曰强，而仕；五十曰艾，服官政；六十曰耆，指使；七十曰老，而傳；八十九十曰耄，七年曰悼，悼與耄雖有罪不加；百年曰期頤。

叁 a.《孟子・梁惠王》下：老而无妻曰鰥，老而無夫曰寡，老而無子曰獨，幼而無父曰孤。

叁 b. 又：賊仁者謂之賊，賊義者謂之殘。

肆 a.《荀子・修身》：以不善先人謂之諂，以不善和人謂之諛。傷良曰讒，害良曰賊。……竊貨曰盜，匿行曰詐。……多聞曰博，少聞曰淺；多見曰閑，少見曰陋。難進曰偍，易忘曰漏。

肆 b.《大略》:平衡曰拜,下衡曰稽首,至地曰稽顙。

伍 a.《公羊傳・隱公元年》:三月,公及邾婁儀父盟于眛。及者何? 與也。會、及、暨皆與也,曷爲或言會,或言及,或言暨? 會猶最也,及猶汲汲也,暨猶暨暨也。及,我欲之;暨,不得已也。

伍 b.《公羊傳・桓公四年》:春曰苗,秋曰蒐,冬曰狩。

陸 a.《穀梁傳・隱公元年》:衣衾曰襚,貝玉曰含,錢財曰賻。

陸 b.《穀梁傳・桓公四年》:春曰田,夏曰苗,秋曰蒐,冬曰狩。

柒 a.《左傳・莊公三年》:凡師出一宿爲舍,再宿爲信,過信爲次。

柒 b.《左傳・文公七年》:兵作於内爲亂,於外爲寇。

按其實,乃多不可信。

二

(一)《曲禮》云:"天子死曰崩,諸侯曰薨,大夫曰卒,士曰不祿,庶人曰死。"《公羊》説同。《爾雅・釋天》"崩、薨、無祿、卒、徂落、殪,死也"條郭注云:

> 古者死亡尊卑同稱耳。故《尚書》堯曰徂落,舜曰陟方乃死。

《堯典》成於孔子殁後,而孟子之前[①],則是春秋戰國間猶無此别也。《曲禮》既云:"大夫曰卒,士曰不祿",又云:"壽考曰卒,短折曰不祿",使其言皆信實,則有大夫而短折[②],士而壽考者,將何以稱之乎? 説之不足據亦明矣。《春秋》一書,於魯君及魯小君稱薨,他國之君悉稱卒,是薨不必繫之諸侯。惟崩之一詞未見稱諸侯以下,薨之一詞未見稱大夫以下,不祿爲訃死及爲他國之君言之之辭命(説詳後)。卒死之爲通稱,則斷無可疑者。

(二)《曲禮》曰:"天子穆穆,諸侯皇皇,大夫濟濟,士蹌蹌,庶人僬僬。"然

---

① 用屈翼鵬師《尚書釋義》説。

② 《禮記・郊特牲》云:"無大夫冠禮,而有其昏禮。古者五十而后爵,何大夫冠禮之有。"則是大夫無短折者。然《儀禮・喪服殤小功章》有大夫爲昆、姊之長殤,是有未冠而已爲大夫者,故云然。參賈疏。

《詩・棫樸》云:“濟濟辟王”[1],《泮水》云:“穆穆魯侯”,是不必穆穆言天子濟濟言大夫也。《曲禮》孔疏引崔靈恩云:

> 凡形容,下不得兼上,上得兼下,故《詩》有濟濟文王。穆穆魯侯者,詩人頌美,舉盛以言,非對例也。

然而後者是下兼上矣,崔説宜無可取。《假樂》詩云:“穆穆皇皇,宜君宜王”,以知皇皇與穆穆不必以天子諸侯别。《皇矣》詩云:“皇矣上帝”,皇矣義猶皇皇,亦證皇皇不必言諸侯。《儀禮・聘禮》又云:“賓入門皇”、“皇且行”,是皇皇又下狀人臣矣。賈疏云:

> 皇是諸侯之容。《聘禮》是人臣而云皇者,執玉入廟門,得進其容,亦如其君行禮,宜己申也。若在本國,則濟濟然。

蓋亦曲爲之説。《楚茨》詩又云:“濟濟蹌蹌,挈爾牛羊,以往烝嘗。”狀與祭賓客之容,初亦不以大夫與士别而已。

三

前引《周禮・司勳》文賈疏云:

> 以上六者,皆對文爲異,若散文則通。是以《春秋》左氏云“舍爵策勳”,彼戰還而飲至,不云舍爵策多,是通也。

“對文則異,散文則通”,即此現象之一般闡釋。崔靈恩云:“穆穆魯侯者,詩人頌美,舉盛以言,非對例也”,亦同此意。此説大抵起六朝,然亦僅及於現象之指出,未涉本質。

今案:除上述現象外,又有諸書之説不盡相同者。如:

(一)《公羊傳・桓公四年》云:“春曰苗,秋曰蒐,冬曰狩。”無夏田之名[2]。而《穀梁》説以春田夏苗(見前),此不同於《公羊》也。《左傳・隱公五

---

① 傳云:“《棫樸》,文王能官人也。”箋云:“辟,君也。君王謂文王。”下引崔靈恩云:“《詩》有濟濟文王”者,即此詩。

② 無夏田之名,非有脱誤。《禮記・王制》云:“天子諸侯無事,則歲三田”,注云:“三田者,夏不田。”《國語・周語》上云:“王治農於籍,蒐於農隙。耨穫亦於籍,獮於既烝,狩於畢時。”亦正是三田。

年》云:“春蒐夏苗,秋獮冬狩,皆於農隙以講事也。”《爾雅》同,則亦與《穀梁》或異。諸書之所同,唯冬田曰狩一者而已,是其不可必信甚明。而《車攻》詩上云“駕言行狩”,下言“之子于苗”,狩苗不必異時可知;“駕言行狩”上句且云“東有甫草”[①],是狩不必爲冬獵又從可見。《詩》又云“叔于田”,“叔于狩”,“不狩不獵”,狩田蓋並通稱耳。

(二)《公羊傳・桓公八年》云:“春曰祠,夏曰礿,秋曰嘗,冬曰烝。”《詩・天保》云:“禴祠烝嘗,于公先王”,蓋因叶韵故,倒烝於嘗上,遂亦倒禴於祠上。此其證矣。《禮記・王制》、《禮記・祭統》則云:“春曰礿,夏曰禘”,《祭義》、《郊特牲》又云“春禘而秋嘗”,皆不相牟。鄭注《王制》云:

> 此蓋夏殷之祭名,周後改之:春曰祠,夏曰礿,以禘爲殷祭。

然《王制》爲秦漢之際所作[②],何取乎夏殷而不從周?況《祭義》、《郊特牲》又云春禘乎?鄭解《祭義》云:

> 春禘者,夏殷禮也。周以禘爲殷祭,更名春祭曰祠。

而注《郊特牲》則云:

> 此禘當爲禴字之誤。

矛盾自伐,明見其强求調和而終不可得。秋嘗冬烝,是上列諸書所同者。然《國語・周語》云:“獮於既烝,狩於畢時。”是又以烝爲秋祭矣。故韋注云:“烝,升也。《月令》孟秋乃升穀,天子嘗新。”

四

又不僅此也,有不唯無其别,又本無其語者。

(一)《爾雅・釋天》云:“南風謂之凱風,東鳳謂之谷風,北風謂之涼風,西風謂之泰風。”郭注云:

> 《詩》云:凱風自南,習習谷風,北風其涼,泰風有隧。

以爲《爾雅》此文之張本。毛傳云:“南風謂之凱風,東風謂之谷風。”與《爾

---

① 傳云:甫,大也。

② 説見孔疏。

雅》正合。《爾雅》本取傳注以作[①]，雖謂此採之毛傳可也。惟毛於泰風無釋文，而於"北風其涼"解云："北風，寒涼之風"，不云北風謂之涼風。康成箋《詩》，於泰風釋云西風，當卽取《爾雅》，仍於涼字無疏釋。至《説文》而有䬍字，云"北風謂之䬍"。以知谷風、凱風、泰風、涼風之爲四方風名，其成有先後。且《詩》云："凱風自南"、"北風其涼"，是凱風與涼初不爲南北風名可知。故《詩》又云："飄風自南"、"北風其喈"，而飄風與喈不爲南風北風之稱矣[②]。或曰《爾雅》此言古人以凱、谷、泰、涼狀四方風，非謂四方風有此别稱。若然，謂凱狀南風之和昫，涼狀北風之寒涼，此自無可疑者，然亦不得爲南風北風所專。故《禮記・月令》云"孟秋涼風至"，《史記・律書》云"涼風居西南維"，一爲狀詞，一爲名詞，而皆不言北風。故卽此而云南風謂之凱風，北風謂之涼風，已屬可議。况谷風者，始義當爲谷中風[③]，谷爲名詞，與曰凱曰涼本自有異，不得平列；泰風者，毛《詩》泰作大，音同泰，則泰風大風也，原不謂西風，故毛於大字無訓矣。以此言之，雖謂四者狀詞亦或然或不然也。

(二)《爾雅・釋天》云："穀不熟爲饑，蔬不熟爲饉[④]，果不熟爲荒，仍饑爲荐。"而《穀梁傳・襄公二十四年》云："一穀不升謂之嗛，二穀不升謂之饑，三穀不升謂之饉，四穀不升謂之康，五穀不升謂之大侵。"或以穀蔬果分，或以一穀二穀三穀别，此其不同矣。或曰：《爾雅》此言穀不熟爲饑，如並蔬不熟爲饉，又並果亦不熟爲荒[⑤]，荒甚於饉，饉厲於饑，原與《穀梁》不異。然《墨子・七患》云："一穀不收謂之饉，二穀不收謂之旱[⑥]，三穀不收謂之凶，四穀不收謂之餽[⑦]，五穀不熟謂之饑。"則是饑大甚於饉，亦不可强求其同耳。且饑饉二字古多連用，如《詩・雨無正》云"降喪饑饉"，《雲漢》云"饑饉薦臻"，

---

① 朱熹《語類》云："《爾雅》是取傳注以作，後人却以《爾雅》證傳注。"

② "北風其喈"與"北風其涼"同見《邶風・北風》，"飄風自南"見《大雅・卷阿》。毛傳云："喈，疾貌。""飄風，迴風也。"

③ 嚴粲《詩緝》引錢氏説如此。《爾雅》邢疏云："谷之言穀。穀，生也。谷風者，生長之風。"此用聲訓推測語源。邢疏又於泰風曰："西風成物，物豐泰也"，亦是此法，而並不可從。

④ 二語出《詩・雨無正》毛傳。

⑤ 荒與《穀梁傳》之康蓋一語之轉。

⑥ 《閒詁》引俞樾云：旱爲罕字之誤。

⑦ 《閒詁》引邵晉涵云：餽爲匱之借。

《召旻》云“瘨我饑饉”,《論語・先進》云“因之以饑饉”,義應無隔。以音言之,二字聲同韵近,蓋一語之轉[1],故爲詩者取其義同而用之,不得如許書之所云矣。《爾雅》又云:“仍饑爲荐,此尤無稽之談。”郭璞釋此云:“《左傳》曰今又荐饑。”案:荐饑者,再饑也。荐義爲再,故其下饑字不可少。《云漢》詩云“饑饉荐臻”,《論語》云“因之以饑饉”,義並與云荐饑者同。毛傳訓荐爲重,是也[2]。又《國語・楚語》云“禍實荐臻”,《左傳・襄公二十二年》云“不虞荐至”,《易・坎卦・象傳》云“水荐至習坎”,明荐爲至若臻之狀詞,初不必於饑饉言之。《爾雅》乃云“仍饑爲荐”,以與饑饉荒同列,亦已誤矣。

五

《爾雅・釋天》云:“春爲蒼天,夏爲昊天,秋爲旻天,冬爲上天。”案:《説文》説以春爲昦天,昦與昊同字。歐陽《尚書説》説以春曰昊天,夏曰蒼天,並與《爾雅》異。而《黍離》詩毛傳云:“蒼天,以體言之。尊而君之則稱皇天,元氣廣大則稱昊天,仁覆閔下則稱旻天,自上降監則稱上天,據遠視之蒼蒼然則稱蒼天。”又不以四時爲別。故郝懿行義疏云:

> 此皆循文訓義,未爲觀其會通。若通而論之,則堯命羲和而云:欽若昊天,非必夏也。魯誄孔子而曰:閔天不弔,非必秋也。上言黍稷離離,下言悠悠蒼天,其非春可知。《方言》有菀者柳,卽云上天甚神,其非冬亦明矣。《爾雅》略釋其義,讀者勿泥其詞可也。

謂《爾雅》所言不必可信,觀念至確。然其何故如此釋義,有無何背景,仍未有所闡發也。

余意,此皆受孔子倡正名之影響,蓋强求名義之分際,見某字某處之用義,遂定其義爲某端。如據《春秋・僖公二十八年》云:“冬,天王狩於河陽”,遂謂狩爲冬獵;據《詩・信南山》云:“上天同雲,雨雪紛紛”,遂謂上天冬天,是皆未能觀其會通而已。故郝氏云:“略釋共義”者以此,賈氏云:“對文則

---

① 饑饉二字聲同見母;饑屬微部,饉屬文部,韻母具陰陽對轉關係。僅古義同庶幾之幾,是其比。

② 荐薦二字通用不別。

異，散文則通"，蓋亦多由此故。申而論之如次：

《論語·子路》云：

> 子路曰："衛君待子而爲政，子將奚先？"子曰："必也正名乎。……名不正則言不順，言不順則事不成，事不成則禮樂不興，禮樂不興則刑罰不中，刑罰不中則民無所措手足。故君子名之必可言也，言之必可行也，君子於言無所苟而已矣。"

蓋當春秋之世，禮壞樂崩，制度蕩焉無存，臣弒君者有之，子弒父者有之，社會動亂無寧日。孔子以爲此皆由名分之不正也。若得名正分定，實不乖名，禍亂斯已，而舊觀可復。故齊景問政，孔子以君君、臣臣、父父、子子對，又嘗云："觚不觚，觚哉觚哉"，皆此意也。自孔子倡正名，七十子後學崇而奉之，信爲治亂癥結所在。荀子有《正名》之篇，發明此意尤爲透闢。其言曰：

> 今聖王没，名守慢，奇辭起，名實亂，是非之形不明。則雖有守法之吏、誦數之儒，亦皆亂也。若有王者起，必將有循於舊名，有作於新名。……貴賤不明，同異不别，如是則志必有不喻之患，而事必有困廢之禍。故知者爲之分别立名以指實，上以明貴賤，下以别同異。貴賤明，同異别，如是則志無不喻之患，而事無困廢之禍。此所爲有名也。

是故一言以蔽之，正名主義之精神，曰"明貴賤，别同異"；若其行之，則曰"於名無所苟"而已。

然孔子之倡正名，其言雖見於《論語》，其具體表現，蓋當於《春秋》一書求之。《孟子·滕文公》下云：

> 世衰道微，邪説暴行有作。臣弒其君者有之，子弒其父者有之。孔子懼，作《春秋》。春秋，天子之事也。是故孔子曰：知我者其惟《春秋》乎，罪我者其惟《春秋》乎。

《離婁》下云：

> 王者之迹熄而詩亡，詩亡然後《春秋》作。晉之《乘》，楚之《檮杌》，魯之《春秋》，一也。
>
> 其事則齊桓、晉文，其文則史。孔子曰：其義則丘竊取之矣。

以此言之,《春秋》者,孔子取魯史所載,"約其辭文,以制義法"[①],欲以褒貶時事,用代詩之諷諫,撥亂世而反之正而已矣。故《春秋》,正名之書也[②]。正名,則其用名之不苟不待言。然其不苟,未必皆實際語義,孔子用之如此耳。於是正名主義之語言以成。後之儒者,因孔子用字分際嚴明,亦尤而效之;而詁經之家,又復變本加厲,於字義之本同或本無其義者亦分别傅會爲異義。於是而正名主義之訓詁以起。故反觀前引諸書,赫然三《傳》在焉。三《傳》之中,《左氏》以事明《經》旨自白,故重比次史實;《公》、《穀》謂必推尋字義,然後微旨可見,而《公羊》尤好深觀。是以見諸三《傳》者,《公羊》爲首,《穀梁》次之,而《左氏》爲下。何休所謂"《公羊》墨守,《穀梁》廢疾,《左氏》膏肓",此亦其比矣。自餘《孟子》、《荀子》、《周禮》、《禮記》之屬,皆儒者言,而孟荀深體正名之意。《周禮》、《禮記》雖係言制度書,制度貴别[③],宜其本有,似與正名主義不相及。然純言官制之《周禮》,所見不過前列二條,而《司勳》所言非制度,《大宗伯》之文亦與制度在疑似間;乃反是釋《禮》之《記》數數覯之,而亦類爲訓詁,不干制度[④]。則二者亦受正名主義之影響而已。

更舉實例以證成此意如下:

(一)弑殺二字用義之别,學者無不知之:殺爲戮通名,弑則下虐上專稱。兩者關係乎正名之意至重至大,用者莫由不謹;使其實際語言所本然,亦弗可得而亂也。然檢之《春秋》經傳,多有書弑爲殺者,故《釋文》於此不得不字字作音,或曰"音試",或曰"申志反",以與殺字之通稱音"所八反"者相别。《春秋》,正名之書也,何於此忽之也?

《説文》弑字段注云:

> 弑殺二字轉寫既多譌亂,音家又或拘泥,中無定見,多有殺讀弑者。按述其實則曰殺君,正其名則曰弑君。《春秋》,正名之書也,故言弑,不

---

① 約其辭文,以制義法,語見《史記·十二諸侯年表序》。

② 用《説文》弑字,段注語。

③ 《禮記·樂記》云:"樂者爲同,禮者爲異。"荀子《禮論》云:"禮者,養也。君子既得其養,又好其别。曷謂别?曰貴賤有等,長幼有差,貧富輕重皆有稱者也。"

④ 前説饑饉引《墨子》一條。《淮南子·要略》云:"墨子學儒家之業,受孔子之術。"蓋亦受孔子影響者。

言殺。三《傳》，述實以釋《經》之書也，故或言殺，或言弒，不必《傳》無殺君字也。

此言雖至爲通達，奈何書弒爲殺者，不獨三《傳》爲然，經文亦自不異也。

1.《春秋・隱公四年》：“戊申，衛州吁弒其君完。”《釋文》云：“弒其，本又作殺，同音試。凡弒君之例放此，可以意求，不重音。”

2.《春秋・襄公二十九年》：“閽殺吴子餘祭。”《釋文》云：“殺吴子，申志反。”

3.《春秋・哀公四年》：“春王二月庚戌，盜殺蔡侯申。”《釋文》云：“盜殺，申志反。”

4.《春秋・哀公六年》：“齊陳乞殺其君荼。”《釋文》云：“殺荼，音試。”

皆《釋文》分别作音者。又若《春秋・桓公二年》“宋督弒其君與夷，”《春秋・莊公八年》“齊無知弒其君諸兒”，《春秋・宣公二年》“晉赵盾弒其君夷獔”並一本作殺[①]，蓋陸氏所謂“可以意求，不重音”者。則此不得如段説甚明。而以爲後人誤亂云云，以弒字關乎世道之重，謂其偶一與殺字相涉則可，必不得若此習見也。且依注釋家常法，陸氏當曰殺爲弒誤。今不曰殺爲誤字，而别作音讀，與一字二音分别注釋者情形正同，則作殺者非誤字，段説之不然尤不待明。

余意，弒君之云，乃孔子之正名語言。其先不惟無其字，亦恐無其語。孔子欲標舉殺君之元惡，書作殺字而别其音讀耳。此在習於目學之後世雖覺難於想象，古人之學重在口耳相傳，此所以音同音近之字可相通假，以《公羊傳》主客並稱“伐者”，而因長言短言爲别例之，宜不足深怪也。殺之音轉爲試，其韻母部分雖無跡象可循[②]；聲母則由審$_{二}$轉爲審$_{三}$[③]，其事若小之轉而爲少，三十合音之卅轉而爲三十年爲一代之世，固有可以方之者[④]。且書弒爲

---

① 據哈佛燕京學社《春秋經傳引得》。

② 殺古韻屬祭部，試古韻屬之部，之祭二部音無關。

③ 中古雖並屬審母，實爲兩類。上古審$_{二}$同心，原不相同。

④ 心母之信又讀伸，伸屬審$_{三}$；又心母之悚從束爲聲，束亦屬審$_{三}$。凡此，並可助了解。

殺，於《史記》、《漢書》中仍多有之，音家亦並就殺字改讀，不謂其誤字，是《釋文》音殺爲試，必唐以前所不以爲異者。

（二）諸死之異稱，《曲禮》、《公羊》説同。《春秋》則於魯君及魯小君云薨，而他國之君稱卒，與“諸侯曰薨，大夫曰卒”之説不合。《春秋·隱公三年》“八月庚辰，宋公和卒”，杜注云：

> 稱卒者，略外以别内也。

然諸侯之死果當稱薨，雖爲外君，猶不得略。不然，則君不君矣，何正名之有！當是薨卒本無諸侯大夫之别，孔子欲於魯君親之尊之，故於異國之君稱卒，别以薨字稱魯君及魯小君。《公羊》據《春秋》作例，見天子稱崩，魯君稱薨，大夫稱卒，遂定爲三等。此則孔子之别用薨卒，原下關於正名；而《公羊》之説，則是正名主義之訓詁也。《春秋·定公十五年》云：“秋七月壬申，姒氏卒。”《春秋·哀公十二年》云：“夏五月甲辰，孟子卒。”姒氏，哀公母，而定公夫人；孟子，昭公夫人；此並不稱薨。不稱薨者，亦不必薨稱之而已。

“不禄”一詞，據《禮記·雜記》乃訃死之稱。《國語·晉語》云：“又重之以寡君之不禄。”亦爲他國之君言之。《雜記》上云：

> 凡訃於其君曰：君之臣某死，父母妻長子曰：君之臣某之某死。君訃於他國之君曰：寡君不禄，……夫人曰：寡小君不禄，太子之喪曰：寡君之適子某死。大夫訃於同國適者曰：某不禄，訃於士亦曰：某不禄，訃於他國之君曰：君之外臣寡大夫某死，訃於適者曰：吾子之外私寡大夫某不禄。……士訃於同國大夫曰：某死，訃於士亦曰：某死，訃於他國之君曰：君之外臣某死，訃於大夫曰：吾子之外私某死，訃於士亦曰：吾子之外私某死。

諸言死者，皆身份殊下，故即以通稱之死言之。諸侯大夫不云卒而云不禄者，一則尊之敬之，諱言其死；一則爲尊者言之宜謙，故創爲不禄之語。不禄者，不終其禄，或曰不祥不淑之謂也[①]。訃辭而外，無用以記事者。《曲禮》、《公羊》謂士曰不禄，盖即據如《雜記》之文，見諸侯大夫皆言不禄，與其本稱之薨

---

① 前一解見邢疏，後一解見郝氏義疏。

卒不合，以爲謙辭，因推爲士之本稱。不知《雜記》之文如但爲謙辭，於諸侯宜曰卒，不得特下其本稱二等。是不禄原非記事之言，乃爲諸侯大夫訃死所創辭命[①]。其始雖與孔子無干，及《曲禮》、《公羊》言之，則亦正名主義之訓詁而已。

若崩之一詞，《尚書》於帝堯帝舜曰徂落曰死，薨卒不禄之稱實質又如上述，雖《大誥》有"武王崩"、《顧命》有"成王將崩"之言，天子之死蓋亦不必以崩言之，周人爲尊其敬愛特立名號耳。自孔子作《春秋》而遵用之，至《曲禮》、《公羊》遂有天子曰崩之説，以與薨卒不禄相對文，是亦正名主義之訓詁也已。

（三）《論語・子路》云：

子曰：君子泰而不驕，小人驕而不泰。

此泰驕異義也。然《子罕》篇云："子曰：拜下，禮也。今拜乎上，泰也。雖違衆，吾從下。"何晏云："王云：臣之於君行禮者，下拜然後升成禮。時臣驕泰，故於上拜。今從下，禮之恭也。"則是泰與驕義同。《文選・西京賦》云："有馮虚公子者，心奓體泰[②]。"注云："體安驕泰。"義亦同此。又《左傳・昭公三年》云："伯石之汏也。"注云："汏，驕也。"《荀子・仲尼》云："般樂奢汏。"奢汏同《西京賦》之奓泰。泰汏二字同音，且並從水從大聲，蓋本是一字異體。是泰不必與驕異，孔子以與驕字對文，亦正名主義之語言而已。

（四）《論語・爲政》云：

子曰：君子周而不比，小人比而不周。

此比與周異也。然《里仁》篇云："子曰：君子之於天下也，無適也，無莫也，義之與比。""義之與比"猶言"唯義是親"，是孔子所用比字，義不必言朋黨矣。此義又見於《詩》之《皇矣》，文云："王此大邦，克順克比。"《左傳・昭公二十

---

① 《晉語》"又重之以寡君之不禄"，韋注云："士死曰不禄，禮君死赴於他國曰寡君不禄，謙也。"《通典》八十三引漢石渠議云："聞人通漢問云：《記》曰：君赴於他國之君曰不禄，夫人曰寡小君不禄，大夫士或言卒死，皆不能明，戴聖對曰：君死未葬曰不禄，既葬曰薨。"説並誤。

② 泰字今本作忲，乃後人誤改。辨見胡克家《考異》。

八年》釋之曰“擇善而從謂之比”。則是語言中比只是親比之意,不必繫之小人。而比周二字古多連用,如《左傳・文公十八年》云:“頑嚚不友,是與比周。”《莊子・讓王》云“比周而友,……憲不忍爲也。”《荀子・儒效》云:“鄙夫反是,比周而譽俞少。”《臣道》云:“朋黨比周,以環主圜私爲務。”則周字亦不必屬之君子。“君子周而不比,小人比而不周”云云,蓋亦孔子用之如此耳。

六

此外,《孟子》書中亦有二事可爲證明者:

(一)《梁惠王》下云:

> 齊宣王問曰:湯放桀,武王伐紂,有諸?孟子對曰:於傳有之。曰:臣弑其君,可乎?曰:賊仁者謂之賊,賊義者謂之殘。殘賊之人,謂之一夫,聞誅一夫紂矣,未聞弑君也。

明是弑君,而必曰誅一夫。正名之意,躍然紙上,第其語未有通行耳。同篇又云:“一人衡行於天下,武王恥之。”一人義同一夫,或原即作一夫,亦孟子之正名語言。

(二)《告子》下云:

> 天子討而不伐,諸侯伐而不討。

然《滕文公》下云:“周公相武王誅紂,伐奄三年而討其君。”又引《泰誓》云:“我武維揚,侵于之疆,則取于殘,殺伐用張,于湯有光。”並爲天子而言伐。復以《春秋》左氏《傳》按之,除伐字不用於個人,如討賊、討臣者外,天子用伐者有之。《左傳・僖公十九年》“文王聞崇德亂而伐之”;《左傳・宣公十二年》“古者明王伐不敬”;《左傳・成公二年》“王命伐之,則有獻捷……王命伐之,告事而已,不獻其功”;《左傳・襄公三十一年》“文王伐崇”,是也。諸侯用討者有之,《左傳・桓公二年》“九月入杞,討不敬也”;《左傳・僖公十九年》“宋人圍曹,討不服也”,又“天其或者欲使衛討邢乎”;《左傳・文公二年》“晉人以公不朝來討”,又“晉討衛故也”,是也。而《左傳・桓公五年》之“鄭

伯不朝，王以諸侯伐鄭”，猶《左傳・隱公十年》之云“討不庭”；《左傳・僖公十九年》之“文王聞崇德亂而伐之”，猶《左傳・僖公九年》之云“討晉亂”；《左傳・宣公十二年》之“古者明王伐不敬”，猶《左傳・桓公二年》之云“討不敬”。故討伐二字雖可以分別之曰，一以問罪言，一以兵戎言，然而義實相成。是故左氏《傳》二字相承爲文者比比皆是也[①]。今孟子必云：“天子討而不伐，諸侯伐而不討”，蓋欲尊崇王室，思由正二字之名分，使諸侯知討罪乃天子之事，專命征伐，是卽凌人之國，爲天子天下所不容，勿得藉口興戎，其意在此而已。

七

然而，分別字義不自孔子始也。《孟子・梁惠王》下云：

> 齊景公問於晏子曰：吾欲觀於轉附朝儛，遵海而南，放於琅邪，吾何修而可以比於先王觀也。晏子對曰：善哉，問也。天子適諸侯曰巡狩。巡狩者，巡所守也。諸侯朝於天子曰述職。述職者，述所職也。無非事者：春省耕而補不足，秋省斂而助不給。夏諺曰：吾王不遊，吾何以休。吾王不豫，吾何以助。一遊一豫，爲諸侯度。今也不然，師行而糧食，飢者弗食，勞者弗息。睊睊胥讒，民乃作慝。方命虐民，飲食若流。流連荒亡，爲諸侯憂。從流下而忘反謂之流，從流上而忘反謂之連。從獸無厭謂之荒，樂酒無厭謂之亡，先王無流連之樂，荒亡之行，惟君所行也。

此既釋巡狩、述職二詞之含義，又解流、連、荒、亡四者之不同；而據《晏子春

---

① 如《左傳・隱公七年》：“七月庚申，盟于宿。公伐邾，爲宋討也。”又《左傳・隱公九年》：“宋公不王，鄭伯爲王左卿士，以王命討之，伐宋。”《左傳・僖公四年》：“秋伐陳，討不忠也。”又《左傳・僖公九年》：“齊侯以諸侯之師伐晉，及高梁而還，討晉亂也。”又《左傳・僖公十九年》：“衛人伐邢，以報菟圃之役。於是衛大旱……天其或者欲使衛討邢乎！”又：“秋，宋人圍曹，討不服也。子魚言於宋公曰：……文王聞崇德亂而伐之，軍三旬而不降，退修政教而復伐之，因壘而降。……今君德無乃猶有所闕，而以伐人，若之何？”不勝枚舉。

秋・内篇》問下第四之一及《管子・戒篇》所載①,“春省耕而補不足,秋省斂而助不給”二語,亦遊豫二字意義之分野。巡狩述職本自有别,晏子所説者是矣。若遊豫與流連,皆自聲母相同,當爲一語之轉,或爲雙聲謰語;荒亡二字,則叠韻又且聲近②,宜無區分,蓋並晏嬰故作分析之言。嬰於孔子爲前輩,又先後同事齊景。疑孔子師法其意,倡爲正名之説,並於《春秋》一書及平居言論時嚴立名號,自是而後,分别字義之風,遂若推波助瀾而益見泛濫矣。爰藉數例,言其始末究竟如此。讀古人書,自當尊重故訓。然若斯之類,必字字拘泥成説,蓋亦未足多者。

後　記

此文旨在闡釋古籍或古注中部分訓解現象。稿作於前月中,其意則懷之多年;前在香港中文大學及臺灣大學任訓詁學課時,亦嘗略爲諸生言之。今秋,重返本所。毛漢光兄主持學術講論會,因十一月五日原定主講人張秉權兄以故未能擔任,囑權充濫竽,即以此意質正於諸先輩暨同事。事後撰爲斯篇,復以請益於槃庵師。師爲啓茅塞,賜作附記,指出孔子正名思想當淵源於西周古禮,即晏嬰之言亦由此古禮以孕育。禮意貴别,師之説誠是也。篇中云:“疑孔子師法晏嬰之意,倡爲正名之説”者,因囿於故訓之間,見嬰之言如此,又與孔子先後同事齊景,遂有此疑。此疑雖不因師説而全無可能,孔子正名思想之淵源,終因師説而益明也。復案:孔子作《春秋》,自謂其竊取史義,則史之義亦當爲正名思想所由形成之一途。故言孔

---

① 《晏子春秋》云:“……晏子再拜曰:善哉,君之問也。嬰聞之,天子之諸侯爲巡狩,諸侯之天子爲述職。故春省耕而補不足者謂之游,秋省實而助不給者謂之豫。夏諺曰:吾君不游,我曷以休!吾君不豫,我曷以助。一游一豫,爲諸侯度。今君之游不然。師行而糧食,貧者不補,勞者不息。夫從下歷時而不反謂之流,從高歷時而不反謂之連。從獸而不歸謂之荒,從樂而不歸謂之亡。古者聖王無流連之游,荒亡之行。”《管子・戒篇》則以爲管仲對桓公之問,其文曰:“……管仲對曰:先王之游也,春出原農事之不本者謂之游,秋出補人之不足者謂之夕。夫師行而糧食其民者謂之亡,從樂而不反者謂之荒。先王無游夕之業於人,無荒亡之行於身。”《孟子》、《晏子》豫字《管子》作夕,夕豫二字音近。

② 聲近者,荒,曉母,亡,明母。先師董同龢先生以爲上古曉母有讀“m̥”者一類,故每與明母字諧聲。《説文》云:荒從巟聲,而巟從亡聲,是荒亡音近之證。

子正名思想之所自，疑當謂：一曰禮意，二曰史義，三則或又嘗受嬰言之影響耳。師又解"孔子作《春秋》"之作字義同述，亦精闢獨到。惟除孟子書言"孔子作《春秋》"之外，《史記・十二諸侯年表序》云："孔子……西觀周室，論史記舊聞，興於魯而次春秋，約其辭文，去其煩重，以制義法。"《孔子世家》云："子曰：弗乎弗乎，君子病沒世而名不稱焉。吾道不行矣，吾何以自見於後世哉！乃因《史記》作《春秋》，上至隱公，下訖哀公十四年，十二公。據魯，親周，故殷，運之三代，約其文辭而指博。故吳楚之君自稱王，而《春秋》貶之曰子；踐土之會，實召周天子，而《春秋》諱之曰：天王狩於河陽。"察史公之意，蓋不謂孔子於《春秋》無所作也。《世家》又云："孔子在位，聽訟文辭有可與人共者，弗獨有也。至於爲《春秋》，筆則筆，削則削，子夏之徒不能贊一辭。"是則明言孔子書《春秋》之文辭，有不與人共者矣。疑《春秋》雖述魯史，容亦間制義法；以其意實取史義，所譏刺褒諱挹損之文辭，皆壹本史家之大經大法，個人之好惡不與焉，故雖曰作之，猶得稱述。其自謂述而不作者，殆以此夫？

因槃庵師附記而略有申述，並謝厚意焉。

又本文經翼鵬師賜閱一過，有所諟正，亦於此誌謝。

1973年除夕日下午於南港

《正名主義之語言與訓詁》附記

陳　槃

宇純同學論正名主義，謂："皆受孔子倡正名之影響，蓋强求名義之分際，見某字某處之用義，遂定其義爲某端"，義證精實。惟據《孟子・梁惠王下》"齊景公問於晏子"一事，因謂"嬰於孔子爲前輩，又同事齊景，疑孔子師其意，倡爲

正名之説”。此則各人所見不同。竊意孔子此一思想,宜別有所受。卽平仲蓋亦淵源有由,非必“自我作故”。《漢書・藝文志》名家:

名家者流,蓋出於禮官。古者名位不同,禮亦異數。孔子曰:必也正名乎?名不正則言不順,言不順則事不成。此其所長也。及警者爲之(注:晉灼曰:警,訐也),則苟鉤鈲析,亂而已(注:鈲,破也)。

案:《漢志》謂戰國名家思想,源於古之禮官。其説當否,今姑置不論。若其謂孔子正名思想出於古禮之“名位不同、禮亦異數”,此則不爲然據。《史記・禮書》:

周衰,禮廢樂壞,大小相踰。……循法守正者,見侮於世;奢溢僭差者,謂之顯榮。自子夏、門人之高第也,猶云:出見紛華盛麗而説,入聞夫子之道而樂,二者心戰,未能自決;而況中庸以下,漸漬於失教,被服於成俗乎?孔子曰:必也正名於衛。所居不合。仲尼没後,受業之徒,沈湮而不舉……豈不痛哉!

太史公論周衰禮廢,而亦致慨於孔子正名之道之不行於衛,是孔子正名思想關係古禮之説,太史公既先班《志》而發(班《志》又本劉歆《七略》),非班氏一二人之私言矣。進一步言之,孔子之論正名也曰:“名不正則言不順,言不順則事不成,事不成則禮樂不興。”本謂正名,而歸結到“禮樂”,是正名與“禮”之關係,夫子亦既自道之矣。本自著重乎“禮”,而兼言“樂”者,蓋“禮”興則“樂”興矣,故漫衍其辭曰“禮樂”矣(舊籍中多此類)。

若夫孔子、史遷乃至班氏之所謂“禮”,則當然是指西周古禮。《左傳・文公十八年》,季文子使大史克對魯公曰:“先大夫臧文仲……曰……先君周公制周禮曰:則以觀德,德以處事,事以度功,功以食民”;又《左傳・哀公十一年》,仲尼私於冉有曰:“君子之行也度於禮,施取其厚,事舉其中,斂從其薄。如是,則以丘亦足矣。若不度於禮,而貪冒無厭,則雖以田賦,又將不足。且子季孫若欲行而法,則周公之典在。”曰:“周公制周禮”,曰:“度於禮”,“則周公之典在”,是西周早年已有周公制禮矣。孔子固明習周禮,故曰:“周因於殷禮,所損益,可知也。其或繼周者,雖百世,可知也”矣。孔子已明習周禮矣,而其正名之説復與古禮有合,則謂孔子正名之思想淵源自西周古禮,不亦

怡然理順歟？

復次晏子亦喜言"禮"。《左傳·昭公二六年》，晏子對景公曰："禮之可以爲國也久矣，與天地並。君令臣共，父慈子孝，兄愛弟敬，夫和妻柔，姑慈婦聽，禮也。……公曰：善哉，寡人今而後聞此，禮之上也。對曰：先王所禀於天地，以爲其民也，是以先王上之。"曰："先王尚之"，是西周先王之禮矣。然則晏子之明習古禮，與孔子同矣。孫星衍曰："善乎劉向之言：'其書六篇，皆忠諫其君，文章可觀，義理可法，皆合《六經》之義。'是以前代入之儒家。柳宗元文人無學，謂墨氏之徒爲之。《郡齋讀書志》、《文獻通考》承其誤，可謂無識。晏子尚儉，《禮》所謂：'國奢則示之以儉。'其居晏桓子之喪盡禮，亦與墨異。孔叢云：'察傳記，晏子之所行，未有異於儒焉。'"（晏子《春秋》序）案：孫氏此考甚卓。晏子亦儒家而復明習古禮，則其思想、言論之所自來，不亦可想而知之歟？

復次余之所謂西周古禮，今已不可得而見。而今之所謂《周禮》，戰國間人所託。然其間亦不無西周早年之遺文舊義，不可以一概抹煞。即出於"七十二子之徒共撰所聞"（《禮記》題目《正義》引鄭君《六藝論》）之《禮記》，亦莫不然。信如此説，則今之《周禮·大宗伯》、《司勳》與夫《禮記·曲禮》，其有正名之説如宇純所舉似之例者，其果爲西周古禮之遺文舊義歟？抑其爲受孔子提倡正名影響以後之説歟？亦未可知矣。

宇純又引《孟子·滕文公》下"孔子懼，作春秋"及《離婁》下"其義則丘竊取之矣"兩節之文，因謂孔子正名之事實，見於《春秋》，以爲："孔子欲於魯君親之尊之，故於異國之君稱卒，别以薨字稱魯君及魯小君"；又云："雖《大誥》有武王崩、《顧命》有成王將崩之言，天子之死蓋亦不必以崩言之，周人爲尊其敬愛，特立名號耳。自孔子作《春秋》而遵用之，至《曲禮》、《公羊》遂有天子曰崩之説……"。

案：孔子是否曾筆削《春秋》，自唐宋以來，久成聚訟。朱子之言曰：

> 《春秋》只是直載當時之事，要見當時治亂興衰，非是一字上定褒貶。初間王政不行，天下都無統屬；及五伯出來扶持，方有統屬，禮樂征伐自諸侯出；到後來五伯又衰，政自大夫出。到孔子時，皇帝、五伯之道

> 掃地,故孔子作《春秋》,據他事實寫在那裏,教人見得當時事是如此。安知用舊史與不用舊史?今硬説那個字是舊史文,如何驗得?……今要去一字兩字上討意思,甚至以日月爵氏名字皆寓褒貶……聖人……不解恁地細碎(《語類》卷八三。應元書院本)。

又曰:

> 《春秋》只據赴告而書之,孔子只因舊史而作《春秋》,非有許多曲折。……大概自成、襄以前,舊史不全,有舛逸,故所記各有不同。若昭、哀以後皆聖人親見其事,故記得其實,不至有遺處,如何却説聖人予其爵、削其爵、賞其功、罰其罪?是甚説話!(同上)

朱子此論極高明。竊謂魯《春秋》之作,亦原本《周禮》。《左傳・昭公二年》:"晉侯使韓宣子來聘……觀書於大史氏,見易象與魯《春秋》,曰:周禮盡在魯矣,吾乃今知周公之德與周之所以王也。"是《春秋》亦當周禮之一部分也。《春秋》已原本周禮,則其義法,卽周禮之義法也。前於孔子之韓宣子,其所見之《春秋》已與周禮有合,則無待孔子之作之也。孔子自言"述而不作"(《論語・述而》)。孔子之於《春秋》,亦"述"之而已。"其事則齊桓、晉文,其文則史"(《離婁》下)。"史"者,魯史之舊,亦不待孔子而後始有此"文"此"史"也。"作"之與"述",對文則别,散文則通。孔子既是"述而不作",而孟子以爲"作"者,散文則"述"亦可云"作"也。《國語・周語》中富辰曰:"周文公之詩曰,兄弟鬩于牆,外禦其侮。"韋解:"文公之詩者,周公旦之所作,《棠棣》之詩是也。"是以《棠棣》爲周公所作詩也。《左傳・僖二十四年》,富辰曰:"召穆公思周德之不類,故糾合宗族于成周而作詩,曰:'棠棣之華,鄂不韡韡。凡今之人,莫如兄弟'……周之懿德也,猶曰'莫如兄弟',故封建之(韋解:當周公時,故言《周》之有懿德也)……召穆公亦云。"(杜解:周公作詩,召公歌之,故言亦云也)是《左傳》亦以爲周公作詩、召公歌詩也。而又云召公"糾合宗族於成周而作詩"者,韋解、《周語》謂:"其後周衰……故邵穆公……復脩(一作循)《棠棣》之歌以親之",是也。是則"復脩"亦得謂之"作"也。"復脩"與"述"不殊。孔子述《春秋》而孟子謂之"作《春秋》"者,蓋亦其比也。"作"之與"述",散文則通,此亦一例也(《國朝文》卷三二袁穀芳《春秋・書法論》二:"孟子曰:'王者之跡熄而

詩亡,詩亡然後《春秋》作。''作',起也,蓋言《春秋》之名由此起耳,其實與晉之《乘》、楚之《檮杌》,同爲列國之史,孔子以其義可以存王跡,故取之。取之而曰'竊取',明國史非孔子之所敢與聞也。其曰'孔子懼作《春秋》'者,維時晦蒙否塞,人且不知有天子,而何有於《春秋》?孔子懼焉,取而錄之,藏之於家而傳之於其弟子,以及於後世,而後世爲'天子之事'者,第以《春秋》之義爲之而有餘,則其不得不歸功於孔子。功在孔子,則卽以其書屬之孔子而曰'孔子作《春秋》',不爲過。"案:"作《春秋》"之"作",袁氏此解,亦可備一義)。夫《春秋》當孔子之時,既同"斷爛朝報",湮沒不彰。幸賴孔子輯述焉,表而出之,始爲重要獻典,復著聞於世。以其據事直書,故亂臣賊子亦爲此懼。然孔子之述《春秋》,恪遵周公之義法而已,故曰:"《春秋》天子之事也","其義則丘竊取之矣"。今謂孔子有所改制、筆削,是謂孔子創作《春秋》,僭行"天子之事"矣,斯豈孔子"竊取""其義"之意乎?

1973 年 12 月 12 日

補　記

頃偶檢馮某舊本《中國哲學史》,其第一篇云:

> 《春秋》之"聳善抑惡",誅亂臣賊子,"《春秋》以道名分"(《天下》篇,《莊子》卷十頁二十五),孔子完全贊成。不過按之事實,似乎不是孔子因主張正名而作《春秋》,如傳説所説;似乎是孔子取《春秋》等書之義而主張正名,孔子所説其義則丘"竊取"者是也。

又原注:

> 劉師培云:"《孟子·滕文公》云'孔子懼,作《春秋》'。後儒據之,遂謂《春秋》皆孔子所作。然作兼二義:或訓爲始;或訓爲爲。訓始見《説文》,卽創作之作,乃《樂記》所謂'作者之爲聖'。訓爲見《爾雅》,與創作之作不同,《書》言'汝作司徒',言以契爲司徒,非司徒之官始於契。《論語》言'始作翕如',《左傳》言'金奏作於下';則奏樂亦言作樂,與'作樂崇德'之作殊。《左傳》言'召穆糾合宗族於成周而作詩曰:棠棣之

華，鄂不韡韡'；則歌詩亦言作詩，與'寺人孟子，作爲此詩'之作殊。蓋創作謂之作；因前人之意而爲，亦謂之作。孟子言作《春秋》，卽言孔子因古史以爲《春秋》也。故又言'其事則齊桓晉文，其文則史'。至於詩亡然後《春秋》作，則作爲始義，與作《春秋》之作殊。言《春秋》所記之事，始於東周也。"(《左庵集》卷二)若以奏樂可言作樂，歌詩可言作詩之例言之，則作《春秋》卽講《春秋》耳(頁 88－89)。

案：馮某知孔子正名主張有取於《春秋》，而不解《春秋》此義亦出於《周禮》(已詳余前論)，是猶爲未達一間。劉氏訓孔子"作《春秋》"爲"因古史以爲《春秋》"，信而有徵，確不可易。今亟補記於此。

1974 年 5 月 31 晚

(原載《史語所集刊》第四十五本第四分，1974 年)

說"哫訾栗斯、喔咿儒兒"

《楚辭・卜居》云：

寧超然高舉以保真乎？將"哫訾栗斯、喔咿儒兒"以事婦人乎？

"哫訾栗斯、喔咿儒兒"八字,歷來解説殊不相同,栗字且有異文[①],如何抉擇,亦迄無定論,略引諸家説如下,以見其紛擾多狀。

王逸《楚辭》注云：

哫訾栗斯,承顔色也。栗一作慄,斯一作嘶;一作促訾粟斯。喔咿儒兒,强笑噱也;一作嚅唲。

各以四字爲義,於諸異文則都無表白,豈謂古文義存乎聲,無待分辨乎？然栗粟二字音遠形似,當由誤寫而兩歧,孰爲是非,終不得無説也。觀其正文用栗,而於注中見異,蓋卽有所取於粟字,而其故不明。

洪興祖補注云：

哫促並音足,唐本子祿切;訾音貲。哫訾,以言求媚也。慄音栗,謹敬也。粟讀若慄,音粟[②],詭隨也。斯讀若凘,音斯,慄也。並見《集韻》。喔音握,咿音伊,嚅音儒,唲音兒,皆强笑之貌。一云喔咿,强顔貌;唲[③],曲從貌。

---

① 哫或作促,儒兒或作嚅唲,此亦異文;因哫、嚅、唲實促、儒、兒之轉注字,故未計入。六書轉注之義,説詳拙著《中國文字學》。

② 姜亮夫《屈原賦校注》云:"古無慄字,則必爲慄誤。因慄誤慄,故栗亦誤粟矣。則粟讀若慄之粟慄,皆木誤米也。至下粟字,則栗古亦得讀粟也,不誤。"案:此説大謬。《集韻》燭韻須玉切"慄,詭隨也",是此文粟慄二字不誤之證,慄卽粟斯字之轉注,且粟字亦不得音粟也。

③ 唲上疑奪嚅字。

此則呢訾、栗斯分別訓釋,栗若粟字,其義各別。斯下云讀若㒋,㒋之義爲慄[①],栗斯爲同義複詞;若是粟字,則義與斯字不相會,殆亦有取於栗字耳。於喔咿儒兒則既云强笑之貌,同王注四字一義,又以强顔、曲從分而二之,是中無定見矣。

朱熹《集注》云:

呢訾,以言求媚也。粟從米,詭隨也;斯,辭也;其從木者,謹飭也,非是。喔咿儒兒,强語笑貌。

後者四字一義從王注,前四字二二分訓從洪補;説斯字爲辭,頗爲後人所用。

俞樾《俞樓雜纂》云:

韓昌黎文:足將進而趑趄,口將言而囁嚅[②],卽本乎此[③]。呢訾卽趑趄也。訾從此聲,趑從次聲,本同部字[④],古得相通。呢之轉爲趄,猶足恭之足音沮[⑤]也。儒從需聲,嚅亦從需聲,古同聲而通用。兒之轉爲囁,猶雌霓之霓音齧[⑥]也。使《易》、《楚辭》爲訾呢、爲兒儒,則卽韓文之趑趄、囁嚅矣;使易韓文爲趄趑、爲嚅囁,則卽《楚辭》之呢訾、儒兒矣。雙聲疊韻之辭本無一定,倒順皆通耳。栗斯未詳何義,疑卽櫪㯕二字也。《説文》木部櫪篆説解云:櫪㯕,椑指也。《韻會》引《繫傳》云,謂以木柙十指而縛之。説者謂卽今之拶指,此亦未必然。據説文列字之次,櫪㯕二篆卽在桎梏之下,疑亦古者禁止罪之具也。此云栗斯者,謂不敢妄動若被桎梏耳。卜居一篇,此數語最不可解,然不泥其形而以聲求之,往往有可得者[⑦],亦讀古書者所宜知也。

---

① 《集韻》㒋字二見,齊韻先齊切云"偍㒋心怯",支韻相支切云"慄",怯與慄義通。

② 見《送李愿歸盤谷序》。

③ 趑趄、囁嚅分見易夬卦九四爻辭及東方朔七諫怨世,俞氏此牽附爲説。

④ 此聲、次聲分屬佳及脂部,俞謂同部,亦誤。

⑤ 足恭二字始見《論語・公冶長》,又見《禮記・仲尼燕居》"恭而不中禮謂之給"鄭注,及《書・冏命》"無以巧言令色便辟側媚"孔傳,《釋文》或音將樹反,或音將住反,或音將注反,三音相同,《廣韻》亦見遇韻子句切;沮字則《廣韻》見御韻將預切。足沮二字中古不同音,古韻亦有侯部魚部之隔。俞氏蓋因《康熙字典》足恭字音沮,而有此誤説,後又爲姜亮夫所襲用,見下。

⑥ 囁齧二字古音有收-p、收-t之異,此亦俞氏不知音而妄生附會。

⑦ 古韻栗字屬脂部,櫪字屬佳部,俞氏讀栗斯爲櫪㯕,不僅於文不成義,卽由音言之,亦不合。

既於呢訾、儒兒別爲説辭，更明主用栗字，由《説文》櫪㯕推栗斯之語義，而立異標新。

今人姜亮夫《屈原賦校注》云：

> 呢訾猶言趑趄，倒言也。訾從此聲，趑從次聲，古同部；呢之轉爲趄，如足恭之足音沮也。於行曰趑趄，於體曰戚施，於言曰呢訾，義爲同類，語則同族矣。栗斯，栗當爲粟，讀爲《管子・小問》"未敢自恃，自命曰粟"之粟，注"謹促之名也"，蓋竦之借字；斯字蓋音尾，無他義。喔咿猶《東方朔傳》之咿嚘也，言辭不定之貌；今俗尚有此語。儒兒，語不申舒柔順謹飾之貌，今俗尚有此語，音如儺儺泥泥；聲訓之語，不必定有正文也；後世作嚅囁嚅唲，皆後起字。

以呢訾爲趑趄，此竊取俞説；説斯爲音尾，亦朱氏《集注》所始倡；主用粟字而義取謹促，則與朱注異趣；解喔咿、儒兒，亦不同於他家；其基本以二字爲義，固與洪氏、俞氏同由一途。

此外，如日本學者松甕谷村之《楚辭》考云：

> 呢蓋與促娖齪通，皆謂局促狹小；從口者，謂言語促小也。訾，毀訾也；低聲絮語，務毀訾他人以取容，謂柔媚之態也。慄謂慄慄危懼。斯，語助，如《豳風》"恩斯勤斯"之斯。喔咿儒兒，注家皆以爲强笑噱。蓋鷄聲曰喔咿，又吟哦聲曰伊吾，或作咿唔。儒兒，或本作嚅唲。嚅，囁嚅之嚅；唲，汝移切，小兒語曰唲嘔。是知"喔咿嚅唲"亦謂竊竊私語也。

別倡字字分訓，其不能分字爲義者，姑合二字爲説；栗粟之異，選用慄字，而取《集注》訓斯爲辭，又不同於補注。

綜觀上列諸説，除王注因去古未遠，猶得接聞其義，而亦於栗粟二字未知所裁外，他家説詞，皆無一當。究其原由，胥坐不明語言結構之失；故或以相連二字爲義，或逐字索解，至以斯字爲辭，莫不與本恉相違。

今案：呢訾□斯、喔咿儒兒並四音詞組，以雙聲叠韻結爲一體，當四字一義，不可割裂。知者，喔咿儒兒四字，喔咿同影母，儒兒同日母，一二與三四分

别雙聲;喔儒同侯部,咿兒雖有脂部佳部之隔,兩部陰聲字音近偶通[①],方音或且有不别者,則一三與二四分别叠韻,儒兒作嚅唲音不異。是四字由二聲二韻衍而爲四音,不得兩兩爲訓或字字設解,從可知矣。更觀哫訾☐斯四字,哫訾同精母,哫作促音同[②];訾斯同佳部,正亦一二雙聲,二四叠韻,結體與喔咿儒兒若合符節。以此言之,其第三字當與斯字爲雙聲,又與哫字爲叠韻,否則卽爲誤字,可斷言之矣。持是以衡,栗字聲屬來母,韻屬脂部,與斯字讀心母及哫字在侯部兩不相侔;粟字則既與斯字同心母,又與哫字同侯部,此文原作哫訾粟斯,以二聲二韻衍爲四音,當四字爲義,雖下愚亦必知所決乎! 昔賢所以不得其字其義,或得其義而不得其字者,皆由慮未及此而已。

粟爲原文既如上述,可從而申論之者:哫粟、訾斯不僅於古韻同屬侯若佳部,《廣韻》亦同見燭若支韻,不惟韻同,其調亦同。則以哫訾粟斯轉而視喔咿儒兒,咿兒二字此爲叠韻,固由是信而無疑,又從知儒字原當讀入聲也。此字雖相傳僅一平調,古平入可以相通,諧聲、詩韻及一字二音,並見其例[③];《詩·常棣》"和樂且孺",毛傳云:"孺,屬也",鄭箋云:"屬者,以昭穆相次序",直以孺字爲入聲屬字之假借,儒與孺同音,以知其字未始不可有入聲之讀。再者,哫訾粟斯與喔咿儒兒順次四字皆叠韻,疑此本由四聲二韻衍而爲八音,其義亦宜無别,卽别亦宜不遠。王注云:"哫訾栗斯,承顔色也。喔咿儒兒,强笑噱也。"雖係分别爲説,皆諂媚事人之狀,二義實通,當有所受之,不可奪也。

復有進者,哫訾粟斯、喔咿儒兒爲四音詞組,一二、三四雙聲,一三、二四叠韻,其義不可分訓,此在本文猶有一證。下句云:

寧廉潔正直以自清乎? 將突梯滑稽如脂如韋以絜楹乎?

---

① 如此聲之字古韻屬佳部,爾字則一面爲"如此"之合音,一面於《行葦》詩叶脂部之履、體、泥、弟、几諸字;柴字《車攻》詩亦叶脂部之佽字。又如繄伊二字本分屬佳若脂部,而多通用爲異文(詳《經傳釋詞》卷三),並其例。後者更直涉伊聲之咿字。

② 促字通常讀清母,《廣韻》音七玉切;於此則與哫字同音,見洪氏《補注》,蓋初本借用促字,後轉注作哫。

③ 諧聲之例,若平聲之蕭從入聲之肅爲聲,入聲之苗從平聲之由爲聲。詩韻之例,若清人詩叶軸、陶、抽、好(《釋文》陶字雖音從報反,但抽字音勑由反;軸字音逐,爲入聲),《小戎》詩叶驅、續、馵、玉、曲。一字二讀之例,若《集韻》屋韻渠竹切下云:"梂,木實也。""莍,艸名。爾雅:椒椴,醜莍。""裘,皮衣。"三字又同見尤韻渠尤切,音相爲平入,其義不異。

“突梯滑稽”四字相連，突梯同透母①，滑稽同見母②；突滑同微部，且同入聲，梯稽同脂部，且同平聲，正亦一二、三四雙聲，一三、二四叠韻同調，必古語有此構詞，非偶爾之巧會也。王注云：“突梯滑稽，隨俗轉也。”亦正讀四字爲義，當亦相傳如此。後人以不知爲知，轉生異解，亦或分而二之，或離而四之，瞽說相高，不欲更言之矣。

此外，漢賦若司馬相如《子虛》之“隆崇嵂崒”、“槃姍教窣”，《上林》之“偪側泌瀄”、“嵯峨嶕嶫”，王文考《魯靈光殿》之“巋巃穹崇”、“崱岁嵫釐、岑崟嶜嶷”，亦並雙聲叠韻營造之四音詞組，特一三、二四爲雙聲，一二、三四爲叠韻③，斯爲異耳。其可證此文粟字爲原作，呢呰粟斯當四字爲義，固與喔咿儒兒、突梯滑稽無有不同；而儒字原讀入聲，亦因其叠韻二字必同調，觀之而益信。其中《魯靈光殿賦》之崱岁，唐宋人韻書悉作岁崱④；《子虛賦》之嵂崒，自《集韻》收之而作崒嵂⑤，一經著眼於音韻結構，則正其是非若辨黑白，雖有若“岁崱”之衆口一辭，莫能鑠金；此文之栗當爲粟，亦猶是矣。

又案：《廣韻》燭韻慄與粟同相玉切，注云“慄斯”，當出本文。然則栗粟之異，雖自王逸不知所從；由粟字相沿而下，至於轉注慄字之形成，漢以後讀呢呰粟斯者必不在寡，可從知也。

1987年9月15日於絲竹軒

（原載《臺大中文學報》第二期，1988年11月）

---

① 《廣韻》没韻突字陀骨切，與梯字有清濁之分；別有宊字音他骨切，即此字，正與梯字同母，《集韻》他骨切突宊同字。《易·離卦》九四“突如其來如”，《釋文》云：“突，徒忽反，又湯骨反。”《詩·齊風·甫田》“突而弁兮”，《釋文》云：“突，吐活反。”並突字又讀透母之證。

② 《廣韻》滑字三見：黠韻户八切云“利也”，没韻户骨切云“滑亂也”，又古忽切云“滑稽，謂俳諧也”，是滑與稽字連言讀見母。

③ 中如崇崒、巃崇有照二系與精系之隔，但原屬同聲；又如嶕嶫、穹崇先秦古韻雖非同部，至漢音有變革，李善嶕嶫音捷業（古韻捷業同部）；《切韻》穹崇同屬東韻，蓋其時已爲叠韻詞矣。又崱與嵫有清濁之殊，岑與嶜亦正相同，原當取清濁不同爲雙聲。又案：古語四音詞組本有二式，一者一二、三四雙聲，一三、二四疊韻，見《卜居》；一者一三、二四雙聲，一二、三四疊韻，見《子虛》、《上林》。今漢語則似但有後一式，如嘰哩咕嚕、劈哩叭啦。

④ 凡所見《全王》、《王二》、S 六〇一二、《唐韻》、《廣韻》、《集韻》岁下注文盡同。

⑤ 《集韻》術韻劣戌切：“嵂，崒嵂，山高貌。”嵂與律同音。《子虛賦》嵂字《漢書》本傳作律，《集韻》嵂當是律之轉注字。

《説〈論語〉“史之闕文”與“有馬者借人乘之”》讀後

引　言

《漢學研究》第四卷第一期(1986 年 6 月)載周策縱先生《説〈論語“史之闕文”與“有馬者借人乘之”》一文,係根據作者 1968 年 8 月刊於《大陸雜誌》第三十七卷第四期《説“史之闕文”》改寫而成。文分六節,三萬餘言,從兩句關鍵字到全文的意義,都作了細緻討論。自初文至改定,前後歷時八年,可見作者對此文句潛心之深之久。《論語》原文是:

> 子曰:“吾猶及史之闕文也,有馬者借人乘之,今亡矣夫!”

在“史之闕文”句(以下簡稱“史”句)的詮釋上,作者提出與傳統全然不同的説解,並肯定“有馬者借人乘之”句(以下簡稱“有”句)與“史”句的關係及其意義。文中曾根據討論的結果,將原文作了如下的語譯:

> 我還看見過那缺少文飾的史官(文官)呀,有馬的人任意讓別人去乘駕牠,現在卻没有了呢!

這樣的解釋,無論有人同意與否,由於作者對各關鍵字的意義有極深刻的了解,於原典的認知,有其一定的貢獻,是則無可懷疑。這裏只是將讀後淺見寫出,以供學者參考。依原文節次説明如下:

一

本節係從“史”句及“有”句如何銜接的角度，研判原文的意義。從漢儒班固《漢書》、許慎《説文》引用“史”句透露的意思，相沿而下，檢討到近人、今人的各種説解。如謂宋人葉夢得《石林燕語》以“有”句爲衍文之不可取，清人方贊堯《“有馬者借人乘之”解》説今本諸字爲“有焉者晉人之乘”訛誤之爲臆測，都屬正確不刊。而列舉《論語》中“子曰：人而無信，不知其可也。大車無輗，小車無軏，其何以行之哉！”以下十二條句例，證明“有”句爲“史”句舉喻，並非兩平列句，更可謂别出心裁（由於作者又將“史之闕文”視同“闕文之史”，致使此比較文例的意義盡失。究竟兩句關係如何，説詳後）。但由此而逕直採用胡適先生“文應該作文采、文飾解”的説法，卻看不出有何必然道理。作者曾經説過：

> 當然也可以假設，“有馬者借人乘之”乃是古史書中的一句原文，後來缺佚了。但這個假設毫無佐证。

明白表示了其意以爲，純從文意上講，把“闕文”説爲“闕空（案：此作動詞用）文字”，或“闕空的文字”，非不可通；只是因爲得不到佐証，於是放棄了這樣的理解。問題是，讀古書每句話都要求要有佐證，是否便爲合理？可見就作者而言，這選擇不是唯一的途徑。

作者認爲“文”字在戰國末期纔逐漸作“文字”解，所以《論語》的“闕文”不得爲“闕空文字”或“闕空的文字”，似乎並不能説作者在決定“文”字義爲采飾時没有依據。然而“文”字戰國末期纔逐漸作“文字”解的認知，卻是基於作者把《左傳》中幾處“文”字只認作是“字根單體”，只“算是和文字的意義最接近”，其實“並非文字”；又根據洪業的考證，把《左傳》的成書年代下移於六國之後的結果。《左傳》是否果真成於六國之後，問題太大，不是本文所能討論的，也許更不是我的能力可以置評；至少洪的考證尚未獲一致公認，不能卽持爲憑信。至於《左傳·宣公十二年》的“夫文止戈爲武”，《十五年》的“於文反正爲乏”，以及《昭公元年》的“於文皿蟲爲蠱”，作者不以爲其“文”

就是文字,這意見恐怕無人贊同。“字根單體”似乎是作者杜撰的名稱,意義如何,文中没有説明;“單體”疑同“獨體”,“字根單體”似指制造文字的基本單元而言。作者曾説《左傳》的“文”字,與《説文・序》所説相同,應係指《説文・序》中如下一節文字而言:

> 倉頡之初作書,蓋依類象形故謂之文,其後形聲相益即謂之字。文者物象之本(案:六字依段注補),字者言孳乳而寖多也。

許君的原意,則是將一切文字分爲“文”與“字”兩類,即獨體的叫“文”,合體的稱“字”,“文”指象形、指事,“字”指會意、形聲;不論爲“文”爲“字”,其意義都等於今語的“文字”,並没有深淺層次的不同。且此種分類,只是漢儒的强爲之别,《左傳》既於合體的武字、蠱字及獨體的乏字一體稱“文”,正是“文”即“文字”,“文”與“字”本無獨體合體之分的證明。其原來的意思是説,武、蠱、乏三字,分别由止戈、皿蟲及正五個字造成;用作者的説法,止、戈、皿、蟲、正五者,爲武、蠱、乏三個字的“字根單體”。然則《左傳》的“文”字便是“文字”,豈容得半點懷疑?何況《左傳》的時代儘晚,其“文”字儘可以義不爲“文字”,不能證明其時代之前,或其他古書“文”字必不作“文字”解;如果《論語》的“文”字非解爲“文字”不可,《左傳》並不具否定《論語》説解的力量。所以,這些討論實際並無作用。

二

此節主要説明,“史”句原意謂“史官的缺少文飾”。作者用漢儒的注釋,認定“史”字的意思是史官,不同於近人胡適、錢穆等先生及今人楊伯峻等的意見,以爲“史書”是一值得稱道的地方。但由於古代史官具有與文字不可分割的關係,雖解“史”字爲史官,不必“史之闕文”即爲“史官的缺少文飾”,而依然有成爲“史官缺空文字”的可能。文中所徵引諸多資料,及作者所作討論,既無以説明非解爲“史官的缺少文飾”不可,有的竟至與此意無關,扼要説明於下。

作者引《孟子》言《春秋》“其文則史”,既以説明史爲史官,又以與《公

羊》"《春秋》之信，史也"合看，説明"文和信，在先秦時代往往作爲對比的德性"，進而據《論語・述而》的"文、行、忠、信"，《管子・侈靡》的"上信而賤文"……説明"文飾、文采把實質準確地表現於外便是信"。"因此孟子所説的'其文'，是《春秋》的文飾和文采，而公羊的'《春秋》之信'，則是《春秋》的文飾或文采對事實的準確表現，意思本來很相對稱。"依照這樣的説法，《孟子》的"其文則史"，直譯之便爲"其文飾文采便是史官"，《公羊》的"《春秋》之信，史也"，也便成"《春秋》的信實，便是史官"，兩者都不成話語。作者當然也注意到這點，於是用了相當長的篇幅解釋：

> 《春秋》的文飾文采或其文飾文采對事實的準確表現是"史"，又是什麽意思呢？上文已説過，"史"是指史官或一般文官。這兒作謂語，已由指一種人而變成指這種人的普遍屬性了。也就多少帶有一點形容詞的性質。這需和上文所引《雍也》篇的"質勝文則野，文勝質則史。文質彬彬，然後君子"對看，才能明白。"野"字在這裏自然是指"野人"，正如下句的"史"和"君子"一樣，都是指人。"史"是官吏，"野人"則是没有做過官的鄉下人。"野人"中的"野"，是由名詞（田野，鄉野）變成形容詞（鄉下人）。現在因與下句"史"字對偶的緣故，省去了"人"字，"野"字便代表"野人"的普遍屬性，或者説仍有那形容詞的性質。正如這兒的"君子"也帶有形容詞性，有點像今語"这人很君子"中的"君子"。依此類推，這兒的"史"字也是指史官的屬性，或更妥當地説，指一般的文官性。因此，"文勝質則史"的意思是：文采或文飾超過實質的便成了一般的文官。孔子理想中的君子，是要調和在野的鄉下人的樸質，與在朝的文官的文采的德性。由於《春秋》是史官所作的，所以説"牠的文飾或文采則是史官性的"（其文則史），又史書的文飾如能準確表現事實，其信實程度當然可説是只能如史官性的了（《春秋》之信，史也）。

經過一番疏通，把"史"字講成"史官性的"，套進原來的文句，仍然並不好懂。《雍也》篇似乎以野字史字與君子對文，史字野字都應爲名詞；實際史野二字用於"則"字下爲述語，與下文句法不同，當是形容詞。故包咸注云："野如野

人,言鄙略也。史者,文多而質少也。"不直言"野,野人",其下更釋以"鄙略"二字;《論語・子路》的"野哉,由也",尤爲孔子用野字爲形容詞的直接證據。《禮記・檀弓上》孔子弟子高柴説的"若是野哉",用法相同。此外,還可以從比較鄙字都字詞性詞義的轉變著手,以確知獨立單用的"野"字可以爲形容詞[①],不如作者所説:"野"是"野人"的省稱。然則"史"字於此亦當是形容詞,本不與下句"君子"爲類。包咸説:"史者,文多而質少。"邢昺説:"言文多勝於質,則如史官也",疑並當指史官的文字言,不由史官的人爲説。史官用以記事的"文字"文勝於質,其人則不必亦文勝於質;而《孟子》的"其文則史",自然更是從史的文體而言,以其史字意謂"史官",或"史官的屬性",皆義不可通。所謂史的文體,便是依據史實通過修飾的記述文字;史實是其質,其記述所用的文字必須通過修飾,所以是文勝質。孟子説《春秋》:"其事則齊桓晉文,其文則史;孔子曰其義則丘竊取之矣。"前句但就史實言;中句一面言《春秋》係以史的文體所書,一面更對"詩亡然後《春秋》作"而言,史與詩的文體原自有别;後句言其義法則取之於詩。《公羊》的"《春秋》之信,史也",言《春秋》以史的文體書寫而成,史的文體雖曰文勝於質,究竟不離乎史實,故爲可信。用《三國志》較之於《三國演義》,最能體會這話的原意。這些資料,對作者説"史"句意謂"史官其人缺少文飾",實在亦無所可用。

作者又引穀梁傳・襄公二十九年及昭公三年,把《春秋》的"北燕"解釋爲"從史文也",説"這兒的史文,應該是指史官的文飾",當然也是由於未將史官書史時文字的修飾,與史官其人的文飾分開的結果。結尾處作者説:

> "辭多"與"文"是史官的特徵,所以"史之闕文"便表示這是罕有的現象。

更充分表示,作者之所以倡導"史之闕文"意謂"史官的缺少文飾"説,只是因爲誤在史官文筆的特徵與其人的特徵之間,畫上了等號的結果。

---

① 説見拙著《比較語義發凡》,《許世瑛先生六秩誕辰論文集》,淡江大學1970年。

三

此節主要討論“借”字的意義。作者注意到早期文獻中借字多作“假藉”解，不作“借與”講；所謂“假藉”，釋以今語便是“利用”，這是文中極爲精彩的部分。依據這一認知，“借人乘之”本應採用如焦循所説，意思是“假藉他人乘馬，而不是把馬借與人乘駕”。於是最早包咸“有馬不能調良，則借人使習之”的解釋，便應正確無疑。作者經過長篇討論，其主張竟仍同今人所説，義爲“借給别人使用”。這長篇討論，部分由於作者對古文獻理解錯誤，部分則由於想法特殊。整個的意思是從“借與”一詞的用法入手，以爲“借與”句一般有直接間接雙賓語；此文“有”句“借”字可能有雙賓語，所以其義爲“借與”，而全句意思便是“有馬的人（把馬）借與别人乘駕”。然而這一論証的方法和過程，卻完全成了問題。

作者所認定“借與”句有雙賓語的句子，一是《漢書·郭解傳》的解“以軀藉友報仇”，一是《管子·任法》篇如下一節文字：

> 故明王之所操者六：生之，殺之；富之，貧之；貴之，賤之。此六柄者，主之所操也。主之所處者四：一曰文，二曰武，三曰威，四曰德。此四位者，主之所處也。藉人以其所操，命曰奪柄。藉人以其所處，命曰失位。

耤、藉古並與借字通用，作者對二文的了解是：

> 這裏的“藉人”顯然便是“借人”，也就是“把……借給别人”的意思。“藉”字在這裏都有雙賓語。在《任法》篇裏，“人”是間接賓語，“其所操”，“其所處”是直接賓語。在《郭解傳》裏，“友”是間接賓語，“軀”是直接賓語，在這兩句中，直接賓語都用介詞“以”領導。

照這樣説，有兩個問題。第一，講語法，應該純從文字組織結構看，而不是從語意看。所謂直接賓語都用介詞“以”領導，實際“其所操”、“其所處”及“軀”字，便當是“以”的賓語，“以”字且不必視爲“介詞”；即使視爲“介詞”，也當注意其本由動詞轉化，仍具動詞功能，故其下可繫賓語。用今語比方，如“我借給你錢”的句子，固然“借給”下有直接間接雙賓語；同樣的意思説成“我把錢借給

你”,則“錢”與“你”分别是“把”和“借給”的賓語,“把”字一般也都視爲介詞;如再將“把”字换成“拿”,甚至换成“持”,意思並無不同。“拿”和“持”都無疑爲動詞,而“把”的本義原與“拿”、“持”不異。雖然後二者仍有兩個賓語,卻無直接、間接之分。由這一意義而言,似乎只需把直接、間接雙賓語的説法换成“雙賓語”,仍可從“有”句有無“雙賓語”,以判斷其“借”字的用義。然而“有”句中“人”與“之”分别爲“借”與“乘”的賓語。“借”與“乘”之間的關係,與“以”和“借”不同:“以”和“借”的結合是制約的,“借”與“乘”卻是偶然的。説後者可從“乘”字判斷“借”字的用義,當然不可能。這是論證方法的錯誤。作者所謂“有”句具雙賓語的説法,是緣於硬在“有馬者”與“借人乘之”之間增添“以馬”二字的結果,卻不悟“乘”下“之”字是此文不得於“借”上加“以馬”二字的明證,因爲“以馬”與“之”字相互排斥;“借”字前有“以馬”,“乘”下又復有“之”字,直是畫蛇添足。這是想法的錯誤。

第二,《漢書》和《管子》的例子,能否説明“有”句“借”字義爲“借與”,更加值得注意。《郭解傳》的“以軀精友報仇”,如作者所説,意謂郭解以自己的身軀借給友人報仇;有借便需有還,萬一生命犧牲了,叫友人如何償還呢?所以顔師古只説:“精,古藉字也。藉謂借助也。”藉助二字雙聲疊韻,藉的意思便是助,所以《孟子·滕文公上》有“助者,藉也”的説法。“以軀精友報仇”,便是“以軀助友報仇”,這樣的了解,才不致形成如何償還的問題。至於《任法》篇的“藉人”,其實便是作者所引同書《四稱》篇“有家不治,借人爲國”的“借人”,意思是説假手於人,不親自操持,同樣没有償還的問題,所以下文説“命曰奪柄”,“命曰失位”,並言其一去不返。作者用《漢書》、《管子》講《論語》,卻根本没有正確掌握二書的原意。

此外,作者又引“假”字的古書用法以助説明。首引《禮記·曲禮》的“假爾泰龜有常,假爾泰筮有常”,説:“這裏假字後面都有雙賓語。”此則不僅誤解“假”字本意,又不知“爾”與“泰龜”或“泰筮”本爲一體。孔穎達正義説:

> 假,因也。爾,汝也。爾謂指蓍龜也。泰,大中之大也。欲褒美此龜筮,故謂爲泰龜泰筮也。有常者,言汝泰龜泰筮判決吉凶分明有常也。故云假爾泰龜泰筮有常。

原來這是主持卜筮者面對龜與蓍草的命辭，去作者的想象甚遠。復次引《左傳》、《公羊》及《穀梁》有關"晉荀息請以屈產之乘與垂棘之璧，假道於虞以伐虢"的文字，及《左傳·莊公十八年》的"不以禮假人"，亦未注意到前者"假"的意思是"借人"，與"借與"義不同，後者意思更是"寬假"，相當於今語的"與"或"給"，而不同於今語的"借"。都與討論《論語》的"借"字無關。

四

此節主要討論"乘"字，肯定其義爲"駕馬車"，下同於一般誤解爲"跨騎馬"，顯示作者在字義的理解上，確有其過人之處。順著這一意義，本來也可以推求出《論語》的原意；十分可惜，這一意義的正確認知，卻未能發揮其對全文了解的影響力，將於結語部分説明。

五

此節大意説明，"古代車馬是士、大夫以上階層的人的特別標誌"。"官吏如果没有文飾的作風，便要遭貶黜。""大約在春秋初期到孔子的時代，社會上對乘用車馬，愈來愈看得重要。""孔子時代，以車馬衣裘贈人或出賣的事，並不是没有，君主以路車乘馬賜臣下，在《詩經》裏更常説到，但這些與'假借'不同，而且都有社會階層地位的限制。當時慣例，是貴族乘車，庶民徒步。""貴族官吏的車馬，平民連估價都不可以。"大凡這些意見，都有古文獻的依據，無可討論。但如作者所指出的，《儀禮》和《公羊》、《穀梁》等書的記載，古時士駕二馬，大夫以上駕四馬，如只是借其一與人，似於乘車無礙，是否必得徒步而形成所謂"史官缺少文飾的作風"，基本上便有商量的餘地。何況順著作者的意思説，"有"句意謂"把馬借人乘駕"，不僅不具正面意義，也許還有反面作用，亦留待結語中申述①。

---

① 此節作者引用《禮記·曲禮》鄭注，誤將"車馬，而身所以尊者備矣"，逗爲"車馬而身，所以尊者備矣"，附記於此。

六

此節爲全文的結論,根據前數節討論的結果,更而提出若干資料,説明孔子的相關思想觀點,以歸結出《論語》此文的原意。現將其中重要部分錄之於下:

> 孔子主張正名和堅持禮治。
>
> 孔子認爲官吏必須乘車才算合理。
>
> 孔子爲了尊重禮儀,也堅持實踐這種貴族文飾的習俗。因此,我們可以了解,當他説起他少時見到過史官缺少文飾,把馬讓給别人去乘駕,而現在已没有了時,不見得是十分嘆息今不如昔。
>
> 據《禮記·表記》所載孔子的説法,……可見他乃認定夏、商、周三代的演變,是"質"越來越少,"文"越來越多。他不以爲越古越文,而且對這一點也不以爲越古越好。他曾很自負地説:"文王既没,文不在兹乎?"原來他自己是要擔當發揚那"文"的傳統。當然闕文或闕質都不能算很理想。他所要的是"文質彬彬",兩者有適當的調節。但比較起來,在質不全缺的條件下,他也許更重視"文",……贈人一馬以助喪,可能合禮;若官吏把專有的馬"假借"給别人乘駕,那便是"闕文",至於做過大夫官的人,若把馬車出讓辦椁而致非徒行不可,那更是不應該的了。

根據這些意見,夏商周三代由質而文,漸進而達於文的最高峰。孔子説:"吾猶及史之闕文,今亡矣夫",作者説以爲此謂"孔子少時還見過史官缺少文飾,可是現在大概没有了吧",表面上合於由質到文的歷史發展軌迹,但這應該不是作者主張如此解説《論語》的理由。因爲文化風尚的極端轉變,必不是數十寒暑所能形成。終孔子一生,絶不可能方其少時猶是質未盡去,所以還見過史官缺少文飾,及其晚歲則爲郁郁文哉的盛世,故而再也見不到這樣的史官。何況孔子説的"郁郁乎文哉",當係指禮樂而言,春秋以後,正是天翻地覆禮壞樂崩的時代。貴族没落淪爲平民者有之,未必仍能維持其出有車馬的文飾派頭;平民因經商致富,設法想自破落户的貴族手中取得車馬以

爲代步工具者未必無有，於是“史官”因而失去車馬不得保其文飾排場的，也許反是可以數數覯見，而孔子説的“今亡矣夫”轉可以懷疑了。再者，作者曾引《禮記・檀弓》所記孔子説驂以賻舊館人之喪的故事，“史之闕文”的原意果如作者所説，則是孔子所犯的“闕文”，較之“以馬借人乘駕”者有過之無不及，更不當説“今亡矣夫”了。即使孔子説這話時，説驂賻喪的事還未發生；“堅持實踐貴族文飾的習俗”，且“自負要擔當發揚文的傳統”的孔子，終不得不放棄自己的原則和襟抱，而做此“闕文”之事。作者竟然説“贈人一馬以助喪，可能合禮”，是真令人不解。

還有兩點，並非都屬重要，因涉及對古書的了解，一併提出。其一，《左傳・成公二年》的“惟器與名，不可以假人”，作者也以“假”是“借與”的意思。實則此與第三節所引《莊公十八年》“不以禮假人”的“假”字用義相同；器與名本來涵攝在廣義的“禮”中，兩句的意義直可説全無區别，“假”仍當訓爲“寬假”即“給與”。其二，《禮記・檀弓》“惡夫涕之無從”，作者以爲“涕之無從”謂“無由流涕”，即“自憾當時没能流眼淚”，此一解釋，明與上文“遇於一哀而出涕”之言不合，仍當從鄭康成以來之説。

結　語

總結上文，此文在個别文字的詮釋上，以“史”謂史官，“乘”爲駕車，否定了“史書”和“騎馬”的説法，是其成就所在；指出“借”字古書多作“憑藉”解，雖然作者最後並未採用此義，對“有”句中“借”字意義的取抉，仍具決定性作用，亦不可謂非此文之功。由於作者對古書中“文”字、“藉”字、“假”字等産生誤解，於是形成了自己的詮釋，而留下了如上文所述的種種缺陷。不僅如此，還有下列諸問題要繼續提出：

其一，“史之闕文”四字，作者或譯之爲“缺少文飾的史官”，見第五節首；又或者説爲“‘史’的‘闕文’作風”，或“史官缺少文飾”，分見第五、第六節。後者是以“史”爲“闕文”的主語，“闕文”爲“史”的述語，全句又作爲“有”句的主語，構成一複雜語句。所以“史”與“闕文”主、述語之間加“之”字，“闕

文”下加“也”字,其例如“大道之行也,天下爲公”,亦如作者所舉《論語》“君子之於天下也,無適也,無莫也”,及“大哉堯之爲君也,巍巍乎唯天爲大,惟堯則之”。前者則是以“史之闕文”等同“闕文之史”,視“闕文”爲“史”的狀詞,“之”是狀詞尾,直以“史”之一字爲其下“有”句的主語,“有馬者”三字只是“史”的修飾成分,用以表示“史”的身份地位,並非“有”句的主語。如此,是根本無視於“史”句“也”字的存在,而作者所引《論語》中自“人而無信,不知其可也”,至“惟女子與小人爲難養也”十二條句例,以證“有”句爲“史”句舉喻,都變成無意義的舉措。因爲此十二句,包括已引的首尾二句,其餘如“君子之於天下也”,“父母之年,不可不知也”,“朽木不可雕也”,“甚矣,吾衰也”,“大哉堯之爲君也”,“久矣哉,由之行詐也”,“後生可畏,焉知來者之不如今也”,“回也,非助我者也”,“小人不知天命而不畏也”,以及“古者民有三疾,今也或是之亡也”,無一不是主述語俱全,意義完整的句子(案:其中多句,實與“史之闕文也”不可相比,不詳説),與“闕文之史”的句子全不相干,作者譯文“我還看見過那缺少文飾的史官呀”,其“底本”分明便是“闕文之史”。原文“史之闕文”是否等同“闕文之史”,語序可以隨意顛倒,在我看來,正是確定此文原意的最重要關鍵,此則作者竟然渾無所覺。意詳下文相關各條。

其二,作者於第五節説:“古代車馬是士、大夫以上階層的特别標誌。”爲史者既然是當然的有馬階級,《論語》何需在上言“史之闕文”等於“闕文之史”的情況下,下句以“有馬者”另起,而不直言“吾猶及闕文之史以其馬借人乘之”?這個問題也許有人以爲毫無意義。須知這以“有馬者”另起的句子,除可如上文所説,以“有馬者”爲“史”的修飾語之外,還可以表示古代尚有無馬之史,更可以表示孔子所見缺少文飾的史官並非偶一遇之,而是時時可見的常態。擬構的“吾猶及闕文之史以其馬借人乘之”的句法,則絶對不會形成任何歧義,孔子何故捨此取彼,恐怕便不易回答。面對第一個歧義,也許可以説,古代既無無車馬之史,所以不必有此一層顧慮。然而前引作者對原文的語譯:

> 我還看見過那缺少文飾的史官(文官)呀,有馬的人任意讓别人乘駕牠。

當然認爲是偶一見之的語氣。再看第六節的最後結語：

> 原來他本人少時就做過史、吏，當然容易見到那些"有馬者借人乘之"的"史之闕文"了。

於"有馬者"上用"那些"，"見到"上加"容易"，分明又是看成習見現象的口吻。我不知道作者會不會説這是語譯發生了錯誤，或者説只是手民在"那"下漏植了一個"些"字。我則寧願接受"語譯"，這不僅因爲"猶及"的語意本不當爲"習見現象"，更由於無法了解，爲甚麼當孔子少時，破壞禮制甘願放棄"文飾作風"，"遭受貶黜"的史官竟然隨時隨地可遇，而後來則一個没有；我的想法則認爲，到了孔子晚年，不能維持出有車馬排場的貴族反倒該越來越多，方爲合理，説見第六節。作者既然把《論語》此文看成是説"缺少文飾的史官，把馬借給别人乘駕"，這種現象究竟爲罕見的爲常見的，我覺得兩種了解都不能視爲錯誤。問題是這不一定意味孔子説話本是如此含糊不清；如果另有一種説解，可以使原文根本不致産生歧義，則顯然便是作者的理解出了差錯。

其三，把"有"句説爲"有馬的人把馬借給别人乘駕"，不知作者是否設想過，這"别人"是個甚麽身份，貴族？還是平民？貴族？本身有馬，不待借；若因其馬適病，借馬以成就其"文飾作風"，則失之於此，得之於彼，何譏之有？平民？本不得乘車，何用借馬？古時馬不跨騎，無車何用？這些問題恐怕都是不能不思索和答覆的。

其四，如作者所言，"史之闕文"意謂"史官缺少文飾"。但史官之所以被視爲缺少文飾，只因爲馬借給了人，一時無可駕車，於是不得不徒行，而成了"闕文之史"。至其人借馬何用，與"史"闕不闕文無直接關係，無説明必要。换言之，在這意義下，"乘之"二字成了"贅文"，原文但言"吾猶及闕文之史，以其馬借人"，其意已足。這又表示，如其另一説，"乘之"二字不成贅文，而是非有不可，則彼説便顯然勝過此説。

其五，原文上言"猶及"，下言"矣夫"，按理説應是對舊日懷念，十分感嘆今非昔比的語氣。這個意思，雖然一時無法自古書找出相同句例予以證成；《論語》中稱古或以古今對言的文句，如《八佾》："子曰：射不主皮，爲力不同

科,古之道也";《里仁》:"子曰:古者言之不出,耻躬之不逮也";《憲問》:"子曰:古之君子爲己,今之君子爲人";《陽貨》:"子曰:古者民有三疾,今也或是之亡也:古之狂也肆,今之狂也蕩;古之矜也廉,今之矜也戾;古之愚也直,今之愚也詐而已矣。"都有以古爲然,或古非今所能逮之意。作者則説:"當孔子説起他少時見到過史官缺少文飾,把馬讓給别人去乘駕,而現在已没有了時,不見得是十分嘆息今不如昔。"果如此,則"今亡矣夫"四字恐又不當有,"孔子曰"以下十九字,只需"吾猶及闕文之史,以其馬借人"十二字其意已足,而"猶及"二字且似以改作"嘗見"爲宜。玩味作者的話,表面雖説孔子没有嘆息今不如昔的意思,但"嘆息"上有"十分"二字,即作者亦不能全無今非昔比的感受。只因爲要維持其對此文原説孔子以史官把馬借人乘駕爲缺少文飾的了解,於是用"不見得是十分"幾個字,將本有的惋惜之意予以抹殺。即此,恐怕也就表示"新詮"隱含了某種缺失。

以上這些問題,看似瑣碎,有的竟至可説吹毛求疵。由於古人行文尚簡,不使有字句的浪費,真要得知原文的意思,至少須説得字字切實,句句宜適,然後可以成立一説。如作者所提出的主張,使《論語》原文呈現多處理不當有的現象,以爲其本意如此,恐怕無法令人接受。回頭再看何晏《集解》所引最早包咸的説解:

> 古之良史,於書字有疑則闕之,以待知者。有馬不能調良,則借人乘習之。孔子自謂及見其人如此,至今無有矣。言此者,以俗多穿鑿也。

除去以"史"、"有"二句平列,於"也"字無交代,將於下文專論外,其餘十七字,個個有其功能,不可以減損一字,亦不待增加一字,當然也容不得句式的任意變易,如將"史之闕文"改爲"闕文之史"。這一解釋,顯然有其值得信取之長。詳情説於下方:

首先要回到作者文中第一節所討論的,究竟"有"句與"史"句爲何種關係的問題上。作者曾根據"史"句有"也"字,列舉《論語》十二句例,以證"有"句爲"史"句舉喻,於是創爲新的詮釋。然而這一新的詮釋,不僅因作者以"史之闕文"視同"闕文之史",等於無視於"也"字的存在,失去了比較文例的意義;更重要的是,使《論語》原文疑竇叢生,無法令人相信這竟是其文的

原意。可是，這卻是以“有”句爲“史”句舉喻的前提下，一個能使文意貫聯的説解。此外，似亦僅有如作者所説，設想“有”句“乃是古史書中的一句原文”，可以满足此一要求。但“有馬者借人乘之”七字，無論如包咸所説，或如作者於“借”字上加“以馬”二字了解，並主述語俱足，意義完備，不得谓之“闕文”，非常明顯。换言之，以“有”句爲“史”句舉喻的想法，已是山窮水盡，到了無路可走，非得放棄，回頭再拾包咸以來老傳統不可的地步。

然而“有”句與“史”句如何可以併列，學者也有質疑的，作者文中已引及，不擬細談。作者對此亦不能解悟，又誤會包氏“有馬不能調良”的意思，以爲是説馬本不良，需要馴服，在“原文既未说马不良，又未说要馴调，乘字本身並無這些意義”的條件下，難怪要说包注“仍是勉強無據”。殊不知所谓“有馬不能調良”，只是説有馬的人自己無法使其馬會駕車，於是不得不請人調習，不是説馬的本性不好。本性再好的馬，不加訓練不能駕車；自己既不能調良，自然要假手於人，不可勉强爲之以敗事。古人言簡，文中雖未明説馬必調習然後能馭車，此是常理，既说“憑藉他人乘駕”，當然就含有自己不能調良之意在内，哪裏需要絮絮叨叨如今人作語！史官書字遇疑則闕，有馬者不能調良則假手於人，一爲不强不知以爲知，一爲不强不能以爲能，兩者都是不自以爲是，且“能”與“知”本相對，所以孔子一時並舉，實在没有不好懂的地方，當然包注是對的。

剩下來只是“史”句有“也”字的問題。從其有“也”字而言，“有”句應爲“史”句舉喻；但文意上“有”句既不得爲“史”句舉喻已如上述，“也”字便當是衍文。包咸爲新莽至東漢初時人，其所爲注文，在涉及討論《論語》此文的幾種資料中，於時最早。包氏既是把兩句當作平列句看待，其依據的本子論理應無“也”字。而《説文・序》説：

> 《書》曰：“予欲觀古人之象。”言必遵修舊文而不穿鑿。孔子曰：“吾猶及史之闕文，今亡矣夫！”蓋非其不知而不問，人用己私，是非無正，巧説衺辭使天下學者疑。

又永元間司空徐防《上和帝疏》説：

> 孔子稱：“述而不作。”又曰：“吾猶及史之闕文。”疾史有所不知而

不肯闕也。

兩文並作者所引,"文"下俱無"也"字,正可作爲證明。至於《漢書·藝文志》説:

古制:書必同文,不知則闕,問諸故老。至於衰世,是非無正,人用己私,故孔子曰:"吾猶及史之闕文也,今亡矣夫!"蓋傷其寖不正。

則"文"下有"也"字,疑是班氏不經意所加,因爲在不同時稱引"有"句的情形下,"也"字的有無,文意不生影響;極可能班氏習慣了《論語》記孔子之言語氣舒緩,多用"也"字,於是加之而不覺。當然也可能爲後人據誤本《論語》所增。《説文》與《漢書》同有"人用己私,是非無正"的話,當是《説文》用《漢書》,則似許慎見到的《漢書》尚無"也"字。至於今所見的《説文》,是否許君的原面目,則有徐防的疏文可與印證。

《春秋·桓公十四年》及《莊公二十四年》的"夏五"、"郭公",明是孔子"猶得及見的史之闕文",所以我的主張,説解《論語》記孔子説這話的原意,仍當用包氏之注。但"史之闕文"與"有馬者借人乘之",兩件事必非發生在同一人身上,包注説"孔子自謂及見其人如此",讀者千萬不可誤解。

1993年11月28日於絲竹軒

(原載1993年12月中研院中國文哲研究所《中國文哲研究通訊》
第三卷第四期《書刊評介》)

有關古書假借的幾點淺見

古書中有時出現假借字，應如何處理，討論的人很多，區區竊不自揆，對此亦有若干淺見，希望藉機提出，得到方家的指正。

講訓詁的人，通常將古書假借與六書假借分別看待，而稱古書假借爲通假，以與六書假借有所區分。《説文》説六書假借爲“本無其字，依聲託事”，背景是無字可用，於是藉音同音近字以行，等於將漢字化作音標使用，創造了表音文字。所以拙著《中國文字學》視六書爲四造二化，所謂二化，轉注其一，另一卽是假借。許君用令長二字爲假借之例，以致形成與界説的矛盾。這是因爲漢儒的觀念，將語義的引申含攝在假借之中，清儒如戴震仍是這樣想法；換在今天，當然要改用如“苟且、然而”的例。所謂通假，則並非無字可用。譬如端本是端正的端，以爲玄端之端，而《説文》實有褍字；“無”本是歌舞的舞（案：許君據小篆從林，釋其本義爲豐），以爲有無的無，而《説文》實有𣞤字。所以這只是通假，與六書假借不同；也所以講訓詁的人都要教人如何根據《説文》，以求其原本應該書寫的字，謂之“求本字”。相對簡要而言，六書假借爲無本字假借，古書假借則爲有本字假借。

這裏可能發生一個究竟這些“本字”是否爲本來所有的問題。以《説文》而言，其書收九千三百餘字，字字有小篆，相對於隸書以下的文字，似乎都可以“本字”視之。問題是小篆的根據爲秦篆，秦《三倉》卻僅有三千三百字；換句話説，從秦《三倉》到《説文》，字數增加了六千，幾乎是秦文字的兩倍。這不一定表示所增的六千字，都爲秦以前所無，必然有許多是先秦所没有的。因爲一方面，任何一個時代通行文字，不過三至四千，秦《三倉》理應囊括了

當時通行文字在内;而另一方面,《説文》中許多形聲字又固爲經傳所不見用,其字所代表的語言則不必爲經傳所無,只是通常卽由其聲符字兼行。顯然秦《三倉》與《説文》字數的懸殊,不表示先秦與漢代語彙的多寡有此絶對差異。不過其先往往由一字兼攝多種用途,其後增改偏旁,一字化身爲數字,於是字數愈後愈多。如前舉褍⿱無二二字,便是由端無二字變化以出。所以⿱無二字從不見用於古籍,褍字亦僅出現於《墨子》書。前者係由於語義繁衍而分化,後者正因爲文字假借而形成,都是拙著《中國文字學》所説的轉注字。這種字,正其名當謂之"專字";謂之"本字",則擬於本來所有,而與事實不符。以無爲⿱無二,本質固與六書假借略無不同;卽如以端爲褍,依許君舉令長爲假借例,仍可屬之六書假借。則所謂古書通假,便與六書假借並無異行。至於《説文》九千餘字都有小篆的問題,我以爲這是許君根據他對文字形體的了解,將不見於秦《三倉》的隸書文字,改寫成了小篆形式,並非都爲秦篆所本有。在前述拙著中,曾經效顰"隸定"的説法,杜撰了"篆定"一詞,説的便是這一現象。然則"本字"的名稱,卽使是以隸書相對於小篆而言,也仍然並不妥當。

但這並不是説,"通假"的觀念絶不成立。由於古代書本及知識的傳授,主要以口耳爲憑,循音記錄的文字,偶有書甲爲乙的現象出現,自然是可能的。只是一切依《説文》求本字的作法,有時恐怕是没有意義的。

以上便是我要提出來的淺見第一點。

無論爲六書假借,爲通假,自然都離不開音的同近。所謂音的同近,聲調方面,可從諧聲字窺其端倪,應没有同調的要求;聲母與韻母兩方面,則須同時兼顧,而不是單方面只管聲母,或者只管韻母。但在文字尚少的初期,平日經常使用的語彙,有的因爲形聲之法未形成不易造字,又適巧没有聲韻兩方面同近的字可以借用,於是帶有相當程度的制約性質,以條件並不十分適合的字兼代,也是有的。如千字用人[①],萬字用蠆,丑字用叉,毋字用母等,都是這樣的例子。先民於五以上的數字,不滿意更用積畫的方式制造,於是採取

① 千本是一千的合書,所以較人字多一畫。

絶對制約的手法,創爲㐅、𠆢、十、八、七、丨的指事文字[①],則早先有這種具有部分聲音關係的假借字出現,原是不足爲怪的。但這種文字有其客觀限制,數量不可以多,又必須爲習見。多則不利記憶,不習見則易忘,所以僅見於六書假借中。至於古書通假,既是循音所記,理不當去音過遠;後世文字已多,不再有讀音同近字匱乏問題,故意使用片面聲母或韻母同近之字的情況,論理又不當發生,兩字間音韻關係必是聲母與韻母雙方面的,可想而知。這便等於説,僅具聲母或韻母的同近關係條件,必不可任意以通假爲説。名家如王念孫之言假借,因其處處講求例證,兩字間不致發生音韻關係薄弱現象不待言。即如段玉裁偶於《説文注》談到假借,語常簡短,表面上只説二字古音同部,實際聲母亦密切相關。如啻下云:"啻亦作翅,支聲帝聲同部也。"詩下云:"《特牲禮》'詩懷之'注:'詩猶承也,謂奉納之懷中。'《内則》'詩負之'注:'詩之言承也。'一部六部合音最近也。"並其例。今人言假借,可能受段玉裁等表面上但言古韻同部的影響,往往僅著眼於聲母或韻母的片面同近。以高亨《詩經今注》爲例:《維清》、《我將》"文王之典",説"典讀爲德";《株林》"乘我乘駒",説"駒借爲驕",便是只顧聲母,不顧韻母(依一般見解,駒借爲驕,可視爲宵侯旁轉。有關旁轉問題,説見下),明顯破壞了《維清》典與禋,及《株林》駒與株的叶韻,居然不能察覺。又如《氓》及《園有桃》"士也罔極",説"極借爲則";《載芟》"侯彊侯以",説"彊讀爲臧",便是只顧韻部相同,而忽其聲不相及。這些當然都是無法假借的。至於《出車》"執訊獲醜",説"訊借爲奚";《酌》"是用大介",説"介借爲捷",聲韻兩方竟全無所關,更是自鄶以下,不知從何説起!如此這般講假借,自是不足爲訓。這是我要提出來的淺見第二點。

然而,《詩經》似乎有一種特别的雙聲假借法,固定出現於韻字上。我曾作過小文《試説〈詩經〉的雙聲轉韻》,指出如《風雨》二章"雞鳴膠膠"的膠膠,便是首章"雞鳴喈喈"的喈喈,保持其聲母,改换韻字瀟和瘳的韻母,成爲

① 拙著《中國文字學》將傳統上下、一二等字形有道理可説的指事字,合併於會意中,别依《莊子》、《荀子》、《公孫龍子》指字用爲約定的意思,視𠆢、㐅至丨等字爲全無道理可言,以爲即是六書指事一名所指稱之字。

"膠膠"的聲音,於是用膠字來書寫。同様《蓼莪》二章的"南山律律,飄風弗弗",也是保持首章"南山烈烈,飄風發發"烈烈、發發的聲母,改換韻字"卒"的韻母而轉成的。全文共收八首詩十三個詞例,除《出其東門》二章的且字爲動詞,其餘並爲狀聲、狀態或狀情的重言,疊韻詞或單詞。毛傳或鄭箋對於這些詞的解釋,只説某猶前章的某,如《風雨》的"雞鳴喈喈",毛傳説"雞守時而鳴喈喈","雞鳴膠膠",則只説,"膠膠猶喈喈也";或者只解釋前章的某詞,後章位置及聲母相當的詞,則不更作説明,如《月出》詩共三章,僚、懰、燎與窈糾、懮受、夭紹,及悄、慅、懆分別相當,毛傳只於第一章説"僚,好貌;窈糾,舒姿也;悄,憂也",其餘各詞全無解釋,鄭箋也没有任何補充,似乎都表示,他們的理解各詞間具轉成關係。《出其東門》的且字,應取魚部從母一等音,以與闍及荼字叶韻,相當於徂字的音讀。《經典釋文》云"音徂",大概只用徂字標音,更無其他意義。文意上,如將且字换作徂字,"匪我思徂"可以直接講成"非我思所嚮往";鄭箋卻説"匪我思且,猶匪我思存也"。所以我將且字收爲雙聲轉韻例,認爲便是前章存字的化身。不僅如此,在小文的最後,又指出《蒹葭》的"道阻且右",毛傳説:"右,出其右也。"似乎相當勉强。鄭箋改説:"右者,言其迂迴也。"可能也只是就右字的意思加以引申,卻比毛傳好出許多。我從這裏想到迂字一讀羽俱切,義與憶俱切同爲迴曲,而與右字適爲雙聲,疑心右字實際便是迂字,只爲與采、已、涘、沚等之部上聲字叶韻,而寫作右字。右字除通常讀去聲,還有上聲云久切一讀。换句話説,右便是迂字的通假。只是迂字並不見於此詩,又没有其他例子互證,當時不敢直接説右是迂的借字,結尾只是這樣説:

> 就這一句詩而言,我希望用迂的轉語去解釋,不用左右的意思去附會。我更希望藉此機會請大家討論①,在讀其他古書的時候,如果遇有類似情形,這個觀念能否容許稍稍推廣?

後來,我發現《蓼蕭》二章的"令德壽豈",豈字取樂易義,既與上句"孔燕

---

① 《試説〈詩經〉的雙聲轉韻》原本爲臺大中文系學術講論會演講詞,由楊秀芳君記錄,後刊載於《幼獅月刊》四十卷六期《紀念董同龢先生中國语言學研究特輯》,1974 年 12 月。其後更以《中國語言學論集》名義發行。

豈弟”的豈字意義重複，就本句而言，令德與壽豈四字三義，結構也極不尋常，比對上章的“其德不爽，壽考不忘”，疑壽豈即是壽考的“雙聲轉韻”，曾將此意寫入另一小文《讀詩管窺》[①]之中。豈字除去不是狀聲、狀態和狀情的虛詞，可與“匪我思且”相結合，説明《詩經》實詞也可以出現“雙聲轉韻”，對於“道阻且右”的想法，仍然没有幫助，因其前章明有壽考一詞在。

在同一小文中，我又提出《雲漢》的“黽勉畏去”，去字與故、莫、虞、怒爲韻，以來去的去字説解，則義不可通；分析句法，應與畏字爲同義複詞。高亨《今注》説“去借爲怯”，《説文》説怯的意思爲多畏，極爲貼切；許君且説怯從去聲[②]，兩者正具讀音關係。但怯字古韻屬葉部，不能入韻終不合用。爲了調和這音義不能兩全的困窘，當時我用“轉語”的觀念，説此去字代表的是怯字的轉語，其義同怯而音與故、莫相諧；也仍不敢説是詩人爲叶韻臨時將怯字轉讀爲“去”的。然而，這情形顯然與“道阻且右”可説已是如出一轍。

今天，我要再提出兩處新的發現，其一可以説便是毛公所説。《唐風·鴇羽》：

> 肅肅鴇羽，集于苞栩。王事靡盬，不能蓺稷黍，父母何怙？悠悠蒼天，曷其有所？肅肅鴇翼，集于苞棘。王事靡盬，不能蓺黍稷，父母何食？悠悠蒼天，曷其有極？肅肅鴇行，集于苞桑。王事靡盬，不能蓺稻粱，父母曷嘗？悠悠蒼天，曷其有常？

末章的鴇行，最容易講成雁陣，實際上自朱熹以來，如此講詩的人很多。意想不到毛公偏偏捨易就難，説“行，翮也”，鄭氏居然也不改其意。對照前兩章的羽字、翼字，這個訓詁應該是正確的；不然，停在桑樹上的雁群，豈能仍然保持飛行時的整齊行列？行字卻没有講成羽字、翼字的例證。《正義》説：“以鳥羽之毛有行列，故稱行也。”只是强不知以爲知。適巧行翮二字雙聲，而行與桑、粱、嘗、常为韻；尤其可以注意的是，毛公放著現成的羽字翼字不用，也

---

① 見《史語所集刊》第五十五本第二分，1984年。

② 大陸學者傾向説魚葉二部各有一去字，音義不同，怯字所從，非魚部來去的去。我因鑒於曄皣二字與華字爲轉語的關係，更加其他原因，仍主《説文》以來的傳統説法。詳拙著《上古陰聲字具輔音韻尾説檢討》，《史語所集刊》第五十本第四分；《再論上古音-b尾説》，《臺大中文學報》創刊號，1985年。

不用翅字作説明,必説"行,翮也",其欲轉化行字爲翮字的心意,不啻躍然紙上。

另一處,見《鄭風・大叔于田》,亦錄其必要文句如下:

> 大叔于田,乘乘馬。執轡如組,兩驂如舞。叔在藪,火烈具擧。
>
> 叔于田,乘乘黄。兩服上襄,兩驂鴈行。叔在藪,火烈具揚。
>
> 叔于田,乘乘鴇。兩服齊首,兩驂如手。叔在藪,火烈具阜。

毛傳説:"驪白雜毛曰鴇。"《爾雅・釋畜》説同,但鴇字作駂。此本借用鴇字,易鳥爲馬,而成轉注的專字。駂字不見於《説文》,可能許君之時,《爾雅》字尚未改。驪爲深黑色馬名,"驪白雜毛"等於説黑白雜毛,也就是毛色不純。《説文》:"駁,馬色不純也。"北角切,與鴇音博抱切雙聲。此詩二章云黄,三章云鴇,黄與鴇疑卽《東山》的皇與駁,因駁字不能與首、手、阜相叶,所以書作鴇字。《漢書・梅福傳》云:"一色成體謂之醇,白黑雜合謂之駁。"正與"驪白雜毛曰鴇"相合。駁字古訓雖然又有赤白雜毛及黄白雜毛二説,自是因爲駁本毛色不純的通稱,不妨礙其字也可有"驪白雜毛"之訓。

我不知道《詩經》韻字有雙聲假借的説法是否可以成立,但這是我要提出來的淺見第三點。

除上述《詩經》中可能的特殊假借外,凡言通假,必須著眼於聲與韻雙方面的同近,聲母的同近,大體單一聲母以發音部位同近爲範圍。具體而言,脣、舌、齒、牙、喉五音,脣音獨爲類,舌音及絶對多數的三等照、穿、床爲一類,齒頭音、二等正齒音及少部分三等照、穿、床(案:此類與前類所説,可憑諧聲偏旁判別)又爲一類,牙音與喉音共爲一類(案:喻$_{四}$字性質特殊,不含在此類之中)。凡屬同類,可視爲聲母相關;但鼻音聲母與同類塞音聲母其間仍有分際,原則上宜分別看待。此外,合口曉母字多與明母字相交通[①]。至於韻母的同近,同韻部者自然相關。此外,凡正對轉部可視爲同部。旁轉,觀念上一般與對轉等量齊觀;我卻認爲,卽使爲"近旁轉",兩部之間若非元音不同,便是韻尾相異,不得其音可以轉换。凡主旁轉之説,不外《詩經》有相叶之

---

① 詳拙著《上古清唇鼻音聲母説檢討》,載《屈萬里先生七秩榮慶論文集》,聯經公司 1978 年。

韻,《説文》有相諧之聲。《詩經》是否絶不得有不謹嚴的叶韻,是個根本問題。《説文》中不同韻部的諧聲,則分明多由誤解,少數也可以別有解釋。以之幽兩部而言,其通諧之例,一爲裘求同字,一爲柩匶同字。根據金文,裘本作,以衣象形,加又爲聲,與求本作或原不相涉。其後誤書象形衣的兩側毛形於旁作,小篆沿其誤,於是有許君裘求同字之説。鄭玄較許君稍晚,其説《大東》"熊羆是裘",破裘爲求,而云"裘,當作求,聲相近故也",兩者不同字,可爲明證。至於柩字籀文以舊爲聲,則可能爲六書假借,本以鵂鶹之舊爲故舊字,與以母爲毋同一例,匶以故舊字爲聲,並不得謂之之幽通諧。又如幽宵兩部間的諧聲,䚻字從肉聲的説法,因其聲母亦不同類(案:參下説喻四),自無可取;其義既爲徒歌,當取從肉從言會意,從肉猶從口。所以不徑以口字表義,或爲別於唁字;何以不從音?或又因別有喑字在。但古文字音與言往往不分,其始似不無從音之可能。朝字小篆從舟,許君以舟聲爲説,是宵幽通諧的另一例。金文朝字多見,無從舟者,本是潮字,小篆曾經李斯等所改,隸楷的寫法正直接上承金文的字。兩個例子都不可據。再就蒸侵兩部間的諧聲字説,凭字許君説從任爲聲,凭同字,通常則借用憑字。此字與任亦不僅韻不同部,聲亦遠不相及。其字本作,象人凭隱之形,因壬字原亦作,而誤爲"任",於是下加几字作凭,以與任字區別①,是其字本不以任爲聲。許君又據小篆鷹字從疒的寫法,説鷹從瘖省聲,爲侵部蒸部通諧的另一例。但瘖字本從音聲,其字不直取音字爲聲作"䧹",已爲可怪;金文鷹字作,十餘見相同,是其字又本不從疒,益證許説絶不可從。見於《説文》的籀文從疒,既與金文不合,必然也不是原來的樣子。總之,此一旁轉之例,也是不足信的。此外,《説文》古文鳳字作(另一古文從鳥,即後來的鵬字),許君以爲便是後來的朋字,并且解釋兩者間的關係説:"鳳飛,從者以萬數,故以爲朋黨字。"不僅如此,《説文》中後世入蒸韻的倗、棚、崩、淜、掤,弸、堋、輣等字,小篆並從古文鳳字爲聲。鳳朋古韻分屬侵或蒸部,這一現象,似乎可以爲旁轉説屹立不拔之鐵證。但早在乾隆六十年,孔廣居作《説文疑疑》,便曾説

① 詳拙著《中國文字學》第三章《論位置的經營》。

鳳朋鵬三字音義各異,經傳俱不相通,《説文》以爲一字可疑。今天我們不僅知道甲骨文、金文朋是貝朋字,其先作,與鳳字了不相干;又知倗字作,原是貝朋字的轉注字,鵬則是以貝朋字爲聲的形聲字。既證實了孔氏的懷疑,也證實了我的"篆定"説,自倗至䎱等字的小篆,都是許君翻寫的結果。後者,徐灝也早説過"世儒誤朋卽匋之變體,許君未之深考,以古文鳳爲朋,而凡偏旁從朋之字皆書作"的話。壁中諸經無鵬字,《説文》"亦古文鳳"之説,疑是後人改之,其字亦當出許君之"篆定"。

然而,儘管如上所説,《説文》中諧聲字涉及兩個韻部的,如芰或作茤,輗或作輨,琨或作瑻,瓊或作璚,並不能一一予以否定。更有如帥字的現象,其字本從巾在門右會意[①],與帨同字,古韻屬祭部。通常則用爲帥領、將帥義,讀與率同,又分明古韻屬於微部。所以《説文》膟字或體作膋,而蟋也便是《詩經》的蟀字。前面所説的,六書假借以鳥名的舊爲故舊字,也同樣是同一字兼跨兩個韻部的行徑。但是也儘管如此,我以爲這仍不是不同元音或不同韻尾的兩部字可以旁轉的説法。因爲漢語的歷史悠久,自原始漢語發展到周代,中間由於不同時空因素的影響,周代的漢語音,絶不可能任何一字都只有一個讀法,其彼此間的差異,且必然不都是同一韻部所能範圍得了的。所以我主張,講論周秦古韻,只需有憑證,可以容許一字重複出現於不同韻部。這一淺見,我於 1978 年所作《有關古韻分部内容的兩點意見》[②]小文中提到。上述芰茤同字及帥字等的例子,所涉及的自然都是個别字的現象,其背景不外周秦語音不必皆一字一音。是故,只以旁轉之説爲憑講假借,而不問有無其他充分理由或證據,應該是不可靠的。這是我要提出來的淺見第四點。

講訓詁,必須熟悉古音;古音則只是寄生在古書、古注及出土的資料裏。自顧炎武以來,經過三百多年的開發,雖然成績輝煌,究竟不過規模已具;細微的地方,甚至大的環節,都還有精益求精的空間。譬如説,過去運用過的資料,是否已經徹底理解?新出土資料,是否又含藴了某些古音訊息?當然都

① 詳拙著《説帥》,《史語所集刊》三十周年紀念專號,1960 年。

② 刊《中華文化復興月刊》十一卷四期,1978 年。

是值得探討的。然而今天治古音的學者,往往都是邃於西學,對古漢語原始資料少有直接接觸機會。其工作重點,只是根據清代以來的成果,以及《說文》中的諧聲,爲古韻古聲擬其音值。古音學術的穩健邁進,情勢上似非有賴於對原始資料熟悉的學者參與研究不可。這便是說,埋首於故紙文物堆中的文字訓詁工作者,必須貢其所長,與古音學者共同投注心力,繼續創造古音學術的高峰。對於文字訓詁的學者而言,在自己的學術天地裏,成長的古音學,原也是十分需要和急切期待的。試舉一例以爲說明。

中古一個喻母,上古原有喻$_{三}$喻$_{四}$之分,兩者絕不相同,這是近人曾運乾的發現。前此,大家的觀念,只視喻母爲同音。所以如王念孫之於《詩・清廟》“對越在天”,引《爾雅》“越,揚也”,說:“揚越一聲之轉。”換在今天,王氏可能不是這樣說法[1]。但是甲骨文的[illegible]字,義謂明日,相當於《書・召誥》“若翼日乙卯”、《金縢》“王翼日乃瘳”等的翼字。唐蘭說:“[illegible]當釋羽,象羽翼之形,翼之本字也。羽古讀與異近,羽及異皆喻母字,聲得相轉。《春秋・隱公五年》初獻六羽,《左傳》釋之曰:初獻六羽,始用六佾也。羽佾亦同爲喻母(宇純案:羽佾義不同,此語無義),可以爲證。”又說:“《尚書》作翼字,羽翼聲相近,故得通用也。”唐氏因爲主張研究甲骨文,應該暫時將周秦古音摒諸思慮之外,所以混喻$_{三}$喻$_{四}$爲一談,也不管韻部之魚是否有關。李孝定先生作《甲骨文字集釋》,竟也附和唐說,說“唐氏釋此爲羽,假爲昱,說不可易”,不能不說是一時失察。此字固當以葉玉森釋翼象形爲是,借以言昱,爲六書假借,與借母爲毋同例。唐氏引葉說,說自己原先也有同樣的想法,後來卻竟自改變了主意,實在可惜!

但喻$_{四}$字上古的讀音,至今並沒有徹底清楚。“喻$_{三}$古歸匣”的意思,等於說中古的喻$_{三}$,上古讀同匣母。“喻$_{四}$古歸定”的說法,卻不等於說喻$_{四}$上古讀與定母相同。這不單純是因爲喻$_{四}$與定母找不出分化條件。譬如王念孫發

① 喻$_{三}$喻$_{四}$依拙見雖非全不相干(說見下),從諧聲字看,戉聲、昜聲各成系統,此疆彼界,沒有相涉的跡象:歲從戉聲,只表示歲爲 sk-複母,故劌以爲聲,看不出越揚可能爲語轉。

現與舉二字相互通假①,例證充分,無可置疑。但學者對於喻四字的擬音,無論爲高本漢的 z-,爲先師董同龢先生的 d-,爲李方桂先生的 r-,或如新近學者倡言改 r-爲 l-,都無以解釋此一假借現象。近來我作《上古音芻議》(刊見《史語所集刊》第六十九本第二分,又收入《中上古漢語音韻論文集》。2002 年宇純補案),因爲考慮到喻四字除與定母的關係外,又與邪母及見、影兩系聲母密切交往,如與莤舉、欲俗谷、羊祥姜、匀旬均,臣洍姬,以及榮營、炎剡、盍豔、穴鴪等諧聲字的平行成組現象,擬喻四上古爲複聲母 zɦ-,z 與 ɦ 分別爲我所擬邪匣二母之音,於是與舉之間的通假行爲,可得而說。喻四與定母及其餘舌音之間的關係,則擬定母等爲帶 z 詞頭的複聲母如 zdh-、zt-等。自以爲各方面都可兼顧,是否卽是如此,自有待學界的評定。於此只是用以説明古音學對於訓詁的重要性。從事訓詁的學者,千萬不可自外於古音的研究工作,至少也當熟悉古音,不要鬧出如高亨所説訊字、介字的假借笑話。這是我所要提出來的淺見第五點。

王引之在《經傳釋詞・自序》中,揭示"釋詞"的標準:"揆之本文而協,驗之他卷而通。"這兩句話,也可以借用做爲言假借的必要條件。意思是説,言假借,音的條件之外,尚需有例證;只是具備了音的條件,再好的説法,不過爲一假設而已,不到證實的階段。此外,似乎還應加一限制:卽使有充分例證,終不可與其字常用義相違牴。不然,恐仍是問題。舉三例説明如下:

其一是王念孫對《荀子・王制》"析愿禁悍"的理解,王氏先後有二説。其先王氏説:

> 析愿二字義不可通,當從《韓詩外傳》作折暴,字之誤也;折暴與禁悍對文。下文曰:"如是而可以誅暴禁悍矣。"《富國篇》曰:"不足以禁暴勝悍。"皆以暴悍對文,則此亦當作折暴禁悍,明矣。又下文:"抃急禁

① 《左傳・昭公三年》:"寡君舉群臣,實受其貺,其自唐叔以下,實寵嘉之。"《經義述聞》云:家大人曰:舉讀爲與(舉與古字通,《周官・師氏》"王舉則從",故書舉爲與。《禮運》"選賢與能",卽《大戴・王言》"選賢舉能"也。《楚辭・七諫》"與世皆然兮",王逸注曰"與,舉也"……),言不惟寡君與群臣受賜而已,先君之靈,亦寵嘉之。《魯語》曰:"豈寡君與二三臣實受君賜,其周公太公及百辟神祇,實永饗而賴之。"(《左傳・成公四年》"寡君與其二三臣",《左傳・昭公十九年》"寡君與其二三老")是也。

悍,防淫除邪。”抃急二字語意不倫,當亦是折暴之誤。下文:“暴悍以變,姦邪不作。”正承此文而言,則當作折暴禁悍,又明矣。

後來王氏改説:

析當爲折,折之言制也(《吕刑》“制以刑”,《墨子·尚同》篇引作“折則刑”。《論語·顔淵》篇“片言可以折獄者”,鄭注“魯讀折爲制”)。愿讀爲傆。《説文》:“傆(音與愿同),黠也。”言制桀黠之民,使畏刑也。作愿者,借字耳。余前説改愿爲暴,未確(《韓詩外傳》作折暴,恐是以意改,未可援以爲據。下文之“誅暴禁悍”,《富國》篇之“禁暴勝悍”,文各不同,皆未可據彼以改此)。又下文“抃急禁悍,防淫除邪”,抃亦當爲折,急即愿之譌。前改急爲暴,亦未確(急與暴形聲皆不相似,若本是暴字,無緣譌而爲急)。

王先謙《荀子集解》引王氏二説,未有抉擇。張文彬兄作《高郵王氏父子斠讎之態度》[①],曾舉此爲例,以見王氏之鋭意精進,不自爲蔽。愚見則以爲仍當以其前説爲是。因爲荀子書中常用愿字爲愿慤義,如《王霸》的“其民愿,其俗美”,與愿字常用義相合;又常以愿字與悍字爲對文,如《富國》的“悍者皆化而愿”,《議兵》的“暴悍勇力之屬爲之化而愿”,《王霸》的“無國而不有愿民,無國而不有悍民”。都是同一意義,與悍義相反。如果把“折愿禁悍”的愿字破讀爲傆,等於愿又與悍字爲同義,教人如何掌握其意?至於王氏所考慮的字形問題,《説文》古文暴字作㬥,從日麃聲。古文爲戰國東土文字,與荀子的時代地域皆合,我曾疑此原作㬥,因日字殘泐,而誤麃爲愿爲急,説見拙著《讀荀卿札記》[②]。現在來看,也可能本借麃爲暴,所以兩處都發生錯誤。

其二是《荀子·王制》的“分均則不偏”,王念孫讀偏爲徧。其説云:

偏讀爲徧,言分既均,則所求於民者亦均,而物不足以給之,故不徧也。下文曰:“埶位齊而欲惡同,物不能澹(古贍字)。”正所謂不徧也。徧偏古字通,説見《墨子·非攻》篇(宇純案:楊倞注云:“分均,謂貴賤敵

① 臺灣師範大學《國文學報》第七期,1978年6月。

② 見拙著《荀子論集》,學生書局1987年。

也。分,扶問切。”王氏從楊説)。

王氏此説,雖有墨子《非攻》、《非儒》、《公孟》“讀偏爲徧”及他書偏徧異文之例,徧與偏兩概念相反,字形不得不别,不然如《荀子・君道》的“均徧而不偏”,假如前後同字,如何了解?其字形既近,一切例證亦不過爲譌誤而已。《墨子・非攻》“偏具此物而致從事焉”,畢沅謂“偏當爲徧”,王氏辯之,以爲“未達假借之旨”。假借之説,雖有萬能,終以合理爲是。

其三是王引之説《墨子・天志下》“天之愛百姓厚矣,天之愛百姓别矣”,以别爲徧的假借,其説云:

> 别讀爲徧,言天徧愛百姓也。古或以别爲徧:《樂記》“其治辯者其禮具”,鄭注“辯,徧也”。《史記・樂書》辯作辨,《集解》“一作别”,其證也。

墨子言兼愛,反對别愛。本篇下文云:“順天之意者,兼也;反天之意者,别也。”《天志中》云:“堯舜禹湯文武焉所從事?曰:從事兼,不從事别。”又云:“桀紂幽厲焉所從事?曰:從事别,不從事兼。”是墨子用别字,義取與兼字相對,豈得此處别字義與兼字相同?王説雖可通,我寧信别是辨或徧的音誤,甚至原來便是兼字,因墨書兼别對言聯想而誤書。

以上便是我所要提出來的淺見第六點。

(原載第一屆國際訓詁學研討會論文,1997 年 4 月)

先秦古籍文句釋疑

先秦古籍流傳至今，由於古今語文差異，及傳鈔錯誤，讀之不得其意者，往往而有。清季樸學昌明，歷經諸大師之諟正疏通，嚮時疑滯，多獲謋然而解之樂。其見所未周，或論之未決，亦偶焉可遇。今擇其數則，撰爲斯篇，以爲王師叔岷先生九秩華誕壽。

一、《易・噬嗑・九四》：噬乾胏，得金矢

宇純案：《説文》肉部："𦙶，食所遺也。從肉，仕聲。《易》曰：噬乾𦙶。胏，揚雄説𦙶從𠂔。"是許君所見胏作𦙶，今本乃從揚雄書作胏字。胏從𠂔，當以爲聲。言古韻者，𠂔聲屬脂部，故從水之泲《詩・泉水》叶禰、弟，從禾之秭《豐年》叶醴、妣，禮、皆，《載芟》叶濟、醴、妣、禮，所與叶韻之字並在脂部。又《説文》鈰及趀下並云"讀若資"，鈰即《易・旅》"喪其資斧"之資，資古韻亦屬脂部。由知胏字非脂部莫屬。矢字古韻亦在脂部，且與胏字同上聲（詳下）。六三爻辭云："噬腊肉，遇毒。"肉，毒二字古韻同屬幽部入聲。然則此相連二辭，皆散文中之韻文也①。

① 肉與毒、胏與矢爲韻，顧炎武、段玉裁、王念孫等同然。獨江有誥錄《噬嗑》全文，但以《彖傳》亨、明、章、行，及《象傳》行、剛、當、光、當、明爲韻，不取爻辭之肉與毒及胏與矢。其意蓋以初九、六二、六五及上九皆非韻文之故。然他卦爻辭叶韻非六爻盡同，比比皆是。據江書所錄，如《屯》之六二、上六爲韻，初九、六三、六四，九五不韻，《需》之九三、六四爲韻，初九、九二、九五、上六不韻，不勝枚舉；《屯》之爲韻，且非二爻相連，何獨於此而疑之！

惟如許君所言，𦙶從仕爲聲，仕聲古韻在之部，自《切三》、《德切》（普魯士學院藏）、《全王》、《王二》胏字並見止韻，音側李（或作里）反，《廣韻》、《集韻》音同，前者阻史切，後者壯仕切，與《說文》𦙶從仕聲說合。然則胏雖從𠂔聲，信當如段氏所說爲"合韻"[①]，胏與矢實不相爲韻也。今觀𦙶字，其篆文作[篆形]，不作[篆形]，與任聲之栠、賃、恁作[篆形]、[篆形]、[篆形]，不作[篆形]、[篆形]、[篆形]不同。疑此字本作[篆形]，從肉𡈼會意，𡈼本挺字初文，象人挺立地上形，後誤書[篆形]爲[篆形][②]。許君遂誤解爲從肉仕聲。𦙶所以書肉含於𡈼字之中者，別有從肉壬聲之[⿰肉𡈼]（詳下），因異其構形以爲之分耳。胏本音當入旨韻，故《噬嗑》以叶矢字，受許君𦙶從仕聲誤說影響，而有側李反之誤音[③]。知𦙶本從壬會意者，《釋文》云："胏，馬云有骨謂之胏，鄭云簀也。《字林》云含食所遺也，一曰脯也。"馬云有骨謂胏，肉有骨者必挺；鄭云簀，《說文》簀下云牀棧，第下云簀，簀第一聲之轉，蓋以喻肉之薄切而挺者。《字林》訓胏以脯，《廣雅・釋器》亦云"胏，脯也"，脯爲乾肉，肉之乾者亦挺。是𦙶從壬之說。《公羊傳・昭公二十五年》"與四脡脯"，何休曰"曲曰朐，申曰脡"，脡即挺字易手爲肉，故《儀禮・鄉飲酒記》云"薦脯五挺"[④]，即書作挺字。挺字初文作𡈼，脡字其始當作[⿰肉𡈼]，爲其別，故以𦙶爲[篆形]之構形。此猶衍洐二字並從一水一行，形聲之洐取左右式，會意之衍取內外式也。

《釋文》又云：胏"子夏作脯，荀、董同"，是陸氏所見子夏《易傳》"噬乾胏"作"噬乾脯"[⑤]，荀爽注及董遇章句同。脯字古韻在魚部，與矢字音亦遠，若然，是此爻辭不爲韻文之明徵。但胏與脯既爲同義，子夏本脯字或即因同

---

① 𦙶下段氏既云："阻史切，古音在一部。"又云："胏當在十五部，而與𦙶同字者，合韻之理也。"意謂胏從𠂔雖當在十五部，與𦙶同字，則是以合韻而入於一部。

② 𡈼本從人從土，作[古文字形]作[古文字形]，土原從一豎二橫，而不計橫之孰長孰短，皆與土字作[古文字形]作[古文字形]易別。其後土字由[古文字形]、[古文字形]變爲二橫一豎，土士二字乃以橫之長短區分，偏旁則往往相亂。在字本於才字加士聲，自小篆誤士爲土，即其一例。

③ 《切韻》脂、之二韻亦偶互有誤收，如跽字見於旨韻音曁几反，䞈字自《全王》以下見之韻止而反，即其例。《釋文》胏音淄美反，似能得其正讀。但《釋文》脂、之二韻每相混，雖有淄美之音，不足據爲典要也。

④ 《鄉射記》云"薦脯五膱"，鄭注云"膱猶挺也。"

⑤ 今傳《子夏易傳》脯作胏，是張弧僞作之證矣。

義而誤書；而篆文胏字作[illegible]，與脯字略近，前引《德切》止韻胏字作[illegible]，同紐第字作莆[1]，㐆甫二形隸書尤相似，則胏字有作脯者，當即胏字之誤讀，非果有作脯之本也。

二、《繫辭下》：能説諸心，能研諸侯之慮

宇純案：上文云："夫乾，天下之至健也，德行恒易以知險。夫坤，天下之至順也，德行恒簡以知阻。"上下兩句字字相對。下文云："定天下之吉凶，成天下之亹亹者。"者上兩六字句，亦大體相儷。此文"能説諸心，能研諸侯之慮"，則不唯字數多寡不侔，"能説諸"與"能研諸"相當，兩諸字則前者作用同於字爲介詞，後者與侯字連讀爲名詞，而爲状詞合名詞結構，而全不相同；末一字"心"與"慮"則又取相對。韓康伯注云："諸侯，物主，有爲者也。能説萬物之心，能精爲者之務。"蓋欲强使兩諸字用義相同，故於首句諸下增物字看，明其牽附爲言也。張載《横渠易説》云："擬議云爲，非乾坤簡易以立本，則易不可得見也。簡易故能悦諸心，險阻爲能研諸慮。簡易然後能知險阻，簡易理得，然後一以貫天下之道。《繫傳》言能研諸慮，止是剩'侯之'二字。説者就而解諸侯有爲之主。若是者，即是隨文耳。"朱震《漢上易傳》亦云："簡生於易，阻生險。簡易[2]也，故能説諸心；知險阻也，故能研諸慮。簡易者，我心所固有，反而得之，能無説乎？以我所有，慮其不然，反復不捨，能無研乎？曰研諸侯之慮者，衍侯之二字。王弼《略例》曰能研諸慮，則衍文可知。"二家並以侯之二字爲衍文，朱氏更引王弼《略例》以證，其意蓋是也。然使經文原作"能研諸慮"，與"能説諸心"相儷以行，如何諸下羡衍侯之二字，不有充分理據，何以信人？《略例》無二字，或是王氏以其義不可通而省之，遽難爲憑。清以後復有二説。焦循《易章句》云："説即脱也，以剛易柔爲説諸心，如《屯》通《鼎》是也。研猶摩切也，以柔交剛爲研諸慮，如《鼎》二之五是也。心慮皆指五。慮而稱侯之慮者，明二交於五，爲利建侯也。"以"侯之

---

① 並見《十韻彙編》。

② 簡易上疑奪知字。

慮”三字連讀,於是兩諸字義同,此其匠心獨運,至爲難能。第恐“利建侯”之説,終爲穿鑿耳。吴昌瑩《經詞衍釋》云:“侯,維也,語詞也。諸猶凡也,之猶所也。謂能研究凡所思慮也。”自注云其族人吴嘉儀[①]説。是不僅二諸字不同義,又改易之字用同所[②],並於侯字語法功能無所明。侯作維用見於《詩》,與此顯然相異(見下),可謂勇於“立言”者。

近撰《試説〈詩經〉的虚詞侯》[③],據《詩》中侯字如《六月》“侯誰在矣”,《正月》“侯薪侯蒸”,《四月》“侯栗侯梅”,《蕩》“侯作侯祝”,及《桑柔》“其下侯旬”等,毛、鄭訓侯爲維。試以《韓奕》之“其蔌維何? 維筍及蒲”,與《石鼓文》“其魚佳可? 佳鱮佳鯉”相較,知《詩》之維其始作佳;復以《書·洪範》之“惟十有三祀”,與金文紀年之發語詞“佳”字相參,從知維惟二字卽由佳字增益形旁而成。隸書佳字作佳,與侯字作侯形近,若佳字末畫波磔起伏稍大,卽易誤認爲侯字。因疑《詩經》虚詞侯字,實爲佳字之誤讀。文中曾言及此文侯亦佳字之誤,佳用同維或惟,義爲思慮。自佳字誤作侯,“能研諸侯”語意未完,因上文云“能説諸心”,於是師《孟子》困心衡慮之言,於諸侯下增“之慮”二字,遂爲今本。自韓康伯以下,隨文直解者,皆郢書燕説也。彼文但約略言及,特於此詳之。

《全本王仁昫刊謬補缺切韻》幽韻末收一𧩯字,云:“𧩯,千侯反,就。又子[④]佳反。”《王二》同,《廣韻》據其下字改入侯韻,《集韻》同《廣韻》。拙著《全王校箋》[⑤]云:“案:《北門》詩:室人交徧摧我。《釋文》云:摧,《韓詩》作𧩯,音千佳、子佳二反,就也。《廣雅·釋詁三》:𧩯,就也。曹憲音子佳反。崔聲之字例不入侯韻,千侯反當卽千佳反之誤。”是侯字信有譌作佳字者。

---

① 原文云:“族嘉儀説。”

② 原文云:“之猶所也”,此義爲吴昌瑩氏所言,不見於他書。

③ 見《絲竹軒詩説》,臺北:五四書店,2002 年。

④ 子原誤于,依《校箋》改。

⑤ 香港中文大學出版。

三、《禮記・大學》:致知在格物,物格而後知致

格物一言,語其義者衆。劉宗周云:“古今聚訟,有七十二家。”[①]然此猶是明末時之計數;自清至今,又不知議者幾人矣。先師戴静山(君仁)先生作《荀子與大學中庸》,毛子水(準)先生作《致知在格物:一句經文説解的略史》[②];又臺灣大學教授何澤恒兄作《大學格物别解》[③],北京大學教授裘錫圭先生作《説格物——以先秦認識論的發展過程爲背景》[④],親炙交遊之間,已拜讀四文。又同門鄭再發兄嘗以“從格物致知説起”爲題,於東海大學爲學術演講,特未見其後制爲文字耳。

凡各家所論,自皆有裨於經義之研求。惟私意於格字之訓,終覺未安。如鄭玄以下之訓來、訓至、訓止,並一各字之借,義實不殊,以易經文,所謂來物、至物、止物之意,懵然無可知曉。譬之若演代數,X、Y 之等值一經代入,方程莫不立解;如其值已代入,而方程不可驗,則其值誤可知。今既代入來、至、止之值,而於經義無可窺,必待進一層申述,然後仿佛其意可悟,循其本,實去來、至、止之訓已遠。癥結所在,蓋來、至、止並不及物動詞,本不可直與物字相接,是以無義可言。他家之以及物動詞扞或正爲訓者,其意則又迂闊不可從。獨穆孔暉《大學千慮》之《格物論》[⑤],用《倉頡篇》“格,量度也”[⑥]之訓,釋格物義爲量度物,於是文意明白貼切,不待更加詮釋。惟是格字何以有量度義,亦似不可不究。毛師云:“格有量度的意義,當因斠(平斛量也,古岳切)、槩(所以杚斗斛也,工代切)、杚(平也,古没切)等詞的轉語而得的。”又云:“格稽雙聲字;且在先秦古籍中,格稽二字同有至義,格物似即《荀子》的稽物。考察和量度,義固可以相通的。《倉頡篇》訓格爲度量,我們説格物爲

---

① 見《劉子全書・大學雜言》。
② 戴師文見《梅園論集》第二册,毛師文見《毛子水全集・學術論文》
③ 刊見《漢學研究》18.2。
④ 見《裘錫圭學術文化隨筆》。
⑤ 見王士禎《池北偶談》引。
⑥ 見《文選》李康《運命論》“其可格之賢愚哉”李善注。

斠、槩、杚等字的轉語亦可。”師以轉語爲説，可謂目光如炬。但雙聲之字多，格與稽、斠、槩、杚韻部不相對應；稽格雖同有至義，至字則不作考察或量度解，此説或亦不必然。試從另一途徑設想，格略並從各聲，又各聲之路、洛等字並來母，治古聲者早有各聲字或讀複母説；而略與量相爲平入，則謂略量一語之轉，此借格爲略爲量[①]，亦可别爲一説。然格之訓量度，究於古書爲罕覯。李康《運命論》用之（同上），時在《倉頡篇》之後；穆氏引内典有“格量功德、格量多少”之語，皆不足據。究竟其理如何，不能無所疑也。

今案：《説文》木部云：“⿰木咎，木也。從木，咎聲。讀若晧。”又《稽部》云：“⿰禾咎，⿰禾咎穊[②]而止也。從稽省，咎聲。讀若晧。賈侍中説，稽、稦、⿰禾咎三字皆木名。”⿰木咎與格形近，依賈逵説，⿰木咎與⿰禾咎似通用不别；《説文》稽字訓留止，段注云：“凡稽留則有審慎求詳之意，故爲稽考。”疑格物實⿰木咎物之誤讀誤書。世人少見⿰木咎，因誤⿰木咎爲格耳。《倉頡篇》之格，或亦⿰木咎字之誤。咎聲古韻屬幽部，⿰木咎究音近，蓋⿰木咎物與究物爲一，義與言稽物不異。前引毛師説，以《荀子》之稽物説格物，戴師文亦有此意，是真智者所見略同。兩先生於臺灣大學執教時，同處中文系第一研究室歷三十年，學術見解亦不謀而合[③]，誠爲士林之嘉話。稽物、⿰木咎物是考求物理，識得物理，卽是知識之獲得，故曰致知在⿰木咎物，物⿰木咎而後知致也。

金文仲義父鼎云：“中義父作新⿱宀咎寶鼎。”凡六器，銘文⿱宀咎字同，分明從咎，而劉體智、羅振玉、林義光、高田宗周等，並讀作客字；容庚《金文編》[④]亦收見客字下。蓋人之以多見視罕見，古今相同，今謂格物爲⿰木咎物，可以彼例此。楊樹達《積微居金文説》釋⿱宀咎爲宫，謂宫字或加九聲作⿱宀九，或從咎聲作⿱宀咎；九聲、宫聲幽冬陰陽對轉，咎聲與九聲音近。余謂宫爲習見字，不得無故加九聲，九與

---

① 度與量亦具對轉及同讀舌頭音關係，大要言之，似亦可謂之語轉。

② ⿰禾咎穊二字本不從禾，姑依稽字今體書作如此，下文稦字同。

③ 毛師文云：“曩年我想起《荀子》的稽物卽《大學》的格物時，自以爲可備一説；後見亡友戴静山君遺著《荀子與大學中庸》一文有云：‘我近來翻讀《荀子・解蔽》篇，覺得《解蔽》篇裏的稽物，卽是《大學》的格物。’我雖和戴君的意見没有完全相同，卻亦蹵然而喜。想起戴君在世時，我没有和他談到這個問題，頗爲惋惜。”

④ 所據中華書局 1985 年版。

宮畢竟音不相同。疑宮字方音有對轉入幽部讀同鳩字者，因加九聲爲之别，或從咎聲而爲𠭃字。若然，是爲咎聲九聲通作之例。

惟前文引段玉裁稽訓留止而義爲稽考之説，因疑格物爲㮭物之誤。則自阮元以止義説格字，格物自可有稽物之義，何易格爲㮭之有？須知語言之義如何引申，爲語言使用者之事，其間無一定法則可以遵循，可以範圍，尤非訓詁家所得而主張。留字止字既無稽考義，段説自難爲定論，故朱駿聲别謂稽之言考求，爲計字之借。因段氏有此一説而引之，非以其言之必可信據，故别疑格爲㮭誤；㮭用同究，究物謂窮物，窮物之理也。

四、《墨子·兼愛》中：連獨無兄弟者

《墨子閒詁》云："畢云：'連同鰥，音相近，字之異也。經典或作煢，或作惸，皆假音。'王引之云：'無兄弟不得謂之鰥。鰥、煢、惸三字，聲與連皆不相近，畢説非。連與獨文義不倫，連疑當作逴，與連相似而誤。逴猶獨也，故以逴獨連文。《莊子·大宗師》："彼特以天爲父，而身猶愛之，而況其卓乎？"郭注曰：卓者，獨化之謂也。《秋水》："吾以一足趻卓而行。"《玉篇》："逴，敕角切，蹇也。蹇者獨任一足，故謂之逴，逴與卓通。《漢書·河間獻王傳》：卓爾不群。《説苑·君道》：踔然獨立。《説文》：𥝩，特止也。徐鍇曰：特止，卓立也。卓、踔、逴並與𥝩同聲，皆獨貌也。'洪云：'《爾雅·釋畜》：未成雞，僆。郭璞注：江東呼雞少者曰僆。連與僆同，連獨猶言幼獨也。'俞云：'連當讀爲離，連與離一語之轉。《淮南子·原道》：終身運枯形於連嶁列埒之門。高注曰：連嶁，猶離嶁也。是其證也。又《本經》：愚夫惷婦，有皆流連之心。注曰：流連猶爛漫，失其職業也。然則流連卽流離也，亦其證也。'詒讓案：連疑當讀爲矜，一聲之轉；猶《史記·龜策傳》以苓葉爲蓮葉。《爾雅·釋詁》云：矜，苦也。《詩·小雅·鴻雁》云：爰及矜人。毛傳云：矜，憐也。又《何草不黄》云：何人不矜。連獨猶言窮苦煢獨耳。矜從令聲，今經典並從今，誤。"宇純案：孫氏連引四説，又益以己意。畢沅之誤，則既如王氏之所言。王氏之誤，在不明卓可用爲獨之狀詞，如其所引卓爾不群、踔然獨立，而不可與獨字

平列。洪頤煊不悟幼不必無親,與"無兄弟"及下文"有所雜於生人之間"義不相協。俞樾欲以連爲離,二字雙聲對轉,此本不待證明。但以一離字義同流離,而不知流離爲雙聲連語,一離字不得義與流離相同,連獨一詞不得連同流離也。孫氏讀連爲矜,以音言之,古韻連在元部,矜在真部,二字聲母一來一見,復不相同。所謂矜從令聲,此從段玉裁據漢碑作矜之說。段說即是[①],於矜字音韻不生影響;連讀爲矜,與連讀爲令不同,以韻言之,連亦不可讀爲令,是孫說亦不可從。

今日所見,又有二說。于省吾《雙劍誃諸子新證》云:"矜本從令,乃鰥之借,矜怜音近,又怜與連聲韻同。矜獨無兄弟者,言矜夫與獨夫而又無兄弟可依者。"吴毓江《墨子校注》云:"《文選・寡婦賦》:少伶俜而偏孤。李注:伶俜,單孑貌。《晉書・李密傳》:零丁孤苦。此連與伶零同義,連與零伶聲轉甚近。"于說與孫說大同,而讀矜爲鰥,以鰥、獨與無兄弟爲三,不悟上已云"老而無子",此必以連獨爲無兄弟之狀詞;所謂矜怜音近,怜連聲韻同之說,亦與事實相舛,于氏似不諳音。吴以連爲伶零,其病同俞樾,不知伶俜、零丁必合二字成義,伶、零固不與伶俜、零丁相等;以音言之,連亦不必即爲伶、零之轉音,故亦俱莫可用。

今案:連本作輦,爲䡚字之誤。《說文》云:"䡚,車輮規也,一曰一輪車。從車,熒省聲。讀若煢。"一字二義,爲同形異字。許君之意,煢獨字爲一輪車䡚字之借,故於"一曰一輪車"下云"讀若煢",煢本義爲"回飛"。此與趚下云"走頓也,讀若顛",䶹下云"聲也,讀若馨",㚆下云"賦事也,讀若頒",勼下云"聚也,讀若鳩",文同一例,謂顛之言顛倒、馨之爲語詞、頒之言頒布、鳩之言鳩聚[②],即趚、䶹、㚆、勼之假借。許說䡚從熒省聲,實從榮聲不省。榮字始作𤇾,象艸榮之形,此方濬益說,不可易。後誤爲𤇾,上同於火,於是下加木作

① 20世紀70年代以來出土秦簡及西漢初簡帛,矜皆作矜,郭店楚簡矜字作矝,雖似可以證成段說,但矜與鰥之相通,今聲眔聲古韻分屬侵部緝部,互爲平入,聲母矜、鰥、今、眔(眔用同及、暨)或相同或同類,皆非令聲命聲可比,以見許君矜從今聲之說不必可廢,從令從命或是後期現象。

② 據本義言之,顛爲顛頂,馨爲香,頒爲大頭,鳩爲鳥名。馨之爲語詞,段舉"冷如鬼手馨"及"生此寧馨兒"。

[illegible]，而許君説爲“桐木也，從木，熒省聲”。金文火字由[illegible]而[illegible]而[illegible]而[illegible]，亦有作[illegible]者，與夫作[illegible]形近，見曾伯簠𤇾字及狄字偏旁。《説文》訓“鬼衣”之褮，齊鎛作[illegible]，以此例之，使⿱𤇾車字作[illegible]，與輦之作[illegible]幾難區別。世人少見⿱𤇾車，多見輦，其不書[illegible]爲輦，難矣。而輦連二字古通用。《周禮・鄉師》“與其輂輦”，鄭玄云“故書輦作連”；《巾車》“輦車組輓”，《釋文》云“輦本作連，音輦”。《管子・立政》“刑餘戮民不敢服絻，不敢畜連乘車”，《莊子・讓王》“民相連而從之”，連並同輦。又胡連亦作胡輦，見孔廟禮器碑。然則“連獨無兄弟者”，連獨本作⿱𤇾車獨，可謂明若觀火矣。⿱𤇾車獨即他書所見之煢獨、惸獨，⿱𤇾車，煢、惸並讀渠營切。

五、《莊子・天地》：以二缶鍾惑，而所適不得矣

“以二缶鍾惑”句，説之者衆，而莫衷一是。約略舉之：郭象注云：“各自信據，故不知所之。”成玄英疏云：“踵，足也。夫迷方之士，指北爲南，二惑既生，垂腳不得，一人亦無由獨進；欲達前所，其可得乎？此復釋前惑也。”此以缶爲垂，以鍾爲踵，前惑指前文“三人行而一人惑”以下言之，故《釋文》云：“缶應作垂，鍾應作踵，言垂足空中，必不得有之適也。”此一説也。《釋文》又云：“司馬本作二垂鍾，云：鍾，注意也。”以鍾爲注意，其意不詳，然此二説也。楊慎《莊子解》云：“缶鍾，諸解皆謂垂踵之誤，應上文二人惑。余謂不應重出。前言祈嚮不得，指至德之世。後言祈嚮不得，指道諛之風，比二人又進一層。蓋以瓦缶之聲爲鐘聲，其惑甚矣。況以二缶而亂一鐘，何世而可得哉！正俗言勝至言之喻。”此以鍾爲鐘，古鍾鐘通用，《關雎》“鍾鼓樂之”，即是一例，爲第三説。焦竑《莊子翼》亦以缶鍾爲瓦鐘，其説云：“以樂爲喻。缶鍾，瓦鍾也，如秦王擊缶之缶。古樂不入於衆耳，聞俗樂則喜。設有二人擊瓦鍾以爲音，則人必喜其新聲，而爲其所惑，古樂不能行矣。”似以缶與缶鍾別爲古樂及新聲，與楊説略異，姑歸爲一。郭慶藩《莊子集釋》引郭嵩燾云：“缶、鍾，皆量器也。缶受四斛，鍾受八斛。以二缶鍾惑，言不辨缶、鍾二者所受多寡也。持以爲量，茫然無所適從矣。”此四説也。俞樾云：“鍾當作踵，二則一

字之誤,缶則企字之誤。人一企踵,不過步武之間耳。上文以天下對二人言,則以人之多寡言;此以天下對一企踵言,則以地之廣狹言。”此五説也。于省吾云:“缶,古文寶字。二寶,乃承上文高言至言而言。鍾,聚也。言以高言至言之二寶説之,俗人必不之解,而反以聚惑。”此六説也。近年又見有楊柳橋者,爲《莊子詁譯》,承俞説而易企爲跂,讀踵爲堹,謂二跂踵爲兩歧之足跡;二跂堹惑者,謂“被追者以兩歧之足跡惑追者,追者未悉何路爲是也”。此七説也。

上列諸家言,除楊、焦説外,餘並不得要領。必知楊、焦説之可取者,此文承“大聲不入於里耳”以下,與上文“三人行而一人惑”爲平行之舉喻,脈絡可尋,由知其言爲是也。惟缶與鍾皆器名,缶不作瓦或陶解,缶鍾不得爲瓦鐘;焦氏既以缶鍾爲瓦鐘,又以秦王擊缶説缶字,以爲古樂,尤自爲矛盾。上文云:“三人行而一人惑,所適者猶可致也,惑者少也;二人惑,則勞而不至,惑者勝也。”以與此相較,“以”上當有“三鍾而”三字,今奪去。其不云“三鍾而以一缶鍾惑……”,使文句一一相對者,省之以求變耳,意取對文,固灼然可見。云“三鍾而以二缶鍾惑”者,以缶鍾與鍾對言。楊、焦以缶鍾爲瓦鐘,其意是。然《説文》云:“缶,瓦器,所以盛酒漿。秦人鼓之以節謌,象形。”金文缶作[illegible]或[illegible],前者見於甲骨文,後者與小篆合,從午從[illegible]或[illegible],午爲杵初文,不得爲盛酒漿瓦器之象形部件;秦人鼓缶節謌,乃物盡其用,亦不得爲字所以從午之意。缶蓋本是擣字,故與舂字作[illegible]造意相同;特不亦從[illegible],以求其形有所别。《説文》又云:“匋,作瓦器也。”①金文匋字作[illegible]作[illegible],象人持午擣臼形,本亦缶字,而加人示午爲人所持。疑本音都晧切,借作窯字讀餘昭切,轉音而爲徒刀切②。由“作瓦器”之義分化言“瓦器”,於是有方九切之音。其後漸以缶、匋分讀方九切或徒刀切,後人但知缶字音方九,而不知其本音讀都晧。其在匋字,則許君固云“《史篇》讀與缶同”,是其方九切之音義,不絶如縷。《詩·清人》首章云“駟介旁旁”,二章云“駟介麃麃”,旁、麃分讀補彭、表驕反,並讀幫

① 作字從段注補。

② 借缶(擣,都晧切)爲窯(餘昭切),猶借異(本同戴,都代切)爲奇異(羊吏切)字。後者如陶字有餘昭、徒刀二音。

母,合於余之所説“雙聲轉韻”①。三章云“駟介陶陶”,疑陶陶本作匋匋,讀與缶同,正亦雙聲轉韻②。然則此云“缶鍾”者,缶字讀其借音徒刀切,缶鍾卽陶鐘、瓦鐘也。鐘本青銅所鑄,其音倉倉悤悤。今若三鐘之中雜以二陶鐘,則將惑以喑啞之陶鐘聲爲鐘聲,而無往不以所聞之鐘聲爲非由鐘出,故曰“三鍾而以二缶鍾惑,而所適不得矣”。

六、《達生》:視其後者而鞭之

此文鞭字可疑,爲參照之便,錄其相關文字於下:

田開之見周威公。威公曰:吾聞祝腎學生,吾子與祝腎游,亦何聞焉? 田開之曰:開之操拔篲以侍門庭,亦何聞於夫子。威公曰:田子無讓,寡人願聞之。開之曰:聞之夫子曰,善養生者,若牧羊然,視其後者而鞭之。威公曰:何謂也? 田開之曰:魯有單豹者,巖居而水飲,不與民共利。行年七十,而猶有嬰兒之色。不幸遇餓虎,餓虎殺而食之。有張毅者,高門縣薄,無不走也。行年四十,而有内熱之病以死。豹養其内,而虎食其外。毅養其外,而病攻其内。此二子者,皆不鞭其後者也。仲尼曰:無入而藏,無出而陽,柴立其中央。三者若得,其名必極。

郭注於“皆不鞭其後者”句下云:“夫守一方之事,至於過理者,不及於會通之適也。鞭其後者,去其不及也。”成疏於“視其後者而鞭之”句云:“鞭其後者,令其折中。”讀《莊子》相關全文,郭、成之意,似並無可議。據《釋文》,則鞭字有異文。《釋文》云:“而鞭,如字。崔本作趨,云匿也,視其羸瘦在後者,匿著牢中養之也。”崔譔之訓釋,於文意無所關聯,其誤不待明辨。其鞭字作趨,則至可寶貴,不因崔氏之誤説而減色。蓋此字《爾雅》、《説文》、《切韻》等字書、韻書所不載,惟《集韻》宥韻千繡切收爲趍字或體,既不作正字看,字書作趍,又形略不同。其字之素不爲人所熟知,可以概見。反觀鞭字,既無人不識,文

---

① 拙作有《試説〈詩經〉的雙聲轉韻》一文,載《幼獅月刊》44 卷 6 期,1974 年。今收入《絲竹軒詩説》。

② 説見拙作《絲竹軒詩説·讀詩雜記》。

云"如牧羊然,視其後者而鞭之",亦淺近易曉,若其本是鞭字,無易作趣字之理。然則此文原當如崔本,決其無疑。今本字作鞭,則是後人因不解趣字之義,依偏旁叟與更形近,而改趣爲鞭;鞭既爲硬之或體,又爲鞭之初文[①],是今本鞭字之所由作也。《説文》:"趍,行速趍趍也。"七倫切,即千繡切,趣字轉音之後起字。古幽部字每轉入微部或文部,詳拙著《上古音芻議・論幽部與微部文部的音轉》[②]。故《廣雅・釋室》"趍,犇也",曹憲音千繡反,仍同趣字之讀。王念孫疏證云:"《廣韻》趍,進也。趍之言駿也。《爾雅》駿,速也。《詩・清廟》駿奔走在廟。駿與趍同。"王氏知趍駿同字,而不知其始爲趣字。《廣韻》宥韻初救切有趣字,實爲趣之異體,初救、千繡可視同類隔切;而云"不進",無端於進上衍不字。"視其後者而趣之",即視其後者而進之,進之不必以鞭也。自崔譔不識古字,誤以叟之借字讀之,後人但知崔説無可從,亦莫得其字義,因附會爲鞭字。如郭注、成疏義雖可通,而實非其朔矣。

七、《韓非子・喻老》:毫芒繁澤

《韓非子・喻老》云:"宋人有爲其君以象爲楮葉者,三年而成。豐殺莖柯,毫芒繁澤,亂之楮葉之中,而不可別。"宇純案:繁澤二字義不相及,繁當作敏,讀與娩同。後人不得敏字之義,因增糸爲繁耳[③]。敏字眉殞切,推其古韻當屬文部(詳下),娩亦文部字,二者聲母亦同,故通用不別也。《荀子・禮論》云:"故説豫娩澤憂戚萃惡,是吉凶憂愉之情發於顔色者也。"王念孫《讀書雜志》云:"娩讀問。娩澤,顔色潤澤也。《内則》免薨,鄭注:免,新生者;薨,乾也。《釋文》免音問。《内則》以免對薨,猶此文以娩澤對萃惡。"是繁澤本作敏澤之證也。陳奇猷《集釋》引高亨《補箋》云:"繁當作顔,聲之誤也。《淮南子・泰族》正作顔,即其證。"並加言:"《淮南子》作'莖柯豪芒,鋒殺顔

① 詳拙作《從兩個層面談漢字的形構》,《中研院第三屆國際漢學會議論文集:古文字與商周文明》,中研院史語所,2002 年。

② 刊見《史語所集刊》第六十九本,1998 年,後收入《中上古漢語音韻論文集》,臺北:五四書店。

③ 繁本作緐,《説文》大、小徐本並云:從糸每聲,段注删聲字,謂從每會意,其説是。

澤’可證。”繁與顔不僅聲母相遠,無可相誤之理。顔澤爲主述語結構,亦與豐殺、莖柯、毫(豪)芒皆平列不相同,其説必不可從。且《列子・説符》文字悉與此同,尤此作繁不作顔之明證。《淮南子》蓋以繁字義無可取而改之耳。惟《説文》云敏從每聲。每聲古韻屬之部,《甫田》叶止、子、畝、喜、右、否、有、敏,《生民》叶祀、子、敏、止,正見敏字《詩經》時代在之部。但之部與文部有通轉之例,王念孫首發其端,見《讀書雜志・荀子・致士》之説“隱忌”。近人楊樹達有《古音咍德部與痕部對轉證》[1],余亦注意及在存,龜皸、有(友)云之相轉[2]。敏字由《詩經》與之部字叶韻,至其後之入軫韻,與在、龜,有(友)之轉爲存、皸、云等,演變軌跡相同。今知《韓非子》之以敏通娩,其音變之起當周之末季,可信無疑矣。

2002年4月18日宇純於絲竹軒

(原載《史語所集刊》第七十四本第一分)

---

① 見《增訂積微居小學金石論叢》。

② 見拙作《上古音芻議》及《從音韻的觀點讀〈詩〉》。後者见《絲竹軒詩説》。

古文字與古經傳認知之管見

古文字的面世,不僅對《説文》以來的傳統文字學揭露出許多問題,解決了許多疑難;在古經傳的認知上,也有不小的影響。後者,個人淺學,便提出過一些看法。不一定爲學界認可,或不至全爲無的放矢,而可以引起討論。趁此大師菁英雲集的機會,先選列十條,恭聆高見:

一、《詩·生民》説:"生民如何?克禋克祀,以弗無子。履帝武敏,歆,攸介攸止。載震載夙,載生載育,時維后稷。"其中"以弗無子"句,毛傳讀弗爲拂,説其義爲去,去無子意思是求有子。鄭箋讀弗爲祓,祓義爲除災求福之祭,句意説的是祭祀以除去不孕之疾,而求得子,與毛不異。但劉向《列女傳》據魯《詩》所説的故事卻是:"棄母姜源行見巨人之跡而履之,歸而有娠,浸以益大。心怪異之,卜筮禋祀以求無子,終生子。"不僅禋祀爲的是"求無子",與毛《詩》"求有子"不同,履帝武敏受孕的情節先後亦異。趙曄《吴越春秋》據韓《詩》所述同《列女傳》,顯爲《詩》古今文學的差異。學者於此不見有求索真相的。我因甲骨文□字用爲祭祀之稱,釋□爲茇字初文,上從艸,下象根。語義變化,由草根而爲連根拔,或加手而爲□,或更於□加艸作□,便是《説文》説爲"首至手"的𢷎字,也便是後來的拔。語義再變化,由根除而爲除災求福,便是甲骨文祭名的□,或加示而爲□,或亦於□加艸而爲□,也就是後來的祓字。□與□形近,於是我推想,《詩經》原當作"以□無子" ,古文家知道□字的音義,但其字已廢棄不用,改寫成音近的"弗"字①;今文家不識古文,誤

① 弗祓二字古韻分屬微或祭部,方言微或與祭通,如帥本與帨同字屬祭部,或用與率同屬微部。

讀爲“以求無子”，而不得不改易句序，倒置於“履帝武敏……載震載夙”之下。這樣便似可以解釋毛《詩》與《列女傳》、《吴越春秋》之所以不同①。

二、《四月》詩“匪鶉匪鳶”，《説文》鷻下引《詩》作匪鷻匪⿱屰鳥，下次⿱屰鳥篆，不載異體；徐鉉於屰聲下説“一本作丫”。《説文》以鶉爲鵪鶉，鷻下訓雕，今詩鶉同《説文》鷻字，爲音近通用。鳶⿱屰鳥二字一從弋聲，一從屰聲，二者形音並相遠，何以成爲異文，不可不究。《大戴禮記・夏小正》“十二月鳴弋”，學者以弋爲鳶，鳶是弋加鳥，以見《詩經》鳶字不誤。《廣雅・釋鳥》鷻、鶚、⿱斬鳥、鷲四字下説“雕也”，鷻即鷻字，鶚與⿱屰鳥同，也正是鷻下次鶚，不見鳶字，無一不與《説文》吻合。段玉裁主張《詩經》原應作⿱屰鳥，王念孫不以爲然，説原當爲⿱戈鳥，誤而爲鳶。王氏是講古書第一等高手，凡所議論，幾乎百發百中。但在這個問題上，一則鳶字先秦古書非一見，而絶不見有書作⿱戈鳥字的；再則《夏小正》作弋不作戈；三則改弋聲爲戈聲，與鳶字與專切的讀音韻雖可通，聲母一喻四，一見母，終不可視作當然相合②。我根據古文字屰字從倒大作𢆉（見䟒鐘逆字偏旁），或書臂形兩畫爲横作丫（見同簋、逆尊等逆字偏旁），與弋字作弋形近，以爲即是鳶或作⿱屰鳥的根本原因所在。徐鉉所見屰聲一本作丫聲，及《夏小正》的鳶字作弋，也都是同一緣故。參考《廣雅》，《四月》當以《説文》所引作⿱屰鳥爲正。其音爲五各切，故《夏小正》借屰字爲之。今所以讀鳶爲與專切，因爲⿱屰鳥誤爲鳶，即按弋聲讀其聲母爲喻四；其韻母則是誤以鳶爲韻字，而讀從天字淵字的“今音”。其詩云：“匪鶉匪鳶，翰飛戾天；匪鱣匪鮪，潛逃於淵。”原本只以天與淵韻。後人以鷻從敦聲，敦字“今音”有徒端切一讀，可韻天與淵，於是以鷻與鳶並爲韻字，而讀鷻字徒端切及鳶字與專切。鷻字本音都昆切，爲幽部雕字的轉語讀入文部③，不與天、淵爲韻；今讀鷻字徒端切，是取鷻

① 此例詳見本書“文字”部分的《甲骨文金文屰字及其相關問題》，原載《史語所集刊・故院長胡適先生紀念論文集》，頁 405－433，1963 年。

② 依一般的了解，“喻四古歸定”，與見係字音不相涉。拙作《上古音芻議》擬上古喻四爲 zɦ 複聲母，如舉從與聲，姬從𦣞聲。戈聲之⿱戈鳥雖似可讀與專切，畢竟新的學説，未經學界認定，恐還不足爲王説之助，何況還有其他現象，不能考慮王説。該文收入《中上古漢語音韻論文集》，臺北：五四書店 2002 年。相關文字見頁 403－408。

③ 見《上古音芻議》頁 433。

爲韻字的證明①。

三、《小雅・杕杜》末章:“卜筮偕止,會言近止,征夫邇止。”依全《詩》韻例,凡末章變易句法,每句末一字相同,其前一字莫不入韻,無例外。如《卷耳》“陟彼砠矣,我馬瘏矣,我僕痡矣,云何吁矣。”《擊鼓》“于嗟闊兮,不我活兮;于嗟洵兮,不我信兮。”又如《伐木》“有酒湑我,無酒酤我,坎坎鼓我,蹲蹲舞我。迨我暇矣,飲此湑矣。”此詩近字不韻,疑本作比。金文斤字與比形近(見從斤偏旁),誤比爲斤,因附會爲近。《廣雅・釋詁三》:“比,近也。”此義至今用之。比本義爲密,比之爲近,猶疏之爲遠②。

四、《大田》:“來方禋祀。”鄭箋說:“成王之來,則又禋祀四方之神,祈報焉。”以爲來便是章首“曾孫來止”的來。從全章詩看:“曾孫來止,以其婦子,饁彼南畝,田畯至喜。來方禋祀,以其騂黑,與其黍稷,以享以祀,以介景福”。自“曾孫來止”至“田畯至喜”,已畫上句號。自“來方禋祀”以下,又別爲一節。前節以止、子、畝、喜叶之部上聲,後節以黑、稷、福叶之部入聲,無論文意與叶韻,都截然兩分。祀字雖也屬之部上聲,文意“來方禋祀”句決不得屬於前節,而韻字固不可不與文意相終始③。何況以“曾孫來止”的來說“來方禋祀”,根本不成文句;如鄭箋說爲“來禋祀四方之神”,也與原句語法結構不合。有的學者把來字說爲語詞,語詞的來並没有見於句首的用法。甲骨卜辭有“𠦪年於方”的話,疑來字原作𠦪(同𠦪),𠦪方即祓方,因後人不識古字而誤讀④。

五、《漸漸之石》“有豕白蹢”。毛《傳》說:“豕,豬也。”古書豕字較豬字習見,《易》、《書》、《周禮》、《儀禮》、《左傳》、《孟子》等書中,所見豕字超過五十次,不一見有注。豬字則各書除幾次借用言水所停處,如《書・禹貢》的“大野既豬”,和一次以本義出現於《左傳》,爲的是與豭字叶韻而特別選用。

① 此例詳《説匪皦匪篤》,收入《絲竹軒詩説》頁 244 -255,臺北:五四書店 2002 年。

② 此例見《絲竹軒詩説・讀詩雜記》頁 314。

③ 《頍弁》首章:“有頍者弁,實維伊何! 爾酒既旨,爾肴既嘉。豈伊異人? 兄弟匪他。蔦與女蘿,施于松柏。未見君子,憂心奕奕;既見君子,庶幾悦懌。”蘿字雖與何、嘉、他三字同部同調,因文意另起,各家不以爲韻字。可見祀字不與止、子、畝、喜韻,文意上尤不得與上文合爲一節看待。

④ 此例見《絲竹軒詩説・讀詩雜記》頁 320。

今以罕用的豬字注解習見的豕字，不可謂非怪異。疑正文原是亥字，借用爲牡豕之稱，所以毛説“亥，豬也。”《爾雅·釋獸》説“四蹢皆白豥”，便是本源於此詩亥字而加了豕旁。《説文》亥下云：“亥爲豕，與豕同。”其古文亥作，今據甲骨文、金文亥作，及頌鼎家字作，枚家卣家字從，並爲豭字象形，疑亥之言荄，亥豭、荄根並一語之轉。《爾雅》以四蹢皆白爲豥，實際豥只是牡豕，所謂四蹢皆白，即從“有亥白蹢”附會而出。與《詩》言“凱風自南”、“北風其涼”，而《爾雅》云“南風謂之凱風，北風謂之涼風”同例，都是後人傅會爲説的結果①。

六、《韓奕》“淑旂綏章”。毛傳説：“淑，善也。”善對惡言，以善狀旂無義，毛公鼎、番生簋有朱旂，以朱狀旂色。毛公鼎又有朱市，克鼎有叔市，叔市當指市色而言。叔與淑僅聲母清濁不同。郭沫若説叔借爲素，而二字韻遠，金文素字已成文字偏旁②，也没有假借的必要。周法高先生讀叔爲朱，全文既明有朱市之稱，而朱與叔韻亦相隔，都不免爲臆度。《説文》：“儵，青黑繒發白色也。”叔、儵並音式竹切，古韻同幽部，叔當爲儵之借。淑字用法應同；或本即作叔，因後人不解，增水旁以取其義爲善。金文又有“叔金”，即青黑色金，謂鐵③。

七、《禮記·内則》：“子生：女子，設帨於門右。鄭注僅説“帨，事人之佩巾也”，究竟此一習俗見於何時何地，甚至其可信度如何，都略無發明。《説文》以帨爲帥字或體，説帥字從自爲聲，對習俗的進一步了解也並無幫助。金文帥字多作，其左不從自，而爲二户。門字從二户，把“”視爲門字，則正是巾在門右；晉公𥂴帥字作，更是巾懸設於門右的樣子。無疑此一習俗等於得到證實，同時還可以説，帥字形成的時代，便是習俗通行的時代下限。至於門字何以不作左右相對之形，而别採上下相重的寫法，則可以理解爲容易使字形趨於方正，及顯示門與巾長短不同的情況④。

---

① 此例詳《絲竹軒詩説·讀詩雜記》頁 324。

② 見《金文編》卷十三之七頁所收[illegible]二字。

③ 此例參《絲竹軒詩説·讀詩雜記》頁 331。

④ 此例詳《説帥》，刊《史語所集刊三十周年專號》，頁 597－603，1959 年。

八、《墨子·兼愛》中"連獨無兄弟者"。連獨不成辭,説者不少,而無一可用(略見於下文説矜字)。連原當作輂,爲輦字之誤,輦獨同煢獨,故爲"無兄弟者"的狀詞。《説文》:"輦,一曰一輪車。讀若煢。"與夤下説"賦事也,讀若頒",勼下説"聚也,讀若鳩",文同一例。意謂煢本義爲"回飛",用言"煢獨"爲輦字之借,輦義爲"一輪車",故引申爲獨義。古連輂二字多通作,《周禮·鄉師》"與其輂輂",鄭注説"故書輂作連",即其例;又胡連亦作胡輂,見孔廟禮器碑。金文火字偏旁中常寫爲[illegible],見曾伯簠燮字狄字,及者減鐘熊字,與夫字形近。《説文》中與輦字同説爲熒省聲的褮字,齊鎛作[illegible]。假定輦字古或書作[illegible]或[illegible],因其字較爲生僻,便可能産生誤讀爲輂,又轉寫爲連的結果①。

九、《荀子·王制》:"東海則有紫紶魚鹽焉,然而中國得而衣食之。"紫紶二字連用不成義,也與下文衣字義不相應。王引之説紶爲綌誤,其説是。于省吾説紫字借以爲絺,而二字聲不相及,韻不同部,不可以借。《周禮·司服》"祭社稷五祀則希冕",鄭注説:"希讀爲絺,或作黹。"曾伯簠黹字作[illegible],與紫字篆書相近,紫當是黹的形誤,用黹爲絺。絺綌二字恒連用②。

十、《説文》犧下云:"賈侍中説此非古字。"古與今相對,特别在經今古文學對立的漢代,説犧不是古字,等於説犧字是今文隸書。《詩·甫田》有"與我犧羊",《閟宫》有"享以騂犧",又有"犧尊將將",《書·微子》有"今殷民乃攘竊神祇之犧牷牲用"。除非這些犧字都是經過後人改寫的,便不得説它非古字!段注説:"蓋本祇假羲爲之,漢人乃加牛旁。"結合惠棟《讀説文記》所舉"秦惠王詛楚文犧牲字作羲"的實例,這話應該是對的。甲骨文"[illegible]羊"、"[illegible]牛"即犧羊、犧牛,"夕[illegible]"即夕用犧,"帚[illegible]"即犧姓之婦。[illegible]本犧尊的象形初文,後加虍聲作[illegible],見金文戲字偏旁。《説文》䖒下説爲"古陶器",即此字變象形的[illegible]爲豆,同甲骨文象形加凡聲的[illegible]字變爲鳳。然則《詩》、《書》中犧字原當作[illegible]或[illegible],後因廢棄不用,於是假借作羲,至漢加牛旁而爲犧字,故賈氏言之

① 此例詳《先秦古籍文句釋疑》,刊《史語所集刊》第七十四本第一分,頁7-9,2003年。

② 此例詳《荀卿子記餘》,刊中研院《中國文哲研究所集刊》第十五期,頁215,1999年。

如此①。

以下再提出兩事請教，是過去不曾談論過的：

一、《禮記・檀弓》："戰於郎，公叔禺人……與其鄰重汪踦往，皆死焉。"重讀爲童，鄰重便是鄰家男童。鄭注説："鄰，或爲談。"談字如何取義，爲何不正文用談，以及異文是怎樣産生的，鄭氏都未説明，講《禮記》的人也没有注意這些問題。

《左傳・哀公十一年》記這件事，相關的話是："公爲與其嬖僮汪踦乘，皆死。"乘字有補足作用，知是乘而往。嬖的意思是愛幸，表示兩人之間有親暱關係。鄰則只是鄰居，有顯著的差異。似乎也可以將嬖與鄰合起來理解，但先得考慮談字是否意義與嬖字相關。從"談士、談客"的稱謂來看，"談童"的結構是不成問題的。《節南山》詩的"不敢戲談"，談與戲連用，《述聞》説談的意思是調笑，談嬖之間更可以産生意義關聯。三占從二，鄰童雖然易懂，"鄰家男童"則不應爲原意。至於鄰與談所以成爲異文，儘管小篆的寫法鄰字聲旁也從炎，鄰談的差異，必不得是鄰或談字直接形成的；兩者的讀音，更没有混淆的可能。

甲骨文有[illegible]字，通常都認作炎字。炎從二火，根據甲骨文火字的寫法，此決不得爲二火之形，再看金文炎字的樣子，更證明此必非炎字，當是從大旁加四點。據穆公鼎粦字作[illegible]，石鼓文憐字作[illegible]。[illegible]當是未加止形的粦字初文②。這一字形與後世炎字的寫法最爲近似，因此我疑心《檀弓》原先寫的是"[illegible]重"，借[illegible]爲"巧言令色"的令，以其爲令童，故爲公叔禺人所嬖；也因爲有此特殊關係，此童才有共赴國難的壯舉。後人不能完全掌握[illegible]字的形義，或據其讀音增邑旁而爲鄰，或誤其字形加言而爲談，作鄰的義取近鄰，固與嬖的意思漠然無關；作談的義取調笑，也究不若令色與愛幸關係的密切。《東方未明》、《車鄰》、《十月之交》三詩以令字分别叶顛、叶鄰顛、叶電，以知令的讀音與粦同，故用粦同令。

① 此例詳本書"文字"部分的《釋甲骨文[illegible]字兼解犧尊》，原載《沈剛伯先生八秩榮慶論文集》頁 1－15，臺北：聯經出版公司，1976 年。

② 詳拙著《中國文字學》（定本）頁 193，臺北：五四書店 2001 年。

二、《説文》説:“浙,江(江上桂馥主補漸字)水東至會稽山陰爲浙江。”又:“漸,漸水,出丹陽黟南蠻中,東入海。”不僅分列爲二水,兩篆且相隔五十餘字。《水經》説:“漸江水,出三天子都,北過餘杭,東入於海。”酈注於“出三天子都”下説:“《山海經》謂之浙江也。”此下即以浙江爲稱,不更見漸水之名。如説“浙江又北歷黟山縣”、“浙江又北逕歙縣東”;或稱爲浙水,如“浙水又左合絶溪”。是漸水即浙水,無異義。清儒大抵信奉《説文》,解説漸江爲浙江的北源,所以漸江也稱浙江。但《水經》叙漸江,從發源到入海,不及浙江之名;《漢書·地理志》也只説“漸江水出南蠻夷中,東入海”,没有説到浙江,《山海經》與《水經》的不同,應該不若清儒所解,而是别有原因的。

金文有□字,或作□、□、□等形,徐同柏、吴大澂、吴闓生並以爲幭字,義爲車覆軾。字形上則除徐氏據第一形説爲析聲,别無説明。第一形從二木一斤,説爲析字,似乎合理,其餘從朿從東的,則不知如何理解;而析與幭聲韻母都不相通,更是此説的致命之傷。拙著《中國文字學》以爲,此字從衣從折,可視爲《説文》絜字。絜字必結切,幭字莫結切,韻同聲近,故得通假;以其義爲車覆軾,故易糸爲衣而成轉注專字①。所以知其爲折聲者:折本作□,見甲骨文,從斤從斷木會意。因形近於析字,或改斷木的□爲□,亦始見於甲骨文,傳流到漢代,許慎引譚長説爲“從斤斷艸”,篆文誤□爲□,便是通行的折字;或於□與□之間加畫示折斷之意作□或□,《説文》籀文變作□,許慎説爲“從艸在仌中,仌寒故折”。標準的“□”形雖迄未見到,籀文折和齊侯壺折字作□,有變形的□字加“=”,自可有此推想(案:金文已不見從□的□)。或以重木表示折斷,即徐氏據以言析聲見於毛公鼎的□字所從。至於從朿從東之形,我以爲□是□之誤,□是□之譌,古□或作□,故有師兑簋從□的□②。

照這個意思看來,《水經》無浙江,其漸江便當是《山海經》的浙江,本作

① 《説文》從折聲的哲、逝、誓、晢、悊、猘、悊、浙、娎、銴十字,折並作□;獨絜字從□,與此字有示折斷之意的“仌”相合,以見二者關係特别密切。或者絜竟是此字易衣爲糸的轉注字。

② 參《中國文字學》(定本)頁268-272。

漸,漸同化於斬而爲漸;原讀同浙,後人不明究竟,見漸江之漸形同逐漸之漸,便讀爲慈冉切,於是出現漸江與浙江是否一水,或同水何以異名的問題。《集韻》薛韻浙下音之列切,引《説文》浙字的説解,收或體作漸,分明還有人知道漸水字的正確讀音,令人無比興奮。《説文詁林》浙、漸兩篆引各家説,卻没有人翻檢過《集韻》。過去我只注意到折字的變形,没有將浙江和漸江的問題連在一起設想,兩者原是可以相互發明的。

最後提另一現象:古文字的出土,整體而言,無論於傳統的《説文》之學,或於古經傳的認知,影響都是正面的,價值無可估量。畢竟古今只是相對稱謂,對更晚的"今"或更早的"古"而言,原先的今或古,便成了古或今。文字的形貌固然可能隨時發生變化,原來的字形卻不一定因爲已經產生新體即便失傳,往往是伴著變形同時運作。而今日所見任何時代出土的古文字,又可能並非其時全面的寫法,各種字形出現機率各不相同,有的"古"文字中僅有後來的變體,有的"今"文字中卻見到較早的字形。舉例來説,朝、章、帥、受四字的隸書朝、章、帥、受,都早於秦篆的朝、章、帥、受。這等於説,如果把今天出現的"古"文字都視作可信的原始形貌,用以糾正《説文》,或講解古書,有時可能並不相宜。

前文談到《墨子》的"連獨",孫詒讓説:"連疑當爲矝,一聲之轉:猶《史記・龜策列傳》以苓葉爲蓮葉。矝從令聲,今經典並從今,誤。"近人于省吾《雙劍誃諸子新證》也説:"矝本從令,乃鰥之借,矝怜音近,又怜與連聲韻同。矝獨無兄弟者,言矝夫與獨夫而又無兄弟可依者。"《説文》矜字本從今,解云今聲,段玉裁因今聲古韻在七部,而《詩經》矜與天、臻、玄、民、旬、填等字叶韻,古韻應屬十二部,於是根據漢石經等資料改矜爲矝,而爲孫、于二氏所依恃。但無論講形聲、假借,聲母的關係應與韻母同等重要。清人治古音,錢大昕除外,成就都在古韻之上,以致凡論音韻,都從古韻衡量,而不知有聲母。如矜字,本没有讀來母的痕跡,恒見讀居陵、巨巾二切,與今聲正相合。于氏説矜爲鰥之借,也正因爲矜與鰥兩者都讀見母,才有此假借行爲。更由於諧聲字來母通常皆自成一系,《説文》令聲之字並讀來母,没有讀牙音的,如改爲令聲,對前述矜字的讀音和假借現象,反而無可理喻。所以我於孫、于二説無所取。文稿交《史語所集刊》,審查人之一提出兩點"參考意見",並於"結

論"中説"宜參酌本人建議修改"。其一爲:"所謂矜從令聲,此從段玉裁據漢碑作矜之説",此語不妥。20世紀70年代以來出土秦簡及西漢初簡帛,矜皆作矜,郭店楚簡矜作矝,段説已完全得到證實。"其二爲:"謂于省吾'讀矜爲鰥,鰥謂無妻,與"無兄弟"不合'。"此語亦不妥。上文引于説,謂矜獨無兄弟者,言矜夫與獨夫而又無兄弟可依者,蓋以"矜獨"與"無兄弟"爲並列之語,其義當然可以"與'無兄弟'不合"。"關於第一點,段説獲得的佐證,時代最早不出戰國,矜的字形是否早過矜字,還要從孰爲合理去作抉擇。孫、于成文時,這些資料未出現,説其依據爲段注,話並没有錯。矝的寫法自又出矜字之後,如其認爲原來便可作矝,即使用複聲母解釋,k-、l-、m-三個不同的音,不知將如何處理。至於第二點,上文則説"老而無子者,有所得終其壽",説的便是"獨",這裏的"獨"自不得又爲獨夫,則連不得爲矜讀鰥,原是十分清楚的。因爲這些錯誤都非常淺顯,所以拙稿没有一一指出。爲了避免讀者同樣誤信于説,關於後者,已略加説明,其他則原稿都未改動。

究竟矜字從今從令的問題,自聲母方面而言應從今,前文已經説過;韻母方面也以從今爲是。從其音居陵切看,今聲的矜本應音居吟切,居陵與居吟爲一語之轉,下列現象可見兩音關係密切;如是真或耕部的令字爲聲,必不得有此現象。

1. 諧聲:朕字直稔切,古韻與今聲之矜同在侵部。從朕聲之字多入蒸登韻,與矜音居陵切又同。縢滕二字有直稔、徒登二音,更是侵蒸二部音近之證。鷹字於陵切,凭字扶冰切,《説文》一説㾕省聲,一説任聲;鳳從凡聲,許君説與朋同字,三者雖都爲誤説,其説建立在侵蒸二部音近之上,則是無可懷疑的。

2. 叶韻:《詩・小戎》以音字叶弓、縢、興,《閟宫》以綅字叶崩、騰,朋、陵、乘、縢、弓、增、膺、懲、承,《大明》以林、心叶興字,都是侵蒸通押之例。

3. 轉語或異文:段玉裁《六書音均表》"《詩經》韻分十七部表"第六部"古合韻"綅下説:"凡古曾之爲朁,興之爲廞,堋之爲窆,朋之爲鳳,戴勝亦爲戴任,仍叔亦爲任叔,皆第六部第七部關通之義。"中除朋鳳一例①,並爲

① 《説文》誤壁中古文鳳與貝朋的朋爲一字,説詳拙文《上古音芻議》。

可信。

然則，矜本從今聲古韻屬侵部無可疑，其矛柄的本義應讀巨今切，借義言兢音居吟切，與兢爲一語之轉，其音居陵切，則是又讀同兢。《無羊》詩"矜矜兢兢"，狀羊群下山時奪路前進之貌[①]，矜與兢不得同音，是其字有居吟切一讀之確切可考者。《鴻雁》詩"爰及矜人，哀此鰥寡"，毛傳訓矜爲憐。憐的意思是哀是惜，把可哀可惜的人稱爲憐人，是不合語法的。《廣雅·釋詁一》："矜，急也。"其上相連爲窘、趌、迫、遒、蹙五字。疑此矜當取急義，矜人是窘迫亟待緩解的人。所以二章詩接著説："之子于垣，百堵皆作。雖則劬勞，其究安宅。"急字居立切，適與矜字居吟切相爲平入，爲一語之轉[②]。又《論語·衛靈公》："君子矜而不争，群而不黨。"矜而不争猶言競而不争，所以與群而不黨相儷以行[③]。矜字無論讀居陵切，讀居吟切，都可與前兩例一樣，説明其字當以今聲爲是。

矜字又讀巨巾切，則是其本音巨金切轉入了文部，正如朕字本音直稔切，轉入文部而爲直引切[④]。此外，還可以參看眔字。

《説文》："眔，目相及也。"相傳音徒合切。甲骨文作𥄳，用爲連詞。小作《古漢語曉匣二母與送氣聲母的送氣成份》[⑤]，疑此本象泣涕漣如形，爲泣字初文，音去急切；借用同及，音巨立切，與矜音巨金切互爲平入；音轉入微部，音其冀切。《説文》："㮛，眔與詞也。"即此字的變形，通作曁，是眔有其冀切一音的明證。相傳眔字的徒合切讀法，便是巨立切的轉化音，其共同具有的送氣成份，即爲其本同一源聲母上的特徵。《説文》隶下説"及也"，音徒耐切，也與眔字音其冀切爲一音之變。眔又爲微部文部褱、鰥、鰥、䰝等字的聲

---

① 毛傳説："矜矜兢兢，以言堅强也。"以四字爲一義，其説是；意言堅强，則於義爲隔，今不從。

② 《書·吕刑》"皇帝哀矜庶戮之不辜"，《論語·子張》"哀矜而勿喜"，哀矜義同哀憐。如以矜讀同憐，可爲矜從令聲説添翼。但《爾雅·釋訓》説："矜憐，撫掩之也。"矜憐二字連讀，以知矜僅義同於憐，其音則不與憐同。

③ 凡《論語》言"君子周而不比"、"君子和而不同"、"君子貞而不諒"、"君子泰而不驕"，並二字義同一類，而有正面、負面之别，故以矜義爲兢，不取包咸以來矜莊之訓。

④ 《廣韻》軫韻直引切："眹，目童子也，又吉凶形兆謂之兆眹。"即朕後起字。《集韻》丈忍切别收朕字。

⑤ 見《中上古漢語音韻論文集》頁 463－499。

符,大抵又由其冀切轉讀爲合口①。前引《鴻雁》詩矜與鰥出現於上下句,以見其本不同音,亦不同義。但《禮記・王制》"老而無妻者謂之矜",《釋文》説"矜,本又作鰥,同古頑切",則又音義與鰥同,《集韻》蒸韻居陵切又收一䝩字,説"寡也,通作矜",則是易矜字的今聲爲眔聲。可見今聲眔聲關係密切,據眔字的音變,以定矜字原從今聲,無疑是可以信賴的。若是易爲令聲,便無法産生與眔聲字相同和相關的現象。再者,與眔字相同的有内字,一音奴荅切,古韻屬緝部;一音奴對切,古韻屬微部。與矜鰥、眔、臮暨相同的,有臨、立、莅、隶的字例。臨字力尋切,莅也,侵部;莅字力至切,臨也,微部,與隶同;《周禮・鄉師》及《大宗伯》、《司市》鄭注並云"故書莅作立"。臨與立互爲平入,莅則二者轉入微部的讀音②。

然則,20 世紀 70 年代出土的矜和秢字,可以作爲漢隸的源頭,卻無以動摇矜從今聲不祧之祖的地位,它只不過是"古"文字中所曾有過的寫法,並不是真正的"古"文字。

但前文既説矜字《詩經》與天、臻、玄、民、旬、填等字叶韻,是侵部今聲的矜變讀到了真部;又説巨巾切的矜,是從侵部轉入了文部,前後顯明矛盾。這是一個十分棘手的問題,前者是事實,相與叶韻的字都屬真部,不雜一個文部字。後者則是推論,其依據爲:(一)侵部與文部元音相同,真部則只是相近而已③。(二)矜自侵入文,與朕字同一行徑。(三)矜與眔互爲平入,眔爲連詞同於微部的臮暨,而從眔聲的褢、䆅、鰥、䍐四字,不出微文兩部範圍。臨、立、莅三者一語之轉,其音的關係與矜、眔、臮完全相同,内字的入、去二讀,又與立莅、眔臮一致。(四)即便根據《詩經》韻,説矜是從侵轉入真,仍要考慮矜字與鰥字通作的現象,而必是讀矜爲鰥,不得將關係倒轉。顧炎武的一個古音第四部,雖然到段玉裁便已分出來第十二、第十三及第十四三個韻部,與前二者相當的陰聲脂及微部,卻要到王力先生才完成了分部工作,而《詩經》

① 所知由侵部緝部臨、立二字轉入微部而形成的莅和隶字(見下文),並有力至、力遂開合二音,正可參考。

② 詳《中上古漢語音韻論文集・再論上古音 -b 尾説》頁 355 - 361。

③ 侵、文各家多擬其主元音爲-ə-,真則爲-e-。

中數十處脂、微的合韻，仍爲無法不承認的事實。脂與微、真與文既應分作兩部，其元音彼此不同不待疑。自另一面言之，脂真少合口，微文少開口，是一不可忽略的現象。而-m、-n 兩個同爲口腔位置靠前的鼻音韻尾，收-m的但有-ə-、-a-兩類韻母，收-n 的卻多出元音爲-e-的脂、真兩部，是否象徵脂、真原是微、文的變音，大抵卽隨開合不同而轉化？據近人的意見，合口本從開口出[①]。若然，説矜本從侵轉文，後來又分到了真，似不妨有此一説。

2003 年 4 月 15 日宇純於絲竹軒

（原載於 2003 年 10 月香港中文大學中國語言及文學系第三屆國際中國古文字學研討會論文集。2006 年臺灣臺北世新大學中國文學系《世新中文研究集刊》轉載）

① 見李方桂先生《上古音研究》。拙文《上古音芻議》主周代已開合對立爲二音。

以下〈論反訓〉一文，原於一九六三年刊於崇基學院中文系《華國》，今以原文補入《絲竹軒小學論集》一書，謹此說明。

論反訓

龍宇純

一個字具有正反兩面的意義，通常稱之爲反訓。訓是解釋，反訓便是反過來解釋。這個觀念的產生，本來只是就一些顯然具有正反二義的字所作的解釋。後來推波逐瀾，凡遇一字不能按其常義解釋，便用反面的意義去說；由歸納而演繹，於是所謂反訓，便幾乎成了訓詁的普遍法則。一般的讀書人固視爲理之所然，居之不疑；通儒碩彥亦往往如此。且隨舉一二例，以見一斑。

詩四牡篇「王事靡盬」毛傳云：「盬，不堅固也。」詩毛氏傳疏云：「盬固皆古聲，故以不堅固詁盬，固亦堅也。」案陳氏的意思：固義爲堅，盬固聲同，義得相通，盬字因而也有堅義；所以毛傳說盬就是不堅固。其中從固到盬有堅固義是很自然的。往後的一句「盬就是不堅固」，等於說堅固就是不堅固，便要使人異端難解。但是在陳氏，因爲用了反訓的觀念，故亦覺其順理成章，不以爲怪。

說文：「祀，祭無已也。從示，巳聲。」段氏注云：「祀從巳而釋爲無已，此如治曰亂，徂曰存，終則有始之義也。」桂氏義證云：「祭無已也者，祀已聲相近。」王氏句讀云：「巳部說曰已也，與無已義合。」且不管許氏祭無已之說有無此等涵義，三家都是已卽無已的意思，也顯然是反

訓觀念的發揮。又如說文⿺辶舝下云無違也，段注云：「舛部說：舝，車軸耑鍵也。兩相背，從舛。⿺辶舝從舝而曰無違，猶祀從巳而曰祭無巳也。」也是同一的想法。

陳奐、段玉裁、桂馥、王筠無疑是通儒碩彥了，此可見反訓觀念氾濫之廣。

這一個觀念從何時便已開始，很難說定。譬如前引說文祀下云祭無巳，倘如段王等所說，是東漢的許愼已有此意念。但是東晉的郭璞則是明白揭出此說的第一人。他在方言卷二「逞、苦、了，快也。自山而東或曰逞，楚曰苦，秦曰了」條下注云：「苦而爲快者，猶以臭爲香，亂爲治，徂爲存，此訓義之反覆用之是也。」一字的意義可以反覆用之，這是最明顯的說明。他又在爾雅釋詁「徂、在，存也」條下也說：「以徂爲存，猶以亂爲治，以曩爲曏，以故爲今，此皆詁訓義有反覆旁通，美惡不嫌同名。」旁通二字意義不甚明顯，但與方言注比同而觀，應該仍是正反可以通用的意思。自此以後，反訓這一觀念便深植在學者的心目之中。

然而在邏輯上，這樣毫無道理的正便是反，實在是不可思議的事。而且語言文字是約定俗成的，如果大家隨便的反其義而用之；說的是黑，而其義爲白；說的是大，而其義爲小；彼此的意思又將如何講通呢？所以這道理很簡單：果然一個字具有正反兩面的意義，必然有道理可說，有途徑循；絕不是隨便反覆其義而用之的。可是直到今天，雖然亦有不少人不同意反訓的說法，卻亦不能說出所以然，淸淸楚楚的，讓人家相信。另外許多人則仍是不加分析的承認這是事實。所以本文擬就此一問題加以討論。

首先應當就郭璞所提出諸例作一檢討。但是得先打個岔，就是郭璞說到美惡不嫌同名一語。這句話是出自春秋公羊傳的。依郭氏之意，似乎便是反訓說的由來，因此不能不加以理會。案公羊隱公七年傳云：「滕侯卒，何以不名？微國也。微國則其稱侯何？不嫌也。春秋貴賤不嫌同號，美惡不嫌同辭。」何注云：「貴賤不嫌者，通用號稱也。昔齊亦稱侯，滕亦稱侯；微者亦稱人，貶亦稱人，皆有起文，貴賤不嫌同號是也。」又云：「若繼體君亦稱卽位，繼弒君亦稱卽位，皆有起文，美惡不嫌同辭是也。」可見貴賤不嫌同號與美惡不嫌同辭，都與所謂「訓義之反覆用之」絕不相同。郭氏大概只是隨便借用成語，並無牽附之意，且不去管它。

現在且看郭氏所舉諸例：

一、苦而爲快　苦而爲快，除上引方言卷二條外，又見卷三，原文云：「逞、曉、恔、苦、快也。」逞爲稱意適志之快，曉、恔、了爲明白暢達之快，快字便是愉快的意思。苦字既與諸字同條共貫，亦當爲愉快之意。然而苦字通常作痛苦或甘苦之苦解，義正相反，所以郭氏以爲義之反覆用之者。只是苦字用爲愉快義的古籍未嘗見過。莊子天道篇說：「斲輪徐則甘與不固，疾則苦而不入。」兩語又見淮南道應篇。高誘注淮南甘爲緩意、苦爲急意，莊子的司馬彪注相同。魏博士張揖的廣雅收苦急、甘緩、苦快三義，蓋一本淮南高注，一本方言。因爲快字亦有急疾之義，在表面上，方言苦作快解與莊子苦作急解是相合了。所以王念孫廣雅疏證在苦急、苦快二條下並引莊子此文以爲證明。但是卽使王念孫是對了，所謂「苦快」快是急疾之義；畢竟不是苦爲愉快的明證，而

急疾與痛苦或甘苦之苦意義都並非相反。所以僅憑此一條而立反訓之說當然是不可以的。朱駿聲說文通訓定聲對此有另一看法。他說：「苦快一聲之轉，取聲不取義。」意思楚人說快爲苦，語言仍是一個，不過方域不同，語音略有變易。我倒是很同意這一說法。第一，方言中本來有許多只是記音之字。大底子雲聽其他方言中有音無字的語言，語音與自己方言中某字類似，便借某字標音，只不過等於「本無其字，依聲託事」的假借，並不需意義上有何關聯。第二，從語音上講：苦快二字韻母雖不同，卻都讀溪母合口。說他們一語之轉，並非無此可能。比方爾雅釋詁有一條：「棲、遲、憩、休、苦、㰴、齂、呬，息也。」㰴與快音近，與喟音義同，而苦字亦有息義，似乎可爲朱說一助。還有于與曰聿爰在古書用法亦時相同，也似乎可以作爲旁證。

二、以臭爲香　這一條卻顯然是郭璞說錯了。原來臭字本來只是氣味的總稱，等於現在說氣味，並不限定惡腐之氣。詩文王篇云：「上天之載，無聲無臭。」論語鄉黨篇云：「色惡不食，臭惡不食。」禮記郊特牲云：「至敬不饗味，而貴氣臭也。」又：「殷人尚聲，臭味未成，滌蕩其聲。」又：「周人尚臭，……臭陰達於淵泉，……臭陽達於牆屋。」月令云：「其臭羶……其臭焦……其臭香……其臭腥，」臭都是氣味的意思。詩生民篇的「胡臭亶時」，鄭箋云：「何芳臭之誠得其時乎。」臭字仍是「周人尚臭」之臭，鄭氏不過依其意加一芳字以爲解釋。在古書中亦實在沒有一個臭字是香的意思。至於後來臭爲惡腐之氣，顯然是語義的演變。正如同色字一樣，色字本來就顏色，無美惡好壞之分；然而如賢賢易色，色字限定是美色之意，更從此慢慢演變，到今天，很

多色字而有極壞的意思；並非因臭本爲腐惡之氣，「反覆用之」而遂爲芳香。而且我們還可以從臭字演變到腐惡之氣，其作氣味解的本義即不復存在一點看，更顯見其爲語義的演變，並不是甚麼反訓。說文有一個殠字，義爲腐氣。很多人以爲臭作腐氣解是它的假借。其實連許君在內，都是只顧字形，沒有注意到語言的演變；殠便是臭字，所代表的是同一個語言。

三、以徂爲存　說文徂字云往，而爾雅釋詁云「徂，存也。」；存可以說是不往，所以郭氏以爲反訓。古書裏徂作存解者沒有見到，爾雅邢疏以爲即詩鄭風出其東門「匪我思且」之且。案鄭箋云：「匪我思且」猶「匪我思存」也，經典釋文云「且音徂，爾雅云存也」，顯然爾雅的徂字即是毛詩的且字；大概本之三家，別無其他來源。不過在詩經來講，徂字並非得作存字解不可，往義仍然可通。依我來講，上章的「匪我思存」是非我思念之所在，下章的「匪我思徂」是非我思念之所往。拿現在話說，往便是嚮往。兩句話實在並非完全相等的。但是話雖不相等，意思卻可通。鄭箋既於上章解釋說「此如雲者皆非我所思存也」，故於此章爲之彷彿之辭，說「匪我思且」猶「匪我思存」，既簡單，又明瞭。說文𠍵下段氏注云：「凡漢人作注云猶者，皆義隔而通之。」鄭箋說猶，分明不以爲徂即是存。康成注詩宗毛，亦折中三家。且字爾雅作徂所本爲三家，已如上述：徂猶存也，亦必三家遺說。只因爾雅全書沒有用猶字的體例，而且它要把徂字和在字合併成一條，所以刪除了三家的猶字。（案毛傳於且字無說）此中究竟，至爲明顯。否則鄭氏以爲「爾雅孔子門人所作，以釋六藝之旨」，（語見駁五經異義）焉得不逕取爾雅「徂、存也」之說？郭氏於此未加深

究，以爲反訓，豈其然乎！

四、以曩爲曏　案爾雅釋詁：「曩、塵、佇、淹、留，久也。」釋言：「曩，曏也。」一云久，一云曏。而說文：「曏，不久也。」所以郭氏援以證成反訓之說。然而這也是誤會。邢疏：「在今而既言往，或曰曩，或曰曏。」這是字的眞正意義，等於今人說以前或過去一樣。反正是過去，時間的久暫只是相對的。這問題當如郝氏義疏的看法：「對遠日言，則曩爲不久，對今日言，則曩又爲久。」並無所謂正反。不知郭氏何以有此隔膜。桂馥的說文義證居然要據爾雅的久改說文的不久，眞是一樣的迂哉夫子了。說文於曏下引春秋傳曏役之三月。三個月的時間到底久還是不久呢？我想這問題不是這樣的問法。

五、以故爲今　爾雅釋詁有相連之二條：一云「治、肆、古，故也。」一云「肆故今也」。郭注後一條云：「肆既爲故，又爲今。今亦爲故，故亦爲今，此義相反而兼通者，事例在下，而皆見詩。」這也是郭氏明顯提出反訓說之一處。所謂事例在下，指下文「徂、在，存也」而言，前面已作討論。現在討論所謂肆作今解的問題。詩大雅緜篇「肆不殄厥慍」，毛傳云：「肆，故今也。」所以郭氏說此條亦見於詩。然而毛傳的意思，故今二字連讀，與故卽之義相同。爾雅邢疏云：「以肆之一字爲故今，因上起下之語，」方是正解。書召誥云「其丕能諴於小民，今休」，經傳釋詞云「今猶卽也」，正可以說明「故今」的今是甚麼意思。所以肆字並沒有甚麼正反之義；故與今意義相同，也只在於作「因上起下」之語助時如此，亦無所謂正反。郭氏此說顯然又錯了。

六、以亂爲治　亂字通常爲無條理的意思，恆見無庸舉例。然而說文云：「亂，治也。」廣雅釋詁三云：「亂，理也。」書皐陶謨云「亂而敬」，盤庚云「茲予有亂政同位」，微子云：「殷其弗或亂正四方」，左氏襄公廿八年傳云「武王有亂臣十人」，論語云「予有亂臣十人」，亂字正是治理的意思。這個字具有正反之義是不容否認的。前人對於此事的解釋，除郭氏以爲係義訓之反覆爲用而外，概括的說，另有兩種。一謂說文「𤔔、煩也」，「亂、治也」，二字音同形近，亂作治解者爲其本義，作無條理解者或爲𤔔的假借，或爲𤔔的譌誤。一謂說文「辭、訟也」，或體作𤔲，字引申有紛爭擾攘之義。而金文𤔲字作𤔲，與亂字形近；因而推想亂本是治理之義，又爲紛亂解者，爲𤔲的譌誤。也有人主張亂訓治爲𤔲的假借，金文𤔲爲司，司卽治義；而亂字本義爲煩亂。這些解釋，有的也似乎言之成理，然而都有根本缺點。關於亂與𤔔的關係，他們完全只顧從字形上去分別；如果從語音上看，反正 luan 這個語音有正反二義，字形雖然勉强分開了，根本問題並未解決。正如朱駿聲解釋臭字，因爲說文有殠字云腐氣，便說臭作腐氣解者爲殠的假借；其實語言上臭當是臭作腐氣解的後起字。說臭借爲殠固然是錯了，許君分臭與殠爲二字亦便不妥當。關於亂與𤔲的關係，亂固不可能是𤔲的假借，因爲二字語音略無關係；說亂是𤔲的譌誤，問題也不如此簡單。據我們所知與此相類似者有一個擾字。說文說擾本義爲煩，與亂訓煩同，莊子天道篇云「然則膠膠擾擾乎」、左氏襄公四年傳云「德用不擾」，都是字作煩亂解的例子。然而尚書皐陶謨「擾而敬」傳云順也，周禮大宰「二曰敎典……以擾萬民」注云馴也，顯然這個字也正是有此正反二義。

雖然也有人說擾作馴解爲犪的假借，或又謂柔的假借，但我們還可以舉出相同的例：汩與繚便亦是如此。尚書洪範「汩陳其五行」，汩是亂義；而說文云汩、治水也，楚辭天問「不任汩鴻、師何以尚之」，注云治也。說文「繚、纏也」，絲之繚繞與紛亂義近。而莊子盜跖「繚意絕體而爭此」，釋文云「繚、理也」，雖然也有人說說文云「撩、理也」，繚訓理爲撩的假借；但是從語音上看，「亂」、「擾」、「汩」、「繚」既同具正反二義，顯然不是可以從字形上解釋得了的。所以無可否認的，亂字具有正反二義。然而這是否便是所謂義訓的反覆用之、毫無道理可言的反訓？要得到正確的解答，請再參考下列諸字的意義。

一、皮字　作名詞皮膚解是此字的常用義；而國策云「皮面抉眼」，說文云「剝獸取革者謂之皮」，廣雅釋詁訓皮爲離、釋言訓皮爲剝，是此字的第二義：動詞，意爲剝皮。與此字相同者有革膚、朴、皵等四字。周禮冥氏的「獻其皮革」，尚書禹貢的「齒革羽毛」，是革的常見義，與皮字作名詞用者相同；而說文云「獸皮治去其毛曰革」，及其後引申的凡革除之義，又正與皮字義爲剝皮者相當。孝經說「身體髮膚」，禮記禮運說「膚革充盈」，荀子性惡篇說「骨體膚理」，是膚字的常義，與皮的第一義相當；而廣雅釋詁膚字與皮字同訓爲離，釋言又與皮字同訓爲剝，顯然膚字亦有剝皮的意思。孟子云「不膚撓」，把膚字解爲剝皮似乎最合適不過。禮記內則云：「去其皵。」注云：「皮肉之上魄莫也。」與皮膚的第一義相當；而廣雅釋詁皵與剝、脫、皮、膚諸字同訓爲離，此在古書裏雖乏確證，我們卻沒有理由不信張揖是有其根據的。說文：「朴，木皮也。」

而廣雅朴與剝、脫、皮、膚等字同訓爲離。王氏疏證以說文柿下云削木札朴爲證；我的意思，朴作去皮解，與剝卽爲一語，所以說文的剝字又或作卜。也與皮字的二義相當。

二、髕字　說文「髕、刴耑也」，史記秦本紀云「舉鼎絕髕」，爲此字第一義；而除髕之刑也叫做髕。漢書刑法志：「髕罰之屬五百。」周禮司刑注：「周改臏作刖，書刑德放臏者，脫去人之臏也。」臏與髕同，並其例。

三、耳與刵　說文：「刵，斷耳也。」尚書康誥「劓刵人」，傳云「刵、截耳也。」刵與耳聲韻相同。只調値稍異；其義則爲截耳。刵和耳當然就是一個語言。在我國語言裏，聲調的不同，往往卽代表名動之異。

四、茇與拔　說文：「茇，艸根也。」又：「拔，除草也。」兩字語音語義都有關係，顯然也是一個語言的轉變。

五、釁字　左氏桓公八年傳：「讐有釁。」注：「釁，瑕隙也。」宣公十二年傳：「觀釁而動。」服虔注云：「釁，閒也。」裂隙是此字第一義。而古時殺牲以血塗坼隙也叫做釁，如周禮小祝云「大師掌釁祈號祝」，左氏僖公三十三年傳云「不以纍臣釁鼓」，孟子梁惠王篇云「將以釁鐘」，並其例。與此相同者：破謂之綻、謂之縫，彌釁補亦謂之綻、謂之縫。

六、勞字　勞字通常爲勞苦之意，如尚書無逸的「舊勞於外」，詩桃夭的「母氏劬勞」。而詩碩鼠云「莫我肯勞」，孟子滕文公云「勞之來之」，周禮小行人云「凡諸侯入王則逆勞於畿」，勞

字又有慰勞，卽去其勞苦之意。同樣的，槁是枯槁的意思，與勞爲勞苦義近；而小行人「若國師役則令槁禬之」司農云「槁卽槁師也」，左氏僖公二十六年傳「公使展禽犒師」服注云「以師枯槁故饋之飲食」，淮南子氾論「犒以十二牛」注云「牛羊曰犒，共其枯槁也」，也和勞又作慰勞解義通。

七、糞字　汙穢之稱爲此字第一義。論語的糞土之墻不可杇也，吳越春秋的今者臣窃嘗大王之糞，並其例。而禮記曲禮云：「凡爲長者糞之禮，必加帚箕上。」荀子彊國篇云：「堂上不糞，郊草不瞻曠芸。」則又是除去穢渫的意思。與此相類似者有渫字，漢書王褒傳云：「去卑辱奧渫而升本朝。」張晏注：「渫，汙也。」王念孫云：「奧，濁也。言去卑辱汙濁之中而升於朝廷也。」然易井九三云：「井渫不食，爲我心惻。可用汲，王明並受其福。」王注：渫，不停汙之謂也。集解引荀爽曰：「渫去穢濁，淸潔之意也。」是汙謂之渫，去汙亦謂之渫。還有廣雅釋詁云，䣃、濁也。說文䣃下云「赤色也，讀若浣」；浣爲䣃字或體，注云「濯衣垢也，從水、䣃聲。」可以說這個語言也有汙和去汙二義。同理，詩經葛覃「薄汙我私」和「薄澣我衣」相對成文，汙應該就是澣的意思。（案聞一多卽嘗根據澣爲濯衣垢及廣雅䣃訓濁，謂此汙字是去汙之意。）

就以上所舉諸例而言：糞、渫、澣、汙同時有汙和去汙之意，汙和去汙可以說便是汙和潔；勞和槁的二義也可以說就是勞和逸的對立。都和亂字之具正反二義相當，可以說又都是反訓的例證。然而它們又顯然與上述皮、髕、耳（刵）、犮（拔）、爂諸字的語義相同；皮、髕等的兩種意義卻

絕不可說是反訓。因爲皮與剝皮或髕與去髕等意義上皆無所謂正反。英語 Skin 一字有皮膚及剝去皮膚二義，Scalp 一字有頭皮與剝去頭皮二義。bark 一字有樹皮與剝去樹皮二義，root 一字也有根與拔根二義，而 dust 一字也有灰塵與拂去灰塵二義。這說明了凡此都只是部分語言的使用演變，是有途徑可以追究的。即是說在語言裏，往往除去某事某物的語言即緣某事某物之名而產生。也即是說，某事某物謂之某，除去某事某物亦謂之某；不過當它本身是形容詞的時候，兩者意義便顯得相反，於是便誤解爲毫無道理可言的反訓了。其實，如果了解亂與治的對立本是亂與去亂的轉變，便不會有此誤解。

然而如所周知，自郭氏以後，居於反訓的立場者也曾或多或少爬羅出些例子，欲以證成郭說。但大致言之，絕大多數仍是義的引申，如讎、仇、敵、對、措、置、舍、止、謝、逆、巧、智、厭、落、引之類。有的則因本是一事的二面，如受、貸、假、市、沽之類。其中也許有一二例不十分明瞭其究竟，如艾字有老少二義；但是不足以證成反訓之說卻是異常明顯的事，在此都不想再加討論了。

中國學與國家

韓國中國學會會長朴漢濟教授邀我爲"第二十一屆中國學國際學術會議"作基調講演,感到萬分榮幸和惶恐。論學術條件,委實力有未勝。但在貴國,我有許多熟識的朋友,包括五十年前在臺大一起聽課的車柱寰教授、李元植教授,1984 年來貴國參加第四屆中國學國際學術會議時結交的諸位學者,以及先後在臺灣大學、東海大學、北京大學任教所認識的年輕學人。有一個聚首的機會,十分值得珍惜,於是勉爲其難地應允了。中國學會總務理事柳東春教授告訴我,此次大會主題爲"中國學與國家"。貴國所説的中國學,相當於敝國所謂的國學,也就是西洋所稱的漢學,日本學者所稱的支那學,範圍極廣。如果我能把各國研究中國學的實況作一報告,同時予以比較,必然最能貼切題意。無奈我所涉及的中國學範圍太窄,知道的各國研究中國學情況更是少之又少,顯然不可能採取這種講法;只能在我所接觸極其狹隘的中國語文學的領域内,談一些個人的觀感。

假如把學術研究所得分爲正數與負數兩面,今天所講的,更限於我認爲負數的一面,意思不僅是向大會提出一份報告,同時希望對國内相關學界作一點反映;説的不一定都對,但應該不至於全錯。學術本來無國界之分,中國學術當然歡迎各國學者共同參與研究,都有輝煌成績。然而,站在中國人的立場,無疑還是希望要以中國爲重鎮,以中國學者爲中心。學術務求創新,本是天經地義,一意創新是務,雖舊説没有應該棄守的理由亦不之顧,究非可取,尤其不應本身不具充分條件,竟妄詆前賢,奢談是非。1984 年我來貴國開會時,各大學有中文系的超過四十所,現時可能更多。

從事學術研究,由於各人學術背景不盡相同,穎悟能力亦有差别,對同一事物或同一問題,便可以形成不同的看法。所謂學術背景,包括可以運用的資料、觀念、方法等。以中國語文學而言,其中有的爲本土所産,有的則自異域舶來。前者資料:如自古相傳的典籍,或晚近出土的文物;觀念:如音同義通,或《説文》古文爲周秦間東土文字,時代晚於籀文;方法:如歸納《詩經》韻字求上古音韻類,或憑古音以言假借。後者資料:如藏緬文或各種域外譯音;觀念:如言中古音或上古音,不僅要求其音類,還應擬其音值,或以複輔音或詞頭,解釋聲母現象;方法:如利用現代方言求古代音值,或比較漢藏語以推古代音值。諸如上面所説的一切,使得中國語文學在數十年之間有了長足的進步,其中有的更直接是由於異國學者投注心力的結果。

美好的事物,也往往會帶來負面的影響,新資料、新觀念、新方法的出現,學者唯新是尚的心理,使得許多舊學無端遭受到鄙視,不僅有欠公允,也使學術受到了傷害。

甲骨文等地下寶藏的出土,對傳統文字學帶來革命性的破壞。過去,許慎的《説文》被奉爲圭臬,研究語文的都要嫻熟《説文》,於許説不敢輕啓疑端。於今,誰都知道《説文》有數不清楚的錯誤,不僅研究文字的人,動輒依據早期文字議論《説文》的得失;不研究文字,根本便没有讀過《説文》的人,只要其説解與己意不合,也可以無條件地責其紕繆,隨意更改。殊不知新出土的文字,無論屬周代,屬商代,都不是我國原始文字,不過較小篆爲早而已,其中也多的是變體,不都可爲憑信;即使爲原來面目,也可以形成不同的解讀。功力不够,固然無法正確地使用這些資料;功力再深,也終有其不可盡曉的文字。許慎作《説文》,只是就其識得的文字,從造字的觀點,説明其本形本義;本形本義容或有説錯的,不礙其爲某字。如許慎把我字説爲“施身自謂”,從字形而言,第一人稱的用法,必不得爲其本義,至今亦不知其本義本形如何,但出現在實際語文中,我字的音義没有會誤解的。主要是自來即掌握了我字的讀音,能掌握一字的讀音,終能求得其用義,使盡其文字的功能;本形本義如何,並非重要的事。今人所以要習文字學,主要是爲遇到不認識的字,可以利用專門知識,透過字形以探索其可能的讀音,從而進窺其用義。

《説文》之所以被重視，一則可學習尋求字音字義之法；一則其書收有多種古代文字，把這些字加以認識，正是研治金文、甲骨文等的進身階梯，捨此没有其他門徑。因此，不讀《説文》，或者對《説文》没有下過相當工夫，必不能研究文字；一知半解，便要談論文字，輕議《説文》是非，必至於鬧出笑話，自己卻懵然不曉。

《説文》説："是，直也。從日正。"此説本身無任何可疑。金文是字除同於《説文》作而外，還有、、、等形，於是引致種種異説。如林義光説爲尴，以"象人首，象手足跛倚弛緩不行之形，其義爲跛不能行。"高田忠周説爲提，以"即是，從如從手。"郭沫若以爲匙，説"象形，從又或一，以示其手柄所執之處，爲趾初文，匙柄之端挂於鼎脣乃匙之趾。"高鴻縉以爲"本義當爲審諦安行"，大抵卽視作諦字。張日昇以爲是一種蟬，古人叫做蝭蟧，"本作，象形，漸次變爲爲，以至爲爲"。捕風捉影，真可謂精於想像。依我看，與的不同，不過日下多一竪畫，原意是因爲其義爲正直，加之以示正午日光之直照。因爲我國文字形式上須求其大體方正，兩體結構之處尤不宜過於鬆散，不能形成整體的感覺，於是將正字上端的横畫著於日下竪畫之上，減其長度，並趣其緊密，而成爲的樣子。其後由變，上端又受禺、禹、萬等字的影響，誤書爲、二形。因爲從日正已經足以表現直的意思，後來日下加畫的字形便没有傳流下來，許慎據以爲説，哪裏有什麼需要懷疑和修改的。

又如《説文》説："皇，大也。從自王。自，始也；始王者，三皇，大君也。"以"從自王"義爲始王，不僅意思牽强，其上從自，也得不到任何印證。早期金文皇字作，顯然是從而譌變。但許君不直言皇的本義爲大君，而由大君之意轉其義爲大，卻處理得十分合度。從皇字意義的發展來看，其先只是狀詞，義爲璀璨、爲輝煌、爲大，如《詩經》的"皇皇者華、皇矣上帝"，《尚書》的"皇帝清問下民"，都是例證；後來從"皇帝"的構詞，形成"三皇"的概念，才變爲名詞，時代約在周秦或秦漢之際。據早期金文的寫法，當象日有光芒之形，加王爲聲，與其先期意義正相吻合。晚期金文作，仍與早期從從者不異。由""變""，只是文字由丨變 ł 的慣見現象。但學者見異思遷，於是

有汪榮寶皇字“象冠冕在架上形”之説，經徐中舒修正爲“王著冠冕形”，至郭沫若説以爲“有羽飾的王冠”，直到今天還有人沿用此説。真是“乃不知有漢，無論魏晉”，“三皇”的觀念尚未形成，如何竟先自有了“皇”者之冠！

過去學者講論文字，凡爲《説文》所有的，必定先引《説文》；不同意許君所説，也必得説出許説不可信的道理，然後表示高見；因爲不能破，便不能立。於今則愛怎麽説，便怎麽説；許慎的説法，根本無須理會。2000 年中研院第三屆國際漢學會議文字學組，邀請我爲“漢字形構理論”諸篇論文作講評。其中有臺灣大學中文系文字學教授許進雄博士提出的《判定字形演變方向的原則》，其談論文字，便用的是這種態度。據甲骨文去字作，説是“人排除體内廢棄物的動作”。姑且不論去字有無此義，從字形看，也絶不合人類排除體内廢棄物時的姿式。説西周金文赦字作，“由亦與攴二字構成，表示一手持杖，撲打一大人而致流血之狀”。既認定其字從亦，論理便應據亦字爲説，卻解釋爲“大人流血”之狀。何況杖人而致流血，也似與赦免罪之意不相協。作者也許是想到了古典小説與戲劇中“死罪可免，活罪難容”的話，問題是《説文》收赦爲赦或體，清儒説以亦爲聲，看不出有何不妥（案：亦與赦古韻同魚部，聲母可以比較紓抒從予聲）。再舉一個有趣的例子，其餘的都不説了。作者説甲骨文秋字象蝗蟲之形，但從秋字的音出發，找不到任何義可能爲蝗蟲的綫索。更從秋字的義而言，《説文》的説法是“禾穀熟”，《書・盤庚》正有“乃亦有秋”的句子，蝗蟲卻是容不得禾穀熟的，然則古人何以獨取蝗蟲爲秋字呢？如果都這樣解文字，真不知將“伊于胡底”！

自漢相傳的六書説，劉歆時已開始流傳，直至百年以後許慎才對六書作了解釋，如果有不能愜人意的地方，自可能只是其個人的誤解，不表示六書説本不完好。其中如以考老二字爲轉注例，而考字屬形聲，老字爲會意，便明是自陷入了矛盾。楊慎以四經二緯説六書，所謂緯，只取與經字相對，本身没有明確意義。戴震修改爲四體二用，因爲假借等於制造了表音文字，則與造字漠然無關的，僅轉注一項，仍有嚴重缺陷。但清季覆亡之前，對六書説没有加以懷疑否定。清以後，情況出現了不同，有人不再願意在六書的圈子裏兜轉。先是唐蘭提出三書説，一舉便廢棄了指事、假借和轉注三個名目。許慎以上

下與武信分別指事與會意,二者實際只有形式上獨體、合體的不同,本質上卻都是依語言的義所造的表意文字,明不合理;自後也從來没有人能在與象形、形聲相同的層次,作出明確的劃分。這樣的指事,廢了也就算了。問題仍然是假借,如"苟且、然而"之類,如果不是古人採行寫白字的辦法,把現有的漢字當作音標使用,除非任其無字可寫,豈不是要在三書之外,另造表音之字?則三書說失之偏頗,何待明辨!唐氏所以敢於反對六書,我以爲這是甲骨文等古文字被利用之後,使得傳統文字學失去了尊嚴的結果。唐氏著《古文字學導論》,原是標榜古文字學的重要人物。近年又讀到俞敏的《六書獻疑》,明言六書無用,極其尖刻地將六書輕薄了一番,說是"六書裏够得上叫造字原則的,只不過是象形、形聲兩條。再擴充點兒,加上會意,三條兒,頂天兒了。"連唐蘭所不曾想過要排除的會意法,居然勉强才能接受。六書本來只是爲說明文字的形成所作的分類,原不是要拿來用的,說它無用,也屬應該。但真的一無用處嗎?卻又不然。六書如本是一套合理的名稱,能將所有中國文字含攝在内,如何發生,如何發展,講得一清二楚,已經不能不說便是它的用處。如果憑藉六書的概念,見到甲骨文中不認識的文字,說何者爲何物的象形,或何者如何表意,又何者如何一表意一表音,於是從而認識某字,豈不更是六書的大用?雖然這樣的作法不一定可靠,往往要加上其他的條件,但没有這樣的概念,絕不能識得不識之字,卻是不容懷疑的。俞文又提出倒文、加筆、減筆、變筆、反文等五種現象,以爲非六書說所能涵容,用以深化六書說的無用性。然所謂倒文、反文,明是公認的會意手法,當然便是會意字。所謂增筆、減筆如[illegible] [illegible]、[illegible] [illegible]之字,以點畫的有無區分字形,與以不同結構方式區分含吟、旱旰,及以結體的多寡不同區分[illegible]、[illegible]、[illegible]、[illegible],性質原本不異,只是象形、會意、形聲三者所共有的别嫌現象,自不當求之於六書名目之内,也不應增其名目爲七書爲八書。至於如所謂變筆的刁與毋,分别由刀字母字轉化而成,則屬六書中的轉注,問題只在於你對六書如何看待。

文字只是代表語言的符號,不必字形上都要講得出道理來。全不講道理,固定用某符號代表某語言,便可成爲文字。莊子說"物謂之而然",並以指與馬設譬明意;荀子說"名無固宜,約之以命,約定俗成謂之宜",又說"知

者爲之分别制名以指實”；公孫龍子也説“物莫非指，而指非指”；據此，我把六書的指事説爲無任何道理可講，純粹出於硬性約定的文字。譬如五六七八，其先作X∧+八，到目前爲止，説不出任何道理，便是這種硬性約定的文字。這樣可以把指事與會意完全分開，使其間不再有絲毫糾葛。即使説四者原來也有其表意或表形的背景，仍不妨説指事的名稱，是爲理論而預設。吴王孫休爲四個兒子造了𩅦、𠲷、𩂭、㒖、𧶠、㽇、𥨦、㷿八字，捨此指事之名，便無所可稱。

把原有的意義完全抽離，只是利用一個字的軀殼，書寫另一音同音近的語言，等於制造表音文字。由於字形没有改變，字數没有增加，所以稱之爲假借。六書中假借，當然可以採取這樣的理解。

由於語言意義的變動，使得文字擴大了使用範圍，如文武二字成爲周代兩位君王的稱謂。周代有人把這兩個字寫作玟和珷，是於文字、武字加上了王旁，但玟和文或珷和武並不完全相等，玟王珷王雖仍可寫成文武，“文武兼備”則不可寫成“玟珷兼備”，明是産生了新的文字。另一種情況，起先只是假借爲用，後來不經意間加上了偏旁。如《詩經》説“可以樂飢”，樂的用法相當於療，《説文》收㿟字，爲療的或體，便是從“樂飢”的樂字加了疒頭。寫“樂飢”，是樂字的假借用法；寫成“㿟飢”，則是用了專字，兩種情況不同，但㿟字只是從樂字變出來的。這兩種情形正好用來解釋六書中的轉注。因爲這種文字與形聲看起來似乎無別，骨子裏卻正好相反。形聲是以形符（也便是意符）爲主，而加注聲符；這種字則看來是聲符的部分，卻是它原來的寫法，形符是後加的。特别是用如甲骨文中加凡聲的鳳字與玟字，珷字作比較，一個可以省去的是凡聲，一個可以省去的是王旁。簡單來説，一個是以聲注形，一個是以形注聲，兩者翻轉爲注，所以前者謂之形聲，後者便稱作轉注。

根據以上的理解，我在1995年拙著《中國文字學》的定本中，把六書更修正爲四造二化之説。即是説，象形、指事、會意、形聲四種文字是制造出來的，轉注、假借兩種文字是變化出來的。我不敢説這便是六書説的原意，但這樣的理解，可以使六書成爲完好的學説；更重要的是，講中國文字，確實要有這樣的一套名稱，才能説得清楚圓滿，決不是三書、二書之説所能替代的。

中國語文學傳統稱爲小學，分爲文字、音韻、訓詁三部門。三者之中，音韻學受西方學者的影響十分劇烈。譬如在語料的吸取上，屬於本國傳統的，已經到了遭受輕忽的地步。幾年前，我在中研院史語所講上古音，一位同好竟然把中文系接觸的有關古代語文的文獻視爲歷史包袱，説自己是學外文出身，所以没有這樣的負擔。其實這些文獻都是研究古代語文的語料，其中必然蘊藏著寶物，只是能不能開發得出來的問題。

譬如《説文》以求爲古文裘字，《詩經》則二字分别與幽部字或之部字協韻，意義一爲祈求，一爲皮裘，形成二者究竟同字與否的疑問。從金文看來，裘字本作[illegible]或[illegible]，從衣，又聲，又與裘古韻同之部，聲母匣群亦音近；第二形象衣外有毛。金文也有與《説文》同寫作[illegible]的，顯然是把衣外的毛形誤寫在又字的兩側，於是許慎誤以爲求裘同字。這一資料，已經足以解決求裘二字古韻歸屬的問題。而《詩・大東》"熊羆是裘"，鄭康成説："裘當作求，聲相近。"其前句，已不類乎裘求同字之説；後句只説其聲音相近，當然更不是文字相同的現象。鄭的時代略後於許，無疑更爲許君誤説的證明。可見古代文獻，連一個小注，説不定都有大用，包袱之説，委實太過言重了。

從高本漢等學者以來，鑒於上古陰聲字每與入聲字協韻、諧聲，而中古入聲但配陽聲，不配陰聲，兩者情況不同，以爲必是兩時段陰聲字性質相異。已知中古陰聲爲開尾，則上古陰聲不得亦爲開尾。更由於上古主要元音相同的兩陰聲部，如魚與祭，或之與微，不僅互不交通，且各自有其往來的入聲，又都不與另一方的入聲相關聯。於是認上古陰聲具濁塞音尾，以-g、-d 分别配入聲的-k、-t，其後又形成最先尚有收-b 尾，專與收-p 的入聲相配的推測；陽聲則分别爲-ŋ、-n、-m。這個説法，不僅一無憑證，只是因爲誤解中古陰聲不與入聲相配所引起，究竟-g、-k 或-d、-t 之間是否果有此分别，主張這種説法的學者竟也説無法肯定。大陸學者，因爲王力先生的極力反對，願意接受的不多見；在臺灣，則有如李方桂先生和我的老師董同龢先生等的提倡，情況適得其反。我先後有三篇文章討論這一問題，特别是 1998 年所作《上古音芻議》，從故紙堆中找出來四十幾組自幽部轉入微文部的字例，如彫琢與追琢、敦琢，雠昔與誰昔，雕與皸，采（褒的聲符）與穗等，都是不曾有人提過的。幽與微

是所謂分具-g 或-d 尾的兩個韻部，無疑對這種説法帶來强大沖擊。更可見中文系的歷史包袱中，多的是一面面鏡子，可以照顯出許多事物的原形，不是都可以等閒視之的。

《説文》有一個獸名的貈字，説是從舟爲聲，其今音爲下各切。舟聲古音屬幽部照母，與下各切聲韻相差懸遠。段玉裁據舟聲以爲古韻當在幽部，今音是誤讀成了貉字。這樣的解釋自是不具説服力。時下學者根據藏語、緬語等一個相當於舟的詞，聲母屬牙喉音，或帶 l-複母，以爲正是貈字從舟的明證，並據此擬舟字上古聲母讀 kl-複輔音（見楊劍橋《漢語現代音韻學》第十章）。漢藏語等的對當問題，音韻上原應聲韻兩面同時較量，尤其應該注意漢語本身的語音系統。藏緬語“舟”的韻母是否與漢語相當，先必須交代清楚。但漢語幽魚二部之間没有第二個例字，便等於説貈字不得從舟爲聲。即使説貈字所從的舟，是另一個相當於藏緬語説“舟”的字，不是幽部的舟字，只是寫法與幽部舟字相同，也必須能舉得出相當多的平行例子，同一漢字有二音，一則合於漢語系統，一則别源於藏緬語，然後才有可能。貈字從舟的問題，我的看法應從文字學去解決，根本不屬音韻範疇，不在這裏討論了。

1995 年在臺灣召開的“第四屆國際聲韻學學術研討會議”，丁邦新先生發表《重紐的介音差異》，主張三等重紐介音爲-rj-，四等重紐爲-i-，理由是在梵漢對音中，以三等重紐字對-r-，四等重紐字則不見有對這個介音的。從其舉例來看，姞與吉分對 grid 或 ki，分明-r-只是相當於-j-，並不能證明漢音 j 前原有 r。只因爲又要分别三等重紐與普通三等韻，後者爲-j-，故前者取-rj-。但四等重紐既可與純四等韻同介音，何以三等重紐便不可與普通三等韻介音相同？何況從其所舉訖字對音 krit 看來，姞與訖同讀-rj-，正是三等重紐與普通三等韻同介音之證。另在同一會期龔煌城先生所提《從漢藏語的比較看重紐問題》中，也可以見到閩與糞同對-ru-的例；二字亦分别屬三等重紐或普通三等韻，情形相同。不過龔先生没有注意及此（龔先生也主張三等重紐介音爲-rj-），丁先生則不知訖原是迄韻字，不屬質韻，不然其結論或不致若是。

有關重紐的問題，如果按照早期韻圖的措施，三等、四等既分别與普通三

等韻及純四等韻同等韻,自然便是因爲韻母形態相同,也就是介音相同,本來没有什麽奥秘。只是因爲自陳澧以來,對反切結構未盡了解,誤以爲上下二字爲絶對的分工,上字只管聲母,凡被切字的韻母,無論元音、韻尾以及介音,都由下字表示。於是導引出反切系聯法,以爲凡上字不相系聯,即是聲母不同;凡下字系聯,必是同一韻母。殊不知反切本有不同模式,甚至有因無同音下字可用,採取上字分類以達到區分介音的目的。於是系聯反切的結果,使得二、三、四等合韻,誤認爲單一的三等韻,而有假二、四等韻的錯誤認知,造成上古音中出現-rj-介音的構築,回過頭再影響到三等重紐介音的設想。中古音究竟系統如何,面目如何,時下切要的工作,應該是平心静氣地對一些基本問題切實從頭加以檢討,譬如反切上下二字究竟如何分工合作?認識中古音系,系聯《切韻》反切究竟佔的什麽位置?或者其系聯的結果,究竟應該如何解讀?《韻鏡》、《七音略》究竟值不值得信任?等與等韻究竟有無異義,有没有遭到曲解?……不先把這些問題弄個清楚,中古音的聲類韻類數便不能確定,急於用藏緬語爲之擬音,無異於本末倒置。姑且提一問題,三等重紐爲-rj-,與此重紐同在韻圖三等的舌齒音字,該不該同一介音,將要如何回覆?如果説韻圖的列字不一定有什麽道理,可不予理會。掛在口上一等、二等、三等、四等的説法,試問是從那裹來的?

説到這裹,再提一位年輕學者的研究,以結束這次的講演。

1999年,《張以仁先生七秩壽慶論文集》載有林英津女士的《試論上古漢語方言異讀的音韻對應》。作者是臺灣大學中文所的博士,論文研究的是《集韻》,由丁邦新先生指導。1988年任中研院史語所副研究員,計其年資,想早已晉升爲研究員了。注文説該文最先是在加州柏克萊大學選讀薛鳳生先生課程的口頭報告,後在Matisoff、Handel兩位先生協助下寫爲英文初稿,提交第十屆北美漢語語言學研討會宣讀,得鄭再發、畢鶚及貝羅貝先生交换意見。返臺後,以中文稿在語言研究所籌備處1999年講論會中宣讀,經同事的切磋改進而定稿。照這樣的叙述,經歷了中外衆多名家學者的聆聽、討論、建議、協助,必當是千錘百鍊的佳製。

文中所舉字例,第一個是依據藏緬語蛇音b/mrul,主漢語閩與蛇同源,則

有如下的疑問：從漢語看，齒音與唇音的關係也許可舉出少數如喪與亡的例，可是文部與歌部韻母上並不對當。《説文》説"閩，東南越，蛇種"，如果這便可以説明閩蛇同源，《説文》又説"蠻，南蠻，蛇種"，豈不也可説蠻蛇同源。不過由於蠻也讀明母，且韻屬元部，元與歌正是陰陽對轉部，似乎可以認爲閩蠻本是一家，閩由蠻轉出，於是這裏只是犯了未考慮哪一個音較近的輕微錯誤。但《説文》還有"狄，北狄也，本犬種"，"貉，北方貉，豸種"，"羌、西戎，羊種也"的話，如果不能説明狄與犬、貉與豸都有語源關係，何以知閩蛇獨與羌羊相同？何況羌與羊雖然韻同，聲母在某種觀點下也可視爲相近，説羌的名稱即出於羊，然耶否耶，遠古的事實在知道得太少，似乎也還不易論定。

此外，林女士所列舉的例證有下列幾個：其一，滑從骨聲而今音 xua，骨聲古韻屬微部，微部是文部的陰聲，從 xua 的音往上推，古韻應屬歌部，以見閩與蛇古韻可以相當。這裏的錯誤是，滑的今音 xua，是失去-t 尾以後的變讀，根本不能用以推古音，一個治古代語文的人，不應没有這樣的常識。滑稽的滑原讀同骨，《荀子・成相》滑字與出、律等字協韻，方言至今仍有讀收-t 入聲的，都是滑字古韻在微部之證。

其二，以繩澠二字與蛇閩相提並論，並引《廣韻》澠字有食陵、彌兖二音相證，這是根本不識字。義爲蛙黽的黽字古韻在耕部，轉入獮韻爲黽勉的黽，爲黽池的黽，後者因爲是池名，或加水旁爲澠字。繩則是以象形的蠅字爲聲，《説文》説蠅省聲，不説黽聲，正是許慎了不起的地方，古韻屬蒸部。《左傳・昭公十二年》"有酒如澠"，澠與陵字興字協韻，《釋文》音繩，分明不同於澠池的澠，是屬於文字學中所説的同形異字。《説文》無此澠字，清人多疑其即從繩字變出。

其三，舉蠅與虻爲證。比較氓與民，虻應與蚊(《説文》蚊爲螡字俗體)同源，《説文》二字相連，都注云"齧人飛蟲"，明與蠅無關。兩者韻部既無關於閩與蛇，聲母上以蠅與虻相比擬，如作者所認同的喻四字的擬音爲 r-來説，也不免失之寬泛。

其四，舉留與畔爲證。幽部來母的留與元部滂母的畔，一個義爲留止，一個義爲田界，怎麽都看不出語言上爲一家親屬。林女士卻異想天開，創立一

種方法,先自依據甲骨文卯字用爲殺牲之義,説卯字"象將祭祀用的動物宰殺剖分成兩半之形",留從卯聲,所以其義爲"分田"(案:没有例證),不如許君所説爲"留止",以與畔字從半聲,半的意思是"物中分",而牽引出兩字的關係,從而對應二字的語音,真不知用的是什麽邏輯。

其五,也是最後一例。先引《後漢書・應劭傳》的注:"尹文子曰:鄭人謂玉未琢者爲璞,周人謂鼠未臘者爲璞。周人遇鄭賈人,曰:欲買璞乎?鄭賈曰:欲之。出璞,視之乃鼠也,因謝不取。"繼而於引張以仁先生的話,"鄭人謂玉未琢者爲'璞',周人所稱的'璞'卻是指没有制爲乾肉的老鼠"之下説:"意思是,璞本義專指未經加工處理的玉石,引申可指未經加工處理的老鼠(肉)。"張先生的話,有三點作者没有注意到:一是璞字加引號,有以字形示音的意思,因爲這明是周人與鄭賈的對話,並没有文字往來。林女士以爲這樣的説法涉及字形,所以於下文説:"然而周人與鄭賈的談話,分明是出口入耳的聲音。"而主張"應該從音義的關聯重新詮釋這一則語料",有點錯怪張先生没有體會到這一點。二是以未經加工處理的鼠肉,爲未加工處理的玉石稱璞的引申義,張文没有這個意思。三是作者不識字,從標題到引文,到自己的文字,都把腊字寫成了臘,而不知兩者本不同字,讀音相差甚大,只是因爲腊肉、臘肉意義相關,或者又加上蜡祭和臘祭的混淆,腊字且較臘字簡單,通俗便把腊當臘。自大陸採用腊爲臘的簡體,很多人都不知道古人書寫的腊原與昔同字,如李玉博士的論文《秦漢簡牘帛書音韻研究》,便是這樣的誤認。林女士不知道這些,儘管張文已經説爲乾肉,自己也順口以"加工處理"爲説,卻不能因以悟出腊字原來的音義,竟而"加工處理"將腊改寫成了臘字,顯是不曾讀過《説文》。

以上所説,除以腊爲臘不可原諒,其他都屬於疏忽。重要的是林女士新的詮釋説:"鄭人語言裏'璞'這個聲音,指稱未琢之玉;周人語言裏同樣的聲音,指稱未臘之鼠(活的老鼠?)。换言之,同樣用來指稱'鼠',鄭人和周人用語有别;而周人之言'璞',與鄭人之言'鼠',應爲同義或義近詞。"接著便以爲璞與鼠兩者的聲母,也可以證明閩與蛇的對當。這是先把周人稱未經加工處理的老鼠(肉)爲"璞",轉變爲稱活的老鼠(?),再取消活老鼠下的問號,讓

周人所説的"璞"就是鄭人的鼠,然後即以"璞"的音與鼠音相對,卻不知道即使説周人語音中的"璞"爲鼠,也只是從實物而言,並非"璞"的音與鼠的音有關;各地方同物異名的現象十分普遍,如《方言》説:"蛘,宋魏之間謂之蚔。"如果也從蛘和蚔上找音的關係,所謂古音系統豈不將大亂!

《後漢書》注這節文字,又見於《戰國策·秦策》,而小有不同。真要推敲起來,這個趣事是不可能發生的。其先大概就是策士編造的寓言,因爲傳統讀書人觀念裏,文字跟語言是不分的,璞字通常與玉字連言,又有一個玉旁,所以編造了這個故事,而讀這故事的人通常也不會覺得奇怪。實際上璞只是一個狀詞,意思是"原質性的",也就是林女士説的"未經加工處理過"。《説文》没有璞字,樸下説:"樸,木素也。"璞就是樸,因爲形容玉,而换了玉旁,形成六書裏的轉注字。單説一個"璞"的音,意義不完足,根本不知道要賣的是什麽,周人不能設爲買"璞"之問,自然不會發生這樣的趣事。《孟子·梁惠王》説"今有璞玉於此",《荀子·臣道》説"若馭樸馬",樸馬是未經調習的馬,是璞與樸相同,都不能單獨使用的證明。林女士能從出口入耳的背景來思考是對的,卻因爲不識腊字,又不知"璞"只是一個狀詞,竟把所謂周人説的"璞"(案:《戰國策》此作朴,朴與樸通)認作了鼠,更糟的是直用鼠字的音來對璞字。

到這裏,我的講演完畢,謝謝大家!

本文原爲韓國第二十一屆中國學國際學術會議基調講演論文
（原載《國際中國學研究》第四輯,2001 年 12 月）

京劇尖團音淺説

京劇分尖團,是一個漢語音韻的問題。所以著名的漢語音韻學者羅常培先生在《京劇中的幾個問題》(見《羅常培語言學論文選集》)中,便曾談論到尖團字,並爲尖團字立下了定義。我這篇小作擬説明兩點:一是京劇爲什麼要分尖團,二是如何分辨尖團。

關於第一點,京劇所以分尖團,是因爲尖團音各有其不同來源。用唐宋時代三十字母或三十六字母的説法,古漢語本有兩類不同的聲母,一是齒音中的精、清、從,心、邪,一是牙喉音中的見、溪、羣、曉,匣。從其與韻母的結合觀點分析,又各可分爲洪與細兩種不同讀音。所謂洪細,是依韻母的響亮度劃分的。當時的洪音細音如何讀法,都是專門問題,不去管它。我們只要知道細音傳遞到今天,不是韻母爲 yi 或 yu,便是含有 i 或 u 的介音成份;而此兩系聲母,則因方言的不同而有不同。或分别讀如國語的 z、c、s 三音及 j、q、x 三音,如蘇州、長沙;或兩者都讀爲 j、q、x,如北京、漢口。於是如祭和計、妻和期、西和希,蘇州、長沙聲母中分别有 z、c、s 或 j、q、x 的不同,北京、漢口則兩者全無差異。京劇前身是徽調漢調,當時歌者,取法乎崑曲,並根據方言或韻書,把背景相同的字一律按兩種不同讀音唱唸;到徽班進京而形成了京劇,這樣的唱唸法與當地人讀音不同,於是兩種讀音分别冠上了不同的名號,這便有了尖團音的説法。"尖"字本是尖音,能描繪讀音的狀態,故用爲尖音的表徵;"團"字則只取相對爲異稱,與團音的讀法並無關係。如果要給尖團音一個界定,便可以這樣説:凡古音聲母屬精、清、從、心、邪五母,北京音韻母爲 yi 或 yu 或者以 i、u 爲介音的字,便是尖音,應讀 z、c 或 s 開頭。除此之外,凡北

京音讀 j、q、x 開頭的字，都是團音，即照北京音爲讀（羅文中的定義也是對的，但説尖音部分略有語病，且不若此簡單明瞭）。過去有人把凡國語讀 z、c、s 開頭的都視爲尖音。如茲、雌、斯之類的字，與讀團音的字根本不發生關係，没有區分的必要（這種字對南方人而言，有與讀 zh、ch、sh 字區别的必要，那是另一回事），這種説法是没有意義的。有的藝人把軍字唸成 zun，等於錯把見母讀成精母，似乎涉及尖團的問題，但 zun 的音於國語屬合口，與開口同爲洪音，與尖音必屬齊齒或撮口的細音範圍正相反，其不得視作尖音，不可與尖團之分混爲一談，是十分清楚的。

至於如何分辨尖團，一般自然用的是死記法。既十分麻煩，還有萬一記錯的顧慮。我國文字形聲字最多，現在的人都識字，參考形聲偏旁不失爲一個好辦法，不必全靠死記。譬如已知七字爲尖音，切從七聲，砌又從切聲，便知都是尖音。又如且爲尖音，從且的字韻母與“yi”或“yu”有關的，如沮、蛆、姐、覷，也都可以推爲尖音。但有人寫覷爲覰，這辦法不僅無用，還會因“虚”爲團字，而可能把覰字讀錯。大陸推行文字改革，破壞了部分形聲系統，如以宪爲憲，以彻爲徹，也以偏旁來讀，便將導致錯誤。更有一種情形，形聲字本身就有同一聲符兼跨尖團兩類的，如宣是尖音，瑄揎渲等字雖然相同，暄萱諠喧卻是團音，非乞靈於死記之法不可（類此現象極爲罕見，“偏旁參考法”還是可用的）。只是死記法也自有其缺陷，除前述可能偶然誤記外，還有知識來源的問題。古音不是每個人都通曉，則無論爲獲於師友的傳授，或得自名家的論述，都可能不免不合真實的地方。平日所見所聞，便儘有此例。

現在，我要介紹一個正確判斷尖、團的簡單方法。先列出一表如下：

精母：作、則、祖、臧，子、即、將、資、姊、遵、茲、借、醉。

清母：倉、千、采、蒼、麤、麁、青、醋、七、此、親、遷、取、雌、且。

從母：昨、徂、才、在、藏、酢、前、疾、慈、秦、自、匠、漸、情。

心母：蘇、先、桑、素、速、息、相、私、思、斯、辛、司、雖、悉、寫、胥、須。

邪母：徐、似、祥、詳、寺、辭、辞、隨、旬、夕。

表中各字，是《廣韻》中分别標示讀精、清、從、心、邪五母所用的反切上字。反切是古人用二字表示一字讀音的方法。譬如書中説：“津，將鄰切。”

“將鄰”便是用來説明津字讀音的反切。“將”字在上,叫做反切上字,是用來表示津字的聲母的。表中精母下正有“將”字,就是説津字古時聲母屬精母,津字叫做被切字。“鄰”字在下,叫做反切下字,是表示津字的韻母的(與本文無關,不詳説)。根據前文對“尖字”來源的説明,便可意識到,京劇尖字必不出表中諸字爲“反切上字”的“被切字”範圍。因爲尖字必在國語讀 j、q、x 開頭的範圍之内,於是我們又可以説:凡國語讀 j、q、x 開頭的字,《廣韻》反切上字見於表中任一字母之下者,便是尖字,便要將國語的發音 j、q、x 分别改讀爲 z、c、s。前舉津字便是一例。反之,國語讀 j、q、x 的字,《廣韻》反切上字不見於表中的,必是團音。如斤字,《廣韻》音舉欣切,舉字表中無有,所以是團字。這樣來分尖團,是絶對不會出現差錯的。於是,手頭只要有一本附有“檢字”的《廣韻》,對任何字尖團音有疑問的,便輕易都可以解決了。

作者簡歷

1928. 10. 26	出生於安徽省望江縣。
1953. 7	臺灣大學中國文學系畢業(學士)。
1954	《韻鏡校注》榮獲中研院史語所傅斯年獎學金。
1957. 6	臺灣大學中國文學研究所畢業(碩士)。
1957. 8. 1 – 1962. 7. 31	中研院史語所助理研究員。
1962. 8. 1 – 1966. 7. 31	香港崇基學院文學院中國語文學系副講師。
1966. 8. 1 – 1973. 7. 31	香港崇基學院文學院中國語文學系講師。
1968. 8. 1 – 1969. 7. 31	臺灣大學文學院中國文學系客座副教授。
1972. 8. 1 – 1973. 7. 31	臺灣大學文學院中國文學系客座教授。
1973. 8. 1	臺灣大學文學院中國文學系教授兼系主任。
1973. 9. 1	中研院史語所合聘研究員。
1979. 8. 1	辭卸臺灣大學中國文學系所主任職務,專任中研院。史語所研究員,臺灣大學中國文學系合聘教授。
1980. 8. 1 – 1983. 7. 31	借調臺灣中山大學中國文學系教授兼主任。
1984. 8. 1	歸建中研院史語所研究員,仍與臺灣大學合聘。
1987	《論重紐等韻及其相關問題》榮獲臺灣科學委員會 1976、1977 兩年傑出獎。
1989. 8. 1	自臺灣大學退休。
1990. 8. 1	任東海大學中國文學研究所講座教授。
1992	《也談〈詩經〉的興》榮獲臺灣科學委員會 1981、1982 兩年度傑出獎。
1993. 10	中研院史語所研究員聘期屆齡期滿。
1994. 5. 2 – 迄今	中研院史語所兼任研究員。
1999. 2	東海大學聘期屆滿。
1999. 8	北京大學中文系講授上古漢語音韻一學期。

著作目錄

一、期刊論文及文集論文

1955《墨子閒詁補正》,《學術月刊》4 卷 3 期,頁 25-40。

1956《韓非子集解補正》(上)、(下),《大陸雜誌》13 卷 2、3 期,頁 6-11、25-31。

1957《評釋〈詩經〉中的士》,《民主評論》8 卷 2 期,頁 24-25。

1958《〈造字時有通借證〉辨惑》,《幼獅學報》1 卷 1 期,頁 1-5。

1959《説帥》,《史語所集刊》30 周年專號,頁597-603。

1959《説婚》,《史語所集刊》30 周年專號,頁605-614。

1959《説羸與嬴羸》,《大陸雜誌》20 卷 2 期,頁 4-9。

1960《〈説文〉古文子字考》,《大陸雜誌》21 卷 1、2 期合刊,頁91-95。

1960《釋夷居夷處》,《大陸雜誌》21 卷 10 期,頁4-18。

1961《英倫藏敦煌〈切韻〉殘卷》校記,《史語所集刊》外編,頁803-825。

1962《先秦散文中的韻文》(上),《崇基學報》(香港中文大學)2 卷 2 期,頁 137-168。

1963《先秦散文中的韻文》(下),《崇基學報》(香港中文大學)3 卷 1 期,頁 55-67。

1963《反訓》,《華國》(香港中文大學)4 卷,頁 22-42。

1963《甲骨文金文[illegible]字及其相關問題》,《史語所集刊——故院長胡適先生紀念論文集》頁 405-433。

1965《例外反切的研究》,《史語所集刊》36 卷 1 期,頁 331-373。

1965《文字學論稿初輯》,《崇基學報》(香港中文大學)5 卷 1 期。

1965《論周官六書》,《清華學報——慶祝李濟先生七十歲論文集》頁203-209。

1968《荀卿非思孟五行説楊注疏证》,《華國》(香港中文大學)54 卷頁 1-4。

1969《〈荀子・正名篇〉重要語言理論闡述——從學術背景説明"名無固宜"説之由來及"名固有善"説之積極意義》,《文史哲學報》18 卷,頁443－455。

1970《〈廣韻〉重紐音值試論兼論幽韻及喻母音值》,《崇基學報》(香港中文大學)9 卷 2 期,頁 164－181。

1970《續〈嘉吉元年本韻鏡跋〉及〈韻鏡研究〉》,《大陸雜誌》40 卷 12 期,頁 18－23。

1970《比較語義發凡》,《許世瑛先生六秩誕辰論文集》,頁 105－123,臺北淡江大學。

1971《論聲訓》,《清華學報》9 卷 1、2 期合刊,頁 86－95。

1972《讀〈荀子〉札記》,《華國》(香港中文大學)6 卷,頁 1－42。

1972《荀子後案》,《史語所集刊》,頁 657－671。

1974《正名主義之語言與訓詁》,《史語所集刊》54 卷 4 期。

1974《試説〈詩經〉的雙聲轉韻》,《幼獅月刊》44 卷 6 期,頁 29－33。

1976《釋甲骨文□字兼解犧尊》《沈剛伯先生八秩榮慶論文集》,頁1－16。

1978《有關古韻分部内容的兩點意見》,《中華文化復興月刊》11 卷 4 期,頁 5－10。

1978《上古清唇鼻音聲母説檢討》,《屈萬里先生七秩榮慶論文集》,頁 67－81。

1979《上古陰聲字具輔音韻尾説檢討》,《史語所集刊》50 卷 4 期,頁 679－716。

1981《論照穿床審四母兩類上字讀音》,《中研院第一屆國際漢學會議論文集》,頁 247－265。

1981《李登聲類考》,《臺静農先生八十壽慶論文集》,頁 51－66,臺北:聯經出版事業公司。

1982《陳澧以來幾家反切系聯法商兑並論切韻書反切系聯法的學術價值》,《清華學報》14 卷 1、2 期合刊,頁 193－205。

1983《〈荀子〉真僞問題》,《中山學術文化集刊》30 期,頁 107－125。

1983《從臻節兩韻性質的認定到韻圖列二四等字的擬音》,《史語所集刊》54 卷 4 期,頁 35－49。

1983《閩南語與古漢語》,《高雄文獻》17、18 期合刊,頁 1－19。

1984《讀詩管窺》,《史語所集刊》55 卷 2 期,頁225－243。

1985《析〈詩經〉止字用義》,《書目季刊》18 卷 4 期,頁 10－31。

1985《〈詩序〉與〈詩經〉》,《鄭因百先生八十壽慶論文集》,頁 19－35,臺北:臺灣商務印書館。又見於《文史論文集》,頁 19－35,臺北:臺灣商務印書館。

1985《荀子思想研究》,(臺灣)《中山大學學報》2 期,頁 1－18。

1985《再論上古音-b 尾説》,《臺大中文學報》1 期,頁 151－185。

1988《説"呮訾栗斯、喔咿儒兒"》,《臺大中文學報》2 期,頁 107－112。

1988《試釋〈詩經〉式字用義》,《書目季刊》22 卷 3 期,頁 5－19。

1988《廣〈同形異字〉》,《文史哲學報》36 期,頁 1－22。

1991《也談〈詩經〉的興》,《中國文哲研究集刊》1 期,頁 117－133。

1992《〈說文〉讀記之一》,《東海學報》33 期,頁 39－51。

1993《〈詩〉"彼其之子"及"於焉嘉客"釋義》,《中國文哲研究集刊》3 期,頁 153－171。

1993《〈詩〉義三則》,《王叔岷先生八十壽慶論文集》,頁 242－264。

1993《說簠𠥍[illegible]匧及其相關問題》,《史語所集刊》64 卷,頁1025－1064。

1993《說〈論語〉"史之闕文"與"有馬者借人乘之"讀後》,《中國文哲研究通訊》3 卷 4 期,頁 83－97。

1995《中古音的聲類與韻類》,《第四屆國際暨第十三屆訓詁學學術研討會論文集》,頁 3－15。

1995《支脂諸韻重紐餘論》,《漢學研究》13 卷 1 期,頁 329－348。

1995《說"匪皦匪篤"》,《王静芝先生八秩壽慶論文集》,頁 73－84,臺北輔仁大學。

1997《有關古書假借的幾點淺見》,《第一屆國際暨第三屆訓詁學學術研討會論文集》,頁 7－19。

1998《上古音芻議》,《史語所集刊》69 卷 2 期,頁 331－397。

1998《〈詩經〉于以說》,《東海中文學報》12 期,頁 13－18。

1999《荀卿子記餘》,《中國文哲研究集刊》15 期,頁 199－259。

1999《古漢語曉匣二母語送氣聲母的送氣成份——從語文現象論全濁音及塞擦音爲送氣讀法》,《紀念許世瑛先生九十冥誕學術討論會論文集》,頁 217－264。

2000《上古漢語四聲三調說證》,《中上古漢語音韻論文集》,臺北:五四書店。

2000《陳澧反切系聯法再論》,《北京大學紀念王力教授百歲冥誕論文集》。

2001《内外轉名義後案》,《中上古語音韻論文集》,臺北:五四書店。

2002《讀〈詩〉雜記》,《中國文哲研究通訊》12 卷 1 期,頁 111－141。

2002《試說〈詩經〉的虛詞侯》,《絲竹軒詩說》,臺北:五四書店。

2002《上古音中二三事》,《音史新論——慶祝邵榮芬教授八十壽辰學術論文集》,北京:學苑出版社。

2002《先秦古籍文句釋疑》,《史語所集刊》第 74 本第 1 分。

二、會議論文

1999《從音韻的觀點讀〈詩〉》,中國與文學學術會議大會講演論文。

2000《從兩個層面談漢字的形構》,中研院第三屆國際漢學會議文字學組講演論文。

2001《中國學與國家》,韓國第二十一屆中國學國際學術會議基調講演論文。

三、學術專書

1963《韻鏡校注》,臺北:臺灣大學中文系。

1964《韻鏡校注》,臺北:藝文印書館。

1968《唐寫全本王仁昫刊謬補缺切韻校箋》,香港中文大學。

1968《中國文字學》,香港:著者發行。

1984《中國文字學》(修訂本),臺北:著者發行,臺灣學生書局經銷。

1987《荀子論集》,臺北:臺灣學生書局。

1994《中國文字學》(定本),臺北:著者發行,五四書店經銷。

2002《中上古漢語音韻論文集》,臺北:五四書店。

2002《絲竹軒詩說》,臺北:五四書店。